多媒体技术与应用开发

袁珏　孔璐　陈俊华　编著

国防工業出版社

·北京·

内容简介

本书比较全面地介绍了多媒体技术，内容包括多媒体信息从收集、整理、压缩、存储、发布的整个过程及相应的技术，并且涵盖了数字声音、数字图像、数字视频等数字媒体的基本知识和压缩编码的方法，以及CD、VCD和DVD等存储器的存储原理和多媒体在存储介质中的存储格式。在系统讲述多媒体理论与技术的基础上，详细介绍了相关的常用多媒体软件Flash、Photoshop等，并着重讲解了Authorware集成软件制作多媒体应用系统的方法及过程。内容全面，重点突出，深入浅出。

本书分为三部分：第一部分介绍多媒体理论，涉及了多媒体技术的原理、发展、现状；第二部分介绍多媒体常用技术，将图像、视频、动画、语音等理论知识与相应的软件融为一体，有理论有操作，用理论指导操作，用操作深化理论；第三部分介绍多媒体系统开发，是基于前两部分的升华，使用Authorware这一经典软件开发多媒体应用系统，全面阐述如何综合集成各种多媒体技术进行系统开发。

本书既可作为各大专院校多媒体课程的学习与实习教材，也可供相关专业的工程技术人员及多媒体设计爱好者学习参考使用。

图书在版编目(CIP)数据

多媒体技术与应用开发/袁珏，孔璐，陈俊华编著.—北京：国防工业出版社，2008.9

ISBN 978-7-118-05940-3

Ⅰ.多…　Ⅱ.①袁…②孔…③陈…　Ⅲ.多媒体技术　Ⅳ.TP37

中国版本图书馆CIP数据核字(2008)第136708号

※

国防工業出版社出版发行

(北京市海淀区紫竹院南路23号　邮政编码100044)

国防工业出版社印刷厂印刷

新华书店经售

*

开本 787×1092　1/16　**印张** 21　**字数** 483千字

2008年9月第1版第1次印刷　**印数** 1—5000册　**定价** 39.00元

国防书店：(010)68428422　　发行邮购：(010)68414474

发行传真：(010)68411535　　发行业务：(010)68472764

前　言

随着多媒体技术和网络的高速发展，人们的生活越来越丰富多彩。多媒体技术的产生和发展，是技术和应用发展的必然。多媒体技术形成于20世纪80年代，随着电子技术和大规模集成电路技术的发展，计算机技术、广播电视和通信网络这三大领域相互渗透，相互融合。多媒体技术的高速发展及应用必将使人类进入一个前所未有的新时代。

本书的编写是为适应多媒体应用技术的不断发展和教学的需要，内容包括多媒体及多媒体系统的概念、图形图像技术、动画处理、音频视频技术、多媒体数据压缩技术、光盘技术、多媒体数据库、超文本和超媒体、多媒体项目开发等。

本书理论和实践相结合，深入浅出，系统性和应用性强，便于读者理解。通过本书的学习，读者可以对多媒体技术理论知识有一定的了解，还可以全面、系统地学习和掌握多媒体应用与开发技术。特别考虑到各层次读者的需求，在章节划分、内容安排上系统性强，基本上是按"学习提纲"、"理论知识"、"软件应用"、"实例开发"、"课后习题"几大部分进行安排，易于教学。教师可根据学时情况和不同的学生层次选取适当章节授课。

本书是编者在多年教学和研究实践的基础上完成的。全书分为11章，其中第一章和第二章由袁珏撰写，第三章、第八章和第十一章由陈俊华撰写，其余章节由孔璐撰写，李谨宏参与了第四章和第十章的编写，刘洁参与了第五章、第六章、第七章和第九章的编写。在编写过程中编者参考了大量国内外有价值的文献，并列举了大量范例进行讲解。本书在编写过程中得到众多老师的帮助和支持，在此对他们给予的详尽技术指导和热心支持表示衷心感谢。

由于计算机技术的发展日新月异，加之编者水平有限，书中难免存在不足之处，欢迎广大读者批评指正。书中素材内容的电子版请在国防工业出版社网站(http://www.ndip.cn)下载。

编　者

burning666@163.com

2008年7月

目　录

第1章 绪 论

学习内容

本章主要介绍媒体、多媒体技术的基本概念、特性以及研究多媒体的关键技术和应用领域。

学习要求

了解：多媒体技术的应用领域。

掌握：媒体、多媒体技术的基本概念、特性。

媒体指的是信息传递和存储的最基本的技术和手段，多媒体本身是计算机技术与视频、音频和通信等技术的集成产物，具有多样性、集成性、交互性、实时性等特点。多媒体技术有着十分广泛的应用领域。

1.1 多媒体概述

“多媒体”的英文“Multimedia”是由词根“Multi”和“media”构成的复合词，直译为多媒体或多媒介。人类在认识世界和对某一事物作出判断时，也不能仅仅利用某种单一媒体上的信息或独立地利用某一时刻的信息，而是要有高度的信息融合能力，需处理和利用各种媒体上的信息。“多媒体”一词的核心词是“媒体”，“媒体”指的是信息传递和存储的最基本的技术和手段。媒体可以归类为：

(1) 感觉媒体(Perception Medium)：指直接作用于人的感觉器官，使人产生直接感觉的媒体，如引起听觉反应的声音，引起视觉反应的图像等。

(2) 表示媒体(Representation Medium)：指传输感觉媒体的中介媒体，即用于数据交换的编码，如图像编码(JPEG、MPEG)、文本编码(ASCII、GB2312)和声音编码等。

(3) 表现媒体(Presentation Medium)：指进行信息输入和输出的媒体，如键盘、鼠标、扫描仪、话筒、摄像机等为输入媒体；显示器、打印机、喇叭等为输出媒体。

(4) 存储媒体(Storage Medium)：指用于存储表示媒体的物理介质，如硬盘、软盘、磁盘、光盘、ROM及RAM等。

(5) 传输媒体(Transmission Medium)：指传输表示媒体的物理介质，如电缆、光缆、电磁波等。

人们通常所说的“媒体(Media)”包括两个含义：一是指信息的物理载体(即存储和传递信息的实体)，如手册、磁盘、光盘、磁带以及相关的播放设备等；二是指承载信息的载体即信息的表现形式(或者说传播形式)，如文字、声音、图像、动画、视频等，即存储媒体和表示媒体。表示媒体又可以分为3种类型：视觉类媒体(位图图像、矢量图形、图表、符号、视频、动画)、听觉类媒体(音响、语音、音乐)、触觉类媒体(点、位置跟踪；力反馈与运动反馈)。视觉和听觉类媒体是信息传播的内容，触觉类媒体是实现人机交互的手段。

对于多媒体的定义，各种教材上解释也不尽相同，但中心思想是一致的。这里给出一个较为权威的描述：使用计算机交互式综合技术和数字通信网技术处理多种表示媒体——文本、图形、图像和声音，使多种信息建立逻辑连接，集成为一个交互系统。

多媒体本身是计算机技术与视频、音频和通信等技术的集成产物。多媒体技术的组成部分包括：存储与访问技术、表现与表达技术、实时处理技术、接口技术和人机交互界面技术等。除了实现多媒体应用需提供更理想的媒体工具外，计算机本身的发展也需要多媒体化和智能化。多媒体化和智能化的基础是什么呢?是计算机科学的理论与信息处理技术本身的高度发展和知识体系自身的完备。技术的进步，尤其是超大规模集成电路的密度和速度的提高，大容量光盘的出现，给计算机的多媒体化奠定了物质基础。人机交互技术最终要向着更接近于人的自然方式发展，使计算机具有听觉和视觉，以更自然的方式与人交互。

多媒体技术主要涉及：

(1) 图像处理，如静态图像和电视图像的压缩/解压缩、动画、图形等。

(2) 声音处理，如声音的压缩/解压缩、音乐合成、特技、特定人与非特定人的语音识别、文字—语音转换等。

(3) 超文本超媒体处理。

(4) 多媒体数据库。

(5) 信息存储体、大容量存储技术，如CD-ROM类只读光盘、磁光盘(MOD)、相变光盘(PCD)、数字声音磁带(DAT)等。

(6) 多媒体通信，如FAX、局域网(LAN)、广域网(WAN)、都市网(MAN)、窄带与宽带综合业务数字网络(N-ISDN、B-ISDN)等宽频带通信。

1.2 媒体的类型和特点

这里解释的媒体专指计算机中处理的对象——表示媒体。

1. 媒体的类型

(1) 视觉类媒体通过视觉传达信息的媒体都属于视觉类媒体，包括点阵图像、矢量图形、动画、视频图像、符号、文字等。在人类通过感觉器官获得的信息中，视觉约占65%、听觉约占20%、触觉约占10%、嗅觉约占3%、味觉约占2%，可见，视觉类和听觉类信息占了绝大部分，而视觉是人类最丰富的信息来源。在人们接触的环境中，图形、图像、符号、文字以及种种现象、外形、动作、表情都是通过视觉传达的。有些信息本来不属于视觉信息的范畴，但为了便于接受，也通常把它转换为视觉的形式，例如，电流的曲线、温度的曲线、声音的波形、脉冲的波形等。

(2) 听觉类媒体通过声音传达信息的媒体都属于听觉类媒体，包括波形声音、语音和音乐等。波形声音已经包含了所有的声音形式，因为任何声音都可以进行采样，并能逼真地重现；语音不仅是一种波形，而且还具有语义、语感、语音学的内涵；音乐的形式比语音更规范，音乐是符号化的声音，MIDI就是十分规范的一种电子合成的声音形式。

(3) 触觉类媒体触觉类媒体就是环境媒体，不通过视觉和听觉，仍然可以接受和传递信息。触觉类媒体描述了环境中的一切特征与参数。当人们置身于该环境时就向自身传递了与之相关的信息。例如，皮肤可以感觉环境的温度和湿度，也可感觉压力，身体可以感觉振动、旋转等，这都是触觉在起作用。对触觉类媒体的信息，人们不仅仅是被动地接收，也可以主动地探测获取。例如，当手触摸一个物件的时候，就可以获得其表面温度、光滑程度和质感等信息；对物体施加一定的力后，通过它的反作用力或它的变形程度，可以判别出它的坚硬程度。

(4) 活动媒体活动是一组行为的过程，人可以通过活动得到更多的信息。活动是一种时间性媒体。在活动中包含学习和变换两个最重要的过程。学习过程就是采集信息的过程，能采集到多少信息取决于学习的效率。活动包含两个对象：参与者与外部世界。参与者是所指定的考察对象，而外部世界可以是任何与活动有关的对象。所以说，活动可看作是一个人或多对象协调合作的过程。

(5) 抽象事实媒体这些媒体包括自然规律、科学事实及抽象数据等，它们代表的是一类外在形象的抽象事实。当获取了该种抽象事实后，也就得到了信息。例如，在数据库中存放着按一定规则组织好的众多的数据，这些数据之间存在着某种关系(也就是新的信息)。如果对它进行统计、分析等操作，就可以从中得出新的结果，也就获得了新的信息。例如，从中我们可以知道某公司营业额的走势等。这些事实如果不去发掘，就可能永远不为人所知。对于抽象事实类媒体，必须要借助于视觉媒体或听觉媒体才可以表达出来。例如，生成棒图、线图，或者合成为某种特殊的声音。有的则是作为知识的约束(如科学定律)，隐藏在活动性媒体之中，这在智能化系统中特别明显。

2. 媒体的特点

(1) 不同的媒体所表达信息的程度和蕴含的信息量有很大差异。例如，用文字媒体传递“你好”这两个字表示一种问候，但如果用声音媒体传递“你好”时，可以根据声音分辨出说话人的性别，听出是谁的声音，可以感受到语气，可见，这时获得的信息要比两个字所提供的信息多得多。一般来说，越是接近原始状态的信息信息量越大，越是抽象化的信息信息量越少，但精确度越高。

(2) 媒体之间也可以相互转换。例如，可以用扫描仪把包含文字的图像扫描后，通过文字识别软件把图像转换为文本；可以通过语音识别把语言转换为文字；也可以通过音频合成技术把文字合成为语音，并且可以在合成时决定高音或低音，男声或女声，或作男女声之间的相互转换。

(3) 媒体之间的关系也代表着信息。例如，画面与声音的同步就很重要，在播放人讲话的画面时，如果声音滞后了，嘴巴闭合后话音才播出就无法让观众接受。媒体之间的综合可以使信息更“人性化”、“真实化”，虚拟现实正是借助多种媒体的有机合成使人获得亲临其境的感觉。

1.3 多媒体的基本特性

多媒体的基本特性主要包括以下几个方面：

1. 多样化

多媒体技术实现信息的多样化或多维化，使之在交互过程中，具有更广阔和更自由的空间。多媒体的信息多维化不仅指输入，而且还指输出，目前主要包括视觉和听觉两个方面，从而使计算机变得更加拟人化。

2. 交互性

交互性是指向用户提供更加有效的控制和使用信息的手段。交互可以增强对信息的注意和理解，延长信息保留的时间。当交互性引入时，“活动”(Activity)本身作为一种媒体便介入了信息转变为知识的过程。

“交互”具有多层的含义。对数据的交换是最低层次的交互形式，只是将数据进行转换，如果交互以信息为主，就要对数据进行解释，这需要知识的辅助。对每一种媒体进行程度不同的抽象，就是对该媒体内容程度不同的理解。同样，对其他种类的图像(如人的脸部、指纹等)、图形(如地形图、机械图等)，甚至与时间有关的声音(语音、特殊声响等)、影像视频(如一段特定的录像)等都可以对内容进行处理，以达到更新层次的理解，也就是更高层次的交互。多媒体的交互性大大促进了活动媒体的使用，以适应人对信息存取的差别和对信息主动交互及多对象协调的过程。

3. 集成性

多媒体中的集成性是在系统级的一次飞跃。主要表现在两个方面，即多媒体信息媒体的集成和处理这些媒体的设备的集成。各种信息媒体是有机的整体，这种集成包括信息的多通道统一获取，多媒体信息的统一存储、组织与合成等各方面。硬件方面，具有能够处理多媒体信息的高速及并行的 CPU 系统、大容量的存储、适合多媒体多通道的输入输出能力及宽带的通信网络接口。对于软件来说，应该有集成一体化的多媒体操作系统。

4. 非线性

多媒体技术的非线性特点将改变人们传统循序性的读写模式。以往人们读写方式大都采用章、节、页的框架，循序渐进地获取知识，而多媒体技术将借助超文本链接的方法，把内容以一种更灵活、更具变化的方式呈现给读者。

5. 实时性

实时性是指在人的感官系统允许的情况下进行多媒体处理和交互。当人们给出操作命令时，相应的多媒体信息都能够得到实时控制。

1.4 多媒体系统应用领域

多媒体系统的应用非常广泛，可以说包含了所涉及到的信息、娱乐、生活、工作等各个方面。下面举几个比较典型的应用领域，说明多媒体系统的大致应用范围。

1. 多媒体出版

以光盘形式出版的各种各样的出版物已经普及。这种称为“Title”的光盘可以把软件、游戏、电影、书籍、教科书、杂志、报纸等以电子出版物的形式发行，用户通过多媒体 PC 机或其他多媒体终端设备进行阅读和使用。这种出版物不仅可以阅读，而且可以动态执行，演示出活动的效果，表现力更加丰富。近来，与网络结合的多媒体电子网络出版方兴未艾，产生了更加好的效果。无论时效性、消息传递效果及信息的容量，都大大地好于普通的出版物。

2. 多媒体办公自动化和计算机会议系统

多媒体数据库和超媒体文献的大量使用，多媒体办公自动化和指挥自动化系统将为工作人员提供能够支持各种媒体查询和检索、支持协作的工作环境。这些系统不仅可以浏览处理大量通过网络来来往往的信息和数据，而且通过多媒体计算机会议系统，还可以使多个不同地点的人员参加同一个会议。通过视音频信息的传递，可以在不同地点之间形成面对面的效果，同时，也可以监视所需要的各种现场数据和图像。

3. 多媒体信息咨询系统

由于多媒体信息非常易于理解和表现，用多媒体信息来制作信息咨询系统就顺理成章。这一类系统包括城市道路查询、航班咨询、专用业务咨询系统等，也包括展览、展示、广告等一类系统。这种系统主要由用户自己操作使用，或者是自动播放。

4. 交互式电视与视频点播

交互式电视(ITV)将来会成为电视传播的主要方式。通过增加机顶盒和铺设高速光纤电缆，可以将现在的 CATV 和单向电视改造成为双向电视系统。这样，用户看电视将一改过去被动的接收方式，可以使用点播、选择等方式。还可以通过交互式电视实现家庭购物、多人游戏等多种娱乐活动。

5. 交互式影院与数字化电影

交互式影院是交互式娱乐的另一方面。通过互动的方式，观众可以以一种参与的方式去“看”电影。这种电影不仅可以通过声音、画面制造效果，通过座椅也可以产生出动感和触感，而且还可以控制影片情节的进展。电影全数字化后，电影制片厂只要把电影的数字文件通过网络发往电影院或家庭就可以了，而质量和效果都比普通电影高出一大节。

6. 数字化图书馆

数字化图书馆是另外一种信息服务方式。一旦图书馆中的图书都数字化，今后出版的书籍又都有电子版，数字化图书馆就指日可待了。这种图书馆提供的将不仅仅是图书，事实上可以提供任何种类的信息与数据，例如，影片、录像、图表、软件等。

7. 家庭信息中心

家庭将是未来人们活动的主要场所。人们在家中可以休息、娱乐，也可以在家中工作。与外界的联系可以通过家庭信息中心去完成。人们通过这个系统可以打电话、发传真、收发电子邮件，处理有关的业务和工作，也可以通过视频通信与家人或同事作面对面的交谈，当然也可以通过该系统进行娱乐和休息。

8. 远程学习和远程医疗保健

通过多媒体通信网络，可以建立起远程学习系统和远程医疗保健系统。通过该系统，可以参加学校的听课、讨论和考试，也可以得到导师的面对面的指导。远程医疗保健可以使得偏远地区的病人一样地享受到专家的诊断。

9. 媒体空间(Media Space)和赛博空间(Cyber Space)

将办公室、公共活动区以及公共资源设备等用网络连接成为一个整体，形成跨距离的信息空间环境，供工作人员交换信息、传递数据或进行讨论，这就是所谓的媒体空间。

媒体空间有时候是通过复杂的会议系统实现的，有时候与计算机网络相连形成更大的信息空间。当这个空间发展到相当大的范围，信息内容更加丰富，用户存取的接口更加方便和更具沉浸感时，就成为赛博空间。在赛博空间中，人们可以自由地进进出出，甚至还可以与人的大脑相连，获取所要的任何信息。Internet 的迅速发展预示了赛博空间的可能，而虚拟现实技术的广泛应用才会使得赛博空间更像一个“空间”。这在目前还是幻想小说家的笔下之物。

上面所举的例子都是多媒体应用的不同形式。它们在很多方面具有相同的特点：采用的信息不再局限于文字或数值，扩展到了多种媒体信息；需要通过网络把这些多媒体信息进行传递和处理，由公共服务系统提供公共的服务；与人的各种活动密切相关，直接面向人进行工作；采用的技术形式大致相同，但所实现的应用却很不一样。如果从多媒体应用的角度出发，大致分成以下几种系统：

(1) 个人系统，单独的多媒体终端执行独立的操作。如便携式笔记本微机、个人数字助理(PDA)、液晶阅读器、个人计算机、专用娱乐设备等。数据来源可以是发行的光盘数据，也可以通过网络与服务系统相连接。

(2) 局部系统，专门为某一部门、单位或地区建立的多媒体系统。如企业、单位的管理信息系统，基于计算机的部门专用视频会议系统，宾馆 ITV 服务系统，地区 VOD 系统等。这一类系统一般都建立在计算机局部网络或远程通信网络上，由部门本身提供应用服务。目前大多数系统都属于这一类。

(3) 公共服务系统，建立在公共网络之上、服务于所有可能用户的多媒体系统，包括两个方面：通信服务和信息服务。例如，公共信息检索查询系统、全球数字化图书馆系统等。通过对第二类系统的扩展，将会促进公共服务系统的建设。

1.5 多媒体系统的关键技术

使计算机具有处理声音、文字、图像等媒体信息的能力是人们向往已久的理想，但直到 20 世纪 80 年代末，数据压缩技术、大规模集成电路(VLSI)制造技术，CD-ROM 大容量光盘存储器以及实时多任务操作系统等取得突破性进展以后，多媒体技术的实用化才成为可能。随着多媒体技术的发展，多媒体配置将逐渐成为普通的个人计算机配置。多媒体应用中包括了以下关键技术。

1. 数据压缩技术

数字化的声音和图像包含大量的数据。如果不经过数据压缩，实时处理数字化的声音和图像信息所需要的存储容量、传输率和计算速度都是目前的计算机难以承担的。为了使多媒体达到实用水平，除了采用新技术手段增加存储空间和通信带宽外，对数据进行有效的压缩将是多媒体中必须要解决的关键技术之一。

数据压缩问题的研究已进行了近 50 年，从脉冲编码调制(PCM)编码理论开始，到如今已成为多媒体数据压缩标准的 JPEG、MPEG，产生了各种各样针对不同用途的压缩算法、压缩手段和实现这些算法的大规模集成电路或软件。

2. 大规模集成电路制造技术

进行声音和图像信息的压缩处理要求进行大量的计算，如果由通用计算机来完成，需要用中型机，甚至大型机才能胜任。而 VLSI 技术的进步使数字信号处理器(DSP)芯片价格下降了。DSP 芯片是为完成某种特定信号处理设计的，以往需要多条指令才能完成的处理，在 DSP 上可用一条指令完成。所以说 VLSI 技术为多媒体技术的普遍应用创造了条件。

3. 大容量的光盘存储器

数字化的媒体信息虽然经过压缩处理，仍然包含了大量的数据。例如，视频图像未经压缩处理时的每秒数据量为 28MB，压缩后每分钟的数据量为 8.4MB，40MB 容量的硬盘只能存储约 5min 的视频图像，所以不适用于多媒体信息和软件的发行。CD-ROM 的出现适应了大容量存储的需要，一张 CD-ROM 可以存储约 600MB 数据。

4. 实时多任务操作系统

多媒体技术需要同时处理声音、文字、图像等多种媒体信息，其中声音和视频图像还要求实时处理。因为声音和语音的播放不能中断，视频图像要求以视频速率，即 25 帧/s~30 帧/s 更新图像数据。因此，需要能支持对多媒体信息进行实时处理的操作系统。

以上是与发展多媒体技术有关的主要技术问题，除此以外，还有许多重要的技术问题，例如，多媒体技术中的标准化问题，多媒体应用软件的制作，多媒体信息的空间组合和时间同步等。

习 题

1. 请简述媒体和多媒体的概念。
2. 多媒体的基本特性有哪些。
3. 请简述多媒体的关键技术。

第 2 章 多媒体计算机的结构体系

学习内容

本章主要介绍了多媒体系统、多媒体个人计算机(MPC)的概念以及多媒体系统开发设备。

学习要求

了解： 多媒体系统种类、开发设备等。

掌握： 多媒体系统、多媒体个人计算机的概念。

多媒体系统(Multimedia System)是指多媒体终端设备、多媒体网络设备、多媒体服务系统多媒体软及有关的媒体数据组成的有机整体。MPC(Multimedia Personal Computer)是多媒体个人计算机的简称，本章介绍了 MPC 的规格标准及其外部开发设备。

2.1 多媒体系统

所谓多媒体系统是指多媒体终端设备、多媒体网络设备、多媒体服务系统、多媒体软件及有关的媒体数据组成的有机整体。当多媒体系统只是单机系统时，可以只包含多媒体终端系统和相应的软件及数据，例如，多媒体个人计算机。而在大多数情况下，多媒体系统是以网络形式出现的，至少在概念上应是与网络互联的，通过网络获取服务、与外界进行联系。

2.1.1 Macintosh 系统

Macintosh 是苹果公司设计的机种，又称 MAC 机，是集通信、视像、声音与计算功能于一身的多媒体计算机。它的操作系统与用户界面是通过各种图标(Icon)来完成交互的。MAC 机还允许几个程序同时执行以达到数据共享的效果。

从 1991 年开始，MAC 操作系统增加了多项多媒体功能，主要包括两个方面：一是用于声音和图像同步的 QuickTime 功能；二是增加了用于多媒体管理的新的应用程序接口，提供了对光盘等外设的控制。MAC 机还提供了 Hypercard，它是一个超文本系统，以卡片做为结点。一组同类卡片称为卡堆(Stack)。每个卡片可包含文本、图形、图像、动画或可执行的程序，它能将上述媒体关联起来。为了加强音频和视频功能，Apple 公司公布了一个多媒体的协议和驱动程序标准集—AMCA(Apple Media Contr0l Architecture)用于视频光盘、音频光盘、录像带信息的访问。例如，Macintosh Quadra 840 AV 提供发送话音邮件、电子邮件及图文传真功能。

2.1.2 DVI 多媒体系统

DVI(Digital Video Interactive)是 Intel 公司和 IBM 公司联合开发的多媒体系统。DVI 技术采取开放系统，利用固化功能和可编程功能芯片组。它使用了先进的数字音频、视频数据压缩解码算法，以及不依赖主机的多媒体软件环境。

DVI 的技术在硬件上采用多媒体板 ActionMedia，主要处理器是 Intel 公司的 i750B 系列的 82750PB 像素处理器和 82750DB 显示处理器。在系统内部所有数据都被处理成数字形式。82750PD 有一个可编程内核和几个专用功能块，以及 2MB~4MB VRAM 处理器，它的并行功能块可同时执行 6 条指令，其能力相当于主频为 150MHz 的第一代 RISC 处理器的能力。82750PB 与 VRAM 之间高效率的读写和快速指令执行，保证了全动视频连续演播的数据压缩解码的进行。82750DB 的时钟频率为 45MHz，已足够用来操纵 SupperVGA 显示；三路 D/A 转换器将数字信号转变成模块信号输出。

2.1.3 PowerPC 的体系结构

PowerPC 是 Performance Optimized with Enhanced RISC 的缩写，采用强化 RISC 优化性能结构。Apple 的 PowerPC 与 Mac 机兼容。PowerPC 以定长指令、装入一存储体系结构及大量的通用寄存器为特征，具有超标量指令调度、流水线式的指令处理及为增加指令处理的吞吐量而使用的多个独立单元的结构。

PowerPC 的结构特点

(1) PowerPC 机采用 RISC 的“垂直型”并行结构和多流水线“水平型”并行结构。“垂直型”并行表示把指令分为小段，同时执行多个指令。而“水平型”并行表示整数单元、浮点单元、指令分支处理及取指单元三条流水线并行。

(2) PowerPC 的 CPU 处理指令比 CISC 的 CPU 快。该芯片依赖于 RISC 特性，每个 CPU 时钟周期完成一条指令。为了每个时钟周期完成一条指令，RISC 芯片使用相同的指令长度，这样就加快了取指进程。RISC 处理器没有像 CISC 处理器那样，用暂停和恢复附加语句来完成一条挂起指令。

(3) 通过精简指令的复杂性简化了指令处理。RISC 芯片没有微代码指令。单一的存储器寻址方法允许快速存取系统板上的主存储器。RISC 方法不像 CISC 方法那样包括复杂运算和多种存储器存取。有限的存储器存取指令压缩了指令长度，同时简化了指令处理。RISC 指令可做到不取数或者把数据存入存储器，而许多 CISC 指令组合了那些操作。与 CISC 编程相比，RISC 编程将较多的中间结果暂存在片内寄存器中，而较少离开芯片进入主存储器。

2.2 MPC 多媒体计算机

多媒体技术的应用基于多种媒体信息的交互处理与大信息量的高度集成，要求能支持声音、图像、图形、文本等各种信息和多任务的工作，使声音、语言等信号在播放时保持连续，视频图像信号能按一定的时间要求显示画面，并实现声、图、文的同步与实时传输，让人机界面的交互性进一步融合。实现这种功能的计算机系统已经能在许多方面取代以前要靠工作站才能胜任的工作。

在 Pentium 及 MMX 微机系统上加上多媒体系统软件、系统硬件及光盘驱动器等可直接升级为多媒体计算机，这一类计算机简称为 MPC(Multimedia Personal Computer)。

图 2-1 MPC 多媒体计算机

2.2.1 MPC 对总线结构的考虑

在性能上，VL 和 PCI 总线有许多相似之处。它们都可以用 32 位传输数据，而且都能与现存的 ISA 外设兼容。在结构上，两者有明显的区别。VL 采取直接的解决途径，是 CPU 内部局部总线的延伸。PCI 则相对独立，通过增加一个控制器和加速芯片，构成一个分离开 CPU 的管理层，可支持几种数据的加速传输。PCI 在处理顺序结构的数据时，如图像存储和硬盘文件等，可以在读当前数据时确定下一个数据的地址(不像处理非顺序数据那样，先要费时寻址，而后花更多时间去读)，使传输速度提高；同时还可将顺序数据通过多路开关分路传输，使通过率成倍增加。PCI 的加速芯片可将数据放入缓冲器，当 CPU 从内存读数据时，将它送至外设。PCI 和 CPU 内部总线分离，可支持多至 6 个外设。可见，MPC 应优先考虑使用 PCI 总线的主机板及 PCI 总线的插卡。

2.2.2 MPC 对硬件设备的考虑

VL 或 PCI 版的图形显示卡的速度比一般的显示卡快得多。有的图形卡本身带有图像加速处理器，对不同的应用程序有专门的图像驱动程序，例如，有用于 CAD、3DS 的驱动程序，有用于 Windows 的驱动程序等。另外，图形卡存储器的种类和容量对图像显示质量有直接影响，例如，要求在 1024 像素×768 像素分辨率显示 256 种色彩，要有近 1MB 内存，而要显示真彩色(24bit，16.7M 种色彩)，内存容量还要增加至 2MB。

为了更快地同时打开多个应用程序，建立更大的高速缓存区以提高微机的运行速度，多媒体计算机对电脑的内存和硬盘也有一定要求，内存要求 8MB 以上。而多媒体信息本身的图形文件、视频文件、声音文件及各种库文件(如字体库、材质库、视频图像库，MIDI 声音合成库和 WAVE 库等)，又都占有相当大的空间，因此建议采用大容量硬盘。

另外，微机还应具备可扩展的能力，主板的扩展槽应尽量多一些，以满足多媒体播放和开发中应用多种外围设备，如数字化仪、扫描仪、声音录配装置、电视图像编辑器、手写识别装置、触摸屏驱动卡、大屏幕显示器、打印机、绘图仪、传真机以及多媒体通信联网所需要的设施。

2.2.3 MPC 的主要特征和对数据的处理方法

1. MPC 具有的基本特征

MPC 的基本特征，一般可归纳为以下几点：

(1) 带有 CD-ROM 驱动器。

(2) 高质量的数字音响。MPC 系统提供语音变成数字信号和数字信号变成语音的 A/D 和 D/A 转换功能，并可以把数字信号记录到硬盘上和从硬盘上重放。MPC 还有音乐合成器和乐器接口 MIDI 合成器用来增加播放复合音乐的能力，而 MIDI 又可以外接电子乐器，从而使 MPC 不仅能播放来自光盘的音乐，而且还能编辑乐曲。

(3) 高分辨率的图形、图像显示。MPC 的图形显示适配器允许在同一画面上显示清晰的图形、图像，它还能显示来自光盘上的动画、视频图像，并能使画面、字幕和声音同步。对于配备有视频采集的 MPC 系统，还可以在计算机上观看来自摄像机、录橡机、视频光盘机的电视图像，同时可以把电视图像数字化后直接或经处理后录到硬盘上。

(4) 带有管理多媒体的软件。它可以用 Windows 作多媒体系统的支持平台，也可以用 DOS 作多媒体系统的支持平台。

2. MPC 系统对多媒体数据处理的基本方法

(1) 图像处理：多媒体计算机对图像的处理包括图像获取、编辑和变换。计算机中的图形是数字化的，分为矢量图(Vector Graphics)和点阵图(Bitmap)。

(2) 声音的处理：声音的数字化方法是采样。采样频率越高，保真度就越高。声音的采样频率有三个标准：44.1kHz、22.05kHz 和 11.025kHz。每次采样数字化后的位数越多，音质就越好。8 位的采样把每个样本分为 256 等分，16 位的采样把每个样本分为 65536 等分。声音的处理还分单声道和立体声道两种。

(3) MIDI 乐器数字接口：MIDI 规定了电子乐器之间电缆的硬件接口标准和设备之间的通信协议。MIDI 信息的标准文件格式包括音乐的各种主要信息，如音高、音长、音量、通道号等。合成器可以根据 MIDI 文件奏出相应的音乐。

(4) 动画处理：计算机动画有两种，一种叫造型动画(Castbased Animation)，另一种叫帧动画(Frame Animation)。后者由一帧帧位图组成连续的画面；前者是对每一个活动的物体分别进行设计，赋予每个物体一些特征(如形状、大小、颜色等)，然后用这些物体组成完整的画面。造型动画的每一帧由称为造型元素(Cast Member)的有特定内容的成分组成。造型元素可以是图形、声音、文字，又可以是调色板。控制造型元素的剧本称为记分册(Score)。记分册是一些表格，它控制动画中每一帧的表演和行为。

(5) 多媒体数据的存储：对多媒体的数据存储问题考虑的基本点是：存储介质的容量、速度和价格。有三类大容量存储器可以考虑：

第一种是硬盘工作介质，其平均存取时间为 10ms~28ms，传送速度为 40KB/s~28MB/s，且越快越好。如果用于开发目的，则要求容量在 540MB 以上。对于图形图像较多，或录音文件较多的多媒体节目，应选用 2GB 或 2GB 以上硬盘。

第二种是光盘介质，光盘可分 CD-ROM、CD-R 等类型。CD-ROM 只读光盘，适合大量生产；WORM(Write Once Read Many)，可写入一次读出多次，适合存档用；可擦光盘，适合于开发用和计算机之间的数据传递。光盘介质存取时间比硬盘慢，约 35ms～

180ms，用于图像的保存或计算机与计算机之间的数据传递，常用的容量有 230MB、600MB。

(6) MPC 的信息传递。

MPC 之间的多媒体信息传递方法有以下几种：

① 可移动式硬盘：包括便携式硬盘片、打印口外接硬盘、抽拉式硬盘盒。

② 可移动光盘：CD-ROM、WORM、可擦写光盘。

③ 网络：电子邮件、局域网、远程网。

④ 串口通信。

2.2.4 MPC 多媒体计算机的规格标准

1990 年 11 月，Microsoft 公司联合了 Philips 公司等一些主要的 PC 厂商和多媒体产品开发商组成 MPC 多媒体微机市场协会(Multimedia PC Marketing Council)，其主要目的是建立多媒体个人计算机系统硬件的最低功能标准。MPC1.0 版标准是构成多媒体计算机的最低要求，它包括了必要的硬件平台和软件平台。

(1) 硬件平台：主机最低基本配置为 80286 以上的处理器；主频 10MHz 以上；2MB RAM(最好 4MB)；30MB 以上硬盘；VGA 显示(16 色)；1.44MB+1.2MB 软盘；并配有鼠标器(MS)、101 键盘、串口、并口。有 CD-ROM 驱动器，使 MPC 具有激光唱盘数字音响输出能力，且传输速率不低于 150KB/s，占用 CPU 的开销小于 40%，平均寻址时间不超过 1s。机内装有声音卡，以实现数字化录音(A/D 转换)。A/D 转换应有 8 位精度，采样频率最低为 11.025kHz；具有放音(D/A 转换)功能，D/A 转换应有 8 位精度，采样频率最低为 11.025kHz。内置音乐合成器和调音台，占用 CPU 的开销应小于 20%，并自带 MIDI(乐器数字接口)I/O 口。

(2) 软件平台。MPC 多媒体计算机的软件支持平台应包括以下几种：

① MS-DOS3.1 以上操作系统；

② Microsoft Windows 3.0 With Multimedia Extensions 或 Windows 3.1；

③ MscdeX2.20 以上(CD-ROM 光盘驱动程序)。

目前由用户自行组装的多媒体计算机的性能已远远超过这个标准。随着 MPC 计算机的发展，MPC 多媒体微机市场协会又制定了新的 MPC 标准。

需要指出，MPC系统标准只是提出了最低配置的参考标准，实际情况中的多媒体计算机配置是不尽相同的。例如，虽然MPC标准中没有列入网络及通信方面的功能需求，但是目前出售的许多多媒体计算机都具有网络和通信功能，Fax/Modem卡和网络通信软件已经成为多媒体计算机不可缺少的基本配置。所以，在购买多媒体计算机时，在条件许可时，应尽量选择高级的配置，争取最佳的性能价格比。

2.3 多媒体信息处理与总线

总线是数据从计算机的一部分传送到另一部分的内部通道，从结构上看，总线是一组信号线。8 位系统使用 8 位并行通道，16 位系统使用 16 位并行通道，32 位系统使用 32 位并行通道，64 位系统使用 64 位并行通道。

多媒体计算机要提供高度的交互能力，这就要求 CPU、存储器、硬盘之间快速进行数据传输，而担任数据传输的是总线，可见，多媒体对总线提出了越来越高的要求。

1. 多媒体对总线传输率的要求

(1) 显示模块视频 640×480，30 帧/s，色彩 24 位，需 27.65MB/s 的数据。作 CAD 设计时，若分辨率为 1024×768，传输率为 10 帧/s，显示 24 位色彩时则需 23.6MB/s 的数据。

(2) 声音卡每声道以 44.1kHz 采样，每个信号以 16 位编码，则达到 CD 音质的立体声需求 0.176MB/s 的数据。

(3) SCSI-II 模块 SCSI-II 的最大传输率为 10MB/s。

(4) FDDI 网络模块网络数据传输率为 100MB/s，该模块需 12.5MB/s。

2. 总线技术的分类和规范

总线是支持于两个模块(或子系统)间传送信息的公共通路。通过它，计算机各组成部分可进行各种数据和命令的传送。

(1) 总线技术——传统总线和现代总线。

现代总线的数据传送采用类似 ISO 七层网络报文传送协议中的某些高层协议，具有支持高速缓存。Cache 的相关性，支持多处理机，采用物理寻址和支持数据的奇偶校验等特性。

属于传统总线范畴的有 IBM PC 总线 MultiBUS Ⅰ、STD、STE、C-64 以及 VMEBUS 和 Q-BUS 等。

属于现代总线的有 MultiBUS Ⅱ、Futurebus+、MUBUS、Fastbus、微通道 MCA 和 EISA，还有局部总线 VL-BUS 及 PCI、STD32 等。

(2) 总线的规范。

每个总线标准都有详细的规范说明。

① 机械结构规范确定模板尺寸、总线插头、边沿连接器等规格及位置。

② 功能规范确定每个引脚信号的名称与功能，对它们相互作用的协议作说明。

③ 电气规范规定信号工作时的高低电平、动态转换时间、负载能力及最大额定值。

(3) 总线的性能指标总线的主要功能是模块间的通信，因而能否保证模块间的通信顺畅是衡量总线性能的关键指标。

总线信息传送过程可分解为：

① 请求总线；

② 总线裁决；

③ 寻址(目的地址)；

④ 信息传送；

⑤ 错误检测。

3. PC 传统总线(IDE 接口)

(1) ISA 俗称 AT 总线，著名的 IBM 兼容标准，16 位宽度，工作频率 8MHz，最高传输率 8MB/s(若频率太高，当时的打印机、软驱、显示卡都会跟不上)。

(2) MCA 微通道总线，Intel 80386 出现后，CPU 处理能力大大提高，ISA 已成为提高数据传输的障碍，为此，IBM 推出了 MCA 总线，数据宽度 32 位，但 IBM 仍想向下兼容有效软件，因此，插件和外设的速度仍为 8MHz~10MHz。

(3) 扩展工业标准体系结构 EISA 是从 ISA 发展而来的，由 Compaq、HP、AST、Epson、NEC 等九家公司联合制定。EISA 具有以下几个特点：

① 较高的 I/O 性能：32 位数据总线宽度，33MB/s 数据传输率，多总线主控。

② 安装容易：自动配置，无需 DIP 开关。

③ 保证百分之百的 ISA 兼容。

4. 局部总线

由于系统总线不能足够快地传输信息，妨碍了系统性能的提高，解决总线传输问题的一个办法就是将模块直接接到 CPU 芯片的总线上去，以 CPU 的速度运行。

(1) VL-BUS 总线。视频电子协会、VESA 与 60 余家公司联合制定了一个全开放局部总线标准 VL-BUS，其特点为：

① 支持总线主控器 VL-BUS 支持三个最大总线主控器；

② 支持 3 个 VL-BUS 槽；

③ 支持高速视频控制器、硬盘控制器、LAN 控制卡等外设；

④ 接口速度较高 VL-BUS 的运行速度为 66MHz，但限制与 VL-BUS 设备接口的速度为 40MHz，VL-BUS 的时钟在频率和相位上与 CPU 时钟相同；

⑤ 支持回写高速缓存(Write –back Cache)。

(2) PCI 总线。PCI 总线是 1991 年 Intel 公司提出的.PCI1.0 版专为 32 位传输设计，以突破总线与外设(图形卡、视频卡、SCSl 控制器、LAN 适配器)的制约。PCI2.0 版的数据宽度为 64 位，最高传输率为 264MB/s，提供了即插即用功能。

2.4 USB 接口技术

USB 是英文 Universal Serial BUS 的缩写，中文含义是“通用串行总线”。它不是一种新的总线标准，而是应用在 PC 领域的接口技术。USB 是在 1994 年底由 Intel、Compaq、IBM、Microsoft 等多家公司联合提出的。不过直到近几年，它才得到广泛的应用。从 1994 年 11 月 11 日发表了 USB V0.7 版本以后，USB 版本经历了多年的发展，到现在已经发展为 2.0 版本，成为目前电脑中的标准扩展接口。目前主板中主要是采用 USB 1.1 和 USB 2.0，各 USB 版本间能很好的兼容。USB 用一个 4 针插头作为标准插头，采用菊花链形式可以把所有的外设连接起来，最多可以连接 127 个外部设备，并且不会损失带宽。USB 需要主机硬件、操作系统和外设三个方面的支持才能工作。目前的主板一般都采用支持 USB 功能的控制芯片组，主板上也安装有 USB 接口插座，而且除了背板的插座之外，主板上还预留有 USB 插针，可以通过连线接到机箱前面作为前置 USB 接口以方便使用(注意，在接线时要仔细阅读主板说明书并按图连接，千万不可接错而使设备损坏)。而且 USB 接口还可以通过专门的 USB 连机线实现双机互连，并可以通过 Hub 扩展出更多的接口。USB 具有传输速度快(USB1.1 是 12Mb/s，USB 2.0 是 480Mb/s)，使用方便，支持热插拔，连接灵活，独立供电等优点，可以连接鼠标、键盘、打印机、扫描仪、摄像头、闪存盘、MP3 机、手机、数码相机、移动硬盘、外置光软驱、USB 网卡、ADSL Modem、Cable Modem 等，几乎所有的外部设备。

USB 是一个外部总线标准，用于规范电脑与外部设备的连接和通信。USB 接口支持设备的即插即用和热插拔功能。

USB 接口可用于连接多达 127 种外设，如鼠标、调制解调器和键盘等。USB 自从 1996 年推出后，已成功替代串口和并口，并成为当今个人电脑和大量智能设备的必配的接口之一。

USB 使用一个四针的插头作为标准插头，采用菊花链形式可以把所有的外设连接起来。

USB 的版本：

第一代，USB 1.0/1.1 的最大传输速率为 12Mb/s，1996 年推出。

第二代，USB 2.0 的最大传输速率高达 480Mb/s。USB 1.0/1.1 与 USB 2.0 的接口是相互兼容的。

第三代，USB 3.0 的最大传输速率理论上为 5Gb/s，向下兼容 USB 1.0/1.1/2.0。

随着计算机硬件飞速发展，外围设备日益增多，键盘、鼠标、调制解调器、打印机、扫描仪早已为人所共知，数码相机、MP3 随身听接踵而至，这么多的设备，如何接入个人计算机？USB 就是基于这个目的产生的。USB 是一个使计算机周边设备连接标准化、单一化的接口，其规格是由 Intel、NEC、Compaq、DEC、IBM、Microsoft、Northern Telecom 等公司联合制定的。

USB 1.1 标准接口传输速率为 12Mb/s，但是一个 USB 设备最多只可以得到 6Mb/s 的传输频宽。因此若要外接光驱,至多能接六倍速光驱，无法再高。而若要即时播放 MPEG-1 的 VCD 影片,至少要 1.5Mb/s 的传输频宽,这点 USB 办得到,但是要完成数据量大四倍的 MPEG-2 的 DVD 影片播放，USB 可能就很吃力了，若再加上 AC-3 音频数据，USB 设备就很难实现即时播放了。

一个 USB 接口理论上可以支持 127 个装置，但是目前还无法达到这个数字。其实，对于一台计算机，所接的周边外设很少有超过 10 个的，因此这个数字是足够我们使用的。

USB 还有一个显著优点就是支持热插拔，也就是说在开机的情况下，也可以安全地连接或断开 USB 设备，达到真正的即插即用。

不过，并非所有的 Windows 系统都支持 USB。目前，Windows 系统中有许多不同的版本，在这些版本中，只有 Windows 98 以上版本的系统对 USB 的支持较好，而其他的 Windows 版本并不能完整支持 USB。例如，Windows 95 的零售版是不支持 USB 的，只有后来与 PC 捆绑销售的 Windows 95 版本才支持 USB。

目前，USB 设备虽已被广泛应用，但比较普遍的却是 USB 1.1 接口，它的传输速度仅为 12Mb/s。举个例子说，当你用 USB 1.1 的扫描仪扫成一张大小为 40MB 的图片，需要 4min 之久。这样的速度，让用户觉得非常不方便，如果有好几张图片要扫的话，就得要有很好的耐心来等待了。

用户的需求，是促进科技发展的动力，厂商也同样认识到了这个瓶颈。这时，Compaq、Hewlett Packard、Intel、Lucent、Microsoft、NEC 和 Philips 这 7 家厂商联合制定了 USB 2.0 接口标准。USB 2.0 将设备之间的数据传输速度增加到了 480Mb/s，比 USB 1.1 标准快 40 倍左右，速度的提高对于用户的最大好处就是意味着用户可以使用到更高效的外部设备，而且具有多种速度的周边设备都可以连接到 USB 2.0 的线路上，而且无需担心数据传输时发生瓶颈效应。

所以，如果你用 USB 2.0 的扫描仪，就完全不同了，扫成一张 40MB 的图片只需半分钟左右的时间，效率大大提高。而且，USB 2.0 可以使用原来 USB 定义中同样规格的电缆，接头的规格也完全相同，在高速的前提下一样保持了 USB 1.1 的优秀特色，并且，USB 2.0 的设备不会和 USB 1.X 设备在共同使用的时候发生任何冲突。

USB 2.0 兼容 USB 1.1，也就是说 USB 1.1 设备可以和 USB 2.0 设备通用，但是这时 USB 2.0 设备只能工作在全速状态下(12Mb/s)。USB 2.0 有高速、全速和低速三种工作速度，高速是 480Mb/s，全速是 12Mb/s，低速是 1.5Mb/s。其中全速和低速是为兼容 USB 1.1 而设计的，因此选购 USB 产品时不能只听商家宣传 USB 2.0，还要搞清楚是高速、全速还是低速设备。USB 总线是一种单向总线，主控制器在 PC 机上，USB 设备不能主动与 PC 机通信。为解决 USB 设备互通信问题，有关厂商又开发了 USB OTG 标准，允许嵌入式系统通过 USB 接口互相通信，从而甩掉了 PC 机。

2.5 SCSI 技术

SCSI 接口是小型计算机系统接口(Small Computer System Interface)的简称。它在美国 Shugart 公司开发的 SASI 的基础上增加了磁盘管理功能，1986 年由美国 ANSI(美国国家标准局)审议形成标准。SCSl 接口是一种高质量的智能设备接口，大量用于扫描仪和可擦写光盘等设备。

1. SCSI 的特点

SCSI 设备以它优异的特性在 486 以上的微机、多媒体计算机、CAD/CAM、电子出版系统、UNIXStation 及网络工作站等高档机中得到广泛应用。

SCSI 有以下特点：

(1) 两种工作方式。同步数据传输速率为 4MB/s，异步数据传输速率为 1.5MB/s，在 SCSI-II 中同步数据传输达 10Mb/s。

(2) 与外设连接方便。SCSI 设备可以是一块 SCSI 接口卡、SCSI 磁盘驱动器，也可以是一台主机、扫描仪等。任何一个可以和 SCSI 总线连接的装置。一个 SCSI 卡可连成一条 SCSI 链路，一条 SCSI 链可接 8 台 SCSI 设备，每个设备分配一个 ID 号(0～8)。SCSI 卡自身占一个 ID 号，还可另接 7 个外设装置(一个 IDE 卡最多只带 2 个硬盘)。一台主机的 SCSI 总线可连接 8 台 SCSI 设备，例如，可以是 7 台主机和 1 个硬盘，也可以是 1 台主机和 7 块 SCSI 卡，即可带 49(7×7)个 SCSI 驱动器(硬盘、CDROM、磁带机等)。

(3) 数据传输率高，且没有母线仲裁，适用于多用户多任务处理。

(4) 外接电缆可长达 25m。

(5) 适于连接大容量硬盘，如 4G～10G 及以上，SCSI 硬盘不但速度高，而且可靠性好，使用寿命长。

2. SCSI 标准

SCSI 标准规定异步方式和同步方式的最高数据传输速率为 2.5MB/s 和 5MB/s，接口总线由 8 条数据线、1 条奇偶校验线和 9 条控制线组成，最多可连接 8 台设备。

传输电缆规定了不平衡型和平衡型两种电气条件：不平衡型又称单端型，电缆及连接器采用 25 芯，形状为普通的 RS.232 接口，电缆最长 6m；平衡型又称差动型，电缆及接口均为 50 芯，最长 25m。

1990 年后，为了提高数据传输速率和改善 SCSI 接口的兼容性，制定出了新的 SCSI 标准，为了区别于以前的 SCSI 标准，把旧的标准称为 SCSI-1，新的标准称为 SCSI-2。

2.6 多媒体系统开发设备

2.6.1 输入设备的类型和特点

图像输入设备是把图像数字化并存入计算机中。向计算机输入图像的常用设备有光笔、图形输入板和数字化仪、扫描仪、摄像机、录像机、CD-ROM 等。手工描绘编辑的设备有鼠标、跟踪球、光笔等。

1. 鼠标器和跟踪球

鼠标器是一种“指点”设备，指定光标在显示器屏幕上的位置，并可通过鼠标上的按钮完成特定的功能，分为机械的和光学的两大类。鼠标一般都有一条电线与主机相连，为免去电线产生了无线鼠标，通过无线电信号的发射和接收传递定位信息。无线鼠标可在 2m 的范围内操作。此外，为了适应人的习惯，还出现像钢笔模样的笔式鼠标。

跟踪球(Track Ball)的作用和操作类似于鼠标，但比鼠标好用，它不像光电式鼠标要依赖于专用的反射板，也不像机械式鼠标，移动时要占据一定面积的桌面，因此能节省空间。跟踪球比光电或机械式鼠标优越之处还在于它不像鼠标移动时，易沾上尘埃和碎屑，而影响定位功能。跟踪球的精确度很高，因为它通常比鼠标中的小球大一些，可获较高的分辨率，而且用手指操作比移动鼠标更易于准确控制。

2. 光笔

光笔的形状和普通钢笔相似，是较早用于绘图系统的交互输入设备。光笔和图形软件相配合，可以在显示器上完成绘图、修改图形和变换图形等复杂功能。

光笔由透镜、光导纤维、光电元件、放大整形电路和接触开关组成。透镜组将 CRT 的光点聚焦在笔杆内光导纤维的端面上，光导纤维的另一端接到设于光笔外部的光电元件(一般为光敏二极管、光敏三极管、光电倍增管)上；从光电元件输出的电信号(即光笔脉冲)，经放大整形，变成标准脉冲信号，送往 CRT 控制器。当手持光笔使用时，按下接触开关，光笔就打开；放开开关，光笔就关闭。

3. CD-ROM

CD-ROM 只读光盘的盘片直径为 4.72 英寸(1 英寸=0.3048m)，一片 CD-ROM 的存储容量达 650Mb。根据多媒体计算机的 MPC 规范，CD-ROM 应具备 350ms 的访问速度，目前许多产品已大大超过了这个标准。CD-ROM 有单速、双速、4 速、6 速、8 速、12 速和 36 速等多种类型。CD-ROM 必须有一个插入控制卡的接口，专业 CD-ROM 系统采用 SCSI 接口，目前通常 CD-ROM 系统普遍使用的是 IDE 接口，一般把 CD-ROM 驱动器接到主板的第二个 IDE 接口上。

4. 扫描仪

扫描仪是常用的图像输入设备，其结构原理和使用方法参见 2.6.4 节。

2.6.2 视频卡的功能和结构原理

视频卡是一种多媒体视频信号处理平台，它可以通过汇集视频源、声频源和激光视盘机(Laser Video Disc Player)、录像机(VCR)、摄像机(Camera)的信息，经过编辑或特技处理而产生漂亮的画面，如图 2-2 所示。

1. 视频卡的功能和特点

(1) 视频卡的主要功能。

视频卡是一种对实时视频图像进行数显示调整、捕捉特定镜头、若干视频源图像叠合等，此外，还可以在 VGA 上开窗口并与 VGA 信号字化、冻结、存储和输出处理的工具。视频卡的功能还包括图像的放大修整、按比例绘制、像素叠加显示和压缩处理。视频卡一般提供以下功能：

图 2-2　视频卡

① 全活动数字图像的显示、抓取、录制、支持 Microsoft Video for Windows；

② 可以从 VCR、摄像机、LD、TV 等视频源中抓取定格，存储输出图像；

③ 近似真彩色 YUV 格式图像缓冲区，并可将缓冲区映射到高端内存；

④ 可按比例缩放、剪切、移动、扫描视频图像；

⑤ 色度、饱和度、亮度、对比度及 R、G、B 三色比例可调；

⑥ 可用软件选端口地址和 IRQ；

⑦ 具有若干个可用软件相互切换的视频输入源，以其中一个做活动显示。

(2) 视频卡的特性。

① 视频输入源可通过软件从 3 个复合视频信号输入口中选择视频源，支持 NTSC、PAL 或 SECAM 制式。

② 窗口和叠加窗口定位及定位尺寸精确到单个像素，通过图形色键(256 键)将 VGA 图形和视频叠加。

③ 屏蔽色键控制，亮度和彩色信号屏蔽。

④ 图像获取支持 JPEG、PCX、TIFE、BMP、MMP、GIF 及 TARGA 文件格式；640 像素×480 像素分辨率(VGA)；支持 200 万种真色彩。

⑤ 图像处理活动及静止图像比例缩放；视频图像的定格、存取及载入；图像的剪辑和改变尺寸；色调、饱和度、亮度和对比度的控制。

(3) 各种功能的视频卡。

视频卡不但种类繁多，而且许多性能互相交错，从功能上看，主要有以下几种：

① 视频转换卡：把 VGA 信号转换为 PAL/NTSC/SECAM 制式的视频信号,G 电视播放或录像制作使用，是动态视觉传达系统的输出工具，多用于广告电视片的后期处理。

② 视频捕捉卡：捕捉和编辑静态视频图像，完成视频图像数字化、编辑以及处理等工作。

③ 动态视频捕捉和播放卡：用于实时动态视频和声音的同时获取及压缩处理，该卡还具有储存和播放功能。常用于视觉传达系统中的现场监控、办公自动化和多媒体节目创作等场合。

④ 视窗动态视频卡：提供视窗显示，动态画面的柔和及叠加，淡入、淡出等特技功能，使电视画面变得多姿多彩，出神入化。

⑤ 视频压缩卡：根据JPEG/MPEG标准作压缩与还原的工作。这种卡是制作企业形象介绍、旅游导览、广告宣传类光盘的前期制作工具，其价格特别昂贵。

⑥ MPEG解压卡：MPEG解压卡近年来发展特别快，已大量进入家庭。个人计算机只要配有光盘躯动器和MPEG解压卡就可以在计算机上观看VCD或CD-I电影光盘，并可捕捉电影镜头，把普通计算机设备难以制作，只有高档专用工作站或先进的电影设备才能拍成的特技镜头剪辑下来，进行平面广告设计或电视制作的二次创作。

⑦ 模拟视频叠加卡：用于把计算机输出的文字、字幕、图形等叠加到光盘、录像机、摄像机以及TV的模拟信号源上，是多媒体设计的常用设备。

(4) 视频卡的选择和安装。

选择视频卡时应考虑的性能参数。

① 输出输入规格：一般采用NTSC信号，而最好有S端子，这样图像品质较好。

② 分辨率：对于转换到电视机的视频转换卡，由于一般电视、录像机、LD等设备的扫描线才500多条，所以640像素×480像素已经足够(PAL制式可选800像素×600像素)。

③ 色彩：一般在640像素×480像素的分辨率下显示200万种颜色须768KB的VRAM (VideoRAM)，若要到达到真彩1600万种颜色则需lMbVRAM，VRAM较DRAM处理速度快。

④支持图像文件的格式：图像储存格式目前常用的有BMP、MMP、TGA、TIFF、PCX、GIF等。由于桌面出版系统有可能接受多种格式的图形文件，因此，视频卡能支持越多类型的文件格式越好，支持这些文件格式关系到不同图形处理软件对图形图像文件的读取、储存和传输。

有关视频卡的相关内容在5.1节中再作介绍。

2.6.3 声卡的结构和原理

处理音频信号的插卡是声频卡(Audio card)，又称声卡。声频卡是多媒体计算机的基本设备，在个人计算机上演播或制作多媒体节目，或给Windows演示增加声音功能等都需要使用声卡。开发多媒体节目时，音乐和语音所扮演的角色显得尤其重要。声音和音乐总是动态发生与变化着，同时视频图像和其他形式的动画也是动态发生的，通过图像和声音的自然结合可能产生良好的效果，如图2-3所示。

图2-3 声频卡

声频卡的工作原理详见第 6 章节内容。

2.6.4 扫描仪的结构、原理和参数选择

扫描仪(Scanner)是一种图形输入设备，利用光电转换原理，通过扫描仪光电管的移动或原稿的移动，把黑白或彩色的原稿信息数字化后输入计算机中，它还用于文字识别、图像识别等新的领域，如图 2-4 所示。

图 2-4 扫描仪

1. 扫描仪的结构、原理

(1) 结构扫描仪由电荷耦合器件(CCD)阵列、光源及聚焦透镜组成。CCD (Charge Coupled Device)排成一行或一个阵列，阵列中的每个器件都能把光信号变为电信号。光敏器件所产生的电量与所接收的光量成正比。

(2) 信息数字化原理以平面式扫描仪为例，把原件面朝下放在扫描仪的玻璃台上，扫描仪内发出光照射原件，反射光线经一组平面镜和透镜导向后，照射到 CCD 的光敏器件上。来自 CCD 的电量送到模数转换器中，将电压转换成代表每个像素色调或颜色的数字值。步进电机驱动扫描头沿平台作微增量运动，每移动一步，即获得一行像素值。

扫描彩色图像时分别用红、绿、蓝滤色镜捕捉各自的灰度图像，然后把它们组合成为 RGB 图像。有些扫描仪为了获得彩色图像，扫描头要分三遍扫描。另一些扫描仪中，通过旋转光源前的各种滤色镜使得扫描头只需扫描一遍。

2. 扫描仪的类型与性能

(1) 按扫描方式分类有四类通用的扫描仪：手动式扫描仪、平面式扫描仪、胶片(幻灯片)式扫描仪和滚筒式扫描仪，后三种可用于专业出版部门。平面式扫描仪是三种专业扫描仪中最便宜的，滚筒式扫描仪性能较好，是这三种中最贵的一种。

① 手动式扫描仪一次扫描宽度仅为 105mm，其分辨率通常为 400dpi，但小巧灵活。

② 平面式扫描仪用线性 CCD 阵列作为光转换元件，单行排列，称为 CCD 扫描仪。它的外形像一台复印机。CCD 是一种广泛使用于扫描仪和摄像机的器件，由几千个感光元件构成，集成在一片 20mm~30mm 长的衬底上。CCD 扫描仪使用长条状光源投射原稿，原稿可以是反射原稿，也可以是透射原稿。这种扫描方式速度较快，原稿安装也方便，价格较低。

③ 滚筒式扫描仪(Drum Scanner)使用圆柱型滚筒设计，把待扫描的原稿装贴在滚筒上，滚筒在光源和光电倍增管 PMT 的管状光接收器下面快速旋转，扫描头做慢速横向移动，形成对原稿的螺旋式扫描，其优点是可以完全覆盖所要扫描的文件。PMT 在暗区捕获到的色彩效果很好，灵敏度很高，不易受噪声影响。但由于滚筒式与送纸式的光学成像系统是固定的，原稿通过滚轴馈送扫描，因此这种扫描仪进行扫描时，对原稿的厚度、硬度及平整度均有限制。滚筒式扫描仪可配以专用计算机，把 RGB 图像转换为 CMYK 值，为印刷作准备。

④ 胶片扫描仪主要用来扫描透明的胶片。一些扫描仪只使用 35mm 格式，而另一些最大可扫描 4 英寸×5 英寸的胶片。专用胶片扫描仪的工作方式较特别，光源和 CCD 阵

列分居于胶片的两侧。这种扫描仪的步进电机驱动的不是光源和CCD阵列，而是胶片本身，光源和CCD阵列在整个过程中是静止不动的。

(2) 按扫描幅面分类幅面表示可扫描原稿的最大尺寸，最常见的为A4和A3幅面的台式扫描仪，此外，还有A0大幅面扫描仪。

(3) 按扫描分辨率分类分辨率有600dpi、1200dpi、4800dpi，甚至更高。

(4) 按灰度与彩色分类扫描仪可分灰度和彩色两种。对于黑白或彩色图形，用灰度扫描仪扫描只能获得黑白的灰度图形。灰度扫描仪的灰度级表示图像的亮度层次范围。级数越多，图像亮度范围越大，层次越丰富。目前多数扫描仪为256级灰度。

彩色扫描仪的扫描方式有三次扫描和单次扫描两种。三次扫描方式又分三色和单色灯管两种。前者采用R、G、B三色卤素灯管做光源，扫描三次形成彩色图像，这类扫描仪色彩还原准确。后者用单色灯管扫描三次，棱镜分色形成彩色图像，也有的通过切换R、G、B滤色片扫描三次，形成彩色图像，采用单次扫描的彩色扫描仪，扫描时灯管在每线上闪烁红、绿、蓝三次，形成彩色图像。

(5) 按反射式或透射式分类反射式扫描仪用于扫描不透明的原稿，它利用光源照在原稿上的反射光来获取图形信息；透射式扫描仪用于扫描透明胶片，如胶卷、x光片等。目前已有两用扫描仪，它是在反射式扫描仪的基础上再加装一个透射光源附件，使扫描仪既可扫反射稿，又可扫透射稿。

3. 扫描仪的技术指标

为描述扫描仪的技术指标，需了解有关的概念，如扫描精度、分辨率、鲜锐度、阶调、灰阶、扫描速度和光电转换精度等。

(1) 原稿种类。透射或者反射原稿，连续调试线条稿，阳图或阴图原稿均可扫描分色。

(2) 扫描精度。扫描精度通常用分辨率或解像度来衡量。

(3) 扫描分辨率：

① 分辨率的单位以每英寸能分辨的像素点来表示，以dpi为单位。

② 分辨率与精度输入分辨率的高低直接决定了扫描仪的精度，分辨率越高，采样图像的清晰度也就越高。扫描仪的分辨率有150dpi、200dpi、300dpi、400dpi、600dpi、1200dpi、4800dpi等。分辨率越高，识别最小细节的能力就越强，所扫描的图片越精细，产生的图像就越清晰。对反射原稿，最高分辨率为600dpi~4800dpi即可，而对透射原稿，最高输入分辨率通常为3000dpi~5000dpi，有的甚至更高。

③ 扫描分辨率分为光学分辨率和间插分辨率两种，间插分辨率又称插值分辨率或逻辑分辨率。选择扫描仪时，光学分辨率(采集到的图像细节数量)是要考虑的首要因素。光学分辨率取决于扫描头里的CCD数量，但扫描机械系统的质量因厂家而异，因而实际分辨率也千差万别。间插分辨率取决于扫描仪的硬件和软件。它通过算法在两个像素之间插入另外的像素，所以间插分辨率高于光学分辨率。

使用时，输入分辨率的设定取决于输出图像分辨率和缩放倍率。印刷时图形的放大倍数越大，扫描时所需的分辨率就越高。对半色调输出的推算公式如下：

扫描分辨率=输出网线数×2×倍率

以CCD为光电转换器件的平台式扫描仪，分辨率受CCD集成的制约。若需要作高分辨率大幅面的扫描输入，最好还是采用滚筒式扫描仪(以光电倍增管作为光电转换器件)。

④ 光电转换精度扫描仪的一个重要技术指标是灰度等级。单色扫描仪的灰度等级是指识别和反映像素明暗程度的能力。若每像点用 8bit 编码，就能反映 256 个灰度等级。扫描仪输出的像素大多数是用亮度来表示的。虽然实验中人眼对发光体的分辨能力比 256 级亮度高，但实际中观看图形时，对 256 级亮度人已基本感觉不出色差，而对于反射体(如印刷的图片)，这个精度等级已经足够用了，所以，多数扫描仪最后输出的像素亮值都是 256 级，即 8bit 数据精度，称为光电转换精度。

(4) 色彩精度彩色扫描仪要对像素分色，把一个像素点分解为红(R)、绿(G)和蓝(B)三基色的组合。对每一基色的深浅程度也要用灰度级表示，称为色彩精度。高档扫描仪对每一基色可识别和表达 1024(10bit)级灰度，处理时取每色 8bit，能确保 16.7M 种颜色再现，通常称为真彩色。

(5) 扫描速度生产型专业扫描仪的扫描速度也是一个不容忽视的指标，扫描一张 45mm×60mm 反转片的全精度图像，时间不应大于 30min，否则会使其他配套设备出现闲置等待状态。

(6) 阶调又称密度范围，是指扫描仪能分辨的最大原稿密度范围，表示对原稿由浅至深的密度再现能力，或扫描仪对原稿密度的辨识能力，尤其是对原稿暗部层次的表现。品质好的扫描仪，最黑处应可读取 2.5D 以上的密度。对于透射原稿，要求扫描仪的密度范围大于 3.0D(幻灯片一般是 3.4D，相片是 2.0D 左右)。

灰阶计算机记录图片的密度深浅，一般分为 256 阶，相对应于网点面积 0～100%。若要使图片层次更细致，则可增加灰阶数量，一般要求每色的输入信号的灰度级应大于 256，即每色为 8bit 以上，目前可达 1024 阶或 4096 阶。

(7) 鲜锐度(Sharpness)，指图片扫描后的图像清晰程度。扫描仪必须具备边缘扫描处理鲜锐的能力。调整幅度应广而细致，锐利而不粗化。

(8) 色彩再现能力，指扫描后原稿色彩再现的能力。扫描仪应有亮部、暗部自动设定，以及色彩修正、偏色调整的能力。

(9) 接口标准专业扫描仪用 SCSI 接口，目前普通扫描仪也用并行接口。

4. 扫描仪的选择

选择扫描仪时应考虑扫描仪的质量、效率和色彩空间等。影响扫描仪产生的图形文件的质量的是分辨率、彩色度、清晰度等指标，以及许多可变因素，如动态范围、分辨率、镜片质量、所用光源、描述每一种颜色的位数与孔径等。

(1) 扫描效率桌面出版用的扫描仪应能在一班内生成 30 批次以上符合出版质量要求的数字化文件，否则，工作效率和经济效益都无法得到满足。

(2) 色彩空间对于色彩空间的选择，扫描仪有 RGB 与 CMKY 两种制式。大多数 CCD 扫描仪都是廉价的 RGB 式，其特点是文件小，所占存储空间少，修版速度快，但纠正色偏不易。而 CMYK 制式能较好地保证图片质量，进行更多的色彩校正，能与多数 CMYK 方式输出匹配，但文件较大。许多鼓式扫描仪产生 CMYK 文件。

(3) 扫描分辨率扫描分辨率应满足工作要求。虽然许多图形编辑软件都有 Sharpen(锐化)命令，用来改善聚焦和清晰度，但是，如果数字化图像某些细节不够精细，就难以通过软件补救。

(4) 扫描仪的接口专业扫描仪使用专用的 SCSI 接口。有些扫描仪可以接在普通的

SCSI 卡上，例如，Microtek 扫描仪与 Adaptec1510SCSI 接口匹配得很好。但有些扫描仪，无论使用 Adapter 卡还是其他的 SCSI 卡都不行，必须安装随扫描仪一同出售的 SCSI 卡。目前，也有些扫描仪可接于打印口上。

有关扫描仪的相关内容在 3.2 节中再作介绍。

2.6.5 摄像机和录放像机

录像机可以把电视、录像、摄像等信号通过视频卡生成数字化的图像。摄像机有从家用的低档摄像机到高档的专业摄像机不同的档次，选择时应注意以下三个方面。

1. 分辨率

最终生成的图像要尽量接近 640 像素×480 像素的分辨率。家用 VHS 摄像机只有 240 线的分辨率，校准后的 s-VHS 摄像机分辨率可达 400 线。

2. 输出

有些数字化板可接收 S-Video 和复合视频信号。

3. 照度

照度(LUX)值越低，摄像所需的光线就越少，一般选用照度低的摄像机。

电视摄像机、录放像机等视频设备所产生的模拟图像在垂直方向有固定的分辨率，即每帧 625 行扫描线。数字化图像的精度由视频信号捕捉卡决定，但是每帧画面垂直方向不大于 625 线。电视画面的高宽比为 3∶4，为了保证画面的水平和垂直方向有相同的分辨率，要求水平方向的精度为 833 列。

有关摄像机的相关内容在 5.1 节中再作介绍。

2.6.6 数字照相机的结构原理

数字照相机和普通的单镜头反光相机相似，其实是一台能够独立工作的微缩计算机。数字照相机不用胶片，而使用 CCD 阵列，把来自 CCD 阵列的电压信号送到模数转换器后，变换成图像的像素值。目前的数字照相机的像素已达 180 万及以上，并且有变焦功能，如图 2-5 所示。

图 2-5　数码照相机

1. 结构

(1) CCD 矩形网格阵列数字照相机的关键部件是 CCD。与扫描仪不同，数字相机的 CCD 阵列不是排成一条线，而是排成一个矩形网格分布在芯片上，形成一个对光线极其敏感的单元阵列，使照相机可以一次摄一整幅图像，而不像扫描仪那样逐行地慢慢扫描图像。

CCD 表面的光敏单元就像计算机屏幕上的像素一样按行、列编排，每个单元将根据照射到其上的光量，按比例聚集一定强度的电荷。

(2) 存储介质数字照相机都有内部的存储介质。典型的存储介质由普通的动态随机存取存储器、闪速存储器或小型硬盘组成。它们都像硬盘一样无需电池供电也可以把信息存储很长一段时间，存放在闪速存储器中的图像可以保持几个月，甚至几年。图像数据被传送到照相机内部的存储介质上。存储介质可供存放几幅图像，并把数据成组传送到计算机中。

(3) 接口图像数据通过一个串行口或 SCSI 接口从照相机传送到计算机。

2. 工作过程

(1) 成像拍照时，进入照相机镜头的光线聚焦在 CCD 上，一个包含上万个细小彩色点的过滤器把射入的光线分离成红、绿、蓝三种成分，使得每一个 CCD 单元只能看到一种颜色，从而在 CCD 芯片的表面形成一个图像。

(2) 模数转换。当照相机判定已经聚集了足够的电荷(即相片已经被合适地曝光)时，就“读出”在 CCD 单元中的电荷，并传送给一个模数转换器，模数转换器把每一个模拟电平转换成 0~255 之间的数值，该值对应于图像上一点的红、绿、蓝的强度，从而完成了把照射到各个光敏单元的光线按亮度转换成模拟电平的工作。这些模拟电平还需转换成数字形式，其过程是：从模数转换器输出数据传送到一个数字信号处理器，它处理数据(多半是增加图像中的像素数目以增强照相机的有效分辨率)并对数据进行压缩，以便少占存储空间。

2.6.7 数字摄像机和磁卡照相机

1. 数字摄像机

数字摄像机只用于某些特定的应用场合，例如，使用 Apple Quick Take 100 可获得色彩极为丰富的图像(在 640 像素×480 像素分辨率下可提供 16.7M 种颜色)。但是在大多数硬拷贝设备上以适当的输出质量输出时，它的图像分辨率还不够理想，因而较多地用于如图形数据库和演示程序等基于屏幕的应用。

2. 磁卡照相机

磁卡照相机的使用方式与传统照相机相似，但它将所摄影到的视像储存在具有磁性物质的小卡片上。这类照相装置能拾取磁卡上的视像资料，并将视像资料转换成 NTSC、PAL 或 SE-CAM 制式的视频信号。

2.6.8 显示器的类型和特点

计算机的显示系统由显示器(Monitor，监视器)和显示适配器(Adapter)组成。显示器主要由 CRT(阴极射线管)和控制电路组成；显示适配器由寄存器、视频存储器(显示 RAM 和 ROM BIOS)和控制电路三大部分组成。显示器和适配器应配套使用，常用的显示器有多同步显示器和平面直角显示器。

多同步显示器是指具有多频同步能力的显示器。从扫描频率的类型划分，显示器有固定扫描频率与可变扫描频率两种。1985 年以前的 CGA、EGA 等显示板所配置的显示器都是固定扫描频率的，即一种显示器只有一种扫描频率，只能与一种显示板匹配。目前的显示器可以适应多种扫描频率，可连接普通的 VGA 板和高分辨率的 SVGA、TVGA 显示板。专业级的显示器还具有扫描频率自动跟踪显示板的功能，如果使用带有 GUI 硬件加速器的显示板，显示器的性能(分辨率、稳定性等)将有更大的提高。

1. 显示器的标准

IBM 的彩色图形适配器(CGA)是第一个彩色显示器标准，分辨率为 320 像素×200 像素，有四种颜色。它被具有 16 种颜色、分辨率为 640 像素×350 像素的 IBM 增强型图形适配器(EGA)取代。后来，又出现了 IBM 的视频图形阵列(VGA)，其分辨率为 640 像素×480 像素，有 256 种颜色。SuperVGA 不是 IBM 标准，它是改进了的 VGA，分辨率为 800 像素×600 像素，有 256 种颜色。IBM 于 1992 年推出的 1024 像素×786 像素、65536 种颜色的 XGA 标准比 SuperVGA 使用得更广泛。现在，普通的显示器分辨率已达到 1024 像素×786 像素、有 16.7M 种颜色，而大屏幕显示器分辨率高达 2560 像素×2048 像素，有 16.7M 种颜色。

2. 显示系统的基本概念

(1) 屏幕尺寸有三种尺寸概念：显像管尺寸(Tube Size)、可视尺寸(Viewable Size)和光栅尺寸(Raster Size)。显像管尺寸是指 CRT 表面的物理尺寸，即对角线的长度。可视尺寸是指显示器显示信号的区域大小，它比显像管尺寸小。光栅尺寸用高和宽两个参数来定义屏幕上实际可以显示的最大尺寸，通常用可见的最大屏幕背景的大小来表示。

(2) 荫罩。荫罩(Shadow Mask)是安装在荧光屏内侧的钢板，板上刻蚀数万个圆形的荫罩孔。荫罩的作用是保证三个电子束共同穿过同一个荫罩孔，准确地激发红、绿、蓝三色荧光粉。

(3) 点距。每个荫罩孔对应一个荧光粉点组，荧光粉点组之间的距离(即荫罩孔之间的距离)称为点距。常见的点距有 0.28mm、0.31mm 和 0.39mm 三种，性能更好的有 0.25mm。

(4) 扫描方式。扫描方式实际上是指荧光粉被刷新的方式，分隔行(Interlaced)扫描和非隔行(Noninterlaced)扫描两种，非隔行扫描又称逐行扫描。在隔行扫描方式中，每遍扫描时隔一行更新一行数据，更新一屏需作两遍扫描(它分为奇数行扫描和偶数行扫描)，由于要两遍扫描才更新一屏，因此屏幕显示不够稳定，有闪烁感。对于逐行扫描方式，扫描时逐行更新数据，一遍扫描就完成全屏数据的更新。作图形、图像设计用的计算机，宜使用逐行扫描方式的显示器。

(5) 扫描频率扫描频率分水平扫描频率(Horizontal Scanning Frequency)和垂直刷新频率(Vertical Refresh Rate)。水平扫描频率是指电子枪在屏上写一行点的频率，以 kHz 为单位，例如，31.5kHz~85kHz 表示该显示器的水平扫描频率可按需要显示行数的多少而变化，其范围是从 1s 内往屏上写 31.5 千行点到 85 千行点。当然，较高的频率用于分辨率高的形式，如 1024 像素×768 像素、1280 像素×1024 像素。垂直刷新频率是指整个屏幕重写的频率。在高分辨率模式，如果刷新频率不够，会使屏幕发生闪烁。专业用的 SONYMultiscan20SE 单枪三束显示器的垂直刷新频率达 50Hz~150Hz。

(6) 分辨率要求显示高分辨率(如 1024 像素×768 像素)时无闪烁感，且字符、图形清晰，边缘没有类似化水现象。对于高档的图形编辑设计，宜选用点距为 0.25mm、平面方角、单枪三束、具有自动频率跟踪、冷暖色调校正、画面旋动调节、边缘线性调节等功能的显示器。

(7) 像素与分辨率一个像素往往覆盖多个荧光粉点组，当一个像素对应于一个荧光粉点组时，显示达到了最高分辨率。

3. CRT 显示器的结构和特点

CRT 技术是至今最流行的显示技术，纯文本显示的场合可采用单色显示器，但目前单色显示器已被淘汰。

(1) 单色 CRT 显示器单色 CRT 显示器产生一种颜色的图像。最早流行的是绿色，后来是琥珀色和白色。显示颜色是由 CRT 屏幕上荧光体的颜色决定的。当电子束轰击屏幕内的荧光粉涂层时，绿色荧光体就发出绿色光。使用白色荧光体的单色显示器一般可支持多级灰度。

(2) 彩色 CRT 显示器。

① 三枪三束普通的彩色显像管有三个电子枪，呈三角形排列，也称作三角形配置。彩色显示器使用由红、绿、蓝荧光体组成的三合一荧光体，它们排列成与电子枪相同的形状。聚焦和偏转线圈使电子束对准三合一荧光体，通过照射不同的荧光体，产生所需要的图像，通过改变电子束的亮度，产生不同的颜色。例如，照射红和蓝荧光点，因电子束亮度不同则产生红和蓝之间各种色调的颜色。

荫罩包含有许多圆孔，它们与三合一荧光体精确地对准，以避免电子束不能准确照射三合一荧光体。但荫罩也有局限性，由于电子束的照射，它往往会变热，造成孔扩大，荫罩振动。这种变形使电子束不能准确照射荧光体，从而产生模糊图像。改进的方法是用更薄更平的荫罩，这样的荫罩在变热时既不扩大也不振动。

② 单枪三束有些显示器不使用三角形配置，而使用成行配置，在此种配置下电子枪以水平线排列。显示屏由交替水平排列的红、绿、蓝荧光体带构成。与电子枪相适应，垂直长孔栅代替了荫罩，并提高了图像的亮度。

数字多扫描单枪三束(translation)技术代表了先进的扫描技术，数字多扫描系统可自动控制来自计算机主机的几何图像和失真参数。由于采用了单枪三束技术，显示器的孔格栅节距最小可达 0.25mm，此外，采用多透镜聚焦技术，使显示器的边角也可以获得良好的聚焦效果。这种显像管的孔格是专门设计的，它由长形的不破损缝隙构成，能允许更多的光束在屏幕上产生更多的彩元。孔格利于减少“云纹”，长缝隙设计可以限制扰动，使显示器能够产生不抖动的图像，减少周围光照反射，减轻眼睛长时间看屏幕时的疲劳。由于显示屏幕的对比度提高 50%，使整个频谱的所有彩元都能被更加清晰地显示出来，如图 2-6 所示。

图 2-6　CRT 显示器

4. 大屏幕显示、刷新率、图像质量和低辐射标准

如果想从屏幕中获得更多的信息，提高工作效率，应选 17 英寸或更大的高分辨率显示器。17 英寸显示器所增加的面积能显示比 14 英寸显示器多 50%的信息，而且还能同时运行几个活动的应用程序窗口。17 英寸显示器还可以通过将驱动程序设定在 72Hz 或更高刷新率得到 1280 像素×1024 像素的分辨率。20 英寸和 21 英寸超大屏幕显示器提供分辨率为 1024 像素×768 像素、1280 像素×1024 像素甚至更高分辨率，便于在屏幕上观察到更多的信息。显示器要求符合瑞典 MPR Ⅱ低辐射标准，并应支持能源管理(对大屏幕显示器这一要求很重要)。

大屏幕显示器的图像质量是最重要的，由于屏幕增大，图像中的任何缺陷都要被放大，所以对图像质量要求就越高，需要考虑聚焦、对比度、亮度和显示细线及小尺寸时不失去其细节内容等因素。由于彩色的不规则性、眩光和其他缺陷在这类大屏幕显示器中都有增大的趋势，因此，彩色质量(深黑色、亮白色和均匀的饱和色)和彩色会聚性也是一个重要的考虑因素。

5. 图形显示卡的选择

从图形功能来说，VL 或 PCI 版的图形显示卡的速度比一般的显示卡快得多。而更高速的 AGP 图形卡本身还带有图像加速处理器。对不同的典型软件大多配有相应的图像驱动程序，应用的范围和效果也有所差别。图形卡存储器的容量对图像显示质量有直接影响。例如，要求在 1024 像素×768 分辨率显示 256 种色彩，要有近 lMB 内存，而要显示真彩色(24 位，16.7M 种色彩)，内存容量还要增加至 2MB。

显示卡也跟主板总线有关，如果主板为 PCI 总线，应选 PCI 型的显示卡，以充分发挥 PCI 总线的最佳性能。多媒体系统主机的显示卡可选 PCI 接口的 S3-968 或 ET6000，更高档的可采用 ATIMach64 或 AGP 接口的 DIAMOND VIPERV550 等真彩图形加速卡。ATIMach64 卡自带 2MB VRAM，可扩展为 4MB；VIPERV550 卡自带 16MB VRAM，VRAM 的处理速度比普通显示卡所用的 DRAM 快，特别适用于大型的真彩视频图像编辑和动画设计。高性能卡支持大屏幕显示器，并具有自动色彩校正功能，分辨率高达 1280 像素×1024 像素，刷新频率达 75Hz，频率可调，以便与摄像机相匹配，让摄像机直接从显示器拍到稳定清晰的图像。

有关显示器的相关内容在 3.2 节中再作介绍。

2.6.9 触摸屏技术

触摸屏是一种定位设备，用户可直接用手向计算机输入坐标信息。触摸屏是最基本的多媒体系统界面设备之一。微机上使用的触摸屏系统一般由三部分组成：触摸屏控制卡、触摸检测装置和驱动程序。触摸屏控制卡有自己的 CPU 和固化的监控程序。它的作用是从触点检测装置上接收触摸信息，将其转化为触点坐标，并送给主机；同时还能接收主机发来的命令并加以执行。触摸检测装置则直接安装在监视器前端，主要用来检测用户的触摸位置，并将该信息传递给触摸屏控制卡。

触摸屏的分类：

(1) 以安装方式可分为：外挂式、内置式、整体式和投影仪式触摸屏。

(2) 从技术分，有以下不同的类型：

① 红外使用红外线传感器，这是一种需要特殊框的触摸屏形式；

② 电阻膜使用电阻性传感器，其主要结构是电阻膜；

③ 电容使用电容性传感器，利用人体所带电荷的电容感应作用工作；

④ 表面声波使用声波传感器，由声波传感器和反射器组成；

⑤ 压力矢量使用压力矢量传感器，利用显示器下的垫感受压力。

2.6.10 彩色打印技术

打印机从打印方式来分，主要分为击打式和非击打式两大类。击打式以点阵针式打印机为主，非击打式则有激光打印机、喷墨打印机和热蜡热升华打印机。彩色打印技术可分为针式、喷墨、热转移、热升华和激光打印等几类。如果需要获得接近照片效果的高质量打印，可选择染料升华打印机或激光彩色打印机。

喷墨打印机是一种低噪声印刷机，其基本工作原理是热喷墨技术。从喷墨材料形态分，有液体喷墨打印机和固体喷墨打印机。液态喷墨式有两种类型：间断式和连续式。

实际上绝大多数液体喷墨打印机都采用间断式的设计，只在需要打印的时候才喷射墨水。喷射墨水也有两种方法：一种是利用热量产生一个具有喷射力量的气泡，称为热喷墨式；一种是利用电子驱动装置把墨水从墨室里射出，称为压电式，如图 2-7 所示。

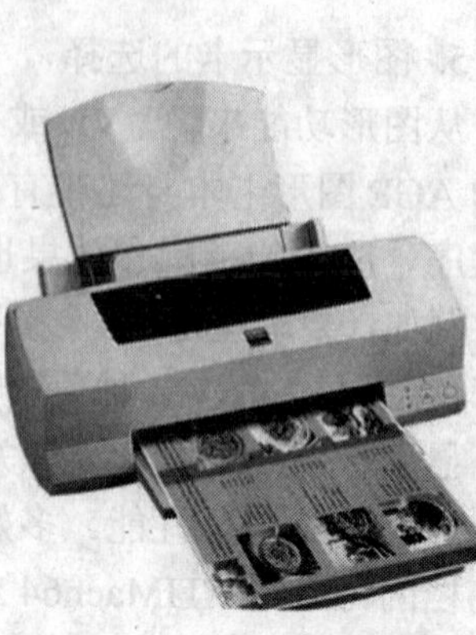

图 2-7 彩色喷墨打印机

1. 彩色喷墨打印技术

彩色喷墨打印技术分为加热式喷墨打印和压电相变喷墨打印两种。工作原理如下：

(1) 加热式喷墨打印利用加热器元件加热彩色墨水形成彩墨气泡，气泡迫使彩墨微滴通过喷嘴喷射到纸上，颜色靠特殊的控制装置控制加热器的不同元件来选取，工作时，喷墨打印机将彩色液体油墨经喷嘴变成细小微粒喷到印纸上。现有的喷墨打印机有三个或四个打印喷头，以便打印黄、品红、青、黑四色；有的打印机是公用一个喷头，分四色喷印。如果希望液体喷墨彩色打印机输出质量比较高的打印成品，那么需要使用短纤维的专用纸张。

(2) 压电相变喷墨打印压电相变喷墨打印技术又称为固体喷墨打印技术。它类似于热蜡转移打印机，两者都采用基于蜡的颜料。相变喷墨打印机所使用的固体彩墨是一种相变墨，通常采用彩色的蜡杆来代替赛珞璐颜料圈。相变墨具有一个特性，在室温时处于固态，在高于室温的某一温度时处于液态。打印时，通过打印头的加热器将它熔化为液态彩墨，然后送到打印头中的驱动装置部位。在驱动装置中靠电脉冲信号产生抽吸作用，从而使液态彩墨喷射到纸上，并渗透其中。彩墨一射到纸上立刻凝固，以防液态彩墨散开或浸润。墨与纸牢固地结合在一起，具有极强的附着力和耐久性，而且色彩十分鲜艳漂亮。相变技术主要的优点是不需要昂贵的涂复纸，它可以使用包括普通纸张在内的几乎所有纸张。

2. 热蜡转移打印技术

热蜡转移打印也称热敏打印，它使用浸透三种或四种彩色的蜡颜料的赛珞璐缎带，机器的打印头上有无数细小的加热元件，工作时对三色彩色色带依次加热，将红、黄、蓝三基色转印到输出介质上，把图像以凸版印刷的方式印出，一张彩色页面需打印三到四遍。这些介质可以是透明胶片或纸张。用热蜡式彩色打印机打印透明胶片，效果很好。

热蜡转移打印机与染料升华打印机在技术上很接近，它们都要加热颜料。不同之处在于：热蜡转移打印机生成高频振动离散而不是连续的色调，图像和颜色都是由微小的点组成。

3. 染料升华式打印技术

热升华打印的原理与热转移相似。染料升华式彩色打印机是热蜡式打印机的一个变种，也是采用专用纸张输出质量较高的打印成品，其使用费用比较高。

热蜡式打印机逐点将蜡状墨水熔融到打印介质上，而染料升华打印机则将墨水蒸发(从固态变成气态)到特殊涂覆的纸张上。它使用的染料有透明感，色彩表现力强，打印效果达到甚至超过彩色照片，是桌面出版系统理想的输出设备。

4. 彩色激光打印技术

彩色打印机的技术源于彩色复印机，但由于要用 4 个鼓来完成彩色打印过程，其技术精度要求很高，处理过程极其复杂，尤其对于连续色调的彩色激光打印机更是如此。

彩色激光打印机主要由着色装置、有机光导带、打印机控制器、激光器、传送鼓、传送滚筒及熔合固化装置构成。工作时，有机光导带内的预充电装置先在光导带上充电，产生一层均匀电荷，激光器产生的激光束射到光导带上时，使光导带相应点放电。激光束的强度通过打印机控制器受所要打印图像数据的控制，因此射到光导带上的激光束的强度就反映了该图像的信息。由于光导带不停运动，所以不同强度的激光束就在光导带上形成放电程度不一的放电区，这些放电区就组成了与该图像相对应的潜像。当光导带上的潜像从着色装置下方通过时，与光导带接触的着色装置打开，着色剂附着在光导带放电区(充电区对着色剂起排斥作用，所以着色剂不能附着其上)。光导带不停地旋转，以上着色过程多次进行，从而使四种颜色都按原图像色彩附着其上，这样就得到一个完整的彩色图像。与此同时，传送鼓被充电，将光导带上的彩色图像剥离下来，而后靠传送鼓和传送滚筒之间的偏压将彩色图像从传送鼓上转移下来印到纸上，再经熔合固化装置采用热压的方法把彩色图像固着在纸上得到最后的彩色图像成品。

2.6.11 彩色激光打印机

彩色激光打印机是一种新型输出设备，它可查找并精确地打印录像源中的视频图像，而且速度很快。例如，日立 VY-300E 型彩色录像打印机打印一幅图像仅需 58s。它具有高质量 4 帧存储功能，机器内部采用 12 条 4MB 的 DRAM 和高速数字接口。VY-300E 的 RGB 存储通过接口可直接读取存储的数字数据，接口用约 5s 传送完一整屏幕的彩色图像。该设备还具有 2、4、16 或 25 个屏幕的多屏幕打印，打印系统为染色热传递线打印，水平频率为 15kHz，垂直频率为 50Hz，像素点达 576×766，如图 2-8 所示。

图 2-8 彩色激光打印机

习 题

1. 什么是多媒体系统？
2. MPC 的基本特征有哪些？
3. 简述 USB 接口技术。

第 3 章　图形图像技术

学习内容

本章主要介绍了彩色原理、图形图像的基本知识，及处理图形图像的设备和软件，重点介绍了如何使用Photoshop处理图像。

学习要求

了解：图形图像的概念。

掌握：使用 Photoshop 软件处理图像。

图形与图像是多媒体作品不可缺少的组成部分，图形与图像含有丰富的、意境深刻的信息。学习本章不仅可以了解基本概念和数字化原理，还可以掌握图像编辑和应用的实际技能，学会操作著名的专业工具——Photoshop。

3.1　基本概念

3.1.1　彩色原理

1. 彩色的三要素

任何一种颜色都可以用亮度、色调和色饱和度3个物理量来确定，它们叫做彩色的三要素。

(1) 亮度。亮度用字母 Y 表示，它是指彩色光作用于人眼时引起人眼视觉的明亮程度。它不仅与彩色光光线的强弱有关，而且与彩色光的波长有关。

(2) 色调。色调表示彩色的颜色种类，即通常所说的红、橙、黄、绿、青、蓝、紫等。

(3) 色饱和度。色饱和度表示颜色的深浅程度，对于同一色调的颜色，其色饱和度越高，颜色越深，在某一色调的彩色光中掺入的白光越多，彩色的色饱和度就越低。

色调与色饱和度合称为色度，用F表示。

2. 三基色和混色

人们在对人眼进行混色实验时发现，只要用3种不同颜色的光按一定比例混合就可以得到自然界中绝大多数的颜色。例如，将红、绿、蓝3光投射在白色屏幕上的同一位置，不断改变三束光的强度比，就可在白色屏幕上看到各种颜色。通常把具有这种特性的3种颜色叫三基色。彩色电视中使用的三基色是红(R)、绿(G)、蓝(B)三色。

对三基色进行混色实验可得如下结论：红+绿→黄，蓝+黄→白，绿+蓝→青，红+青→白，蓝+红→紫，绿+紫→白，红+绿+蓝→白，黄+青+紫→白，通常把黄、青、紫叫三基色的3个补色。

3. 颜色模式

颜色模式(Mode)有灰度(Grayscale)、RGB、HSB、CMYK、Lab几种。它们的特点如下:

(1) 灰度模式。

灰度模式只有灰度色(图像的亮度)，没有彩色。在灰度色图像中，每个像素都以8位或16位表示，取值范围在0(黑色)～255(白色)之间。

(2) RGB模式。

RGB模式是用红(R)、绿(G)、蓝(B)三基色来描述颜色的方式。对于真彩色，R、G、B三基色分别用8位二进制数来描述，R、G、B的取值范围在0～255之间，可以表示的彩色数目为256×256×256种颜色，这是计算机绘图中经常使用的模式。

(3) HSB模式。

HSB模式是利用颜色的三要素来表示颜色的，它与人眼观察颜色的方式最接近，是一种定义颜色的直观方式。其中，H表示色调(也叫色相，Hue)，S表示色饱和度(Saturation)，B表示亮度(Brightness)。这种方式与绘画的习惯相一致，虽然用来描述颜色比较自然，但实际使用中不太方便。

(4) CMYK模式。

CMYK模式是一种基于四色印刷的印刷模式，是相减混色模式。C表示青色，M表示品红色，Y表示黄色，K表示黑色。它是一种最佳的打印模式。虽然RGB模式可以表示的颜色较多，但打印机与显示器不同，打印纸不能够创建色彩光源，它只可以吸收一部分光线和反射一部分光线，它不能够打印出这么多的颜色。CMYK模式主要用于彩色打印和彩色印刷。

(5) Lab模式。

Lab模式是国际照明委员会(CIE)于1976年颁布的一种颜色模式。它由3个通道组成，第1个是亮度通道，用L表示；第2个是a通道，a通道包括的颜色是从深绿色(低亮度值)到灰色(中亮度值)，再到亮粉红色(高亮度值)；第3个是b通道，b通道包括的颜色是从亮蓝色(低亮度值)到灰色(中亮度值)，再到焦黄色(高亮度值)。L的取值范围是0～100，a和b的取值范围是-120～120。这种模式可以产生明亮的颜色。

Lab模式可以表示的颜色最多，且与光线和设备无关，而且处理的速度与RGB模式一样快，是CMYK模式处理速度的数倍。

3.1.2 图形与图像

1. 图形

图形又称矢量图形、几何图形或矢量图，是对图像的抽象，反映了图像的主要特征，以指令集合的形式来描述。

通常图形绘制和显示的软件称为绘图软件，比如CorelDRAW、Freehand和Illustrator等。它们可以由人工操作交互式绘图，或是根据一组或几组数据画出各种几何图形，并可方便地对图形的各个组成部分进行缩放、旋转、扭曲和上色等编辑和处理工作。

矢量图形的优点在于不需要对图上每一点进行量化保存，只需要让计算机知道所描绘对象的几何特征即可。比如：只需知道一个圆的半径和圆心坐标，计算机就可调用相应的函数画出这个圆，因此矢量图形所占用的存储空间相对较少，矢量图形主要用于计算机辅助设计、工程制图、广告设计、美术字和地图等领域。

2. 图像

图像又称点阵图像或位图图像，它是指在空间和亮度上离散化了的图像，它是一种对视觉信号进行直接量化的媒体形式，反映了信号的原始特征，它的特点是逼真、容量大。

计算机上生成图像和对图像进行编辑处理的软件通常称为绘画软件，如Photoshop、PhotoImpact和PhotoDraw等。它们的处理对象都是图像文件，它是由描述各个像素点的图像数据再加上一些附加说明信息构成的。位图图像主要用于表现自然景物、人物、动植物和一切引起人类视觉感受的景物，特别适合于逼真的彩色照片等。通常图像文件总是以压缩的方式进行存储的，以节省内存和磁盘空间。

3. 图形与图像的比较

图形与图像除了在构成原理上的区别以外，还有以下几个不同点：

(1) 图形的颜色作为绘制图元的参数在指令中给出，所以图形的颜色数目与文件的大小无关；而图像中每个像素所占据的二进制位数与图像的颜色数目有关，颜色数目越多，占据的二进制位数也就越多，图像的文件数据量也会随之迅速增大。

(2) 图形在进行缩放、旋转等操作后不会产生失真；而图像有可能出现失真现象，特别是放大若干倍后可能会出现严重的颗粒状，缩小后会吃掉部分像素点。

(3) 图形适合于表现变化的曲线、简单的图案和运算的结果等；而图像的表现力较强，层次和色彩较丰富，适合于表现自然的、细节的景物。

图形侧重于绘制、创造和艺术性；而图像则偏重于获取、复制和技巧性。在多媒体应用软件中，目前用得较多的是图像，它与图形之间可以用软件来相互转换。利用真实感图形绘制技术可以将图形数据变成图像，利用模式识别技术可以从图像数据中提取几何数据，把图像转换成图形。

3.1.3 图像的数字化

图像只有经过数字化后才能成为计算机处理的位图。自然景物成像后的图像无论以何种记录介质保存都是连续的。从空间上看，一幅图像在二维空间上都是连续分布的，从空间的某一点位置的亮度来看，亮度值也是连续分布的。图像数字化就是把连续的空间位置和亮度离散，它包括两方面的内容：空间位置的离散和数字化，亮度值的离散和数字化。

采样的图像亮度值，在采样的连续空间上仍然是连续值。把亮度分成k个区间，某个区间对应相同的亮度值，共有k个不同的亮度值，这个过程称为量化。通常将实现量化的过程称为模数变换，相反地，把数字信号恢复到模拟信号的过程称为数模变换，它们分别由A/D和D/A变换器实现。经过模数变换得到的数字数据可以进一步压缩编码，以减少数据量。

影响图像数字化质量的主要参数有分辨率、颜色深度等，在采集和处理图像时，必须正确理解和运用这些参数。

1. 分辨率

通常，分辨率可分为显示分辨率和图像分辨率两种。

(1) 显示分辨率。

显示分辨率是指在屏幕的最大显示区域内，水平与垂直方向的像素个数。例如，1024×768的分辨率表示屏幕可以显示768行像素，每行有1024个像素，即总共有786432个像素，屏幕可以显示的像素个数越多，图像越清晰逼真。

显示分辨率不但与显示器和显示卡的质量有关，还与显示模式的设置有关。单击Windows桌面的“开始”按钮，再单击“设置”→“控制面板”菜单命令，调出“控制面板”对话框，再双击该对话框中的“显示”图标，调出“显示属性”对话框，单击“设置”选项卡。用鼠标拖曳调整该对话框内“屏幕区域”栏的滑块，可以调整显示分辨率。

(2) 图像分辨率。

图像分辨率是指组成一帧图像的像素个数。例如，400×300的图像分辨率表示该幅图像由300行，每行400个像素组成。它既反映了该图像的精细程度，又给出了该图像的大小。如果图像分辨率大于显示分辨率，则图像只会显示其中的一部分。在显示分辨率一定的情况下，图像分辨率越高，图像越清晰，但图像的文件越大。

(3) 像素分辨率。

是指显像管荧光屏上一个像素点的宽和长之比，在像素分辨率不同的机器间传输图像时会产生图像变形。例如，在捕捉图像时，如果显像管的像素分辨率为2∶1，而显示图像的显像管的像素分辨率为1∶1，这时该图像会发生变形。

2. 颜色深度

点阵图像中各像素的颜色信息是用若干二进制数据来描述的，二进制的位数就是点阵图像的颜色深度。颜色深度决定了图像中可以出现的颜色的最大个数。目前，颜色深度有1、4、8、16、24和32几种。

例如，颜色深度为1时，表示点阵图像中各像素的颜色只有1位，可以表示两种颜色(黑色和白色)；颜色深度为8时，表示点阵图像中各像素的颜色为8位，可以表示256种颜色；颜色深度为24时，表示点阵图像中各像素的颜色为24位，可以表示16777216种颜色，它是用3个8位来分别表示R、G、B颜色，这种图像叫真彩色图像；颜色深度为32时，也是用3个8位来分别表示R、G、B颜色，另一个8位用来表示图像的其他属性，如透明度等。

颜色深度不但与显示器和显示卡的质量有关，还与显示设置有关。利用“显示属性”(设置)对话框中的“颜色”列表框可以选择不同的颜色深度。

图像文件的大小是指在磁盘上存储整幅图像所需的字节数，它的计算公式是：

图像文件的字节数=图像分辨率×颜色深度/8

例如，一幅 640×480 的真彩色图像(24 位)，它未压缩的原始数据量为：

640×480×24/8B=921600B=900KB

显然，图像文件所需要的存储空间较大，在制作多媒体应用软件时，一定要考虑图像的大小，适当地掌握图像的宽、高和颜色深度，如果对图像文件进行压缩处理，可以很大程度地减少图像文件所占用的存储空间。

3.1.4 图像的文件格式

对于图像，由于记录的内容不同和压缩的方式不同，其文件格式也不同。不同的文件格式具有不同的文件扩展名。每种格式的图像文件都有不同的特点、产生的背景和应用的范围。

BMP(Bitmap)是Microsoft公司为其Windows系列操作系统设置的标准图像文件格式。在Windows系统中包括了一系列支持。BMP图像处理的应用编程接口(API函数)。由于Windows操作系统在PC机上占有绝对的优势，所以在PC机上运行的绝大多数图像软件都支持BMP格式的图像文件。BMP文件格式具有以下特点：每个文件存放一幅图像；可以多种颜色深度保存图像(16/256色、16/24/32位)；根据用户需要可以选择图像数据是否采用压缩形式存放(通常BMP格式的图像是非压缩格式)，使用RLE压缩方式可得到16色的图像，采用RLE8压缩方式则得到256色的图像；以图像的左下角为起始点存储数据；存储真彩色图像数据时以蓝、绿、红的顺序排列。

GIF(Graphics Interchange Format)是由CompuServe公司于1987年开发的图像文件格式。它主要是用来交换图片的，为网络传输和BBS用户使用图像文件提供方便。目前，大多数图像软件都支持GIF文件格式，它特别适合于动画制作、网页制作以及演示文稿制作等领域。GIF文件格式具有以下特点：对于灰度图像表现最佳；采用改进的LZW压缩算法处理图像数据；图像文件短小，下载速度快；具有GIF97a(一个文件存储一个图像)和GIF89a(允许一个文件存储多个图像)两个版本；不能存储超过256色的图像；采用两种排列顺序存储图像，即顺序排列和交叉排列。

JPEG(Joint Photographic Experts Group)是一种比较复杂的文件结构和编码方式的文件格式。它是用有损压缩方式去除冗余的图像和彩色数据，在获得极高压缩率的同时能展现十分丰富和生动的图像，换句话说，就是可以用最少的磁盘空间得到较好的图像质量。因此，JPEG文件格式适用于在Internet上作图像传输，常在广告设计中作为图像素材，在存储容量有限的条件下进行携带和传输。JPEG文件格式具有以下特点：适用性广，大多数图像类型都可以进行JPEG编码，对于数字化照片和表达自然景物的图片，JPEG编码方式具有非常好的处理效果，但对于使用计算机绘制的具有明显边界的图形，JPEG编码方式的处理效果不佳。

TIFF(Tag Image File Format)是一种通用的位映射图像文件格式。TIFF格式的图像文件是由Aldus公司开发的，早在1986年就已推出，后来Aldus公司与Microsoft公司合作，进一步发展了TIFF格式，至今已经历了多种不同版本。TIFF文件格式具有以下特点：支持从单色到32位真彩色的所有图像；适用于多种操作平台和多种机型，如PC机和Macintosh机；具有多种数据压缩存储方式等。

PNG(Portable Network Graphic)是 20 世纪 90 年代中期开发的图像文件格式，其目的是企图替代 GIF 和 TIFF 文件格式，同时增加一些 GIF 文件格式所不具备的特性。PNG 用来存储彩色图像时其颜色深度可达 48 位，存储灰度图像时可达 16 位，并且还可存储多达 16 位的 a 通道数据。PNG 文件格式具有以下特点：流式读写性能，加快图像显示的逐次逼近显示方式；使用从 LZ77 派生的无损压缩算法以及独立于计算机软硬件环境等。

PSD(Photoshop Document)是Adobe公司的图像处理软件Photoshop的专用格式。PSD其实是Photoshop进行平面设计的一张“草稿图”，它里面包含有各种图层、通道、遮罩等多种设计的样稿，以便于下次打开文件时可以修改上一次的设计。在Photoshop所支持的各种图像格式中，PSD的存取速度比其他格式都快，功能也很强大，由于Photoshop越来越被广泛地应用，所以有理由相信，这种格式也会逐步流行起来。

数字图形图像文件的常用格式：BMP、GIF、JPEG、JPG、PCX、PNG、PSD、TIFF、TIF、WMF。

3.2 显示设备与扫描仪

3.2.1 显示设备

显示设备是多媒体计算机系统实现人机交互的实时监视的外部设备，它是计算机不可缺少的重要输出设备。显示设备主要是由显示器和显示卡组成。

1. 显示卡

显示卡又称显示适配器或显示接口卡，它是显示器与主机通信的控制电路和接口，用于将主机中的数字信号转换成图像信号并在显示器上显示出来。

(1) 显示卡的发展过程。

计算机中的显示卡经历了由单色到彩色，由MDA(Monochrome Display Adapter，单色显示卡)、CGA(Color Graphic Adapter，彩色图形显示卡)、EGA(Enhanced Graphic Adapter，增强型图形显示卡)、VGA(Video Graphic Array，视频图形阵列)到2D/3D图形加速卡，总线接口由8位的PC/XT总线显示卡、16位的ISA总线显示卡、32位的VESA局部总线显示卡、32位的PCI总线显示卡到目前流行的AGP接口的显示卡，由中低分辨率的显示卡到高分辨率的显示卡等一系列的发展过程。在计算机中，显示卡是除CPU外发展速度最快的部件，显示器必须配上显示卡才能正常显示出计算机的各种信息。

(2) 显示卡的基本结构。

无论何种类型的显示卡，都有着大致相同的结构。显示卡的结构是由显示芯片、显示内存、RAM DAC、VGA BIOS、总线接口等部件组成，此外还有一些连接插座和插针。

显示卡的工作过程大致是：首先由CPU向图形处理部件发出命令，显示卡将图形处理完成后送到显示内存，显示内存进行数据读取，然后将其送到RAM DAC中。最后RAM DAC将数字信号转化为模拟信号输出显示。

(3) 显示卡的分类。

显示卡根据不同的分类标准可分为不同的类型。如按照图形处理的不同原理可分为普通显示卡、2D加速卡和3D加速卡。按照总线类型的不同可分为ISA显示卡、EISA显示卡、VESA显示卡、PCI显示卡和AGP显示卡。目前市场上可以看到的主要有PCI显示卡和AGP显示卡两种，而且以AGP显示卡为主流。

(4) 显示卡的性能指标。

当前市场上的显示卡种类繁多，不同种类的显示卡都有其特定的性能指标。但无论哪种显示卡，都有3项最基本的指标，即分辨率、颜色数和刷新频率。

① 分辨率，又称解析度，它是指在显示器屏幕上所能描绘的像素点数量，通常用水平像素点数×垂直像素点数来表示。由于现在的绝大多数显示器屏幕横纵比是4∶3，所以标准分辨率也是4∶3的比例，如640×480、800×600、1024×768、1600×1200等。显示器分辨率的大小取决于显示卡的分辨率，由于显示器的屏幕大小不变，所以分辨率越高，可显示的内容就越多，当然在屏幕上显示的单个字符或图像会按比例缩小。

② 颜色数，又称颜色深度，它是指显示卡在当前分辨率下能同屏显示的色彩数量，一般以多少色或多少位色来表示。颜色数和颜色深度的关系为：颜色数= $2^{颜色深度}$，比如标准VGA显示卡在640×480分辨率下的颜色为8位色，则可以在屏幕上显示出256种颜色。颜色位数一般设定为8位、16位、24位或32位不等。

当然，颜色数的位数越高，用户所能看到的颜色就越多，屏幕上的图像质量就越好。但是当颜色数增加时，也增大了显示卡所要处理的数据量，随之而来的问题是速度的降低和屏幕刷新频率的降低。

③ 刷新频率是指图像在显示器上更新的速度，即屏幕每秒重新显示的次数。实际上刷新频率是 RAM DAC 向显示器传送的显示信号，使其每秒重绘屏幕的次数，它的单位是赫兹(Hz)。刷新频率越高，屏幕上图像闪烁感越小，图像的稳定性越高。过低的刷新频率会使用户感到屏幕严重的闪烁，时间一长就会使眼睛感到疲劳，通常，刷新频率应大于 75Hz。

2. 图形加速卡

随着多媒体计算机的不断发展和家庭娱乐的需求，3D图形加速卡也越来越受到人们的关注。3D图形加速卡的性能是由卡上的3D显示芯片决定的，3D显示芯片除应具有一般2D显示芯片的功能(包括YUV-RGB、双线性缩放、图像缩放、插值、压缩等)外。还应能支持3D运算特性。一般来说，作为具有3D图形加速功能的芯片主要应具有以下几个特征：

(1) *Z*缓冲器。在三维图形中，除了*X*轴和*Y*轴外，还需要一个*Z*轴。*Z*参数为缓冲器中的像素提供实际坐标比较。

(2) 颜色内插。使着色更准确，图形更具真实感和立体感。

(3) 纹理映射。能在每个三维图形的表面贴上同样材质的花纹，使画面更具真实感。

(4) 浓度暂存。带有3D引擎的16位浓度暂存器，能用于消除隐藏的线条和表面。

(5) 雾化处理。能产生由近及远的层次感。

(6) 边缘平滑处理。消除边缘锯齿效应，使图像之间过渡更加自然。

(7) 透明色处理。调整花纹各部分的角度、大小比例，产生融合效果，提高透视效果。

除此之外，还可能包括透视校正、双缓存、着色技术、气氛效果和Alpha变换等。由于3D显示芯片档次不尽相同，其功能强弱也有一定差别。

3D API(3D Application Programming Interface，3D应用程序接口)是许多程序的集合，它是架设在3D图形应用程序和3D图形加速卡之间的桥梁。一个3D API能让编程人员所设计的3D软件调用其API内的程序，从而让API自动与硬件的驱动程序沟通.启动3D芯片内强大的3D图形处理功能，从而大大地提高了3D程序设计的效率。目前普遍应用的3D API主要有DirectX、OpenGL、Dlide和Heidi等。

由于3D显示芯片功能日趋强劲，大大减轻了系统的负荷，使很多三维软件的潜力和功能得到充分发挥。在选购3D图形加速卡时，主要应考虑如下因素：3D图形显示控制芯片的性能，RAM DAC的位数和速度，显存的类型、容量和速度，显示BIOS的性能.接口总线类型及所支持的数据传输速度以及显示驱动程序是否完善等。

3. CRT 显示器

(1) 显示器的工作原理。

显示器的作用是将主机发出的信号经一系列处理后转换成光信号，最终将文字和图形显示出来。现在使用的显示器基本上都是CRT(Cathode Ray Tube，阴极射线管)，下面就以CRT为例介绍显示器的工作原理。

CRT是由电子枪、偏转电压、荧光粉层、荫罩和玻璃外壳5个部分组成。当显示器加电后，在电子枪和荧光粉层之间形成一个高达几万伏的直流电压加速场，当电子枪射出的电子束经过聚焦和加速后，在偏转线圈产生的磁场作用下，按所需要的方向偏转，通过荫罩上的小孔射在荧光屏上，荧光屏被激活就会产生彩色。当图像被显示在屏幕上时，它由许多小点组成，这些小点称为像素。每个像素都有自己的颜色，正是由各个像素的颜色构成一幅完整的彩色图画。

(2) 显示器的分类。

① 按显示颜色分类，可分为如下两种：

单色显示器，只能显示一种颜色。

彩色显示器，可以显示高达1677万种颜色。

② 按显示器件材料分类，可分为如下几种：

阴极射线管显示器(CRT)，采用阴极射线管作为光电转换材料，它是目前的主流显示器。

液晶显示器(LCD)，最近这种显示器逐渐流行起来，它是利用液晶的分子排列对外界的环境变化(如温度、电磁场的变化)十分敏感，当液晶的分子排列发生变化时，其光学性质也随之改变，因而可以显示各种图形。

等离子体显示器(PDP)，它的工作方式与液晶显示器类似，但是在两块玻璃之间夹着的材料不是液晶，而是一层气体，它将气体和电流结合起来激发像素，虽然分辨率较低，但图像明亮且成本比有源阵列LCD低，适合商业演示使用。

发光二极管显示器(LED)，主要采用LED作为显示阵列，在一些大型的户外广告牌上经常使用。

③ 按显示屏幕形状分类，可分为如下几种：

球面屏幕。这类显像管是目前技术最成熟、使用最广泛的显像管。但它的缺点也很明显，就是随着观察角度的改变，球面屏幕上的图像会发生歪斜，而且非常容易引起外部光线的反射，降低对比度。这种显像管的优势就在于价格便宜。

柱面屏幕。这类显像管的特点是从水平方向看呈曲线状，而在垂直方向则为平面。它采用了条形荫罩板和带状荧屏技术，透光性好、亮度高、色彩鲜明，适合对色彩表现要求高的场合。但是这种显像管的缺点是：它采用的条栅状光栅抗冲击性能较差，不适合在严酷的工业场合使用。

平面直角屏幕。平面直角显像管由于采用了扩张技术，使传统的球面管在水平和垂直方向向外扩张。因此，这种显像管比传统的球面显像管看上去要平坦很多，同时在防止光线的反射和眩光方面也有不少改进，加上比较低廉的价格，使其在15英寸以上的显示器中得到广泛的应用。但从技术上讲，它还不是真正的平面显像管。

纯平面屏幕。这种显像管在水平和垂直两个方向上真正做到了平面。因为越平的屏幕，人眼观看屏幕的聚焦范围就越大，图像看起来也就更逼真和舒服。但这种显像管的成本比较高。

(3) 显示器的性能指标。

一台显示器有许多指标，这些指标中有些是电器性能，它决定了显示器的档次，有些则是附加功能，从小的方面体现厂家的技术力量。具体介绍如下：

① 屏幕尺寸，是衡量显示器屏幕大小的技术指标，它是用显像管对角线的距离来表示，单位一般用英寸，目前常见的显示器有14英寸、15英寸、17英寸和21英寸等。实际上，显示器的可视范围要比屏幕尺寸小一些，如15英寸显示器的可视对角尺寸为13.8英寸。

② 点距，是指显示器荧光屏上两个相邻的相同颜色磷光点之间的距离。点距越小，显示出来的图像越细腻。点距的单位为毫米(mm)，用显示区域的宽和高分别除以点距，即得到显示器在水平和垂直方向最高可以显示的像素点。以点距为0.28mm的14英寸显示器为例，它在水平方向最多可以显示1024个像素点，在垂直方向最多可以显示768个像素点，因此其极限分辨率为1024像素×768像素。目前，高清晰大屏幕显示器通常采用0.28mm、0.27mm、0.26mm、0.25mm的点距，有的产品甚至达到0.21mm。

③ 分辨率，是指屏幕上可以容纳像素的个数。分辨率越高，屏幕上能显示的像素数就越多，图像也就越细腻，显示的内容就越多。通常分辨率用水平方向像素的个数与垂直方向像素的个数的乘积来表示，例如，800×600表示在水平方向有800个像素点，在垂直方向有600个像素点。显示器的分辨率受到点距和屏幕尺寸的限制，也与显示卡的性能有关。

④ 刷新频率，是指每秒刷新屏幕的次数，刷新频率可分为垂直刷新频率和水平刷新频率。垂直刷新频率又称场频，它指屏幕图像每秒从上到下刷新的次数，单位是Hz。垂直刷新频率越高，图像越稳定，闪烁感越小。显示器使用的垂直刷新频率在60Hz～90Hz之间，一般垂直刷新频率在72Hz以上。水平刷新频率又称行频，它指电子束每秒在屏幕上水平扫描的次数，单位为kHz。行频的范围越宽，可支持的分辨率越高。如15英寸彩色显示器的行频范围在30kHz～70kHz之间。

⑤ 扫描方式，可分为两种：隔行扫描和逐行扫描。隔行扫描是电子枪先扫描奇数行，后扫描偶数行，因为一帧图像分两次扫描，所以容易产生闪烁现象。逐行扫描是指逐行一次性扫描完并组成一帧图像。现在的显示器一般都采用逐行扫描方式，逐行扫描在垂直刷新频率低时也会感到闪烁。国际VESA协会认为，逐行扫描方式的垂直刷新频率达到75Hz才能实现无闪烁，最近又提出了逐行扫描的最佳无闪烁标准是垂直刷新频率为85Hz。

⑥ 带宽，是显示器所能接收信号的频率范围，是评价显示器性能的重要参数。不同的分辨率和刷新频率需要不同的带宽，以MHz为单位。带宽越宽，表明显示控制能力越强，显示效果越佳。一般来说，可接受带宽为：水平像素×垂直像素×刷新频率×系数(取1.5)。

⑦ 辐射和环保。长时间在显示器前工作，会受到显示器的辐射，它直接影响到用户的视力及身体健康。国际上关于显示器电磁辐射量的标准有两个：瑞典的MPR－Ⅱ标准和更高要求的TCO标准。目前达到MPR－Ⅱ标准的显示器较多，达到TCO标准的显示器在市场上较少，只有一些名牌产品才有TCO的认证标志。

显示器带有EPA(能源之星)标志的具有绿色功能，在计算机处于空闲状态时，自动关闭显示器内部部分电路，使显示器降低电能消耗，以节约能源和延长显示器的使用寿命。

4. 液晶显示器

液晶显示器(Liquid Crystal Display，LCD)是一种数字显示技术，可以通过液晶和彩色过滤器过滤光源，在平面面板上产生图像，如图3-1所示。随着液晶显示技术的不断进步，液晶显示器在笔记本电脑市场占据多年的领先地位后，开始逐步进入台式机系统。与传统的CRT显示器相比，液晶显示器具有占用空间小、重量轻、低功耗、低辐射和无闪烁等优点。

图 3-1　液晶显示器

(1) 液晶显示器的工作原理。

液晶显示器是以液晶材料作为主要部件的一种显示器。液晶是一种具有透光特性的物质，它同时具备固体和液体的某些特征。从形状和外观看，液晶是一种液体，但它的水晶式分子液晶显示器结构又表现出固体的形态，光线穿透液晶的路径由构成它的分子排列决定，这是固体的一种特征。在研究过程中，人们发现给液晶加电时，液晶分子会改变它的方向。液晶显示器的原理是利用液晶的物理特性，给液晶加电时让光线通过，不加电时则阻止光线通过，从而在屏幕上显示出黑白的图像和文字。

彩色液晶显示器是在液晶材料与光源之间加入RGB三色滤光片，当文字和图像信号经过显示卡进入显示器时，经过一系列过程将文字和图像信号变成控制信号，通过显示器内的发光管发出的光线通过偏光板射向液晶，当每一颗液晶单元受到不同的电压大小时，其分子排列方式就会发生改变，使得液晶单元产生不同的透光度，当不同的透光经过RGB三色滤光片时，屏幕就会因为不同的透光程度形成各种色彩的文字和图像信号。

(2) 液晶显示器的分类。

目前常见的液晶显示器可分为以下4种：

① TN-LCD(Twisted Nematics-LCD，扭曲向列LCD)。

② STN-LCD(Super TN-LCD，超扭曲向列LCD)。

③ DSTN-LCD(Double-layer Super TN-LCD，双层超扭曲向列LCD)。

以上3种液晶显示器的显示原理基本相同，只是液晶分子的扭曲角度不同而已。

④ TFT-LCD(Thin Film Transistor-LCD，薄膜晶体管LCD)。TFT-LCD是指每个液晶像素点都是由集成在像素点后面的薄膜晶体管来驱动，从而可以做到高速度、高亮度、高对比度显示屏幕信息。TFT-LCD是目前最好的LCD彩色显示设备之一，其效果接近CRT显示器，是现在笔记本电脑和台式机上的主流显示设备。

(3) 液晶显示器的性能指标。

① 屏幕尺寸。如前所述，显示器的屏幕尺寸就是显示屏对角线的长度，以英寸为度量单位。对于液晶显示器也是采用同样的测量标准。目前常见的液晶显示器的主要尺寸有12.1英寸、13.3英寸、14.1英寸、15英寸等。

② 可视角度，分为水平可视角度和垂直可视角度。现在的液晶显示器，140° 以上的水平可视角度和 120° 以上的垂直可视角度已成为基本指标。可视角度可以通过从不同角度观察来衡量，当画面强度或亮度变暗、颜色改变、文字模糊等现象出现时，说明超过了它的可视角度范围。通常液晶显示器的可视角度达 120° 就可以满足一般要求，当然可视角度越大，看起来会更轻松一些。

③ 响应时间，是指液晶显示器各像素点对输入信号反应的速度，即像素由亮转暗或由暗转亮所需的时间。响应时间越小则使用者在看运动画面时不会出现拖影的现象。而

当响应时间较大时，在纯白全屏幕下快速移动鼠标时，会有残影的现象，这是因为LCD反应太慢，来不及改变亮度的关系。

④ 亮度，是一台液晶显示器中较重要的指标，其单位为cd/m^2，也就是每平方米的烛光数量。高亮度值的液晶显示器画面更亮丽，不会朦朦胧胧。而一台液晶显示器最好拥有200cd/m^2以上的亮度值，才能显示出合适的画面。目前市场上的液晶显示器的亮度值一般在150cd/m^2～350cd/m^2之间。

⑤ 对比度，是直接反映该液晶显示器能否体现丰富色阶的参数，对比度越高，还原的画面层次感就越好。目前市场上的液晶显示器的对比度普遍在150∶1到400∶1，一般200∶1的产品就可以满足普通用户的要求。

⑥ 显示颜色。LCD的色度层次比较丰富，但TFT-LCD和DSTN-LCD有较大差别。TFT-LCD一般有16位64K种色彩和24位16M种色彩，由于亮度和对比度高，彩色十分鲜艳。而DSTN-LCD只有256种色彩，不但亮度和对比度较差，颜色也不够艳丽。

(4) 液晶显示器与CRT显示器的比较。

经过几十年的发展，CRT显示器技术已经相当成熟，由于显示效果好，色彩鲜艳，所以仍是目前主流显示器之一。不过它也存在一些致命的缺陷，如体积庞大且笨重、功耗大、辐射大等。新一代的液晶显示器则凭借其轻、薄、低辐射等特点受到了用户的欢迎，由于它的发展时间短，有些技术还不是很成熟。下面对液晶显示器和CRT显示器作一简单比较，如表3-1所列。

表 3-1　液晶显示器与 CRT 显示器比较

类　型	液晶显示器	CRT 显示器
优缺点	体积小、重量轻	外形庞大、笨重
	辐射极低	辐射较高
	功耗低、发热量小	功耗大、发热量大
	不存在聚焦、高压稳定性问题	存在聚焦、高压稳定性问题
	信号反应速度慢	信号反应速度快
	色彩表现力一般	色彩表现力强
	可视角度一般	不受可视角度限制

3.2.2　扫描仪

自1984年第一台扫描仪问世以来，短短十几年的时间，扫描仪有了突飞猛进的发展。扫描仪的产品类型由过去比较单一的型号发展成种类繁多、档次齐全、性能各异的产品，技术性能也由黑白两色扫描过渡到灰色扫描，到现在的多位彩色扫描。

1. 什么是扫描仪

扫描仪是一种光、机、电一体化的高科技数字化输入设备，它可以将图像或文稿等转换成计算机能够识别和处理的数字图像文件，其强大的信息获取能力使它成为继键盘和鼠标之后的第三代计算机输入设备。扫描仪的最大优点是：可以像彩色打印机一样，最大程度地保留原稿的风貌。

2. 扫描仪的工作原理

简单来说，扫描仪的工作过程是：首先对原稿进行光学扫描，然后将扫描得到的光学图像传送到光电转换部件CCD中，经过处理后变为模拟信号，再由A/D转换器将模拟信号变换成为数字信号，最后通过与计算机的接口送至主机中。

根据扫描原稿的不同，扫描仪的工作原理也有所不同。扫描原稿可分为扫描反射式图稿(纸张、照片等)和扫描透明图稿(幻灯片、胶卷等)两类。

首先将扫描的原稿正面向下平铺在扫描仪的玻璃板上。在软件中启动扫描仪驱动程序后，安装在扫描仪内部的可移动光源开始扫描原稿。为了均匀照亮稿件，扫描仪光源是一条卡在两条导轨上的长条形，并沿y方向扫过整个原稿。

照射到原稿上的光线经反射后穿过一个很窄的缝隙，形成沿x方向的光带，又经过一组反射镜，由光学透镜聚焦并进入分光镜，经过棱镜和红绿蓝3色滤色镜得到的3条彩色光带分别照到各自的CCD上，CCD完成自已的工作而转变出模拟信号，此信号又被A/D转换器转变为数字信号。到此为止，反映原稿图像的光信号已转变为计算机能够接收的二进制数字信号，最后通过SCSI或USB等接口送至控制扫描仪的软件，由软件重组为计算机图像文件。

3. 扫描仪的分类

(1) 按扫描原理分类，如图3-2所示。

① 平板式扫描仪。平板式扫描仪是由步进电机带动扫描头对图片进行自动扫描。其特点是扫描精度较高、成像稳定和使用方便，它适用于图稿幅面不太大，精度要求较高的场合。目前流行的商用和家用扫描仪都是平板式，它还可以用来进行文字识别OCR。

② 手持式扫描仪。手持式扫描仪是以手动的方式推动扫描仪对图片进行扫描。其特点是体积小、携带方便、价格便宜，但由于手推进速度的均匀性问题，容易造成图像失真。它适用于图稿幅面小、精度要求不太高的场合。

③ 滚筒式扫描仪。滚筒式扫描仪是采用扫描头固定、滚动式走纸机构移动图纸而自动完成扫描。其特点是幅面大，它适用于大型工程图纸的输入，主要应用于工程制图等专业领域。

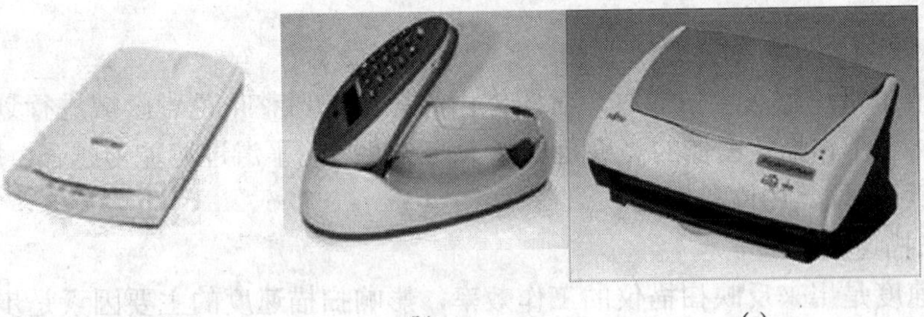

(a) (b) (c)

图 3-2 扫描仪

(a) 平板式；(b) 手持式；(c) 滚筒式。

(2) 按扫描仪接口分类。

① USB 接口。USB 接口是一种新型的接口方式，目前新出的扫描仪都会提供 USB 接口方式，它的成本不高，而且连接相当简单，支持热插拔，最高传输率可达480Mb/s。

② SCSI 接口。传统的扫描仪一般都采用 SCSI 接口，其接口数据传输速度快(可达20Mb/s)，而且占用系统资源也比较低，但其价格较贵，而且安装也麻烦，需要在机箱内安装相应的 SCSI 卡。所以用在专业扫描仪上能提高效率。

③ 并行接口。并行接口的传输速度是这几种接口方式中最慢的，但是其成本低，而且安装简单方便。使用并行接口也有缺点，当连接在计算机并口上的打印机和扫描仪同时工作时，由于它们通过并口同时与计算机进行数据传输，其传输速度会变得很慢。

4 扫描仪的性能指标

(1) 分辨率。

分辨率是扫描仪的重要性能指标之一，分辨率的大小直接决定了扫描图像的清晰程度，分辨率越高，其扫描图像越清晰。分辨率的单位为dpi(dot percent inch)，其意义是每英寸有多少个像素点。

CCD元件是决定光学分辨率的直接因素，扫描仪工作时将扫描图像的一线通过透镜反射到CCD的一列上，这一列的CCD单元数量的多少除上这一线的宽度就决定了扫描仪的光学分辨率。如一台A4幅面(210mm×297mm)大小600dpi的扫描仪，其一列CCD的单元数量应该是600×210/25.4＝4960，其中25.4是1英寸换算成毫米的单位换算值。在一些扫描仪性能指标上，往往标注的光学分辨率是300×600dpi、600×1200dpi等字样，其中前面的值表示的是CCD解析度，后面的值表示扫描仪感光元件移动的步进电机，利用前进速度所产生的分辨率，也就是扫描过程中两条水平线之间的距离。

在一些扫描仪上标注有最大分辨率为19200dpi的字样，这是一种插值分辨率的表示方式。它是通过数学算法在光学分辨率基础上进行补充所得到的一个值，其原理是在原有图像的每两点中间以渐层的方式插入所需要的点，以达到超过光学分辨率的图像。虽然以插值补点的方式可以提高图像的分辨率，但是却会造成图像模糊。

(2) 色彩位数。

色彩位数是影响扫描仪表现的一个重要因素，它是指彩色扫描仪所能识别的最大色彩数目。一般来说，扫描仪的色彩位数有24位、30位、36位、42位和48位等几种。色彩位数越高，其扫描出来的图像颜色表现力越丰富、逼真，图像还原能力就越好。

(3) 灰度值。

灰度值是指进行灰度扫描时，对图像由纯黑到纯白整个色彩区域进行划分的级数。级数越多，表示扫描仪图像的亮度范围越大，灰度之间平滑过渡能力越强，层次越丰富。灰度值一般为8位、10位和12位。

(4) 扫描速度。

扫描速度是用来反映扫描仪的工作效率，影响扫描速度的主要因素是步进电机的速度、接口类型和扫描所设定的分辨率等。为了节省扫描时间，通常在正式扫描之前，先进行预扫描，此时的分辨率较低，所以速度比较快，A4幅面大约只需要6s～12s。在确定扫描区域，设定分辨率和彩色数目后，进行正式扫描，一张A4幅面、300dpi的图像大约需要扫描30s～60s。

(5) 扫描幅面。

扫描幅面是用来描述扫描仪可以扫描图片的最大尺寸。常用的平板式扫描仪扫描幅面有A4、A4加长、A3等，滚筒式扫描仪通过旋转滚筒的进纸方式来工作，幅面可以很大，适用于工程图纸输入。

(6) 光学器件。

目前主流的扫描仪采用CCD器件，分辨率可达到200dpi～3000dpi。它使用冷阴极管，光谱范围大，色彩密度高，可扫描立体实物，缺点是体积较大。最近市场上出现了一些超薄型的扫描仪，它们小巧玲珑，适合在家庭或办公室使用。这些扫描仪采用CIS器件，其分辨率只有200dpi～600dpi。由于它采用LED阵列光源，光谱范围窄，色彩密度低，但它的价格比采用CCD器件的扫描仪要低。

5. OCR 文字识别

OCR是Optical Character Recognition(光学字符识别)的缩写。大批量的文字印刷稿件通过扫描仪扫描后，利用OCR软件可将原本为图像格式的文字，识别并转换为可供编辑的文本格式的文字。由于OCR的文字识别速度快，因此可以大大地减少由键盘输入文字的操作时间，提高文字录入正确率和效率。

利用扫描仪进行OCR文字识别的一般过程是：将纸张等出版物通过扫描仪输入到计算机中，然后通过OCR软件对扫描图像中的文字进行识别和校对，最后将所形成的文本文件输入到文字处理软件(如Word)中进行版面编排等处理。

一般的OCR软件都能识别宋体、仿宋体、黑体、楷体和幼圆等5种印刷字体的国标第一级汉字以及部分二级汉字。在正常的情况下，OCR软件的单字识别率可以达到90%，在理想的情况下，单字识别率高达98%。目前，国内的OCR制造商所开发出来的软件大多数都能识别英文、简体和繁体汉字等。如清华紫光OCR是国内相当有名的OCR软件，配合清华紫光扫描仪，就能用于印刷文字的自动录入。

3.3 图像处理软件

图像处理软件有很多成熟的实用产品，例如，Photoshop、PhotoImpact和PhotoDraw等都是比较流行的图像处理软件，如果用户熟悉图像文件的格式也可以使用高级语言来编制图像处理程序。本节以Photoshop为例，介绍该软件的基本操作和使用技能。

3.3.1 Photoshop 概述

1. Photoshop 的发展简史

Adobe公司的Photoshop是当前计算机绘图领域中最流行的图像处理软件，它提供了强大的图像编辑和绘画功能，用户可以将扫描进来的图像文件或PhotoCD格式图像处理为所需要的特殊效果。Photoshop广泛用于数码绘画、广告设计、建筑设计、彩色印刷和网页设计等许多领域。

2. Photoshop 的基本功能

具体来说，Photoshop 有以下一些功能：

(1) 支持大量图像文件格式。支持多达 20 多种图像文件格式，包括 PSD、BMP、GIF、EPS、FLM、JPG、PDF、PCX、PCD、PNG、RAW、SCT、TGA 和 TIFF 等，并可以将某种格式的图像文件转换为其他格式的文件。

(2) 选择和绘图功能。Photoshop 提供了强大的对图像进行处理的工具，包括选择工具、绘图工具和辅助工具等。选择工具可以选取一个或多个不同尺寸、不同形状的选择范围。利用绘图工具可以绘制各种图形，还可以通过不同的笔刷形状和大小来创建不同的效果。

(3) 色调和色彩功能。Photoshop 可以对图像的色调和色彩进行调整，使图像的色相、饱和度、亮度、对比度的调整简单快捷。另外，Photoshop 还可以对图像的某一部分进行色彩调整。

(4) 图像编辑和变换。Photoshop 不仅可以对图像进行移动、复制和撤销等编辑操作而且还可以对图像进行旋转、倾斜和变形，使图像产生一些特殊效果。

(5) 图层功能。Photoshop 具有多图层工作方式，可以进行图层的复制、移动、删除、翻转、合并和合成等操作。

(6) 滤镜功能。Photoshop 提供了近 100 种滤镜，这些滤镜各有千秋，用户可以利用这些滤镜实现各种特殊效果。另外，还可以使用其他很多与之配套的外挂滤镜。

(7) 开放式结构。支持 TWAIN32 界面，可以接受广泛的图像输入输出设备，如扫描仪、数码相机和打印机等设备。

综上所述，Photoshop 是一个功能强大的图像处理软件，它将展现给用户无限的想象空间和艺术享受。

3. Photoshop 的启动和退出

开机进入 Windows XP 后，首先单击任务栏上的“开始”按钮，在弹出的开始菜单中选择“所有程序”→Adobe Photoshop CS3 菜单命令来启动 Photoshop，如果用户熟悉 Windows XP 操作系统，还有更多的启动 Photoshop 的方法，甚至可以自己设置快捷的启动方式。

如果要退出 Photoshop，可以选择“文件”→“退出”菜单命令，或按 Ctrl+Q 组合键，或单击 Photoshop 应用程序窗口右上角的“关闭”按钮即可。

4. Photoshop 的窗口组成

Photoshop 应用程序窗口是由标题栏、菜单栏、工具选项栏、工具箱、图像编辑窗口、控制面板和状态栏等组成，如图 3-3 所示。

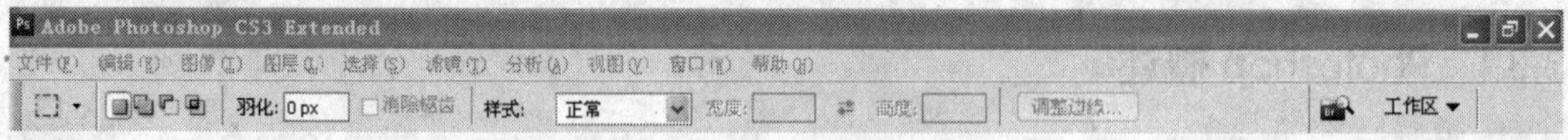

图 3-3　控制面板

(1) 标题栏。

标题栏位于 Photoshop 应用程序窗口的顶端，它的作用就是用来显示该应用程序名称 (Adobe Photoshop) 以及当前图像编辑窗口的图像文件名。若用户创建新的图像文件，Photoshop 便会给它们命名为“未标题-1”、“未标题-2”等。标题栏左边是 Adobe Photoshop 图标，单击该图标可以打开窗口的控制菜单，它包括还原、移动、大小、最大化、最小化和关闭等。右边 3 个按钮分别是“最小化”按钮、“最大化/还原”按钮和“关闭”按钮。

(2) 菜单栏。

菜单栏位于标题栏的下方，它包括文件、编辑、图像、图层、选择、滤镜、视图、窗口和帮助等 9 个菜单选项。单击某个菜单选项名称即可打开该菜单，每个菜单里都包含数量不等的命令，单击命令即可执行相应的操作，而单击菜单外的任何地方或者按 Esc 键将关闭当前打开的菜单。另外，按住 Alt 功能键的同时，再按菜单选项名称后带下划线的英文字母，也可以打开相应的菜单选项。

(3) 工具选项栏。

工具选项栏位于菜单栏的下方，它的作用是对选择的工具进行各种属性设置。如选择画笔工具，则工具选项栏会出现画笔类型、绘画模式、不透明度和水彩效果等选项。工具选项栏可以拖放到屏幕的任何位置。用户可以选择“窗口”→Options 菜单命令来显示和隐藏工具选项栏。工具选项栏的右边还有两个选项，即文件浏览器和画笔样式。

文件浏览器可以直接对图像进行快速浏览和管理，如图 3-4 所示。

图 3-4　文件浏览器

由图 3-4 可知，文件浏览器由以下几部分组成：

① 目录树窗格：显示所选图像文件在计算机中的位置。

② 图像预览窗格：对所选图像进行预览的地方。

③ 图像数据窗格：显示所选图像的相关信息，如文件名、创建时间、修改时间、图像格式、图像大小、色彩模式、解析度、文件大小等。如果是数码照片，还会显示拍摄时间、曝光度设置、照片大小等信息。

④ 缩略图浏览窗格：目标文件夹中的所有图像都会在这个窗格中以缩略图的方式进行显示。显示方式又分为 5 种，即 Small、Medium、Large，Large with Rank 和 Details 等。其中，Small 表示以缩略图进行显示，此时窗格中可以显示最多的图像文件；Medium 显示的图像比缩略图要大一些，但窗格中显示的图像文件减少，以此类推。

画笔样式可以用来模拟传统的湿/干画笔绘画技术.从而绘制出精细的艺术效果，如炭笔或蜡笔等。另外，还有一些特殊的画笔，可以绘制出类似草和树叶的效果。对于每种画笔，还有诸如杂色(Noise)、湿边(Wet Edges)、喷枪(Air Brush)、平滑(Smoothing)、保护处理(Protect Texture)等不同选项供用户选择，如图 3-5 所示。

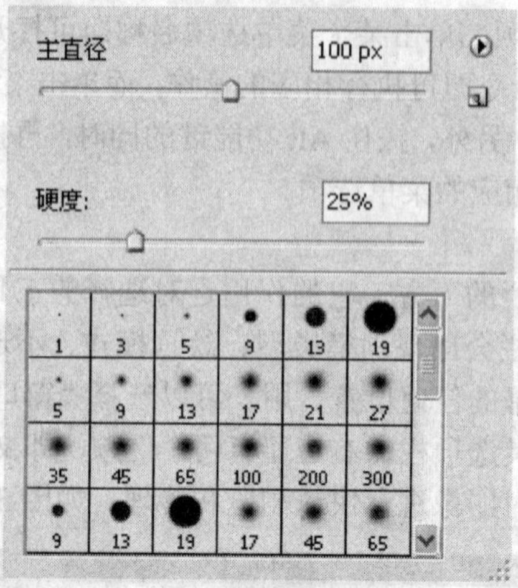

图 3-5 画笔样式

(4) 工具箱。

在默认情况下，工具箱位于窗口的左侧。工具箱中包括了 20 多种工具，用户可以利用这些工具进行绘图或编辑图像，如图 3-6 所示。

工具箱具有简洁、紧凑的特点，它将一些功能基本相同的工具归为一组，凡是工具图标右下角有小三角符号的工具都是复合工具，表示在工具的下面还有同类型的其他工具存在，用户可以通过下列两种方法选择这些隐藏的工具：

方法一，移动鼠标到复合工具图标上，按下鼠标左键稍等片刻，系统将自动弹出隐藏工具，拖动鼠标至要选择的工具处，释放鼠标即可选择该工具。

方法二，按住 Alt 功能键，单击复合工具图标，每单击一次，即可切换一个工具，当需要选择的工具出现时，释放 Alt 键即可选中。

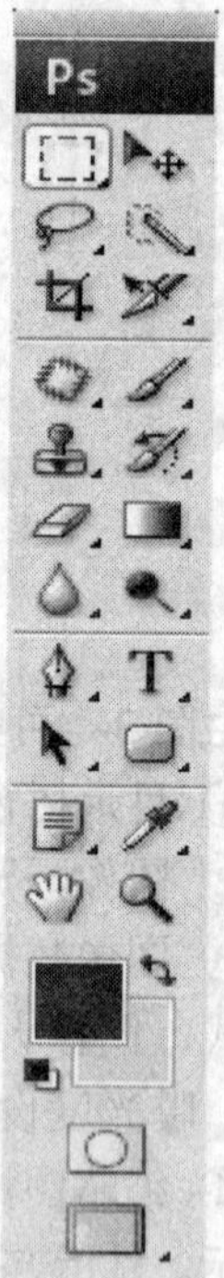

图 3-6 工具箱

(5) 图像编辑窗口。

在 Photoshop 中，每一幅打开的图像文件都有自己的图像编辑窗口，所有图像的编辑操作都要在图像编辑窗口中完成。当在窗口中打开多个文件时，图像标题栏显示蓝色的图像为当前文件，所有操作只对当前文件有效。用光标在图像文件中的任意部位单击即可将此文件切换为当前文件。

通过图像编辑窗口中的标题栏，可以了解到图像的名称、存储路径、显示大小、存储格式以及色彩模式等信息。如果此文件有多个图层，在标题栏中还会显示出此文件的当前层名称。通常标题栏显示图像部分信息，详细信息则要将光标移到标题栏处稍停片刻会出现。

(6) 控制面板。

控制面板是 Photoshop 中一项很有特色的功能，用户可利用控制面板设置工具参数、选择颜色、编辑图像和显示信息等。每个控制面板在功能上都是独立的，用户可以根据需要随时使用。当启动 Photoshop 后，控制面板位于窗口的右边，用户可以随时打开、关闭、移动或组合它们。

Photoshop 为用户提供了 13 个控制面板，它们被组合放置在 5 组控制面板窗口中，如导航器/信息、颜色/色板/样式、历史记录/动作/工具预设、图层/通道/路径、字符/段落等。另外，除了显示在控制面板中的设置项目外，单击控制面板右上角的小三角形按钮还会弹出一个菜单，它可让用户对图像作进一步的设置和处理，如图 3-7 所示。

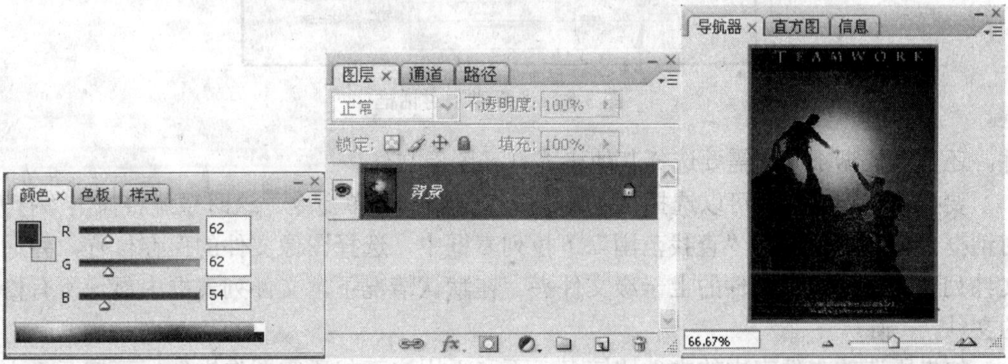

图 3-7　控制面板

(7) 状态栏。

状态栏位于窗口的最底部，主要用来显示图像处理的各种信息。状态栏由 3 部分组成：左侧区域用于控制图像编辑窗口的显示比例，用户也可以在此文本框中输入数值后按 Enter 键来改变显示比例；中间区域用于显示图像文件的信息；单击右侧区域上的小三角形按钮，打开一个菜单，从中可以选择图像文件的不同信息，包括文档大小、文档配置文件、文档尺寸、暂存盘大小、效率、计时、当前工具等。

3.3.2　图像的基本操作

1. 图像文件的管理

利用 Photoshop 进行图像处理的过程大致分为 3 步，首先需要创建新的图像文件或打开一个已有的图像文件，然后进行图像处理，最后保存图像文件并退出。

(1) 新建图像文件。

虽然 Photoshop 主要是用来处理图像的，但是用户也可以根据需要随时创建新的图像，并通过绘图、复制、粘贴等操作来添加图像内容。

要新建图像文件，可以选择“文件”→“新建”菜单命令，或者直接按 Ctrl+N 组合键，都将打开“新建”对话框，如图 3-8 所示。

在该对话框中，用户需要确定新建文件的名称、图像大小、分辨率、色彩模式、背景内容等信息。

(2) 打开图像文件。

要想查看或者编辑图像，必须首先打开图像文件。在打开图像文件时，用户可以选择本地硬盘、光盘或软盘中的文件，也可以直接通过网络打开其他计算机中的文件。由于 Photoshop 支持 20 多种类型的图像文件，所以用户不但可以以原有的格式打开图像文

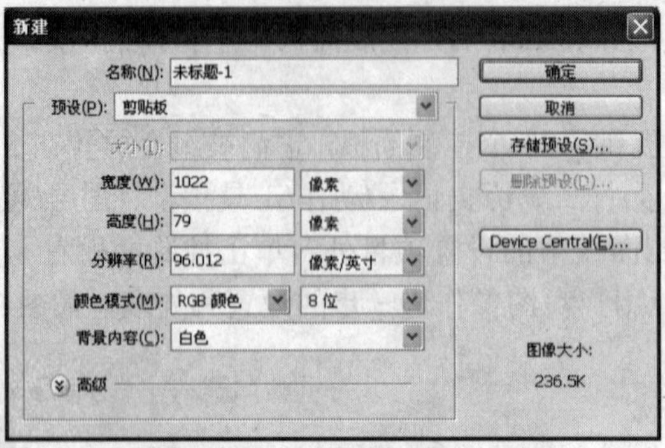

图 3-8 “新建”对话框

件，还可以依据不同的需要选择其他格式打开图像文件。

要打开图像文件，可以选择“文件”→“打开”菜单命令，这时系统将弹出“打开”对话框。在该对话框的“查找范围”下拉列表框中，选择图像文件的保存位置，并通过文件列表框打开图像文件的上一级文件夹。在默认情况下，文件列表框中显示所有格式的文件。

如果所选的文件夹中的文件比较多，不利于用户查找所需图像文件，可打开“文件类型”下拉列表框，选择要打开图像文件的类型，使文件列表框中只显示出所选格式的图像文件。

在文件列表框内选择图像文件后，单击“打开”按钮即可打开所选的图像文件。

(3) 保存图像文件。

图像创建或者处理完后，即要保存图像文件。对于不同的图像，用户可以采用不同的保存方式。如果用户要保存的是一个已有的图像文件，而且不需要修改图像文件的格式、文件名或路径，可选择“文件”→“存储”菜单命令，这时系统就会直接保存最近的修改内容。

如果文件已经保存过，需要修改图像文件的格式、文件名或路径等，可选择“文件”→“存储为”菜单命令，这时屏幕出现“存储为”对话框，如图 3-9 所示。

在该对话框中，打开“保存在”下拉列表框，选择保存文件的位置。在“文件名”文本框中确定文件的名称，并打开“格式”下拉列表框，确定另存文件的格式类型，然后单击“保存”按钮即可按照用户的设置保存文件。另外，在“存储为”对话框中，用户还可以根据需要设置保存选项。如果将保存文件作为原文件的一个副本，可选择“作为副本”复选框。

(4) 注释工具与语音注释工具。

Photoshop 为了避免用户在每次编辑图像时忘记了上次的工作进度，而设置了文字与语音注释功能，让用户可以在文件中留下注释或说明，方便日后工作。

① 注释工具。用户在处理图像过程中，可以在图像画布区域内添加文本注释信息。

添加文本注释的操作步骤是：在工具箱中选择注释工具，并在图像要添加注释内容的位置上单击鼠标，这时将弹出一个文本输入框，可输入注释内容。在注释工具选项栏中可以输入当前图像的作者名，并设置添加注释文本的字体、文字大小。在文本输入框右上角单击“关闭”按钮，即可完成文本输入并关闭输入框。

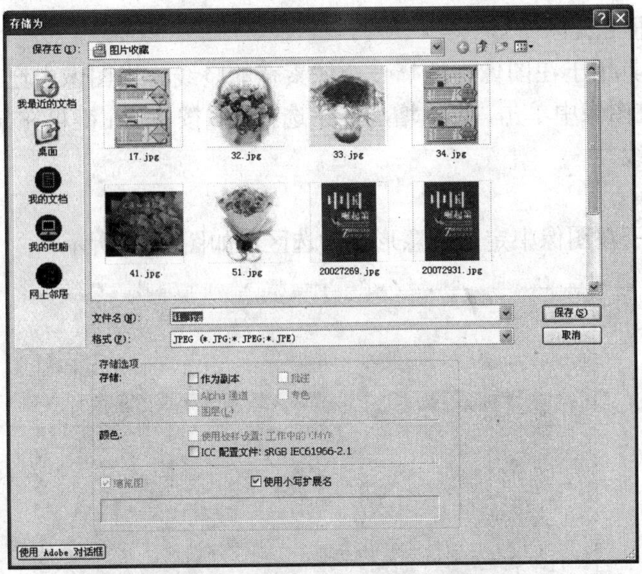

图 3-9 “存储为”对话框

② 语音注释工具。在图像中用户不但可以添加文本注释，还可以添加语音注释。添加语音注释的方法与添加文本注释非常相似，但要求用户的计算机已经安装好声卡并正确设置音频。

添加语音注释的操作步骤是：在工具箱中选择语音注释工具，并在图像上需要添加语音注释的位置单击鼠标，这时将弹出“语音注释”对话框。在该对话框中单击“开始”按钮，通过音频设备输入声音内容，录制完后单击“停止”按钮。在语音注释工具选项栏中可以设置作者名和注释颜色等信息。用户如果要播放语音注释，单击图像编辑窗口中的“语音注释”图标即可开始播放，再次单击则停止播放。

2. 图像范围的选取

当用户要给图像施加某种特效时，通常是先确定特效的操作范围或选区，然后再执行特效命令，从而使其产生变化，因此选区的创建成为 Photoshop 中相当重要的环节。

(1) 矩形选框工具。

矩形选框工具用于在图像中定义矩形的选区。若同时按下 Shift 键，则可定义一个正方形选区；若同时按下 A1t 键，则可定义一个以起点为中心的矩形选区；若同时按下 Shift+Alt 组合键，则可定义一个以起点为中心的正方形选区。

(2) 椭圆选框工具。

椭圆选框工具用于在图像中定义椭圆或圆形的选区。若同时按下 Shift 键，则可定义一个圆形选区；若同时按下 Alt 键，则可定义一个以起点为中心的椭圆选区；若同时按下 Shift+Alt 组合键，则可定义一个以起点为中心的圆形选区。

(3) 单行选框工具。

单行选框工具用于在图像中选择一个像素宽的横线。当图像中已有一条选择线后，按住 Shift 键再在图像中单击，可以增加一条选择线；按住 Alt 键再在某条选择线上单击，可以删除该选择线。

(4) 单列选框工具。

单列选框工具用于在图像中选择一个像素宽的竖线。当图像中已有一条选择线后，按住 Shift 键再在图像中单击，可以增加一条选择线；按住 Alt 键再在某条选择线上单击，可以删除该选择线。

(5) 套索工具。

套索工具用于在图像中定义任意形状的选区，如图 3-10 所示。

图 3-10　套索选区

套索工具的使用方法是：

① 在工具箱中选择套索工具。

② 在图像编辑窗口中单击确定其起点，沿着要选择的区域的边缘拖动鼠标。

③ 释放鼠标后，系统会自动用直线将起点和终点连接起来，形成一个封闭选区。

(6) 多边形套索工具。

多边形套索工具用于在图像中定义一些像三角形、多边形以及五角星等形状的选区，也常用于选择一些复杂的、棱角分明的图像选区。

多边形套索工具的使用方法是：

① 在工具箱中选择多边形套索工具。

② 在图像编辑窗口中单击定义起点，马上释放鼠标并移动鼠标指针，在需要拐弯处再次单击鼠标，此时第一条边线即被定义。

③ 释放鼠标后继续移动鼠标指针，在需要拐弯处再次单击鼠标，此时第二条边线即被定义，以此类推。

④ 双击鼠标可将起点与终点自动连接，从而形成封闭的选区。

(7) 磁性套索工具。

磁性套索工具是一种可以选择任意不规则形状的套索工具，它集成了套索工具的方便性和钢笔工具的精确性，而且还可以根据图像的不同设置多种选择方式，如图 3-25 所示。

磁性套索工具的使用方法是：

① 在工具箱中选择磁性套索工具，在其工具选项栏中适当设置参数。

② 在图像编辑窗口中单击确定选区起点，然后释放鼠标，并沿着要定义的边界移动鼠标指针，这时系统会自动在设定的像素宽度内分析图像，从而精确定义区域边界。

③ 要结束区域定义，可双击鼠标连接起点和终点。

当所选区域的边界不太明显时，使用磁性套索工具可能无法精确分辨选区边界。为此，可首先按 Del 键删除系统自动定义的结点，然后在选区边界位置单击，手工定义结点，从而精确定义选区。

(8) 魔棒工具。

魔棒工具是根据一定的颜色范围来创建选区的。单击图像某点时，附近的与它颜色相同或相近的点，都自动融入到选区中。

在该工具选项栏中，可以对如下功能进行设置。

① 容差：用来设置颜色范围的误差值，取值范围为 0～255，默认值为 32。通常容差值越大，选择的范围就越大。当容差为 0 时，只选择图像中的单个像素及该像素周围与它的颜色值完全相等的若干像素；当容差为 255 时，将选取整个图像。

② 消除锯齿：选中该选项表示选取的选区具有消除锯齿功能。

③ 连续的：该选项在默认情况下处于选中状态，此时如果使用魔棒工具，在图像符合设置的颜色范围中，只有与单击区域相连的颜色范围才会被选中。如果不选中此复选框，使用魔棒工具时，整个图像中所有符合设置的颜色范围都会被选中。

④ 用于所有图层：该选项可以用于具有多个图层的图像。未选中此复选框时，魔棒工具只对当前选中的层起作用；若选中此复选框则对所有层起作用，即可以选取所有层中相近的颜色区域。

在进行图像处理时，人们经常需要对图像中颜色相近的区域进行处理。例如，在图 3-11 中，如果希望使照片上的人脸显得更为明亮，此时就要用到魔棒工具。即先使用魔棒工具定义该选区，然后再进行图像处理。

3. 图像的编辑

只有学会了对图像定义选区，才能对图像进行编辑和处理，如复制、旋转以及变形等。

(1) 图像的复制。

在 Photoshop 中，用户可以将图像复制到其他的图像编辑窗口中。

复制图像的使用方法是：先定义一个选区，然后使用移动工具，将选区图像拖动到其他的图像编辑窗口或应用软件中，即可进行复制，如图 3-12 所示。

(2) 图像的旋转和翻转。

选择“图像”→“旋转画布”菜单命令中的子菜单选项，即可旋转和翻转整幅图像，如图 3-13 所示。

“旋转画布”子菜单选项的含义如下：

① 180°，将图像旋转 180°。

② 90° (顺时针)，将图像沿顺时针旋转 90°。

③ 90° (逆时针)，将图像沿逆时针旋转 90°。

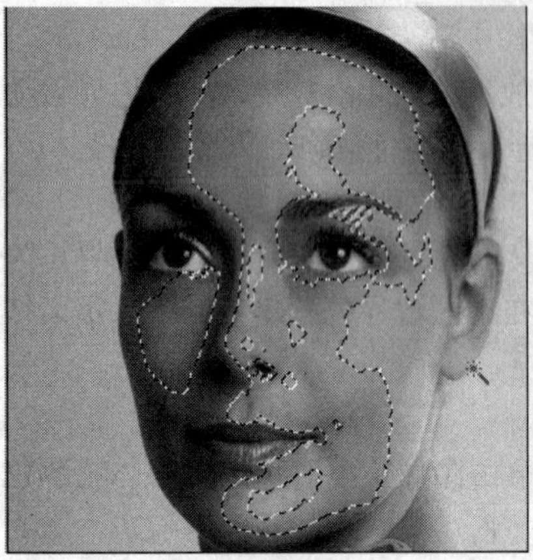

图 3-11　魔棒选区

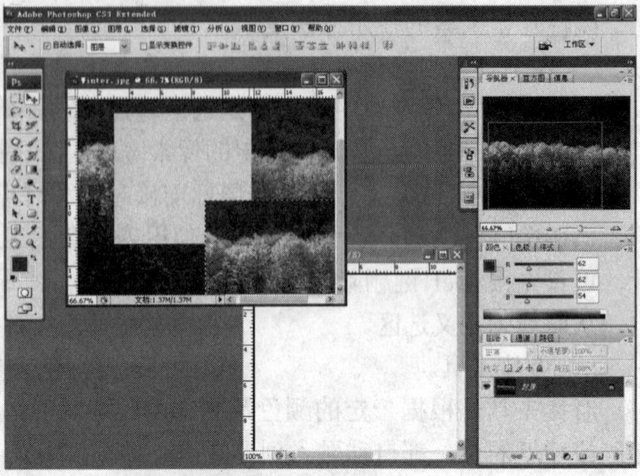

图 3-12　图像复制

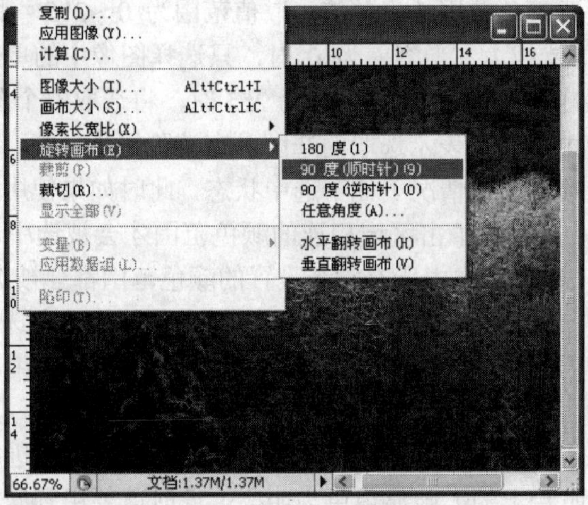

图 3-13　旋转画布

④ 任意角度，按指定角度和方向旋转图像。

⑤ 水平翻转，水平翻转图像。

⑥ 垂直翻转，垂直翻转图像。

(3) 图像的变形。

除了将图像翻转外，用户还可以根据需要对图像进行缩放、旋转和透视等处理，从而制作出各种特殊效果。图像变形的使用方法是：先选取图像，然后选择“编辑”→“变换”菜单命令中的子菜单选项，这时在图像上将出现一个调整框。可以借助调整框周围的 8 个控制点来对图像进行缩放与变形操作，如图 3-14 所示。

“变换”子菜单选项的含义如下：

① 再次，可以重复执行上一次的旋转或变形操作。

② 缩放，在调整框的控制点上单击并拖动，可以改变图像的长宽比例。

③ 旋转，可以以调整框的中心点为圆心自由旋转图像。

④ 斜切，在控制点上单击并拖动鼠标，即可制作出具有倾斜效果的图像。

⑤ 扭曲，在控制点上单击并拖动鼠标，即可制作出扭曲的效果。与倾斜不同的是，

使用扭曲时控制点可以随意拖动，不受调整框边框方向的限制。

⑥ 透视，在控制点上单击并拖动鼠标，即可制作出对称的梯形效果，还可以制作出对称式的变形效果。

(4) 改变图像大小。

要改变图像的大小时，图像中的像素数目也会随之变动。当像素增加时，系统会参考相近像素的颜色来增加新的像素；反之，则将不需要的像素删去。

改变图像大小的使用方法是：首先打开一幅图像，然后选择“图像”→“图像大小”菜单命令，此时打开“图像大小”对话框，如图 3-15 所示。

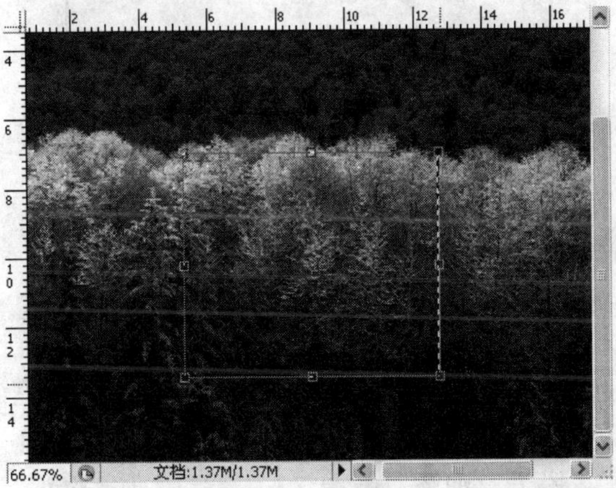

图 3-14 图像变换

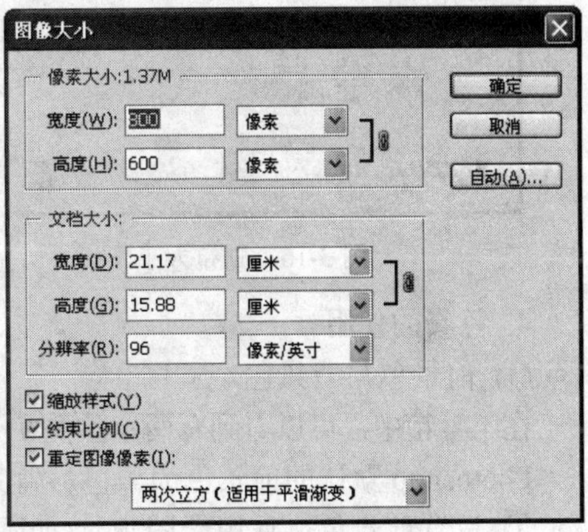

图 3-15 图像大小

用户可以在“像素大小”框中直接改变图像的大小。若要维持原图像的长宽比时，应选中“约束比例”复选框。由于图像的大小改变了，图像像素总数必将随之改变(重新取样)，因此用户可以选中“重定图像像素”复选框，并在其下拉列表框中选择重新取样的方法，各选项含义如下。

① 邻近：Photoshop 会直接以舍弃或者复制邻近像素的方式来重新取样，这是最快速的取样方法。

② 两次线性：可以产生较为平滑的效果，它是介于“邻近”和“两次立方”之间的一种取样方法。

③ 两次立方：可以产生最平滑的效果。该方法取样效果最好，但处理速度也最慢。

在设置对话框时，上方会显示相关的图像信息，重新取样时可以看到图像的文件大小发生变化了。在未选中“重定图像像素”复选框之前，屏幕上的显示尺寸不能改变。这是因为若要改变图像的尺寸，就必须改变像素的总数，所以必须选中“重定图像像素”复选框来重新取样。

(5) 改变画布大小。

选择“图像”→“画布大小”菜单命令，这时可打开“画布大小”对话框，如图 3-16 所示。

在该对话框中输入新的尺寸可以裁剪图像。但是要注意的是，如果输入的尺寸大于原图像，系统会在原图像周围铺上空白的区域；只有输入的尺寸小于原图像时，才会产生裁剪效果。另外，利用“定位”可以设置图像裁剪或延伸的方向。默认情况下，图像裁剪或扩展是以图像中心为中心的。若单击上边中间的小方格，则裁剪或扩展将以图像上边为中心，如图 3-17 所示。

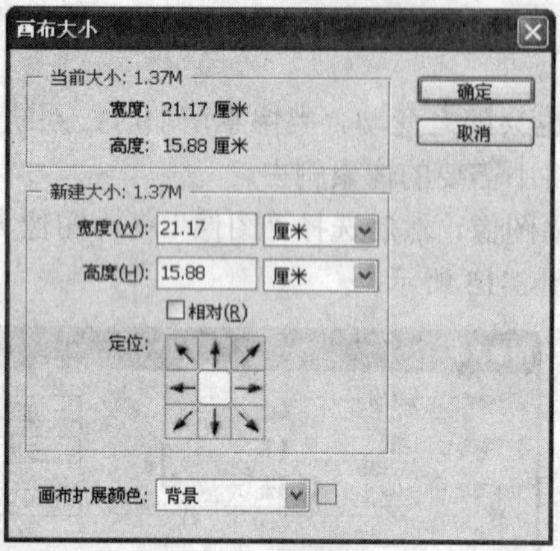

图 3-16　画布大小

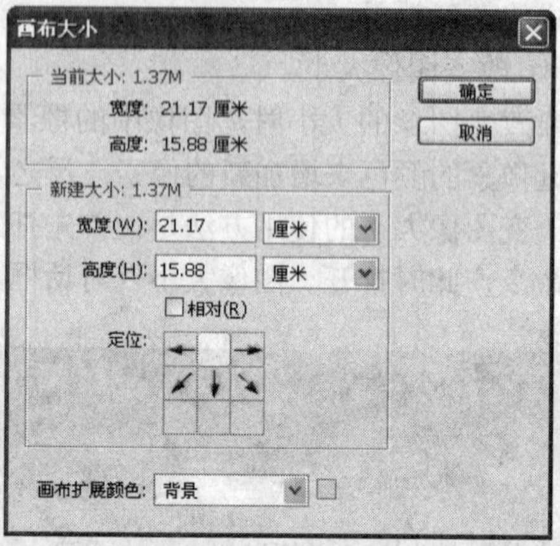

图 3-17　画布定位

4. 色彩的使用

(1) 前景色与背景色。

在工具箱中，可以看到有两个重叠在一起的色块，上面的是前景色，下面的是背景色。Photoshop 默认的前景色为黑色，背景色为白色，如图 3-18 所示。

① 设置前景色：使用绘图工具(如画笔、铅笔、油漆桶等工具)以及文字工具时所呈现的颜色。

② 设置背景色：使用橡皮擦工具或删除选区时，背景色就会成为填充的颜色。

图 3-18　前景色与背景色

③ 默认前景和背景色：单击“默认前景和背景色”图标即可恢复到系统默认的前景色和背景色，即前景色为 100%黑色，背景色为 100%白色。

④ 切换前景和背景色：单击“切换前景和背景色”图标就可以使前景色和背景色互换。

(2) 拾色器对话框。

若要改变前景色或背景色，只要单击前景色或背景色色块，就可以打开“拾色器”对话框，从中选择所需要的颜色，如图 3-19 所示。

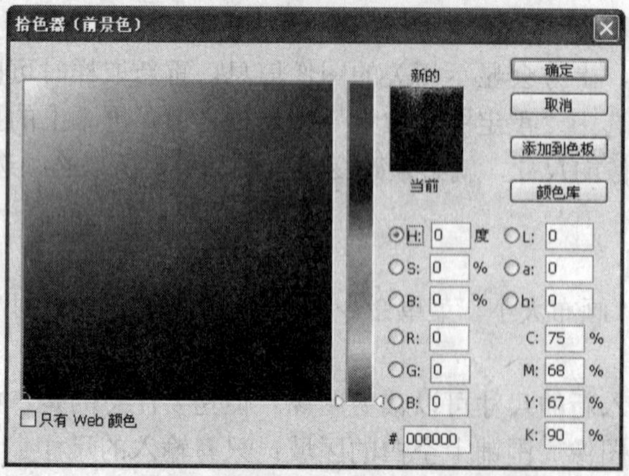

图 3-19　拾色器

如果要选择特殊颜色，可以在该对话框中的HSB、RGB、CMYK和Lab编辑框中输入相应的数值。

Lab模式是由国际照明委员会(CIE)于1976年公布的一套标准。它由3个通道组成：一个通道是照度(Luminance)，另外两个是颜色通道，用a和b来表示。a通道包括的颜色从深绿(低亮度值)到灰(中亮度值)，再到亮粉红色(高亮度值)；b通道则是从亮蓝色(低亮度值)到灰(中亮度值)，再到焦黄色(高亮度值)。因此，这种色彩混合后将产生明亮的颜色。

如果希望将图像用作Web图像，则所选颜色最好全部位于Web调色板中。为此可在"拾色器"对话框中选择"只有Web颜色"复选框，此时光谱及选色区将只显示Web颜色。

(3) 颜色控制面板。

设置前景色和背景色，也可以使用"颜色"控制面板。单击该控制面板右上角的小三角形按钮，从弹出的菜单中可以选择不同的色彩模式，然后再从"颜色"控制面板中选出所需要的颜色，如图3-20所示。

(4) 色板控制面板。

为了便于用户快速地选择颜色，系统还提供了"色板"控制面板。该控制面板中的颜色都是预先设置好的，用户可以直接从中选取而不用自己配制。单击该控制面板右上角的三角形按钮，可以弹出一个菜单，使用它可以检查和管理"色板"控制面板。

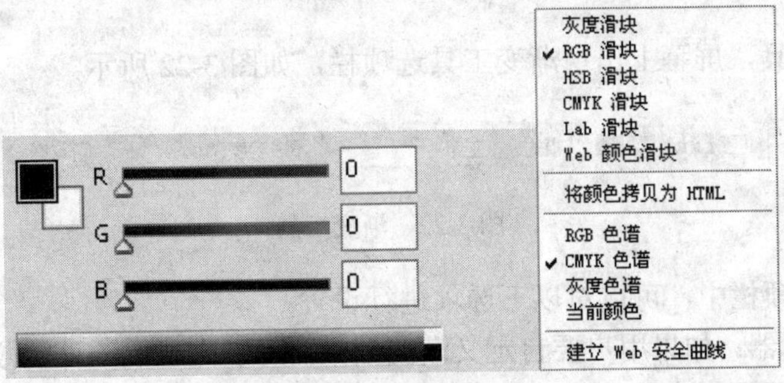

图3-20　颜色控制面板

(5) 吸管工具。

利用工具箱中的吸管工具可以将图像中某种颜色指定为前景色或背景色，这样就可以很方便地从图像中选取需要的颜色。使用吸管工具时，直接单击图像某点即可更改前景色。若要更改背景色，按下A1t键的同时单击图像某点。

为了便于用户了解某点的颜色数值以方便颜色设置，系统还提供了一个颜色取样器工具，用户可利用该工具查看图像中若干关键点的颜色数值，以便在调整颜色时参考。

(6) 油漆桶工具。

油漆桶工具用于填充图像或选区中颜色相近的区域，其中颜色的相近程度由其工具选项栏中的"容差"值来决定，如图3-21所示。

图3-21　油漆桶工具

在油漆桶工具选项栏中，可以对以下选项进行设置。

① 填充：选择以前景色或指定的图案来填充。

② 图案：在“填充”中选择图案时，可在此下拉列表框中选择具体的填充图案。

③ 模式：填充时可在下拉列表框中选择混合模式。

④ 不透明度：设置填充时的不透明度。

⑤ 容差：在选定的像素上填充时，邻近且色彩差异在容差范围内的像素将被填充。

容差值较小，表示颜色较为相近的像素会被填充；容差值较大，则表示填充时颜色差异的容许范围将会加大。

⑥ 消除锯齿：选中该复选框时，可减少填充时产生的锯齿状。

⑦ 连续的：该功能可限制填充范围。选中该复选框时，表示只填充与单击位置连续的像素；反之，在容差范围设置内的不连续像素均可被填充。

⑧ 所有图层：选中该复选框时，表示填充范围可跨越所有的图层；反之，填充范围只对当前图层有效。

(7) 渐变工具。

使用渐变工具可以创建多种颜色之间的逐渐混合，产生渐变效果。它实质上就是在图像或某一选区中填入一种具有多种颜色过渡的混合色，这个混合色可以是从前景色到背景色的过渡，也可以是前景色与透明背景之间的相互过渡或者是其他颜色之间的相互过渡。

选择渐变工具，屏幕上出现渐变工具选项栏，如图 3-22 所示。

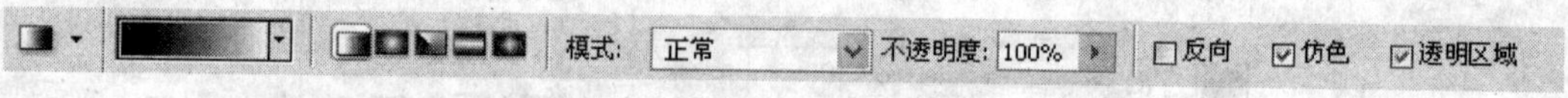

图 3-22　渐变工具

在该工具选项栏中，可以对以下选项进行设置。

① 渐变编辑器：如果用户要自定义渐变图案，可以先选取一种较接近要求的渐变图案，然后在工具选项栏中单击渐变图案，即可打开“渐变编辑器”窗口。利用它用户可以随时修改、新建或删除渐变图案。

② 渐变样式：它提供了 5 种渐变样式，分别是线性渐变、径向渐变、角度渐变、对称渐变和菱形渐变。这 5 种渐变样式在操作上基本一样，只是得出的结果各不相同。

③ 反向：选中该复选框可以反转渐变填色的顺序。

④ 仿色：选中该复选框可以使用递色法来增加中间色调，从而使渐变颜色更平滑。

5. 绘图与编辑工具

熟悉和使用绘图与编辑工具，不仅可以绘制各类图形，还能学会基本效果的应用。

(1) 画笔工具。

画笔工具是 Photoshop 中最基本的绘图工具，它可以绘制出比较柔和的线条，其效果如同用毛笔画出的线条。

要使用画笔工具绘制图形，首先在工具箱上选择画笔工具，并指定一种前景色，然后在画笔工具选项栏中设置如下选项，如图 3-23 所示。最后移动鼠标在图像编辑窗口中单击或拖曳即可。

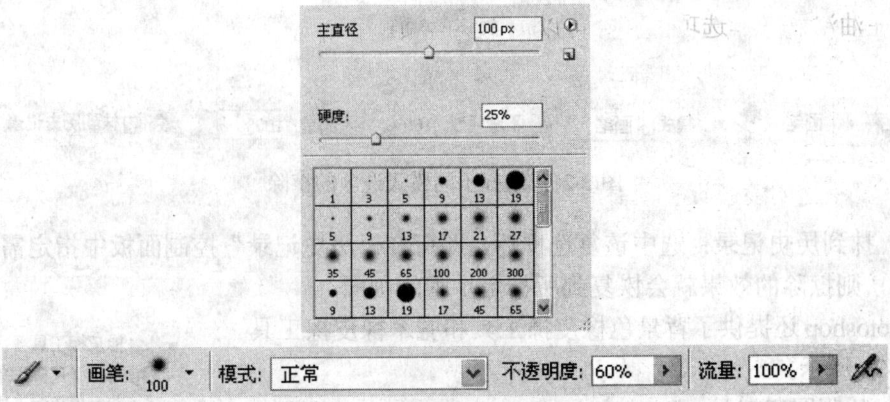

图 3-23　画笔工具

在该工具选项栏中，可以对以下选项进行设置。

① 画笔：其功能就是为用户提供各种样式的笔刷，并可以设置画笔直径的大小。

② 模式：指绘画时的颜色与当前图像编辑窗口中颜色的混合模式，其下拉列表框中的选项决定在填充时前景色或图案以什么方式叠加在已有的颜色上。

③ 不透明度：指在使用画笔绘图时所绘颜色的不透明度。该值越小，所绘出的颜色越浅，反之就越深。

④ Flow：确定画笔绘画时的“流量”，数值越大画笔颜色越深。

(2) 铅笔工具。

铅笔工具(见图 3-24)与画笔工具一样都可以在图像上绘出当前前景色，但是画笔工具绘出的线条边线比较柔和，而铅笔工具很像实际生活中的铅笔，画出来的线条较硬，并且棱角分明。

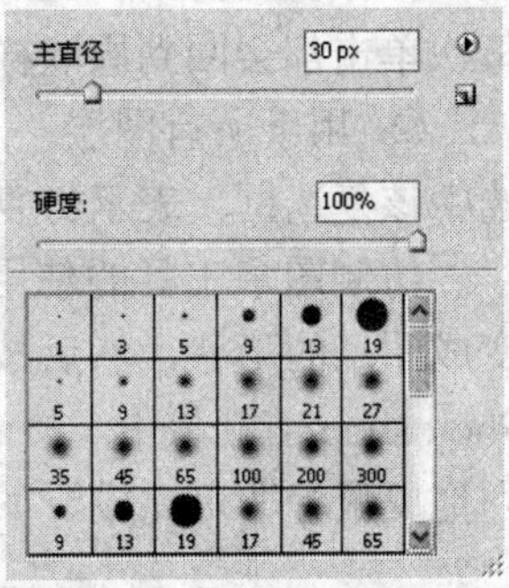

图 3-24　铅笔工具

铅笔工具的使用方法与画笔相同。

“自动抹掉”选项用于设置当使用铅笔工具进行绘图时，如果落笔处不是前景色，那铅笔工具将使用前景色绘图；如果落笔处是前景色，铅笔工具将使用背景色绘图。

(3) 橡皮擦工具。

橡皮擦工具是用来擦除图像颜色的，也就是在擦除的位置上填充背景颜色或设置为透明区。在不同图层使用橡皮擦工具也有不同的效果，当在背景图层使用时，图像会被背景色所取代；当在其他的图层使用时，则擦除的范围会变成透明的效果。

在工具箱中选择橡皮擦工具，则出现的橡皮擦工具选项栏如图 3-25 所示。

图 3-25　橡皮擦工具

在橡皮擦工具选项栏中，可以对以下选项进行设置。

① 模式：在该下拉列表框中，可以选择画笔、铅笔、块选项作为橡皮擦擦除时的效果，如图 3-26 所示。

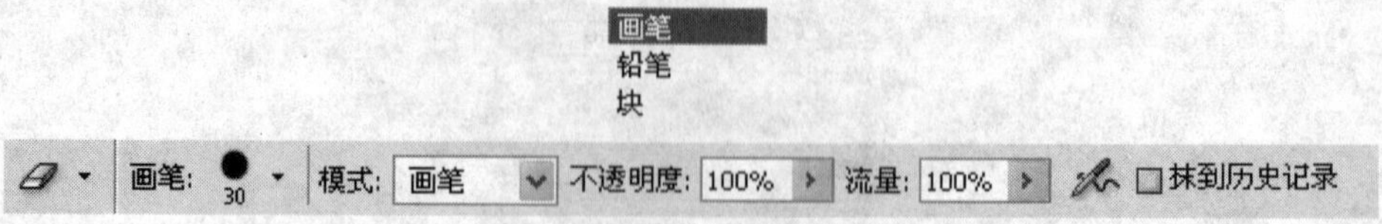

图 3-26　选择不同模式选项的擦除

② 抹到历史记录：选中该复选框后，即可在“历史记录”控制面板中指定需要恢复的步骤，则擦除的效果就会恢复到所指定步骤的画面。

Photoshop 还提供了背景色橡皮擦工具和魔术橡皮擦工具如图 3-27 所示。

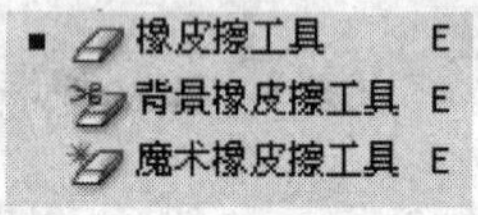

图 3-27　多种橡皮擦工具

(4) 仿制图章工具。

仿制图章工具可以从图像中取样，然后将取样应用到其他图像或同一图像的不同部分上，以达到复制图像的效果。

在仿制图章选项栏中，用户除了可以设置画笔、模式、不透明度和流量外，还有以下两个复选框。

① 对齐的：选中该复选框表示复制时由取样点处开始复制图像。在图像复制过程中，无论中间执行了何种操作，重新选择仿制图章工具后，用户均可随时继续复制，而且复制的图像仍是前面所复制的同一幅图像。若未选中该复选框，则在选定仿制图章工具后，每次单击都会回到原取样点处重新复制，而不会接着原来的图像继续复制。

② 用于所有图层：未选中该复选框，表示复制原图像时只复制当前层中的图像；若选中该复选框，表示将复制所有层中的图像。

仿制图章工具的使用方法是：先选择仿制图章工具，鼠标指针移到图像编辑窗口中变成图章的形状，然后按住 Alt 键在图像中单击取样点，取样复制后的内容会被储存到 Photoshop 剪贴板中。接着进行粘贴操作，将鼠标移到当前图像或另一图像中，单击并来回拖曳鼠标即可完成，如图 3-28 所示。

图 3-28　仿制图章的应用

(5) 图案图章工具。

图案图章工具可以将用户定义的图案复制到同一幅图像或其他图像中。该工具的功能和使用方法类似于仿制图章工具，但它的取样方式不同。在使用图案图章工具前，用户必须先定义一个图案，然后才能使用图案图章工具在图像编辑窗口中拖曳复制出图案来。

在工具箱上选择图案图章工具，则出现图案图章工具选项栏。它比仿制图章工具选项栏多出两个选项，即“图案”下拉列表框和 Impressionist 复选框，选中 Impressionist 复选框可以产生印象派的艺术效果。

(6) 修复画笔工具。

修复画笔工具是通过匹配样本图像和原图像的形状、光照、纹理，使样本像素和周围像素相融合，从而达到无缝和自然的修复效果。在工具箱上选择修复画笔工具，则出现修复画笔工具选项栏。若选中“样本”单选框，其用法与仿制图章工具相类似；若选中“图案”单选框，其用法与图案图章工具相类似。

(7) 修补工具。

修补工具是通过将选区图像或样本图像复制到原图像来修复图像。与修复画笔工具一样，修补工具也通过匹配样本图像和原图像的形状、光照、纹理等修复图像。

(8) 模糊工具。

模糊的原理是降低图像相邻像素之间的反差，使图像的边界或区域变得柔和，产生一种模糊的效果。

(9) 锐化工具。

锐化工具正好与模糊工具相反，它是通过增大图像相邻像素之间的反差，从而使图像的边界或区域变得清晰、明了。锐化工具选项栏与模糊工具的完全相同，这里不再重述。

3.4 Photoshop 滤镜特效范例

3.4.1 光晕效果

(1) 新建图像像素为 600×600，分辨率为 72 像素/英寸，将背景层填充为黑色，使用“滤镜—渲染—镜头光晕”，参数如图 3-29 所示。

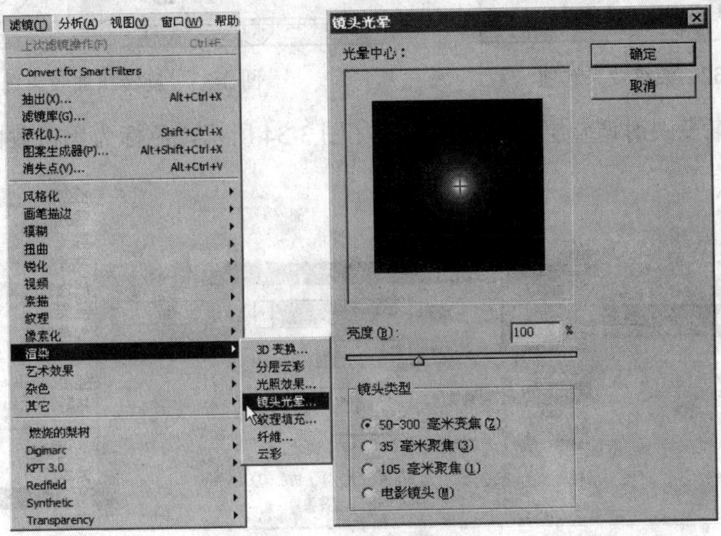

图 3-29　镜头光晕

在背景层应用“滤镜—艺术效果—塑料包装”，参数如图 3-30 所示。这样可以得到如图 3-31 所示的效果图。

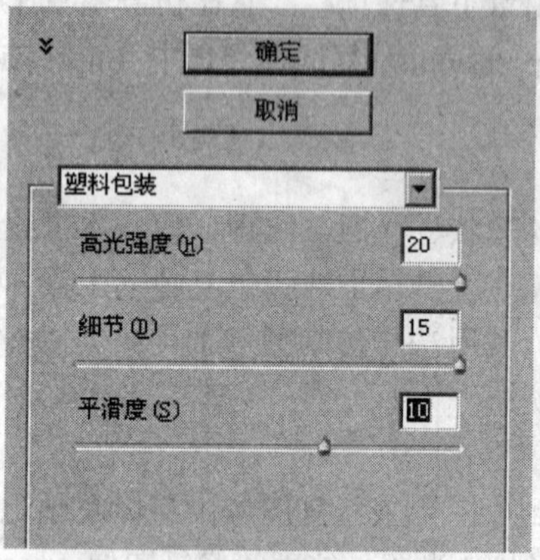

图 3-30　塑料包装

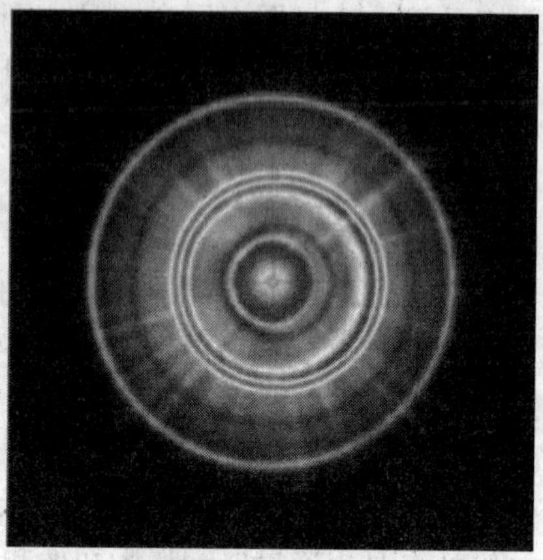
图 3-31　合成效果

(2) 接下来，使用“滤镜—扭曲—波纹”，设定如图 3-32 所示。
(3) 接着使用“滤镜—扭曲—旋转扭曲”，设定如图 3-33 所示。

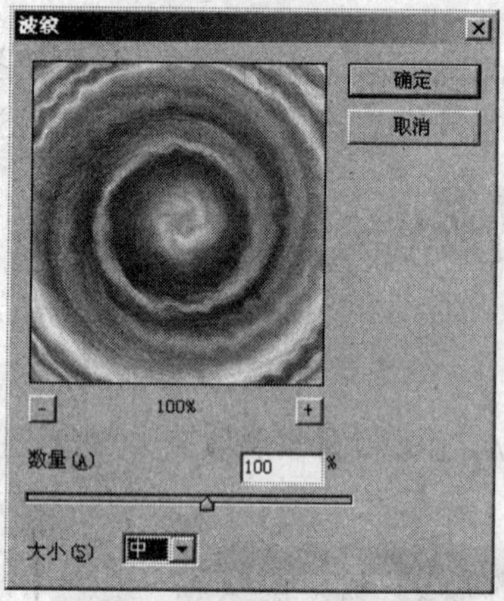

图 3-32　波纹效果选项

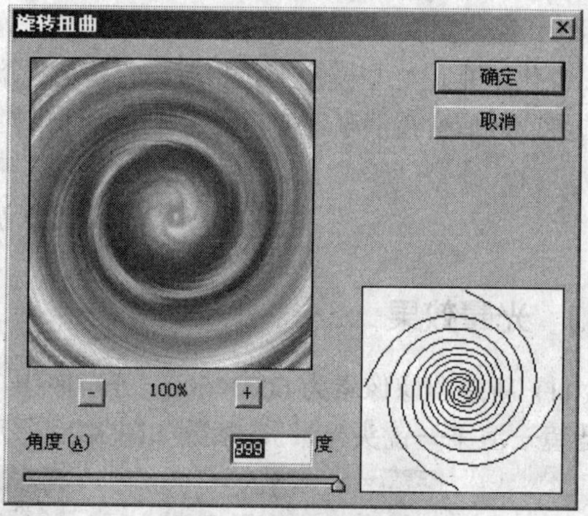

图 3-33　旋转扭曲效果选项

(4) 建立渐变映射调整层，渐变的设定如图 3-34 所示，色标为黑橙黄白。

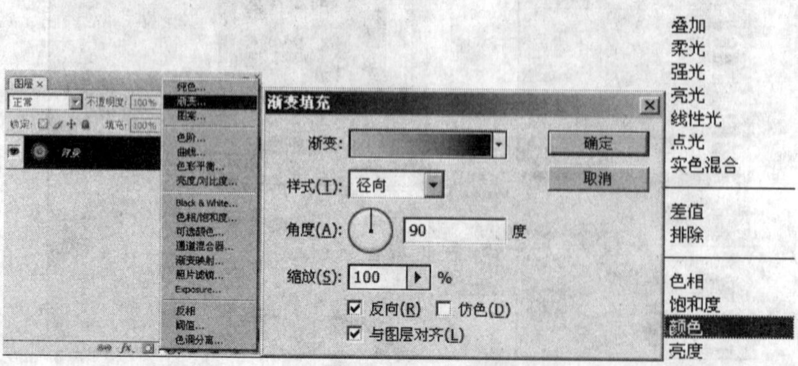

图 3-34　渐变填充选项

(5) 并使得该调整涂层的混合模式设定为颜色，得到最终效果如图 3-35 所示。

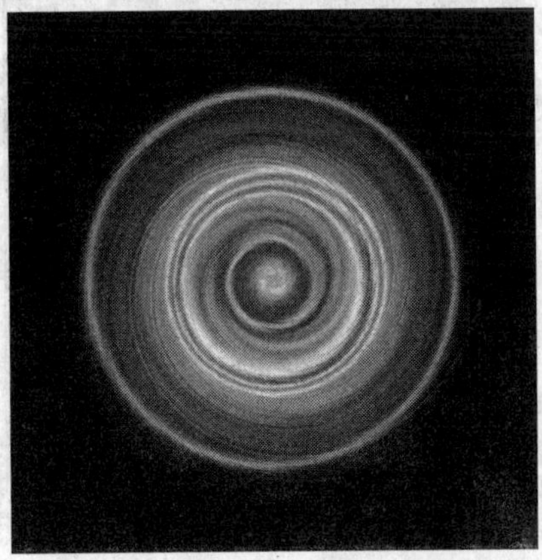

图 3-35　最终效果图

3.4.2　抽象突出效果

(1) 新建图像，填充黑色背景，用默认颜色，使用“滤镜—渲染—分层云彩”，可按“Ctrl+F”重复两三次，得到如图 3-36 所示的效果。然后对其使用“滤镜—风格化—风”，效果如图 3-37 所示。

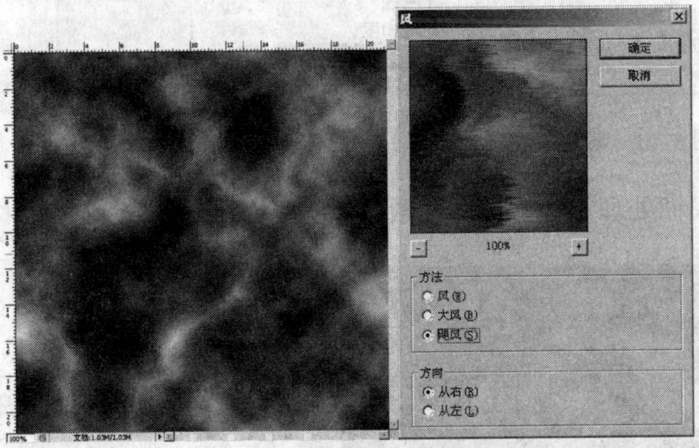

图 3-36　风选项

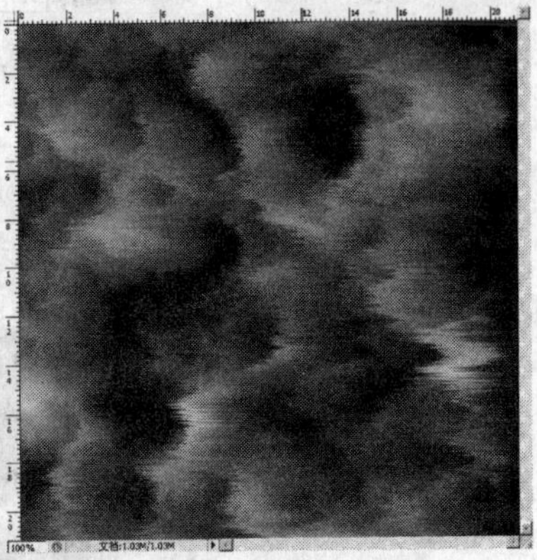

图 3-37　风效果图

(2) 使用“滤镜—风格化—凸出”，设置如图 3-38 所示，从而得到图 3-39 所示的效果。

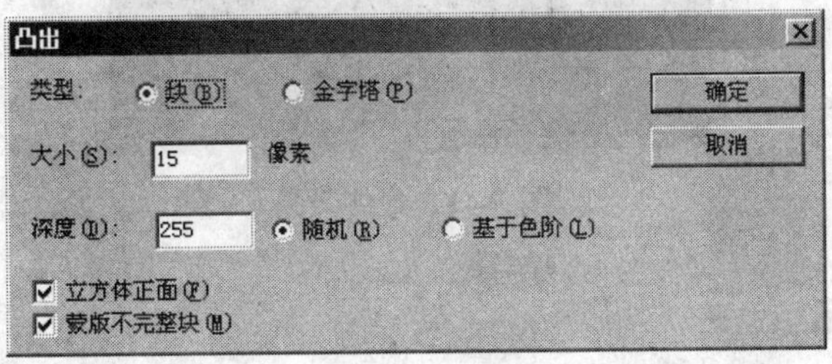

图 3-38　凸出选项

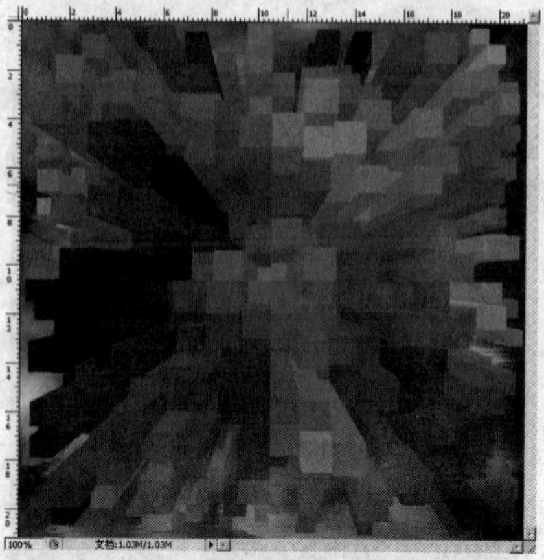

图 3-39 凸出效果图

(3) 新建一个渐变填充调整图层，设置参数参考图 3-40，并选择该调整图层的混合模式为颜色，为下面的层突出方块填充颜色的作用，上色后的效果如图 3-41 所示。

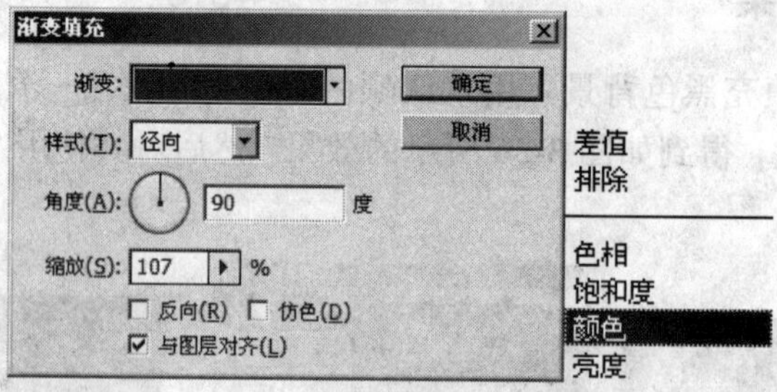

图 3-40 渐变填充设置参数

最终得到的图也可以进一步模糊处理，这样一幅背景图形就可以得到了。

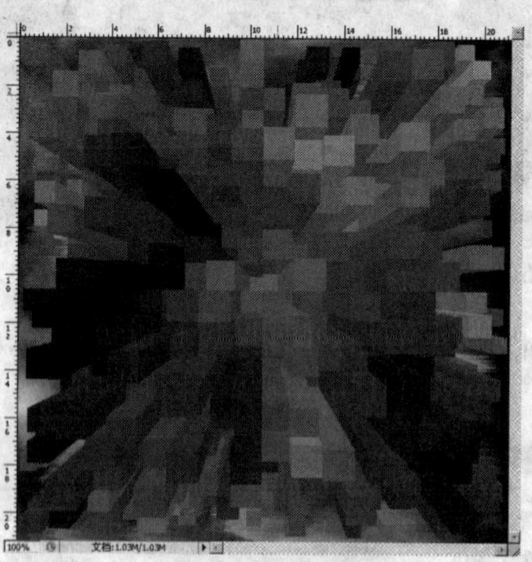

图 3-41 最终效果

3.4.3 运动的圆环

(1) 新建图像，用形状工具中的椭圆工具如图 3-42 所示，绘制一个圆环，复制一个备份出来，接着对备份进行自由变化 Crtl+T，进一步缩小 90%得到两个同心圆如图 3-43 所示。

再进行路径相减，即一个大圆中间减去一个小圆，如图 3-44 所示。注意必须以矢量格式绘制。

图 3-42　椭圆工具

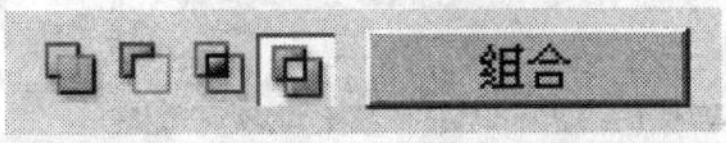

图 3-44　与选区交叉

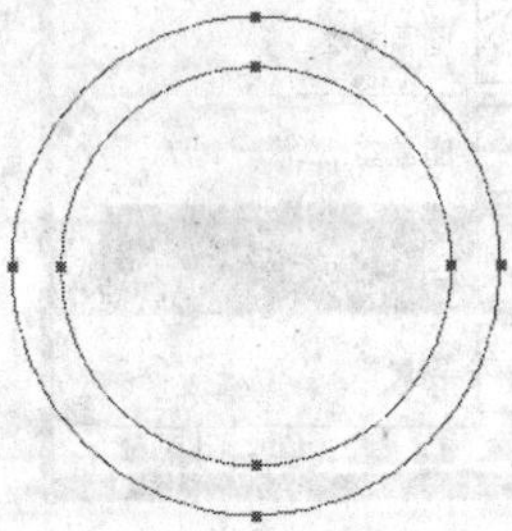

图 3-43　圆环圆样

进行路径相减后得到的路径如图 3-45 所示。

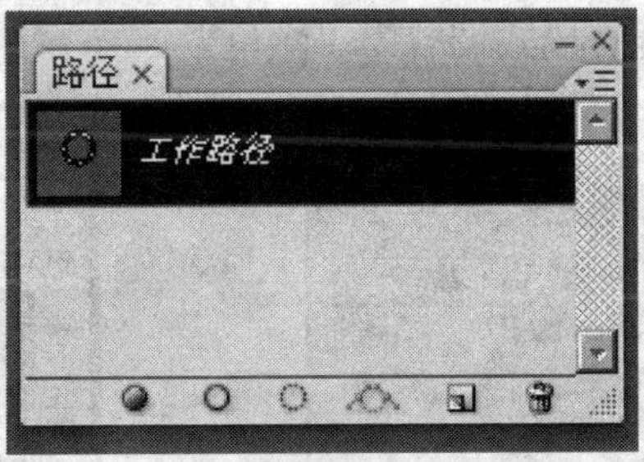

图 3-45　路径示意图

此时按住 Ctrl 点击工作路径的示意图的图标，得到两个圆路径相减的选取，如图 3-46 所示。

下面对得到的选取进行填充，这里我们用黑色进行填充，得到如图 3-47 所示的效果。

(2) 多次复制圆环路径到新建立的图层，移动到任意位置，效果如图 3-48 所示。图层面板包含的图层如图 3-49 所示。

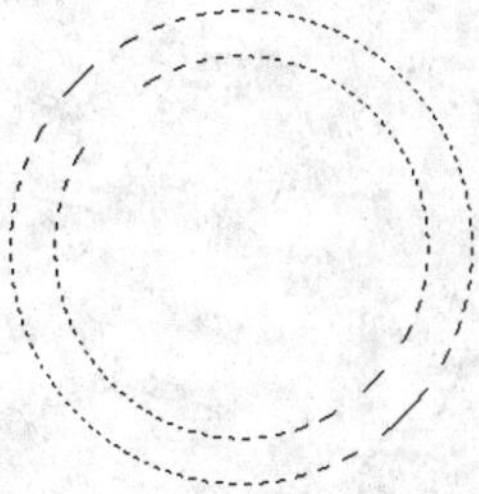

图 3-46　路径相减选区

图 3-47　选取进行填充

图 3-48　多次复杂移动圆环

接着，我们把图层“圈”、“圈副本”、“圈副本 2”、“圈副本 3”进行图层的合并，这里可以采用快捷键 Ctrl+E，得到的图层情况如图 3-50 所示。

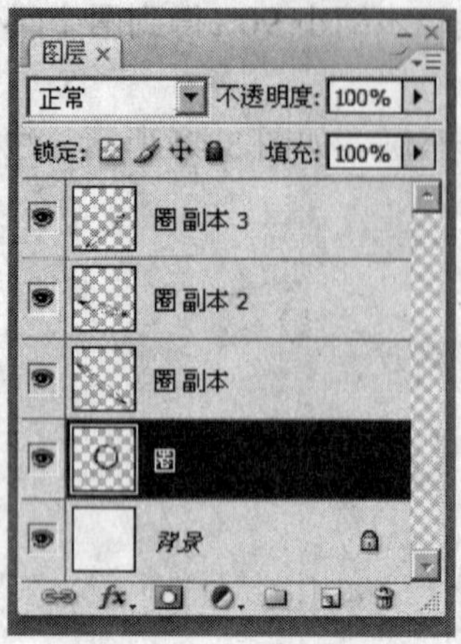

图 3-49　图层面板

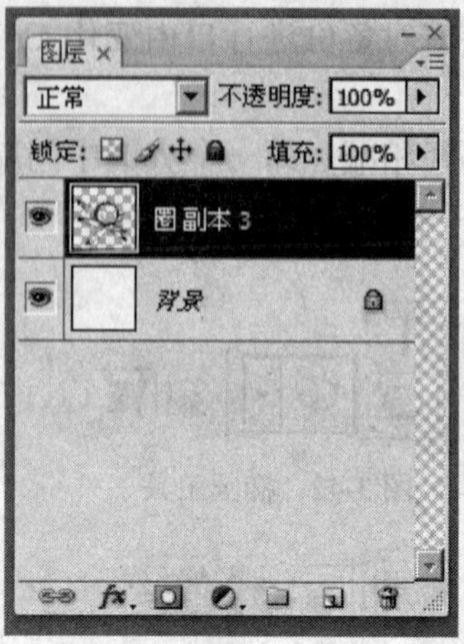

图 3-50　合并图层

使用“滤镜—模糊—径向模糊”，设定如图 3-51 所示。

下面给“圈副本 3”进一步上色，新建“图层 1”并填充“黑橙”的渐变，得到图层面板如图 3-52 所示，并将混合模式调整为“颜色”。

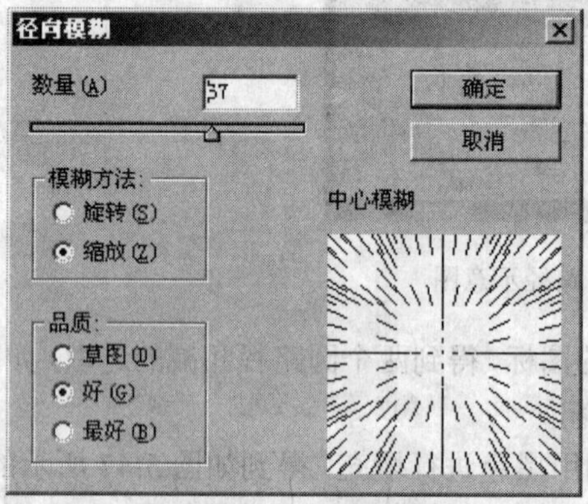

图 3-51　径向模糊选项

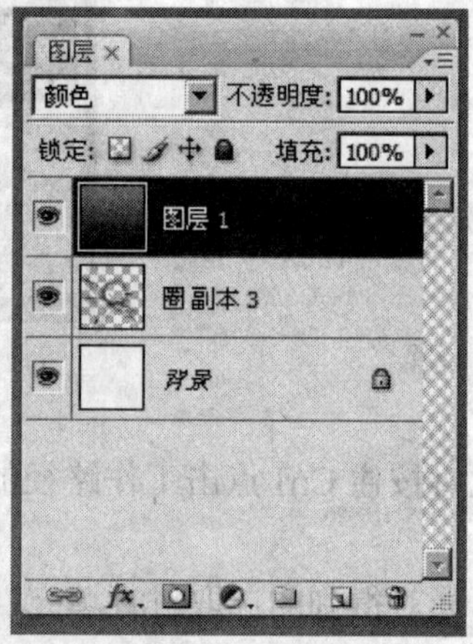

图 3-52　图层面板

最后，可以得到如图 3-53 所示的运动圆环效果。

图 3-53　运动圆环效果图

3.4.4 金属质感的表现

(1) 新建图层，用默认的颜色执行“滤镜—渲染—云彩”，再使用“滤镜—渲染—分层云彩”，按“Ctrl+F”重复分层云彩两三次，得到如图 3-54 所示的效果。对其使用“滤镜—渲染—光照效果”，设置如图 3-55 所示。光照颜色可设定为#FF9500。

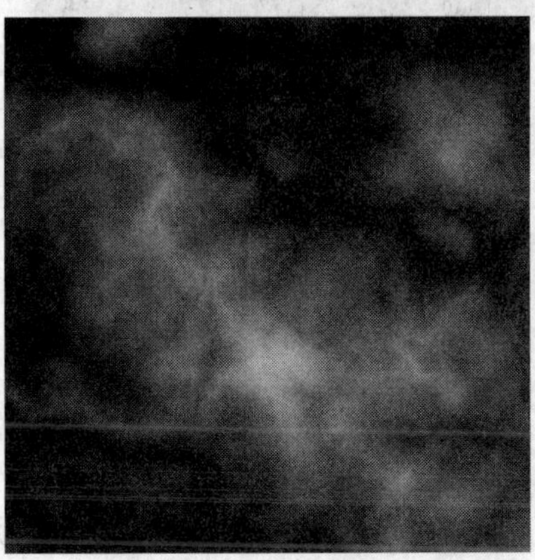

图 3-54 分层云彩效果

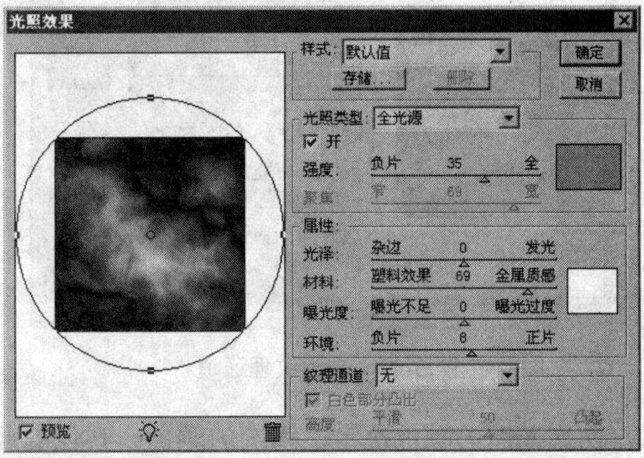

图 3-55 光照效果选项

(2) 依次使用“滤镜—艺术效果—塑料包装”、“滤镜—扭曲—波纹”、“滤镜—扭曲—玻璃”，设置分别如图 3-56~图 3-58 所示。

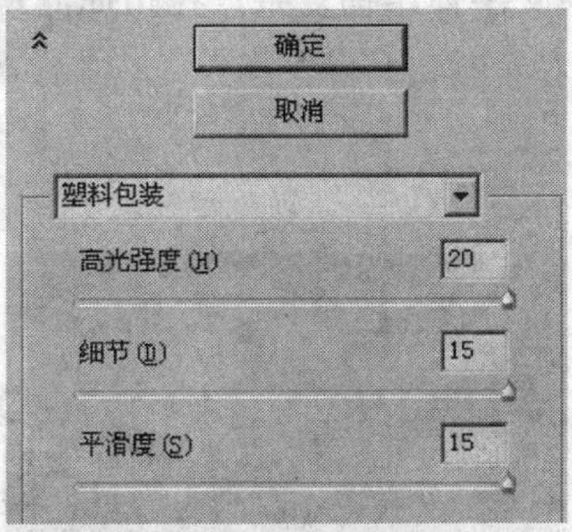

图 3-56 塑料包装效果选项

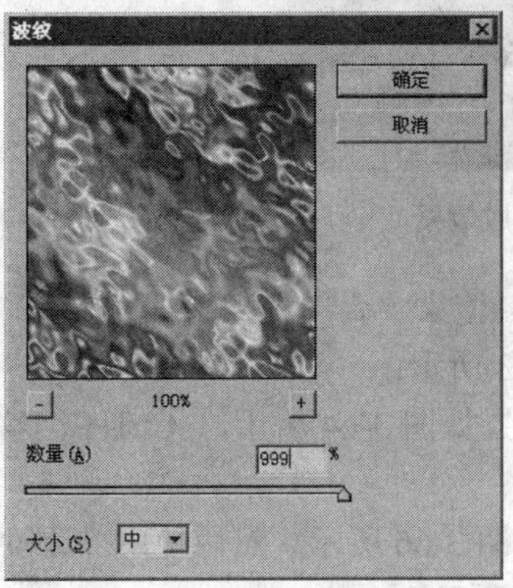

图 3-57 波纹效果选项

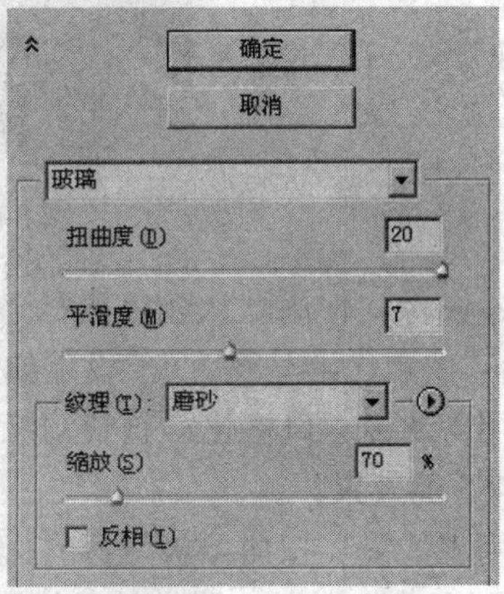

图 3-58 玻璃效果选项

(3) 使用“滤镜—渲染—光照效果”，设定如图 3-59 所示，颜色可选#AD8929，注意要选择纹理通道。效果如图 3-59 左侧所示。如果觉得太亮，可使用曲线“Ctrl+M”或色阶“Ctrl+L”降整得到如图 3-60 所示的效果。

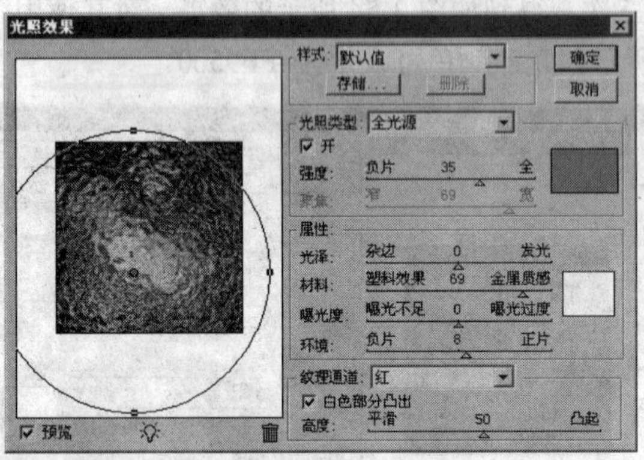

图 3-59　注意纹理通道

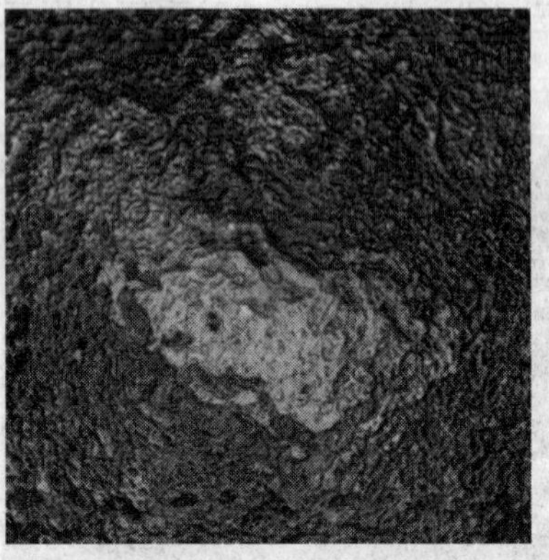

图 3-60　效果图

两次光照的颜色决定了锈迹的颜色。其他滤镜的使用是为了营造杂乱的效果，以及产生白色高光区域，用作第二次光照滤镜时形成锈迹的边缘。这里虽然是采用了云彩滤镜来制作原始素材，但也可以使用现成的图像或者文字来制作，只是需要先将它们处理为明暗不同的效果(可以为它们建立蒙板，然后对蒙板使用云彩滤镜来完成)。如果是利用文字，英文字体较为合适，中文字体结构复杂，在扭曲滤镜的使用后可能无法分辨。

3.4.5　放射状光束

效果图如图 3-61 所示。

图 3-61　完成效果

(1) 新建图像，使用默认颜色执行“滤镜—渲染—云彩”效果如图 3-62 所示。然后使用“滤镜—像素化—马赛克”，设定如图 3-63 所示。

(2) 使用“滤镜—风格化—查找边缘”，效果如图 3-64 所示，“Ctrl+F”多次执行后得到类似图 3-65 的效果。

(3) 使用“滤镜—扭曲—极坐标”，设定如图 3-66 所示。然后使用“滤镜—扭曲—挤压”，设定如图 3-67 所示，图像效果如图 3-68 所示。

图 3-62　滤镜效果

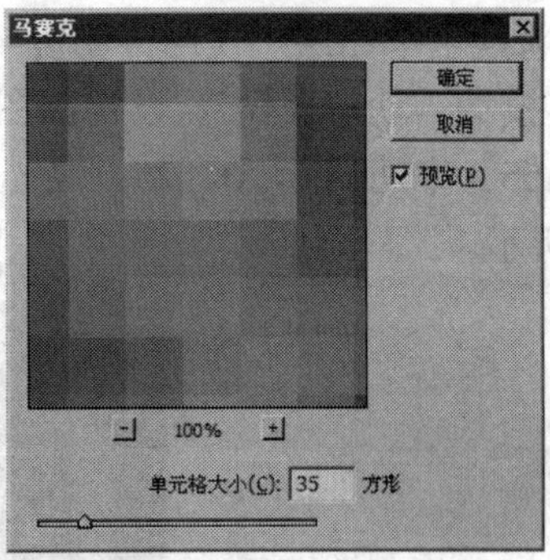

图 3-63　滤镜设定

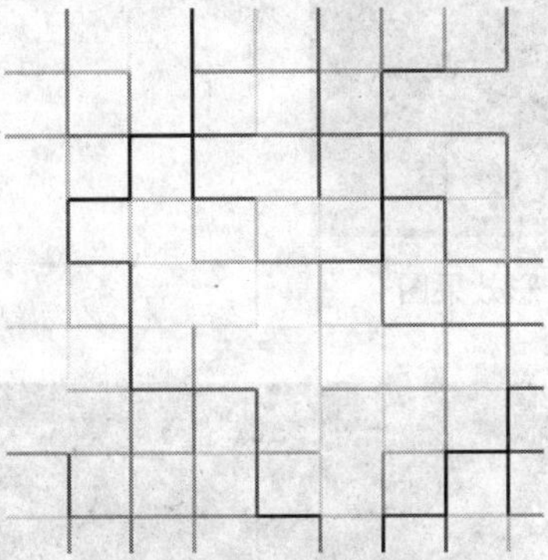

图 3-64　滤镜效果 1

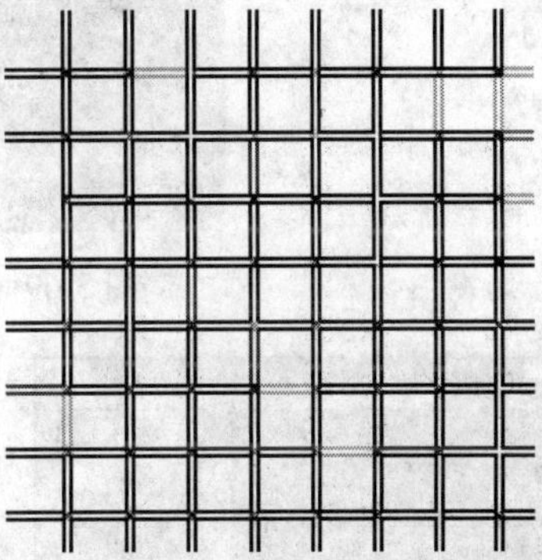

图 3-65　滤镜效果 2

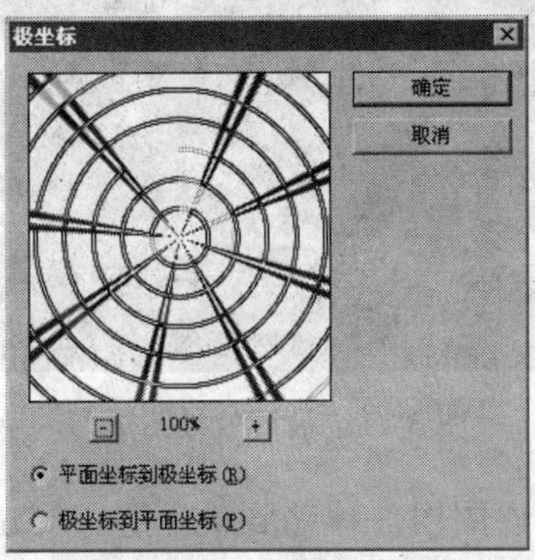

图 3-66　滤镜极坐标效果图

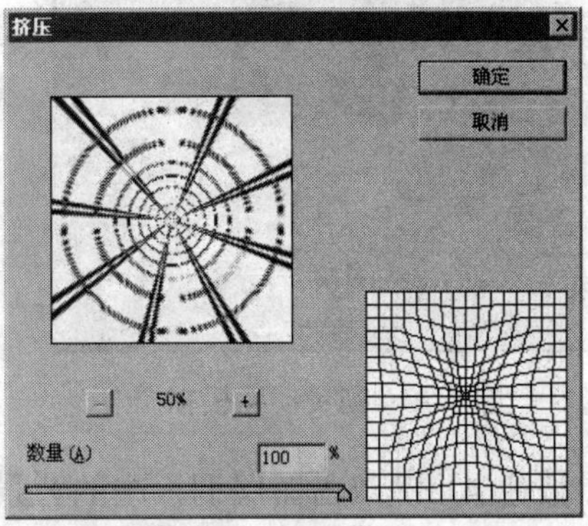

图 3-67　滤镜挤压效果图

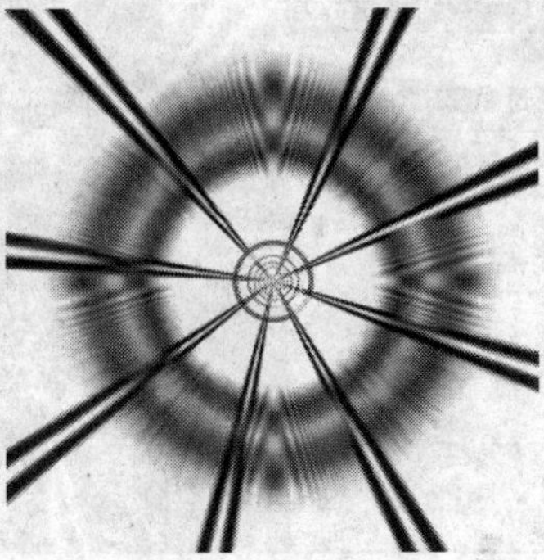

图 3-68　最终效果图

(4) 新建一个图层，使用“滤镜—渲染—云彩”，效果如图 3-69 所示，接着对其使用“滤镜—模糊—动感模糊”，设定如图 3-70 所示。然后建立色彩平衡调整层，分别为阴影 -65，0，55；中间调 0，0，25；高光 0，10，-60。开启“保持亮度”选项。调整后效果如图 3-71 所示。

图 3-69　滤镜云彩效果图

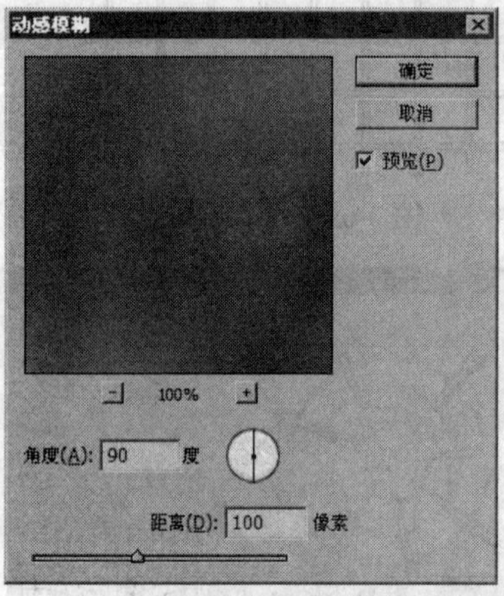

图 3-70　滤镜动感模糊图

图 3-71　最终效果图

(5) 按住 Alt 键双击图层调板中的背景层转为普通图层，移动到最上层。“Ctrl+I”将其反相，最后将混合模式改为“颜色减淡”，图层调板和效果如图 3-72 所示。

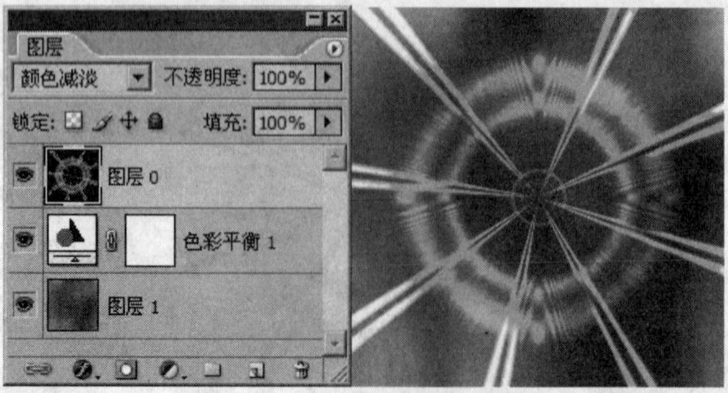

图 3-72　图层效果

(6) 使用裁切工具截取部分画面，如图 3-73 所示。

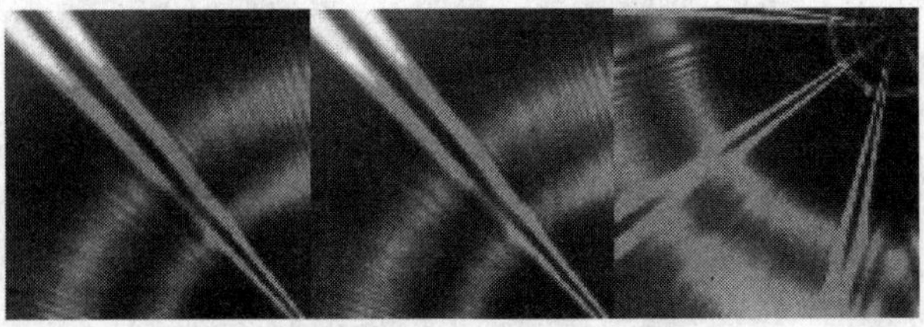

图 3-73　裁切画

多次执行查找边缘滤镜，得到横竖线条的效果，不同于以往的径向模糊，而是通过极坐标滤镜营造放射效果，使用云彩滤镜制作背景则是比较常用的手法。最后恰当地使用裁切工具来截取部分画面，用作图标或广告条背景。

习　题

1. 请回答什么是图像和图形。
2. 选择一张图片，使用 Photoshop 软件进行效果处理，例如调整它的饱和度、亮度等，并与处理之前的图片进行比较。

第 4 章　动画处理技术

学习内容

本章主要介绍了动画的基本知识、动画制作软件Flash，以及Flash动画制作的实例。

学习要求

了解： 动画的基本知识。

掌握： 应用 Flash 软件制作动画。

动画在现代社会发展中处于极其重要的地位，应用领域非常广泛，同时又与我们的日常生活息息相关、密不可分。在教育、科研、文化艺术等企业、事业的各个领域中发挥着越来越重要的作用。像互联网中网络动画的应用、游戏软件的开发，教学软件的开发、动画影院片、电影数字特技、电视动画片、电子图书等，动画尤其是计算机动画正在悄然兴起。本章主要介绍动画的概念、原理、发展等基本知识，着重介绍了二维动画制作软件 Macromedia Flash 8 的相关知识和使用方法，并结合实例对 Flash 8 的应用作了进一步的介绍。

4.1　动画基础

在日常生活中，网络动画、电视动画已随处可见，可动画到底是怎样制作的，它的原理是什么，它是怎么发展而来的，通过学习本节将得到答案。

4.1.1　动画的概念

1. 什么是动画

所谓动画也就使一幅图像“活”起来的过程。使用动画可以清楚的表现出一个事件的过程，或是展现一个活灵活现的画面。从某种极端的意义上说，产生动画的最好方法并不是编程，而是放电影。动画是通过连续播放一系列画面，在视觉上形成连续变化的图画，其基本原理与电影、电视的原理一样，都是利用了眼睛的“视觉残留”原理。医学证明，人类的眼睛具有“视觉残留”特性，就是说人的眼睛看到一幅画或一个物体后，在 1/24s 内不会消失。利用这一原理，在一幅画还没有消失前播放出下一幅画，就会给人造成一种流畅的视觉变化效果。因此，电影采用了每秒 24 幅画面的速度进行播放，电视采用了每秒 25 幅或 30 幅画面的速度进行播放。如今电脑动画的应用十分广泛，无论是让应用程序更加生动，增添多媒体的感官效果；还应用于游戏的开发，电视动画制作，创作吸引人的广告，电影特技制作，生产过程及科研的模拟等，都离不开动画的身影。

2. 计算机动画

计算机动画是采用连续播放静止图像的方法产生景物运动的效果，也即使用计算机产生图形、图像运动的技术，应用程序以一定的规律快速连续绘制并显示一系列有关联的静止图像就产生了电脑动画。根据计算机动画绘制和显示的原理，根据动画的交互程度我们可以将计算机动画分为非交互动画和交互动画两大类。而根据视觉空间的不同，根据动画开发和应用领域不同，我们可以将动画分为二维动画和三维动画。

二维画面是平面上的画面，二维动画是对手工传统动画的一个改进。通过输入和编辑关键帧，计算和生成中间帧，定义和显示运动路径，交互式给画面上色，产生一些特技效果，实现画面与声音的同步，控制运动系列的记录等等操作生成动画。

三维动画，又称 3D 动画，是近年来随着计算机软硬件技术的发展而产生的一新兴技术。三维动画软件在计算机中首先建立一个虚拟的世界，设计师在这个虚拟的三维世界中按照要表现的对象的形状尺寸建立模型以及场景，再根据要求设定模型的运动轨迹、虚拟摄影机的运动和其他动画参数，最后按要求为模型赋上特定的材质，并打上灯光。当这一切完成后就可以让计算机自动运算，生成最后的画面。

二维与三维动画的区别主要在于采用不同的方法获得动画中的景物运动效果。一个旋转的地球，在二维处理中，需要一帧帧地绘制球面变化画面，这样的处理难以自动进行。在三维处理中，先建立一个地球的模型并把地图贴满球面，然后使模型步进旋转，每次步进自动生成一帧动画画面，当然最后得到的动画仍然是二维的活动图像数据。如果说二维动画对应于传统卡通片的话，三维动画则对应于木偶动画。如同木偶动画中要首先制作木偶、道具和景物一样，三维动画首先要建立角色、实物和景物的三维数据模型。模型建立好了以后，给各个模型“贴上”材料，相当于各个模型有了外观。模型可以在计算机的控制下在三维空间里运动，或远或近；或旋转或移动；或变形或变色，等等。然后，在计算机内部“架上”虚拟的摄像机，调整好镜头，“打上”灯光，最后形成一系列栩栩如生的画面。三维动画之所以被称作计算机生成动画，是因为参加动画的对象不是简单地由外部输入的，而是根据三维数据在计算机内部生成的，运动轨迹和动作的设计也是在三维空间中考虑的。

3. 动画的原理

二维动画是通过连续播放一系列画面，在视觉上形成连续变化的图画，其基本原理与电影、电视的原理一样，都是利用了眼睛的“视觉残留”原理。人类的眼睛具有“视觉残留”特性，就是说人的眼睛看到一幅画或一个物体后，在 1/24s 内不会消失。利用这一原理，在一幅画还没有消失前播放出下一幅画，就会给人造成一种流畅的视觉变化效果。

三维动画原理是经过综合动画鼻祖们多年的宝贵经验并加以提炼，总结如下：挤压和拉伸、预备动作、演出设计、顺画法和定点画法、跟随动作和重叠动作、慢入和慢出、弧形运动曲线、次要动作、时间控制、夸张、绘画的立体感和吸引力。

4.1.2 动画的发展

早在 1831 年，法国人约瑟夫·安东尼·普拉特奥(Joseph Antoine Plateau)在一个可以转动的圆盘上按照顺序画了一些图片。当圆盘在机器的带动下旋转时，圆盘上的图片似乎动了起来，可称得上最原始的动画。

动画的发展经过了一个漫长的历程，从最初的动画雏形到现在的大型豪华动画片，其本质没有太大的变化，而动画制作手段却发生着日新月异地变化。今天，“电脑动画”、“电脑动画特技效果”不绝于耳，可见电脑对动画制作领域的强烈震撼。

随着计算机技术、网络技术的发展，数字动画应运而生，以数字媒体为基础的动画产业成为迅猛发展的朝阳产业。科学家预言，21 世纪最有前途的两个行业，是信息产业和文化产业。动画业作为后起之秀，正在全球文化产业中扮演着越来越重要的角色。

电脑动画是计算机图形学和艺术相结合的产物，它给人们提供了一个充分展示个人想象力和艺术才能的新天地。目前，电脑动画已经广泛应用于影视特技、商业广告、游戏、计算机辅助教育等领域。

美国是最早发展电脑动画的地方，在 20 世纪 70 年代末便利用电脑模拟人物活动。1982 年，迪斯尼(Disney)推出第一套电脑动画的电影 Tron(中文片译《电脑争霸》)。

传统的动画是由画师先在画纸上手绘真人的动作，然后再复制于卡通人物之上。直至 20 世纪 70 年代后期，电脑技术发展迅速的纽约技术学院的电脑绘图实验室导师丽蓓卡亚·伦女士将录像带上的舞蹈员影家投射在电脑显示器上，然后利用电脑绘图记录影像的动作，然后描摹轮廓。1982 年左右，美国麻省理工学院及纽约技术学院同时利用光学追踪技术记录人体动作：演员身体的各部分都被安上发光物体，在指定的拍摄范围内移动，同时有数部摄影机拍摄其动作，然后经电脑系统分析光点的运动，再产生立体的活动影像。

世界电影史上花费最大、最成功的电影之一——《泰坦尼克号》的成功很大程度上得益于它对电脑动画的大量应用。世界著名的数字工作室 Digital Domain 公司用了一年半的时间，动用了 300 多台 SGI 超级工作站，并派出 50 多个特技师一天 24 小时轮流地制作《泰坦尼克号》中的电脑特技。

1983 年，麻省理工学院的 Ginsberg 和 Maxwell 发展了一套系统(Graphica Marionette)，利用计算机语言控制卡通的动作。但受到当时计算机硬件速度的限制，一个简单的电脑动画往往需要花费很长的时间。随着计算机硬件及动画软件的迅速发展，以及越来越多的研究机构及商业机构加入到电脑动画领域，电脑动画的制作水平也随之日新月异。动画日益形成一个重要的产业，在美国、日本、英国和荷兰这些动画片的制作强国，动画产业在国民生产总值中占有非常重要的地位，日本的动画产业更是国民经济六大支柱产业之一。

4.2 动画制作软件 Flash

Flash 是一种创作工具，设计人员和开发人员可使用它来创建演示文稿、从简单的动画到复杂的交互式 Web 应用程序(如在线商店)之类的任何作品。通过添加图片、声音和视频，可以使用户的 Flash 应用程序媒体丰富多彩。Flash 包含了许多功能，如拖放用户界面组件，将 ActionScript 添加到文档的内置行为，以及可以添加到对象的特殊效果。这些功能使 Flash 不仅功能强大，而且易于使用。Flash 特别适用于创建通过 Internet 提供的内容，因为它的文件非常小。Flash 是通过广泛使用矢量图形做到这一点的。与位图图形相比，矢量图形需要的内存和存储空间小很多，因为它们是以数学公式而不是大型数据集来表示的。位图图形之所以更大，是因为图像中的每个像素都需要一组单独的数据来表示。

4.2.1 动画软件简介

制作动画的软件现在有很多，二维动画制作软件有 Macromedia Flash、Ulead Gif Animator、Cool 3D、Fireworks 等，三维动画制作软件有 Avid Softimage XSI、Sumatra、Alias/Wavefront MAYA、Houdini、3DS MAX 等。它们各自的功能特点不同，因而制作的动画风格也不同。Flash 是后起之秀，也是目前网络动画的主流。

1. Macromedia Flash 8

Flash8 是美国 Macromedia 公司出品的一款矢量图形编辑和交互性动画创作。2005 年 8 月，Macromedia 推出了 Flash Professional 8，Flash 8 拥有很多功能强大、操作便利的工具，加之人机界面友好，为用户制作多姿多彩的动画作品，以及创建各种富有感染力的内容和 Internet 应用程序提供了强有力的支持。自问世以来，Flash 在网页动画创作领域独领风骚，如今，不仅成为专业动画制作人员的必备工具，而且还有超过百万的专业人员利用它在网页上为用户提供卓越的体验，也深得业余爱好者热爱。

从最初名不经传的 Flash 1.0、2.0 到初露锋芒的 Flash 3.0、4.0，一直成长到今天的 Flash 8，Flash 8 以其强大的功能，易于上手的特性，逐渐得到用户的喜爱和接受，无数人投入到 Flash 动画的制作行列中。作为一款二维动画制作软件，Flash 8 与其他动画软件有相似的地方，但也有很多独具的特点，这些特点是以前版本所没有的，这也正是这些特点成就了 Flash 8 在网络动画方面的王者地位。

渐变增强 新的控件使用户能够对舞台上的对象应用复杂的渐变。用户最多可以向渐变添加 16 种颜色，精确控制渐变焦点的位置，并对渐变应用其他参数。Macromedia 还简化了应用渐变的工作流程。

对象绘制模型 以前在 Flash 中，位于舞台上同一图层中的所有形状可能会影响其他重叠形状的轮廓。现在，用户可以在舞台上直接创建形状，而不会与舞台上的其他形状互相干扰。使用新增的“对象绘制”模型创建形状时，该形状不会使位于新形状下方的其他形状发生更改。

FlashType 现在，舞台上的文本对象在 Flash 创作工具和 Flash Player 中具有更为一致的外观。

脚本助手模式 使用“动作”面板中新增的助手模式，使用户能在不太了解 Action Script 的情况下也能创建脚本。

扩展的舞台工作区 用户可以使用舞台周围的区域存储图形和其他对象，而在播放 SWF 文件时不在舞台上显示它们。Macromedia 现在扩展了这块称为“工作区”的区域，使用户能够在那里存储更多项目。Flash 用户经常使用工作区存储打算以后在舞台上做成动画的图形，或者存储在回放期间没有图形表示形式的对象，如数据组件。

Macintosh 文档选项卡 现在，用户可以在同一个 Flash 应用程序窗口中打开多个 Flash 文件，并使用位于窗口顶部的文档选项卡在它们中间进行选择。

改进的“首选参数”对话框 Macromedia 精简了“首选参数”对话框的设计，对其进行了重新布置，使其更简明好用。

单一库面板 现在，用户可以使用一个“库”面板来同时查看多个 Flash 文件的库项目。

改进的发布界面 简化后的“发布设置”对话框，使得对 SWF 文件发布的控制更加轻松。

对象层级撤销模式 现在，用户可以逐个跟踪在 Flash 中对各个对象所做的更改。使用此模式时，舞台上和库中的每个对象都具有自己的撤销列表。这使用户能够撤销对某个对象所做的更改，而不必撤销对任何其他对象的更改。

滤镜效果 Flash Professional 8 滤镜可以让用户给影片剪辑(MovieClip)添加特殊效果，例如阴影、模糊等(滤镜同样可以应用到按钮和文本上)，可以通过面板进行设置，就像 Photoshop 那样(也可用 AS 控制)。

Flash 视频与新的编码技术 On2 VP6 编码让 Flash 视频(FLV)质量更清晰，Flash 视频支持 Alpha 通道，附带了一个独立的 FLV 转换工具。新版的视频媒体播放组件，视频导入流程有所改进了。

实时位图处理 用户可以在运行时动态获取 Flash 中位图的颜色值，复制像素区域，使用像素绘图等。

文件上传/下载接口 Flash 上传接口可直接调用系统文件对话框(以前要通过 Javascript)，选择文件并获得文件路径，然后传给后台程序进行上传。Flash 文件下载可让用户将任何文件下载到硬盘上，用户可选择下载路径，并可控制显示下载进度。

2. 3DS MAX

3DS MAX 是一种常用的三维动画软件。3DS MAX 从 1.0 版发展到现在的 6.0 版，可以说是经历了一个由不成熟到成熟壮大的过程。这是应用于 PC 平台的三维动画软件，从 1996 年开始就一直在三维动画领域叱咤风云。它的前身就是 3DS，可能是依靠 3DS 在 PC 平台中的优势，3DS MAX 一推出就受到了瞩目。它支持 Windows 95、Windows NT，具有优良的多线程运算能力，支持多处理器的并行运算，丰富的建模和动画能力，出色的材质编辑系统，这些优秀的特点一下就吸引了大批的三维动画制作者和公司。现在在国内，3DS MAX 的使用人数大大超过了其他三维软件，可以说是一枝独秀。

现在的 6.0 版已经具有强大的各种专业的建模和动画功能。Nurbs、Dispace Modify、Camer Traker、Motion Capture 这些原来只有在专业软件中才有的功能，现在也被引入到 3DS MAX 中。可以说今天的 3DS MAX 给人的印象绝不是一个运行在 PC 平台的业余软件了，从电视到电影，用户都可以找到 3DS MAX 的身影。很多人看过《迷失太空》这部科幻电影，这部电影中的绝大多数特技镜头都是由 3DS MAX 来完成的。

3DS MAX 作为世界上应用最广泛的三维建模、动画、渲染软件，完全满足制作高质量动画、最新游戏、设计效果等领域的需要。目前，3DS MAX 6.0 已经隆重诞生。此次版本升级集成了专用于电影、游戏和 3D 设计的最新工具，在技术上加入了许多新特性，包括整合了 Mental Ray3.2、加入 Particle Flow、Reator2、新的 Schematic View、全新的 Architectual 材质等。

3DS MAX 一直在动画市场上占有非常重要的地位，尤其在电影特效、游戏软件开发的领域里，Discreet 不断在改造出更具强大功能与相容性的软件来迎接这个新的视觉传播世代。用户可以在 3DS MAX 6.0 最新版中，看到 3DS MAX 如何帮助设计师与动画师更精准地掌握动画背景与人物结构，同时呈现出每个角色震撼的生命力。

3DS MAX 6.0 新功能将包括：高级浏览器，可以随时观看图片文件和 max 文件；复杂的场景管理器用来管理大的场景；整合的 Mental Ray 渲染器可以渲染出非常高质量的图片和动画、顶点颜色绘制(Vertex Color Painting)；设计清晰工具(Design Visualization Tools)；支持 CAD、动力学版本是 Reactor 2；去网格背景(Distributed Network Texture Baking)；3DS MAX6.0 还增加了一些材质并整合了部分旧版本中常用的材质。除此之外，3DS MAX 6.0 为 Mental Ray 渲染器增添了多种材质。包括：DGS Material(physics_phen)、Glass(physics_phen)和 Mental Ray。

3DS MAX 的成功在很大的程度上要归功于它的插件。全世界有许多的专业技术公司在为 3DS MAX 设计各种插件，他们都有自己的专长，所以各种插件也非常专业。例如，增强的粒子系统 Sandblaster，Ourburst，设计火、烟、云的 Afterburn，制作肌肉的 Metareyes，制作人面部动画的 Jetareyes。有了这些插件，就可以轻松设计出惊人的效果。据说每天都有新的为 3DS MAX 设计的插件推出。

3. Alias/Wavefront MAYA

MAYA 的诞生确实是一个新纪元，以往人们更多地使用 3DS MAX，这个软件也不错，只是它更多的效果制作依赖于外部插件。就笔者自身的体会，虽然 MAYA 制作一个项目比 3DS MAX 花更多时间和步骤，当的确在生成图像上比用 3DS MAX 生成的图像具有更多的细节。打个形象的比喻：如果说 3DS MAX 是一部自动相机的话，MAYA 更像是一部手动相机，就像使用相机一样，虽然使用手动相机需要更多的调节，但所摄制的图像是自动相机所无法比拟的，在这当中，手动相机有更多摄影师的参与，也就是说 MAYA 有更大的可控制性和可操作性。MAYA 在建模、渲染、制作数字角色和场景的时候让用户担当了导演、演员、场景设计者和摄影师的角色。

MAYA 是 Alias/Wavefront 公司出品的最新三维动画软件。虽然还是个新生儿，但发展的步伐却有超过 Softimage XSI 的势头。实际上 Alias/Wavefront 原来并不是一个公司，Wavefront 公司被 Alias 公司所收购，而 Alias 公司却被 Silicon Graphics 公司所收购，最终组成了现在的 Alias/Wavefront 公司。Alias 公司和 Wavefront 公司原来在 3D 领域都有着自己的强项，如 Wavefront 公司的 Dynamation 和 3Design 等。而 Alais 公司的 Power Animator 和 Power Modle 等也是闻名于世。

Alias/Wavefront 推出的 MAYA 可以说是当前电脑动画业所关注的焦点之一。它是新一代的具有全新架构的动画软件。从 MAYA 这个古老而又神秘的名字就可以看出，这个软件蕴涵着巨大的能量。下面就介绍一下 MAYA 的新功能。

(1) 采用 Object oriented C++ code 整合 OpenGL 图形工具，提供非常优秀的实时反馈表现能力，这一点可能是每一个动画创作者最需要的。

(2) 具有先进的数据存储结构，强力的 Scenceobject 处理工具——Digital project。

(3) 运用弹性使用界面及流线型工作流程，使创作者可以更好地规划工程。

(4) 使用 Scripiting & Command language 语言，MAYA 的核心引擎是一种称为 MEL(MAYA Embedded Language，马雅嵌入式语言)的加强型 Scripiting 与 Command 语言。MEL 是一种全方位符合各种状况的语言，支援所有的 MAYA 函数命令。

(5) 在基本的架构中，MAYA 自定 undo/redo 的排序，同时 MAYA 也提供改变 Procedure stack(程序堆叠)及 Re-excute(再执行)的能力。

(6) 层的概念在许多图形软件中已经广泛地运用了。MAYA 也把层的概念引入到动画的创作中，可以在不同的层进行操作，而各个层之间不会有影响。当然也可以将层进行合并或者删除不需要的层。

在 MAYA 中最具震撼力的新功能可算是 Artisan 了。它让你能随意地雕刻 Nurbs 面，从而生成各种复杂的形象。如果有数字化的输入设备，如数字笔，那更可以随心所欲地制作各种复杂的模型。

4.2.2 Flash 8 工作界面

启动 Flash 8 后，首先映入眼帘的是开始页，如图 4-1 所示。

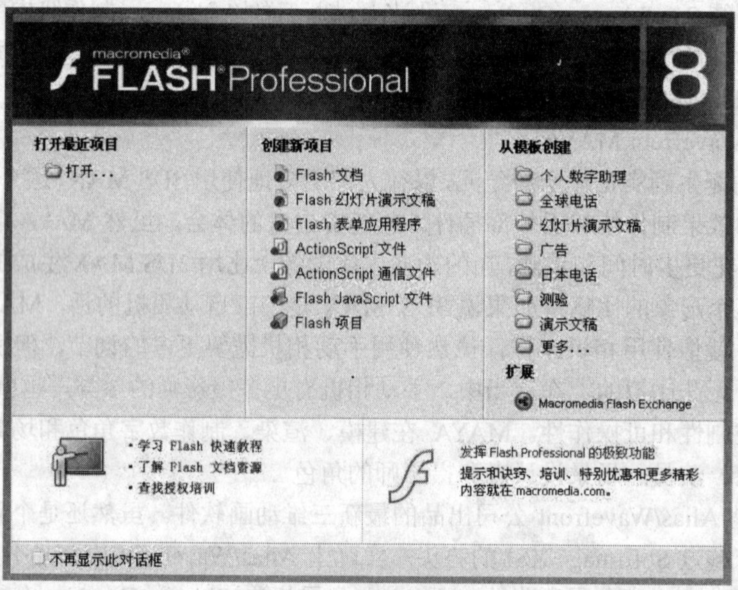

图 4-1　Flash 8 开始页

开始页包含以下四个区域：

打开最近项目：用于打开最近的文档。也可以通过单击“打开”图标显示“打开文件”对话框。

创建新项目：它列出了 Flash 文件类型，如 Flash 文档和 ActionScript 文件。可以通过单击列表中所需的文件类型快速创建新的文件。

从模板创建：它列出创建新的 Flash 文档最常用的模板。可以通过单击列表中所需的模板创建新文件。

扩展：它链接到 Macromedia Flash Exchange Web 站点，用户可以在其中下载 Flash 的助手应用程序、Flash 扩展功能以及相关信息。

开始页还提供对“帮助”资源的快速访问。用户可以浏览 Flash、学习有关 Flash 文档的资源以及查找 Macromedia 授权的培训机构。

要隐藏开始页：在开始页上，选择“不再显示此对话框”。要再次显示开始页，请执行以下操作之一：

(Windows) 选择“编辑”|“首选参数”，然后选择“常规”类别中的“显示开始页”。

(Macintosh) 选择“Flash”|“首选参数”，然后选择“常规”类别中的“显示开始页”。

1. 菜单栏

菜单栏位于标题栏的下方，Flash 8 按照不同的类型将不同的命令放在不同的菜单中，除了绘图以外的绝大多数命令都可以在菜单栏中实现。共有“文件”、“编辑”、“视图”、“插入”、“修改”、“文本”、“命令”、“控制”、“窗口”和“帮助”10 组菜单命令。

“文件”菜单有工作时最常用的选项，包括文件的创建、打开和保存，以及外部资源的导入、动画的导出等命令。

“编辑”菜单中的命令包括剪切、复制、粘贴等，操作对象包括形状、元件及帧。对工作环境进行设置的一些命令也包含在这里。

“视图”菜单中包括控制屏幕显示的各种命令，这些命令决定了工作区显示比例、显示效果、显示区域及标尺、网格和辅助线的设置等。“转到”子菜单控制在当前舞台上显示哪一个场景。

“插入”菜单中的命令用来向库中增添元件，向当前动画中增添新的场景，向当前场景中增添新的层，以及向当前层中增添新的帧。该菜单中的一些命令在时间轴的下拉式菜单中也能找到。

“修改”菜单中的命令多用于修改动画中的对象，场景甚至动画本身的特性。

“文本”菜单中的命令包含对文本格式的设定及检查拼写和拼写设置等。

“命令”菜单包含创建命令和使用命令等相关的功能。

“控制”菜单决定了动画的播放方式，并使创作者可以模拟带宽动画进行测试。

“窗口”菜单主要用来设置面板的显示与隐藏，从而设定工作区的布局方式。

“帮助”菜单包含详细的联机帮助和演示动画，还有 Flash 的相关教程，并提供到网络相关学习中心的链接。

2. 主工具栏

主工具栏位于菜单栏的下方，包括文件操作、对象编辑等一些常用菜单命令的快捷图标，如图 4-2 所示。

图 4-2 主工具栏

执行“窗口”|“工具栏”|“主工具栏”命令，可在“主菜单栏”下方打开或者关闭“主工具栏”。“主工具栏”的下方是“文档”选项卡，用于切换打开的当前文档；如果打开或者创建多个文档，“文档名称”将按照文档创建的先后顺序显示在“文档”选项卡中，单击文件名称，可以在多个文档之间进行快速切换。用鼠标右键单击“文档”选项卡，在弹出的菜单中可快速实现“新建”、“打开”、“保存”等命令，如图 4-3 所示。

3. 时间轴

Flash 的动画结构在图层与时间轴中显示，位于工作区的上方，如图 4-4 所示。

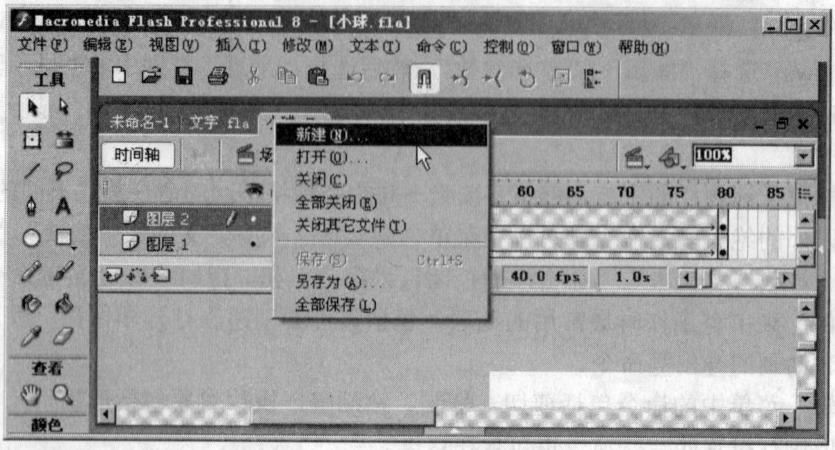

图 4-3 “文档”选项卡的弹出菜单

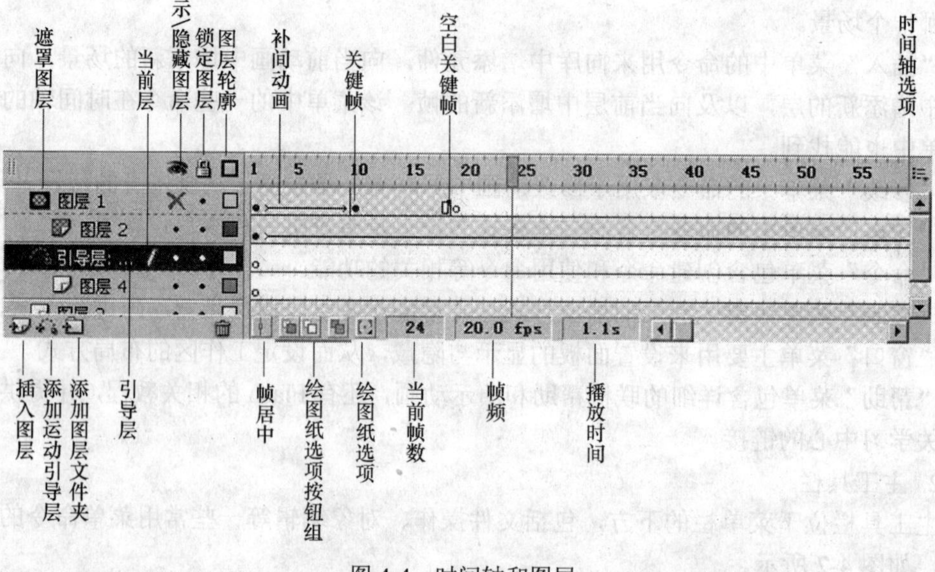

图 4-4 时间轴和图层

时间轴用于组织和控制文档内容在一定时间内播放的图层数和帧数。与胶片一样，Flash 文档也将时长分为帧。图层就像堆叠在一起的多张幻灯胶片一样，每个图层都包含一个显示在舞台中的不同图像。时间轴的主要组件是图层、帧和播放头。

文档中的图层列在时间轴左侧的列中。每个图层中包含的帧显示在该图层名右侧的一行中。时间轴顶部的时间轴标题指示帧编号。播放头指示当前在舞台中显示的帧。播放 Flash 文档时，播放头从左向右通过时间轴。

时间轴状态显示在时间轴的底部，它指示所选的帧编号、当前帧频以及到当前帧为止的运行时间。注意：在播放动画时，将显示实际的帧频；如果计算机不能足够快地计算和显示动画，则该帧频可能与文档的帧频设置不一致。

4. 工具箱

工具箱位于屏幕的左侧，是 Flash 中经常使用的一个面板。工具箱中的工具可以绘图、上色、选择和修改插图，并可以更改舞台的视图，如图 4-5 所示。

工具箱分为四个部分：

“工具”区域包含绘图、上色和选择工具。

“视图”区域包含在应用程序窗口内进行缩放和移动的工具。

“颜色”区域包含用于笔触颜色和填充颜色的功能键。

选项区域显示用于当前所选工具的功能键。功能键影响工具的上色或编辑操作。

使用“自定义工具面板”对话框，可以指定要在 Flash 创作环境中显示哪些工具，如图 4-6 所示。

图 4-5 “工具”面板

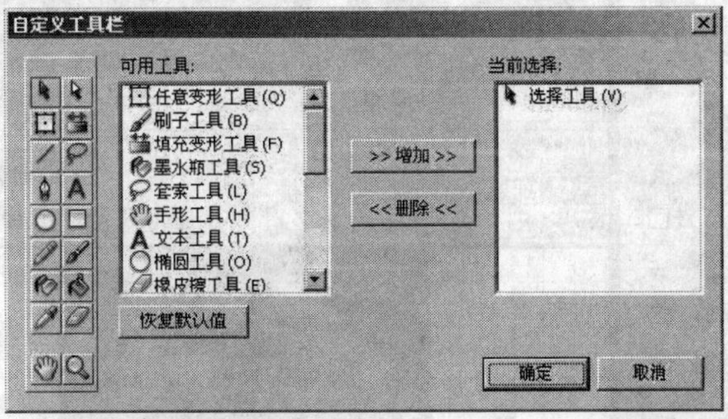

图 4-6 “自定义工具面板”对话框

5. 舞台

舞台是在创建 Flash 文档时放置图形内容的矩形区域，这些图形内容包括矢量插图、文本框、按钮、导入的位图图形或视频剪辑等，如图 4-7 所示。

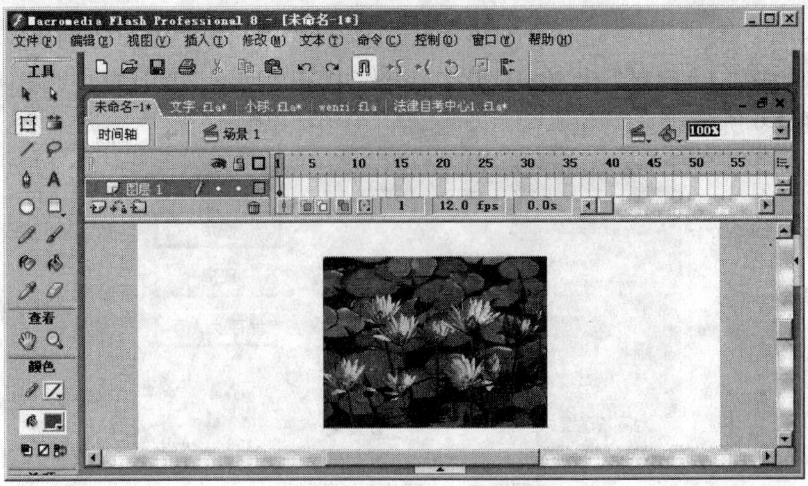

图 4-7 Flash 8 舞台

Flash 创作环境中的舞台相当于 Macromedia Flash Player 或 Web 浏览器窗口中在回放期间显示 Flash 文档的矩形空间。可以在工作时放大和缩小以更改舞台的视图。放大了舞台以后，用户可能无法看到整个舞台。手形工具使用户可以移动舞台，从而不必更改缩放比率即可更改视图。若要移动舞台视图，请执行以下操作：

在“工具”面板中选择手形工具。要临时在其他工具和手形工具之间切换，可按住空格键，并在“工具”面板中单击该工具，拖动舞台。

使用网格、标尺和辅助线有助于精确的勾画和安排对象。要在舞台上显示标尺，执行“视图”|“标尺”菜单命令。

(1) 使用网格。

对于网格的应用主要有“显示网格”、“编辑网格”、“对齐网格”3 个功能。执行“视图”|“网格”|“显示网格”命令，可以显示或者隐藏网格，如图 4-8 所示。

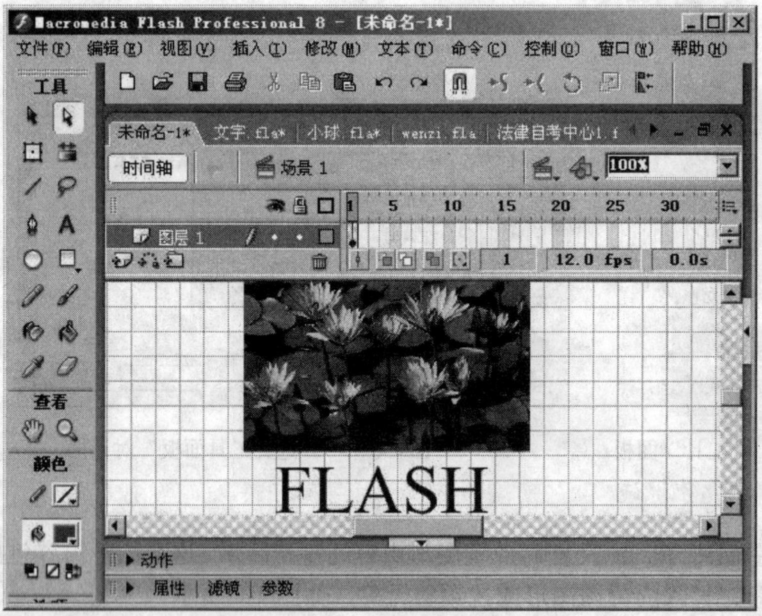

图 4-8　显示网格

执行“视图”|“网格”|“编辑网格”命令，打开“网格”对话框，编辑网格的各种属性，如图 4-9 所示。

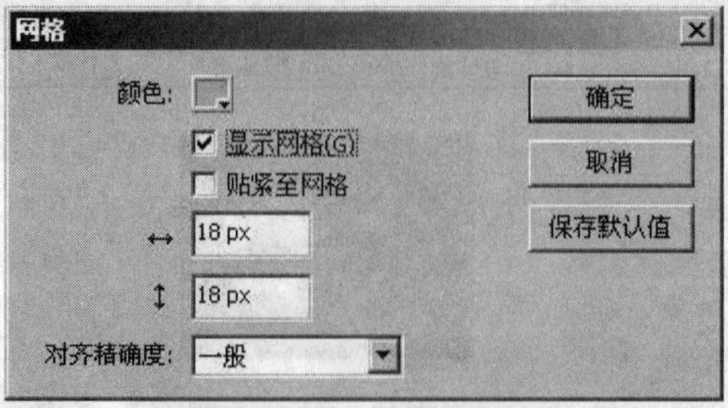

图 4-9　“网格”对话框

完成网格编辑后，执行“视图”|“贴紧”|“贴紧至网格”菜单命令，在制作一些规范图形时变得很方便，可以提高工作效率。

(2) 使用标尺。

用户可以使用标尺来度量对象的大小比例。执行“视图”|“标尺”命令，可以显示或隐藏标尺。显示在工作区左边的是垂直标尺，用来测量对象的高度；显示在工作区上方的是水平标尺，用来测量对象的宽度。舞台的左上角为标尺的零起点，如图 4-10 所示。

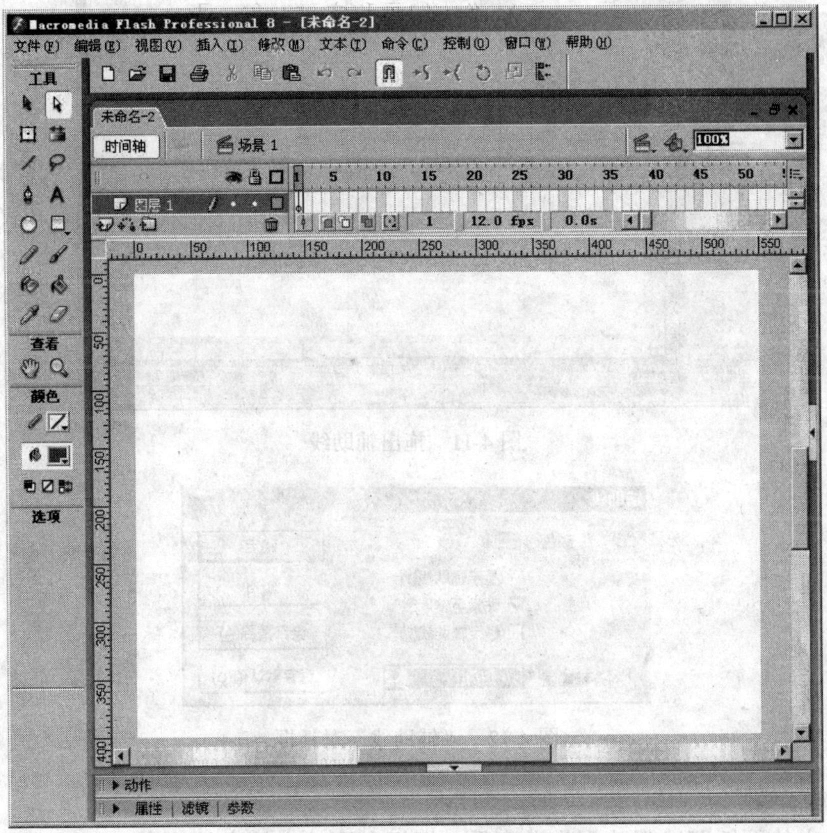

图 4-10　显示标尺

(3) 使用辅助线。

首先要确认标尺处于显示状态，在水平标尺或垂直标尺上按下鼠标并拖动到舞台上，水平辅助线或者垂直辅助线就被制作出来了，辅助线默认的颜色为绿色，如图 4-11 所示。

执行“视图”|“辅助线”|“编辑辅助线”命令，打开“辅助线”对话框，可以在对话框编辑辅助线的颜色。执行“视图”|“辅助线”|“锁定辅助线”命令，可以将辅助线锁定。执行“视图”|“对齐”|“对齐辅助线”命令，可以将辅助线对齐。在“辅助线”对话框的“对齐精确度”中可设置辅助线的对齐精确度，如图 4-12 所示。

在“辅助线”处于解锁状态时，选择工具箱中的“选择工具”，拖动辅助线可改变辅助线的位置，拖动辅助线到舞台外可删除辅助线，也可以执行“视图”|“辅助线”|“清楚辅助线”命令来删除全部的辅助线。可以应用辅助线来对齐不规则的对象。

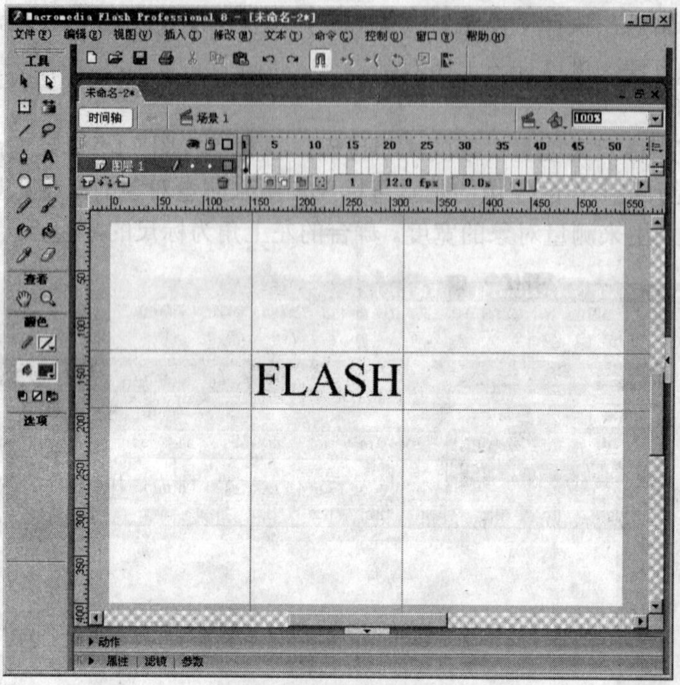

图 4-11　拖出辅助线

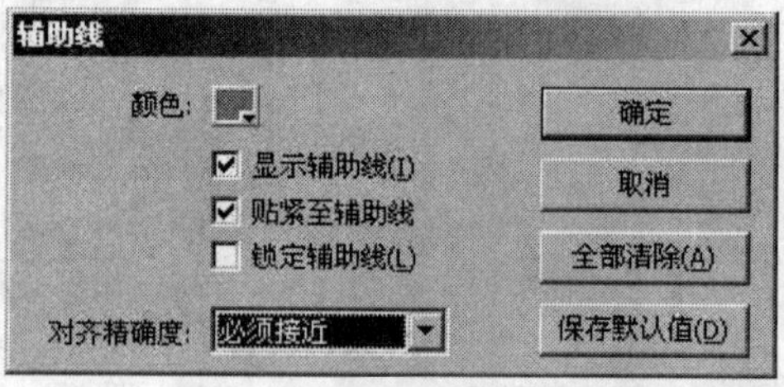

图 4-12　“辅助线”对话框

6. 面板介绍

Flash 中的面板可以帮助创作者查看、组织和更改文档中的元素。面板中的可用选项决定着元件或实例的颜色、类型、帧或其他元素的特征。面板可以使用户处理对象、颜色、文本、帧、场景和整个文档。大多数面板都包括一个带有附加选项的弹出菜单，该选项菜单由面板标题栏中的一个选项菜单指示，如果没有出现选项菜单控件，则该面板就没有选项菜单。下面对 Flash 中的面板逐一简要介绍。

(1) “帮助”面板。

“帮助”面板可以随时对软件的使用或动作脚本语法进行查询，使用户更好地使用软件的各种功能，如图 4-13 所示。

在文本框中输入关键字，单击“搜索”按钮，含关键字的主题列表即会显示出来。单击“更新”按钮，可获得新的信息。

(2) “动作”面板。

“动作”面板是动作脚本编辑器，要显示或隐藏它，执行“窗口”|“动作”菜单命令或按快捷键 F9，如图 4-14 所示。

图 4-13 “帮助”面板

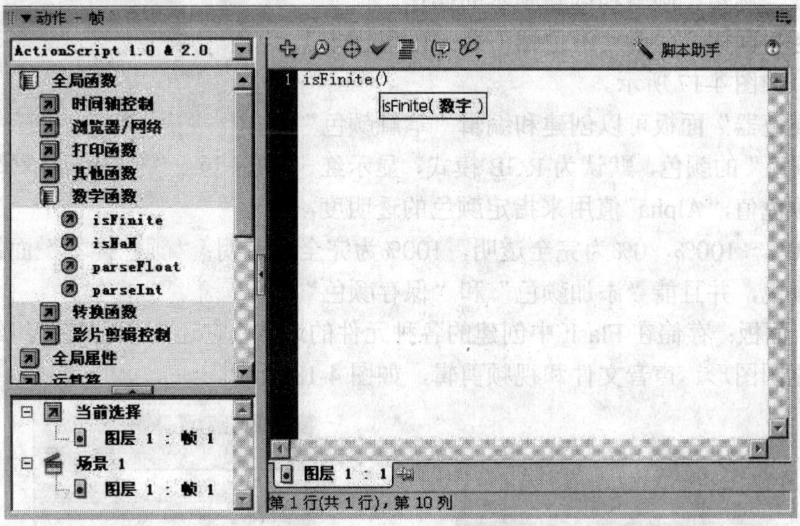

图 4-14 “动作”面板

“动作”面板由三部分组成：面板右侧部分是“脚本窗口”，是输入代码的区域；左上角部分是“动作工具箱”，每个动作脚本语言元素在该工具箱中都有一个对应的条目，并分门类别地以树型方式排列，可以展开或折叠；左下角为“脚本导航器”，“脚本导航器”是 Flash 文件中相关联的帧动作、按钮动作具体位置的可视化表示形式，用户可以在这里浏览 Flash 文件中的对象以查找动作脚本代码。

在“动作”面板中编辑动作脚本时，Flash 可以检测到正在输入的动作并显示代码提示，即包含该动作完整语法的工具提示，或列出可能的方法或属性名称的弹出菜单。当精确输入或命名对象时，会出现参数、属性和事件的代码提示，方便用户进行参考。

(3) “属性”面板。

在“属性”面板中用户可以很容易地设置舞台或时间轴上当前选定项的最常用属性，

也可以在面板中更改对象或文档的属性，选择不同的对象时，面板上显示的项目有所不同，如图 4-15 所示。

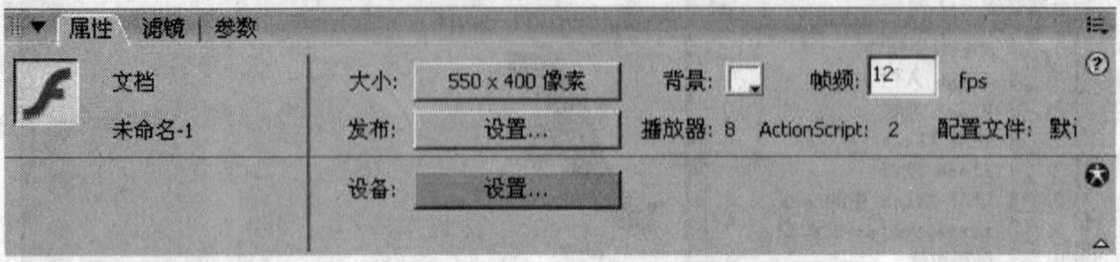

图 4-15 “属性”面板

(4) 其他面板。

“对齐&信息&变形”面板组：此面板组有 3 个面板，分别是对齐、信息、变形面板，如图 4-16 所示。

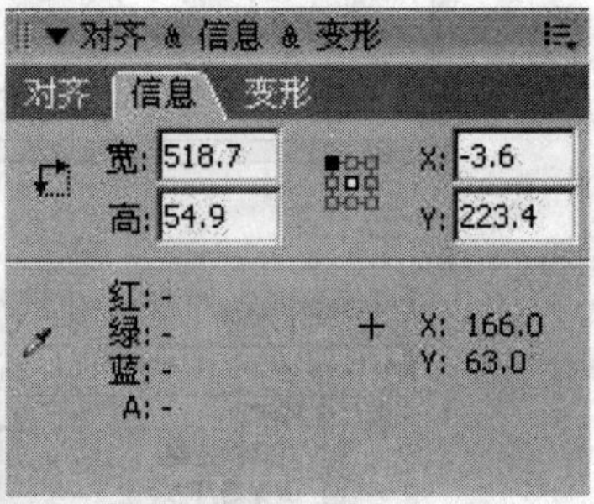

图 4-16 “对齐&信息&变形”面板组

“对齐”面板可以重新调整选定对象的对齐方式和分布；“信息”面板可以查看对象的大小、位置、颜色和鼠标指针的信息；“变形”面板可以对选定对象执行缩放、旋转、倾斜和创建副本的操作。

“颜色”面板：包含“混色器”和“颜色样本”两个面板，如图 4-17 所示。

用“混色器”面板可以创建和编辑“笔触颜色”和“填充颜色”的颜色，默认为 RGB 模式，显示红、绿和蓝的颜色值，“Alpha”值用来指定颜色的透明度，其范围在 0%～100%，0%为完全透明，100%为完全不透明；“颜色样本”面板提供了最为常用的颜色，并且能“添加颜色”和“保存颜色”。

“库”面板：存储在 Flash 中创建的各种元件的地方，它还用来存储和组织导入的文件，包括位图图形、声音文件和视频剪辑，如图 4-18 所示。

图 4-17 “颜色”面板

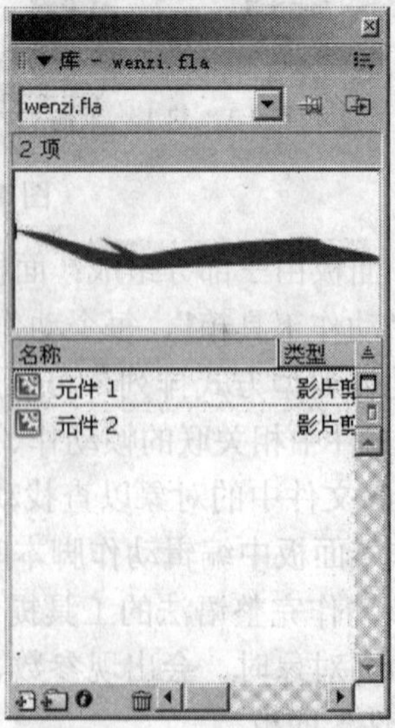

图 4-18 “库”面板

“公用库”面板：Flash 自带的库文件，包括学习交互、按钮和类 3 种形式，如图 4-19 所示。

“行为”面板：利用“行为”面板，用户无须编写代码就可以为动画添加交互性，如链接到 Web 站点、载入声音和图形、控制嵌入视频的回放、播放影片剪辑及触发数据源等。通过点面板上的“添加行为”按钮来添加相关的事件和动作，添加完的事件和动作显示在“行为”面板中，如图 4-20 所示。

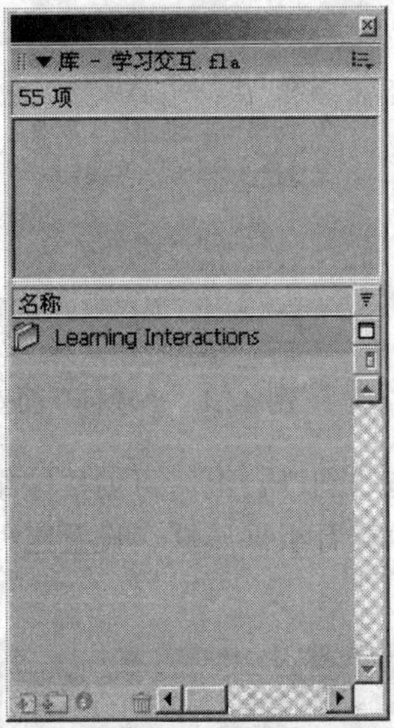

图 4-19 “公用库”面板

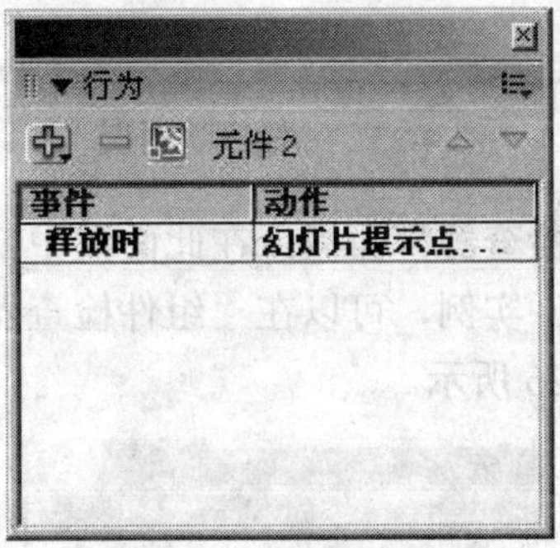

图 4-20 “行为”面板

“调试器”面板：使用此面板可以发现影片中的错误，如图 4-21 所示。

“影片浏览器”面板：在此面板中可以轻松地查看和组织文档的内容，以及在文档中选择元素进行修改，如图 4-22 所示。

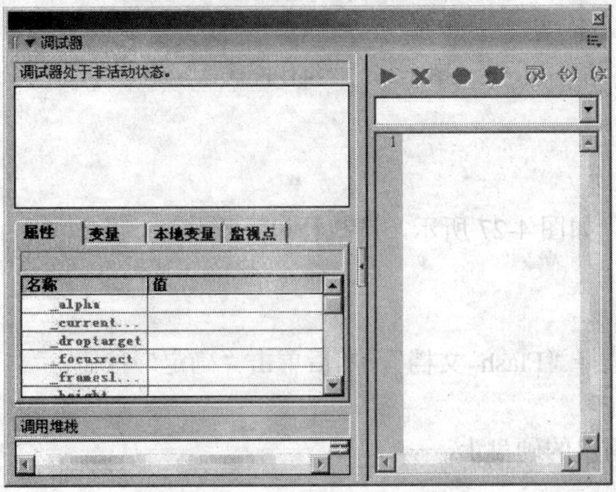

图 4-21 “调试器”面板

图 4-22 “影片浏览器”面板

“输出”面板：此面板在测试文档模式下自动显示一些提示信息，例如语法错误，有助于排除动作脚本中的错误，如图 4-23 所示。

“**项目**”**面板**：用来创建和管理项目，此面板在一个可折叠的树型结构中显示 Flash 项目的内容，如图 4-24 所示。

“**组件**”**面板**：利用此面板可以查看所有“组件”，并可以在创作过程中将“组件”添加到文档中，如图 4-25 所示。

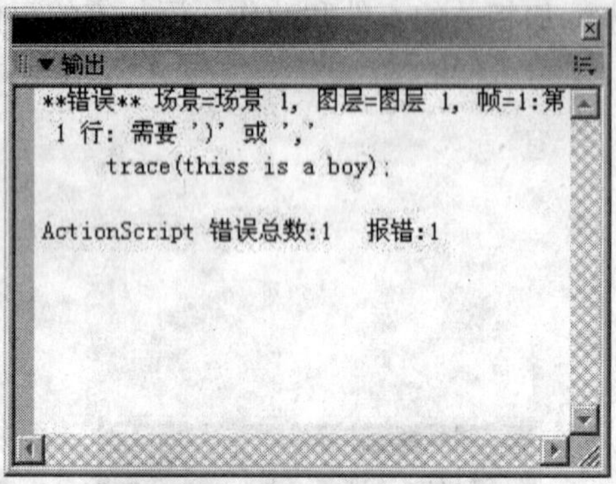

图 4-23 “输出”面板

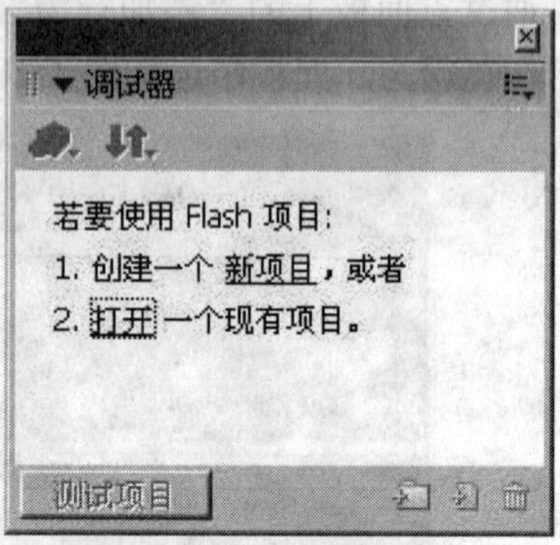

图 4-24 “项目”面板

“**组件检查器**”**面板**：在此面板中，将组件拖动到舞台上，可创建该组件的一个实例，选中组件实例，可以在“组件检查器”面板中查看组件属性、设置组件实例的参数等，如图 4-26 所示。

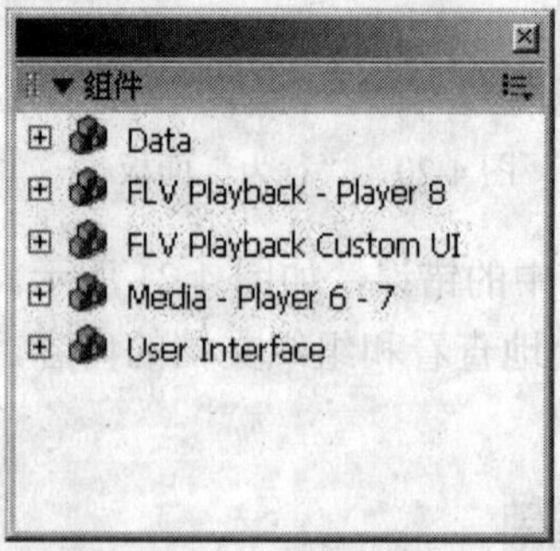

图 4-25 “组件”面板

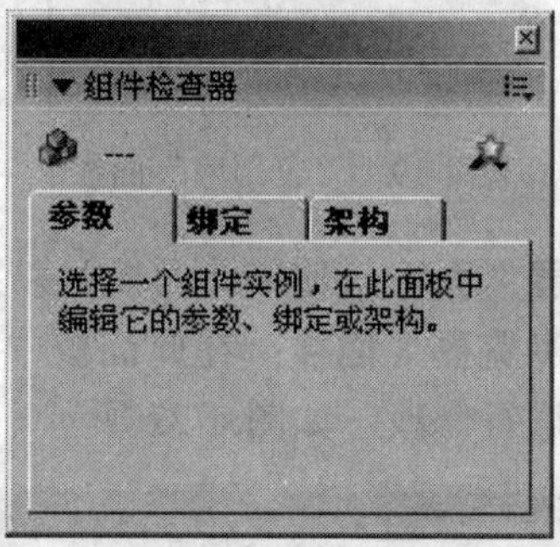

图 4-26 “组件检查器”面板

4.2.3 Flash 8 基本操作

(1) 创建新文档若要创建新文档，如图 4-27 所示，请执行以下操作：

① 启动 Flash。

② 选择“文件”|“新建”。

③ 在“新建文档”对话框中，选择“Flash 文档”，然后单击“确定”按钮。

④ 选择“文件”|“保存”。

⑤ 为文件命名，并将其保存在用户的硬盘上。

(2) 在 Flash 中绘图。

绘图在 Flash 运用中的重要性不言而喻，因此熟练运用绘图工具是学习 Flash 的基础。任何复杂的图形都可以分解成一些简单的基本构图元素，而这些基本构图元素又可以直接通过各种绘图工具实现。在 Flash 中绘制的图形属于矢量图，Flash 提供了各种工具来

图 4-27 创建新文档

绘制任意形状和路径，并可以进行颜色填充和边线设定。

线条工具：在 Flash 绘图中，“线条工具”的利用最为广泛，配合“选择工具”，基本上可以绘制出任何形状的图形。“线条工具”包含有两个可用选项：“对象绘制”模式和“贴紧至对象”模式。选中“对象绘制”模式可以将图形绘制成独立的对象，在叠加时不会自动合并，而且在分离或重叠图形时，也不会改变它们的外形。选中“贴紧至对象”模式可以在拖动元素时使元素中间或元素的周边出现一个小环，当对象处于另一个对象的对齐距离内或边缘时，该小环还会变大。

选择“线条工具”后，在“属性”面板中单击“自定义”按钮会弹出“笔触样式”对话框，如图 4-28 所示。在其中可自由设置线条的粗细、间隔、旋转和长度等各种属性。当选择不同的笔触类型时，设置参数会有所不同，图 4-28 为选择“斑马线”类型时各种参数的设置。

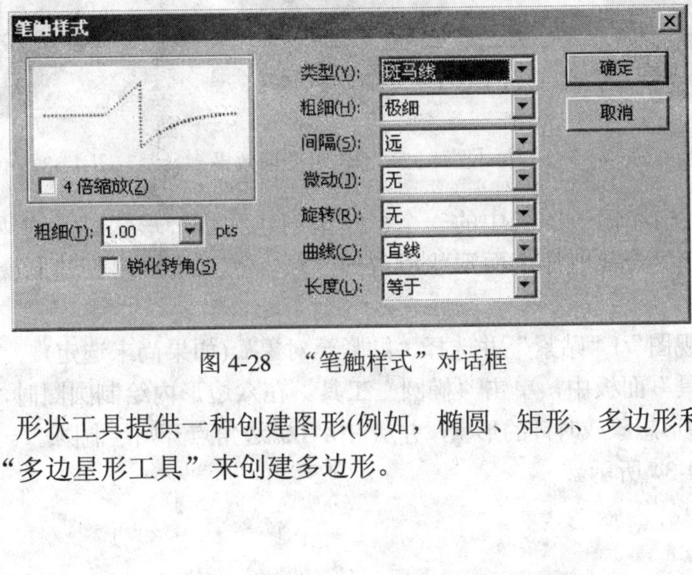

图 4-28 “笔触样式”对话框

形状工具：形状工具提供一种创建图形(例如，椭圆、矩形、多边形和星形)的简单方法。比如使用“多边星形工具”来创建多边形。

① 在时间轴中，选择需要的图层。

② 在“工具”面板中，选择“多角星形工具”。用户可能需要单击“矩形工具”中的右下控件才能看到显示“多角星形工具”的菜单，如图 4-29 所示。

③ 在舞台旁边灰色工作区的任意位置单击鼠标，以显示用户将创建的形状的属性。在属性检查器(“窗口”|“属性”)中，确认笔触颜色选定为黑色，笔触高度选定为 1 像素，笔触样式选定为“纯色”。

④ 单击“属性”窗口“选项...”按钮，弹出如图 4-30 所示“工具设置”对话框。设置“样式”为多边形，“边数”为 6，“星形顶点大小”为 0.50。

图 4-29 选择“多角星形工具”

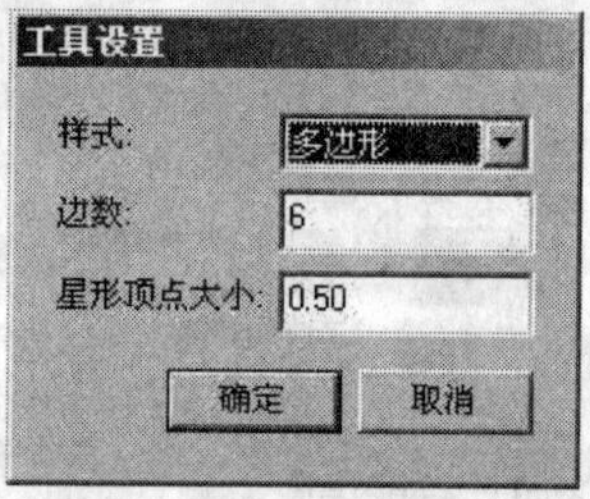

图 4-30 “工具设置”对话框

⑤ 单击“填充颜色”控件并选择十六进制值为#0000FF 的蓝色。填充颜色会出现在形状中的笔触内。按 Shift 键可将形状限制为沿垂直或水平线绘制，图形如图 4-31 所示。

旋转形状：创建形状后，可以使用“变形”面板来指定形状旋转的精确度数。

在“工具”面板中，单击“选择”工具。在舞台上，在六边形内部双击，以同时选择笔触和填充，在形状内单击一次将只选择填充，

选择“窗口”|“变形”。在“变形”对话框中，确认选中了“旋转”，然后在“旋转”文本框中输入-15，以便将形状沿顺时针方向旋转 15°，按 Enter 键，如图 4-32、图 4-33 所示。

图 4-31 绘制六边形

图 4-32 双击后变形效果

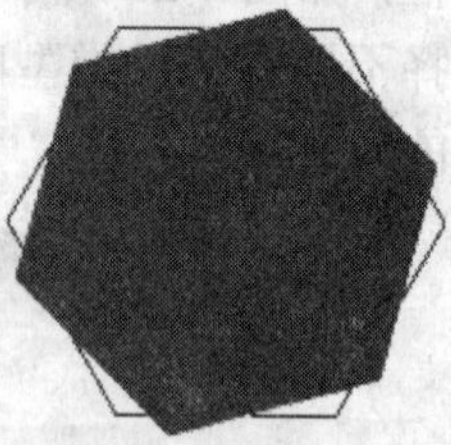
图 4-33 单击后变形效果

裁剪功能：当在同一图层中的一个形状上创建另一个形状时，这两个形状是未组合的，上面的形状会裁剪掉下面形状所占的区域。在六边形内创建圆圈，然后裁剪该圆圈。

① 选择“视图”|“贴紧”并选择“贴紧至对象”(如果尚未选定)。

② 在“工具”面板中，单击“椭圆”工具。在六边形内绘制圆圈时，按住 Shift 键约束形状(将六边形想象成时钟的形状，并从 10：00 边角点开始绘制圆，一直拖动到 4：00 边角点)，如图 4-34 所示。

注意：如果在绘制圆圈的过程中出错，按 Ctrl+Z 组合键可以撤销圆圈。

③ 在“工具”面板中，单击“选择”工具。在舞台上，在圆圈内部单击鼠标并按 Backspace 键或 Delete 键，如图 4-35 所示。

图 4-34　在六边形内绘制圆圈

图 4-35　裁剪圆圈

转变所绘图形的形状：使用“任意变形”工具，可以缩放、旋转、压缩、伸展或倾斜线条和形状。

① 在“工具”面板中，选择“任意变形”工具。双击舞台上的六边形，以同时选择笔触和填充。

② 将“任意变形”工具顶部中间的手柄向下拖动，使六边形转变为图 4-36 所示形状。

图 4-36　用“任意变形”工具来压缩图形

套索工具：“套索工具”用于选择图形中不规则形状区域，被选定的区域可以作为一个单独的对象进行移动、旋转和变形。其多边形模式可以用直线精确地勾选选择区域。

钢笔工具：要绘制精确的路径，如平滑流畅的曲线，可以使用“钢笔工具”。用户可以创建直线或曲线段，然后调整直线段的角度、长度及曲线的斜率。当使用“钢笔工具”绘画时，单击可以创建直线上的点，单击并拖动可以创建曲线段上的点；双击鼠标左键或按 Esc 键结束创建点；单击曲线上已有点将删除该点。

文本工具：文字中动画中经常使用，在 Flash 中用户可以创建 3 种类型的文本字段：静态文本、动态文本和输入文本。静态文本字段显示的是不会改变的文本；动态文本在显示时可以动态更新，如用户点击次数、鼠标位置等；输入文本使用户可以将文本输入动画中，进行反馈。

(3) 使用图层。

图层就像透明的醋酸纤维薄片一样，在舞台上一层层地向上叠加。图层可以帮助用户组织文档中的插图。可以在图层上绘制和编辑对象，而不会影响其他图层上的对象。如果一个图层上没有内容，那么就可以透过它看到下面的图层。

要绘制、上色或者对图层或文件夹进行修改，需要在时间轴中选择该图层以激活它。时间轴中图层或文件夹名称旁边的铅笔图标表示该图层或文件夹处于活动状态。一次只能有一个图层处于活动状态(尽管一次可以选择多个图层)，如图 4-37 所示。

当创建了一个新的 Flash 文档之后，它仅包含一个图层。可以添加更多的图层，以便在文档中组织插图、动画和其他元素。可以创建的图层数只受计算机内存的限制，而且图层不会增加发布的 SWF 文件的文件大小。只有放入图层的对象才会增加文件的大小。可以隐藏、锁定或重新排列图层。

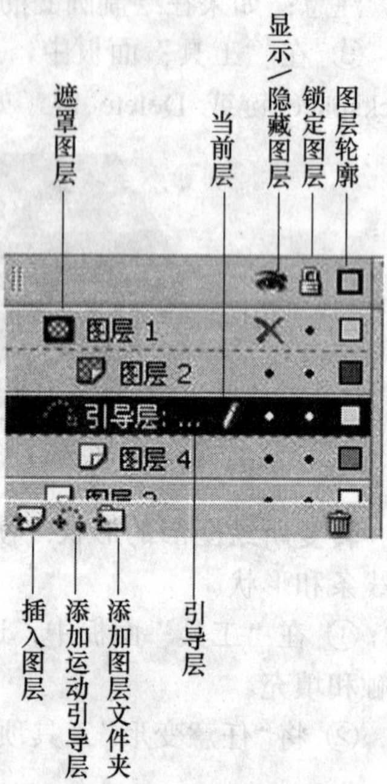

图 4-37 图层操作

还可以通过创建图层文件夹然后将图层放入其中来组织和管理这些图层。可以在时间轴中展开或折叠图层文件夹，而不会影响在舞台中看到的内容。对声音文件、ActionScript、帧标签和帧注释分别使用不同的图层或文件夹是个很好的主意。这有助于在需要编辑这些项目时快速地找到它们。

另外，使用特殊的引导层可以使绘画和编辑变得更加容易，而使用遮罩层可以帮助用户创建复杂的效果。

创建图层和图层文件夹：在创建了一个新图层或文件夹之后，它将出现在所选图层的上面。新添加的图层将成为活动图层。

若要创建图层，如图 4-38 所示。请执行以下操作之一：

① 单击时间轴底部的“插入图层”按钮。

② 选择“插入”|“时间轴”|“图层”。

③ 右键单击 (Windows) 或按住 Ctrl 键单击时间轴中的一个图层名称，然后从菜单中选择“插入图层”。

若要创建图层文件夹，图 4-39 所示。请执行以下操作之一：

① 在时间轴中选择一个图层或文件夹，然后选择“插入”|“时间轴”|“图层文件夹”。

② 右键单击(Windows)或按住 Ctrl 键单击时间轴中的一个图层名称，然后从菜单中选择“插入文件夹”。新文件夹将出现在所选图层或文件夹的上面。

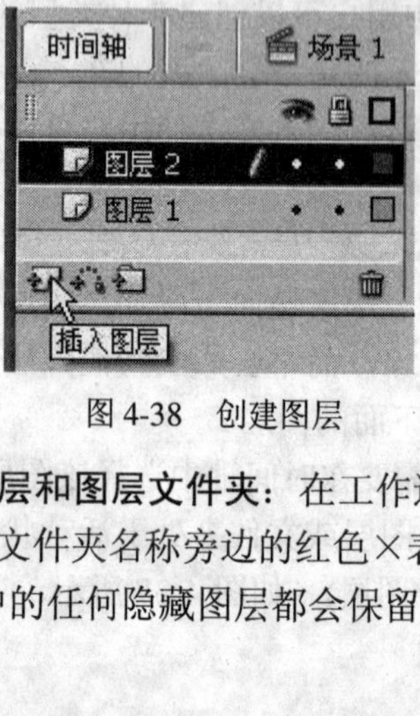

图 4-38 创建图层

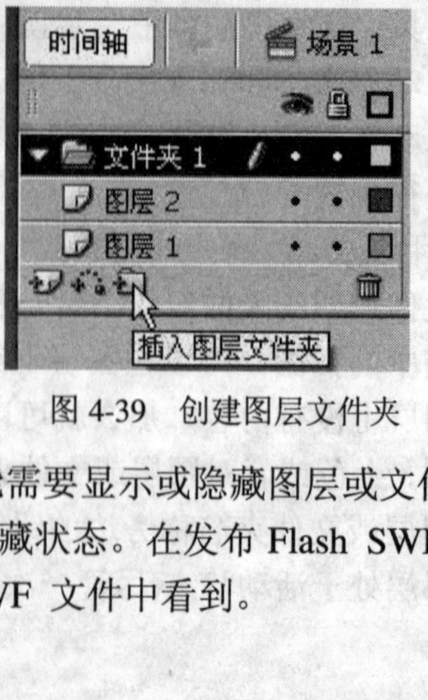

图 4-39 创建图层文件夹

查看图层和图层文件夹：在工作过程中，可能需要显示或隐藏图层或文件夹。时间轴中图层或文件夹名称旁边的红色×表示它处于隐藏状态。在发布 Flash SWF 文件时，FLA 文档中的任何隐藏图层都会保留，并可在 SWF 文件中看到。

为了区分对象所属的图层，可以用彩色轮廓显示图层上的所有对象。用户可以更改每个图层使用的轮廓颜色，也可以更改时间轴中图层的高度，从而在时间轴中显示更多的信息(例如声音波形)，还可以更改时间轴中显示的图层数。

要显示或隐藏图层或文件夹，如图 4-40 所示。请执行以下操作之一：

① 单击时间轴中图层或文件夹名称右侧的“眼睛”列，可以隐藏该图层或文件夹。再次单击它可以显示该图层或文件夹。

② 单击眼睛图标可以隐藏时间轴中的所有图层和文件夹。再次单击它可以显示所有的层和文件夹。

③ 在“眼睛”列中拖动可以显示或隐藏多个图层或文件夹。

④ 按住 Alt 键单击 (Windows)或按住 Option 键单击图层或文件夹名称右侧的“眼睛”列可以隐藏所有其他图层和文件夹。再次按住 Alt 键单击或按住 Option 键单击可以显示所有的图层和文件夹。

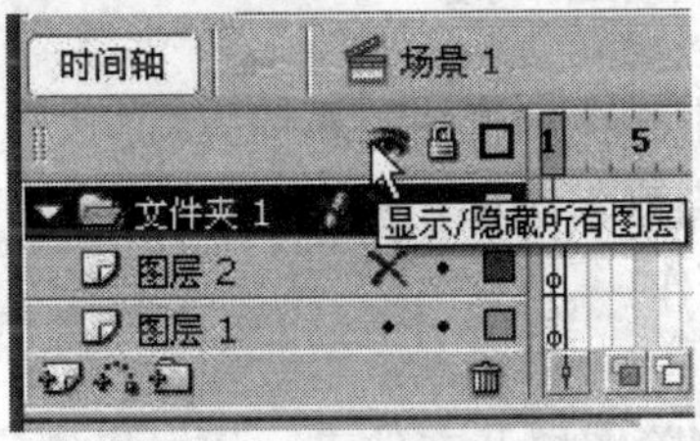

图 4-40　显示或隐藏图层或文件夹

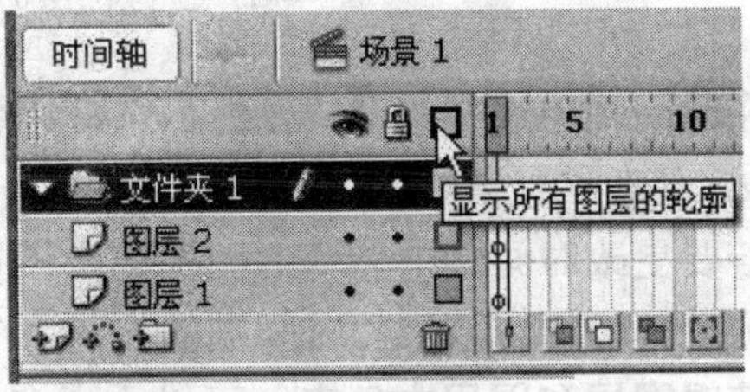

图 4-41　查看图层上的内容的轮廓

若要查看图层上的内容的轮廓，如图 4-41 所示。请执行以下操作之一：

① 单击图层名称右侧的“轮廓”列可以显示该层上所有对象的轮廓。再次单击它可以关闭轮廓显示。

② 单击轮廓图标可以显示所有图层上的对象的轮廓。再次单击它可以关闭所有图层上的轮廓显示。

③ 按住 Alt 键单击(Windows)或按住 Option 键单击图层名称右侧的“轮廓”列可以将所有其他图层上的对象显示为轮廓。再次按住 Alt 键单击或按住 Option 键单击它可以关闭所有图层的轮廓显示。

若要更改图层的轮廓颜色，如图 4-42 所示。请执行以下操作：

① 执行下列操作之一：

双击时间轴中图层的图标(即图层名称左侧的图标)。

右键单击 (Windows)或按住 Ctrl 键单击该图层名称，然后从菜单中选择“属性”。

在时间轴中选择该图层，然后选择“修改”|“图层”。

② 在“图层属性”对话框中，单击“轮廓颜色”框，然后选择新的颜色、输入颜色的十六进制值或单击“颜色选择器”按钮然后选择一种颜色。

③ 单击“确定”。

若要更改时间轴中的图层高度，如图 4-42 所示。请执行以下操作：

① 执行下列操作之一：

双击时间轴中图层的图标(即图层名称左侧的图标)。

右键单击(Windows)或按住 Ctrl 键单击该图层名称，然后从菜单中选择“属性”。

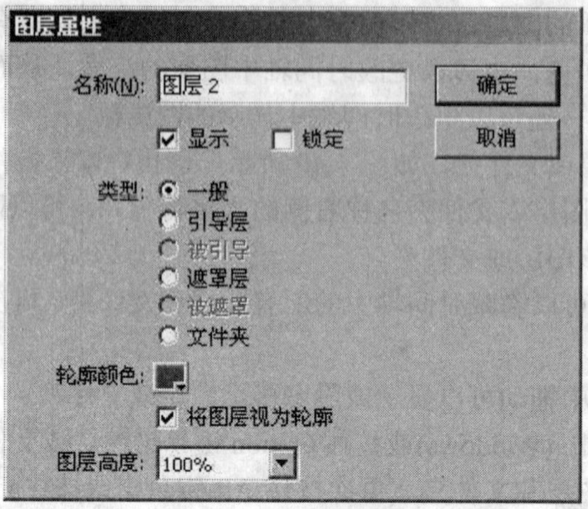

图 4-42　更改图层的轮廓颜色或更改图层高度

在时间轴中选择该图层，然后选择“修改”|“时间轴”|“图层属性”。

② 在“图层属性”对话框中，选择一个“图层高度”选项，然后单击“确定”。

若要更改时间轴中显示的图层数，请执行以下操作：

拖动分隔舞台区域和时间轴的栏。

编辑图层和图层文件夹：可以重命名、复制和删除图层及文件夹。还可以锁定图层和文件夹，以防止对它们进行编辑。默认情况下，新图层是按照创建它们的顺序命名的：第 1 层、第 2 层，依此类推。可以重命名图层以更好地反映它们的内容。

要选择图层或文件夹，如图 4-43 所示。请执行以下操作之一：

① 单击时间轴中图层或文件夹的名称。

② 在时间轴中单击要选择的图层的任意一个帧。

③ 在舞台中选择要选择的图层上的一个对象。

④ 要选择两个或多个图层或文件夹，请执行以下一个操作：

要选择连续的几个图层或文件夹，请按住 Shift 键在时间轴中单击它们的名称。

要选择几个不连续的图层或文件夹，请按住 Ctrl 键单击(Windows)或按住 Command 键单击时间轴中它们的名称。

图 4-43　选择图层

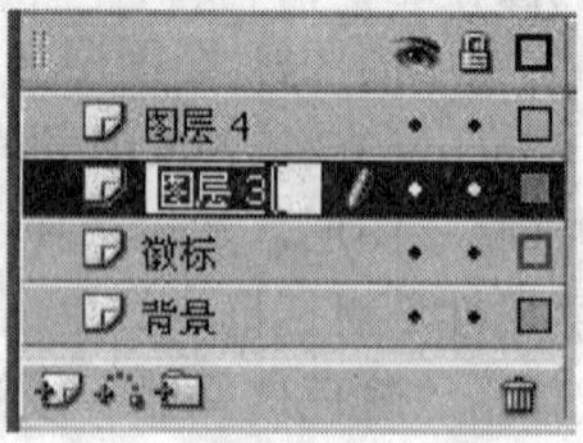

图 4-44　重命名图层

要重命名图层或文件夹，如图 4-44 所示。请执行以下操作之一：

① 双击时间轴中图层或文件夹的名称，然后输入新名称。

② 右键单击 (Windows) 或按住 Ctrl 键单击图层或文件夹的名称，然后从菜单中选

择“属性”。在“名称”文本框中输入新名称，然后单击“确定”。

③ 在时间轴中选择该图层或文件夹，然后选择“修改”|“时间轴”|“图层属性”。在“图层属性”对话框中，在“名称”文本框中输入新名称，然后单击“确定”。

要锁定或解锁一个或多个图层或文件夹，如图 4-45 所示。请执行下列操作之一：

① 单击图层或文件夹名称右侧的“锁定”列可以锁定它。再次单击“锁定”列可以解锁该图层或文件夹。

② 单击挂锁图标可以锁定所有的图层和文件夹。再次单击它可以解锁所有的图层和文件夹。

③ 在“锁定”列中拖动可以锁定或解锁多个图层或文件夹。

④ 按住 Alt 键单击(Windows)或按住 Option 键单击图层或文件夹名称右侧的“锁定”列，可以锁定所有其他图层或文件夹。再次按住 Alt 键单击或按住 Option 单击“锁定”列可以解锁所有的图层或文件夹。

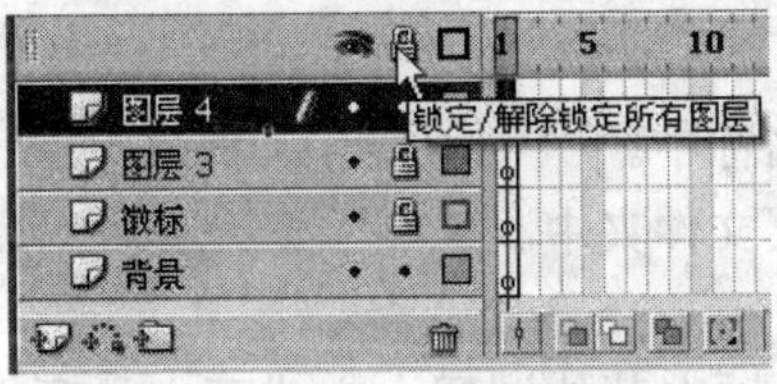

图 4-45 锁定或解锁图层

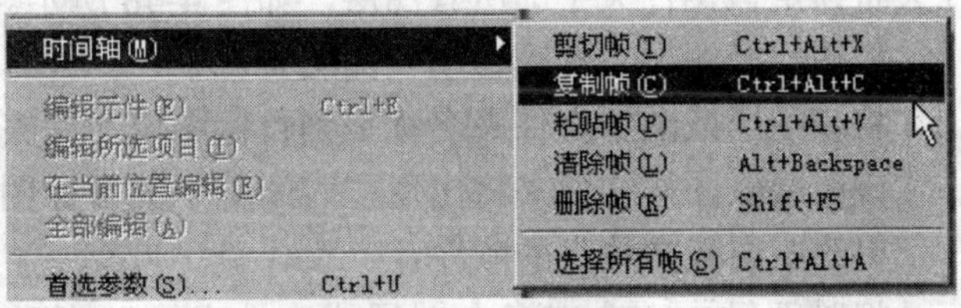

图 4-46 复制、粘贴图层

若要复制图层，如图 4-46 所示。请执行以下操作之一：

① 单击时间轴中的图层名称可以选择整个图层。

② 选择“编辑”|“时间轴”|“复制帧”。

③ 单击“添加图层”按钮可以创建新层。

④ 单击该新图层，然后选择“编辑”|“时间轴”|“粘贴帧”。

若要复制图层文件夹的内容，请执行以下操作：

① 如果需要，单击时间轴中文件夹名称左侧的三角形可以折叠它。

② 单击文件夹名称可以选择整个文件夹。

③ 选择“编辑”|“时间轴”|“复制帧”。

④ 选择“插入”|“时间轴”|“图层文件夹”以创建新文件夹。

⑤ 单击该新文件夹，然后选择“编辑”|“时间轴”|“粘贴帧”。

若要删除图层或文件夹，如图 4-47 所示。请执行以下操作：

① 单击时间轴中图层或文件夹的名称以选择图层或文件夹，或者单击图层中的任何帧进行选择。

② 执行下列操作之一：

单击时间轴中的“删除图层”按钮。

将图层或文件夹拖到“删除图层”按钮。

右键单击(Windows)或按住 Ctrl 键单击该图层或文件夹的名称，然后从菜单中选择“删除图层”。

注意：删除图层文件夹之后，所有包含的图层及其内容都会删除。

组织图层和图层文件夹：可以在时间轴中重新安排图层和文件夹，从而组织文档。

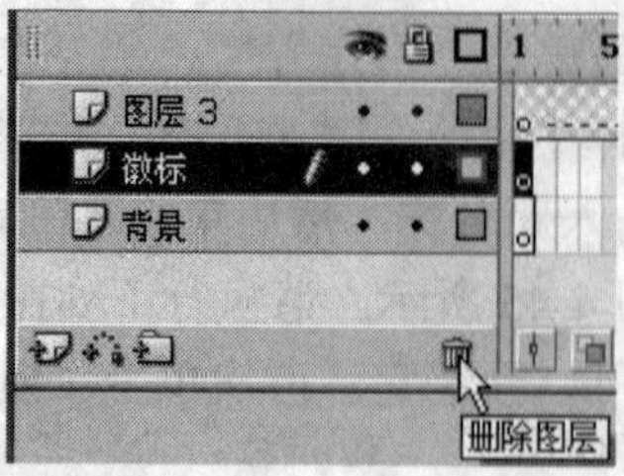

图 4-47　删除图层或文件夹图

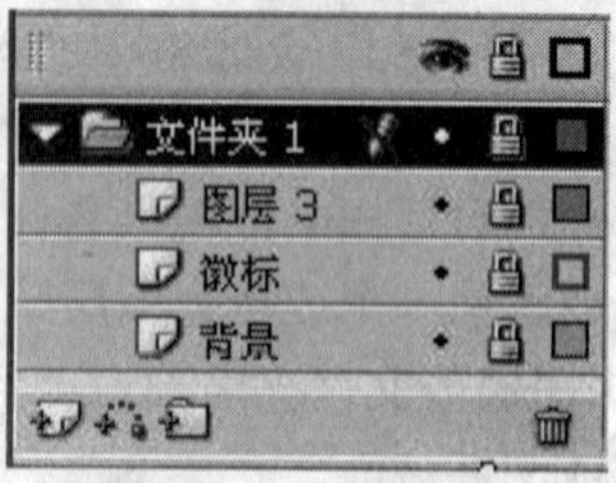

图 4-48　锁定图层文件夹

图层文件夹使你可以将图层放在一个树形结构中，这样有助于管理工作流程。可以扩展或折叠文件夹来查看该文件夹包含的图层，而不会影响在舞台中哪些图层可见。文件夹中可以包含图层，也可以包含其他文件夹，这使得组织图层的方式很像组织计算机中的文件的方式。时间轴中的图层控制将影响文件夹中的所有图层。例如，锁定一个图层文件夹将锁定该文件夹中的所有图层，如图 4-48 所示。

将图层或图层文件夹移动到图层文件中：

将该图层或图层文件夹名称拖到目标图层文件夹名称中。

该图层或图层文件夹将出现在时间轴中的目标图层文件夹中。

更改图层或文件夹的顺序：

将时间轴中一个或多个图层或文件夹拖动到时间轴中其他图层上方或下方的所需位置。

展开或折叠文件夹：

单击文件夹名称左侧的三角形。

展开或折叠所有文件夹：

右键单击(Windows)或按住 Ctrl 键单击，然后从菜单中选择“展开所有文件夹”或“折叠所有文件夹”。

使用引导层：为了在绘画时帮助对齐对象，可以创建引导层。然后可以将其他图层上的对象与在引导层上创建的对象对齐。引导层不会导出，因此不会显示在发布的 SWF 文件中。可以将任何图层用作引导层。图层名称左侧的辅助线图标表明该层是引导层。还可以创建运动引导层，用来控制运动补间动画中对象的移动情况，如图 4-49 所示。

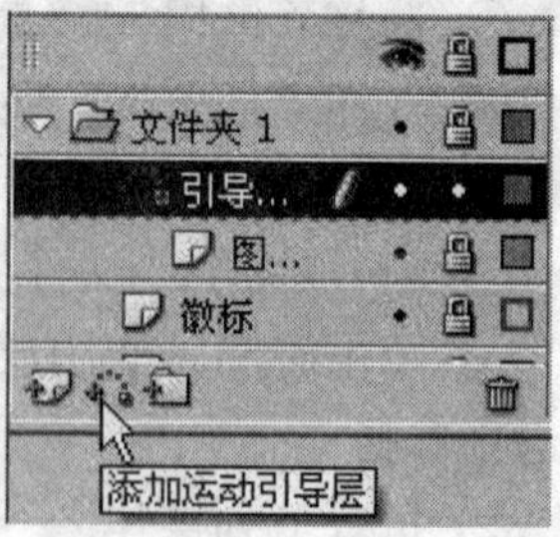

图 4-49　使用引导层

注意：将一个常规图层拖到引导层上就会将该引导层转换为运动引导层。为了防止意外转换引导层，可以将所有的引导层放在图层顺序的底部。

将图层指定为引导层：

选择该层，然后右键单击 (Windows) 或按住 Ctrl 键单击，然后从菜单中选择“引导层”。再次选择“引导层”，可以将该层改回常规层。

(4) 添加图像、音频与视频。

Flash 除了具有强大的绘图功能之外，还可以从外部导入各种资源加以利用，包括位图、矢量图形、各种元件、SWF 动画文件、音频和视频等。

位图导入：Flash 可以通过各种导入命令将位图导入到舞台或库中，还可以通过将位图粘贴到舞台上的方式进行导入。导入位图后，可以应用压缩和消除锯齿功能；可以将位图直接放置在 Flash 文档中使用；可以使用位图作为填充；也可以将位图转换为矢量图形加以利用。

在导入外部资源时，主要使用“文件”|“导入”菜单下的几个命令，图 4-50 所示。

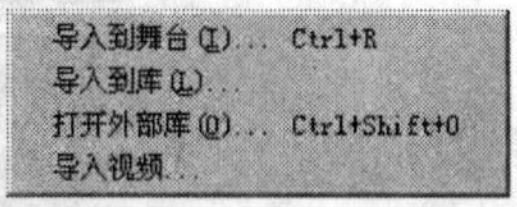

图 4-50 “导入”菜单下的命令

“导入到舞台”命令：可以将选定的外部资源同时导入工作区和库中，快捷键为 Ctrl+R。

“导入到库”命令：将选定的外部资源导入到库中。

“打开外部库”命令：可以在当前影片中打开其他 FLA 文档中的库，并加以利用。

“导入视频”命令：可以直接导入外部的视频文件。

位图属性的设置：

对于导入 Flash 中的位图，可以使用“对齐”面板或“修改”菜单下的各种命令，对其进行替换、翻转、对齐、排列等各种操作。

在舞台上选择位图后，“属性”面板会显示该位图的名称、像素尺寸及在舞台上的位置。可以通过“属性”面板上的“交换”按钮交换位图的实例，还可以通过单击“编辑”按钮启动外部编辑器对图片进行编辑，如图 4-51 所示。

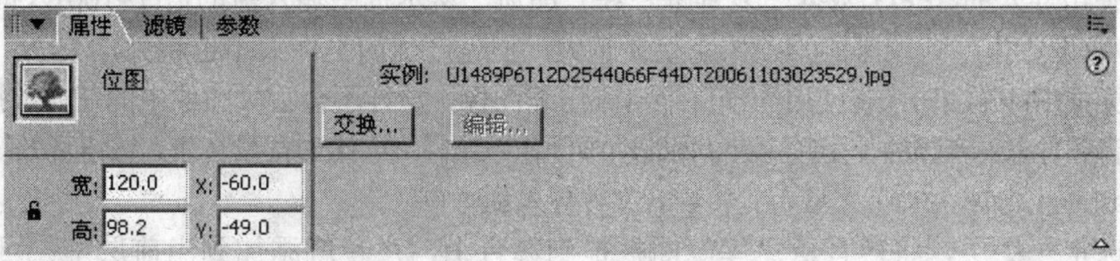

图 4-51 位图“属性”面板

要交换位图的实例，应先选择舞台上的一个位图实例，单击“属性”面板中的“交换”按钮或执行“修改”|“位图”|“交换位图”菜单命令，弹出“交换位图”对话框，选择一个位图替换当前位图，如图 4-52 所示。

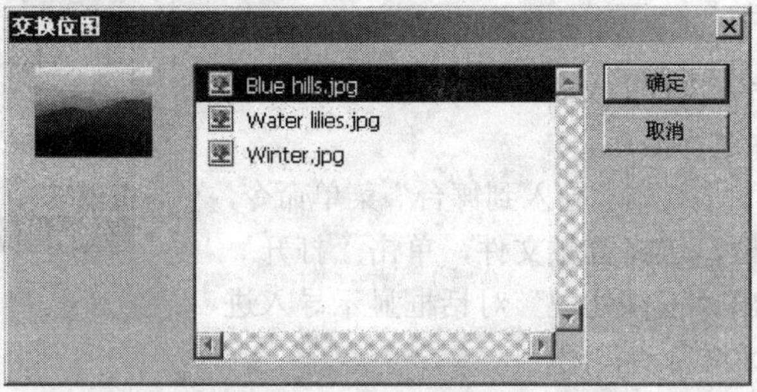

图 4-52 “交换位图”对话框

可以通过设置位图属性，对导入的位图应用“消除锯齿”功能，平滑图像的边缘。也可以选择压缩选项以减小位图文件的大小，以及格式化文件以便在 Web 上显示。要对位图进行属性设置，应先打开“库”面板，在其中选择一个位图，然后单击“库”面板底部的“属性”图标或者执行右键菜单中的“属性”命令，或者在“库”面板右上角的选项菜单中单击“属性”命令，弹出“位图属性”对话框，如图 4-53 所示。

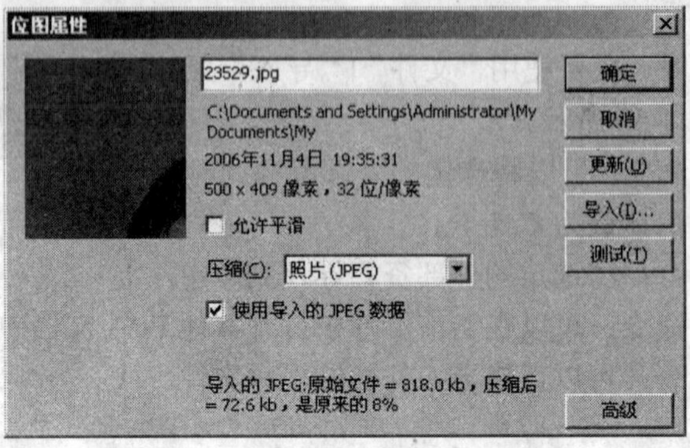

图 4-53 “位图属性”对话框

在“位图属性”对话框中，可以通过选择“允许平滑”复选框，以利用“消除锯齿”功能平滑位图的边缘。

对于“压缩”下拉列表框，有如下选项：

照片(JPEG)：为位图的默认选项，以 JPEG 格式压缩图像。在此选项下可以通过取消“使用导入的 JPEG 数据”复选框，在“品质”文本框中输入新的值(1~100)以指定压缩比率(设置值越高，保留的图像完整性越大，但是产生的文件大小也越大)。

无损(PNG/GIF)：将使用无损压缩格式压缩图像，这样不会丢失图像中的任何数据。

音频导入：音频的使用频率在 Flash 动画创作中比较高，比如背景音乐、按钮音效等。要在 Flash 中添加各种音效，应首先将声音文件导入到库中。

选定一个层，将声音从“库”面板拖到舞台上，声音就添加到当前层中。可以把多个声音放在同一层上，或放在包含其他对象的层上。但是，建议将每个声音放在一个独立的层上，每个层都作为一个独立的声音通道。要测试添加到文档中的声音，可以在包含声音的帧上面拖动播放头，或使用控制菜单中的命令。

下面通过实例学习如何通过导入命令，将声音文件添加到库中。

启动 Flash 程序，执行“文件”|“新建”命令，新建 Flash 空白文档并进行保存。

执行“文件”|“导入”|“导入到舞台”菜单命令，弹出“导入”对话框，选择音频文件，单击“打开”按钮进行导入，弹出“正在处理”对话框显示导入进程，导入完成后对话框自动关闭。

执行“窗口”|“库”菜单命令，打开“库”面板，刚导入的声音文件显示在面板中，图 4-54 所示。

单击时间轴第一帧，在“属性”面板的“声音”下拉列表框中选择音频文件，其他参数保持不变，如图 4-55 所示。

图 4-54 “库”面板

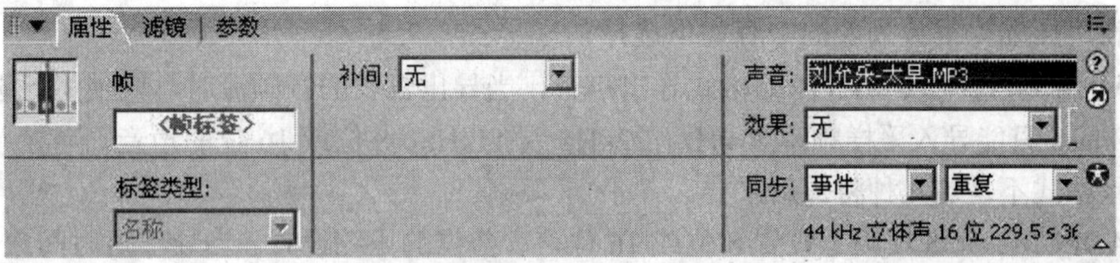

图 4-55 “属性”面板

在“同步”参数中可以设置如下选择:

“事件”会将声音和一个事件的发生过程同步起来。事件声音在显示其起始关键帧时开始播放，并独立于时间轴完整播放，即使 SWF 文件停止播放也会继续。当播放发布的 SWF 文件时，事件声音混合在一起。如果事件声音正在播放，而声音再次被实例化，则第一个声音实例继续播放，另一个声音实例同时开始播放。

“开始”选项与“事件”选项的功能相近，但是如果声音已经在播放，则新声音实例不会播放。

“停止”选项将使指定的声音静音。

“流”将同步声音，以便在 Web 站点上播放，Flash 强制动画和音频流同步。如果 Flash 不能足够快地绘制动画的帧，就跳过帧。与事件声音不同，音频流随着 SWF 文件的停止而停止。而且，音频流的播放时间绝对不会比帧的播放时间长。当发布 SWF 文件时，音频流混合在一起。

声音的属性设置：声音会占用大量的磁盘空间和内存，但通过合理设置声音的格式和压缩比例，可以有效地减小声音文件的大小。

在 Flash 中对声音进行调整，主要通过在“库”面板中设置声音属性或者在“属性”面板中调整淡入淡出的效果。要设置声音的属性，应先打开“库”面板并选择其中的声音文件，执行右键菜单的“属性”命令，或者在“库”面板右上角选项菜单中选择相同命令，或者单击“库”面板底部的属性图标，弹出“声音属性”对话框，如图 4-56 所示。

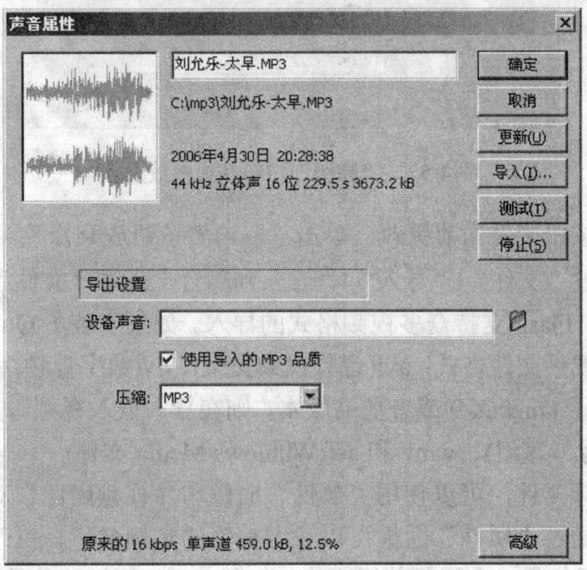

图 4-56 “声音属性”对话框

在“压缩”下拉列表框中有如下选择。

MP3：此选项以 MP3 压缩格式导出声音，当导出较长的音频流时，则使用此选项。但是 Flash 只能导入采样频率 11kHz、22kHz 或 44kHz，8 位或 16 位的声音，当导入的声音记录格式不是这几种将重新采样。

ADPCM：此选项用于设置 8 位或 16 位声音数据的压缩设置。当导出短时间声音时，则使用 ADPCM 设置。

“使用导入的 MP3 品质”复选框：取消选择此复选框，将显示“比特率”和“品质”选项。

“比特率”选项：决定声音的保真度和文件大小。Flash 支持 8Kb/s 到 16Kb/sCBR(恒定比特率)，较低的采样比率可以减小文件大小，但也会降低声音品质。比特率设为 16Kb/s 或更高，导出时会获得较好的效果。

“品质”选项：决定压缩速度和声音品质。“快速”选项的压缩速度较快，但声音品质较低；“中”选项的压缩速度较慢，但声音品质较高；“最佳”选项的压缩速度最慢，但声音品质最高；“原始压缩”选项在导出声音时不进行压缩。

单击“导入”按钮可以使用其他声音文件替换当前文档中的声音，“库”面板中的声音文件的名称不变，但声音内容发生了变化。

单击“测试”按钮可以听到压缩后的声音效果，并显示源文件与压缩后文件大小等方面的比较信息，从而确定选定的压缩设置是否可以接受。单击“停止”按钮停止声音的播放。

单击“高级”按钮可以显示声音标识符等其他参数设置信息，如图 4-57 所示。

图 4-57 “高级”按钮其他参数设置

单击“确定”按钮接受当前更改，单击“取消”按钮放弃修改。

导入视频：通过“文件”|“导入”|“导入到舞台”或者“文件”|“导入视频”菜单命令导入视频文件，Flash 支持众多视频格式的导入。如果安装了 QuickTime7，则导入嵌入视频时支持以下视频文件格式：avi(音频视频交叉)、dv(数字视频)和 mov(QuickTime 视频)。如果系统安装了 DirectX 9 或者更高版本，则在导入嵌入视频时支持 avi(音频视频交叉)、mpeg(运动图像专家组)、wmv 和 asf(Windows Media 文件)。

对于导入的视频文件，可以使用“属性”面板和“视频属性”对话框修改嵌入的和链接的视频剪辑。通过“属性”面板可以设定剪辑的实例名称、更改宽度、高度、注册点，以及将视频剪辑与另一个视频剪辑交换，如图 4-58 所示。“视频属性”对话框使用户可以重命名视频剪辑，更新在外部应用程序中编辑的导入视频，或者导入另一个视频以替换所选的剪辑，如图 4-59 所示。

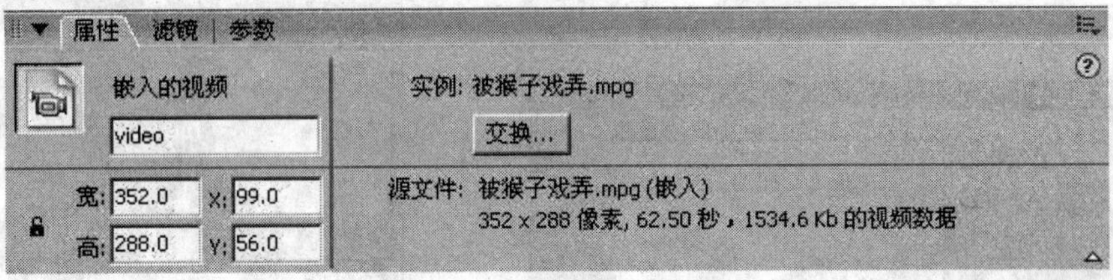

图 4-58 “属性”面板

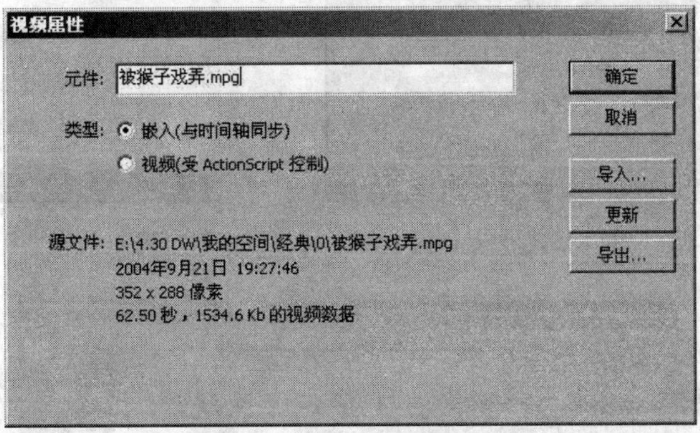

图 4-59 “视频属性”对话框

4.3 动画制作实例

通过前面的学习，我们已基本了解动画的基础知识和动画制作软件 Macromedia Flash 的基本操作，本节将通过学习一些 Flash 制作实例，深入了解 Flash 的使用技巧，为以后进一步学习打下基础。

4.3.1 文字遮罩效果

(1) 选择“文件”|“新建”菜单命令，在弹出的“新建文档”对话框中选择“Flash 文档”选项，单击“确定”按钮，进入新建文档舞台窗口，按 Ctrl+F3 键，弹出文档“属性”面板，单击“大小”选项后面的按钮，在弹出的对话框中将舞台窗口的宽度设为 400，高度设为 550，将背景颜色设为淡黄色(#FFFFCC)，如图 4-60 所示。

(2) 选择“文件”|“导入”|“导入到库”菜单命令，在弹出的“导入到库”对话框中选择图片文件，单击“打开”按钮，文件被导入到“库”面板中，如图 4-61 所示。

(3) 在“库”面板下方单击“新建元件”按钮，在弹出“创建新元件”对话框，在“名称”选项的文本框中输入“文字”，勾选“图形”选项，单击“确定”按钮，新建图形元件“文字”，如图 4-62 所示。

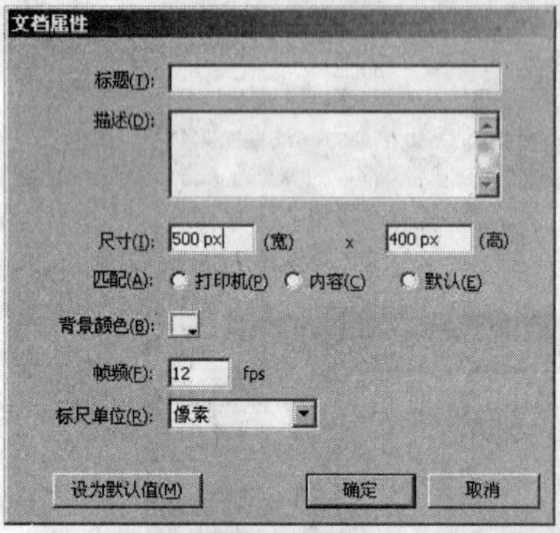

图 4-60 “文档属性”对话框

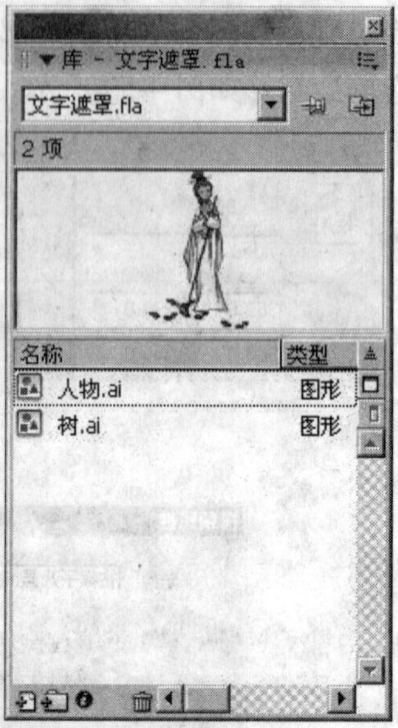

图 4-61 “库”面板

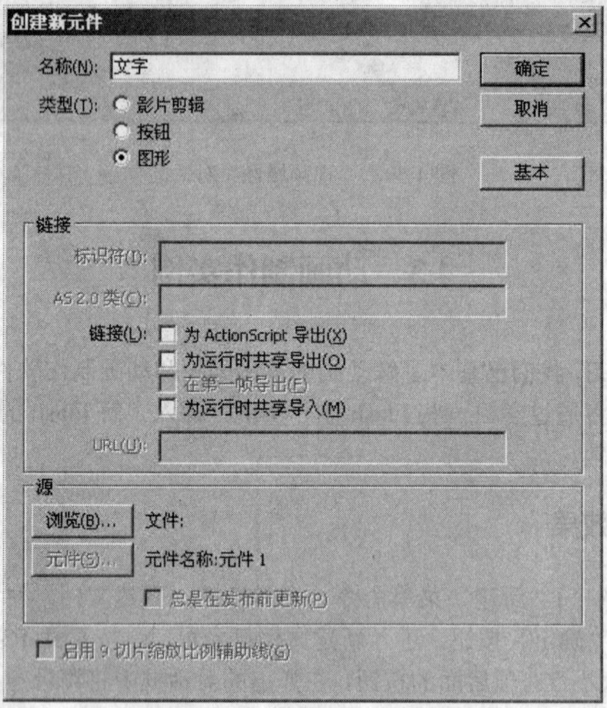

图 4-62 “创建新元件”对话框

舞台窗口也随之转换为图形元件的舞台窗口。选择“文本”工具，在文字“属性”面板中进行设置，如图 4-63 所示。

在舞台窗口中输入大小为 20，字体为“华文行楷”，颜色为黑色的文字，舞台窗口中的效果如图 4-64 所示。

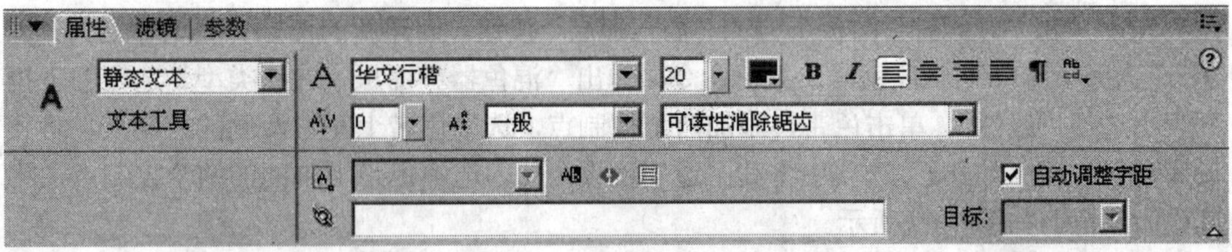

图 4-63　文字“属性”面板

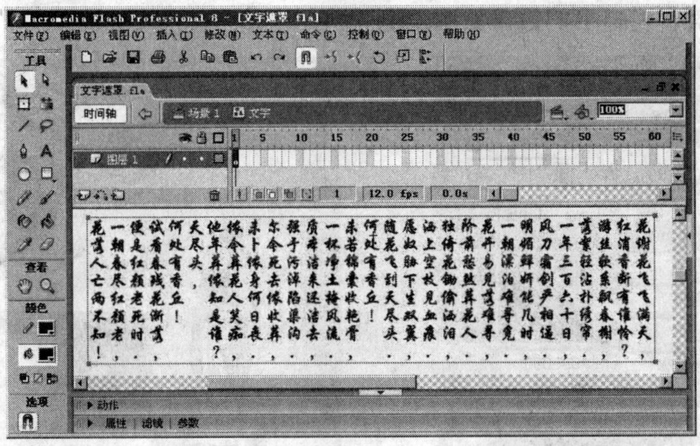

图 4-64　文字效果

(4) 单击“时间轴”面板上方的“场景 1”图标，进入“场景 1”的舞台窗口。将“图层 1”重新命名为“树”。将“库”面板中的图形元件“树”拖拽到舞台窗口的右上方，效果如图 4-65 所示。

(5) 单击“时间轴”面板下方的“插入图层”按钮，创建新的图层并将其命名为“人物”。将“库”面板中的图形元件“人物”拖拽到舞台窗口的左下方，效果如图 4-66 所示。

图 4-65　添加“树”图形元件

图 4-66　添加“人物”图形元件

(6) 单击“时间轴”面板下方的“插入图层”按钮，创建新的图层并将其命名为“遮罩”。选择“窗口”|“混色器”菜单命令，弹出“混色器”面板，在“类型”选项的下拉列表中选择“线性”，单击色带，添加两个控制点，选中色带上左右两侧的控制点，将其设为白色，在“Alpha”选项中将其不透明度设为 0。选中色带上中间的两个控制点，将其设为黑色，如图 4-67 所示。

选择“矩形”工具，在工具箱中将笔触颜色设为“无”，在舞台窗口中绘制出一个长方形作为遮罩图形。选中长方形，在形状“属性”面板中将“宽”和“高”选项分别设为 175、157，舞台窗口中的效果如图 4-68 所示。

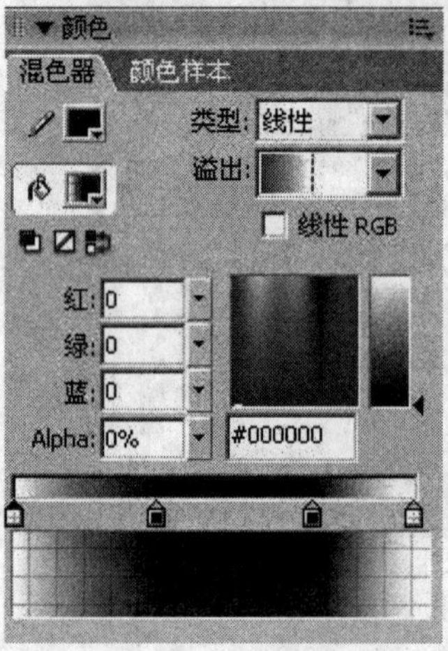

图 4-67 “混色器”面板

图 4-68 绘制矩形遮罩图形

(7) 单击“时间轴”面板下方的“插入图层”按钮，创建新的图层并将其命名为“文字”。将“库”面板中的图形元件“文字”拖拽到舞台窗口中，将文字移动到“遮罩”图形的左边并跟其上边线对齐，效果如图 4-69 所示。

(8) 选中“文字”图层的第 400 帧，按 F6 键，在该帧上插入关键帧，分别选中其他图层的第 400 帧，按 F5 键，在选中的帧上插入普通帧，如图 4-70 所示。

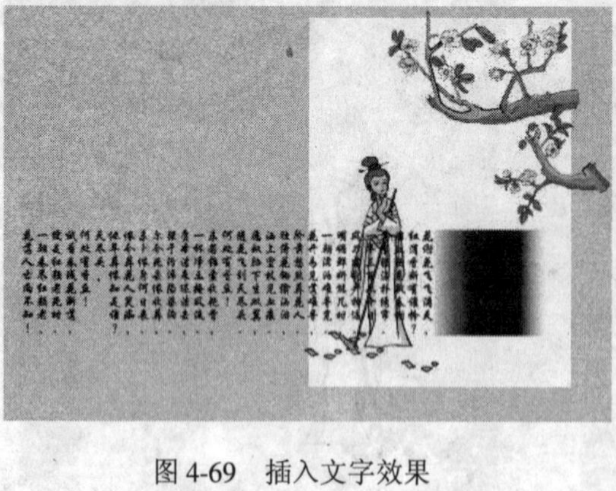

图 4-69 插入文字效果

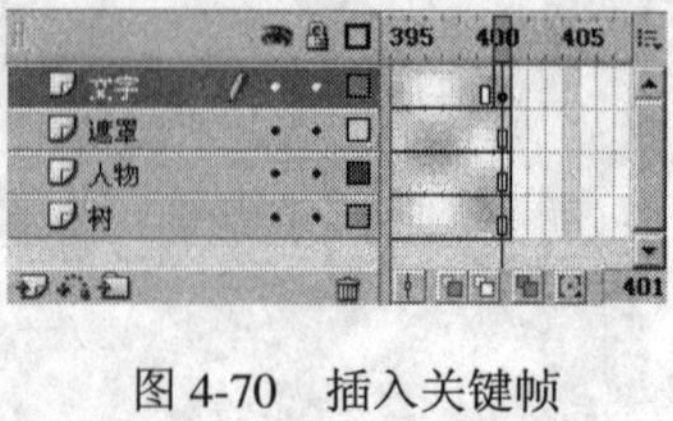

图 4-70 插入关键帧

(9) 选中“文字”图层的第 400 帧，按住 Shift 键的同时，将“文字”水平移动到“遮罩”图形的右边，效果如图 4-71 所示。

图 4-71　“文字”水平移动

(10) 用鼠标右键单击“文字”图层的第 1 帧，在弹出的菜单中选择“创建补间动画”命名，生成动作补间动画，如图 4-72 所示。

(11) 用鼠标右键单击“文字”图层的名称，在弹出的菜单中选择“遮罩层”命名，将“文字”图层转换为遮罩层，如图 4-73 所示。文字遮罩效果制作完成，按 Ctrl+Enter 键即可查看效果，如图 4-74 所示。

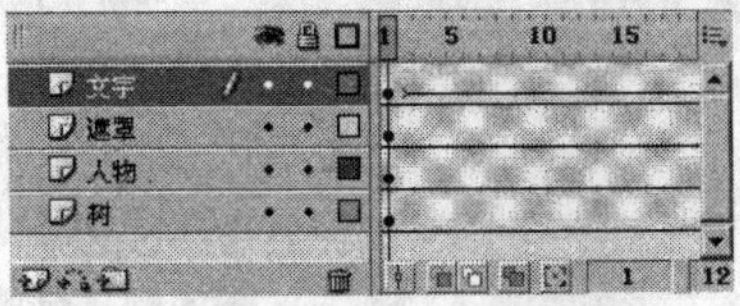

图 4-72　创建补间动画

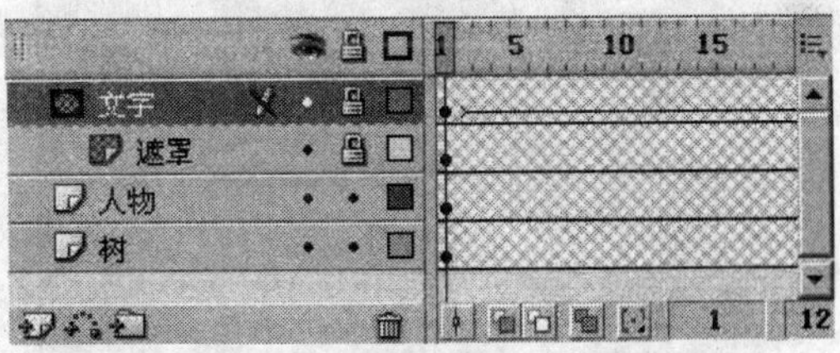

图 4-73“文字”图层转换为遮罩层

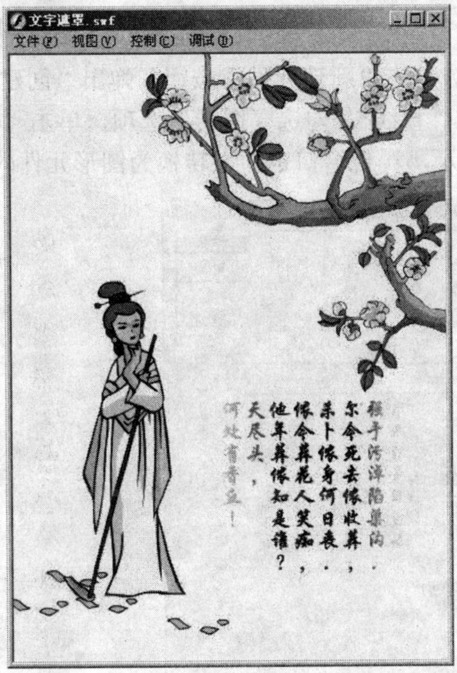

图 4-74　文字遮罩浏览

4.3.2 发光效果

(1) 选择“文件”|“新建”菜单命令，在弹出的“新建文档”对话框中选择“Flash 文档”选项，单击“确定”按钮，进入新建文档舞台窗口。选择文档“属性”面板，单击“大小”选项后面的按钮，在弹出的对话框中将舞台窗口的宽度设为 400，高度设为 550，将背景颜色设为#FF572D，如图 4-75 所示。

(2) 选择“文件”|“导入”|“导入到库”菜单命令，在弹出的“导入到库”对话框中选择图片文件，单击“打开”按钮，文件被导入到“库”面板中，如图 4-76 所示。

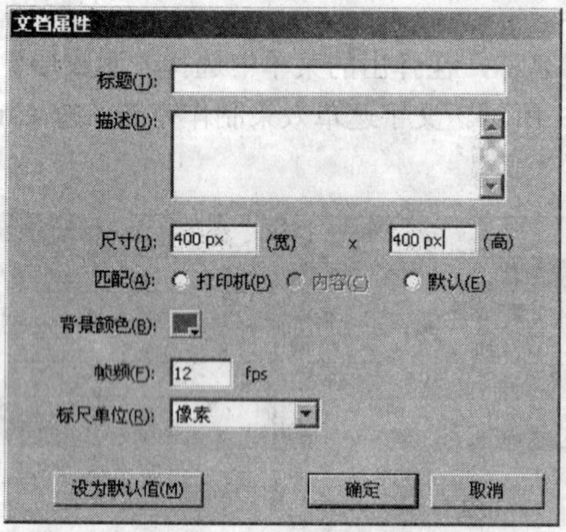

图 4-75 “文档属性”对话框

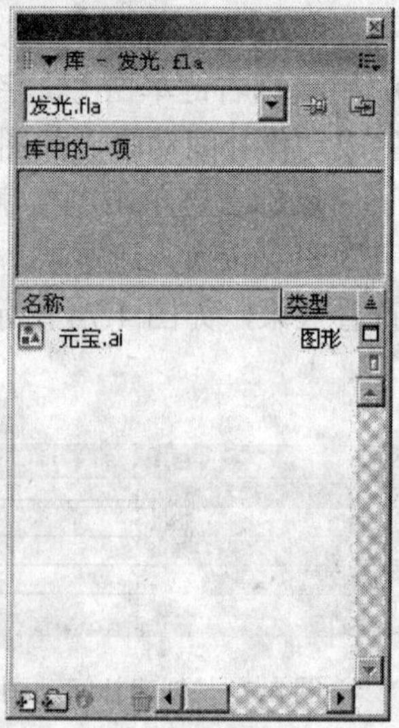

图 4-76 “库”面板

(3) 在“库”面板下方单击“新建元件”按钮，弹出“创建新元件”对话框，在“名称”选项的文本框中输入“直线”，勾选“图形”选项，单击“确定”按钮，新建图形元件“直线”，如图 4-77 所示，舞台窗口也随之转换为图形元件的舞台窗口。

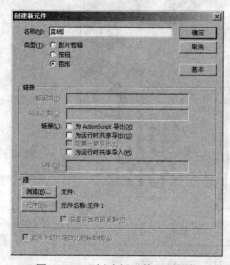

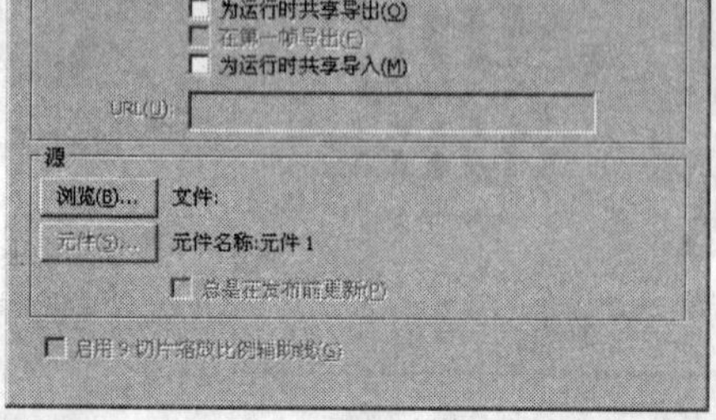

图 4-77 “创建新元件”对话框

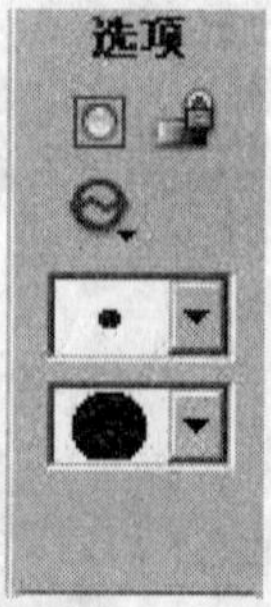

图 4-78 “刷子”工具

(4) 在工具箱中将填充色为黄色(#FFFF00)。选择“刷子”工具，在工具箱下方“刷子大小”选项的下拉列表中选择第三个刷头，如图 4-78 所示。在刷子工具“属性”面板中将“平滑度”选项设为 0，按住 Shift 键的同时，在舞台窗口中水平绘制一条直线，效果如图 4-79 所示。

图 4-79　图形元件“直线”

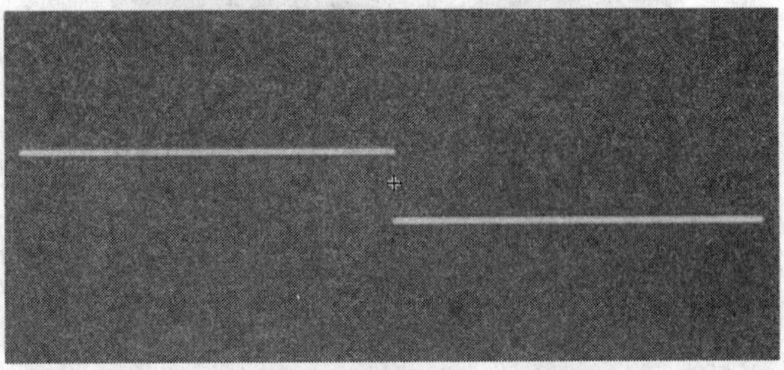

图 4-80　图形元件“线 1”

(5) 单击“新建元件”按钮，新建图形元件“线 1”　。将“库”面板中的图形元件“直线”拖曳到舞台窗口中，按住 Alt 键的同时，拖曳“直线”实例，将其复制并放置到合适的位置，效果如图 4-80 所示。

(6) 选中两条直线，按 Ctrl+G 键进行组合。选择“窗口”|“变形”菜单命令，弹出“变形”面板，选中“旋转”单选项，将旋转角度设为 15，如图 4-81 所示。多次单击对话框下方的“复制并应用变形”按钮，直到图像旋转一周，舞台窗口中的效果如图 4-82 所示。

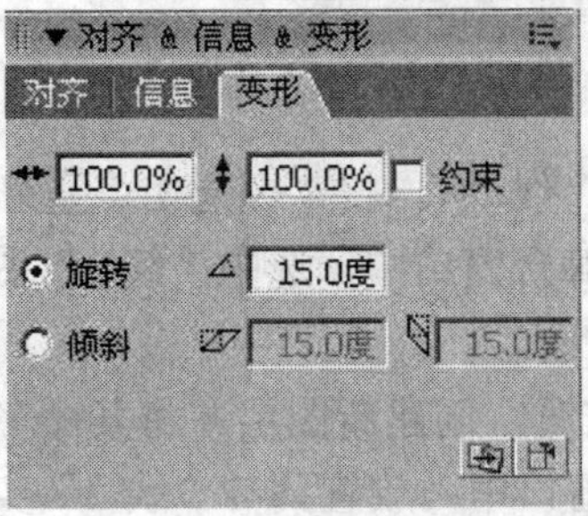

图 4-81　“变形”面板

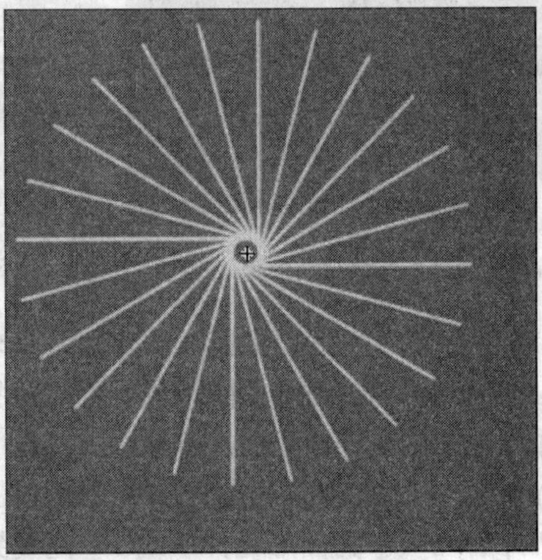

图 4-82　旋转一周后效果

(7) 单击“新建元件”按钮，新建图形元件“线 2”。将“库”面板中图形元件“线 1”拖曳到舞台窗口中，选择“修改”|“变形”|“水平翻转”菜单命令，将其翻转，效果如图 4-83 所示，多次按 Ctrl+B 键，将其打散。

(8) 选择“窗口”|“混色器”菜单命令，弹出“混色器”面板，在“类型”选项的下拉列表中选择“放射状”，选中色带上左侧的控制点，将其设为黄色(#FFFF00)，选中右侧的控制点，将其设为白色，Alpha 选项设为 0，如图 4-84 所示，舞台窗口中的效果如图 4-85 所示。

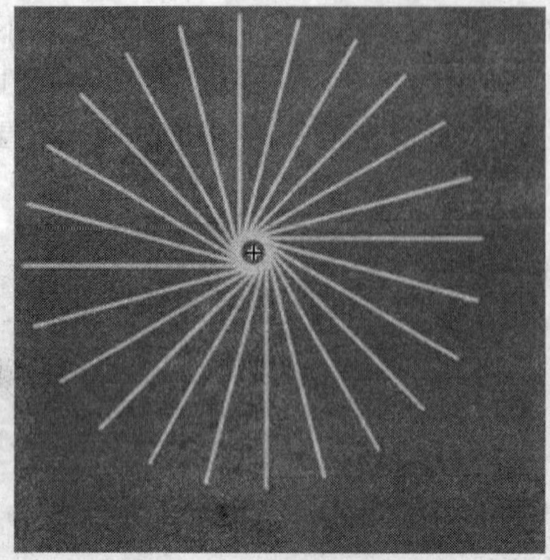

图 4-83　图形元件“线 2”

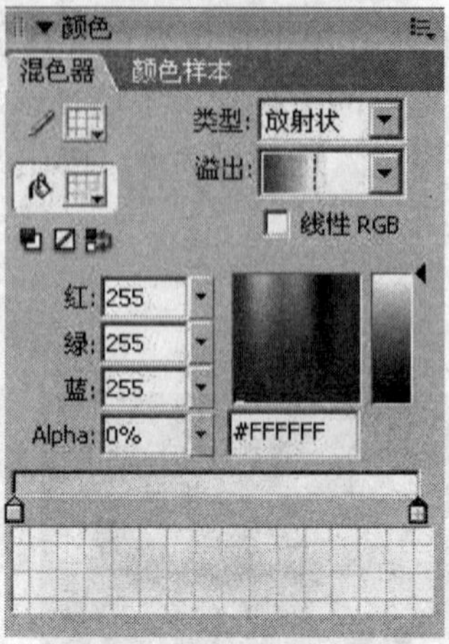

图 4-84　“混色器”面板

图 4-85　“线 2”效果

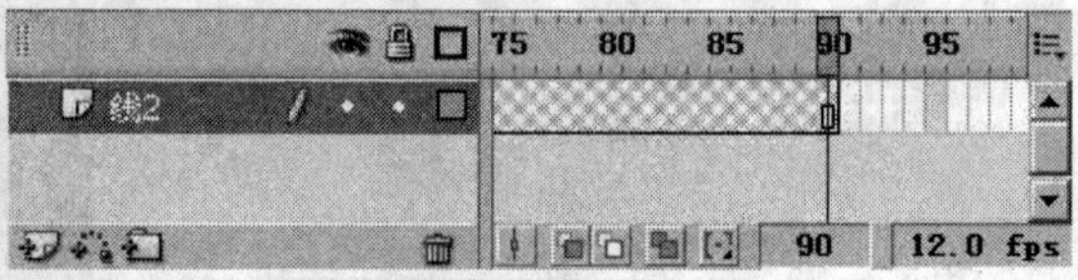

图 4-86　插入普通帧

(9) 单击“新建元件”按钮，新建影片剪辑元件“线动”。将“图层 1 ”重新命名为“线 2”。将“库”面板中的图形元件“线 2”拖曳到舞台窗口中，选中“线 2”图层的第 90 帧，按 F5 键，在该帧上插入普通帧，如图 4-86 所示。

(10) 单击“时间轴”面板下方的“插入图层”按钮，创建新图层并将其命名为“线 1”。将“库”面板中的图形元件“线 1”拖曳到舞台窗口中，放置到与“线 2”实例重叠的位置，多次按 Ctrl+B 键，将其打散，效果如图 4-87 所示。

(11) 选中“线 1”图层的第 90 帧，按 F6 键，在该帧上插入关键帧。用鼠标右键单击“线 1”图层的第 1 帧，在弹出的菜单中选择“创建补间动画”命令，生成动作补间动画，调出帧“属性”面板，选中“旋转”选项下拉列表中的“顺时针”。用鼠标右键单击“线 1”图层的图层名称，在弹出的菜单中选择“遮罩层”命令，将“线 1”图层转换为遮罩层，如图 4-88 所示。

(12) 单击“时间轴”面板上方的“场景 1”图标，进入“场景 1”的舞台窗口。将“图层 1”重新命名为“线动”。创建一个新图层并将其命名为“元宝”。将“库”面板中影片剪辑元件“线动”和图形元件“元宝”分别拖曳到与其同名的图层中，并放置到合适的位置，发光效果制作完成，按 Ctrl+Enter 键即可查看效果，如图 4-89 所示。

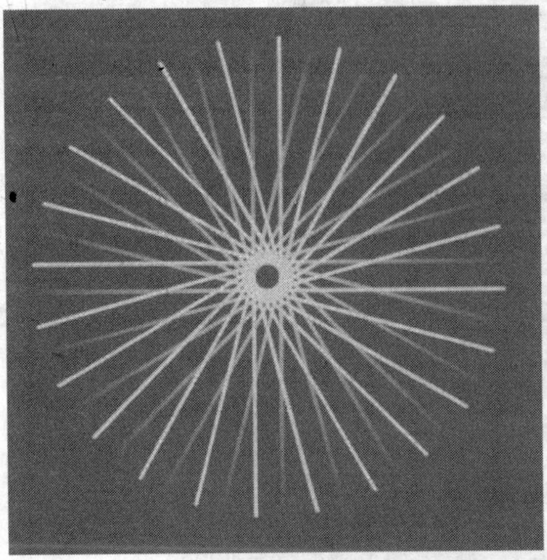

图 4-87　图层“线 1”

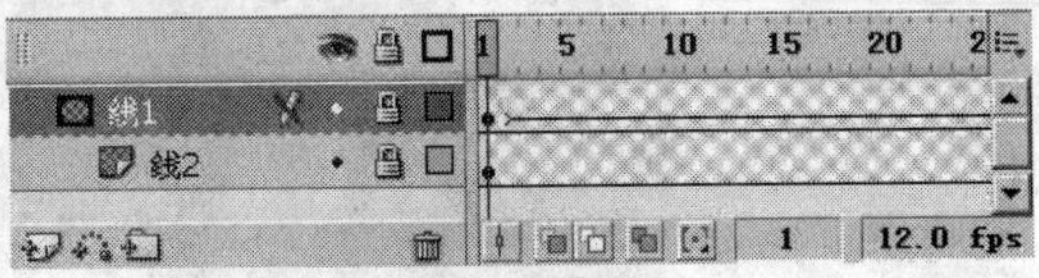

图 4-88　图层转换为遮罩层

图 4-89　发光效果图

4.3.3　视频播放器制作

下面通过实例学习如何将导入视频嵌入到 Flash 动画文件中。

(1) 启动 Flash 程序，执行“文件”|“新建”命令，选择“常规”选项卡的“Flash 文档”，将新建文档保存到硬盘。

(2) 执行“文件”|“导入”|“导入道舞台”菜单命令，弹出“导入”对话框，选择视频文件“被猴子戏弄.mpg”，单击“打开”按钮进行导入，弹出视频导入向导，如图 4-90 所示。

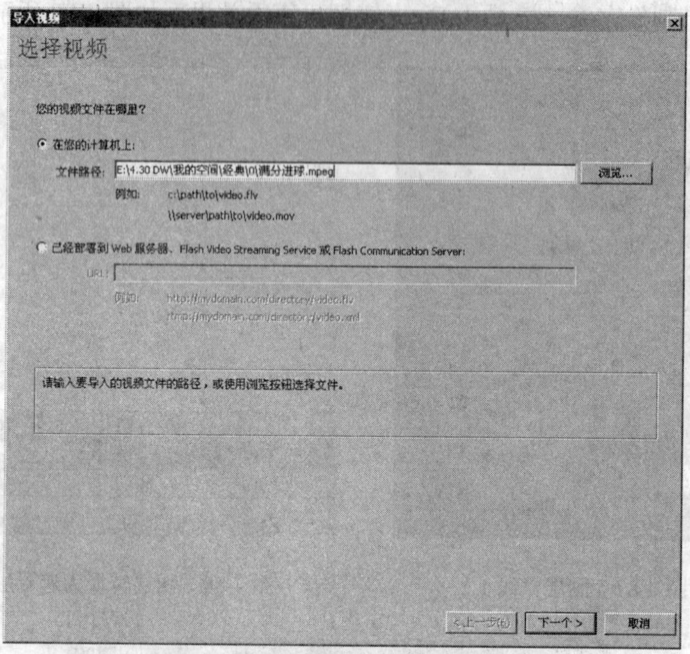

图 4-90　“选择视频”窗口

(3) 单击“下一个”按钮，显示“部署”窗口，选择“在 SWF 中嵌入视频并在时间轴上播放”单选按钮，如图 4-91 所示。

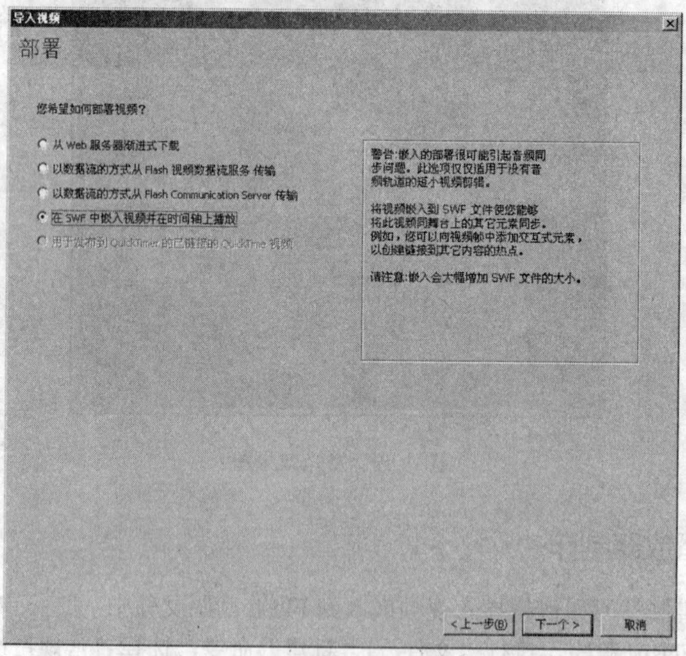

图 4-91　“部署”窗口

(4) 单击“下一个”按钮，显示“嵌入”窗口，在“符号类型”下拉列表框中选择“嵌入的视频”，其他参数保持不变，如图 4-92 所示。

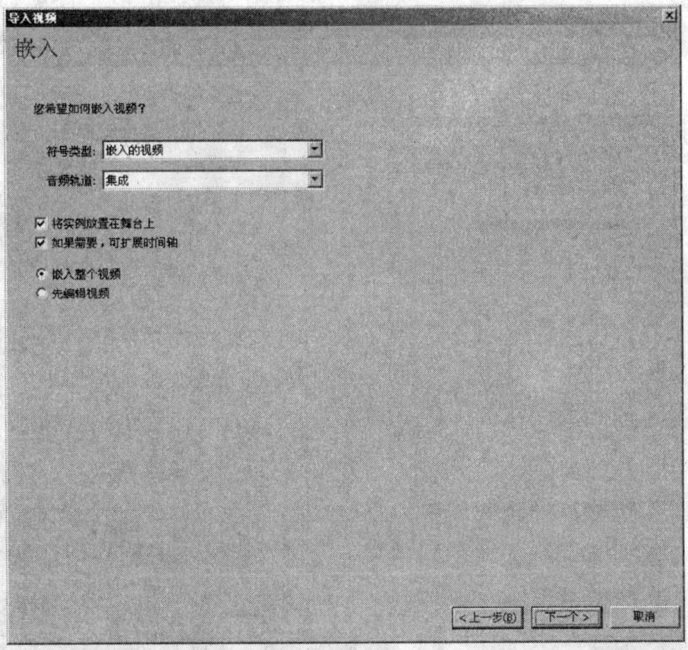

图 4-92 “嵌入”窗口

(5) 单击“下一个”按钮，显示“编码”窗口，在这里可以进行编码器的选择，或者对视频大小或视频长短进行调整，如图 4-93 所示。

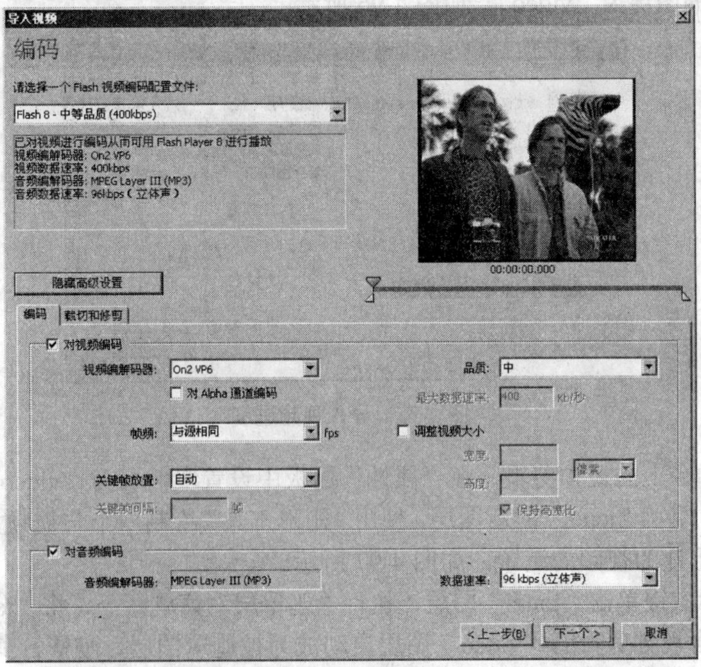

图 4-93 “编码”窗口

(6) 单击“下一个”按钮，显示“完成视频导入”窗口，单击“完成”按钮确认视频的导入，如图 4-94 所示。

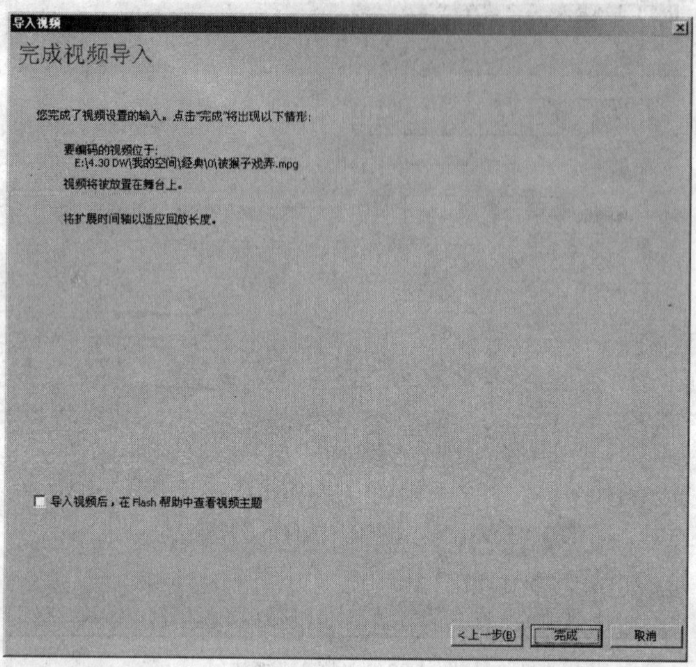

图 4-94 “完成视频导入”窗口

(7) 此时将显示视频导入进度，如图 4-95 所示，视频导入完成后该对话框自动关闭，命名视频所在的图层为“video”，如图 4-96 所示。

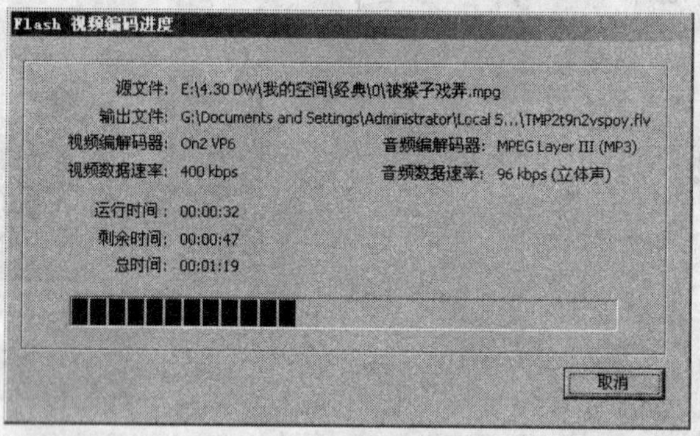

图 4-95 导入视频进度

(8) 选择舞台上的视频剪辑，在“属性”面板中设置实例名为“video”，单击“插入图层”按钮添加名为“jouel”的新图层，使用“矩形工具”绘制一个与视频大小(352×288)相等的圆角矩形作为视频的遮罩，如图 4-97 所示。

(9) 用鼠标右键单击“jouel”图层，执行“遮罩层”菜单命令，将“jouel”图层变为遮罩图层，包含视频剪辑的“video”图层自动成为被遮罩图层，使影片剪辑的内容显示在圆角矩形中。

(10) 新建名为“按钮”的图层，打开库面板，将“playbtn”、“pausebtn”、“stopbtn”、“backbtn”、“forwardbtn”等按钮元件及“track”和“dot”影片剪辑添加到舞台，如图 4-98 所示。

图 4-96　导入的视频

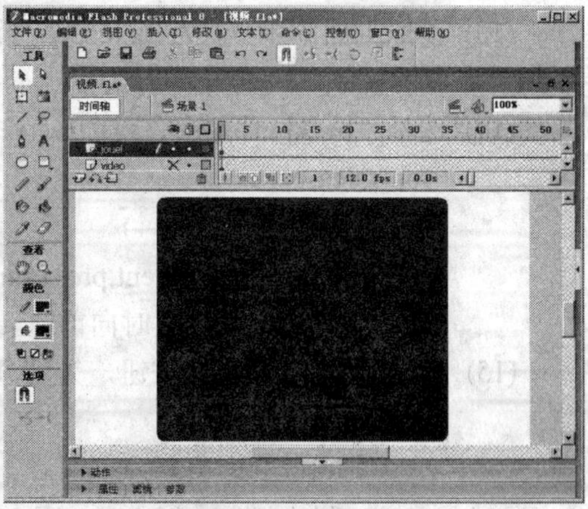

图 4-97　绘制圆角矩形

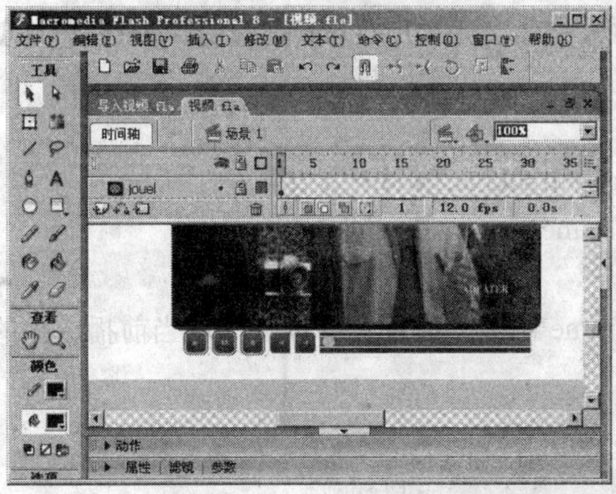

图 4-98　添加各个按钮

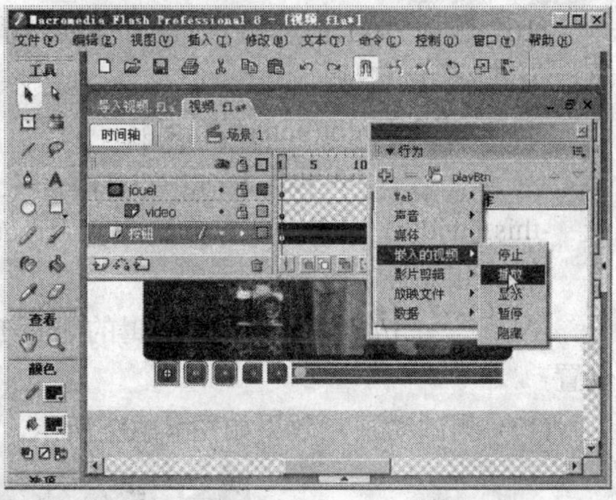

图 4-99　为按钮添加行为

(11) 执行“窗口”|“行为”菜单命令，打开“行为”面板，选择“playbtn”按钮，单击“行为”面板的“添加行为”按钮，执行弹出菜单中的“嵌入的视频”|“播放”命令，如图 4-99 所示。

(12) 在弹出的“播放视频”对话框中单击“video”，如图 4-100 所示。单击“确定”按钮，此时的“行为”面板如图 4-101 所示。

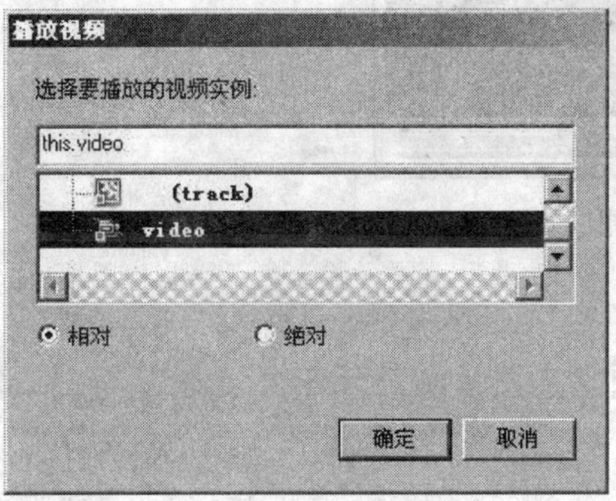

图 4-100　选择要播放的视频

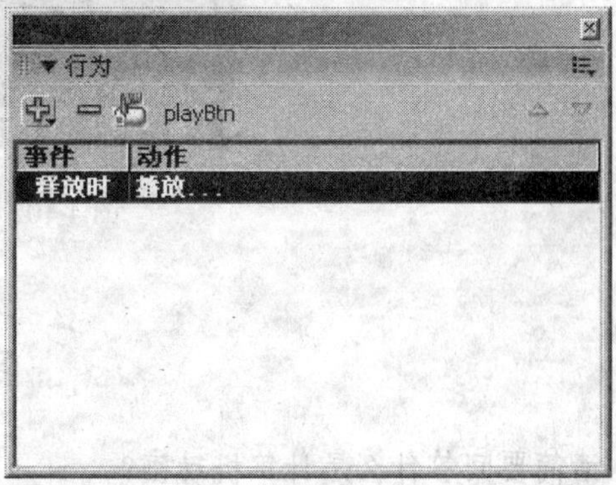

图 4-101　添加“播放”行为

(13) 参照上面的步骤，为“pausebtn”添加“嵌入的视频”|“暂停”行为，为“stopbtn”添加“嵌入的视频”|“停止”行为。

(14) 选择“backbtn”按钮，打开动作面板，为其添加如下脚本。

```
on(release){
        for(i=0;i<20;i++)
        this.video._parent.prevFrame();
          }//单击按钮时向前跳转 20 帧
```

(15) 选择“forwardbtn”按钮，为其添加如下脚本。

```
on(release){
        for(i=0;i<20;i++)
        this.video._parent.nextFrame();
          }//单击按钮时向后跳转 20 帧
```

(16) 选择“track”影片剪辑，在属性面板中命名为“trackbar”，选择“dot”影片剪辑，为其添加如下脚本。

```
onClipEvent(enterFrame){
        this._x=_root.trackbar._x+(_root.trackbar._width
-this._width)*_root.video._parent._currentframe/_root.video.
_parent._totalframes;
          }//定义 dot 影片剪辑的 enterFrame 函数，通过它的位置标示当前播放头的位置
```

(17) 测试动画，效果如图 4-102 所示。

图 4-102　动画测试效果

习　题

1. 请简要回答什么是计算机动画？
2. 请利用 Flash 软件设计制作一个旋转风车动画。

第5章 视频处理技术

学习内容

本章主要介绍了视频的概念、视频处理等基础知识，以及视频处理软件Adobe Premiere的使用。

学习要求

了解：视频处理技术的概念。

掌握：Adobe Premiere 的使用方法。

视频信息是连续变化的影像，是多媒体技术最复杂的处理对象。视频通常是指实际场景的动态演示，例如电影、电视、摄像资料等。视频信息带有同期音频，画面信息量大，表现的场景复杂，常采取专用的软件对其进行加工和处理。

5.1 视频基础

视频来自于数字摄像机、数字化的模拟摄像资料、视频素材库等。视频信息的处理需要专门的工具软件进行编辑和处理。如果需要专业的加工，则要依赖专用的设备，例如非线性编辑机等。

5.1.1 视频的概念

视频是一组连续画面信息的集合，与加载的同步声音共同呈现动态的视觉和听觉效果。就可视部分而言，视频和动画没有本质的区别，只是二者的表现内容和使用场合有所不同而已。视频用于电影时，采用 24 帧/s 的播放速率；用于电视时，采用 25 帧/s 的播放速率(PAL 制)。动画和视频之间可以借助软件工具进行格式转换，为二者的应用提供了很大的方便。

视频信息可以采用 AVI 文件格式保存，也可采用 MPG 压缩数据格式保存。随着数据压缩技术的发展，采用更高压缩比的 DVD 格式也可用于视频信息的保存。压缩的视频信息具有实时性强、可承载是数据量大、对计算机的处理能力要求很高等特点。

1. 色彩感觉

视频信号是从动态的三维景物投影到视频摄像机图像平面的一个二维图像序列。一个视频帧中任何一点的彩色值记录了在所观察的景物中一个特定的三维点所发出或反射的光。光是由人眼可以感觉到的，波长在 380 纳米~780 纳米(nm)范围内的电磁波组成的。光的能量是用光通量测量的，单位是瓦(W)，它是能量发射的速率。与我们所感觉的光的亮度直接相关的是光的辐射强度，定义为以特定方向辐射到单位立体角上的光通量，度量单位是瓦/立体角。光源通常能发射某一波长范围内的能量，并且其强度可以在时间和空间上变换。

描述人类彩色感觉的属性有两个：亮度和色度。亮度指被感知的光的明亮度，它是与可视频带中的总能量成正比的。色度描述的是被感知的光的颜色和深浅，它是由光的波长成分决定的。色度进一步由两个属性表征：色调和饱和度。色调指彩色和颜色，它是由光的峰值波长决定的，而饱和度指的是颜色有多纯，它是由光谱的范围和带宽决定的。

光的彩色决定于频谱成分。任何彩色都可以通过三基色的混合而产生的。最通用的基色系包括红色、绿色和蓝色。人眼是通过视网膜上调谐于红色、绿色和蓝色的接收细胞(锥状细胞)感知彩色的。彩色可用三个属性加以描述：亮度(明亮度)、色调(彩色基调)和饱和度(彩色纯度)。人眼对亮度最敏感，然后是色调，最后是饱和度。

2. 常见的视频处理功能

视频处理主要包括以下几方面。

(1) 视频剪辑。根据需要，剪除不需要的视频片段。连接多段视频信息。在连续时，还可以添加过渡效果等。

(2) 视频叠加。根据需要，把多个视频影像叠加在一起。

(3) 视频和声音同步。在单纯的视频信息上添加声音，并精确定位，保证视频和声音同步。

(4) 添加特殊效果。使用滤镜加工视频影像，使影像具有各种特殊效果，滤镜的作用类似 Photoshop 中的滤镜。

在 Windows 环境中，编辑加工的视频文件可以直接通过媒体播放器进行播放，大多数多媒体平台软件也能够直接使用视频文件。

3. 频信息的数字化

任何数字视频处理工作的第一步都是把本质上连续的视频信号转换为数字视频信号。数字化的过程包括两步：采样和量化。这可以用数字摄像机实现，它直接把连续的物理场景视频数字化，或者通过把模拟摄像机产生的模拟信号数字化来实现。视频信息的数字化与声音的数字化十分类似，对所要处理的一幅画面，通过对每一个像素进行采样，并且按颜色或灰度进行量化，就可以得到图像的数字化结果。数字化的结果放在显示缓冲区中，与显示器上的点一一对应，这就是位图图像。对视频按时间进行数字化所得到的图像序列，就构成了数字视频序列。它同样与频率和量化的比特数有关。频率必须足够高，以跟上模拟信号流，量化的比特数越多，量化的值就越多，所能表示的颜色或灰度级数就越多。当量化比特数只有一位时，则只能表示出黑白二值图像。

实现电视图像的数字化，可以把电视图像和计算机图形结合在一个共同的空间中进行处理，然后输出到计算机的显示器上。电视图像的数字化常用的方法有以下两种。

(1) 先从复合彩色电视图像中分离出彩色分量，然后数字化。通常是先分离成 YUV、YIQ 或 RGB 彩色空间中的分量信号，然后用三个 A/D 转换器分别对它们数字化。

(2) 先对彩色电视信号数字化，然后在数字域中进行分离，以获得所希望的 YUV、YIQ 或 RGB 分量信号。用这种方法对电视图像数字化时，用一个高速 A/D 转换器即可。

计算机的彩色图像一般用 R、G、B 分量表示，而电视图像一般用一个亮度(Y)分量和两个色差(U、V)分量表示，YUV 组成一个复合的电视信号。亮度分量的带宽是色度分量带宽的两倍。由于复合电视信号和分量信号之间的相互转换比较容易，电视图像数字化系统过去一般都使用分量数字化，对亮度和色度分别进行数字化。

5.1.2 数码摄像机与视频卡

1. 数码摄像机

(1) 数码摄像机的关键部件。

数码摄像机是获取视频素材的得力工具，发展迅速。数码摄像机的关键部件是CCD，其基本原理与数码照相机类似，都是把自然影像转换成数字信号。但是，数码摄像机和数码照相机的CCD在结构上存在很大差异。用于数码摄像机是视频CCD采用长方形光敏单元，而数码照相机的静态CCD则采用正方形的光敏单元。光敏单元形状的差异导致成像质量的差异，但对角线方向的图像锯齿感较强，在一定程度上影响了画面的质量。

数码摄像机采用的视频CCD采用隔行读取方式，通过电子快门的控制，每次在水平方向上轮换读取画面的奇数行和偶数行信号，隔行读取可以降低视频图像的闪烁感。这与数码照相机的静态CCD的工作原理大为不同。

(2) 数码摄像机的特点。

数码摄像机既可以拍摄活动的视频影像，又可以拍摄静止的图像，显然，拍摄视频影像是数码摄像机的特长。而由于种种技术原因，早期的数码摄像机在拍摄静止图像时，其表现远不如数码照相机，拍照时，只能勉强达到VGA图像分辨率，并且图像必须在DV录像带上连续记录6s，使用者下载和使用都非常麻烦。

近两年，随着光学系统、图像传感器、处理电路等技术的发展，数码摄像机的静态摄影功能在不断的完善，现在采用了百万、千万像素级的CCD传感器，拍摄的静止图像质量已经超过了低端数码照相机拍摄的图像。

2. 视频卡

(1) 视频卡的概念。

视频卡是一种专门用于对视频信号进行实时处理的设备，又叫“视频信号处理器”。视频卡插在主机板的扩展插槽内，通过配套的驱动软件和视频处理应用软件进行工作。视频卡可以对视频信号(激光视盘机、录像机、摄像机等设备的输出信号)进行数字化转换、编辑和处理，以及保存数字化文件。

(2) 视频卡的基本特性。

① 视频输入特性。支持PAL制式、NTSC制式和SECAM制式的视频信号模式，利用驱动软件的功能，可选择视频的端口。

② 图形和视频混合特性。以像素点为基本单位，精确定义编辑窗口的尺寸和位置，并将256色模式的图形与活动的视频图像进行叠加混合。

③ 图像采集特性。将活动的视频信号采集下来，生成静止的图像画面。图像可采用多种格式的文件，主要有：JPG、PCX、TIF、BMP、GIF、TGA。

④ 画面处理特性。对画面中显示的图像或视频信号进行多种形式的处理，例如，按照比例进行缩放；对视频图像进行定格，然后保存画面或调入符合要求的图像；对画面内容进行修改和各种编辑，改变图像的色调、色饱和度、亮度以及对比度等等。

(3) 视频卡的种类及其功能

视频卡是视频信号处理设备的统称，按照功能划分，有以下几种常见的视频卡。

① 视频转换卡。

将计算机的 VGA 显示信号转换成 PAL 制、NTSC 制或 SECAM 制的视频信号，输出到电视机、视频监视器、录像机、激光视盘刻录机等的视频设备中。

② 视频捕捉卡。

将视频信号源的信号转换成静态的数字图像信号，进而对其进行加工和修改，并保存标准格式的图像文件。

③ 动态视频捕捉卡。

对动态影像进行实时响应，并将其转换成压缩数据存储，还可以重放影像。常用于现场监控、安全保卫、办公室管理等场合。

④ 视频压缩卡。

采用 JEPG 和 MPEG 数据压缩标准，对视频信号进行压缩和解压缩处理，主要用于制作视频演示片段、录像带转换 VCD 光盘、商业广告、旅游介绍等场合。

⑤ 视频合成卡。

把计算机制作的文字、图片以及字幕叠加到模拟视频信号源上，常见的模拟视频信号源有录像、光盘、摄像以及电视等。利用视频合成卡提供的功能，可轻松地制作电视字幕、带解说词和标题的家用录像带，以及 VCD 的视频素材等。

⑥ 视频解压缩卡。

采用 MPEG 数据压缩技术，对视频信号进行解压缩，主要用于重放 VCD 光盘信息。该卡目前已经很少，基本上被解压缩软件所取代。

5.1.3 MPEG 视频压缩标准与编码

数字视频通信是一个复杂的、计算强度大的过程。为了解决视频信号数据量大、占有存储空间多的问题，一种压缩算法应运而生，这就是 MPEG 压缩视频标准。MPEG 一词是 Moving Pictures Experts Group(动态图像专家组)的缩写。

MPEG 标准有 MPEG-1、MPEG-2、MPEG-4、MPEG-7 四个版本，以满足不同带宽和数字影像质量的要求。在发展过程中，由于 MPEG-2 标准表现出色，已适用于 HDTV，使得原打算为 HDTV 设计的 MPEG-3 标准还没出世就被抛弃了。MPEG-4 是第一个不仅对音频和视频通信而且对用于娱乐和交互式多媒体业务的图形进行标准化的国际标准，所有的标准都描述比特流的语法和语义，MPEG-7 标准则是目前应用的标准。主要发展过程如下：

(1) 1989 年 10 月主观测试后，开始了 MPEG-1 视频的集中阶段，并导致了发布于 1993 年的标准。MPEG-1 是由 5 部分组成：系统、视频、音频、一致性以及软件。MPEG-1 系统提供一个把编码的音频和视频流复用成一个流，允许各个流同步的播放。这要求所有的流都要以公共的系统时钟(STC)为基准。

(2) 由于 MPEG-1 不能以广播质量有效地压缩隔行数字视频。便产生了 MPEG-2，其目标是产生 4Mb/s~8Mb/s 码率的电视质量图像和 10Mb/s~15Mb/s 码率的高质量图像。MPEG-2 要解决 SDTV 和 HDTV 隔行视频的高质量编码问题。

(3) 设计 MPEG-4 标准是为了在支持传统应用的同时，满足新一代高度交互性多媒体应用系统的需求。这些多媒体应用系统除高效编码外，还要求先进的功能。MPEG-4 提供自然的和合成的音频、视频和以及图形的基于对象的编码工具。MPEG-4 标准由若赶部分组成，主要部分是系统、视频和音频。MPEG-4 的音频和视频部分分别包括自然和合成的视频和音频的编码。

(4) 在普遍存在的视频应用中，语言、音频、视频、图像和视频序列的索引和搜索变得非常重要。MPEG-7 是一种致力于音视频文件内容描述的标准。从原理上说，MPEG-1/2/4 是为表示信息本身设计的，而 MPEG-7 则打算表示关于信息的信息。MPEG-7 的意图是为其他的 MPEG 标准提供补充功能：表示关于内容的信息，而不是内容本身。

5.2 视频处理软件 Adobe Premiere

随着计算机技术的迅速发展，数字电影也已逐渐进入一般人的视野，以前要编辑影视特技，只能由拥有昂贵设备的专业人去进行，别人即使有很好的电影构思，由于无力支付昂贵的费用而无法实现。现在人们可以使用专门的软件解决这个问题，一般的视频影像处理需要借助专门的计算机软件来进行。在用于个人计算机的视频处理软件中，比较典型的软件名为“Premiere”，该软件是由 Adobe 公司开发的非线性视频编辑软件，专门用于一般处理视频信息。Adobe Premiere 软件以其优异的性能和广阔的发展前景，能够满足各种用户的不同需求，成为了一把打开视频创作之门的金钥匙。用户可以使用它随心所欲地对各种视频图像、动画进行编辑；对音频进行进一步的处理；轻而易举地创建网页上的视频动画；对视频格式进行转换。

5.2.1 Adobe Premiere 简介

Premiere 软件对视频进行处理，它能使用多轨的影像与声音来合成与剪辑 avi、mov 等动态影像格式，Premiere 兼顾了广大视频用户的不同需求，提供了一个低成本、高效率的视频编辑方案，该软件有如下特点。

(1) 使用非线性编辑功能进行即时修改。以幻灯片风格播放剪辑，具有可变的焦距和单帧播放能力。

(2) 在项目管理中，按名称、图标或注释对素材进行排序、查看或搜索。多重注释文件可以进行控制。

(3) 特殊效果的运用，使用运动控制使任何静止或移动的图像沿某个路径飞翔，并具有扭转、变焦、旋转和变形效果。可从选择过渡(包括溶解、涂抹、旋转等)效果，也可自己创建过渡。具有更加丰富的生产和创作选择，支持插件滤镜，包括那些与 Photoshop 兼容的插件滤镜。

(4) 具有最流畅的动作，子像素的运动和可反映所有效果的选项。

(5) 完美的节省时间能力使用预置(样式表)来简化对输出、压缩和其他任务的关键选项的设置。在初始编辑之后，通过以高分辨率版本取代低分辨率版本，实现磁盘空间的高效使用。接受利用可扩充体系结构添加功能的插接模块。使用内建的和第三方声频处理滤镜强化和改变声频特点。

(6) 随着多媒体技术在 Internet 领域的发展，在 Web 上出现了很多新的多媒体技术。Premiere 开发了一个插件 Real Networks，由于运用“流”技术，使用户可在网上即时观看由 Premiere 制作的 Real video 视频。

(7) 支持多种音频格式，包括 MIDI、Wav、MP3 等等，使得用户很容易找到自己需要的音乐素材，并将其应用到自己制作的电影里面去。

Adobe Premiere 2.0 软件是一款专业视频编辑工具。不仅包括以前版本的功能，还具有一些新的功能：快速轻易编辑多摄像机摄像。从一个多摄像窗口中查看多个视频轨道，并实时在轨道之间通过转换进行编辑。基于源素材时间码轻松同步剪辑；从 Adobe Premiere 2.0 时间轴直接创建高质量、可驱动菜单的 DVD；利用新的色彩校正工具，为特定的任务分别进行优化。快速色彩校正允许用户快速简易调节，而色彩校正工作允许用户为专业作品做更多的选择性修改；以对色彩、对比度和曝光的不同变化维持最大限度的图像质量，没有了条纹和低 bit 深度处理引致的现象；Adobe Premiere 2.0 会自动调整，充分利用用户的显卡，加速动画、不透明度、色彩和图像畸变效果的预览和渲染。

视频处理软件自身占用空间比较大，被处理的视频信号的数据量也比较大，这就使得视频处理需要占用大量的存储空间。

5.2.2 Adobe Premiere 操作过程

一般来说，通过计算机进行的后期制作，包括把原始素材镜头处理成影视节目所必需的全部工作过程。它包括了以下几个步骤。

1. 整理素材

所谓素材指的是用户通过各种手段得到的未经过编辑的视频和音频文件，它们都是数字化的文件。制作影片时，得将拍摄到的胶片中包含声音和画面图像的输入计算机，转换成数字化文件后再进行加工处理。这里的素材可以指：

(1) 从摄像机、录像机或其他可捕获数字视频的仪器上捕获到的视频文件。

(2) 不同图像格式的文件，如 BMP、TIF 和 GIF 等。

(3) Adobe Photoshop 文件。

(4) 各种动画文件。

(5) 数字音频、各种数字化的声音、电子合成音乐以及音乐。

2. 确定编辑点(切入点和切出点)和镜头切换的方式

编辑时，选择自己所要编辑的视频和音频文件，对它设置合适的编辑点，就可达到改变素材的时间长度和删除不必要素材的目的。镜头的切换是指把两个镜头衔接在一起，使一个镜头突然结束，下一个镜头立即开始。Premiere 可以对素材中的镜头进行切换，实际上是软件提供的过渡效果，操作过程是这样的，素材被放在时间线视窗中分离的 Video1A 和 Video1B 轨道中，然后将过渡效果视窗中选择的过渡效果放到 T 轨道中即可。

3. 制作编辑点记录表

传统的影片编辑工作离不开对磁带或胶片上的镜头进行搜索和挑选。编辑点实际上就是指磁带上和某一特定的帧画面相对应的显示数码。操纵录像机寻找帧画面时，数码计数器上都会显示出一个相应变化的数字，一旦把该数字确定下来，它所对应的帧画面也就确定了，就可以认为确定了一个编辑点。编辑点分 2 个，分别是切入点和切出点。

以往影片在进行传统编辑时，对剪辑师的要求非常严格。剪辑师必须把剪辑室整理得井井有条，便于进行编辑工作。在和导演或制片人磋商剪辑问题后，将所有要进行编辑的胶片号码和潜影片的编号都登记在记录卡上。使用计算机编制编辑点记录表的工作和剪辑师作记录卡的工作一样。用 Adobe Premiere 编辑素材后，编制一个编辑点的记录表(EDL)，记录对素材进行的所有编辑，一方面有利于在合成视频和音频时使两种素材的片断对上号，使片断的声音和画面同步播放。另一方面作一个编辑点记录表，大大有助于识别和编排视频和音频的每个片断。制作大型影片而要编辑大量的素材时，它的优势就更为明显了。

4. 把素材综合编辑成节目

剪辑师将实拍到的分镜头按照导演和影片的剧情需要组接剪辑，他要选准编辑点，才能使影片在播放时不出现闪烁。在 Premiere 的时间线视窗中，可按照指定的播放次序将不同的素材组接成整个片断。素材精准的衔接，可以通过在 Premiere 中精确到帧的操作实现。

5. 在节目中叠加标题字幕和图形

Premiere 的标题视窗工具为制作者提供展示自己艺术创作与想象能力的空间。利用这些工具，用户能为自己的影片创建和增加各种有特色的文字标题或几何图像，并对它实现各种效果，如滚动、产生阴影和产生渐变等。而以往的传统的字幕制作或图形效果的制作必须先拍摄实物，然后制作成为所谓的插片，由剪辑师将插片添加到胶片中才能实现。

6. 添加声音效果

后期制作中不仅进行视频的编辑，也要进行音频的编辑。一般来说先把视频剪接好，最后才进行音频的剪接。添加声音效果是影视制作不可缺少的工作。使用 Premiere 可以为影片增加更多的音乐效果，而且能同时编辑视频音频。

5.2.3 Adobe Premiere 窗口

在安装完 Premiere 软件后，双击桌面 Adobe Premiere 2.0 图标，或选择“开始—程序—Adobe Premiere 2.0”启动 Premiere，显示如图 5-1 所示。

图 5-1 启动 Premiere

选择“新建项目”，出现如图 5-2 所示的对话框。

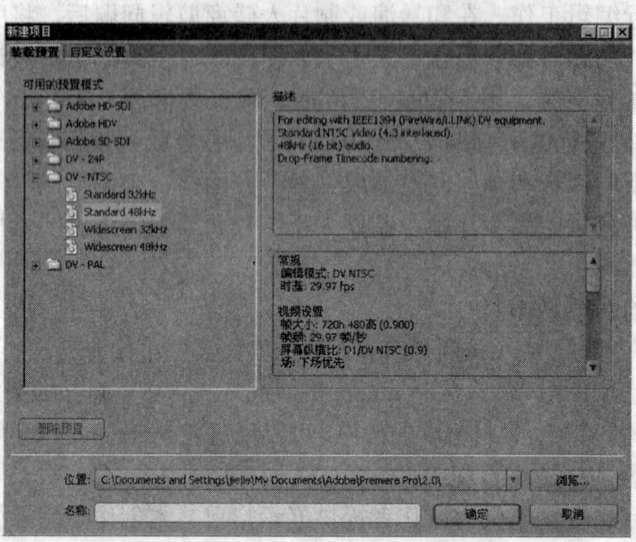

图 5-2　“新建项目”对话框

对话框左边可用的预置模式，右边显示的是当前的一般设置，选择存储位置，输入项目的名称，单击“确定”，显示主界面，如图 5-3 所示。

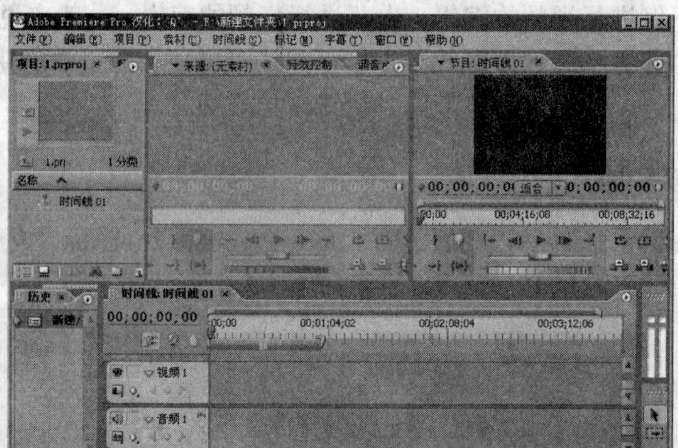

图 5-3　Premiere 主界面

在主界面中，分布着如下窗口：

(1) 项目窗口，用于存放与视频编辑有关的素材。

(2) 播放窗口，用于播放打开的视频文件。

(3) 监视器窗口，显示供编辑的节目视图和源视图。

(4) 信息窗口，用于显示剪辑、过渡以及其他有关信息。

(5) 特效窗口，排列着各种特效，可从中选取需要的特效模式使用。

(6) 时间线窗口，这是主编辑窗口，窗口的横轴是时间轴，标有时间刻度，所有的视频、音频素材均在该窗口中进行编辑和处理。

5.2.4 素材操作

1. 素材的导入

在 Adobe Premiere 2.0 中，素材的导入有以下几种方法：

(1) 单击“文件—输入”如图 5-4 所示。

显示如图对话框，可以选择某一文件，也可以同时选择多个文件打开，如图 5-5 所示。

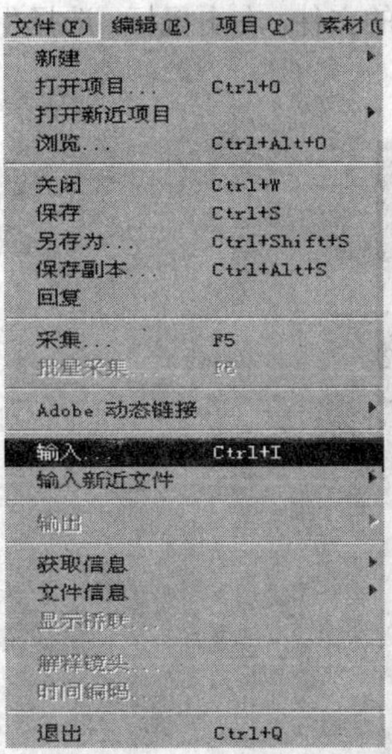

图 5-4 单击“文件—输入”

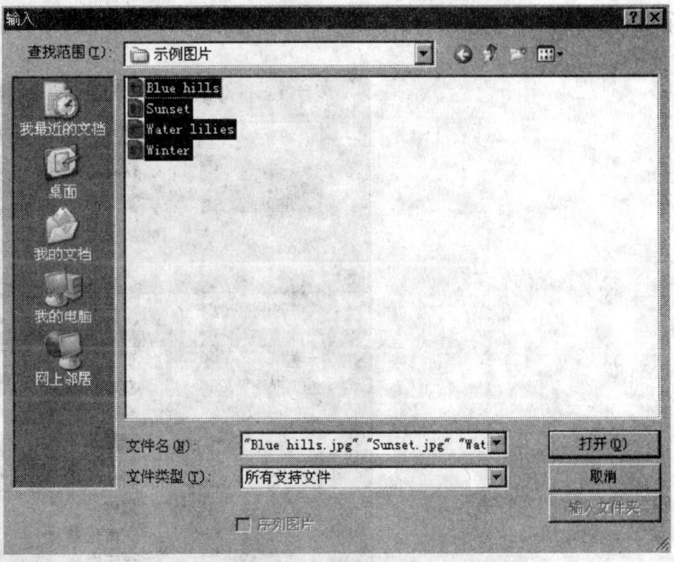

图 5-5 打开文件

(2) 双击项目窗口中空白部分也可以导入文件，如图 5-6 所示。

(3) 在项目窗口中，右击鼠标，选择输入，导入文件，如图 5-7 所示。

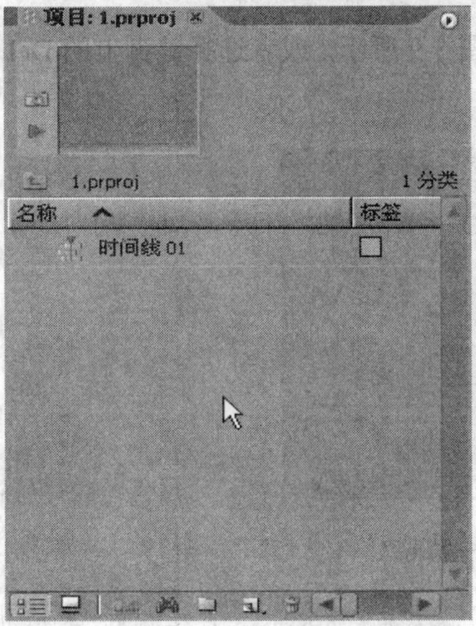

图 5-6 项目窗口

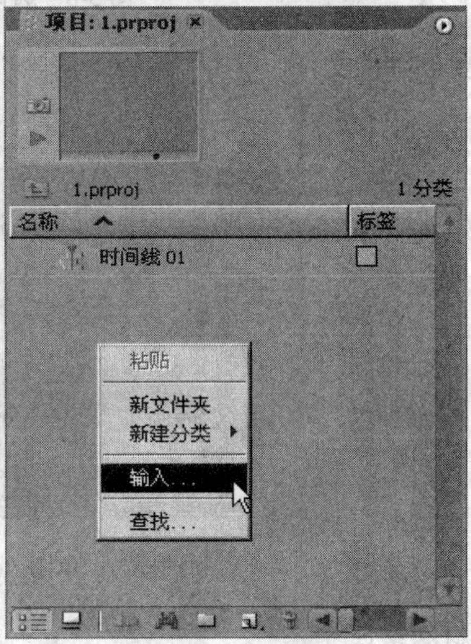

图 5-7 导入文件

(4) 在我的电脑中，打开文件夹，选择所要导入的文件，直接拖到项目窗口。

(5) 在“文件—输入最近文件”中，可以查询最近打开的文件，如有需要，可以直接选择打开。

Adobe Premiere 2.0 可以导入各种类型的视频、音频和图片文件，以及同类相关软件的工程方案文件等。

2. 素材的删除

在 Adobe Premiere 2.0 中，删除素材文件时，选择要删除的文件，右击鼠标，选择“清除”，显示如图 5-8 所示。

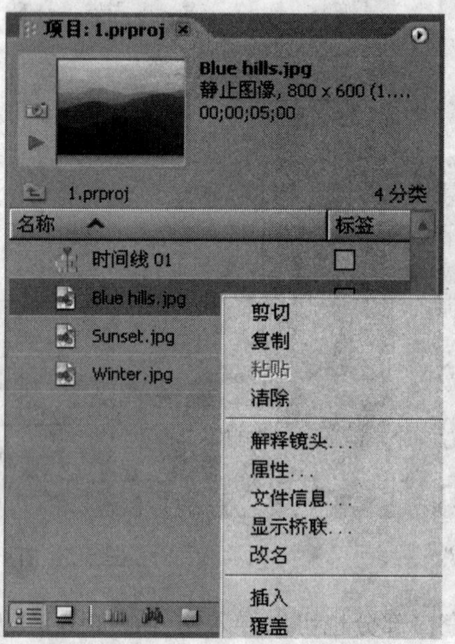

图 5-8　选择“清除”

选择要删除的文件，单击“编辑—清除”如图 5-9 所示，或者选择键盘上的 Del 键来删除文件。

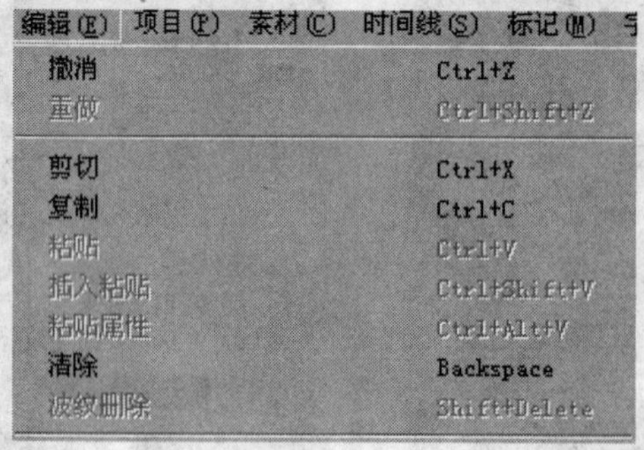

图 5-9　单击“编辑—清除”

3. 素材的整理

在项目窗口，右击鼠标，选择新文件夹，如图 5-10 所示。

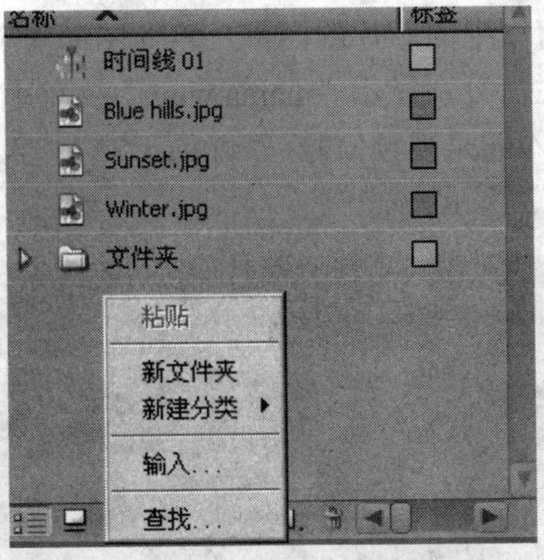

图 5-10　选择新文件夹

在新建好文件夹后，输入文件夹名，如图 5-11 所示。

图 5-11　输入文件夹名

然后将各种格式的文件拖进文件夹。

5.2.5　文件的剪裁与连接

1. 文件的剪裁

(1) 导入视频文件后，如图 5-12 所示。

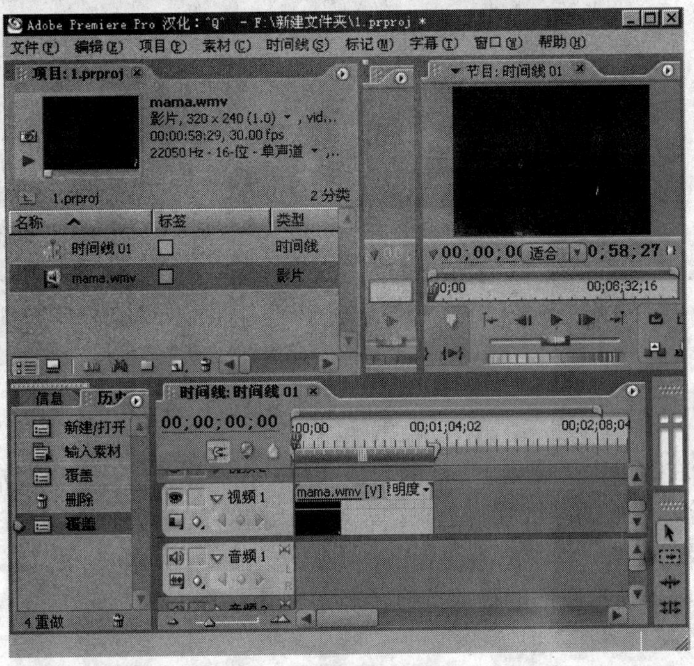

图 5-12　导入视频文件界面

(2) 将光标对准项目窗口中的影片的图标，将该图标拖至时间线窗口中的“视频 1”栏内，该栏和“音频 4”栏，分别显示“mama.wmv”文件名和绿色条，如图所显示的时间线窗口。“视频 1”栏装入的是视频信号，“音频 4”栏装入的是音频信号。绿色条的长度代表时间长度。如图 5-13 所示。

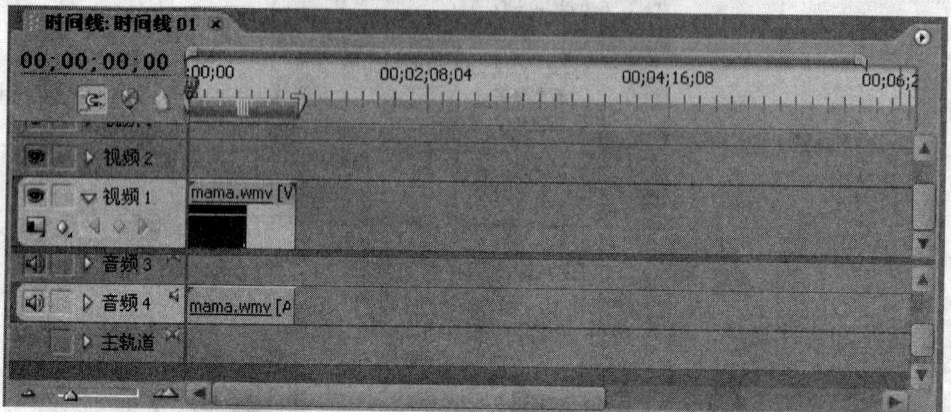

图 5-13 “音频”栏与“视频”栏

(3) 单击监视器窗口底部的播放按钮，播放视频文件，确认要剪裁的部分。

(4) 单击时间线右侧工具栏中的“剃刀工具”，如图 5-14 所示，在“视频 1”栏的绿色条上，分别单击需要剪裁的开始位置和终止位置，确定了需要剪裁的区域。该区域同时也在“音频 1”栏中显示出来，如图 5-15 所示。

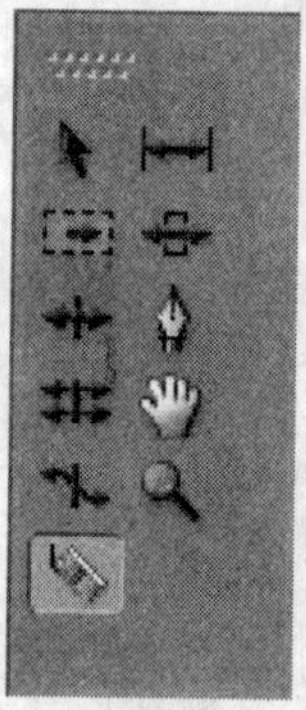

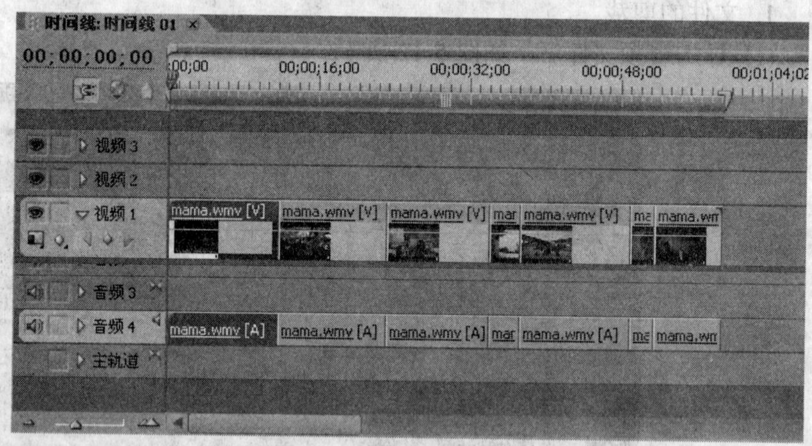

图 5-14 “剃刀工具”栏

图 5-15 剪裁区域

(5) 用鼠标右键单击“视频 1”栏的剪裁区域，在菜单中选择“波纹清除”功能，该剪裁区域被删除，后面的区域吸附上来。若选择“清除”或按 Del 键则该区域被删除，后面的区域不吸附上来。

(6) 单击监视器窗口底部的播放按钮，观察删除后的效果。

2. 文件的连接

视频影像的连接采用首尾相接的方式，可把多个视频素材连接成一个整体。具体操作步骤：

(1) 选择“文件—输入”菜单，导入第二个视频文件。项目窗口列出该文件的首画面图标和文件名。

(2) 用鼠标将新导入的文件，拖到时间线上“视频 1”栏“mama.wmv”后面，“视频 1”栏和“音频 4”栏的显示如图 5-16 所示。

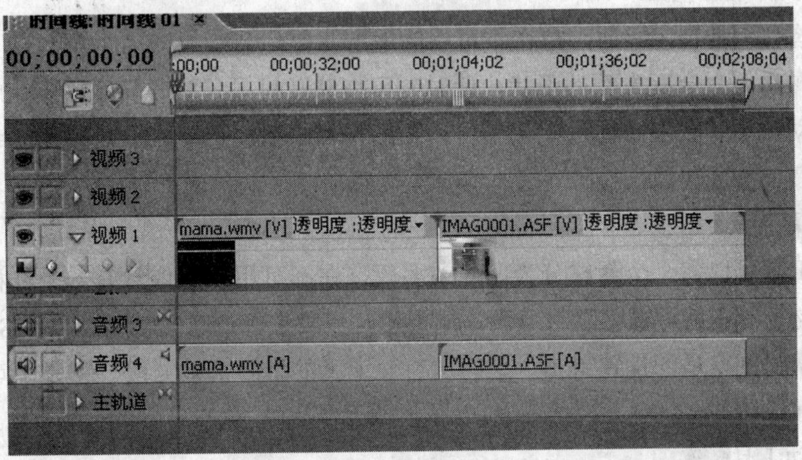

图 5-16 “视频 1”栏和“音频 4”栏

单击时间线左上角的磁铁状的“吸附”图标将一个视频靠近前一个视频，将自动吸附上去。

(3) 单击监视器窗口底部的播放按钮，观察连接效果。

如果想要把多个视频素材连接到一起，可以依次导入参与连接的视频文件，然后把各个文件的图标依次拖到“视频 1”栏中。

5.2.6 Adobe Premiere 工具栏

Adobe Premiere 2.0 中的工具栏如图 5-17 所示。

下面，我们介绍工具栏中各键的功能：

图 5-17 工具栏

1. 选择工具

可以选择素材，并且移动它。如果把其放在一个素材的后面，鼠标变成的形状时，我们可以改变素材的长度。

2. 轨道选择工具

它可以选择一个轨道的整个轨道。如果按住 Shift 键，它会变成两个箭头，可以选择多个轨道。

3. 波纹编辑工具

当选择波纹编辑工具时，放在不可用的地方，它会变成的双向箭头并出现一个红杠。当放在一个素材的最后面，鼠标会变成的形状，可以拖动素材，此时这个素材被拉伸了，而且所有的素材的总长度也发生相应的变化。

4. 旋转编辑工具

当选择旋转编辑工具时，放在不可用的地方，鼠标会变成的形状，说明该工具在这个位置不可以使用。当放在相邻的两个素材中间，在这个位置可用了，改变一个素材的长度时，另一个素材会随之增加或减少，总长度则不发生变化。

5. 比例伸展工具

当选择比例伸展工具时，放在不可用的地方，鼠标会变成的形状。当我们将鼠标放在素材后面，会变为的形状，此时变可拖动素材，只要时间线够长，就可以往下面进行拖动，使其放慢。通过该工具可以改变素材的播放速率，向后拖的越多，它播放的速率越慢，反之亦然。

6. 剃刀工具

剃刀工具可以将一个素材分为两段或多段，在不可用状态依然有一个红杠的斜线。将它在素材上单击就可以将素材分段。如果想对多段进行一起的裁切，按住 Shift 键，在任意一个素材上合适的位置单击，这时所有轨道上的素材都被分段，但是不可以对锁定的轨道进行裁切。

7. 滑动工具

通过滑动工具可以改变素材的出点和入点。在不可用状态依然有一个红杠的斜线。将鼠标放在素材上，按住鼠标通过移动改变素材的出点和入点。

8. 幻灯片工具

幻灯片工具可以改变两个相邻的素材的出点和入点。在不可用状态依然有一个红杠的斜线。将它放在两个素材中间进行拖动，如果拖动后面的素材，它不发生变化，前面的素材发生变化；如果拖动前面的素材，则两个素材都发生改变。

9. 钢笔工具

钢笔工具是在制作字幕的时候绘制路径。

10. 手动工具

在很多的制图软件中都可以看见该工具，它主要用来移动屏幕，

11. 缩放工具

用缩放工具单击某个素材，就可以进行放大。当按住 Alt 键进行单击可以对素材进行缩小。另外还可以拖出一个区域，进行区域放大。也可以通过时间线上的进行缩放。

5.2.7 转场特效制作

(1) 启动 Adobe Premiere，选择“文件—输入”菜单，导入图片素材，并将其拖入时间线中，选择左边的“特效”，如图 5-18 所示。

(2) 选择一种转场特效，拖入两图片之间，如图 5-19 所示。

(3) 点击两图片间的特效，在“特效控制”中进行设置，如图 5-20 所示。

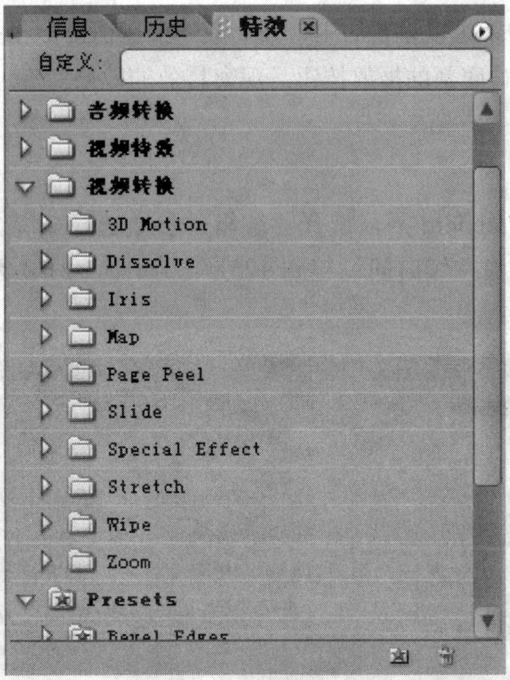

图 5-18 “特效”窗口

图 5-19 时间线

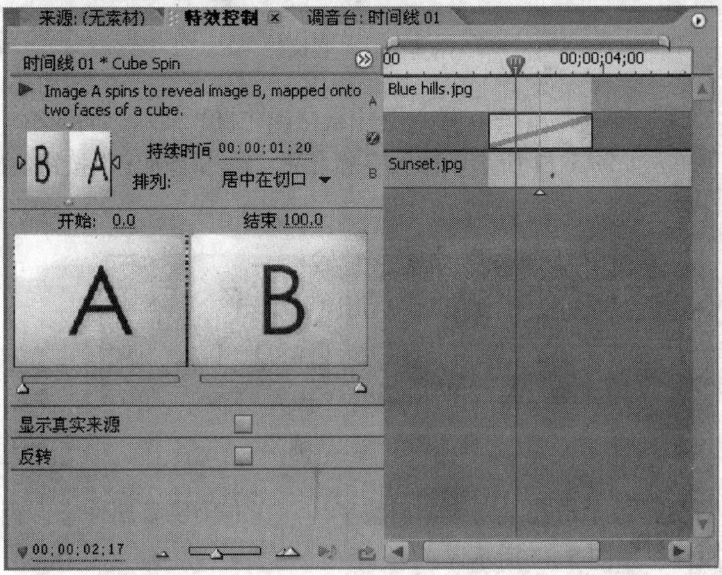

图 5-20 特效控制

在“特效控制”中，可以设置居中、开始或结束在切口，和持续时间等属性。

(4) 单击监视器窗口底部的播放按钮，观察特效的效果。

5.2.8 设计字幕

(1) 启动 Adobe Premiere 后，选择“编辑—参数选择—综合”菜单。将视频切换时间调整到 50 帧，图像持续时间调整到 125 帧。如图 5-21 所示，然后单击“确定”按钮。

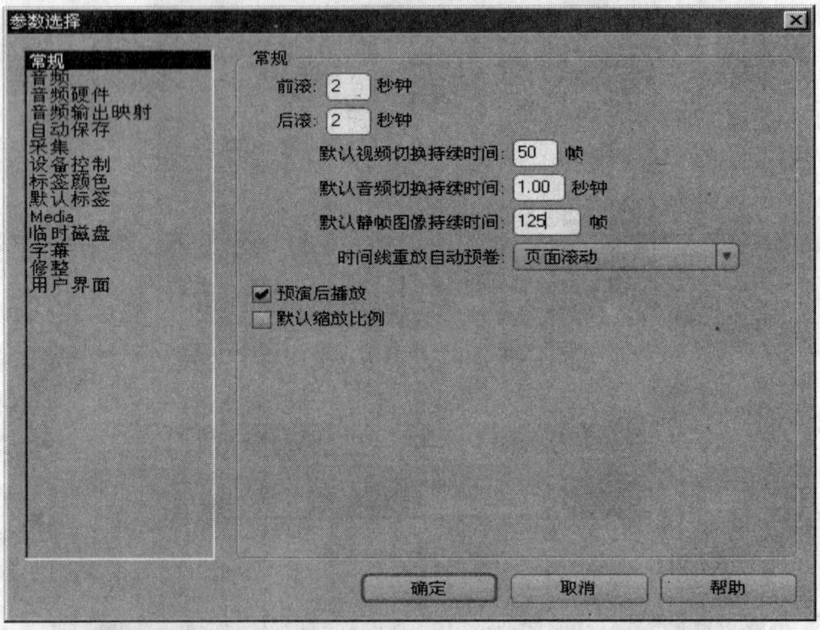

图 5-21 参数选择

(2) 选择“文件—输入”菜单，导入图片素材，并将其拖入时间线中，选择“文件—新建—字幕”菜单，如图 5-22 所示，输入字幕名称，单击“确定”按钮，显示字幕窗口，如图 5-23 所示。

图 5-22 输入字幕名称

(3) 输入“日落”，单击左上角调整字体，在右侧字幕属性中，调整字幕位置、大小和颜色等属性，如图 5-24 所示。

(4) 关闭字幕，将素材窗口中的字幕拖到时间线中的“视频 2”中，与图片对应，如图 5-25 所示。

图 5-23　字幕窗口

图 5-24　字幕属性

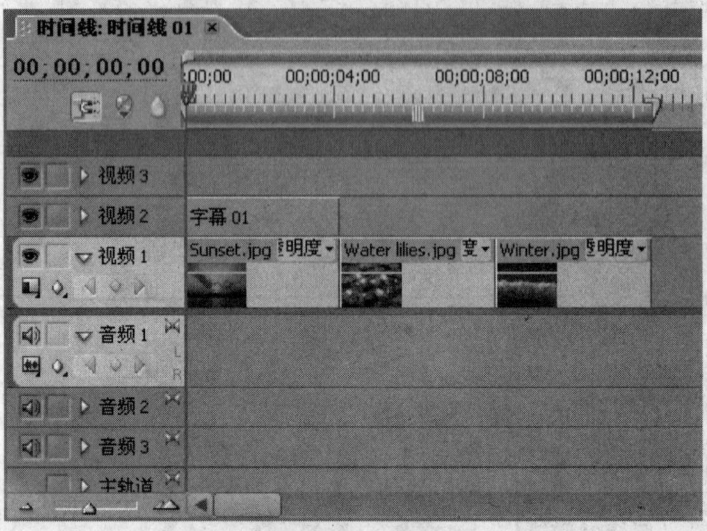

图 5-25　时间线

(5) 双击字幕，打开后单击右上角 ，新建字幕，然后将“日落”改为“莲花”，如图 5-26 所示。

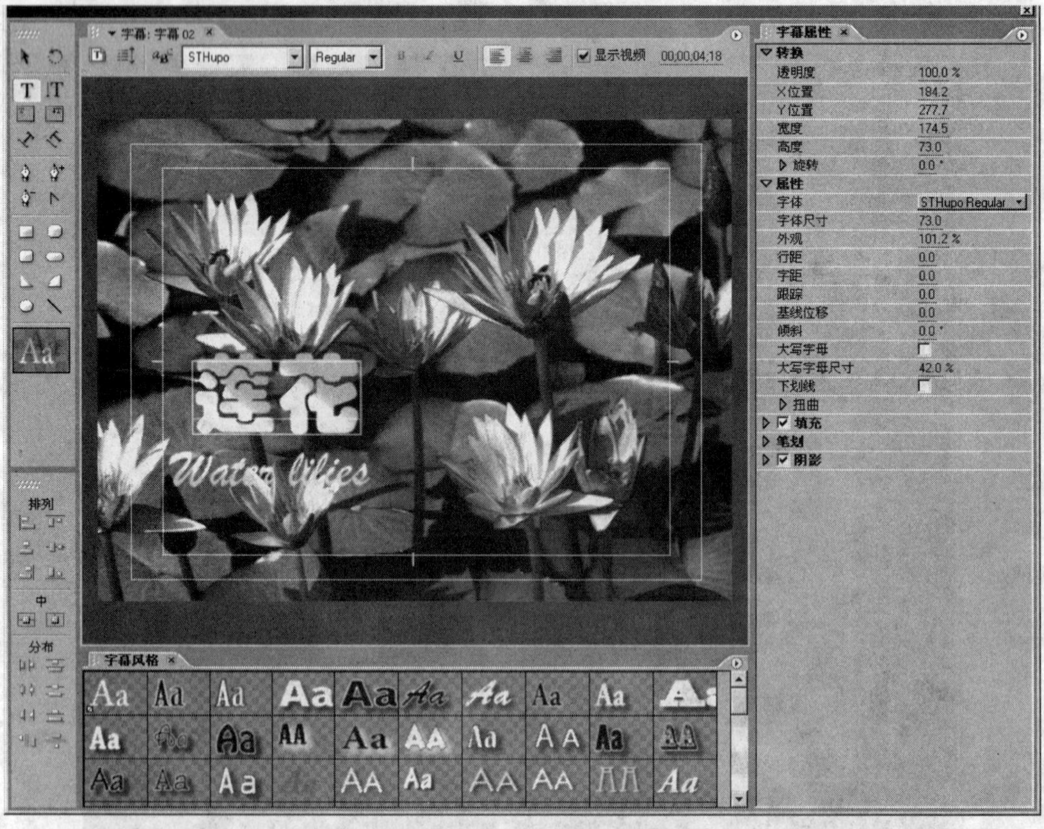

图 5-26　新建字幕

(6) 关闭字幕，将素材窗口中的字幕 02 拖到时间线中的“视频 2”中，与图片对应。按次方法，建立第三个字幕并拖到时间线上，如图 5-27 所示。

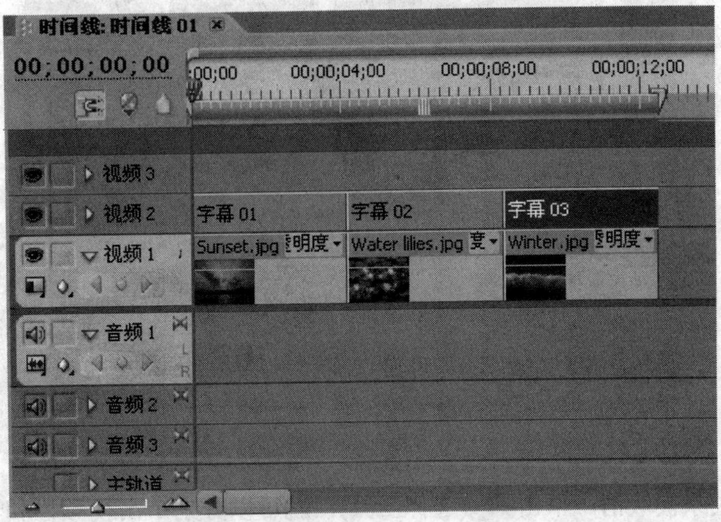

图 5-27　时间线中的“视频 2”

(7) 单击字幕，选择新建字幕，输入文字后，单击右上角按钮，可以设置字模，滚动，如图 5-28 所示。设置结束后，关闭字幕，并将此字幕拖入时间线。

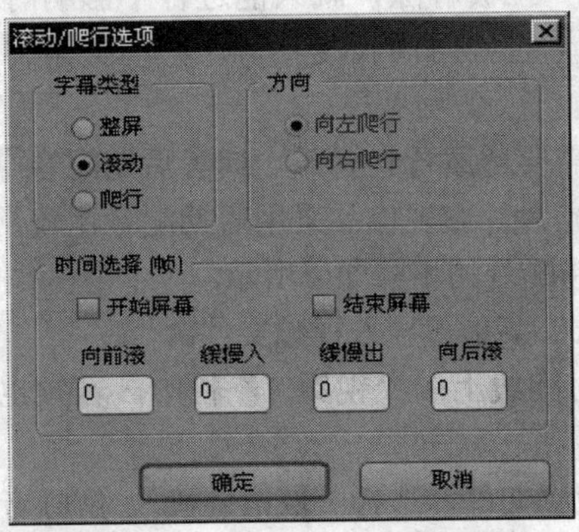

图 5-28　设置字模

(8) 单击监视器窗口底部的播放按钮，观察字幕效果。

5.2.9　视频与音频的同步

在视频剪辑操作中，视频与音频是同步的，当拖视频文件到“视频 1”栏时，“音频 4”栏也同步产生。在使用监视器窗口底部的播放按钮观察视频文件时，视频、音频也同步播放。这种同步关系根据需要，有时可以取消和建立，改变这种同步关系的操作如下。

(1) 在时间线窗口中选择要解除同步的视频文件，然后选择“素材—取消链接”菜单，或右键单击视频文件，选择“取消链接”菜单，即可取消同步关系，如图 5-29 所示。

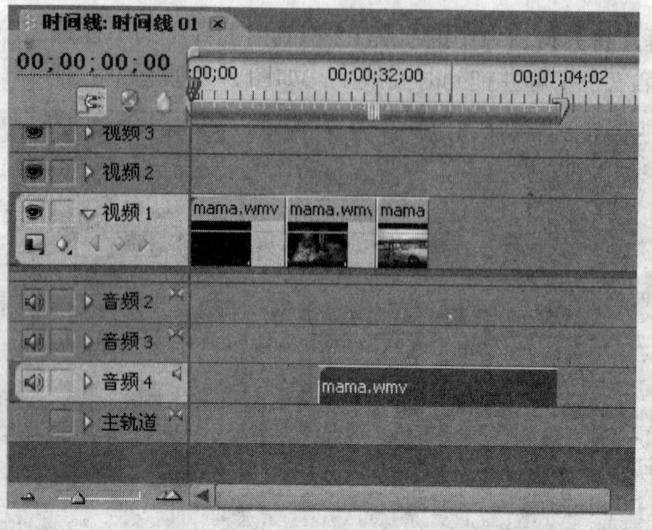

图 5-29　取消链接

(2) 同步关系被取消，单击(选择工具)，就可以分别单击视频栏和音频栏，选择被处理的对象，然后进行相应的编辑和处理。

(3) 如果再次选择“素材—链接”菜单，或右键单击视频文件，选择“链接”菜单，即可恢复同步关系。

视频、音频同步关系一旦被解除，就只能进行不影响时间长度的编辑操作，不可对任何一方进行剪裁操作，否则时间长度不等，同步关系将被破坏，声音和画面就会错位。

在制作视频影像时，需要增添背景音乐，或者后期配音。后期配音能够得到比较好的音质和效果。一般，风光片、影视作品采用后期配音比较常见，而音乐会、会议发言通常采用同期声音。为视频配音的步骤如下所示。

(1) 选择“文件—输入”菜单，导入视频文件。

(2) 将视频文件拖入时间线上的“视频 1”栏中，音频也同步地插入到“音频 1”栏中。

(3) 用鼠标右键单击视频文件，选择“取消链接”，解除音频和视频的同步关系。

(4) 用鼠标右键单击“音频 1”栏，在菜单中选择“波纹删除”功能，将音频删除。

(5) 利用音频处理软件编辑制作一段声音，时间长度与视频信息的长度相等，文件采用 WAV 格式。

(6) 选择“文件—输入”菜单，导入刚编辑好的音频文件。

(7) 将编辑好的音频文件拖到“音频 1”栏内。

(8) 单击监视器窗口底部的播放按钮，观察效果。

5.2.10　关键帧动画

(1) 启动 Adobe Premiere 后，选择“编辑—参数选择—综合”菜单。将视频切换时间调整到 50 帧，图像持续时间调整到 125 帧，如图 5-30 所示，然后点击“确定”按钮。

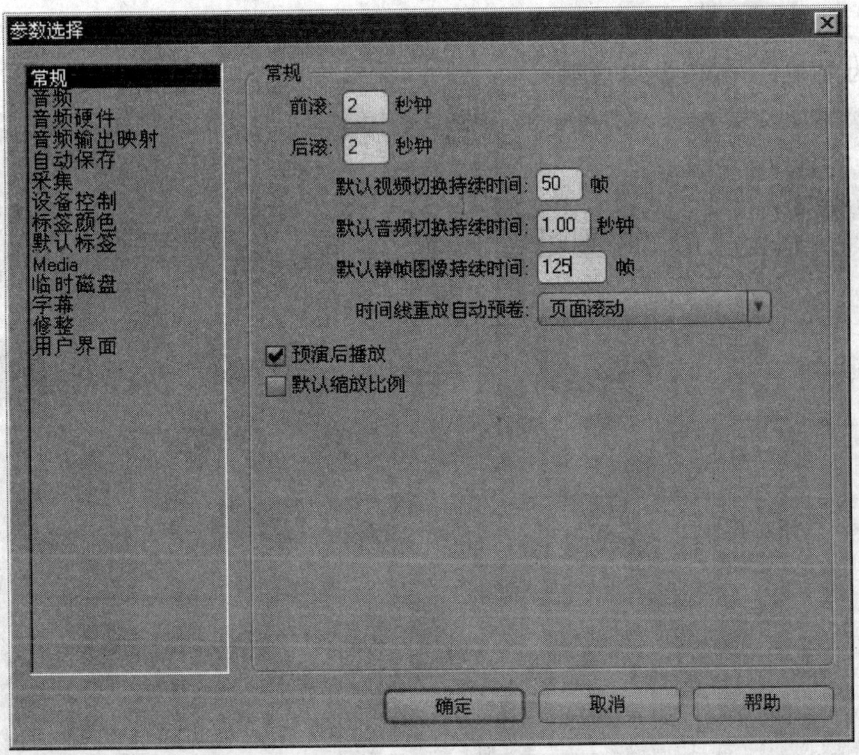

图 5-30　参数选择

(2) 选择“文件—输入”菜单，导入图片素材，将图片拖入时间线中，单击此图片，在“特效控制”面板上对其关键帧进行设置，如图 5-31 所示。

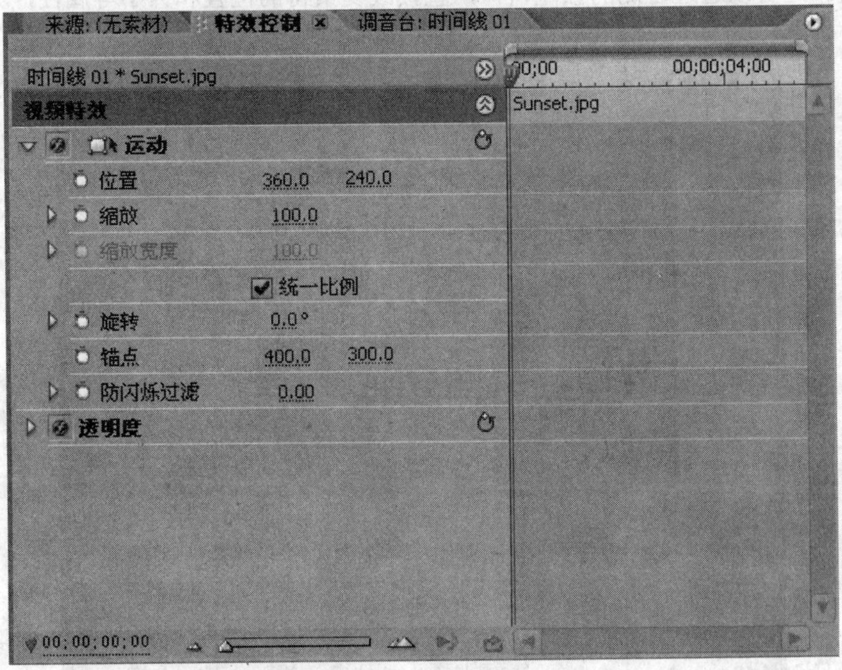

图 5-31　“特效控制”面板

(3) 通过中间的菱形按钮增加关键帧。修改位置、缩放、旋转和透明度等属性值作为关键帧，如图 5-32 所示

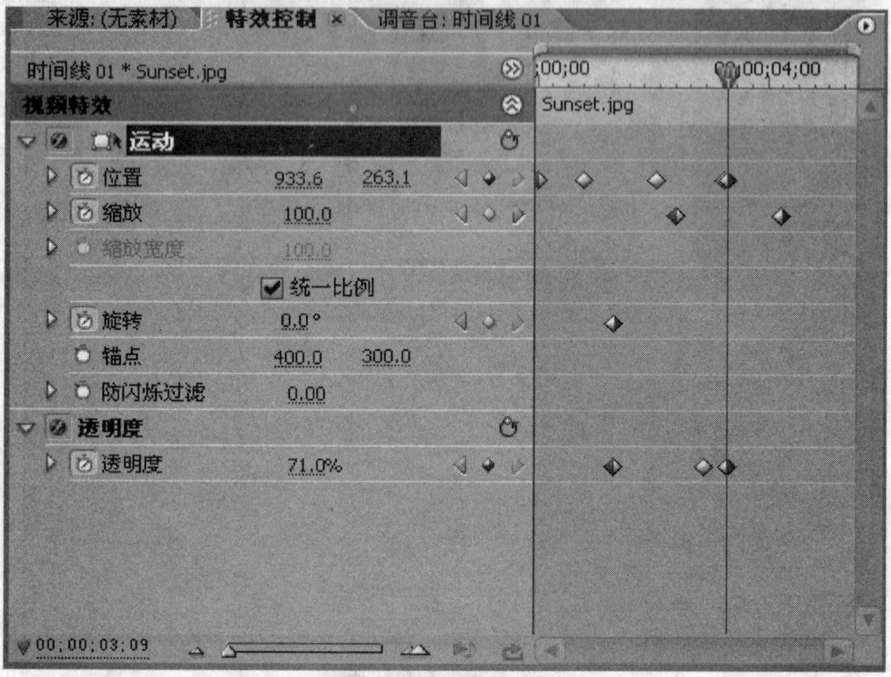

图 5-32　关键帧

(4) 对于属性值的修改，可以双击数字，改变数值。也可以按住鼠标，通过移动鼠标改变数值。还可以通过右侧的预览窗口，直接改变素材的位置和大小等属性，如图 5-33 所示。

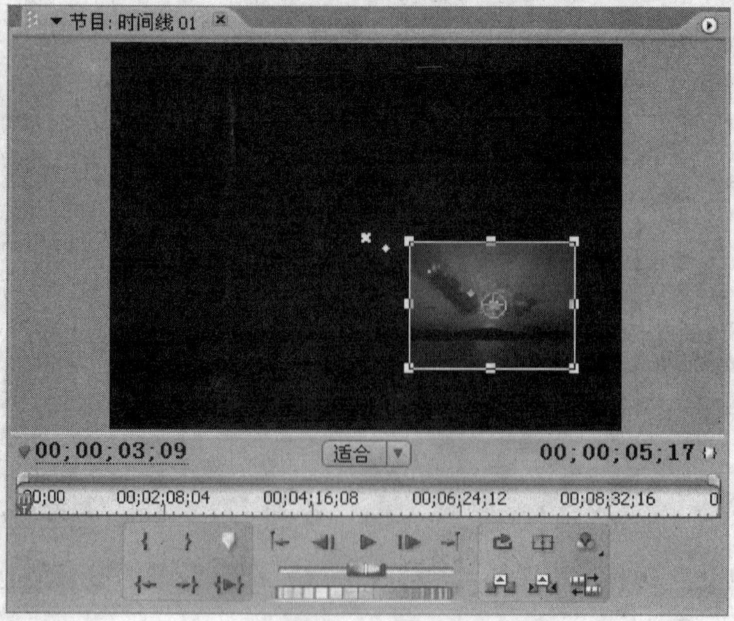

图 5-33　属性值的修改

(5) 单击监视器窗口底部的播放按钮，观察效果。

5.2.11 时间线的嵌套

(1) 在素材窗口中新建两个文件夹，分别命名为“10 帧图片”、“1 秒图片”，如图 5-34 所示。

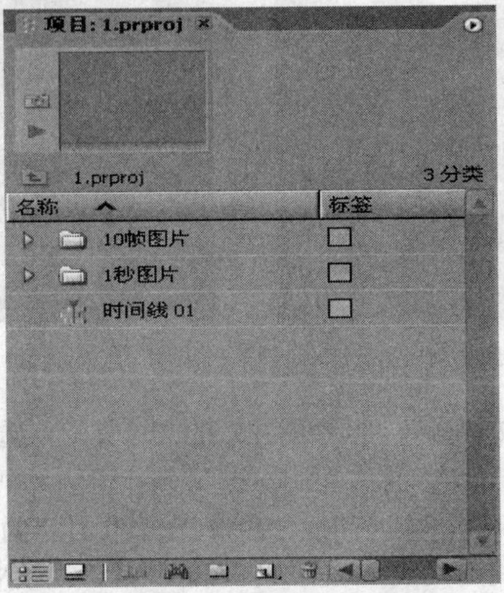

图 5-34 新建两个文件夹

(2) 双击打开“10 帧图片”文件夹，然后选择“编辑—参数选择—综合”，将静帧图像持续时间设置成 10 帧，如图 5-35 所示。

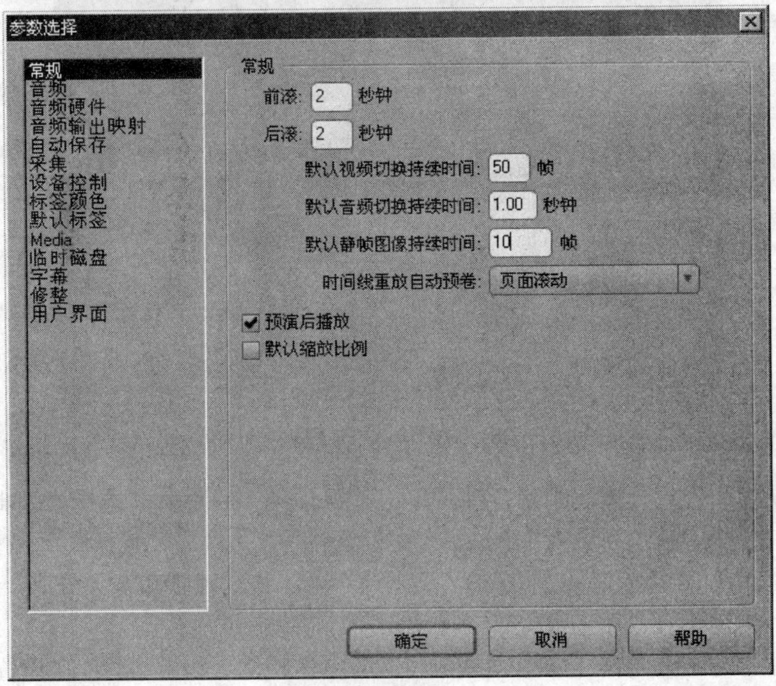

图 5-35 参数选择

(3) 单击“确定”按钮，然后导入素材文件，如图 5-36 所示。单击按钮，再次选择“编辑—参数选择—综合”，将静帧图像持续时间设置成 25 帧，接着导入素材文件，如图 5-37 所示。

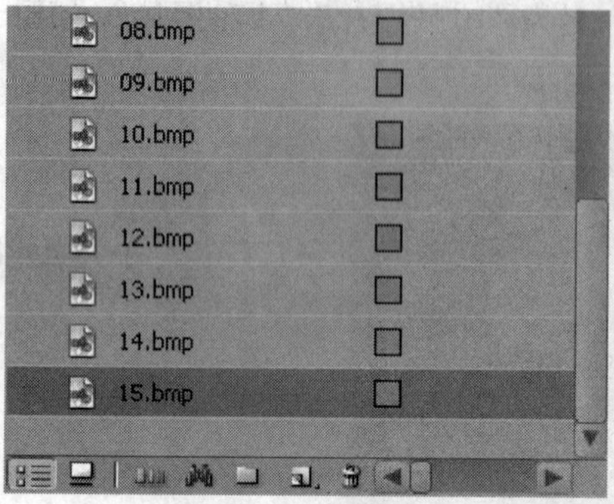

图 5-36　导入素材文件

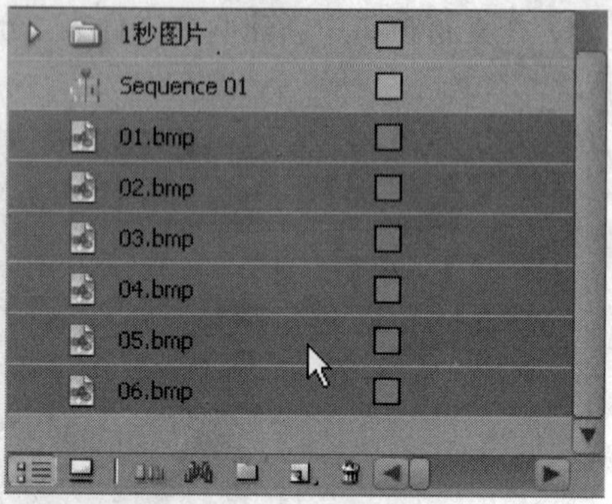

图 5-37　再次导入素材文件

(4) 将刚导入的素材文件拖入“1 秒图片”的文件夹中。选择“10 帧图片”文件夹，将其拖入时间线中。

(5) 单击按钮，新建一个时间线，并将“1 秒图片”的文件夹拖入时间线 02 中。

(6) 新建时间线 03，将时间线 01 拖入时间线 03 的“视频 1”中，如图 5-38 所示。

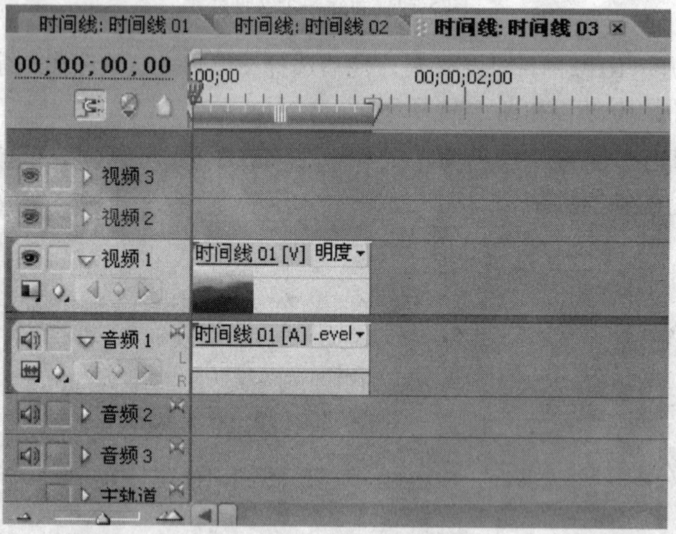

图 5-38　时间线 03 的“视频 1”

(7) 将视频和音频分离，删除音频，单击“视频 1”的素材，选择“编辑—复制”，然后粘贴到“视频 2”、“视频 3”中。

(8) 将时间线 02 拖入时间线 03 的“视频 4”中，将其视频和音频分离，删除音频，如图 5-39 所示。

(9) 选择“视频 4”的素材，在“视频特效”中调整位置和大小。依次设置“视频 1”、“视频 2”、“视频 3”中的素材的位置和大小，效果如图 5-40 所示。

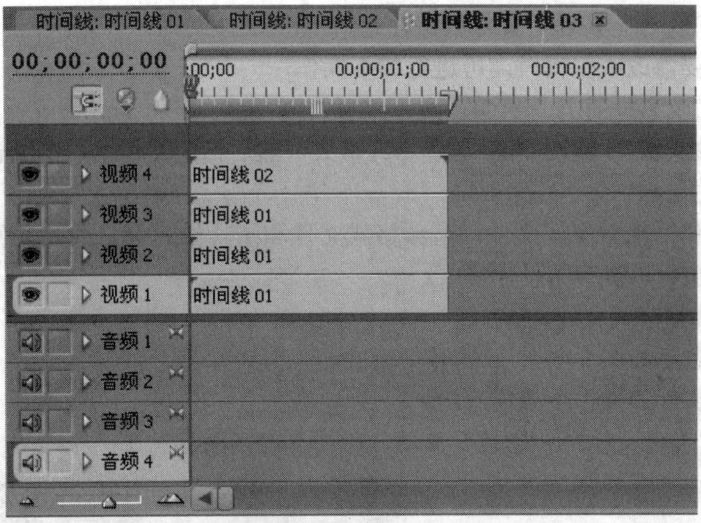

图 5-39　删除音频

图 5-40　效果

(10) 单击监视器窗口底部的播放按钮，观察效果。

5.2.12 多格式保存

制作完的视频文件可以两种形式保存。一种形式是可编辑的形式，文件的扩展名为.ppj、.prel、.prproj。另一种形式是成品文件，文件扩展名可以是多种，例如，.avi、.flc等。上述两种形式的文件都要保存输出，既方便修改，又方便使用。

1. 保存可编辑文件

(1) 选择“文件—另存为”菜单，显示保存文件窗口。在窗口中指定保存的地点，为文件命名。此时的默认格式是 ppj，该格式的文件是可编辑文件。

(2) 单击“保存”按钮，文件被保存起来。

在下次需要修改或编辑时，可进行如下操作。

(1) 选择“文件—打开”菜单，显示文件打开画面。

(2) 在“文件类型”输入框中选择 ppj 格式，然后指定文件名，打开该文件。

2. 保存成品文件

成品文件包括视频格式文件，音频格式文件和图片格式等，成品文件可以使用视频播放器播放，也可以提交给使用者。

(1) 保存视频格式文件。

视频文件包括如图 5-41 所示的若干格式。

保存视频文件的操作步骤如下：

① 选择“文件—输出—影片”菜单，如图 5-42 所示。

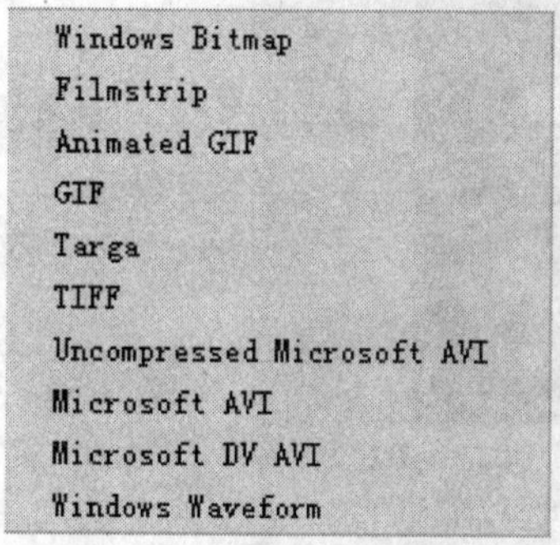

图 5-41　视频文件格式

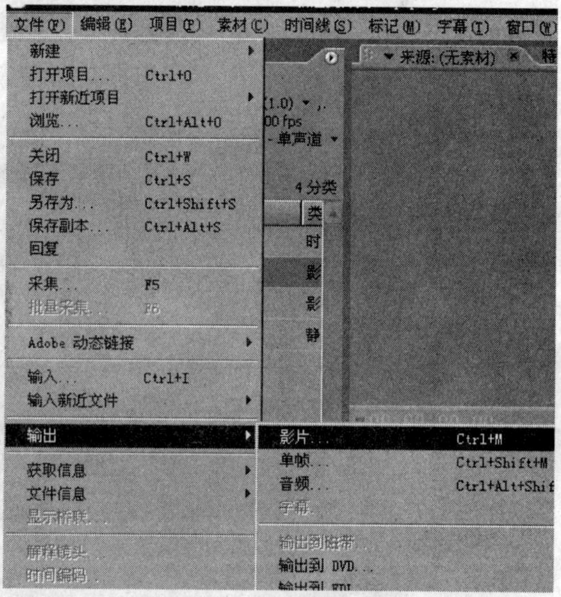

图 5-42　输出影片

随后显示“输出影片”的窗口。

② 在该窗口中，单击“设置”按钮，随后显示“输出影片设置”的窗口，如图 5-43 所示。

③ 在文件类型、范围框中，可以单击下拉菜单，在清单中选择需要的文件格式。

④ 希望设置画面尺寸，压缩方式以及其他各项参数，在“输出影片设置”窗口左侧的选择框，从中选择“视频”、“关键帧和渲染”和“音频”，设置相关的参数。

⑤ 设置结束后，单击“确定”按钮。随后显示“输出影片”的画面，指定路径和文件名，单击“保存”按钮。

此时，视频文件便按指定路径保存好了。在保存时，如果设置画面比较大，或是音频的采样频率很高，保存的时间就会比较长，而且数据量也比较大。

(2) 保存音频格式文件。

音频文件可以保存为如图 5-44 所示的若干格式。

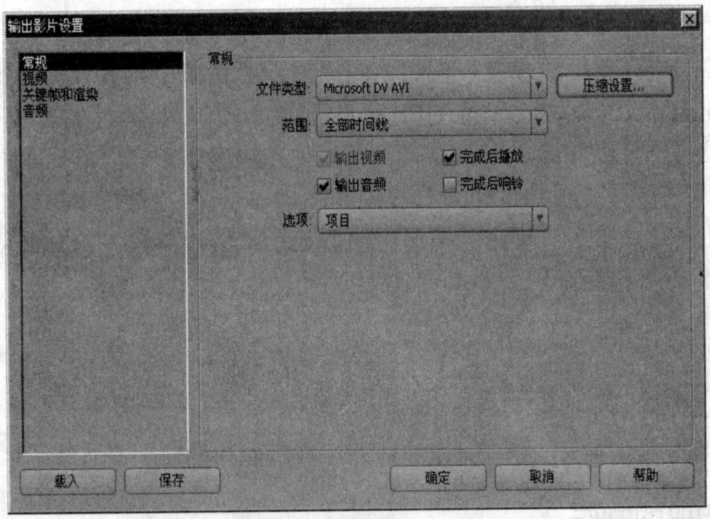

图 5-43　输出影片设置

保存音频文件的操作步骤如下：

① 选择“文件—输出—音频”菜单，随后显示“输出视频”的窗口。

Microsoft AVI
Windows Waveform

图 5-44　音频文件格式

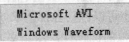

② 在该窗口中，单击“设置”按钮，随后显示“输出音频设置”的窗口，常规画面与视频输入相似。

③ 选择“音频”选项，可以设置压缩模式、采样速率和声道等各项参数，如图 5-45 所示。

④ 设置结束后，单击“确定”按钮。随后显示“输出音频”的画面，指定路径和文件名，单击“保存”按钮。此时音频文件被保存起来。

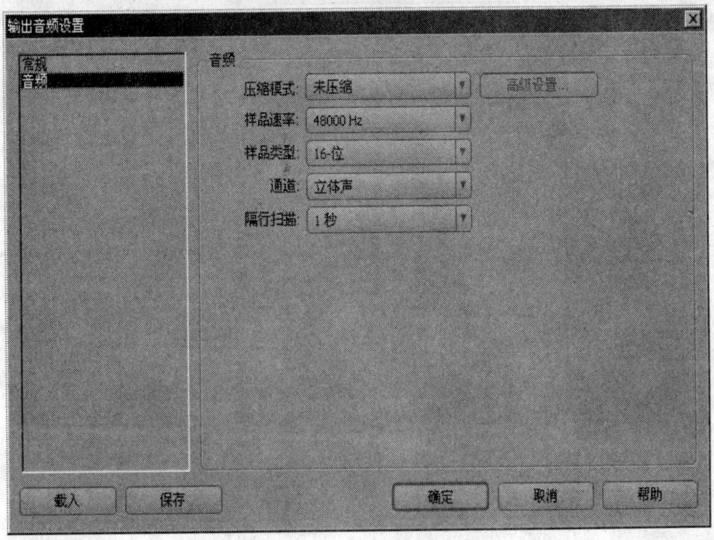

图 5-45　“音频”选项

(3) 保存图片格式文件。

有时为了取用视频中的某个画面，需要把视频的某个帧的画面单独保存，操作步骤如下：

① 选择“文件—输出—单帧”菜单，显示“输出单帧”窗口。

② 在该窗口中，单击“设置”按钮，随后显示“输出单帧设置”的窗口，文件类型有 Windows Bitmap、GIF、Targa 和 TIFF 可供选择。

③ 希望设置屏幕纵横比，压缩方式以及其他各项参数，在“输出单帧设置”窗口左侧的选择框，从中选择“视频”和“关键帧和渲染”，设置相关的参数。

④ 设置结束后，单击“确定”按钮。随后显示“输出单帧”的画面，指定路径和文件名，单击“保存”按钮。随后该画面便形成一个图片格式的文件。

5.3 综合实例

本节通过两个实际制作的例子，详细地介绍视频制作的每一个步骤，并介绍一些方法。

5.3.1 电子相册的制作

电子相册可以在电脑上观赏的区别于静止图片的特殊文档，其内容不局限于摄影照片，也可以包括各种艺术创作图片。Adobe Premiere 可以让你的电子相册具有传统相册无法比拟的优越性：图、文、声、像并茂的表现手法，随意修改编辑的功能，快速的检索方式，永不褪色的恒久保存特性，以及廉价复制分发的优越手段。下面介绍用 Adobe Premiere 制作电子相册的具体步骤：

(1) 启动 Adobe Premiere 后，建立一名称为“电子相册”的工程。选择“编辑—参数选择—综合”菜单。将视频切换持续时间调整到 50 帧，静帧图像持续时间调整到 125 帧。选择“文件—输入”菜单，单击“打开”按钮，导入整个文件夹，如图 5-46 所示。

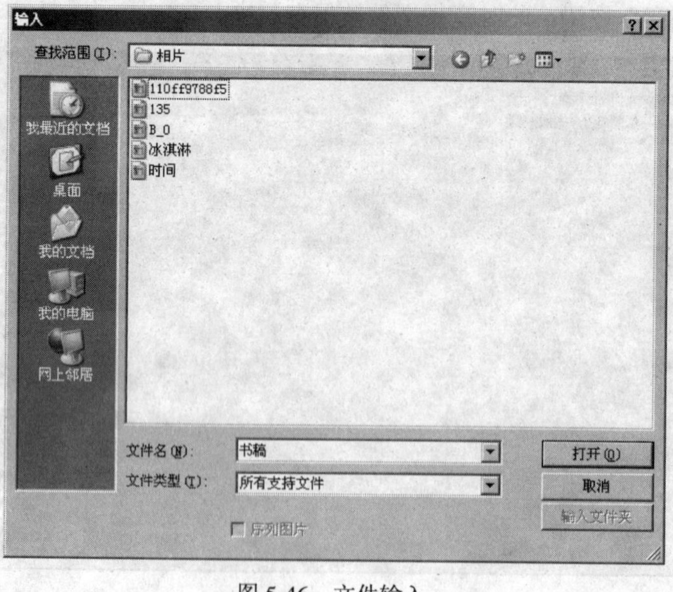

图 5-46 文件输入

(2) 将“时间线 01”的名称，改为“图片”，选择“Color Matle”菜单，建立一个白色的遮罩，如图 5-47 所示。

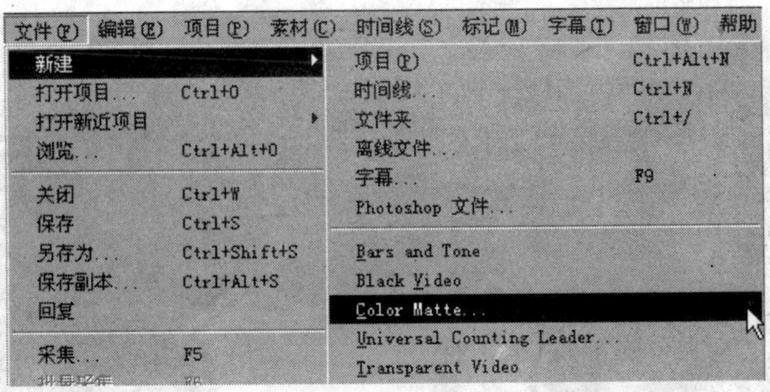

图 5-47　建立一个白色的遮罩

选择白色，单击“OK”按钮，再命名为“白色”，如图 5-48 所示，并将其拖入时间线的“视频 1”中。

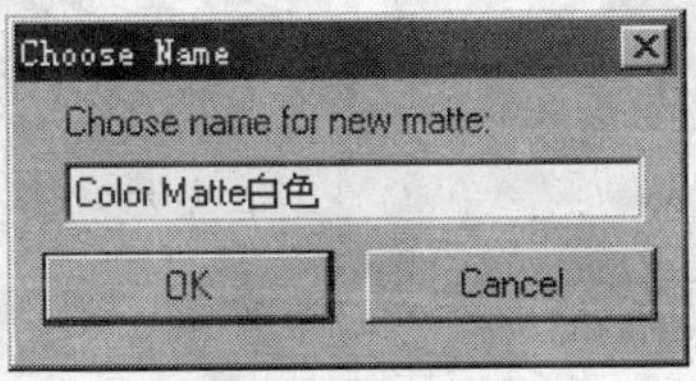

图 5-48　命名

(3) 新建一个字幕，命名为“封面”，选择“字幕—模板” 菜单，打开模板，如图 5-49 所示。

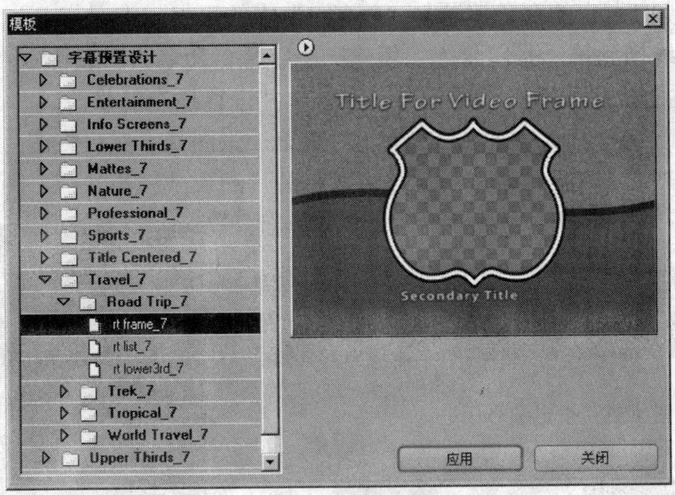

图 5-49　字幕—模板

选择一个模板，单击“应用”按钮，运用到当前字幕中。

(4) 在“字幕属性”中，对位置、大小进行修改，然后点击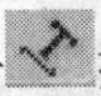按钮选择路径文字工具，在窗口中建立“我的相册”四个文字。如图 5-50 所示。

(5) 在当前字幕的基础上新建一个字幕，命名为“封底”。将“我的相册”改为“END”，设置完毕后将字幕关闭。

(6) 从素材窗口将“封面”拖如“视频 2”轨道中，并将图片拖入“视频 2”中的“封

图 5-50　建立文字

面”之后，再将“封底”拖到图片之后。点击时间线左上角按钮，在每张图片之间设定编号标记，如图 5-51 所示。

(7) 将“视频 1”中的白色遮罩与“视频 2”中的素材出点对齐，如图 5-52 所示。

(8) 将时间线拖到第一张图片上，新建一个字幕，命名为“装饰 01”，打开字模模板窗口，选择合适的模板，将其运用到当前字幕中并进行适当的修改。

(9) 将“装饰 01”拖入“视频 3”中，对其第一张图片，然后将图片和字幕模板尺寸缩小，如图 5-53 所示，调节到 80%。并将所有图片的尺寸缩小。

图 5-51　设定编号标记

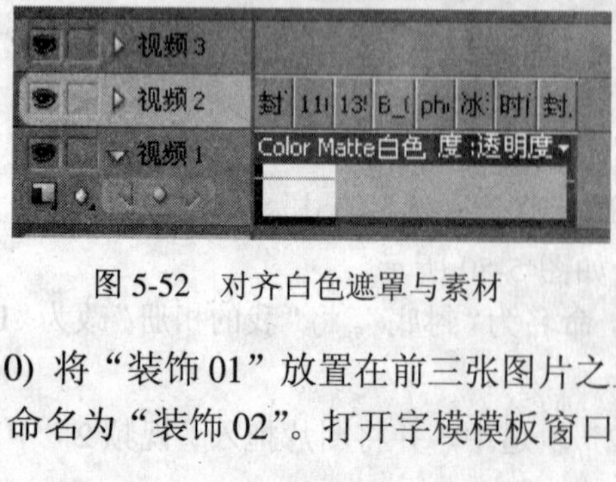

图 5-52　对齐白色遮罩与素材

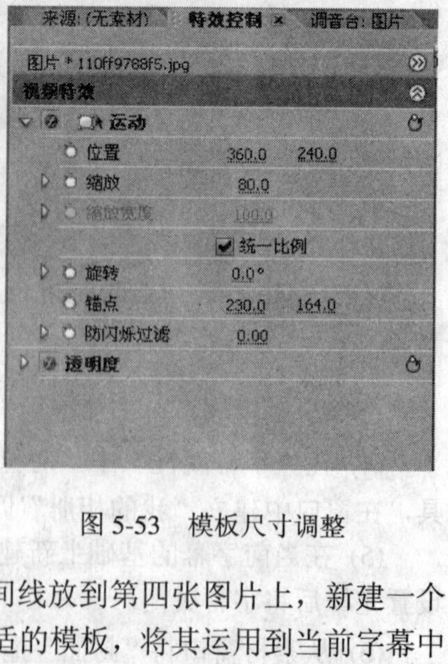

图 5-53　模板尺寸调整

(10) 将“装饰 01”放置在前三张图片之上，将时间线放到第四张图片上，新建一个字幕，命名为“装饰 02”。打开字模模板窗口，选择合适的模板，将其运用到当前字幕中并进行适当的修改。将“装饰 02”放置在第四个至第六个图像上方，并将其尺寸缩小，如图 5-54 所示。

(11) 新建一个时间线，命名为“翻动相册”，并将时间线“图片”拖入“翻动相册”的“视频 1”轨道中。将其视音频分离，并删除其音频部分。复制“视频 1”中的图片，将其复制到“视频 2”、“视频 3”中，锁定“视频 2”轨道。将“视频 1”、“视频 3”中的素材按标记点的位置将其分割。

(12) 解除“视频 2”的锁定，将其入点移至第 7 秒，将“视频 3”轨道的素材入点移至第五秒。

(13) 选择“视频 1”中的第一段素材，为其填加一个变换效果，如图 5-55 所示。

对此效果进行适当设置，如图 5-56 所示

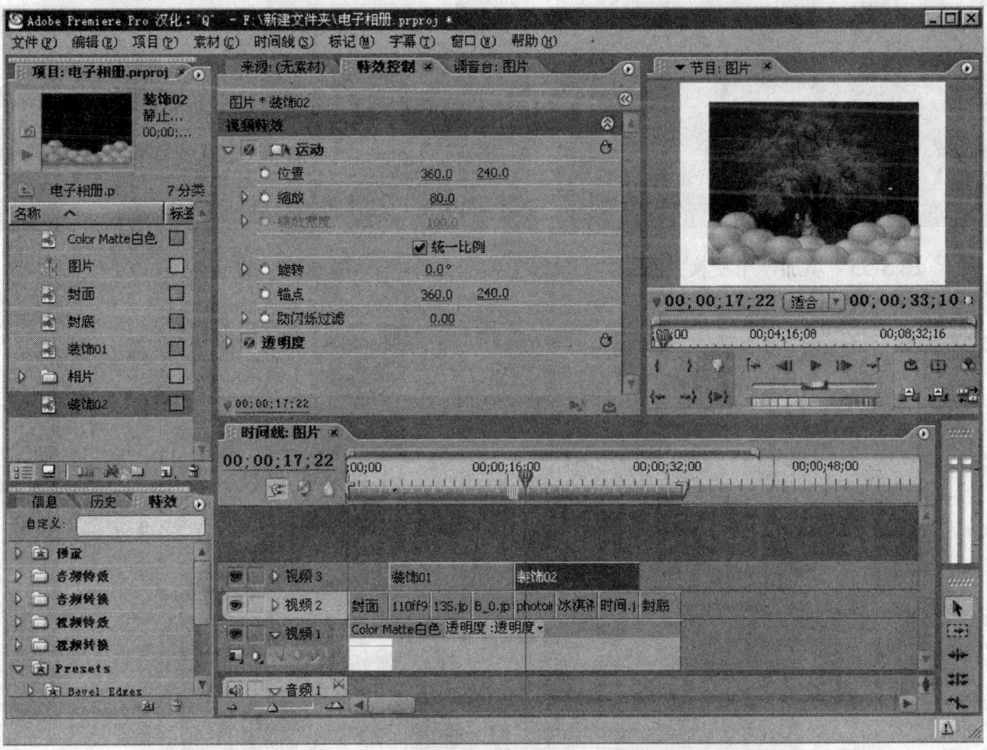

图 5-54　制作装饰字幕

再填加一个摄像机视图效果，如图 5-57 所示。

点击“特效控制”窗口中按钮，进行适当的设置，如图 5-58 所示。

然后选中这两个效果复制，然后粘贴到“视频 1”轨道中其他的素材上和“视频 2”轨道中和“视频 3”轨道上的第一张素材上。

(14) 在“视频 3”中第一张图片上设置摄像机视图的动画效果，如图 5-59 所示。

再选择“视频 2”的素材，修改其摄像机视图的设置，如图 5-60 所示。

选择“视频 3”中第一张图片上的效果，复制到“视频 3”中其他素材上。

(15) 保存好后，单击监视器窗口底部的播放按钮，观察效果。一个自己的电子相册就做好了。

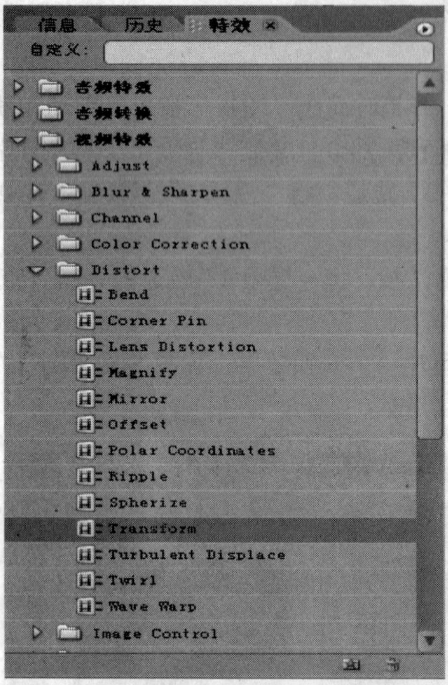

图 5-55　填加一个变换效果

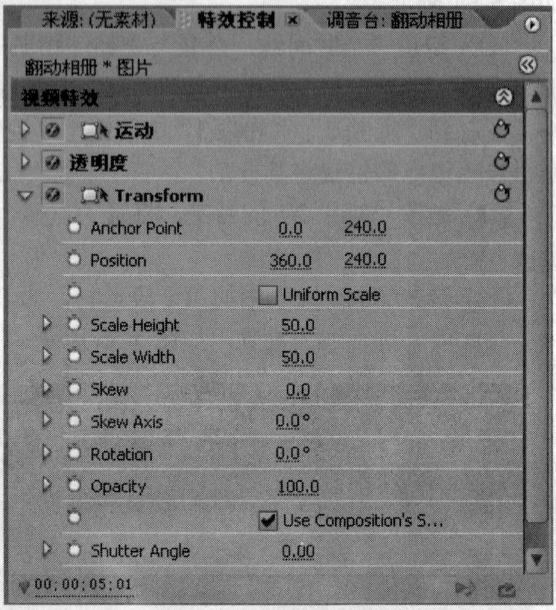

图 5-56　设置效果

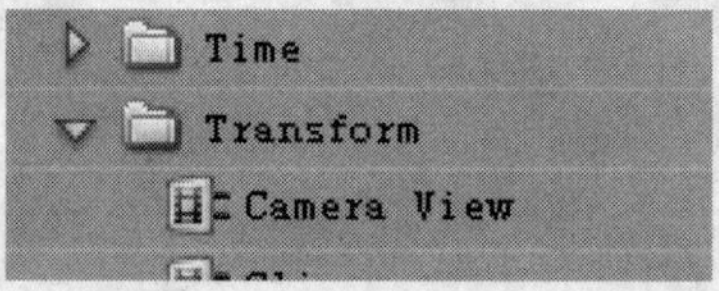

图 5-57　摄像机视图效果

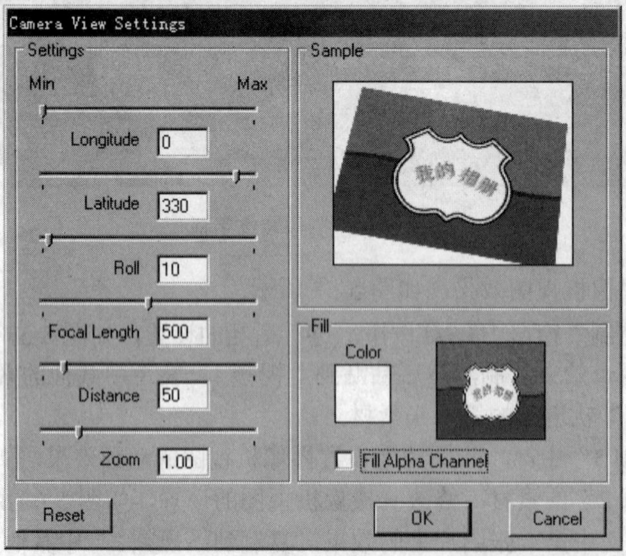

图 5-58　特效控制

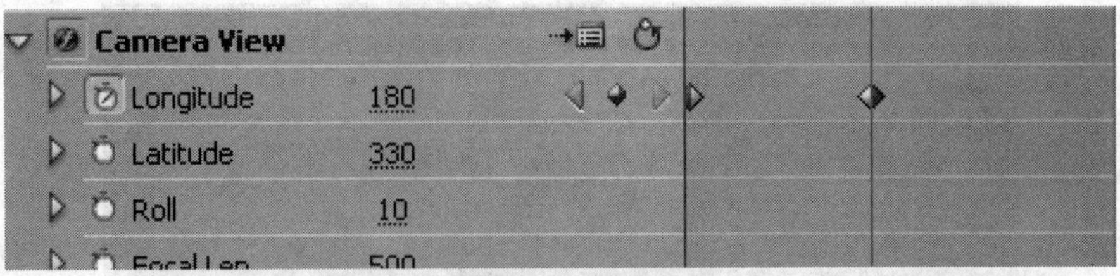

图 5-59　设置摄像机视图的动画效果

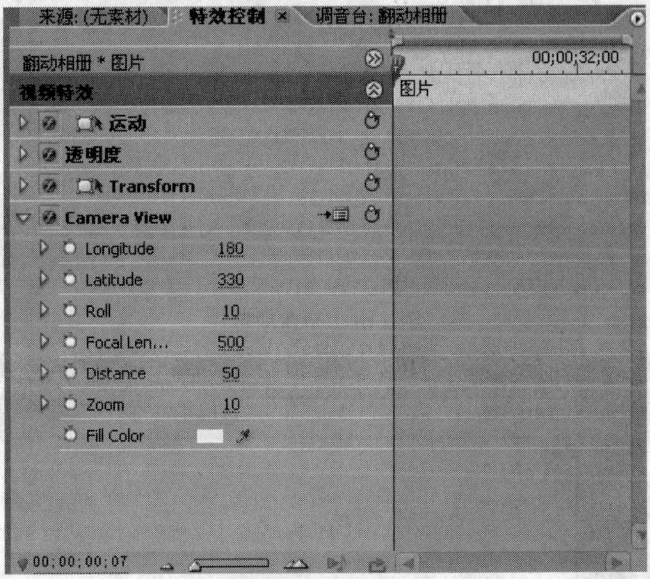

图 5-60　摄像机视图的设置

5.3.2　制作一个 MTV

随着多媒体时代的到来，影像文件也越来越多，现在，我们使用 Adobe Premiere 就可以制作一个有“声”有“色”的影像，可以自己亲手制作一个自己的 MTV，下面我们就介绍制作自己的 MTV 的具体步骤：

(1) 准备素材。

可以使用摄像头，通过摄像头自带的程序或 Windows 自带的一个摄像软件或去网上下载一个视频摄像软件，把它录制上保存起来即可。

(2) 启动 Adobe Premiere 后，新建一名称为“MTV”的项目，选择一个保存位置，然后单击“确定”按钮，如图 5-61 所示，然后进入了编辑界面。

(3) 双击项目窗口导入素材，制作一个 MTV 需要，导入一个音频文件，也就是要制作的歌曲。一个段好的视频，和一张图片，如图 5-62 所示。

(4) 一个 MTV 要有自己的标题，选择“文件—新建—字幕”，新建一个字幕，打开字幕窗口，在窗口输入歌曲标题。然后保存。

(5) 再新建一个字幕，然后选择“字幕—模板”，可根据自己的喜好，选择模板，如图 5-63 所示。

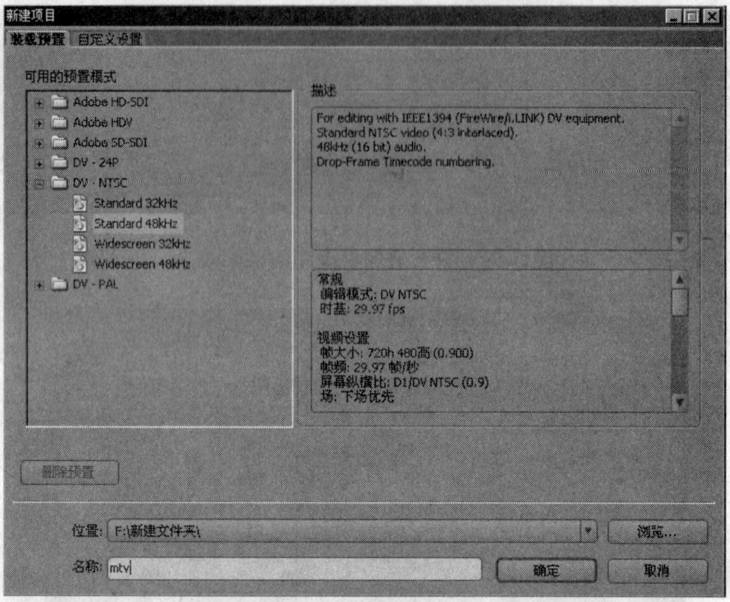

图 5-61　新建项目

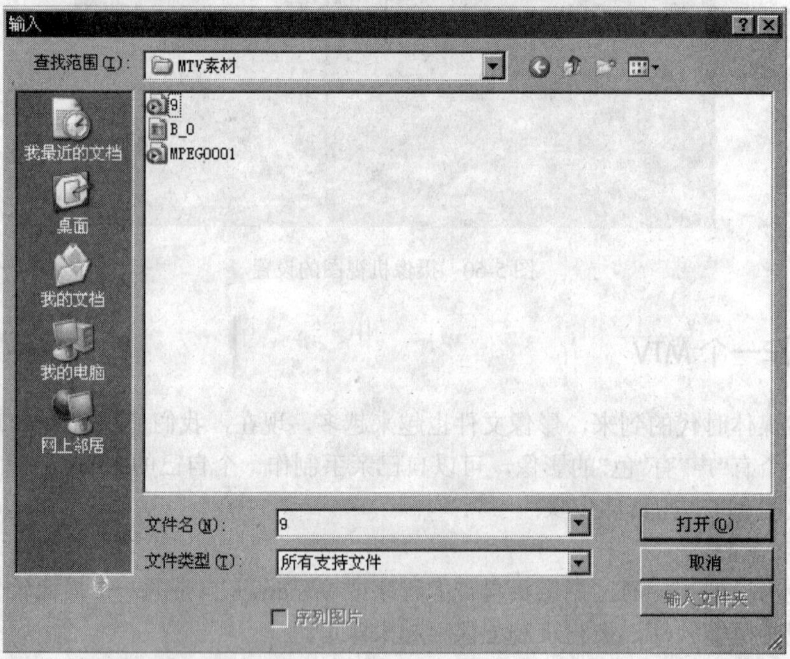

图 5-62　导入素材

(6) 将标题文字修改，如图 5-64 所示。

然后保存。

(7) 把项目窗口中的图片拖到“视频 1”，如图 5-65 所示。

将第一个字模标题拖动到“视频 2”轨道中，在“特效窗口”对字幕的大小和位置做调整，制作好的效果如图 5-66 所示。

(8) 将作为背景的图片拉大点，然后将第二个字幕，拖到“视频 2”轨道的“字幕 01”

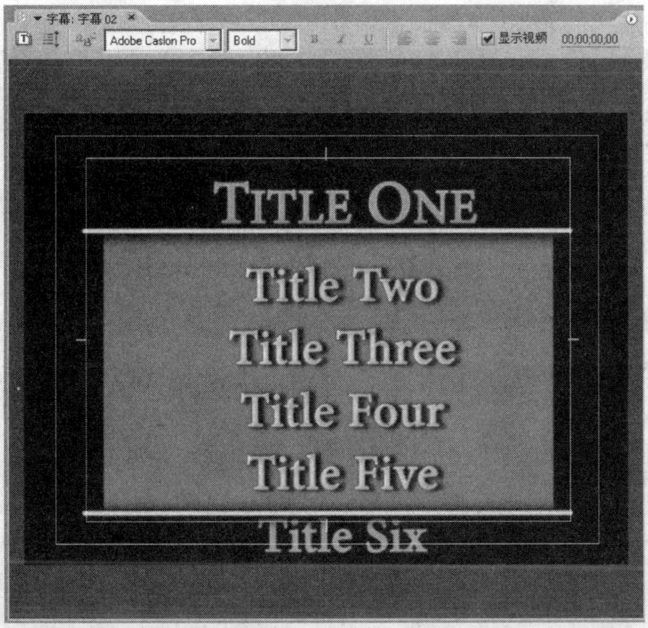

图 5-63　新建一个字幕模板

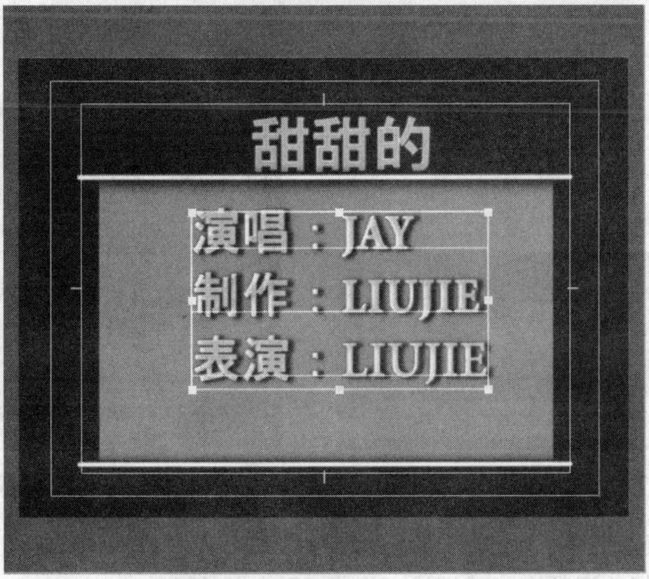

图 5-64　标题文字修改

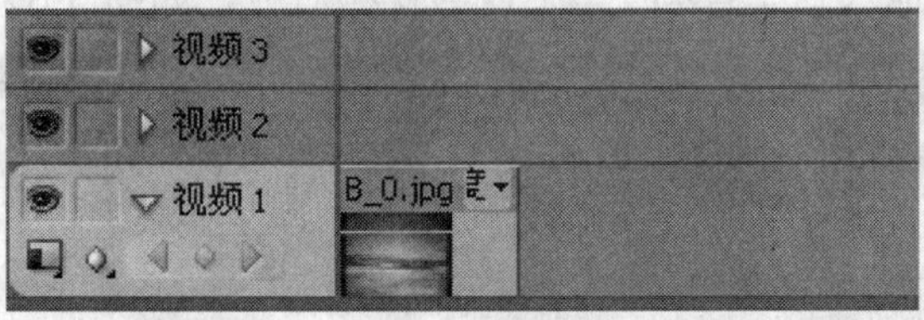

图 5-65　时间线

后，如图 5-67 所示。

图 5-66　字幕效果

然后将时间线拖到“字幕 02”上，观察字幕的位置和大小，并进行调整，效果如图 5-68 所示。

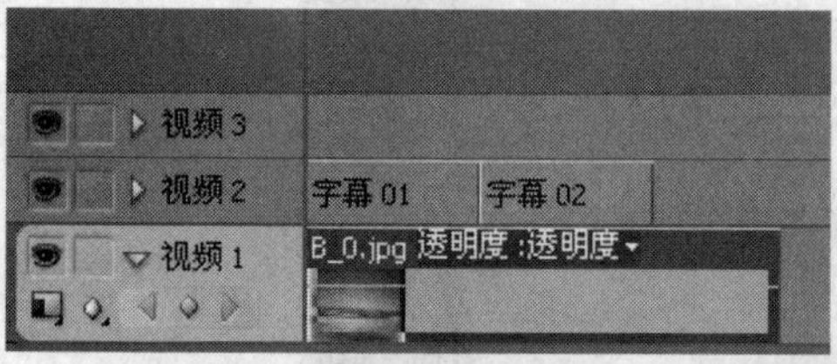

图 5-67　背景的图片

图 5-68　字幕效果

(9) 将“视频 2”与“视频 1”的初点对齐。

(10) 将录制好的视频拖入时间线“视频 1”中图片后。

(11) 将“视频 1”中的视频和声音分离，然后删除音频部分。

(12) 将歌曲素材拖入到“音频 1”中，与视频对应，如图 5-69 所示。

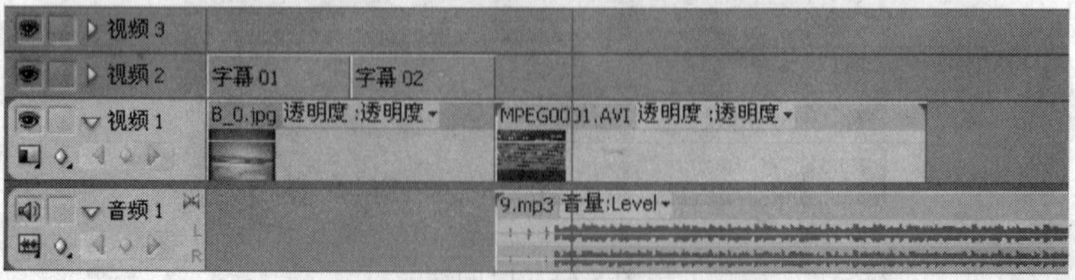

图 5-69　音、视频对应

(13) 点击第一个字幕，在“特效控制”中的“运动”的第一个位置填加关键帧，然后将字幕调至最上方。在合适的位置增加关键帧将字幕调至画面中间，停留一会，在最后填加一个帧，将字幕调至最下方。这样就为标题做了一个从上至下的效果，如图 5-70 所示。

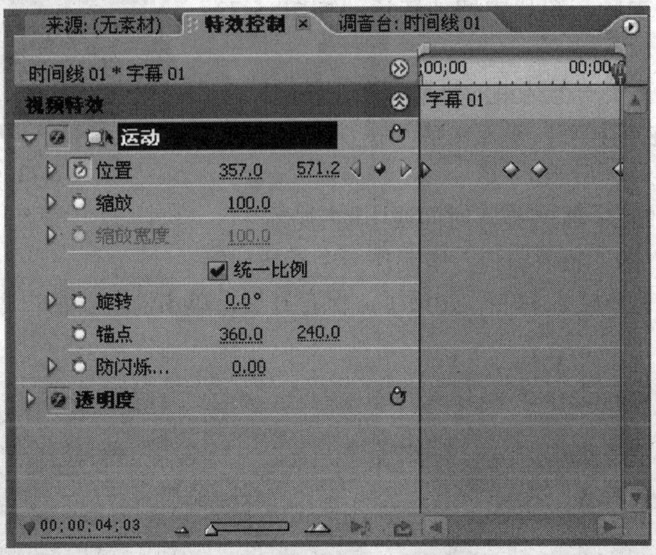

图 5-70 制做从上至下的效果

(14) 在两个字幕之间增加转场特效。在“特效”窗口，选择合适的特效拖入“视频2”轨道的两字幕中间。

(15) 选中“字幕 2”为其填加一个离场，在“特效控制”窗口，在“运动—位置”中在最后位置设置一个帧，然后在往前一点设置一个关键帧，选中最后一个关键帧然后让它离场，如图 5-71 所示。

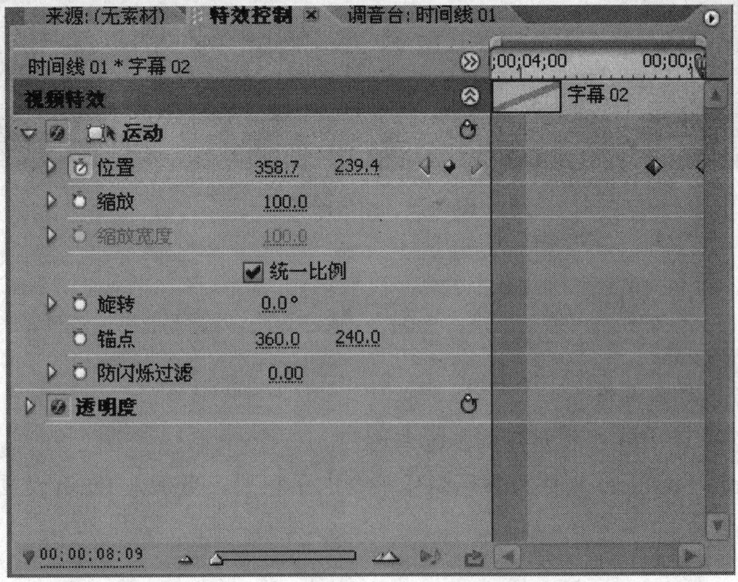

图 5-71 制作离场

(16) 在“视频 1”中的两格外素材之间设置转场效果。

(17) 在“视频 1”的最后拖入一张图片进来，调整图片长短，在视频与图片中增加转场。如图 5-72 所示。

(18) 最后还需要一个结束的字幕文字，新建一个字幕，然后使用它的模板，输入文字“END”，调整字体和大小，如图 5-73 所示。

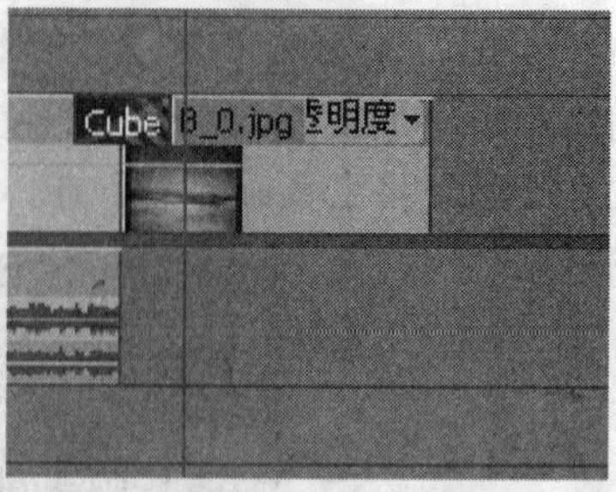

图 5-72　增加转场

(19) 将结束的“字幕 3”拖入时间线中的“视频 2”。然后在“字幕 3”的“特效窗口”中制作一个离场。

(20) 这样一首 MTV 就制作完成了，保存好后，单击监视器窗口底部的播放按钮，观察效果。

图 5-73　结束的字幕

习　题

1. 请简述计算机视频的概念。
2. 请简要介绍一下 MPEG 视频压缩标准与编码。
3. 请利用 Adobe Premiere 软件为自己制作一个电子相册，可加入 Flash 动画。

第6章　音频处理技术

学习内容

本章主要介绍了数字音频的概念、音频处理等基础知识，以及视频处理软件GoldWave的使用。

学习要求

了解：数字音频处理技术的概念。

掌握：GoldWave的使用方法。

声音是人类进行交流，认识自然的主要媒体形式，它主要通过语言、自然声和音乐表现。PC机由早期的无声到后来可以通过扬声器发出一点音效，到现在多媒体技术的音频处理已经到达一个成熟的阶段。音频信号是多媒体技术常用的形式，本章我们简要介绍数字音频的基本概念，然后从采样和编码两方面介绍数字音频信号的处理，最后介绍数字音频处理软件的使用。

6.1 音频基础

声音是人们用来传递信息最方便和熟悉的方式。在多媒体系统中，声音是指人耳可以识别的音频信息。音频的处理包括声音的制作、声音的编辑和声音融入等。声音是多媒体技术的重要特征之一，是由振动的波所组成，是随时间连续变化的物理量。其有三个重要的指标：振幅、周期和频率。振幅是波的高低幅度，表示声音的强弱；周期是两个相邻波之间的时间长度；频率是每秒振动的次数，通常以赫兹(Hz)为单位。

6.1.1 数字音频的概念

1. 声音的特点

(1) 声音的可听域。

人的耳朵所感觉到的空气分子的振动就是声音，声音是通过声源(实际声就是一个振动源)使周围的介质产生振动而传播的。

从人耳的听觉角度看，人耳能听到的声音是有限的。声音按频率可划分为：次声、可听声和超声。人耳的可听域在20Hz到20 000Hz之间，频率低于20Hz的声音叫做“次声”，高于20 000Hz的声音叫做“超声”，次声和超声人耳是听不到的。

频率是每秒钟内波峰的数目或周期数量(单位是 Hz)，它与周期互为倒数，频率的范围也叫做“频域”或者“频带”。频率快的声音高，反之，频率慢的声音低，不同声源的频带宽度差异很大，频带越宽表现力越好。表6-1列出了不同类型声源的频带宽度。

表 6-1 不同类型声源的频带宽度

声音的类型	频带宽度		声音的类型	频带宽度	
	下限频率/Hz	上限频率/kHz		下限频率/Hz	上限频率/kHz
男性语音	100	9	男性语音	100	9
女性语音	150	10	女性语音	150	10
电话语音	200	3.4	电话语音	200	3.4
调幅广播	50	7	调幅广播	50	7
调频广播	20	15	调频广播	20	15
带宽音响	10	40	带宽音响	10	40

(2) 声音的要素。

声音的三要素是指音强、音调和音色。

音调即声音的高低，不同的音源具有自己特定的音调。音调由声波振动的频率决定，频率越高，音调越高，反之亦然。因此在使用音频处理软件对声音的频率进行调整时，也可以明显感觉到音调也随之变化。音强即声音的强度，又称做响度，由声波振动的幅度决定。常说的音量也是指音强，音强与振幅的大小和强弱成正比，振幅越大，强度越大。音色是由混入基音的泛音所决定的，高次谐波越丰富，音色就越有明亮感和穿透力。不同的谐波具有不同的幅值和相位偏移，由次产生各种音色效果。声音分为纯音和复音，振幅和周期均为常数的声音称为纯音，语音、乐声和自然界中大部分声音一般都不是纯音，而是由不同振幅和不同频率混合的一种复音。复音中最低频率的声音称为“基音”，是决定声音音调的基本因素，通常为常数。复音中其他频率称为“谐音”，也称作“泛音”。基音和谐音组合起来决定了声音的音色。

音质即声音的质量，也是声音的要素。音质是声音聆听效果的好坏，其与声音的频率范围有关，频率越宽，音质越高。影响音质的因素还有很多，对于音频信号，音质的好坏与采样频率和数据量有关。采样频率低，数据量少的音质就比较差。而噪声信号强的声音就比噪声信号弱的声音音质差。音质还与还原设备有关，扬声器的质量可以直接影响重放的音质。

(3) 声音的方向。

声音以振动波的形式从声源向四周传播，人类在辨别声源位置时，首先依靠声音到达左、右两耳的微小时间差和强度差异进行辨别，然后经过大脑综合分析而判断出声音来自何方。

从声源直接到达人类听觉器官的声音叫“直达声”，直达声的方向辨别最容易。但是，在现实生活中，森林、建筑、各种地貌和景物存在于我们周围，声音从声源发出后，须经过多次反射才能被人们听到，这就是“反射声”。

就理论而言，反射声在很大程度上影响了方向的准确辨别。但令人惊讶的是，这种反射声不会使人类丧失方向感，在这里起关键作用的是人类大脑综合分析能力。经过大脑的分析，不仅可以辨别声音的来源，还能丰富声音的层次，感觉声音的厚度和空间效果。

(4) 声音的频谱。

声音的频谱有线形频谱和连续频谱之分。线形频谱是具有周期性的单一频率声波；连续频谱是具有非周期性的带有一定频带所有频率分量的声波。纯粹的单一频率的声波只能在专门的设备中创造出来，声音效果单调而乏味。自然界中的声音几乎全部属于非周期性声波，该声波具有广泛的频率分量，听起来声音饱满、音色多样且具有生气。

(5) 声音的数字化。

对人类而言，声音是自然界中一切可听到的振动波，为了用计算机表示和处理声音，必须把声音进行数字化，即：用数字表示声波。数字化了的声音叫做“数字音频信号”，它除了包含有自然界中所有的声音之外，还具有经过计算机处理的独特的音色和特质，这些是自然界所没有的。

2. 数字音频文件的种类

(1) 波形音频文件。

波形音频是多媒体计算机获得声音最直接、最简便的方式。在这种方式中，通常以话筒、立体声录音机或 CD 激光唱盘等作为信号的输入源，声卡对输入声音进行数字化转换后将数据存储起来，在基本保持声音质量不变的情况下尽可能地获得更小的文件。

Wave 文件是由 Microsoft 公司开发的一种标准数字音频文件，其扩展名是“.wav”。.Wave 文件被 Windows 平台及其应用程序所广泛支持，是 PC 机上最为流行的声音文件格式。其特点是：声音层次丰富、还原性好，表现力强，，如果使用高的采样频率，其音质会比较好。但 Wave 文件所产生的文件数据量太大，其数据量与采样频率、数据表示位数和声道数目成正比。不适合长时间记录，多用于存储简短的声音片段。

(2) MIDI 音频文件。

所谓 MIDI 是乐器数字接口(Musical Instrument Digital Interface)的英文缩写。它是一种计算机数字音乐接口生成的数字描述音频文件，扩展名是“.mid”。它不像. Wave 文件那样直接存储声音本身的波形数据，而是只存储一些指令和数据。指令与数据用来描述演奏乐曲所用的乐器、音调、时间等参数。与.wav 格式相比，同一首乐曲以 MIDI 形式存储所占的存储数据量非常小，这是 MIDI 的一个最突出的优点。

(3) 压缩音频文件。

在数字音频领域，MP3 格式的压缩数字音频文件很流行。由于该格式文件采用 MPEG 数据压缩技术。这里的 MPEG 音频文件格式指的是 MPEG 标准中的音频部分，即 MPEG 音频层(MPEG Audio Layer)。MPEG 音频文件的压缩是一种有损压缩，我们现在使用最多的的 MP3 文件是其中的第 3 层，其压缩率为 12∶1，也就是说 1 分钟的 CD 音质的音乐，原始数据量有 10MB 左右，而经过 MP3 压缩编码后只有 1MB 左右，同时音质基本保持不变。

3. 数字音频的数据量。

数字音频的声音质量好坏，取决于采样频率的高低、表示声音的基本数据位数和声道形式。通常声音系统可能有多个通道，声音通道的个数表明声音记录是只产生一个波形(单声道)，还是产生两个波形(立体声双声道)或是更多。立体声听起来要比单声道的声音丰满且有一定空间感，但需要两倍的存储空间。音质越好，音频文件的数据量越大。如果不压缩，声音的数据量表示为：

数据两=(采样频率×数据位数×声道数)÷8(字节/秒)

例如，CD 质量的参数为：采样频率=44.1kHz,数据位数=16bit，声道数=2，则每秒的数据量为：

数据量=(44100Hz×16bit×2)÷8=176KB

如果以此 CD 记录一首 5min(300s)的乐曲，其数据量约为 52.8MB，其数据量很大，为了节省存储空间，通常在保证基本音质的前提下，可以采用稍低一些的采样频率。一般而言，在要求不高的场合，人的语音采用 11.025kHz 的采样频率、8bit、单声道已经足够了。如果是乐曲，22.05kHz 的采样频率、8bit、立体声形式已经可以满足一般播放场合的需要。

6.1.2 音频数据的采样

1. 采样基本原理

声音采样的作用是把自然界中的模拟量声音转换成计算机能够处理的数字化声音，该过程称为“模数(A/D)转换”。

(1) 数字采样。

声音采样的基本原理，首先输入模拟信号，然后按照固定的时间间隔截取该信号的振幅值，每个波形周期内截取两次，以取得正、负向的振幅值。该振幅值采用若干位二进制数表示，从而将模拟声音信号变成数字音频信号。模拟声音信号是连续变化的振动波，而数字音频信号则是离散信号。

截取模拟声音信号振幅值的过程叫做“采样”，得到的振幅值叫做“采样值”，采样值用二进制数的形式表示，该表示形式叫做“量化编码”。

(2) 采样频率。

在一定时间的时间间隔内采集的样本数叫做“采样频率”。采样频率越高，在一定的时间间隔内采集的样本数越多，音质就越好。当然，采集的样本数量越多，数字化声音的数据量也越大。如果为了减少数据量而过分降低采样频率，音频信号增加了失真，音质就会变得很差。一般而言，音频数据的采样频率是还原模拟声音频率的两倍。

(3) 声道数。

声道数是声音通道的个数，指一次采样的声音波形个数。单声道一次采样一个声音波形，波形。双声道被人们称为“立体声”，一次采样两个声音波形。双声道比单声道多一倍的数据量，多声道的数据量更大。

2. 声音文件的采样

声音文件的获取就是为音频的编辑进行素材积累的阶段，获得声音文件的途径很多，可以自己亲自录制或是从 CD 唱盘获得，也可以从网上下载。其中声音的录制是多媒体制作中的一项基本技巧。

Windows 自带的录音机(sound recorder)，是一种简单实用的音频获取工具，同时也可以对声音进行简单的编辑,其窗口如图 6-1 所示。

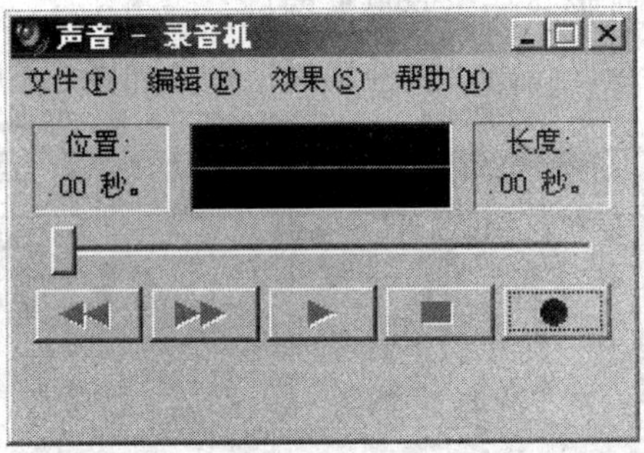

图 6-1 Windows 的录音机

这次我们以从 CD 唱盘中截取录制一段时间约为 20 秒的音乐为例，并将它保存成.wav 的文件格式，具体操作方法如下。

1. 配置录音设备

打开“编辑”菜单，选择“声音属性”选项，即弹出“声音属性”的对话框，如图 6-2 所示。

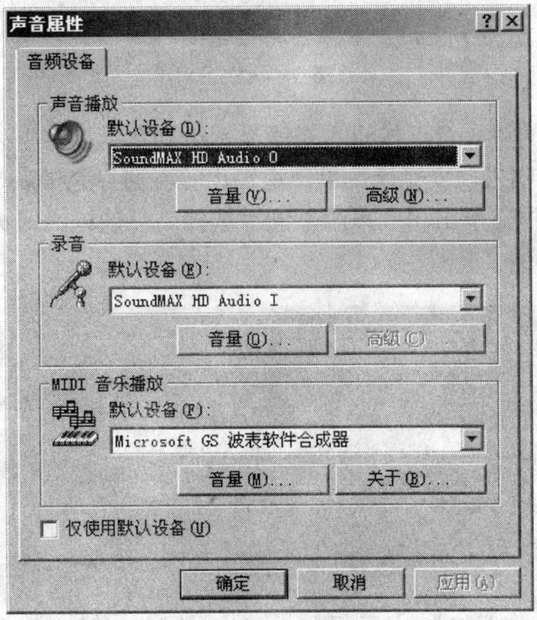

图 6-2 声音属性

如果我们要改变录音设备，就单击“默认设备”的下拉菜单，选择我们用于录音的设备。单击“确定”按钮以完成转换并关闭对话框。注意这里选择的是最终的录音设备(例如声卡)，而不是在选择使用声卡的哪一个输入端所连接的设备(例如话筒、CD 唱机)来进行录音。

2. 选择输入声源

确认本机是否已连接音频输入设备，音频输入设备记录输入计算机的音乐和声音。CD 播放机和麦克风就属于音频输入设备。要选择声源的输入端究竟是哪一个，方法如下：双击任务栏右侧小喇叭形状的“音量”图标，弹出 Volume Control 窗口，单击“选项”菜单中的“属性”命令，弹出“属性”对话框，如图 6-3 所示。

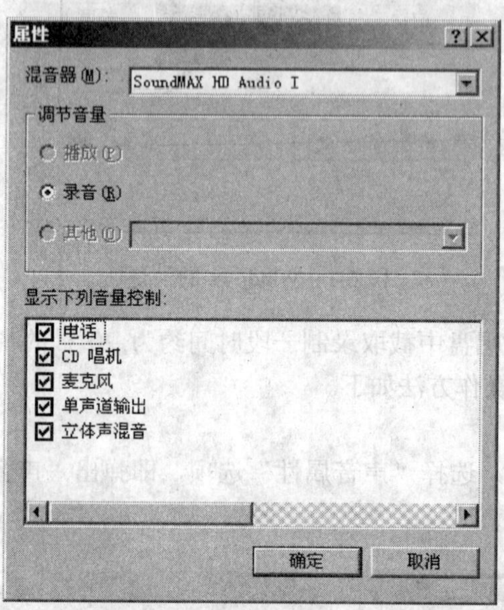

图 6-3　属性窗口

这时选择窗口中的“录音”按钮，在“显示下列音量控制”列表框中选择用户已经具有的声源，如 CD 唱机，麦克风，单声道输出等。选择完毕后单击“确定”按钮，这时弹出录音控制对话框，单击相应声源下的“选择”复选框，即选定了相应的音源，如图 6-4 所示。

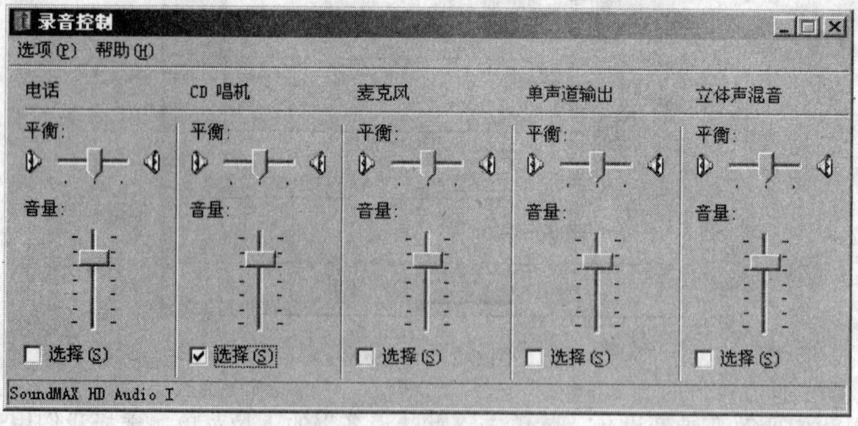

图 6-4　录音控制对话框

单击 CD 唱机选项的“选择”复选框，说明 CD 已被选中作为录音声源。

这里要注意，当使用麦克风录音时，过低的音量虽然使背景噪声达到最小，但是录制的声音效果未必好，这时应注意适当调节音量，以使信噪比最佳，这样录制的声音背景噪声小，同时声音效果好。

注意本步操作仅限于已将光驱上的音频输出端与声卡上的 CD-ROM 输入端用音频线

连接的情况；如果没有做到这一点，即使扬声器能够播放CD - ROM中的CD唱盘，声卡也是无法通过选取CD音源而录制声音的。而在这种情况下，想要将CD唱盘上的声音信息通过录音机录制下来也是可行的，只需将录音的音源选择为线路输入即可。

3. 设置录音属性

在具体录音之前，还有一步操作是必要的，就是设置录音属性，通过它，可以设定诸如采样频率、量化位数和声道数等项指标。在不同的录音属性下所获得的声音文件的声音品质和数据量是不同的。

打开"文件"菜单，选择"属性"选项，即弹出"声音的属性"对话框，单击"立即转换"按钮，弹出如图6-5所示"声音选定"对话框。

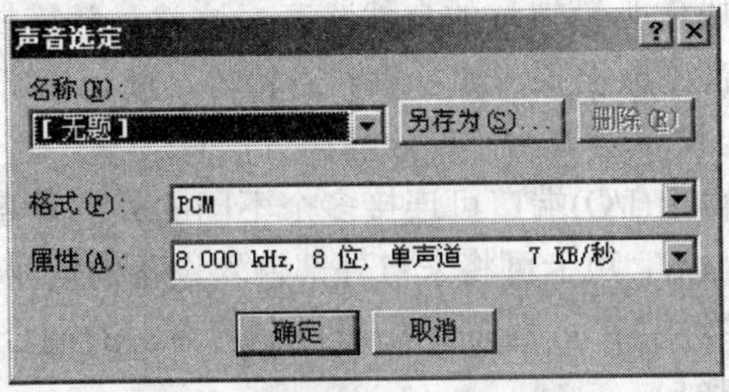

图6-5 "声音选定"对话框

在"名称"下拉列表框中选择录音质量，如选择在"格式"下拉列表框中选择"PCM"，在"属性"下拉列表框中选取"8000kHz，8位，单声道7KB/s"。可以看到，所谓格式，指的就是音频压缩编码；而属性就是我们说的采样频率、量化位数、声道数和波特率。

4. 录制

同时准备好录音机和CD播放器，打开录音机的"文件"菜单，单击"新建"选项，录音机即准备开始一次新的录音工作。

准备就绪，单击录音机上的"录音"按钮，录音开始。因为还没有声音信息输入，可以看到录音机中央绿色的细线仍然平直。单击CD播放器的"播放"按钮，当听到声音的同时，录音机上绿色细线开始产生了波形的变化，这说明录音正在成功地进行。当录音机上的录音时间显示到达20s的时候，单击录音机上的"停止"按钮，这时音乐仍在播放，但录音已经结束。

打开"文件"菜单，单击"保存"选项，在弹出的对话框中选取适当的路径，并指定文件名，单击"保存"按钮，即完成了将一段CD音乐录制成.wav文件的工作。

Windows Sound Record的录音操作简单明了，从其他音源(比如话筒等)进行录制的方法也基本一致。

6.1.3 声卡的概念

1. 声卡的功能

声音适配器又称"音频卡"、"声卡"主要用于处理声音，是多媒体计算机的基本配置。其主要功能如下：

(1) 录制，重放声音文件。

通过声卡，人们可将来自话筒、收录机或者激光唱盘等外部的声音信号录入计算机，需要时只需调出相应的声音文件播放即可。

(2) 对音频文件进行编辑合成。

通过声卡可以对现有的音频文件进行加工处理，比如加入特定的效果或创造出新的声音信息。对现有的声音素材进行加工创造，是多媒体制作过程中的一项基本工作。

(3) 进行模数(A/D)转换。

将作为模拟量的自然声音或保存在介质中的声音经过变换，转化成数字化的声音，这就是模数转换。经过模数转换的数字化声音以文件形式保存在计算机中，可以利用声音处理软件对其进行加工和处理。

(4) 完成数模(D/A)转换。

把数字化声音转换成作为模拟量的自然声音，这就是数模转换。转换后的声音通过声卡的输出端，送到声音还原设备，如耳机、音箱等，就可以听到声音了。

(5) 对外部输入输出设备协调工作，处理声音信息。

声卡上的若干输入输出(I/O)端口可连接多个不同的外部设备，比如扬声器、功率放大器、麦克风、MIDI 键盘等。声卡可将来自外部输入设备的信号给予加工混合然后输出。声卡的驱动程序中通常都有 Mixer 程序，用来控制声卡上的混合器。

2. 声卡的输入输出接口

声卡由数据总线驱动器、总线接口和控制器、数字声音处理器、混合信号处理器、接口电路以及多个音乐合成器等部件构成。声卡插在主板的扩展插槽上，就在 PC 总线与声卡之间建立起信号通道，声卡通过地址总线、控制总线和数据总线控制器，与 PC 总线交换信息。

输入输出(I / O)接口是声卡中与用户关系最密切的部分，它将用来连接计算机外部的音频设备以下端子。

(1) SPEAKER OUT：扬声器输出端，对输出阻抗为 4W 的喇叭，每通道最大输出功率为 4 W；若喇叭阻抗为 8W，则通道为 2 W。用于连接耳机、无源喇叭或有源立体音箱。

(2) LINE OUT：线路输出端，用于连接外部音频设备(比如立体声音响设备的功率放大器、C D 唱机等等)的输入端。

(3) LINE IN：线路输入端，用于连接外部音频设备的输出端口。

(4) MIC IN：话筒输入端，连接话筒以录音。

(5) JOYSTICK / MIDI：游戏/ MIDI 接口，用于连接游戏操纵杆或具有 MIDI 接口的电子乐器(如电子琴、电吉它等)。

6.1.4 音频的编码

波形编码的对象是声音的波形，算法简单，易于实现，但易受到量化噪声的干扰，比较难进一步降低码率，常用以下三种波形编码方法：

(1) 脉冲编码调制(PCM)，直接对声音信号进行模数(A/D)转换。只要采样频率足够高，量化位数足够多，就能使解码后恢复的声音信号有很高的质量。

(2) 差分脉冲调制编码(DPCM)，即只传输声音预测值和样本值的差值以此降低音频数据的码率。

(3) 自适应差分编码调制(ADPCM)，是 DPCM 方法的进一步改进，通过调整量化步长，对不同频段设置不同的量化字长，使数据进一步得到压缩。

对于音频信号，通常我们采用脉冲编码调制，即 PCM 编码。该方法适用于要求重构的声音信号尽可能接近原来的采样声音的情况。PCM 通过抽样、量化、编码三个步骤将连续变化的模拟信号转换为数字编码。根据采样率和采样大小可以得知，相对自然界的信号，音频编码最多只能做到无限接近，至少目前的技术只能这样了，相对自然界的信号，任何数字音频编码方案都是有损的，因为无法完全还原。在计算机应用中，能够达到最高保真水平的就是 PCM 编码，被广泛用于素材保存及音乐欣赏，CD、DVD 以及我们常见的 WAV 文件中均有应用。因此，PCM 约定俗成了无损编码，因为 PCM 代表了数字音频中最佳的保真水准，并不意味着 PCM 就能够确保信号绝对保真，PCM 也只能做到最大程度的无限接近。我们习惯性的把 MP3 列入有损音频编码范畴，是相对 PCM 编码的。算一个 PCM 音频流的码率应用公式为：码率=采样率值×采样大小值×声道数。一个采样率为 44.1kHz，采样大小为 16bit，双声道的 PCM 编码的 WAV 文件，它的数据速率则为 44.1K×16×2 =1411.2Kb/s。

音频信号的另一种编码方法是模型参数编码方法。它通过建立声音信号产生模型，将声音信号用模型参数来实现，然后再对参数进行编码。用这种方法编码的声音信号解码后，与原来的声音采样值不存在固定的对应关系，而是通过合成各种声音元码来产生声音。

6.2　数字音频处理软件 GoldWave

音频处理在音乐后期合成方面发挥着巨大的作用，它是修饰声音素材的最主要途径。GoldWave 是一种简单、实用的音频处理软件，以往使用的软件比较复杂而且功能薄弱。GoldWave 这个音频编辑软件是由 Chris Craig 先生于 1997 年开始开发的，运行在 Windows 环境中的。该软件在录音、编辑、生成特殊效果、声道转换和文件输出等方面是一个比较成熟、出色的音频处理软件。

6.2.1　GoldWave 简介

1. GoldWave 的简介

GoldWave 是一个集声音编辑，播放，录制，和转换的音频工具，体积小巧，功能却不弱。可打开的音频文件相当多，包括 WAV，OGG，VOC，IFF，AIF，AFC，AU，SND，MP3，MAT，DWD，SMP，VOX，SDS，AVI，MOV 等音频文件格式，你也可以从 CD 或 VCD 或 DVD 或其他视频文件中提取声音。内含丰富的音频处理特效，从一般特效如多普勒、回声、混响、降噪到高级的公式计算(利用公式在理论上可以产生任何你想要的声音)，效果多多。现在的版本在处理速度上有了很大提高，而且能够支持以动态压缩保存 MP3 文件。

2. GoldWave 的特性

直观、可定制的用户界面，使操作更简便。

多文档界面可以同时打开多个文件，简化了文件之间的操作。

编辑较长的音乐时，GoldWave 会自动使用硬盘，而编辑较短的音乐时，GoldWave 就会在速度较快的内存中编辑。

GoldWave 允许使用很多种声音效果，如：倒转(Invert)、回音(Echo)、摇动、边缘(Flange)、动态(Dynamic)和时间限制、增强(Strong))、扭曲(Warp)等。

精密的过滤器(如降噪器和突变过滤器)帮助修复声音文件。

批转换命令可以把一组声音文件转换为不同的格式和类型。该功能可以转换立体声为单声道，转换 8 位声音到 16 位声音，或者是文件类型支持的任意属性的组合。如果安装了 MPEG 多媒体数字信号编解码器，还可以把原有的声音文件压缩为 MP3 的格式，在保持出色的声音质量的前提下使声音文件的尺寸缩小为原有尺寸的十分之一左右。

CD 音乐提取工具可以将 CD 音乐复制为一个声音文件。为了缩小尺寸，也可以把 CD 音乐直接提取出来并存为 MP3 格式。

表达式求值程序在理论上可以制造任意声音，支持从简单的声调到复杂的过滤器。内置的表达式有电话拨号音的声调、波形和效果等。

3. GoldWave 的界面

进入 GOLDWAVE 的界面后出现一个灰色空白窗口，旁边是一个暗红色的控制器窗口，它是用来控制播放的，如图 6-6 所示。

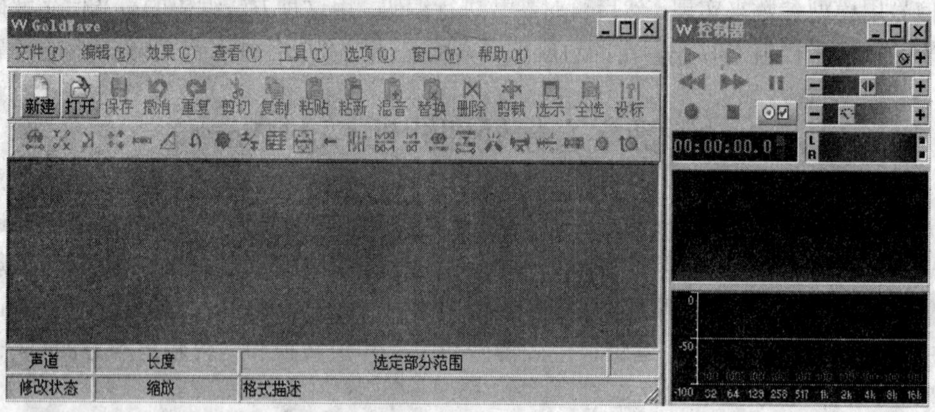

图 6-6 GoldWave 的界面

这是一个空白的 GoldWave 窗口。刚进入 GoldWave 时，窗口是空白的，显示为灰色，而且 GoldWave 窗口上的大多数按钮、菜单均不能使用，需要先建立一个新的声音文件或者打开一个声音文件。GoldWave 窗口右边的小窗口是设备控制窗口。

6.2.2 文件操作

1. 启动 GoldWave

点击桌面上的 GoldWave 图标，如图 6-7 所示，或者在安装文件夹中双击 GoldWave 图标，就可以运行 GoldWave。

第一次启动时会出现一个提示，如图 6-8 所示，这儿点“是”即可，自动生成一个当前用户的预置文件。

即可进入 GoldWave 的界面。

2. 打开一个文件

使用文件菜单中的打开命令，如图 6-9 所示。

图 6-7　GoldWave 图标

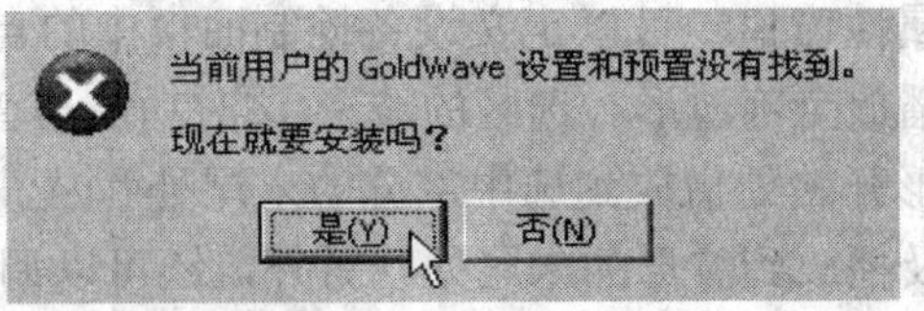

图 6-8　提示

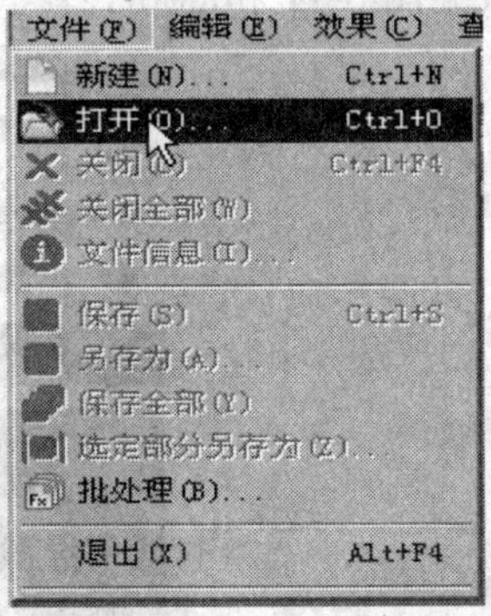

图 6-9　打开一个文件

或使用工具栏上的“打开”按钮，找到所要打开的波形文件，都可以打开一个声音文件。

打开波形文件后，GoldWave 的窗口中显示出了波形文件的声音的波形。如果是立体声，GoldWave 会分别显示两个声道的波形，绿色部分代表左声道，红色部分代表右声道。下面有音乐的时间长度，右边的设备控制面板上的按钮由灰色变为彩色，也可以用了。

设备控制面板上绿色三角是播放按钮，黄色三角是自定义播放，蓝色方块是停止，下面的两道竖线是暂停，红色圆点是录音按钮，是倒退和快进。

点击控制器面板上的设备属性，或者按下快捷键 F11，可以打开设备控制器属性设置，如图 6-10 所示。在这里，可以调整播放属性、录音属性、音量、视觉的属性、声卡设备，以及故障检测。

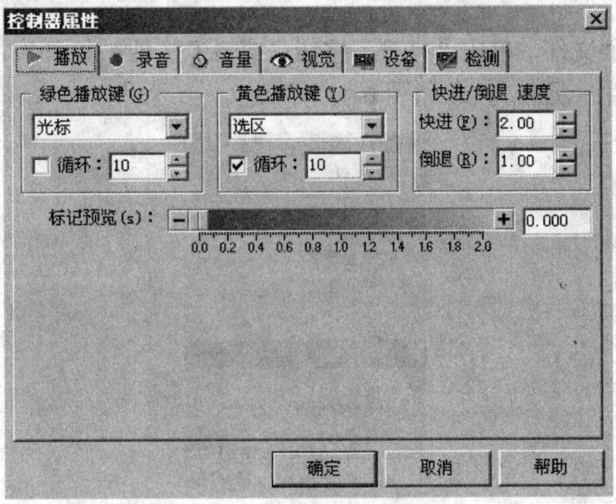

图 6-10　设备控制器属性

在播放属性窗口。可以定义设备控制面板中的自定义播放按钮的功能，比如可以定义这个按钮播放全部波形、选区的波形(这时功能与普通播放按钮一样)、非选区的波形、光标、从波形开始处播放到选中部分的末尾处和从波形开始处播放，或者循环播放选中的波形，以及播放到波形的末尾处。另外，还可以调整快进和倒退的速度。

点击右边的控制器中的“播放”按钮开始播放。可以看到主界面中会有一条平移的灰线，这个代表当前播放的位置(见图 6-11 和图 6-12)。

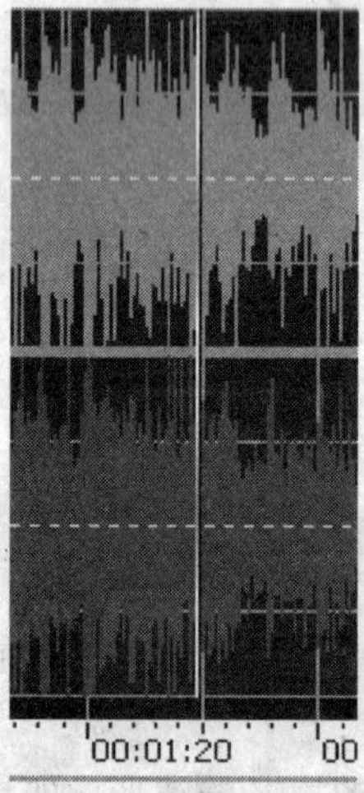

图 6-11　平移的灰线

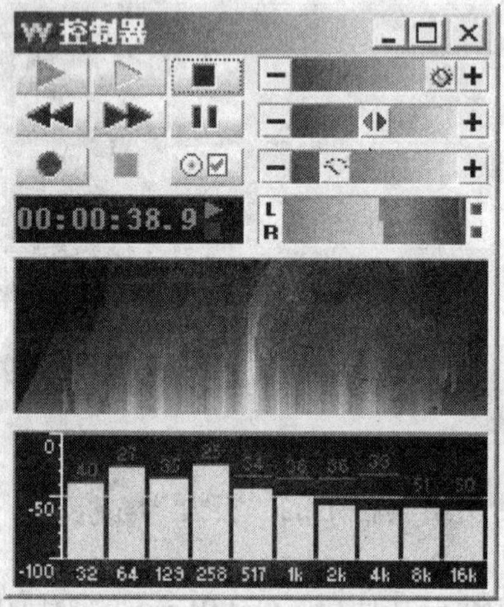

图 6-12　控制器

在控制器中可以看到具体的波如图形，左右声道的音量等信息。控制器里显示了精确的时间。

3. 转录

音频文件格式常见有 MP3、wma、wav、rm、OGG、VOC、IFF、AIF、AFC、AU、SND、MAT、DWD、SMP、VOX、SDS、AVI、MOV 等。通常它们各有优点，因而可以用在不同的场合中。

所谓的转录，其实具体的说，就是打开一个已经存在的音频文件，然后重新保存为另一种音频文件。

首先要打开一个文件，单击“打开”按钮，或者“文件—打开”，选择一个声音文件。

然后选择“文件—另存为”，如图 6-13 所示。

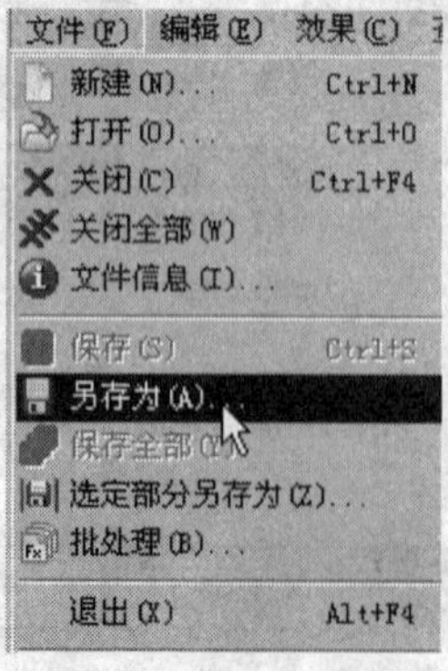

图 6-13　另存为

出来一个保存对话框，先在上面的“保存在”中找到自己的文件夹，如图 6-14 所示。

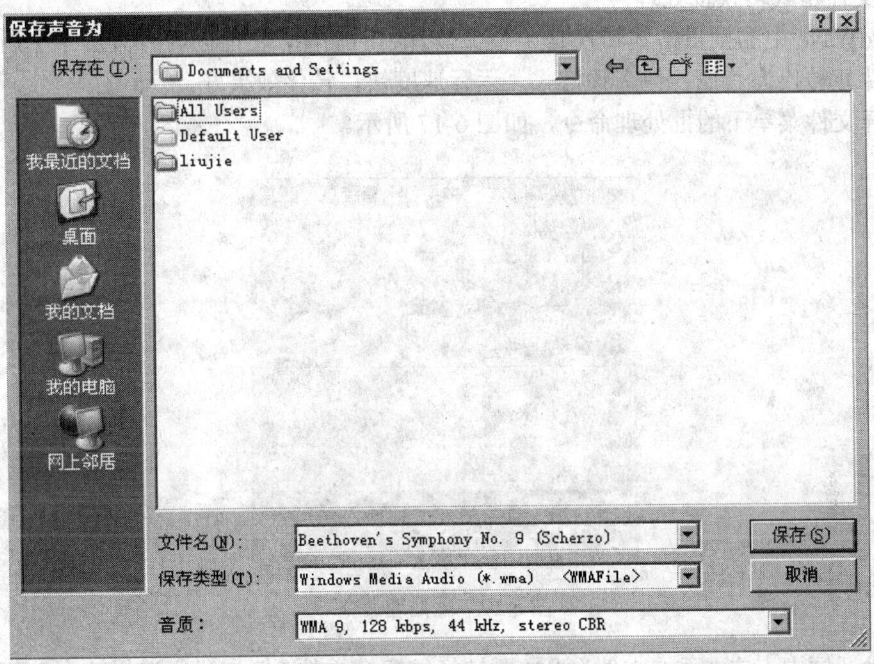

图 6-14　保存的文件夹

从下边的“保存类型”中可以看出是 wma 格式文件，我们要把它转为 MP3 格式，如图 6-15 所示。

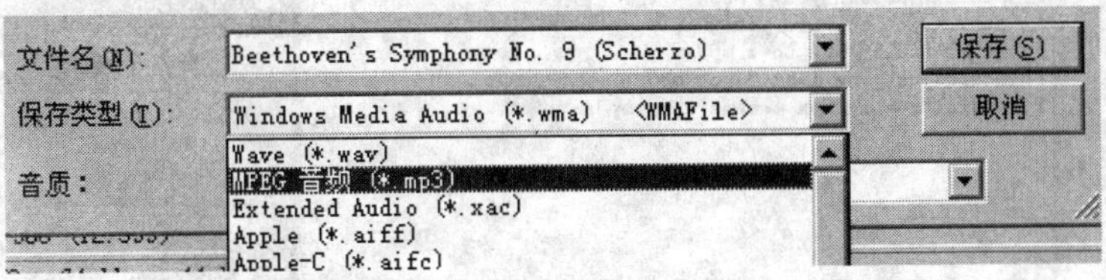

图 6-15　文件格式

然后在下边的“音质”旁边的按钮上点一下，选择压缩比率、采样频率、采样精度及声道，如图 6-16 所示。

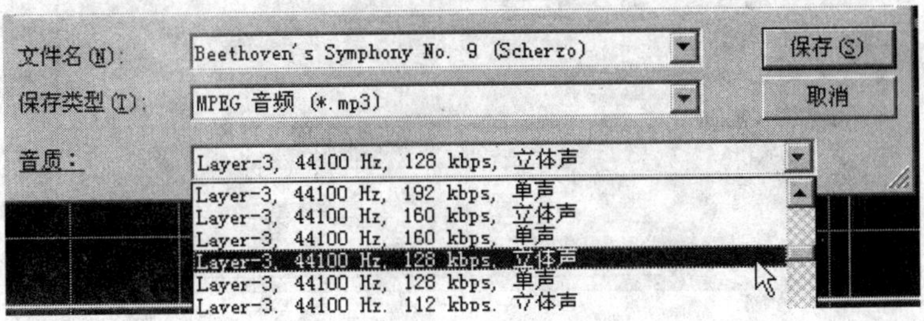

图 6-16　保存音质

频率越高，文件越大，反之频率越低，文件就越小。

选择好了以后，点“保存”按钮，就可以生成一个 MP3 格式的文件。

4. 文件格式转换批处理

GoldWave 中的批量格式转换是一个十分有用的功能，它能同时打开多个它所支持格式的文件并转换为其他各种音频格式，运行速度快，转化效果好。

选择文件菜单下的批处理命令，如图 6-17 所示。

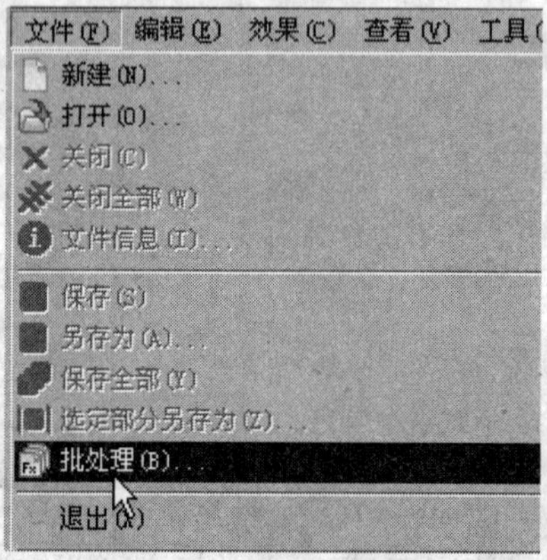

图 6-17　批处理命令

在对话框中点击“添加文件”添加要转换的多个文件，例如我们选择 5 个 MP3 文件。如图 6-18 所示。

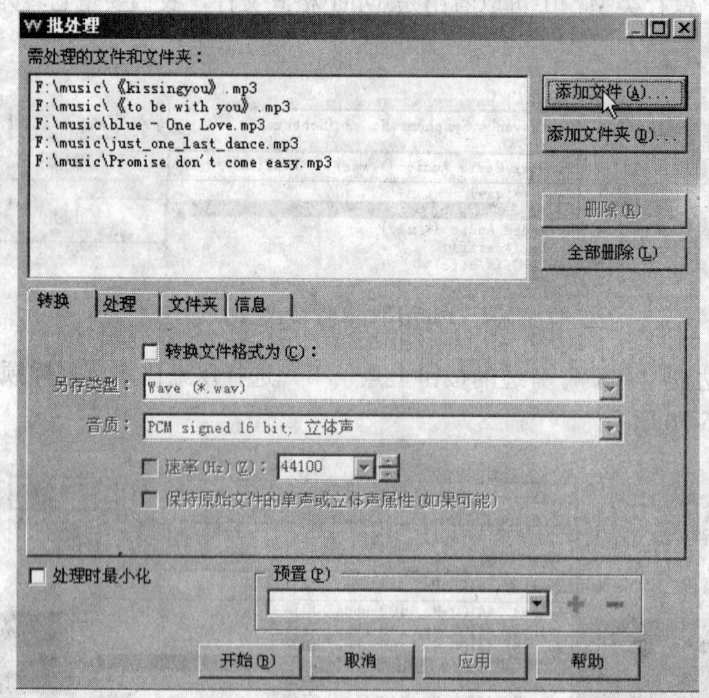

图 6-18　添加文件

在“转换文件格式为...”上打钩，如图 6-19 所示，然后选择转换后的格式和路径，可以保存为多种文件格式、各种音质效果，然后单击“开始”。

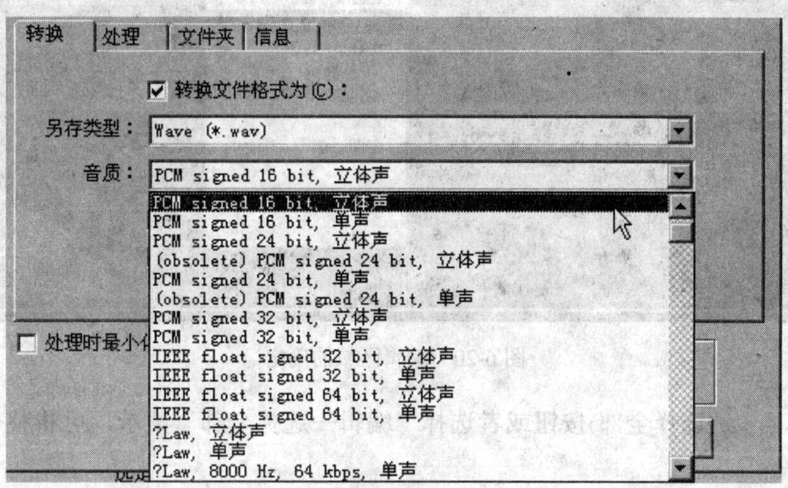

图 6-19　转换文件

稍微等待之后，就会在刚才设置的路径下找到这些新生成的音频格式文件。这样就完成了批格式转换了。

6.2.3　时间标尺和显示缩放

在波形显示区域的下方有一个指示音频文件时间长度的标尺，它以秒为单位，清晰的显示出任何位置的时间情况，这就对我们了解掌握音频处理时间、音频编辑长短有很大的帮助，因此一定要在实际操作中养成参照标尺的习惯，你会发现它将给你带来很大的方便。方便的时间标尺显示其实打开一个音频文件之后，立即会在标尺下方显示出音频文件的格式以及它的时间长短，这就给我们提供了准确的时间量化参数，根据这个时间长短来计划进行各种音频处理，往往会减少很多不必要的操作过程。

有的音频文件太长，一个屏幕不能显示完毕，一种方法是用横向的滚动条进行拖放显示，另一种方法是改变显示的比例。在 GoldWave 中，我们改变显示比例的方法很简单，单击放大和缩小，或者“查看—放大\缩小”就可以完成，更方便的是用快捷键 Shift+↑放大和用 Shift+↓缩小。如果想更详细的观测波形振幅的变化，那么就可以加大纵向的显示比例，方法同横向一样，用查看菜单下的垂直放大、垂直缩小或使用 Ctrl+↑、Ctrl+↓就行了，这时会看到出现纵向滚动条，拖动它就可以进行细致的观测了。

6.2.4　编辑区域的选择

1. 编辑区域的确定

在编辑器中，用鼠标左键单击波形图内的某一位置，该位置即被定义为编辑区域的起始位置；用鼠标右键在起始位置的右侧单击波形图，确定编辑区域的结束位置。编辑区域被确定之后，以深蓝色作为背景颜色，而编辑区域以外的区域为黑色，以示区别，如图 6-20 所示。

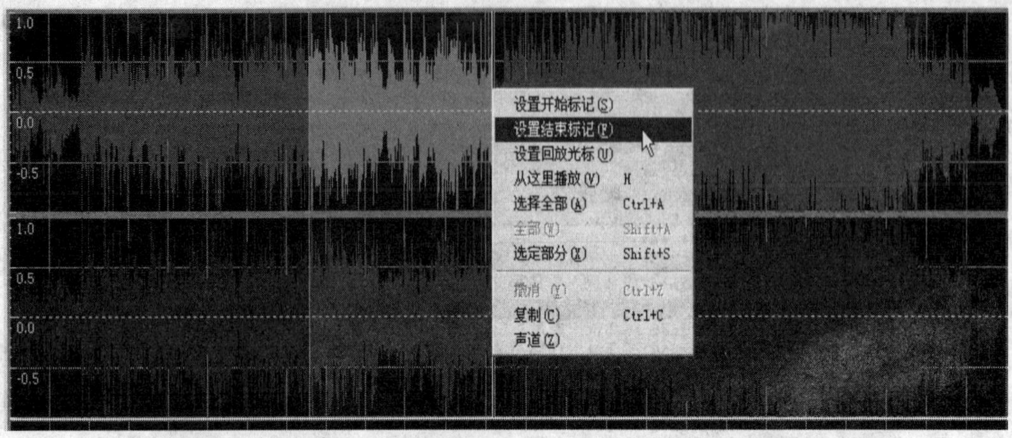

图 6-20　编辑区域的确定

鼠标单击(选择全部)按钮或者选择“编辑—选择全部”菜单，可将整个文件纳入编辑区域。

2. 展开编辑区域

确定了编辑区域后，编辑区域内的波形密度一般很大，无法辨别波形细节，也就无法进行细腻的编辑。单击(显示选定部分)按钮，展开编辑区域内的波形，使其充斥显示画面。展开前后的波形对比，如图 6-21 所示。

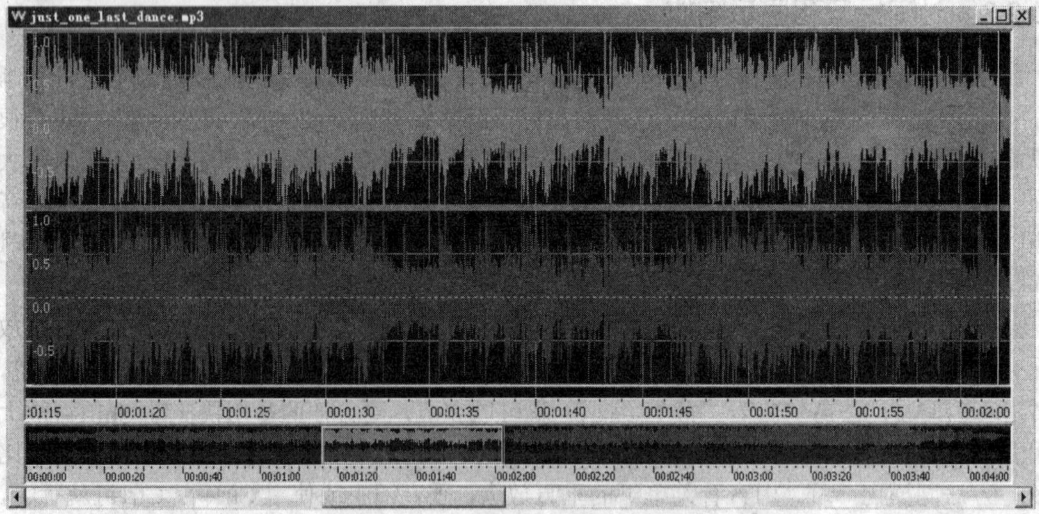

图 6-21　展开前后的波形对比

值得指出的是，在编辑器中，编辑区域只能定义一个，当定义新的编辑区域时，原有的区域自动取消。

6.2.5　声道选择

当需要对左声道或者右声道进行单独编辑时，需要选择声道。选择“编辑—声道”，可在左声道、右声道和双声道之间切换，如图 6-22 所示。

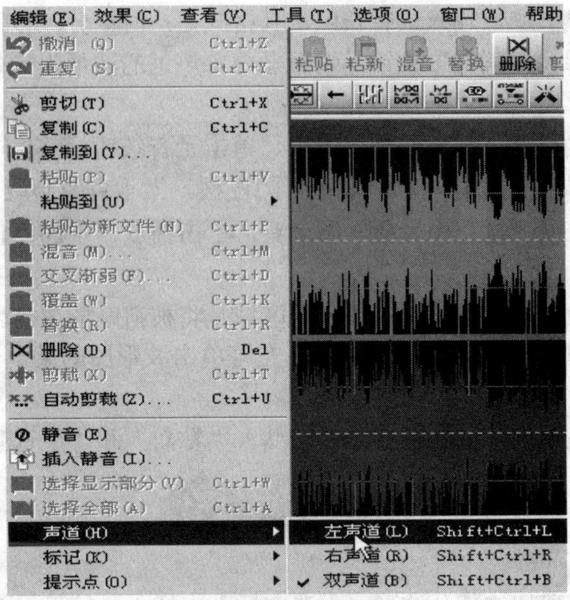

图 6-22　声道选择

无论是一个声道还是两个声道，GoldWave 都可以进行有效的编辑。需要指出的是，在对某个声道进行删除片段、剪切片段等改变时间长度的操作时，该声道与另一个声道在时间长度上产生的差异，导致声音不同步，应尽量避免这种情况发生。当然，有意制作该效果的情况除外。

双声道的左右声道对调只在立体声播放的场合有效，否则听不出声道的变化。如果事先确定了编辑区域，则编辑区域的声道对调。

6.2.6　声音的录制、剪贴与撤销

1. 确定录音质量

在建立新文件画面中，根据录音要求，选择“声道数”、“采样速率”、“初始化长度”，如图 6-23 所示。

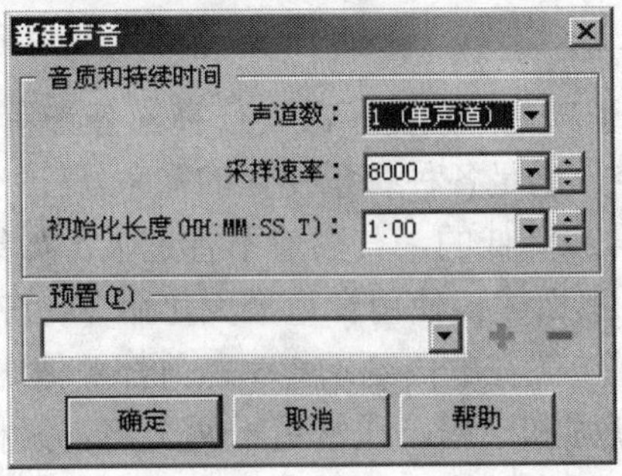

图 6-23　建立新文件

选择声道，通常选择立体声。如果采用话筒录音，应在声卡的 MIC 插口上插入立体声话筒。

在“初始化长度”中，输入录音长度，其格式是：时：分：秒. 毫秒.

设定结束后，单击“确定”按钮。编辑器中各声道的波形为一条直线。

2. 录音

首先检查硬件的连接。然后在播放器中，单击录音按钮，开始录音。在录制过程中，一条垂直线从左至右移动，指示录音的进程。当垂直线到达时间轴的终点时，录音自动结束。如果在录音过程中希望中断录音，单击播放器中的停止按钮即可。

3. 声音的剪贴

首先选定一段波形，确定编辑区域，该区域是将被剪贴的内容。单击复制按钮，将编辑区域的内容复制到剪贴板中，然后用鼠标左键单击波形图的某一位置，即粘贴的起始位置。

我们可以看到按钮中，分别取名为“粘贴”、“粘新”和“混音”。

他们的不同是：

粘贴：将复制或剪切的部分波形，由选定插入点插入，等于加入一段波形。

粘新：将复制或剪切的部分波形，粘贴到一个新文件中，等于保存到新文件。

混音：将复制或剪切的部分波形，与由插入点开始的相同长度波形混音。

和上面混音比较接近的还有一个操作，“替换”，将复制或剪切的部分波形，替换由插入点开始的相同长度的波形。

在声音素材是双声道的情况下，音频剪辑的操作对两个声道同时发生作用。如果希望对某个声道进行处理，而保留另一个声道，则需要先进行有关声道的编辑操作，然后再进行处理。

4. 撤销操作

一旦发生操作失误，单击撤销按钮，可恢复到操作之前的状态。

5. 删除波形段

首先确定编辑区域，单击删除或直接按 Del 键，编辑区域被删除。删除波形段的后果是直接把一段选中的波形删除，而不保留在剪贴板中。

6.2.7 音量效果调整

GoldWave 的音量效果子菜单中包含了改变选择部分音量大小、淡出淡入效果、音量最大化、音量包络线等命令，满足各种音量变化的需求。 改变音量大小命令是直接以百分比的形式对音量进行提升或降低的，其取值不宜过大。如果你既不想出现过载，又想在最大范围内的提升音量，那么建议使用音量最大化命令。它是 GoldWave 为用户提供的最方便、实用的命令之一，一般在歌曲刻录 CD 之前都要做一次音量最大化的处理。

淡入淡出是指声音的渐强和渐弱，通常用于两个声音素材的交替切换、产生渐近渐远的音响效果等场合。淡入效果使声音从无到有、由弱到强。而淡出效果则正好相反，声音逐渐消失。淡入与淡出的过渡时间长度由编辑区域的宽窄决定。

首先确定编辑区域，一般情况下，编辑区域总是位于声音素材的开始和末尾两端。

(1) 制作淡入效果。单击按钮，显示如图 6-24 所示的淡入效果控制画面。

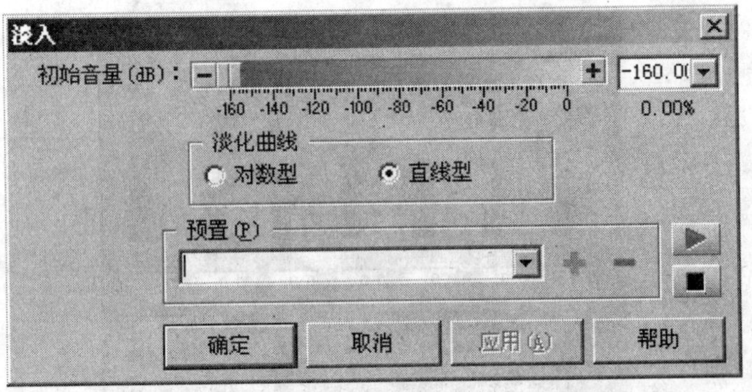

图 6-24　淡入效果

调整滑块，改变淡入的初始音量。初始音量为 0 时，声音从无到有，初始音量不为 0 时，声音从某个微小的声音逐渐变强。调整结束后，单击“确定”按钮。

(2) 制作淡出效果。单击按钮，显示如图 6-25 所示的淡出效果控制画面。

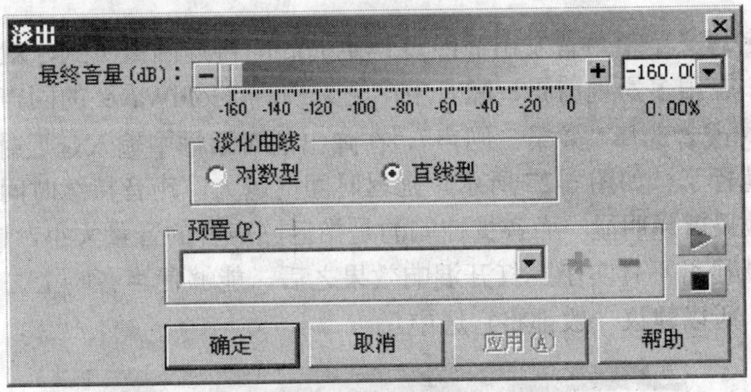

图 6-25　淡出效果

调整滑块，确定淡出的最终音量。滑块位于 100%的位置时，最终音量为 0；小于 100%时，最终音量不为 0。调整结束后，单击“确定”按钮。在聆听声音效果时，有渐近和渐远的感觉。

6.2.8　均衡效果调整

均衡控制是对声音素材的低音区、中音区、高音区各个频率进行提升和衰减等控制，是音频编辑中一项十分重要的处理方法，它能够合理改善音频文件的频率结构，达到理想的声音效果。

首先确定编辑范围，如果对整个声音素材进行处理，可单击按钮，将全部声音纳入编辑区域。单击或者选择“效果—滤波器—均衡器”，显示 GoldWave 的均衡器对话框，如图 6-26 所示。

在各个频段上有对应的调整滑块，滑块有标尺显示，其单位是 dB。根据滑块需要移动的大小位置，从而达到调整整个频段声音强弱的目的。调整完毕，单击“确定”按钮，稍微等待一会儿，就达到了需要的效果了。注意声音每一段的增益(Gain)不能过大，以免造成过载失真。

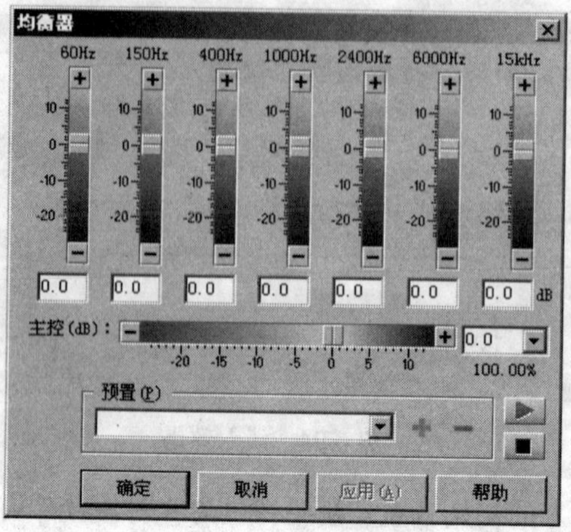

图 6-26 均衡器

6.2.9 回声制作

回声，顾名思义是指声音发出后经过一定的时间再返回被听到，就像在旷野上面对高山呼喊一样，在很多影视剪辑、配音中广泛采用。GoldWave 的回声效果制作方法十分简单，单击按钮或者选择“效果—回声”，在弹出的对话框中输入延迟时间、音量大小和打开混响选框就行了，如图 6-27 所示。延迟时间值越大，声音持续时间越长，回声反复的次数越多，效果就越明显。而音量控制的是指返回声音的音量大小，这个值不宜过大，否则回声效果就显得不真实了。打开混响效果之后，能够使声音听上去更润泽、更具空间感与真实感，所以建议一般都将它选中。

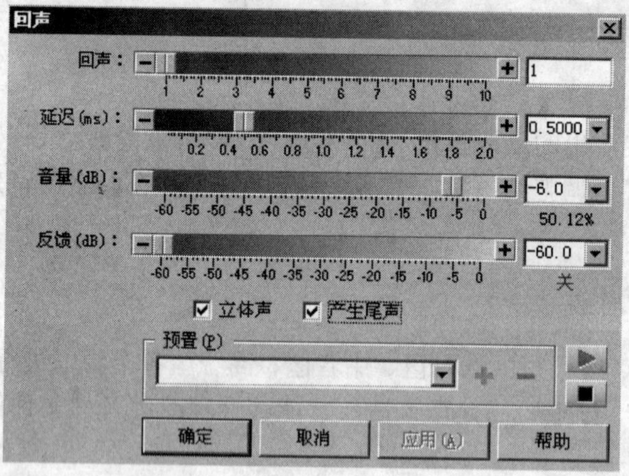

图 6-27 回声

6.2.10 音频合成

音频合成是指将两个或两个以上的音频素材合成在一起，形成新的声音文件。音频合成是制作多媒体声音素材最常用的手段。背景音乐中的语音、音乐中的鸟鸣声、海涛声、大风呼啸声、电影独白中的背景效果声等，都是音频合成的结果。

在合成之前，一般要对素材进行处理，主要在以下几个方面进行：

(1) 调整声音的时间长度。

(2) 调整音量水平。

(3) 如果音频文件的采样频率不一致，转换采样频率。

(4) 声道模式统一。

处理后的音频素材务必以新文件名保存，以免覆盖原始文件。

以背景音乐和海涛声的合成为例，首先选择“文件—打开”菜单，把海涛声调入编辑器。单击复制按钮，把整段海涛声复制到剪贴板中，关闭此窗口。

选择“文件—打开”菜单，把背景音乐调入编辑器。然后在波形图上单击合成的起始位置，单击混音按钮，在对话框中移动滑块调整音量，该音量不宜大于100%，否则音量过大将造成声音失真。最后单击“确定”按钮。

6.3 综合实例

GoldWave是一个集声音编辑，播放，录制，和转换的音频工具，体积小巧，功能却不弱。可打开包括WAV，OGG，VOC，IFF，AIF，AFC，AU，SND，MP3，MAT，DWD，SMP，VOX，SDS，AVI，MOV等音频文件格式。内含丰富的音频处理特效，从一般特效如多普勒、回声、混响、降噪到高级的公式计算，效果很多。也可以从CD或VCD或DVD或其他视频文件中提取声音；也可以用GoldWave制作MP3，作为手机铃声，或自己录制MP3歌曲，下面介绍两个实例，如何用GoldWave制作手机铃声和录制自己的MP3。

6.3.1 制作手机铃声

对于喜欢用手机听音乐的爱好者，用GoldWave来截取音乐特别简单和方便，我们大家也可以把这一小部分的歌曲作为自己的来电铃声。制作手机铃声的具体步骤如下：

(1) 首先打开GoldWave软件操作界面，点击软件左上方的“打开”字样后放入准备制作铃声的MP3素材，如图6-28和图6-29所示。

图6-28 选择文件

图 6-29 导入素材

(2) 打开后界面上会出现整首 MP3 的音频波形图表，如图 6-30 所示。

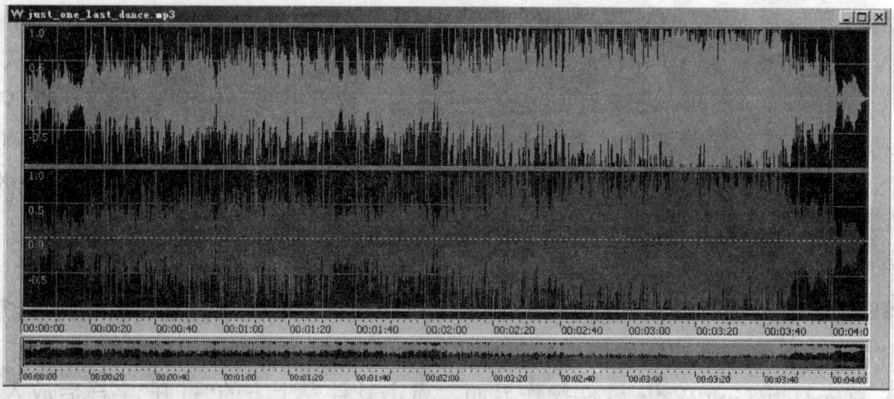

图 6-30 音频波形图表

(3) 在软件界面上有三角形的播放按钮，试听后使用鼠标左键选择你所需要当作铃声的部分(一般选择高潮)，注意所选的片段不要超过一分钟，如图 6-31 所示。

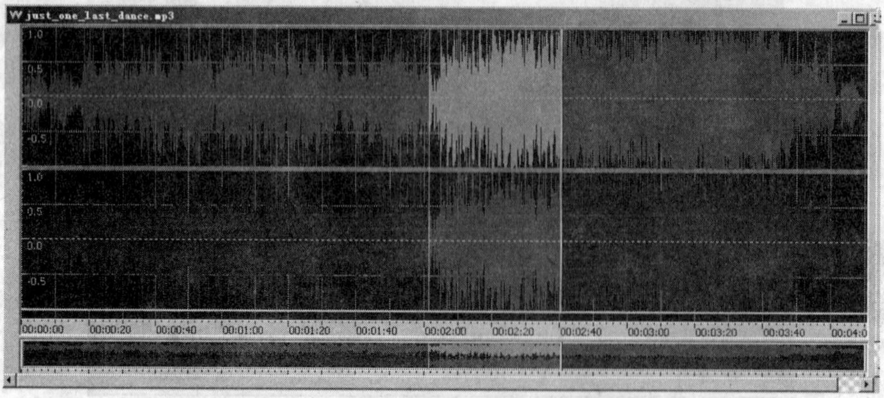

图 6-31 选择片段

(4) 选取好要音乐片段后，点击工具栏上的“复制”，将该片段复制，然后单击“新建”选项，如图 6-32 所示。

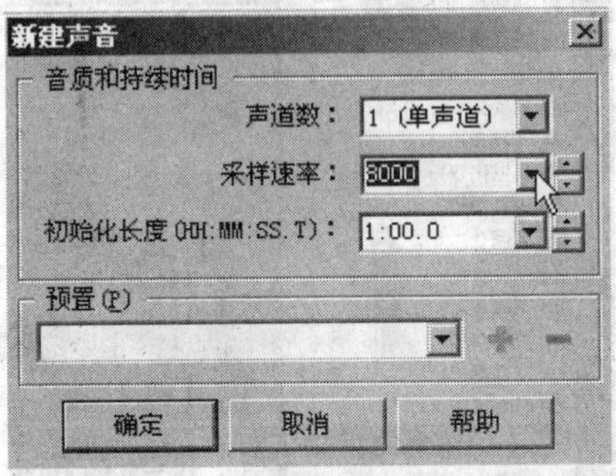

图 6-32　新建声音

按照图中的设置好，声道数为单声道，采样速率为 8000，设置好后，单击工具栏中的“编辑”，选择“粘贴到”—“文件开头”，如图 6-33 所示。

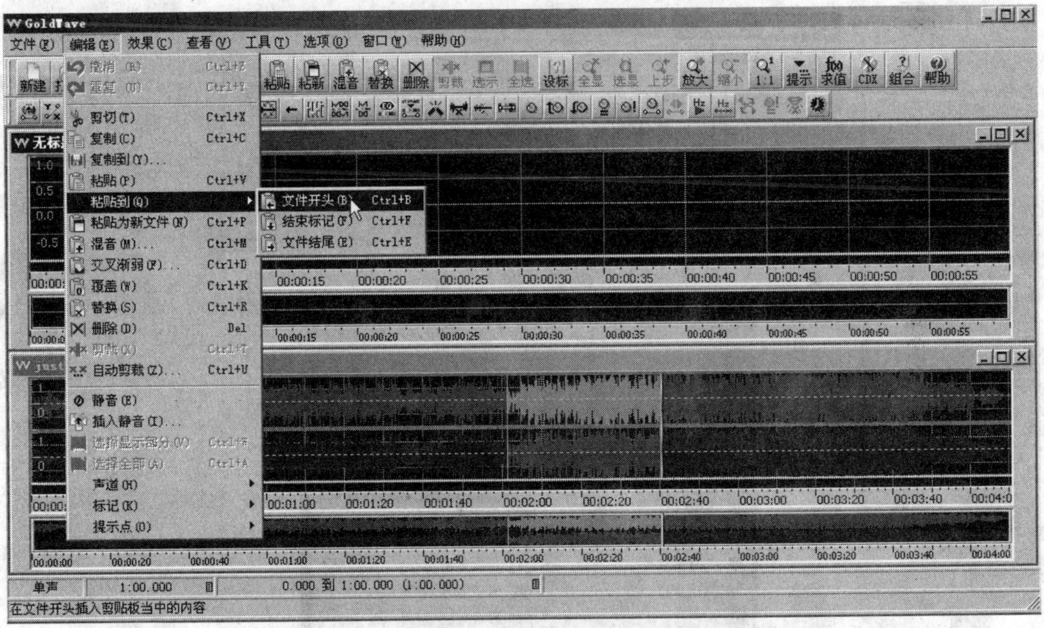

图 6-33　粘贴到文件开头

此操作会将刚才复制的片段粘贴至新的模版中，这时可以再试听下，看选段是否满意。

(5) 刚才选取的片段如果直接传到手机中，音量会非常小，选择工具栏上的“效果”—“音量”—“更改音量”选项，如图 6-34 所示。

将片段的音量增大，拖动滚动条来加大音量，一般加到 500%左右即可，如图 6-35 所示。

(6) 加大音量后会出现明显的爆破音，下面就进行降噪效果的处理。

选择“效果”—“滤波器”—“均衡器”，如图 6-36 所示。

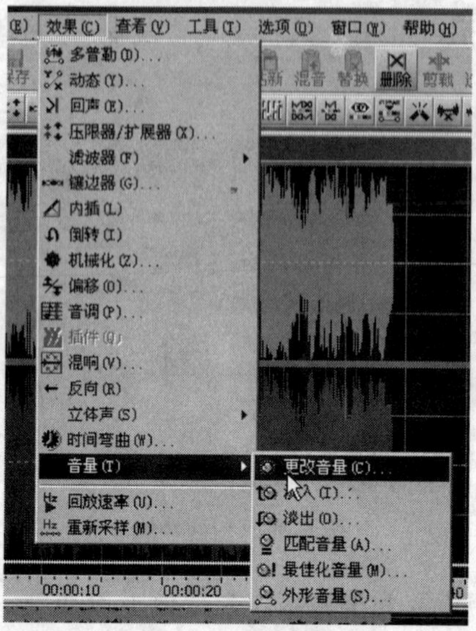

图 6-34　更改音量

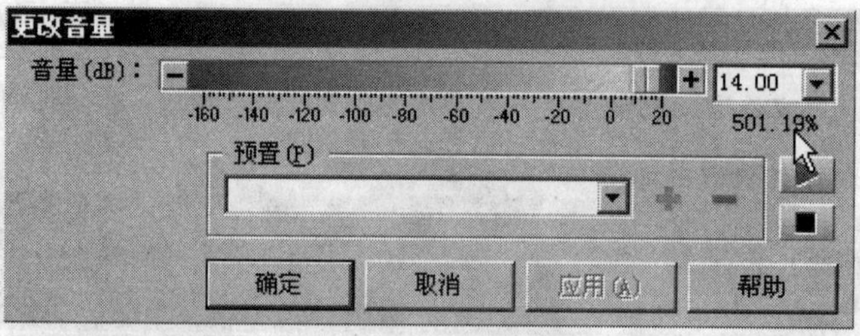

图 6-35　加大音量

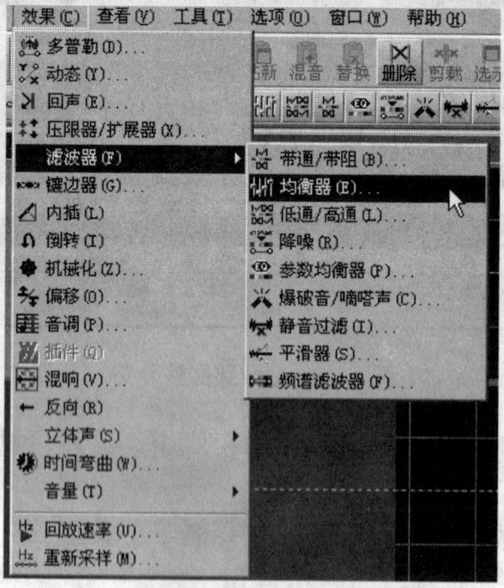

图 6-36　选择均衡器

在均衡器设置中，将低频率音道调“60Hz”、“150Hz”、“15Hz”调到很低，将“400Hz”稍微调低，将高频率“1000Hz”“2400Hz”“6000Hz”稍微调高，如图 6-37 所示，可以得到很好的降噪效果。

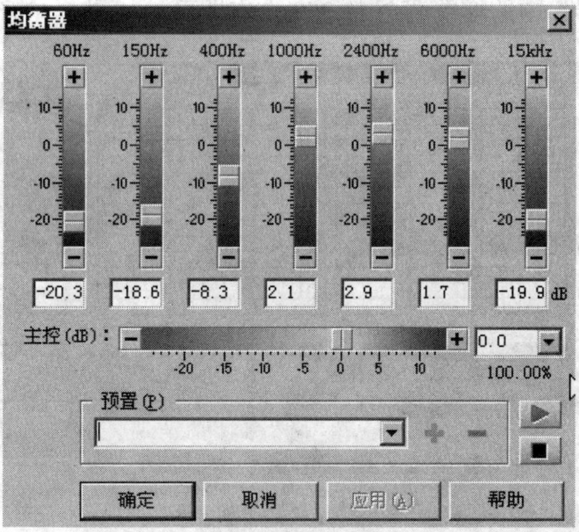

图 6-37　均衡器

将“爆破音/嘀嗒声”选项中“容限”调至 5000 后确定，如图 6-38 所示。

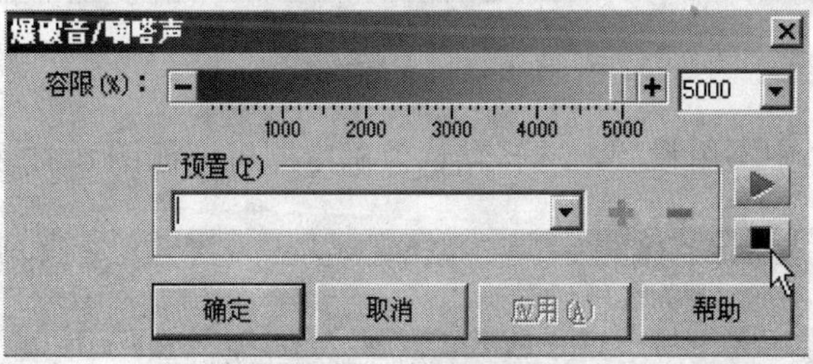

图 6-38　爆破音/嘀嗒声

将“降噪”选项中的比例调至 20%左右即可，如图 6-39 所示。

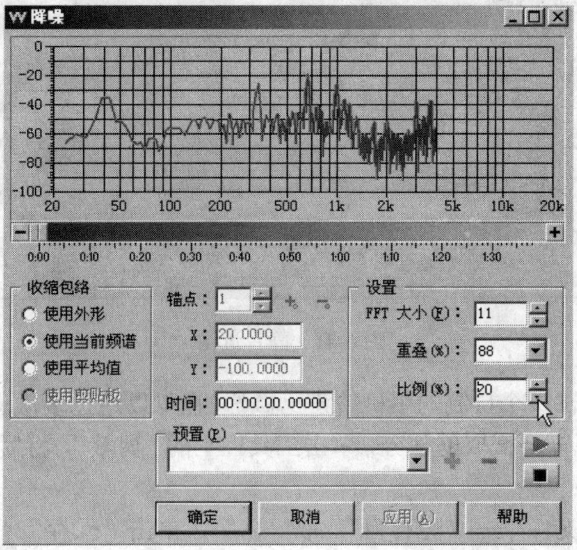

图 6-39　降噪

将“参数均衡器”中的增益调至11.35%左右即可，如图6-40所示。

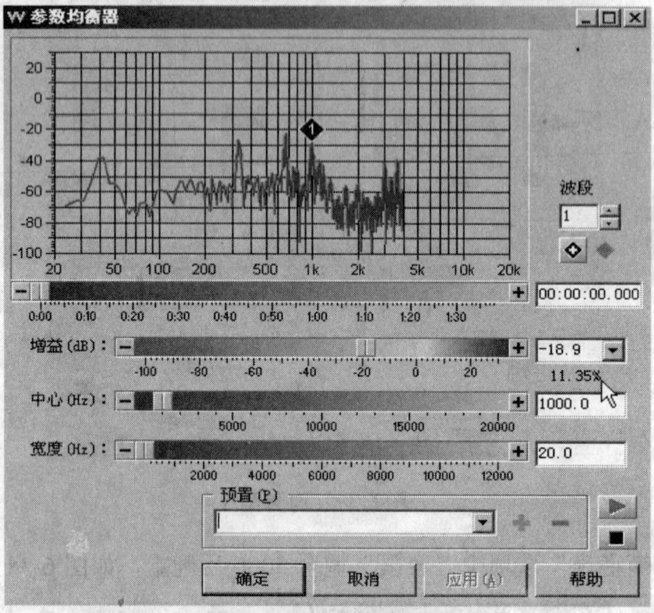

图6-40　参数均衡器

在“静音过滤”中不用设置，选择默认值确定即可，如图6-41所示。

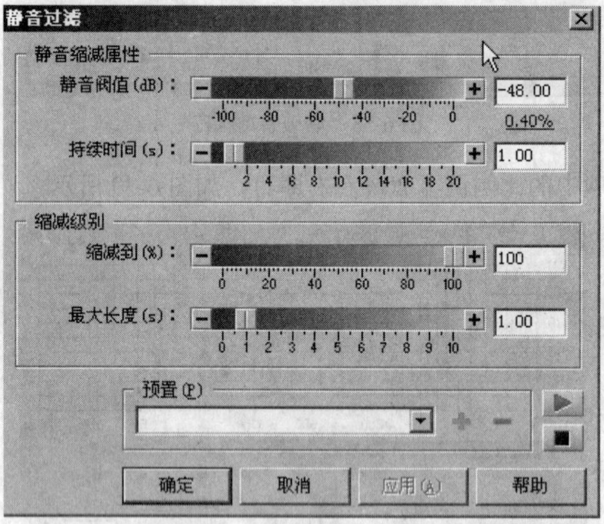

图6-41　静音过滤

(7) 通过以上调试一个自制的手机铃声已做好，也可以通过多次调试，调到满意为止。最后用鼠标左键选择需要截取的部分，单击工具栏上的“剪裁”，将后半部分的空白去掉，如图6-42所示。

(8) 最后单击“文件”—“另存为”，取好名字，单击“保存”，如图6-43所示。

(9) 一个自制的手机铃声就制作好了。打开此文件，试听效果。

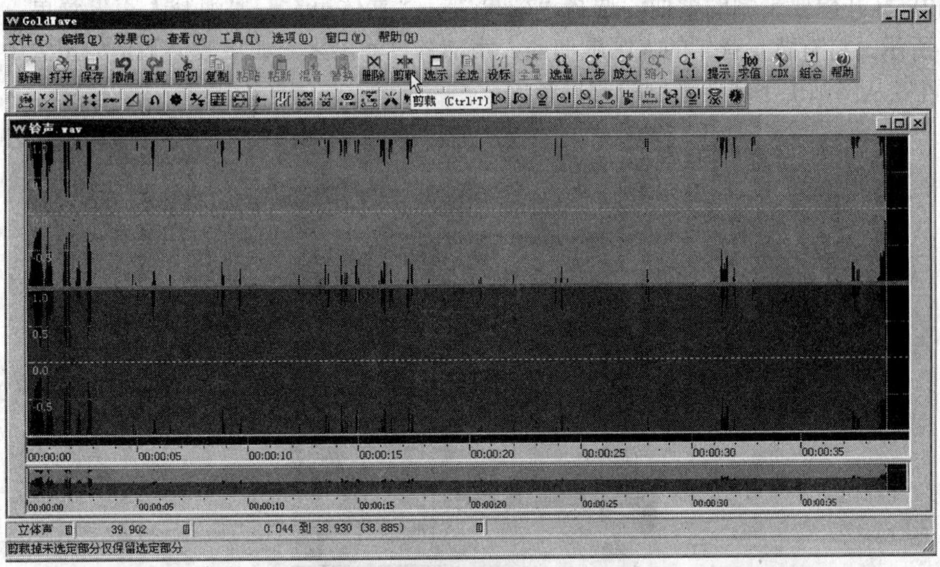

图 6-42　剪裁

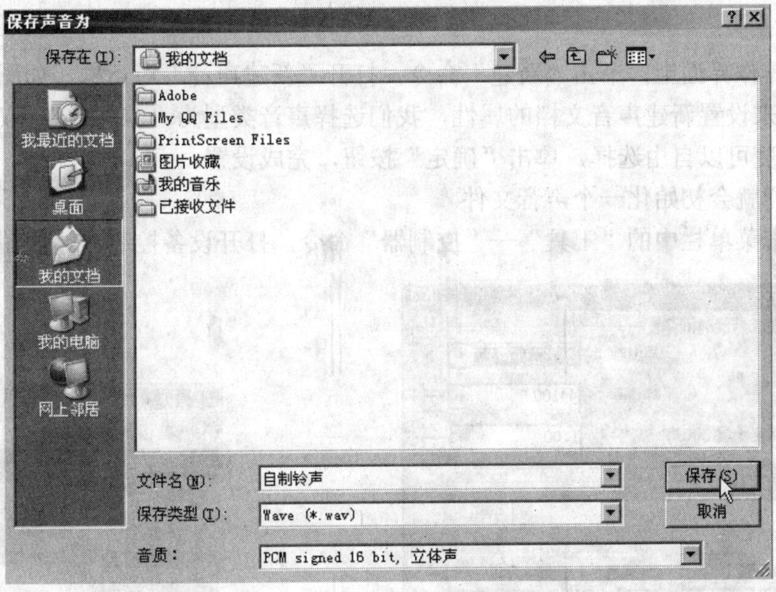

图 6-43　保存

6.3.2　录制自己的 MP3

对于唱歌的爱好者，想一展自己的歌喉。不用进录音棚，不用请专业的录音师，录制自己的 MP3，是轻而易举的事情。无论是对 MP3 歌曲的简单剪接或者音频格式的转换，还是更加高级的后期加工 GoldWave 都可以很轻松的完成，甚至你自己录一首自己的 MP3，也可以经过 GoldWave 修饰出动人的声音。

录制一首自己的 MP3 具体步骤如下：

(1) 双击桌面上 GoldWave 的图标，运行软件。

(2) 打开想要录制的歌曲，选择“效果”—“立体声”—“消减人声”菜单，如图6-44 所示，将有背景音乐的人唱歌曲的人声部分过滤出来，如果效果不是如想象中的完美也可以从网站上下载要录制的背景音乐。

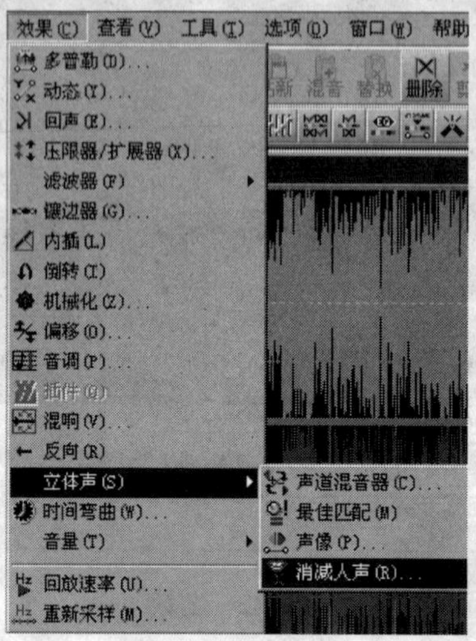

图 6-44　消减人声

(3) 在操作界面上，单击“新建”命令，打开“新建声音”对话框，如图 6-45 所示，在这里我们来设置新建声音文档的属性，我们选择声音类型为“立体声”，取样为默认，声音文件长度可以自由选择，单击“确定”按钮，完成设置。

(4) 这样就会初始化一个声音文件。

(5) 单击菜单栏中的“工具”—“控制器”命令，打开设备控制器。如图 6-46 所示。

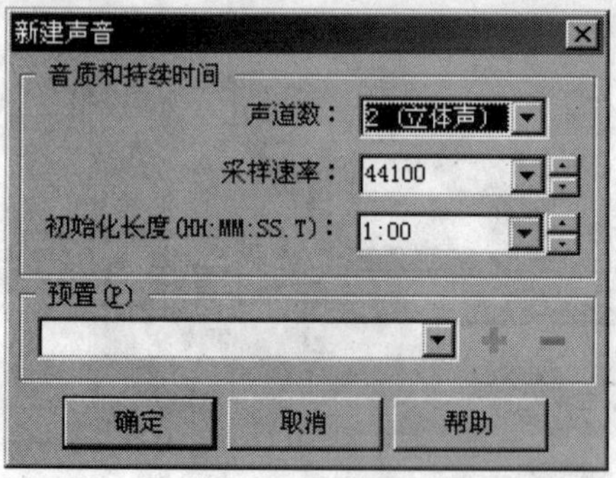

图 6-45　新建声音

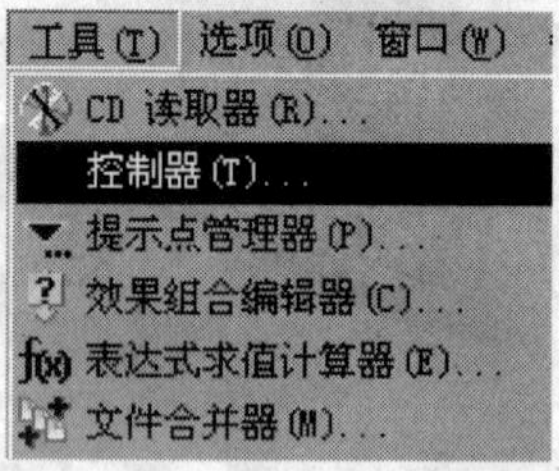

图 6-46 “控制器”命令

(6) 单击设备控制器面板中的属性按钮，打开“控制器属性”面板。在“控制器属性”面板中选择“音量”标签，选择“麦克风”音量并调整至最大，如图 6-47 所示，单击“确定”按钮。

(7) 返回“设备控制器”面板，按键盘上的 CTRL 键和鼠标单击录音按钮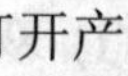进行录音了。

(8) 制作回声效果，回声指声音发出后经过一定的时间再返回被我们听到。选择“效果”菜单下的“回声”命令，在弹出的对话框中输入延迟时间、音量大小和打开产生尾

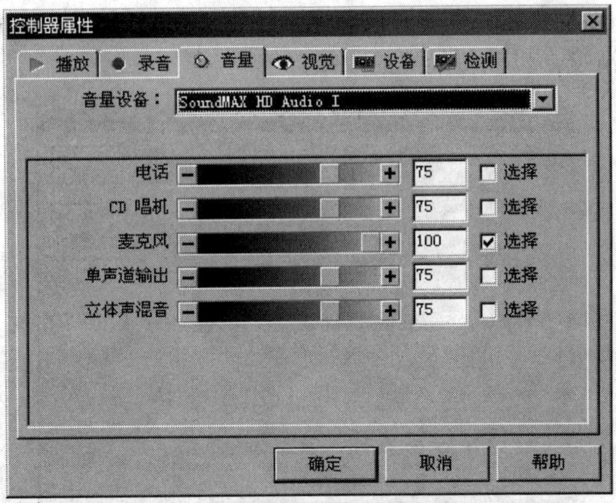

图 6-47　控制器属性

声选框就行了，如图 6-48 所示。延迟时间值越大，声音持续时间越长，回声反复的次数越多，效果就越明显。而音量控制的是指返回声音的音量大小，这个值不宜过大，否则回声效果就显得不真实了。打开产生尾声效果之后，能够使声音听上去更润泽、更具空间感，所以建议将它选中。

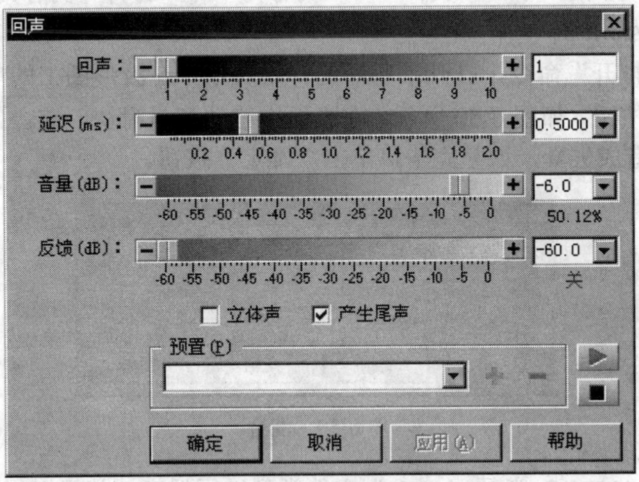

图 6-48　回声对话框

(9) 在唱歌的录音中，往往录制出来的效果不那么令人满意，究其原因很大程度上是由于唱歌时气息、力度的掌握不当造成的。有的语句发音过强、用力过大，几乎造成过载失真了；有的语句却发音过弱、用力过小，造成信号微弱。如果对这些录音后的音频数据使用压缩效果器就会在很大程度上减少这种情况的发生。 压缩效果利用“高的压下来，低的提上去”的原理，对声音的力度起到均衡的作用。选择“效果”菜单的“扩大/压缩”命令，选择后弹出所示对话框如图 6-49 所示。扩展/压缩效果设置 在它的三项参数中最重要的是阀值的确定，它的取值就是压缩开始的临界点，高于这个值的部分就被以比值(%)的比率进行压缩。而平滑度表示声音的润泽程度，其取值越大声音过渡得越自然，但听上去感觉也越模糊；其取值越小声音越生硬，但越清晰，所以在压缩过程中应选择一个合适的平滑度，以获得最好的效果。

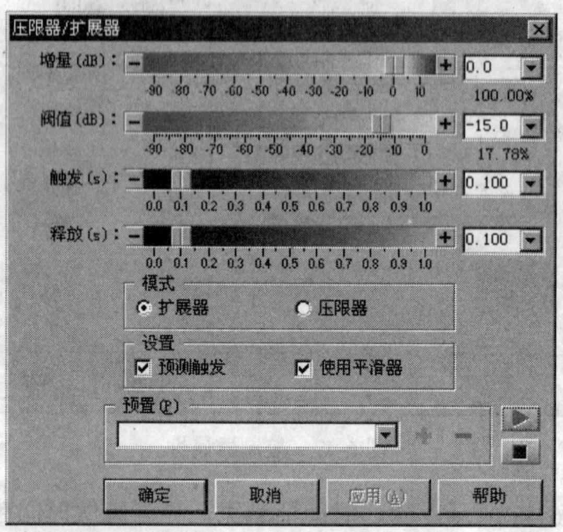

图 6-49　扩展/压缩效果设置

(10) 录制完的声音，单击复制按钮，把整段声音复制到剪贴板中。

(11) 录制完成以后，单击“文件”—“另存为”令，打开“另存为”对话框，，自己取名，保存格式为 MP3。

(12) 选择“打开”命令，打开准备好的背景音乐，在波形图上的单击合适的起始位置，单击混音按钮，如图 6-50 所示，在画面中移动音量滑块，该音量不宜大于 100%，否则音量过大将造成失真，调整完毕，单击“确定”按钮。

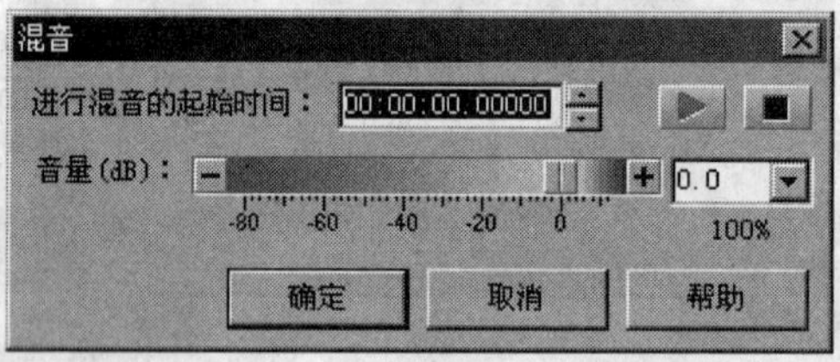

图 6-50　混音

(13) 最后以“MPEG 音频(*.mp3)”文件类型进行保存，就可以得到自制的 MP3 格式音乐文件。

习　题

1. 请简述数字音频的基本概念。
2. 请简要回答音频数据采样的基本原理。
3. 音频数据的编码方式一般有哪些？
4. 请选择一首喜欢的歌曲利用 GoldWave 软件为自己制作 MP3。

第7章　多媒体数据压缩技术

学习内容

本章主要介绍了数据压缩的概念和分类、数据压缩的算法，以及视频压缩的标准。

学习要求

了解：数据压缩的基本原理；

掌握：数据压缩编码技术。

多媒体文件的种类比较多，数据量很大。数据压缩技术的目的是减少数据的冗余度，有效解决了数据量大的问题。数据压缩既包含硬件技术又包含软件技术，但其实现的都是数学运算的结果。数据压缩技术广泛适用于以下领域：

(1) 图像信号、视频信号和音频信号的压缩编码。

(2) 文件存储系统和分布系统的数据压缩编码。

(3) 为数据的安全和保密而开发的数据压缩编码。

(4) 通过处理压缩数据以开发快速算法。

7.1　压缩技术基础

数据压缩技术从1948年Oliver提出PCM（Pulse Code Modulation）编码理论开始发展。1977年，Lempel Ziv压缩技术的问世，出现了查找冗余字符串和将此字符串用较短的符号标记替代的技术。随后霍夫曼对数据压缩技术也作了卓越的贡献，他提出了固定量的字符转换为可变量的压缩输出字符的数据压缩方法。1984年以后压缩技术从基础理论研究阶段进入实用化阶段。1988年，人们终于制成了适用的芯片结构。1989年，制出了第一片用于数据压缩的硅片。

7.1.1　数据压缩的概念

1. 信息和数据

信息与数据虽然经常在一起使用，但其概念是不同的。在多媒体技术中，数据是用来记录和传送信息的，或者说数据是信息的载体。真正有用的不是数据本身，而是数据所携带的信息。传输信息的过程中，需要作大量的数据处理。数据压缩的对象是数据，并不是信息。数据压缩的目的是在传送和处理信息时，尽量减少数据量，减少数据的冗余度，提高数据密度的有效性。

多媒体技术是计算机应用领域中信息量很大的领域，所面临的问题就是大量的数据，随着多媒体技术的实用化，出现了一些编码技术。数据压缩技术已经在数据库、工程设计和多媒体等很多领域等到广泛的应用，在人们对信息处理的要求越来越高，对存储和通信的信息量的要求也越来越大。所以数据压缩是解决此类问题的重要途径。

2. 数据压缩的定义

以最少的数码表示信源所发的信号，减少容纳给定消息集合或数据采样集合的信号空间：

物理空间，如存储器、磁盘、磁带、光盘等数据存储介质；

时间空间，如传输给定消息集合所需的时间；

电磁频谱区域，如为传输给定消息集合所要求的带宽等。

信号集合的空域、时域和频域空间，信号空间的几种形式是相互关联的，如存储空间的减少也意味着传输效率的提高和占用带宽的节省，只要采用某种方法来减少某一种信号空间，都能压缩数据。

3. 信息和熵

一个消息的可能性越小，其信息量越大，反之，消息的可能性越大，则信息量越少。在数学上，消息是其出现概率的单调下降函数。信息量是指为了从 N 个相等的可能事件中挑选出一个事件所需的信息度量和含量，所提问“是或否”的次数。也就是说，在 N 个事件中辨识特定的一个事件要询问“是或否”次数。例如，要从 512 个数中选定某一个数，可以先提问“是否大于 256？”，不论回答是或否，则取消了半数的事件，如果继续询问下去，每次询问将对应一个 1bit 的信息量。随着每次询问，都将有半数的可能事件被取消，因此，在 512 个数中选定某一个数所需要的信息量是：

$$\log_2 512=9\text{bit}$$

从公式看出，对于 512 个数的询问只要进行 9 次，即可确定一个具体的数。设从 N 个数中选定任意一个数 x 的概率为 $p(x)$，假定选定任意一个数的概率都相等，即 $p(x)=1/N$，定义信息量为：

$$I(x)=\log_2 N=-\log_2 1/N=-\log_2 p(x)=I[p(x)]$$

如果将信源所有可能事件的信息量进行平均，就得到了信息的“熵（entropy）”。来源于 40 年代由 Claude Shannon 创立的信息论中的一条定理，这一定理借用了热力学中的名词“熵”(Entropy)来表示一条信息中真正需要编码的信息量。信源 X 的符号集为 $x_i(i=1,2,\cdots,N)$，设 x_i 出现的概率为 $p(x_i)$，则信息源 X 的熵为：

$$E(x)=\sum p(x_i)\cdot I[p(x_i)]=-\sum p(x_i)\log_2 p(x_i) \quad (i=1,2,\cdots,N)$$

例：对信息 aabbaccbaa，字符串长度为 10，字符 a、b、c 分别出现了 5、3、2 次，则

$$E_a=-\log_2(0.5)=1 \qquad E_b=-\log_2(0.3)=1.737 \qquad E_c=-\log_2(0.2)=2.322$$

$$E=5E_a+3E_b+2E_c=14.855\text{ 位}$$

对比一下，用 ASCII 编码表示该信息需要 80 位。

7.1.2 数据压缩的必要性

多媒体信息注重保持高质量的模拟程度，还原速度等特点。数字信号有很多优点，这就意味着要使用大量的数据来描述多媒体信息。当模拟信号数字化后其频带大大加宽，例如一路 6MHz 的普通电视信号数字化后，其数码率将高达 167Mb/s，对储存器容量要

求很大，占有的带宽将达 80MHz 左右，这样将使数字信号失去实用价值。数字压缩技术很好地解决了上述困难，压缩后信号所占用的频带大大低于原模拟信号的频带。因此说，数字压缩编码技术是使数字信号走向实用化的关键技术之一。下面就文本、图像、图形和音视频等为例，计算多媒体的数据量。

1. 文本

在多媒体产品中主要用于演示等。假设屏幕的分辨率为 1024×768，屏幕上的字符为 16×16 点阵，每个字符用 4 个字节表示，则显示一屏字符所需要的存储空间为：

（1024÷16）×（768÷16）×4B=12KB

2. 图形

矢量图形所需的存储空间是比较小的。例如，一幅由 500 条直线组成的矢量图形，每条线的信息可由起点 X，起点 Y，终点 X，终点 Y，属性等五个项目表示，其中属性一项是指线的颜色和宽度等性质。设屏幕大小为 768×512，属性位用 1 字节表示，则每条线的存储空间为：10×2＋9×2＋8=46bit，存储这样一幅图形需要的空间为：

500×46≈2.8KB

3. 图像

以一个简单的点阵图为例，设屏幕大小为 1024×768，每点是 256 色，则满屏幕像点所占用的空间为：

$1024\times768\times\log_2 256=768\text{KB}$

4. 音频

数字音频的数据量由采样频率、采样精度、声道数量三个因素决定。假定需要还原的模拟声音频率是 22.05MHz，这个频率已经达到人耳朵听觉的上限了，则数字采样频率取 44.1MHz，采样精度为 16bit，双声道立体声模式，1min 所需数据量为：

44.1MHz×(16bit÷8)×2（声道）×60s=10MB/min

5. 视频

PAL 制式是我国使用的彩色视频图像标准，其带宽为 5MHz，扫描速度 25 帧/s，样本宽度 24bit，采样频率最低 10MHz，则一帧数字化图像所占用的最少存储空间为：

10（采样频率）÷25（扫描速度）×24（样本宽度）=9.6Mbit=1.2MB

存储一秒 PAL 制式的视频图像需要的空间为：

1.2MB×25=30MB

从以上多媒体信息与数据量关系可见，多媒体信息的数据量是很大的。数据压缩将是解决多媒体信息的保存，传输和处理的重要途径。

7.1.3 数据冗余

1. 数据冗余的基本概念

冗余是指信息存在的各种性质的多余度，一般而言，图像、语音数据的冗余度都是很大的。由仙侬（C.E.Shannon）信息论：数据=信息+冗余度。我们得到信息量、数据量和冗余量之间的关系：

$$I=D-du$$

式中：I 为信息量，D 表示数据量，du 表示冗余量。冗余量 du 是指数据量 D 中含有的数据冗余。

数据压缩的实现，一方面是因为视频或音频信号等原始信源数据存在着很大的冗余度，另一方面是人的生理特性决定的，人的视觉对亮度信息很敏感，而对边缘的变化不敏感，听觉也对一部分频率的音频不敏感。所以视频或音频的数据压缩后，再做解压处理，人的感觉可以接受这样的数据压缩。

2. 数据压缩的类别

在多媒体信息中，存在着各种性质的冗余度，在数字化后会表现为各种形式的数据冗余，归纳起来，一般有以下几种冗余现象：

(1) 空间冗余。

规则物体的表面具有物理相关性，将其表面数字化后表现为数据冗余。例如，我们拍摄一幅房屋的照片时会发现不少面积的颜色都是完全相同的，也就是说，存在着许多完全一样是相邻信息，统计上认为其像素是信息存在冗余，这是冗余的一种。图像上的冗余度会产生视觉上的多余度，若去掉这些数据并不影响视觉上的质量，甚至对图像的细节的影响也不大，说明这数据具有可压缩性。所以，在允许保真度的范围内压缩数据，可以大大减少存储空间和信道的负荷。当一图片中有一规则物体，其表面颜色均匀，各部分的亮度、饱和度相近，把该图片作数字化处理后，大多数相邻像素的数据都是一样的或相接近。完全一样的和十分相近的数据都可以压缩，恢复不容易分辨出和原图有什么区别。这种压缩就是对空间冗余的压缩。

(2) 时间冗余。

视频信号和动画等有序排列的图像很容易产生数据冗余现象。在播放有序排列图像时，相邻画面中同一位置的内容有变化，则这一位置的内容是“活动”的。而相邻画面中的其余内容没有变化，画面视觉效果相对静止，这时，相邻画面无变化的内容构成了时间上的冗余。

例如，一辆车在路上行驶的动画，相邻的背景图案和位置固定不变，前后帧有很大的相关性，造成时间上的冗余，画面上变化的是车，其位置不段变化，但车身外形无变化，可见，只需要完成第一帧的传输，然后在后面若干帧中，描述车子的位置变化即可。

(3) 统计冗余。

在处理数据时，经常通过统计出现的概率的办法来鉴别空间冗余和时间冗余，因此，空间冗余和时间冗余是把图像信号看作概率信号时所反应出的统计特性。例如一图像相邻的相同特性像素重复出现的概率非常大，则相邻像素具有相关性，即有冗余发生。而图像的相关性不大，冗余就会很小或不发生。统计冗余就是空间冗余和时间冗余的总称。

(4) 信息熵冗余。

信息熵冗余也称为编码冗余，信息熵用来表示一条信息中真正需要编码的信息量，信息熵一般定义为

$$E=-\sum p_i\log_2 p_i \quad (i=0，1，2，\cdots，k-1)$$

式中，E 为信息熵，k 为数据类数或码元个数，p_i 为发生概率。为了使单位数据量 d 等于或接近 E，设单位数据量 d 为

$$d=\sum p_i\times b(y_i) \quad (i=0，1，2，\cdots，k-1)$$

式中，d 为单位数据量，k 为数据类数或码元个数，$b(y_i)$为分配给码元类 y_i 的比特数，理

论 $b(y_i)$应设为

$$b(y_i)= -\log_2 p_i$$

式中，p_i 为 y_i 的发生概率。但很难预估出$\{p_0,p_1,\cdots,p_{k-1}\}$,因此，一般取：

$$b(y_0)=b(y_1)=b(y_2)=\cdots=b(y_{k-1})$$

这样所得的单位数据量 d 必然大于信息熵 E，由此而带来信息熵冗余。

(5) 结构冗余。

数字化图像中的物体表面纹理等结构往往存在着冗余，这种冗余称为结构冗余。当一幅图有很强的结构特性，纹理和影调等物体表面结构有一定的规则时，其结构冗余很大。

(6) 视觉冗余。

人类的视觉系统对图像的感知是非均匀和非线性的，视觉系统并不是对图像的任何变化都能感知的。这些变化如果是不能被视觉所发觉的，这就产生了视觉冗余。例如，人类对亮度的变化最为敏感，但当亮度变化很慢或很小时，人们不易发现；人类对声音的敏感度也是不均匀的；人类对色彩的分辨也有局限性。这样的冗余，称之为视觉冗余。

(7) 知识冗余。

知识是人类独有的，是认知自然、总结规律得到的。人对图像的理解和知识有很大的相关性，可以通过经验就辨别事物，但在计算机中，纯粹处理数据，没有知识经验可言。由图像的记录方式与人对图像的知识差异所产生的冗余称之为知识冗余。

(8) 其他冗余。

由于图像空间的非定常特性所带来的冗余等，除了以上若干数据冗余外，均属于其他冗余之列。

7.1.4 数据压缩的分类

数据压缩处理一般有两个过程组成，一是编码过程，即将原始数据经过压缩编码进行压缩，以便存储和传输；二是解码过程，此过程对编码数据进行解码，还原为可以使用的数据。编码压缩方法有许多种，从不同的角度出发有不同的分类方法，比如从信息论角度出发可分 为两大类：

(1) 冗余度压缩方法，也称无损压缩，信息保持编码或熵编码。具体讲就是解码图像和压缩 编码前的图像严格相同，没有失真，从数学上讲是一种可逆运算。

(2) 信息量压缩方法，也称有损压缩，失真度编码或熵压缩编码。也就是讲解码图像和原始图像是有差别的，允许有一定的失真。

一般按照应用原则在多媒体中的图像压缩编码方法分类，考虑解码后的数据与压缩之前的原始数据是否一致，即从压缩编码算法原理上可以分类为：

(1) 无损压缩编码种类。

无损压缩编码是无损压缩形成的，该编码的解压图像和原始图像严格相同，即压缩时不丢失数据，其具有可恢复性和可逆性，没有偏差的。无损压缩编码基于信息熵原理，属于可逆编码，可逆编码与被处理的信息熵有关，其压缩比一般不高，这主要由于这种压缩编码要求严格，必须保持“无损”，压缩的数据可以完全还原成原始数据，典型的无损压缩编码有：霍夫曼编码、算术编码、行程编码、Lempel zev 编码。

(2) 有损压缩编码种类。

有损压缩编码是有损压缩形成的，该编码的解压图像和原始图像存在一定的误差，即压缩时舍弃部分数据，其具有不可恢复性和不可逆性。有损压缩属于不可逆编码，种类较多，主要的编码类型有：预测编码：DPCM，运动补偿；频率域方法：变换编码，子带编码；模型方法：分形编码，模型基编码；基于重要性：滤波，子采样，比特分配，量化。

(3) 混合编码。

H261，JPEG，MPEG 等技术标准

衡量一个压缩编码方法优劣的重要指标是：

(1) 压缩比要高，有几倍、几十倍，也有几百乃至几千倍；

(2) 压缩与解压缩要快，算法要简单，硬件实现容易；

(3) 解压缩的图像质量要好。

最后要说明的是选用编码方法时一定要考虑数据信源本身的统计特征；多媒体系统(硬件和软件产品)的能力；应用环境以及技术标准。

7.2 数据压缩算法

数据压缩的核心是计算方法，不同的计算方法产生不同形式的压缩编码，以解决不同数据的存储和传送问题。压缩编码的方法有几十种之多，并在编码过程中涉及较深的数学理论基础问题，数据冗余类型和数据压缩算法是对应的，一般根据不同的冗余类型采用不同的编码形式。

7.2.1 无损压缩编码

统计编码有别于预测编码和变换编码，该编码形式是根据消息出现概率的分布特性而进行工作的，属于无损压缩编码。统计编码需要在消息和码字之间确定严格的对应关系或至少是极为接近的对应关系，以便在恢复数据时，准确的还原。通常图像中的某些数据出现概率比较高，而另一些数据的出现概率则相对较低。统计编码对于出现概率高的数据分配短码，对于出现概率低的分配长码，此方法使数据流量降低，达到压缩数据的目的。由于统计编码并未舍弃数据冗余，只是改变了编码分配的长度，因此统计编码可达到无损压缩的程度，属于无损压缩编码。常用的统计编码有：霍夫曼编码、行程编码、算术编码等。

1. 霍夫曼编码

霍夫曼编码是霍夫曼(D.A.Huffman)于 1952 年提出一种编码方法，该方法完全依据字符出现概率来构造异字头的平均长度最短的码字，有时称之为最佳编码，一般就叫作 Huffman 编码。在变长编码中，若码字长度严格按照所对应符号出现概率的大小逆序排列，则其平均长度最短。根据这一原理，霍夫曼编码的实际编码过程按照如下步骤进行：

(1) 将信源符号概率按递减顺序排列。

(2) 将两个最小出现概率进行合并相加，得到的结果作为新符号的出现概率。

(3) 重复这二个步骤，直到概率达到 1.0 为止。

(4) 在每对组合中的上部指定为1(或0)，下部指定为0(或1)。

(5) 画出每个信源符号概率到1.0处的路径，记下沿路径的1和0。

(6) 对于每个信源符号都写出1、0序列，则从右到左就得到霍夫曼编码。

下面，举例说明霍夫曼编码过程。

对一个7符号信源 $A=\{a_1,a_2,\cdots,a_7\}$，其霍夫曼编码如图7-1所示。

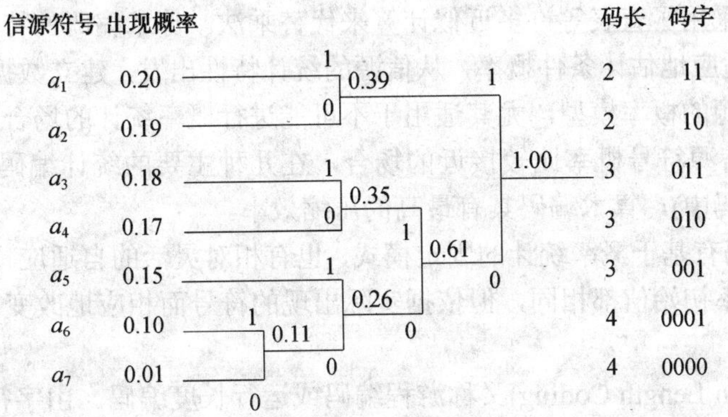

图7-1　霍夫曼编码

当信号源符号的概率为2的负幂次方时，编码效率最高。若信号源符号的概率相等，则编码效率最低。霍夫曼编码的成功取决于是否能精确统计原始文件的字符值，它通常采用两次扫描的办法保证精确度，第一次扫描得到统计结果，第二次扫描进行编码。霍夫曼编码在数据压缩领域具有以下特点：

(1) 由于编码长度可变，所以压缩和还原时间较长。

(2) 霍夫曼编码码字字长不统一，因此硬件实现起来不大方便。

(3) 霍夫曼编码对不同的信源的编码效率是不同的。只有在概率分布很不均匀时，霍夫曼编码的效果才显著。

(4) 为解决误码率高的问题，霍夫曼编码采用双字节长编码，概率高的字长短，概率低的字长长。

(5) 对信源进行霍夫曼编码后，形成了一个霍夫曼编码表。解码时，必须参照这一霍夫曼编码表才能正确译码。为了节省编码时间，通常把霍夫曼编码表存储在发送端和接收端。否则，在进行编码时还要传送编码表，在很大程度上延长了编码时间。

2. 算术编码

1948年，Shannon提出将信源依其概率降序排序，用符号序列累积概率的二进制表示对信源的编码；1960年，P. Elias首先提出把这种依附Shannon编码概念推广到对符号序列直接编码上，推出了所谓的算术编码(Arithmetic Coding)；1976年，R. Pasco和J.Rissanen分别用定长的寄存器实现了有限精度的算术编码；1979年，Rissanen和G.G. Langdon将算术编码系统化，并于1981年将AC推广应用到二值图箱编码上，大大提高了起压缩效率；1987年，Witten等人发表了一个实用的算术编码程序，同期IBM公司发表了著名的Q-编码器（后用于JPEG和JPIG）；

算术编码属于无损压缩编码，是统计编码的一种。该编码的某些方面优于霍夫曼编码。算术编码不是将单个信源符号映射成一个码字，而是将整个输入符号序列映射为实数轴上[0,1)区间内的一个小区间，其长度等于该序列的概率，再在该小区间选择一个代表性的二进制小数，作为实际的编码输出。

算术编码过程：依据字符的发生概率对码区间的分割过程(即子区间宽度与正编码字符发生概率相乘的过程)。算术解码过程：只需知道最终编码区间中的某一个值就可以解码。算术编码每次递推都要做乘法，而且必须在一个信源符号的处理周期内完成，有时难以实时，为此采用了查表等许多近似计算来代替乘法。算术编码的特点：

(1) 能够自适应地估计条件概率，从信源的统计特性出发，建立数据的概率模型。它不必预先定义信源的概率模型，尤其适用于不可能进行概率统计的场合。

(2) 适用于信源符号概率比较接近的场合，在几种主要的统计编码中(Huffman，LZ家族以及算术编码中)，算术编码具有最高的压缩效率。

(3) 算术编码有基于概率统计的固定模式，也有相对灵活的自适应模式。自适应模式指：各符号的概率初始值都相同，但依据实际出现的符号而相应地改变。

3. 行程编码

行程编码(Run Length Coding)又称游程编码或运行长度编码。由字符(或信号采样值)构成的数据流中各字符重复出现而形成的字符串的长度。用二进制码字给出形成串的字符、串的长度及串的位置等信息，以此来恢复出原来的数据流。读出数据和表示数据的方式也是减少码率的一个重要因素。读出的方式可以有多种选择 ，如水平逐行读出、垂直逐列读出、之字型读出和交替读出等，其中之字型读出(Zig－Zag)是最常用的一种。由于经 DCT 变换以后，系数大多数集中在左上角，即低频分量区，因此之字型读出实际上是按二维频率的高低顺序读出系数的，这样一来就为行程长度编码(Runleng th Encoding)创造了条件。

例如，一个字符串“666666666666666666555555558888888222222222222”，其行程编码为(6，18)(5，8)(8，7)(2，13)。由此可见行程编码的位数远远少于原始字符串的位数。

行程编码分为定长行程编码和变长行程编码两种。定长行程编码使用位数是固定的，如果灰度连续相同的个数超过了固定位数所能表示的最大值，则进入下一轮行程编码。变长行程编码是对不同范围的游程采用不同位数的编码 。

行程编码适合于二值图像的编码，行程编码对传输差错很敏感，一位符号出错就会改变行程编码长度，从而使整个图像出现偏移，因此，一般要用行同步和列同步的方法把差错控制在一行一列之内。

4. Lempel zev 编码

1977 年，以色列人 Jacob Ziv 和 Abraham Lempel 发表了论文“顺序数据压缩的一个通用算法 A Universal Alogrithem for Sequential Data Compression)”。1978 年，他们发表了该论文的续篇“通过可变比率编码的独立序列的压缩 (Compression of Individual Sequences via Variable-Rate Coding)。”LZW 压缩编码是一种先进的数据压缩技术，属于无损压缩编码，该编码主要用于图像数据的压缩。

LZW 采用了一种先进的串表压缩，将每个第一次出现的串放在一个串表中，用一个数字来表示串，压缩文件只存贮数字，则不存贮串，从而使图象文件的压缩效率得到较大的提高。LZW 算法中，首先建立一个字符串表，把每一个第一次出现的字符串放入串表中，并用一个数字来表示，这个数字与此字符串在串表中的位置有关，并将这个数字存入压缩文件中，如果这个字符串再次出现时，即可用表示它的数字来代替，并将这个数字存入文件中。压缩完成后将串表丢弃。如"print" 字符串，如果在压缩时用 266 表示，只要再次出现，均用 266 表示，并将"print"字符串存入串表中，在图象解码时遇到数字 266，即可从串表中查出 266 所代表的字符串"print"，在解压缩时，串表可以根据压缩数据重新生成。

LZW 压缩技术的处理过程比较复杂，该过程完全可逆，对于简单图像和平滑且噪声小的信号源具有较高的压缩比，并且有较高的压缩和解压缩速度。LZW 码的特点：

(1) 能有效地利用字符出现频率冗余度、字符重复性和高使用率模式冗余度，但通常不能有效地利用位置冗余度。

(2) 算法是自适应的，无需有关输入数据统计量的先验信息，运算时间正比于消息的长度。

(3) 对每一消息的起始端的压缩效果很差，对整段消息压缩得更好。

(4) 如果信源非均匀且冗余度特性随消息而变动，那么消息长度远大于算法实现的自适应范围，压缩效率就会降低。

7.2.2 有损压缩编码

1. 预测编码

1952 年，Bell 实验室的 B.M.Oliver 等人开始线性预测编码理论研究。同年，该实验室的 C.C.Culter 取得了 DPCM (Differential Pulse Code Modulation, 差分脉冲编码调制)系统的专利，奠定了真正实用的预测编码系统的基础。

预测编码是有损压缩编码，是图像的传输和存储方面常用的编码方法。预测的对象是下一个像点或下一帧，这些通常都存在冗余。在一帧图像内，相邻像点之间的相关性比较强，任何像点都可以通过已知样本进行预测。而对于连续的多帧图像，新一帧通常保留前一帧的部分内容，进行预测时，首先存储当前内容，然后把当前内容作为样本，与下一帧图像内容进行比较，找出不同点，并把不同点进行存储或传输，而相同点则是数据冗余。这时的压缩效果明显。

信源符号之间存在相关性。如果符号的预测值与符号的实际值比较接近，它们之间的差值幅度的变化就比原始信源符号幅度值的变化小，因此量化这种差值信号时就可以用比较少的位数来表示差值。

DPCM(Differential Pulse Code Modulation)是差分脉冲编码调制算法，主要用于对图像是像素进行预测，并进行压缩处理。电视图像基本上是由面积较大的像块组成。虽然每个像块的幅值各不相同，但像块内各样值的幅度是相近的或相同的，幅值跃变部分相应于像块的轮廓，只占整幅图像的很小一部分。帧间相同的概率就更大了，静止图像相邻帧间的相应位置的像素完全一样，这意味着前后像素之差或前后帧间相应位置像素之差为零或差值小的概率大，差值大的概率小。

ADPCM(Adptiveself Differential Pulse Code Modulation)自适应差分编码调制编码具有自适应特性，该编码包括自适应量化和自适应预测两种形式，主要用于对中等质量的音频信号进行高效率压缩。

(1) 自适应量化。在一定的量化级数下，减少量化误差或在相同误差情况下压缩数据，并且根据信号分布不均匀的特点，随输入信号的变化而改变量化区间的大小，以保证输入量化器的信号比较均匀，这种输入信号的自动调节能力就是自适应量化。

(2) 自适应预测。根据常见的信息源求得多组固定的预测参数，将预测参数提供给编码使用。在实际编码时，根据信息源的特性，以实际值与预测值的均匀方差最小为原则，自适应地选择其中一组固定的预测参数进行编码。这样增加了预测的准确度，降低了计算的复杂程度，提高了编码效率。

2. 变换编码

变换编码(Transform Coding)是一种对统计冗余进行压缩的方法，属于有损压缩编码，主要用于图像的数据压缩。变换编码首先对时域上的信号进行函数运算，将信号变换到频域上，然后在频域上对变换后的信号进行编码。在频域上，信息是按照频谱的能量和频率分布进行排列的。

变换编码的思路是把一组数据转换成另一种表示形式，这种表示形式有利于实现某一特定目标。变换是可以反向进行的，即存在反变换，以恢复原来的数据。在图像压缩中，一组数据是指一组像素。变换将使数据量减少，以便于数据的传输和存储，解压缩时，利用反变换恢复原始像素。

在数学中，变换是一个很方便的工具，对于数据压缩来说，变换方法的特点的：在频域上信息是按频谱的能量与频率分布排列的。对频域平面量化器进行合理的比特分配，高能量区给以高比特，低能量区给以低比特，就可以得到高的压缩能力；变换运算比其他方法的计算复杂性高。

3. 子带编码

子带编码又称分频带编码。它将图像数据变换到频域后，按频率分布，然后用不同的量化器进行量化，达到最优的组合。

一些多媒体信息都有教高的频带，信息的能量集中低频区域，细节和边缘信息则集中于高频区域。子带编码采取保留低频系数舍去高频系数的方法进行编码，操作时对低频区域取较多的比特数来编码，以牺牲边缘细节来换取比特数的下降，恢复后的图像比原图像模糊。子带编码的主要特点是有较高的压缩比和信噪比。

子带编码把原始图像分割成不同频段的子频段带，对不同的频段子带设计独立的预测编码器，分别进行编码和解码。

7.3 压缩编码技术标准

为了保证图像基本质量，进一步提高静态图像的数据压缩比，人们进行了长期的研究并制定了一个新标准，即 JPEG 静态压缩标准。该标准是国际通用标准，目前已经商业化。

动态图像系统中如果数据量过大，就会由于不能快速平滑地重现动态图像，而导致播放停顿和抖动。所以压缩数据量是解决动态图像速度的关键。动态图像压缩编码技术 MPEG 是一个通用标准，主要是针对全动态图像而设计。该标准分为三部分：MPEG 视频压缩、MPEG 音频压缩和 MPEG 系统。

7.3.1 JPEG压缩编码技术

JPEG是Joint Photographic Experts Group的缩写，1986年，国际电报电话咨询委员会CCITT和国际标准化组织ISO共同成立了联合图像专家组。该专家组致力于建立适合彩色和单色多灰度级的连续色调静止图像的压缩标准。1991年，联合专家组提出了ISO CD建议草案“多灰度静止图像的数字压缩编码标准”，该标准制定了四种工作模式：DCT顺序编码模式，该模式是基本操作模式，所有JPEG编码解码器都必须支持基本系统；DCT递增模式；无失真编码模式；分层编码模式。1992年，正式完成了用于各种分辨率和格式的连续色调图像的ISO/IEC 10918标准，简称JPEG标准。JPEG静态图像压缩标准对同一帧图像采用两种或两种以上的编码形式，以期达到质量损失不大而又保证较高压缩比的效果。这种采用多种编码形式的处理方式叫做“混合编码方式”，它是JPEG静态图像压缩技术的显著特点。

1. JPEG压缩算法

JPEG标准定义了两种基本算法，即所谓的混合编码方法。一种是基于空间线形预测技术(即差分脉冲编码调制)算法，该算法属于无失真压缩算法，也叫“无失真预测编码”；另一种是基于离散余弦变换、行程编码、熵编码的有失真压缩算法，又叫“有失真DCT压缩编码”。

JPEG压缩标准适用于连续色调、多级灰度、彩色或黑白图像的数据压缩，其无损压缩比大约为4∶1，有损压缩比在10∶1到100∶1之间。当有损压缩比不大于25∶1时，经压缩并还原的图像与原始图像相比，在色彩、清晰度、颜色分布等方面视觉误差不大，非图像专家难于找出它们之间的区别，因此得到了广泛的应用。根据人眼对亮度变化和颜色变化比较敏感的原理，JPEG压缩标准在对图像数据进行压缩时，着重存储亮度变化和颜色变换，舍弃人们不敏感的成分。在还原图像时，并不重新建立原始图像，而是生成类似的图像，该图像保留了人们敏感的色彩和亮度。

JPEG连续色调图像压缩方法需要满足一些要求：对图像进行帧内编码，每帧色调连续，随机存取；可在很宽的范围内调节图像的压缩比和图像保真度，解码器可参数化；对图像进行压缩时，可随意选择期望的压缩/质量比，从而得到不同质量的图像；对于硬件环境要求不高；可运行四种模式：DCT顺序编码模式、DCT递增模式、无失真编码模式和分层编码模式。

2. 无失真预测编码

JPEG选择了简单的线形预测编码方法，具有硬件实现容易，重新建立的图像与原始图像无差别。无失真预测编码的特点是无损压缩，压缩比一般为2∶1。无失真预测编码采用了DPCM压缩算法和霍夫曼压缩算法，因此可以获得不失真的图像质量。无失真预测编码器的框图如图7-2所示。

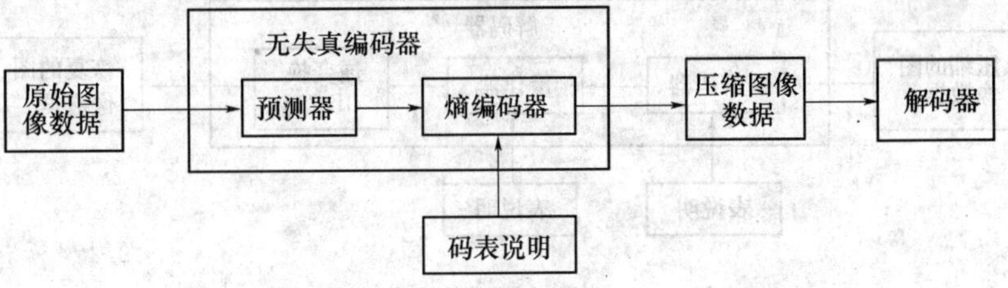

图7-2　无失真预测编码器框图

原始图像数据经过无失真编码器进行预测编码，然后把压缩图像数据存储在介质中或传送出去。在使用图像时，经过解码器解码，建立与原始图像一致的不失真图像。

3. 有失真 DCT 压缩编码

基于离散余弦变换 DCT(Discrete Cosine Transform)的压缩编码算法。JPEG 有失真压缩算法属于有损压缩形式，该算法按照不同层次分基本系统(baseline system)和增强系统(Extended System)两种。该算法还定义了两种工作模式，即顺序操作模式(sequential)和累进操作模式(progressive)。基本系统采用顺序模式，只采用霍夫曼编码方式进行压缩编码，增强系统则采用累进操作模式，是基本系统的扩充和增强，可采用霍夫曼编码或具有自适应能力的算术编码方式进行压缩编码。

(1) 离散余弦变换。

JPEG 采用子块为 8×8 的二维离散余弦变换。在编码器的输入端，把原始图像顺序地分割成一系列由 8×8 像点构成的数据块，同时把作为原始采样数据的无符号整数转换成有符号整数，这一过程叫做“正变换”。设原始图像的采样精度为 P 位，是无符号整数，输入时把[0，2^P-1]范围内的无符号整数经过正变换，变成[-2^{P-1}，2^{P-1}-1]范围内的有符号整数，以此作为离散余弦正变换的输入。在解码器的输出端经离散余弦逆变换后，得到一系列 8×8 的图像数据块，需将其数值范围由[-2^{P-1},2^{P-1}-1]再变回到[0，2^P-1]范围内的无符号整数来获得重构图像。

原始图像的 8×8 样本块由 64 个像点构成，64 个像点实质上是 64 个离散信号，是空间范围 X 和 Y 的函数。输入时，经过正变换，将 64 个离散信号译成 64 个正交基信号，每个正交基信号包含一个二维空间频率，然后以 64 个 DCT 系数的形式进行编码，这个过程就是数据压缩过程。解码时，压缩的图像数据送至解码器，经过逆变换，把 64 个 DCT 系数重新建立成 64 个像点的图像。不过，由于运算误差和系数的量化，因而重建过程不是很精确，64 个像点与原始图像存在差异。

压缩编码过程和解码过程如图 7-3 所示。

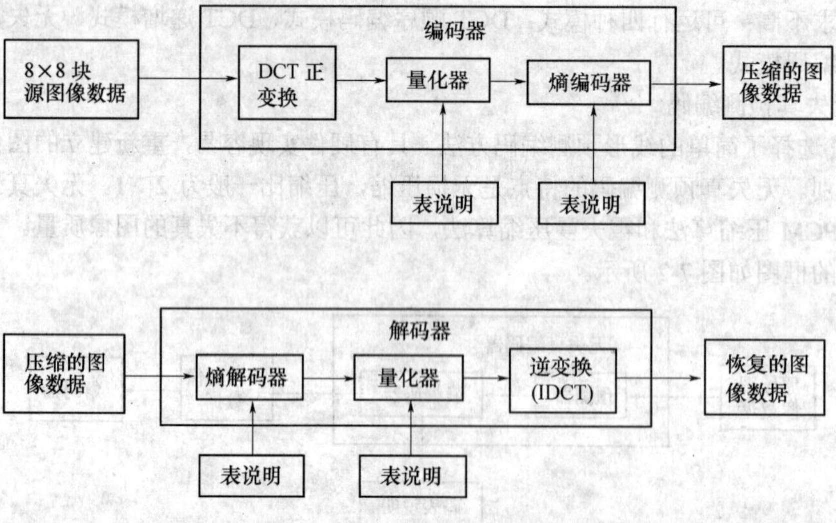

图 7-3　压缩编码过程和解码过程

(2) 离散余弦变换的量化处理。

为达到压缩数据的目的，对离散余弦变换系数 F(u,v)需作量化处理。量化步长是量化表的元素，可根据不同频率的视觉阈值来选择量化表中元素的大小。不同频率的余弦函数的视觉效果不同。实际设计中可通过心理视觉实验确定对应于不同频率的视觉阈值，以确定不同频率的量化器步长。量化处理是多到一的映射，是造成离散余弦变换编码解码信息损失的根源。在 JPEG 中采用线形均匀量化器。量化定义为 64 个离散余弦变换系数除以量化步长后，四舍五入取整，量化的定义如下：

$$C_Q(u,v)=\text{Integer Round}[F(u,v)/Q(u,v)]$$

式中，$Q(u,v)$为量化步长，是量化表的元素(量化表的元素随离散余弦变换系数的位置和彩色分量的不同有不同的值)。量化表的尺寸为 8×8，与 64 个变换系数一一对应；F(u,v)是 DCT 系数；Integer Round 是四舍五入取整的意思。此定义说明，量化是由 DCT 系数除以量化步长，然后取整得到的。量化表可由用户规定，但 JPEG 给出了参考值，并作为编码器的一个输入。量化结果一般是频率低的分量系数大，频率高的分量系数小且大多为零。解量化是量化过程的逆运算，其公式如下：

$$C_Q'(u,v)= C_Q(u,v)\cdot Q(u,v)$$

(3) 直流(DC)系数的编码和交流(AC)系数的行程编码。

64 个变换系数中，直流系数处于矩阵的左上角，是 64 个图像采样值的平均值。相邻 8×8 块之间的直流系数有很强的相关性。

经过量化后的 DCT 系数构成一个稀疏矩阵，为便于编码，采用 Z 形扫描(见图 7-4)将二维量化系数矩阵重组为一个一维数组，意在尽量匹配量化系数的能量分布，使其基本上能按能量递减的方式排序。这种排列可以把相同频率或近似频率的系数排列在相近的位置上，有利于进一步的行程编码处理。基于 DCT 算法的基本系统在行程编码处理时，按照 Z 字形的路径进行扫描，扫描结束后，编码过程也随之结束。基于 DCT 算法的增强系统增加了霍夫曼编码和自适应算术编码，从而进一步提高压缩比。

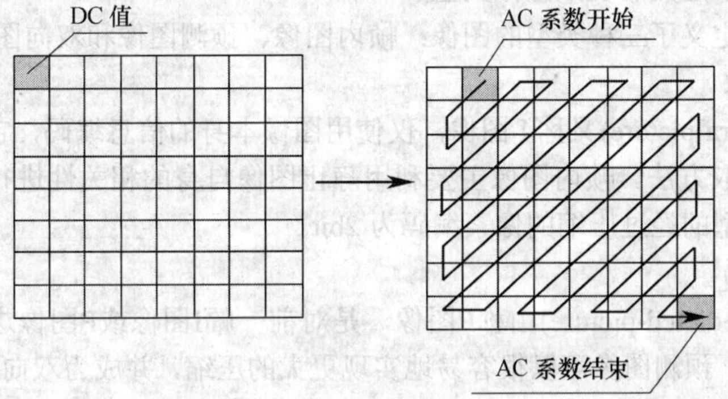

图 7-4 Z 形扫描

4. JPEG-LS 压缩标准

JPEG 无损压缩模式简单快速，但压缩比难以满足使用要求，且对大尺寸的图像难以实时压缩，因此无失真的要求使得可供选择的压缩方法和技术受到极大的限制。于是 JPEG 组织从 1994 年开始征集新的无损/近无损压缩(简称 JPEG-LS 标准)算法提案，并于

1998 年 2 月作为 ITU-T 建议 T.87(草案)|国际标准 ISO/IEC 14495-1 正式公布。

JPEG-LS 标准与 JPEG 无损压缩存在着不同：基于上下文的建模；游程编码；误差可以控制的近似无损压缩。JPEG-LS 的实现：基于上下文的建模，预测，常规模式的误差编码，游程编码模式。

JPEG-LS 编码系统如图 7-5 所示。

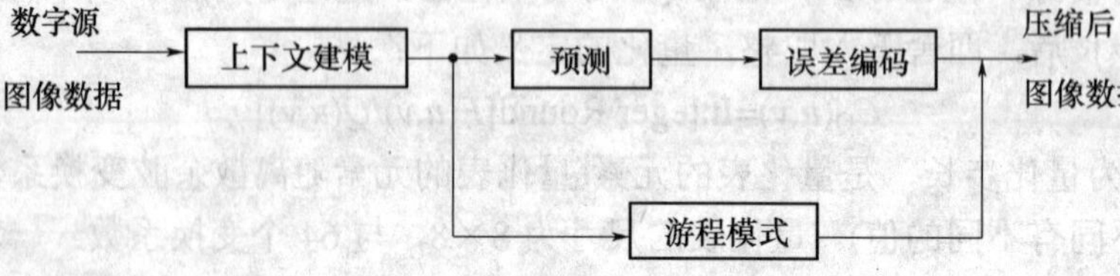

图 7-5 JPEG-LS 编码系统

为了在保证图像质量的前提下进一步提高压缩比，2000 年 JPEG 专家组制定了 JPEG 2000(简称 JP 2000)标准，以作为 JPGE 的后继者。

7.3.2 MPEG 压缩编码技术

MPEG 系列是目前使用最多的压缩标准。MPEG(Moving Picture Expert Group)是在 1988 年由国际标准化组织(International Organization for Standardization，ISO)和国际电工委员会(International Electrotechnical Commission，IEC)联合成立的专家组，负责开发电视图像数据和声音数据的编码、解码和它们的同步等标准。这个专家组开发的标准称为 MPEG 标准。

动态图像压缩编码技术 MPEG 诞生于 1991 年，后于 1992 年由 ISO/IEC 批准。MPEG 标准是一个通用标准，主要针对全动态图像设计的，分为三部分：MPEG 视频压缩；MPEG 音频压缩；MPEG 系统。

1. MPEG 标准定义的视频图像类型

MPEG 标准定义了三种类型的图像：帧内图像、预测图像和双向图像。

(1) 帧内图像。

帧内图像(intra-picture)又称 I 图像，仅使用图像本身的信息编码，它提供了压缩视频数据流的随机存取方法。帧内图像主要利用静止图像自身的相关性进行编码，因此可提供中度压缩。典型的经过压缩的像素编码为 2bit。

(2) 预测编码。

预测图像(predicted-picture)由称P图像，是对前一幅I图像或P图像进行编码。这个过程叫做向前预测。预测图像可以很容易地实现更大的压缩，并成为双向图像和以后的P图像的参考。与帧内图像相比，预测图像有较高的压缩比，但由于预测图像编码用预测值取代真实值的缘故，会增加图像的失真，如图7-6所示。

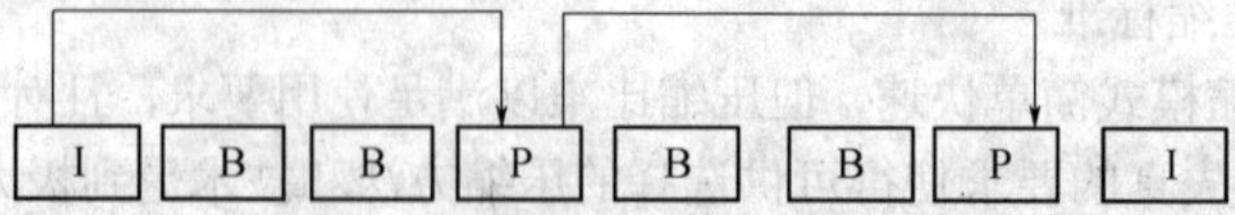

图 7-6 向前预测

(3) 双向图像。

双向图像(bidirectional-picture)又称B图像，是综合参考以前和以后的图像信息而得到的图像。这种技术叫做双向预测。双向图像可以提供最大程度的压缩能够获得较高的压缩比，而且能够多种方式的比较，没有误差传播。双向图像对两帧图像取平均值，以便减少图像切换时的噪声。双向图像的简单原理如图7-7所示。

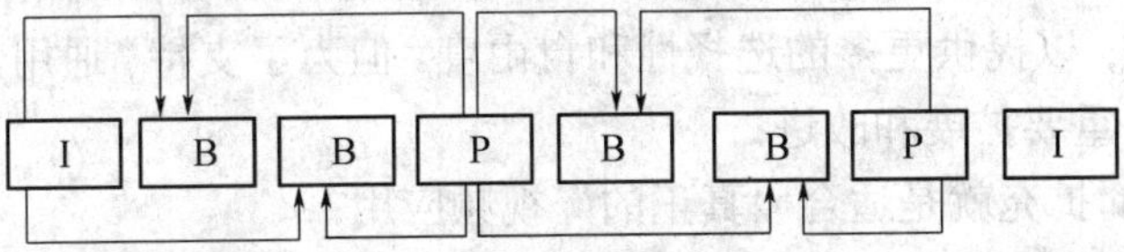

图 7-7　双向图像原理

2. MPEG 技术标准

到目前为止，已经开发和正在开发的 MPEG 标准有：

MPEG-1：数字电视标准，1993 年 8 月 1 日正式发布。

MPEG-2：数字电视标准，1996 年 4 月正式发布。

MPEG-3：已于 1992 年 7 月与 MPEG-2 合并。

MPEG-4：多媒体应用标准(1999 年发布)。

MPEG-7：多媒体内容描述接口标准。

(1) MPEG-1 的标准号为 ISO/IEC 11172，标准名称为“信息技术—用于数据速率高达大约 1.5 Mbit/s 的数字存储媒体的电视图像和伴音编码” (Information technology — Coding of moving pictures and associated audio for digital storage media at up to about 1.5 Mbit/s)。是由 5 部分组成：系统、视频、音频、一致性以及软件。MPEG-1 的视频压缩标准为 MPEG-1 标准的第二部分(ISO/IEC 11172-2)。MPEG-1 处理的是标准图像交换格式(Standard Interchange format，SIF)或者称为源输入格式(Source Input Format，SIF)的电视，即 NTSC 制为 352×240×30，PAL 制为 352×288×25。

压缩的输出速率定义在 1.5 Mbit/s 以下。这个标准主要是针对当时具有这种数据传输率的 CD-ROM 和网络而开发的，用于在 CD-ROM 上存储数字影视和在网络上传输数字影视。

MPEG-1 音频定义了三层：Ⅰ、Ⅱ和Ⅲ。较高的层具有较高的编码效率，并要求增加的解码资源。第三层 MPEG-1 解码器正是现在流行的 MP3，MP3 的普及是因为声音质量和编码效率。MPEG—1 系统提供一个把编码的音频和视频流复用成一个流，允许各个流同步的播放。这要求所有的流都要以公共的系统时钟(STC)为基准。从这个 STC 中，可导出演播时间标志(PTS)，它规定了一个特定的音频或视频帧在终端出现的时间。由于带有 B 帧的视频编码要求重排解码图像，用解码时间标志(DTS)指明什么时候一个特定的图像必须被解码。

(2) MPEG-2 标准从 1990 年开始研究，1996 年正式发布。它是一个直接与数字电视广播有关的高质量图像和声音编码标准。MPEG-2 的标准号为 ISO/IEC 13818，标准名称为“信息技术：视频图像和伴音信息的通用编码(Information technology - Generic coding of moving pictures and associated audio information)”。MPEG 其第二部分(ISO/IEC 13818-2)

为视频压缩标准。

MPEG-2 可以说是 MPEG-1 的扩充，因为它们的基本编码算法都相同。但 MPEG-2 增加了许多 MPEG-1 所没有的功能，例如由于关键帧里存在特殊向量，扩展了错误冗余；离散余弦变换中可选择精度；超前预测模式；质量伸缩性(在同一视频流中可容忍不同质量的图象)；支持 VBR，提供了位速率的可变性能功能；增加了隔行扫描电视的编码。

MPEG-2 和 MPEG-1 一样, 只规定了码流结构和解码器算法规则, 而把实际编码器模型向设计者开放, 以提供更多的选择性和自由度。但为了支持“通用性”, 又在 MPEG-1 的基础上做了许多重要扩展和改进:

① 一个基本的扩充就是适合“真正的”视频应用;

② 扩大了重要的参数值;

③ 增加了“可分级性”;

④ 视频信号在压缩编码前要先进行预处理;

⑤ 在编码算法的细节上，补充非线性量化、10bit 像素编码以及比 Z 形扫描更合适于隔行图像的“交替扫描”等其他一些技术。

(3) MPEG-4(ISO/IEC 14496)标准第一版本于 1999 年 2 月正式公布，同年年底 MPEG-4 第二版亦告确定，且于 2000 年年初正式成为国际标准。

MPEG-4 与 MPEG-1 和 MPEG-2 有很大的不同。MPEG-4 不只是具体压缩算法，它是针对数字电视、交互式绘图应用(影音合成内容)、交互式多媒体(WWW、资料撷取与分散)等整合及压缩技术的需求而制定的国际标准。

MPEG-4 标准将众多的多媒体应用集成于一个完整的框架内，旨在为多媒体通信及应用环境提供标准的算法及工具，从而建立起一种能被多媒体传输、存储、检索等应用领域普遍采用的统一数据格式。MPEG-4 标准同以前标准的最显著的差别在于它是采用基于对象的编码理念，即在编码时将一幅景物分成若干在时间和空间上相互联系的视频音频对象，分别编码后，再经过复用传输到接收端，然后再对不同的对象分别解码，从而组合成所需要的视频和音频。这样既方便我们对不同的对象采用不同的编码方法和表示方法，又有利于不同数据类型间的融合，并且这样也可以方便的实现对于各种对象的操作及编辑。

(4) MPEG-7 的工作于 1996 年启动，名称叫做多媒体内容描述接口(Multimedia Content Description Interface)，为各类多媒体信息提供一种标准化的描述，这种描述将与内容本身有关，允许快速和有效的查询用户感兴趣的资料。它将扩展现有内容识别专用解决方案的有限的能力，特别是它还包括了更多的数据类型。换而言之，MPEG-7 规定一个用于描述各种不同类型多媒体信息的描述符的标准集合。

MPEG-7 的目标：是支持多种音频和视觉的描述，包括自由文本、N 维时空结构、统计信息、客观属性、主观属性、生产属性和组合信息。对于视觉信息，描述将包括颜色、视觉对象、纹理、草图、形状、体积、空间关系、运动及变形等。MPEG-7 的目标是根据信息的抽象层次，提供一种描述多媒体材料的方法以便表示不同层次上的用户对信息的需求。

MPEG-7 的应用领域：音视数据库的存储和检索；广播媒体的选择(广播、电视节目)；因特网上的个性化新闻服务；智能多媒体、多媒体编辑；教育领域的应用(如数字多媒体图书馆等)；远程购物；社会和文化服务(历史博物馆、艺术走廊等)；调查服务(人的特征的识别、辩论等)；遥感；监视(交通控制、地面交通等)生物医学应用；建筑、不动产及内部设计；多媒体目录服务(如：黄页、旅游信息、地理信息系统等)；家庭娱乐(个人的多媒体收集管理系统等)。

(5) MPEG-21 标准其实就是一些关键技术的集成，通过这种集成环境就对全球数字媒体资源进行透明和增强管理，实现内容描述、创建、发布、使用、识别、收费管理、产权保护、用户隐私权保护、终端和网络资源抽取、事件报告等功能。制定 MPEG-21 标准的目的是：将不同的协议、标准、技术等有机地融合在一起；制定新的标准；将这些不同的标准集成在一起。

习　题

1. 请简述数据压缩的概念与分类。
2. 请简要介绍一下无损压缩编码与有损压缩编码。
3. 请比较 JPEG 与 MPEG 两种压缩编码技术的异同。

第 8 章　光 盘 技 术

学习内容

本章主要介绍了光盘技术的发展及主要实现技术，以及两款软件——NERO和Alcohol 120%的使用。

学习要求

了解： 光盘技术概念、光盘的种类；

掌握： NERO 和 Alcohol 120%的使用方法。

光盘技术是 20 世纪 60 年代—70 年代开发的一项激光信息存储新技术。早在 1961 年，美国斯坦福大学和 3M 公司就已开始了光盘技术的研究。1972 年，荷兰菲利浦公司（Philips）和美国音乐公司（MCA）率先开发制作出了视频光盘，并于 1978 年正式投入市场。到 70 年代末，又出现了数据光盘。最初，光盘技术主要用于录制音乐和电视节目，自 1980 年后，又开发了用于文献信息存储的光盘技术，直至现在，光盘技术已经是计算机存储不可缺少的技术。

8.1　光盘技术概述

1980 年，KDD 公司推出了第一台光盘机，光盘系统由光盘驱动器和光盘片组成。光学存储的基本特点是用激光引导测距系统的精密光学结构取代硬盘驱动器的机械结构。光盘驱动器的读写是用半导体激光器和光路系统组成的光学头，记录介质采用磁光材料。驱动器采用一系列透镜和反射镜，将微细的激光束引导至一个旋转盘上的微小区域。由于激光的对准精度高，理论上讲写入数据的密度要比硬盘高的多。

8.1.1　光盘存储

光盘存储技术是一种光学信息存储新技术，具有存储密度高、同计算机联机能力强、易于随机检索和远距离传输、还原效果好、便于拷贝复制、适用范围广等特点。近年来，光盘技术已受到普遍重视，并得到了迅速的发展和应用。

1. 存储密度高

目前光盘的信息存储密度比普通磁盘约高 1～2 个数量级。随着光盘技术的不断改善，还可进一步提高光盘的存储密度。例如，通过采用短波长激光器和大数值孔径的物镜进一步减小记录信息点的直径，缩小预刻槽轨道的间距以及采用压缩技术等方法来加大光盘的存储密度。

2. 与计算机联机能力强

光盘系统很容易实现随机检索和二进制数据的传输，也很容易与计算机联机，与磁带记录转换信息。对光盘存储系统检索时，只需将要查找的信息编码通过计算机键盘输入，所需的信息就可显示在屏幕上或者利用打印机打印在纸张上。例如，从存储有 160 万页资料的 64 张光盘信息库中取出其中任何一页资料的信息只需用 5s 左右，输出到打印机的时间也仅只 3s～5s，检索和输出十分迅速。记录在光盘内的信息还可通过发送装置传递到远处计算机，并显示在 CRT 屏幕上。

3. 便于大量复制

在复制烧坑记录的光盘时，是以直接录制的光盘为母盘，利用压印的方法制出金属膜版，然后，再利用膜版压印出复制光盘。这样便可将母盘上的烧坑信息转录到复制光盘上，进行大量的复制，光盘适于进行出版、发行等大批量的生产。

4. 影像还原效果好

记录在光盘内的信息具有还原效果好、影像质量高的特点，尤其是在记录的字迹浅淡，字迹扩散、底色发黄、含有污迹的原件时，由于光盘记录会使中灰色调消失，光盘信息的还原影像反而比原件图像的反差大、线条清晰，而且会使原件上的某些缺陷（污迹、破痕等）减轻或消失。此外，在进行活动画面显示时，还可利用调速方法改变其动作的快慢，甚至使活动画面静止不动或进行反时序动作显示。

5. 适用范围广

光盘技术不仅可以记录载有声像的活动画面，而且可以记录各种原件的图形或文字信息。利用光盘既可以存储一般幅面的原件，又可以存储大幅面的图纸和资料；不仅可以存储单页原件，而且可以存储装订成册的原件，甚至可以存储记录在磁带或缩微胶片上的信息。总之，几乎所有的信息表现形式都可以利用光盘载体进行信息的记录和存储。

由于光盘采用的是非接触的，即激光扫描的记录和读出方式，因此，在光盘多次读出使用时，光盘上的记录信息不会受到破坏。

光盘存储技术是近年来发展迅速的一种光学信息存储新技术，在解决档案、图书等原件的全文存储和使用方面显示了许多独特的优点。但是，这种技术也存在着一些不足之处，还有一些尚待研究和解决的问题。例如：同缩微胶片相比，光盘记录时的误码率有时还比较高；由于光盘采用的是激光扫描的输入方式，因此，其记录速度不如缩微胶片快门曝光的记录速度快；目前，记录在光盘上的信息虽然比磁带（盘）记录信息的保存寿命长，可保存十几年或几十年，但还远不如缩微胶片。另外，由于目前还未建立统一的光盘技术国际标准，光盘技术的通用性较差，影响推广使用等。

8.1.2 光存储发展的关键技术

1. 高密、高效、高速的母盘刻录技术

采用短波激光和大数值孔径的物镜，可使道间距减小，比特长度减小，从而可提高光盘的刻录密度；采用脉宽调制，可显著提高记录效率。

2. DVD的封装技术

将DVD母盘、模板生产线挑选出的合格模板，用精密注塑机注塑成形，制得的DVD半成品经适当冷却，送入溅射室，根据不同要求，分别溅射金或铝，然后进行粘合剂旋涂、封装、紫外光固化、在线检测、商标印刷等，制成DVD只读光盘。

3. 光盘记录介质

DVD-RAM 光盘是否稳定可靠，记录介质是关键，而材料设计能否满足高速存储的要求，又取决于记录介质能否在两个稳定态之间实现快速可逆相变。国内外传统相变介质材料设计都是基于激光的热效应，信息写入用液相快淬实现；信息的擦除用晶核形成、晶粒长大来完成。由于热效应是能量积累过程，写入一个比特需较长时间，约几十纳秒，而且介质在经历几十万次的写 / 擦循环后会出现信噪比下降的热疲劳。

随着记录激光采用短波长，激光的热效应逐渐减弱，而激光光子的激发作用变得突出；所以新的材料设计基于激光的光效应。对半导体类型介质来讲，写入一个比特只要几十皮秒，使记录速率获得数量级的提高。这种基于非线性光学双稳态变化效应的记录介质称为光双稳态记录介质，它可以是无机材料，也可以是有机材料或无机-有机复合材料。

从信息存储的角度看，一张以光形势存储的 CD-ROM 完全可以看成一种新型的纸。一张小小的塑料圆盘，其直径不过 12 厘米（5 英寸），重量不过 20 克，而存储容量却高达 600 多兆字节。如果单纯存放文字，一张 CD-ROM 相当于 15 万张 16 开的纸，足以容纳数百部大部头的著作。

但是，CD-ROM 在记录信息原理上却与纸大相径庭，CD-ROM 盘上信息的写入和读出都是通过激光来实现的。激光通过聚焦后，可获得直径约为 1 微米（μm）的光束。

据此，荷兰飞利浦(Philips)公司的研究人员开始使用激光光束来进行记录和重放信息的研究。1972 年，他们的研究获得了成功，1978 年投放市场。

最初的产品就是大家所熟知的激光视盘（LD，Laser Vision Disc）系统。从 LD 的诞生至今，光盘有了很大的发展，它经历了三个阶段：

(1) LD-激光视盘

(2) CD-DA 激光唱盘

(3) CD-ROM

下面简单介绍这三个阶段性的产品特点：

1. LD-激光视盘

它就是通常所说的 LCD，直径较大，为 12 英寸，两面都可以记录信息，但是它记录的信号是模拟信号。模拟信号的处理机制是指模拟的电视图像信号和模拟的声音信号都要经过 FM(Frequency Modulation)频率调制、线性叠加，然后进行限幅放大。限幅后的信号以 0.5 微米宽的凹坑长短来表示。

2. CD-DA 激光唱盘

LD 虽然赢得了成功，但由于事先没有制定统一的标准，使它的开发和制作一开始就陷入昂贵的资金投入中。1982 年，由飞利浦公司和索尼(Sony)公司制定了 CD-DA 激光唱盘的红皮书(Red Book)标准。由此，一种新型的激光唱盘诞生了。CD-DA 激光唱盘记录音响的方法与 LD 系统不同，CD-DA 激光唱盘系统首先把模拟的音响信号进行 PCM(脉冲编码调制)数字化处理，再经过 EFM(8-14 位调制)编码之后记录到盘上。数字记录代替模拟记录的好处是：对干扰和噪声不敏感；由于盘本身的缺陷、划伤或沾污而引起的错误可以校正。

3. CD-ROM

CD-DA 系统取得成功以后，这就使飞利浦公司和索尼公司很自然地想到，利用CD-DA 作为计算机大容量只读存储器.

但要把 CD-DA 作为计算机的存储器，还必须解决两个重要问题：

(1) 建立适合于计算机读写的盘的数据结构；

(2) 必须将 CD-DA 误码率降低。

由此产生了 CD-ROM 的黄皮书(Yellow Book)标准。这个标准的核心思想是：盘上的数据以数据块的形式来组织，每块都要有地址。这样做后，盘上的数据就能从几百兆字节的存储空间上迅速找到。为了降低误码率，采用增加一种错误检测和错误校正的方案，错误检测采用了循环冗余检测码，即所谓 CRC，错误校正采用 Reed Solomon 码。

黄皮书确立了 CD-ROM 的物理结构，而为了使其能在计算机上完全兼容，后来又制定了 CD-ROM 的文件系统标准，即 ISO9660。有了这两个标准，CD-ROM 在全世界范围内得到了迅速推广和愈来愈广泛的应用。

在 20 世纪 80 年代中期，光盘的发展非常快，先后推出了 WORM 光盘、CD-ROM 光盘、磁光盘(MOD)、相变光盘(PCD，Phase Change Disk)等新的品种。这些光盘的出现，给信息革命带来了很大的推动。

8.2 光盘的分类

常用的光存储器件有两大类，一类是 CD-ROM 只读式压缩光盘，其技术来源于激光唱盘，用户只能从 CD-ROM 读取信息，而不能往盘上写信息。另一类是磁光存储器，亦称可擦写或可重写存储器，它可以像硬盘一样读出或写入数据。

8.2.1 只读式光盘存储器

自 1985 年 Philips 和 Sony 公布了在光盘上记录计算机数据的黄皮书以来，CD-ROM 驱动器便在计算机领域得到了广泛的应用，如图 8-1，CD-ROM 光盘不仅可以存储大容量的文字、声音、图形和图像等多种媒体的数字化信息，而且便于快速检索，因此 CD-ROM 驱动器已成为多媒体计算机中的标准配置之一。MPC 标准已经对 CD-ROM 的数据传输速率和所支持的数据格式进行了规定。MPC 3 标准要求 CD-ROM 驱动器的数据传输率为 600KB/s(4 倍速)，并支持 CD-ROM、CD-ROMXA、Photo CD、Video CD 等光盘格式。

图 8-1 CD-ROM

MPC 3 标准对 CD-ROM 驱动器的要求只是一种基本的要求，CD-ROM 驱动器从诞生至今一直持续不断地向高倍速方向发展。CD-ROM 的使用性能并未随着驱动器速度的加快而加快，就一般多媒体计算机的性能而言，6 倍速的 CD-ROM 驱动器就能满足要求。

CD-ROM 是发行多媒体节目的优选载体。原因是它的存储容量大，制造成本低，大批量生产时每片不到 3 元人民币。目前，大量的文献资料、视听材料、教育节目、影视节目、游戏、图书、计算机软件等都通过 CD-ROM 来传播。

8.2.2 一次写光盘存储器

信息时代的加速到来使得越来越多的数据需要保存，需要交换。由于 CD-ROM 是只读式光盘，因此用户自己无法利用 CD-ROM 对数据进行备份和交换。在 CD-R 刻录机大批量进入市场以前，用户的唯一选择就是采用可擦写光盘。

可擦写光盘机根据其记录原理的不同，有磁光驱动器 MO 和相变驱动器 PD。虽然这两种产品较早进入市场，但是记录在 MO 或 PD 盘片上的数据无法在广泛使用的 CD-ROM 驱动器上读取，因此难以实现数据交换和数据分发，更不可能制作自己的 CD、VCD 或 CD-ROM 节目。

CD-R 的出现适时地解决了上述问题，CD-R 是英文 CD Recordable 的简称，中文简称刻录机。CD-R 标准(橙皮书)是由 Philips 公司于 1990 年制定的，目前已成为工业界广泛认可的标准。CD-R 的另一英文名称是 CD-WO(Write Once)，顾名思义，就是只允许写一次，写完以后，记录在 CD-R 盘上的信息无法被改写，但可以像 CD-ROM 盘片一样，在 CD-ROM 驱动器和 CD-R 驱动器上被反复地读取多次。

CD-R 盘与 CD-ROM 盘相比有许多共同之处，它们的主要差别在于 CD-R 盘上增加了一层有机染料作为记录层，当写入激光束聚焦到记录层上时，染料被加热后烧溶，形成一系列代表信息的凹坑。这些凹坑与 CD-ROM 盘上的凹坑类似，但 CD-ROM 盘上的凹坑是用金属压模压出的。

CD-R 驱动器中使用的光学读/写头与 CD-ROM 的光学读出头类似，只是其激光功率受写入信号的调制。CD-R 驱动器刻录时，在要形成凹坑的地方，半导体激光器的输出功率变大，不形成凹坑的地方，输出功率变小。在读出时，与 CD-ROM 一样，输出恒定的小功率。

通常，CD-ROM 除了要符合黄皮书以外，还要遵照一个附加的国际标准：ISO9660。这是因为当初 Philips 和 Sony 没有定义 CD-ROM 的文件结构，而且各种计算机操作系统也只规定了该操作系统下的硬盘和软盘文件结构，使得不同厂家生产的 CD-ROM 具有不同的文件结构，曾经一度引起了混乱。后来，ISO 9660 规定了 CD-ROM 的文件结构，Microsoft 公司很快就为 CD-ROM 开发了设备驱动软件 MSCDEX，使得不同生产厂家的 CD-ROM 在不同的操作系统环境下都能彼此兼容，就像该操作系统下的另外一个逻辑驱动器——目录或磁盘。

CD-R 的发展已经有几年的历史，但是也还存在上述类似的问题。我们无法在 DOS 或 Windows 环境下对 CD-R 驱动器直接进行读写，而是要依赖于 CD-R 生产厂家提供的刻录软件。大多数刻录软件的用户界面并不直观，而且系统安装设置也比较繁琐，给用户的使用带来很多麻烦和障碍。

为了改变这一状况，国际标准化组织下的 OSTA(光学存储技术协会)最近制定了 CD-UDF 通用磁盘格式，只要对每一种操作系统开发相应的设备驱动软件或扩展软件，就可使操作系统将 CD-R 驱动器看作为一个逻辑驱动器。采用 CD-UDF 的 CD-R 刻录机会使用户感到使用 CD-R 备份文件就如同使用软盘或硬盘一样方便。用户可以直接使用

DOS 命令对 CD-R 进行读写操作，如果用户使用如 Windows Explorer 这样的图形文件管理软件，可将文件拖曳或投入(drag and drop)到 CD-R 刻录机中，就可将文件课录到 CD-R 盘上。CD-UDF 也是沟通 ISO9660 与 DVD-UDF 文件结构的桥梁，采用 CD-UDF 文件结构的 CD-R 盘可在 DVD-ROM 驱动器上读出。Philips 公司最近推出的最新一代刻录机首先采用了 CD-UDF 文件格式，并可在 Windows 环境下即插即用，使 CD-R 技术的发展步入了一个新的里程。

8.2.3 可擦写光盘存储器

1. MO可擦写光盘存储器

MOD是英文Magnet-Optical Disk的缩写，是指利用激光与磁性共同作用的结果记录信息的光磁盘。MOD盘用来存储信息的媒体与软磁盘相似，但其信息记录密度和容量却比软磁盘高的多。这是由于记录时在盘的上面施加磁场，而在盘下面用激光照射。磁场作用于盘面上的区域比较大，而激光通过光学系统聚焦于盘面的光点直径只有1μm～2μm。在受光区域，激光的光能转化为热能，并使磁性层受热而变的不稳定，即变的易受磁场影响。这样，在直径只有1μm～2μm的极小区域内就可记录下一个单位的信息。通常的磁性记录方式存储一个单位的信息时，要占用相当大的区域，因而磁道也相应变宽，盘上记录信息的总量也就很小。

MOD盘片虽然比硬盘和软盘便宜和耐用，但是与CD-R盘片相比就显得比较昂贵了。MOD的致命缺点是不能用普通CD-ROM驱动器读出。

2. PCD可擦写光盘存储器

相变光盘(Phase Change Disk)与MOD不同，MOD光盘的记录和读出原理是利用磁技术和光技术相结合来记录和读出信息，而相变光盘的记录和读出原理只是用光技术来记录和读出信息。相变光盘利用激光使记录介质在结晶态和非结晶态之间的可逆相变结构来实现信息的记录和擦除。在写操作时，聚焦激光束加热记录介质的目的是改变相变记录介质晶体状态，用结晶状态和非结晶状态来区分0和1；读操作时，利用结晶状态和非结晶状态具有不同反射率这个特性来检测0和1信号。

早在1968年，美国的ECD(Energy Conversion Device)公司就开始研究晶态和非晶态之间的转换。1971年ECD和IBM公司合作研制成功了世界上第一片只读相变光盘存储器，1983年，日本松下公司推出了世界上第一台可擦写相变型光盘驱动器。随后，松下公司又将相变型可擦写光盘驱动器与4倍速CD-ROM相结合，推出了PD光盘驱动器，在一台光盘驱动器上同时具有相变型可擦写与4倍速CD-ROM功能。

与MOD技术相比，由于相变光盘仅用光学技术来读/写，所以读/写光学头可以做的相对比较简单，存取时间也就可以提高，并且由于相变光盘的读出方法与CD-R2OM、CD-R光盘相同，因此兼容CD-ROM和CD-R的多功能相变光盘驱动器就变的容易实现，PD、CD-RW和可擦写DVD-RAM等新一代可擦写光盘存储器均采用了相变技术。

相变光盘存储技术经过几十年的不断研究和稳步发展，具有比MOD存储密度高、记录成本低、介质寿命长、驱动器结构简单、读出信号信噪比高和不受外界磁场环境影响等突出优点，特别是相变光盘存储器能向下兼容目前广泛使用的CD-ROM和CD-R，因此相变光盘技术已成为光存储技术中的主流技术，具有广阔的应用前景。

PD驱动器虽然可以同时实现可擦写光驱与四倍速CD-ROM两种功能，但是PD光盘不能在CD-ROM或CD-R驱动器上读出。为了使可擦写相变光盘与CD-ROM和CD-R兼容，早在1995年4月，飞利浦公司就提出了与CD-ROM和CD-R兼容的相变型可擦写光盘驱动器CD-E(CD Erasable)。CD-E得到了包括IBM、HP、Mitsubishi 、Mitsumi、松下电器、Sony、3M以及Olympus等公司的支持。1996年10月，Philips、Sony、HP、Mitsubishi和Ricoh五家公司共同宣布了这一新的可擦写CD标准，并将CD-E更名为CD-RW(CD-Rewritable)。CD-RW标准的制定标志着工业界可以开发并向市场提供这种新产品。

CD-RW兼容CD-ROM和CD-R，CD-RW驱动器允许用户读取CD-ROM、CD-R和CD-RW盘，刻录CD-R盘，擦除和重写CD-RW盘。由于CD-RW采用CD-UDF文件结构，因此CD-RW可作为一台海量软盘驱动器使用，也可在今后的DVD-ROM驱动器读取，具有更广泛的应用前景。Philips公司预计，CD-RW产品将于1997年3月投放市场。

8.2.4 数字视频光盘

DVD 即数字视频光盘或数字多用途的光盘，它利用 MPEG2 的压缩技术来储存影像，也可以满足人们对大存储容量、高性能的存储媒体的需求。DVD 光盘不仅已在音/视频领域内得到了广泛应用，而且将会带动出版、广播、通信、WWW 等行业的发展。它的用途非常广泛，这一点可以从它设定的五种规格中看出来：

DVD－ROM——电脑软件只读光盘，用途类似 CD－ROM；

DVD－Video——家用的影音光盘，用途类似 LD 或 Video CD；

DVD－Audio——音乐盘片，用途类似音乐 CD；

DVD－R(或称 DVD－Write－Once)——限写一次的 DVD，用途类似 CD－R；

DVD－RAM(或称 DVD－Rewritable)——可多次读写的光盘，用途类似 MO。

与 CD 相比，DVD 具有以下的几项优势：

1. 大容量和快速读取

大多 DVD 与一般 CD 的大小相同，直径约 12cm(也有 8cm 的)，由二个厚度各为 0.6mm 的基质层粘贴而成，采用多面多层的技术，即每一面光盘可以储存双层信息，一张光盘最多可有四面的储存空间，DVD 利用聚焦更集中的红光镭射提高了每单位面积的储存密度，因此可说其储存空间是空前的大。此外，利用较短波长的镭射和较密集的信息坑制作，可以使单层 DVD 的最大读取率达 11.08 Mbit/sec，相当于 8 倍速的光盘机。

DVD 和 CD-R 如图 8-2 所示。

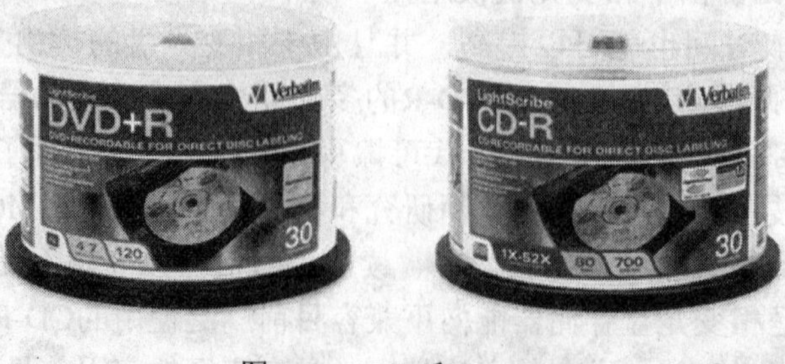

图 8-2　DVD 和 CD-R

2. 高品质的视频与音频

采用 MPEG2 标准影像压缩技术的 DVD，其分辨率可达 720×480，远超过 VCD 的 352×240。MPEG2 具有可弹性调整视频读取率的能力，因此可以在保有原画面品质的情况下，大量节省信息的储存空间。DVD player 还内建的 Letterbox 和 Pan and Scan 的显示模式还可调整 16:9 或 4:3 电视的画面宽高比例。此外，DVD 可利用更精确的取样精度转换类比信息，并且将传统的二声道扩充至 5.1 声道，让人们真正进入多声道的世界。

8.3 光盘存储与刻录技术

当前市面上的刻录软件非常多，比如 Nero Burning ROM 、Easy CD Creator、WinOnCD 和 Direct CD 等，我们下面就来介绍几种刻录软件的应用。

1. 使用 NERO 进行数据刻录

光盘刻录界中比较知名的刻录软件，其在刻录机用户中的被使用率几乎和 Window 操作系统一样。但是，Nero 在功能上来说并非只是单一的光盘刻录，在影音刻录和媒体格式转换方面，Nero 也是有一套很齐全的插件的。等于说只要是跟光盘刻录沾边的事情，Nero 都能解决，就连最近的光雕盘片刻录，Nero 都能提供良好的支持，其就是一套多媒体光盘制作软件的统称。

首先，先进入 Nero 的主界面(在桌面或程序文件夹中点击 Nero StartSmat)，这时桌面上就会出现如图 8-3 所显示的界面。Nero 提示选择要刻录的光盘类别。选项中有 CD/DVD、CD、DVD 和 HD-BURN，一般用户最好选择 CD/DVD，这样就可以让 Nero 自动识别 CD/DVD 刻录盘了。

在主界面的截图中可以看到在界面边框的左端有一个扩展键标识，点击扩展键就可以看到如图 8-4 所示的扩展菜单，其中有应用程序、实用工具和用户手册。通过应用程序，用户可以直接进入刻录界面和光盘编码设置界面，建议动手能力比较强的用户使用。而在 Nero Toolkit 中，则是三款比较著名的驱动器/光盘测试软件：Nero CD-DVD Speed、Nero DriverSpeed 和 Nero InfoTool，很多 IT 媒体都是应用这三款软件对光磁产品进行测试，其权威程度还是可想而知的。

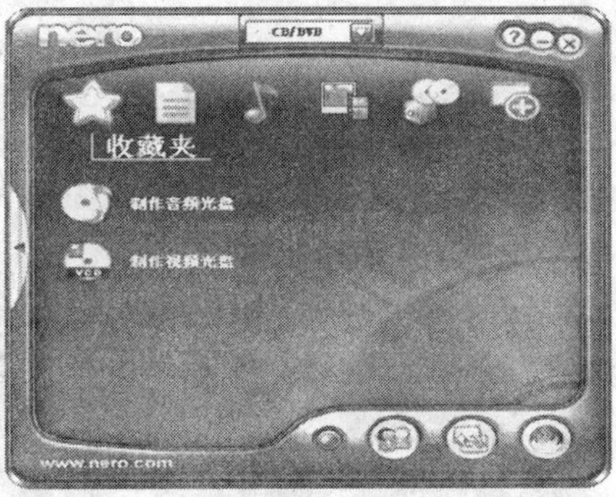

图 8-3 Nero StartSmart 主界面

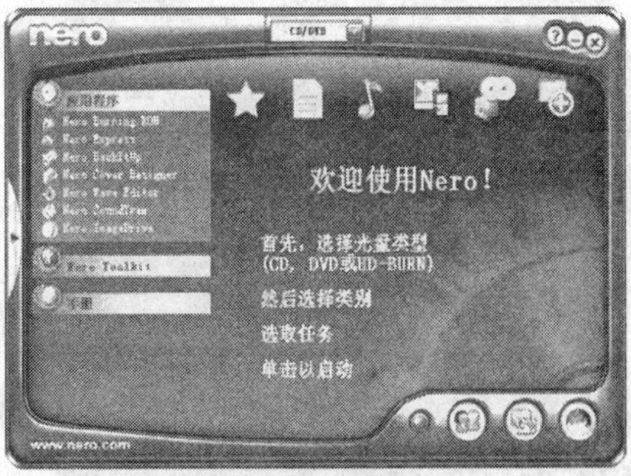

图 8-4 Nero StartSmart 扩展菜单

在关闭扩展菜单后，大家点击收藏夹图标，在这里可以通过下属菜单可以直接制作 CD 音碟或 VCD 视频光盘，其过程相当简单。

在数据光盘制作选项中，Nero 为用户提供了三种数据制作模式，制作数据光盘、制作数据 DVD、制作音频和数据光盘，其中最后一项“制作音频和数据光盘”可以将音频和数据直接刻录到一张光盘中，如图 8-5 所示，并且可以直接放在 CD 机中读取音频，为用户提供了很大的便捷。

从图 8-5 中可以看到，Nero 为用户提供了很多格式种类的音频光盘制作程序，并且还可以对不同种类的音频文件进行转码和编码，其功能相当的丰富。

在照片和视频选项中，可以通过所提供的应用程序直接制作视频光盘，不过此光盘只能是 VCD 格式，如图 8-6 所示，并且还可以制作超级视频光盘，不过不是大家所期望的 DVD 影碟，而是 SVCD，即超级 VCD。

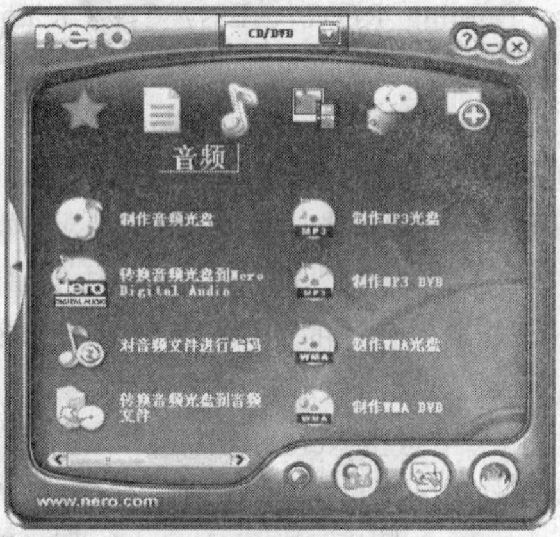

图 8-5　Nero StartSmart 音频制作菜单

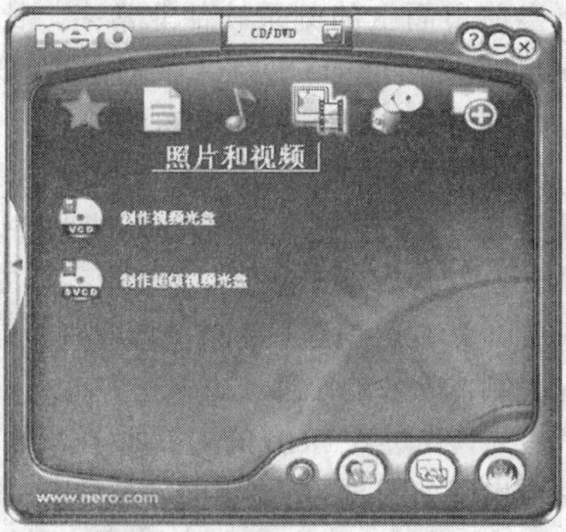

图 8-6　Nero StartSmart 照片和视频菜单

在复制和备份菜单中，如图 8-7 所示，Nero 为用户提供了相当全面的复制功能，可以直接将 CD/DVD 上的数据直接复制到另一张光盘中，并且还可以将光盘上的数据转换成备份文件，在有使用需要的时候，就可以直接提取出备份文件了。并且 Nero 还将映像的刻录功能也归属到了复制和备份的子菜单中。

在 Nero StartSmart 中，还有一个“其他”的选项，如图 8-8 所示，在此选项中，用户可以通过应用程序检查自己的系统信息、测试驱动器、擦除可复写式光盘上的数据，并且还能为最新的光雕刻录盘制作封面。

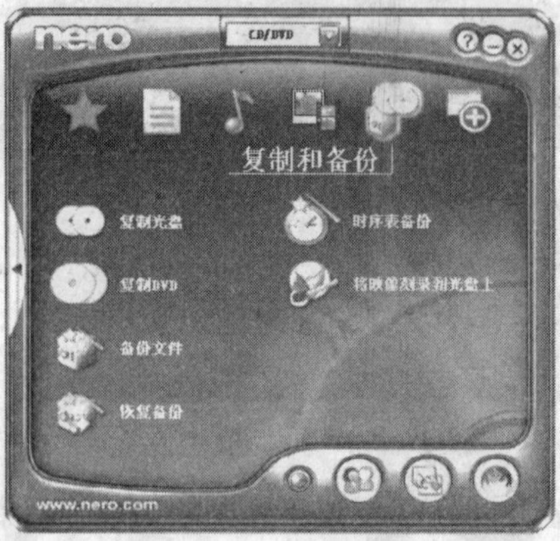

图 8-7　Nero StartSmart 复制和备份菜单

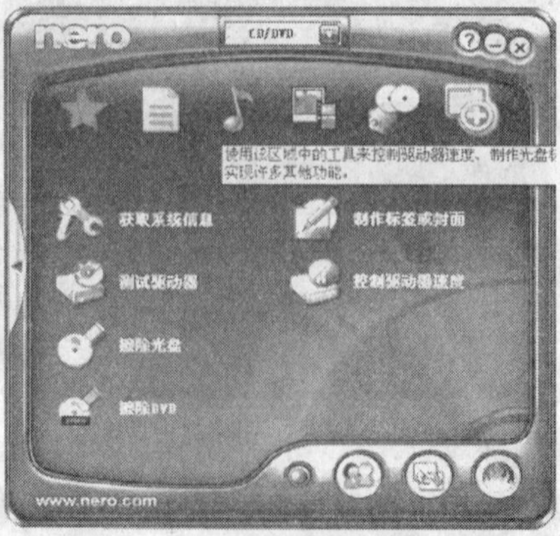

图 8-8　Nero StartSmart 其他选项

Nero StartSmart 中的一些应用程序已经介绍完了，下面就以刻录 DVD 数据光盘为例，演示一下整个光盘刻录的过程。

在 Nero StartSmart 的数据菜单中，选择制作数据 DVD 可以看到如图 8-9 所示的界面。

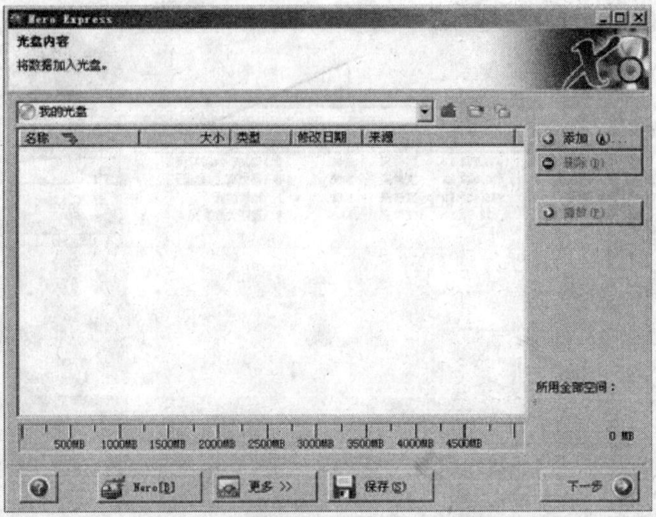

图 8-9　DVD 光盘数据文件缺省界面

上图为 DVD 刻录盘在没有选取任何刻录文件情况下的状态，文件区域内是空的。单击右上角的添加，就会出现如图 8-10 所示界面。

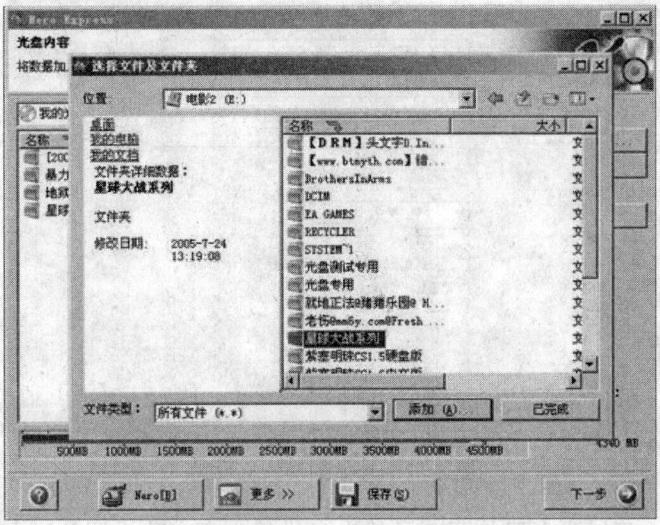

图 8-10　文件选择界面

在文件添加界面中，用户可以直接选取硬盘中的文件夹或文件，然后添加到硬盘中的预刻区上，由于演示的是 DVD 数据光盘制作工程，因此光盘最大刻录容量为 4.7GB，可以刻录很多的数据。

在选择好将要刻录的文件后，点击完成，Nero 就会再次跳转到上一级菜单，并且显示出详细的待刻文件清单，而最下面的蓝色长条即为光盘数据容量的刻度显示，右边也用数字直接显示了刻录所用的光盘空间为 4340MB，如图 8-11 所示，点击下一步进入光盘信息设置界面，如图 8-12 所示。

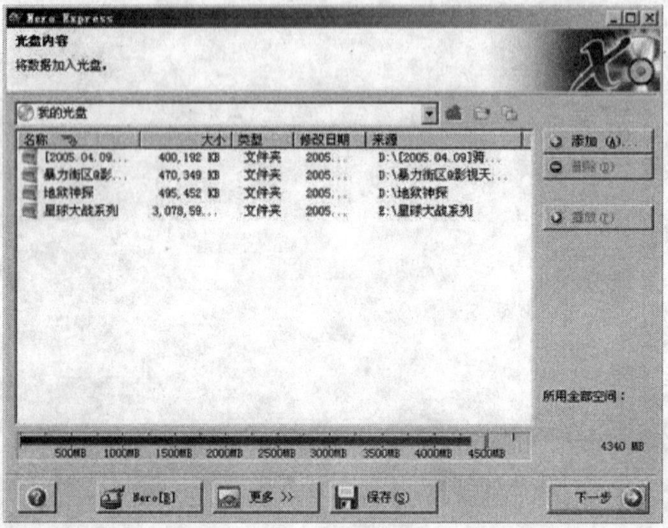

图 8-11　刻录文件清单

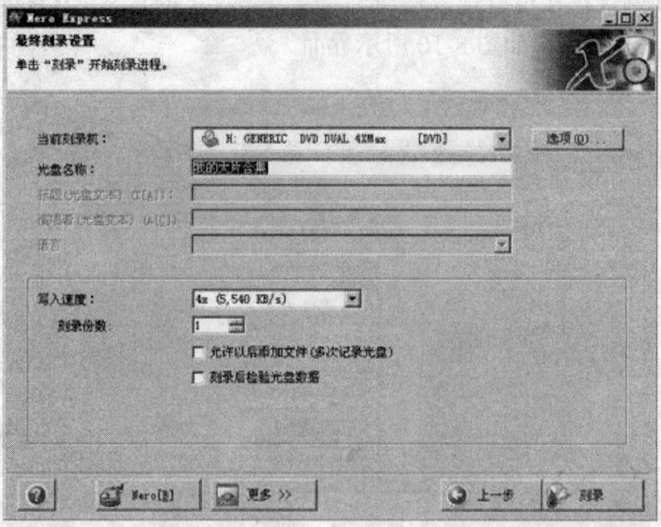

图 8-12　光盘刻录信息设置

在此界面中，可以为自己将要刻录的光盘进行光盘名称设置和写入速度设置。如果用户使用的是 DVD+R 盘片，并且一次没有刻满的话，可以直接在“允许以后添加文件”前打勾，以便光盘下次继续刻录。而“刻录后检验光盘数据”这个功能，会导致刻录完成后，长时间验证盘片数据，因此笔者推荐用户不要选此功能。

在进行刻录的最开始时，刻录机会将要刻录的数据转入系统和刻录机自身的缓存当中，而当上图最下面一栏中的缓存级别为满格时，刻录才会正式开始，如图 8-13 所示。

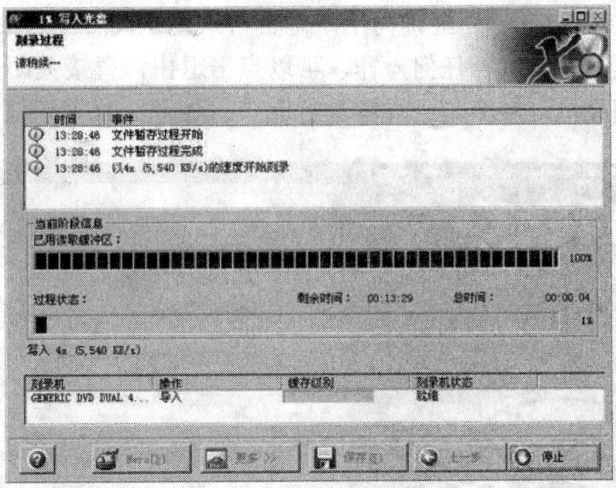

图 8-13　刻录机载入缓存

在图 8-14 中可以看到缓存级别已经为满格，刻录正式开始。

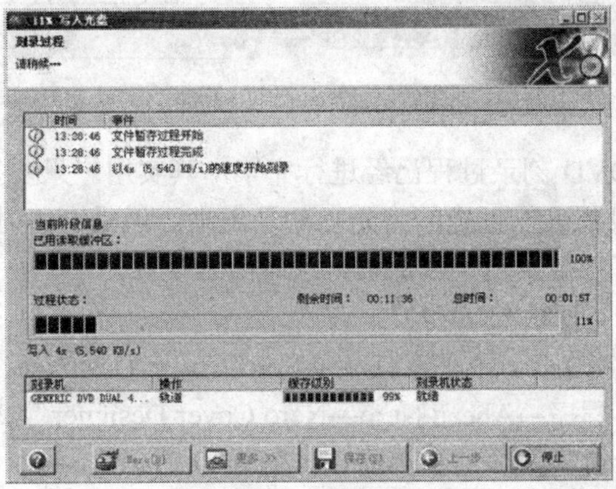

图 8-14　正式刻录截图

13 分钟后，Nero 提示光盘刻录完毕，如图 8-15 所示，此时 DVD 刻录机中的光盘已经停止转动，点击确定并进行下一步。

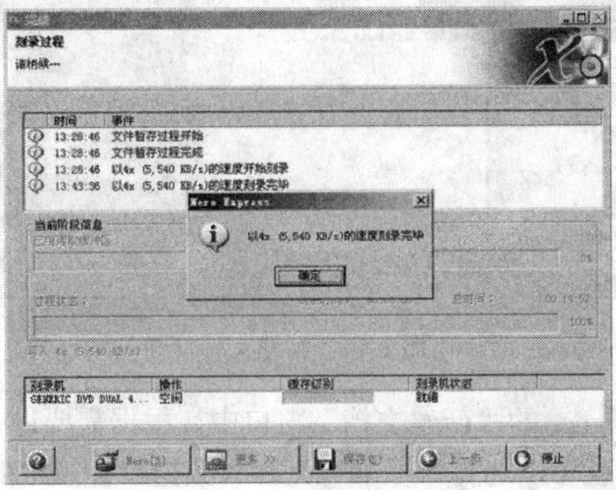

图 8-15　刻录完毕

在光盘刻录完成后，Nero 还会询问用户是否再次刻录同一项目的光盘或对光盘进行封面设计。如果用户不想再进行任何操作，可以点击退出，直接关闭 Nero 软件。此时刻录光盘已经被退出刻录机，整个刻录过程进行完毕，如图 8-16 所示。

图 8-16　Nero 退出界面

到此时，整个的 DVD 刻录过程已经进行完毕，其实用户只要按照 Nero 的提示，一步步的进行操作，一般都可以正确的将光盘刻录出来。但是有些时候由于选择了不恰当的选项，往往会出现写入数据错误或加长刻录时间等现象。

2. 使用 Nero 制作光盘贴纸

刻录软件 Nero 中附带有一个小工具——Nero Cover Desinger，用它一样可以打印光盘贴纸。单击“开始→程序→Ahead Nero→Nero Cover Designer”，就会进入 Nero 的光盘封面与光盘盒封面设计打印程序的主界面，如图 8-17 所示。

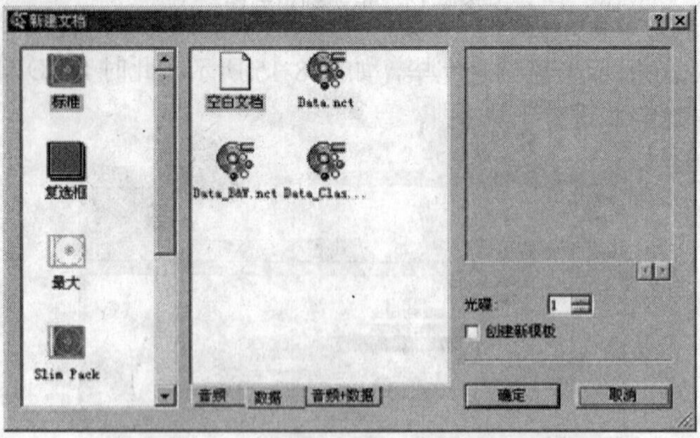

图 8-17　新建文档

在 Nero Cover Designer 的“新建文档”窗口中，根据需要进行选择。比如，我们刻的是 12cm 的数据盘，那就可以选择“标准”光盘“数据”标签中的“Date__Classic.nct”点击“确定”按钮后进入编辑窗口，如图 8-18 所示。

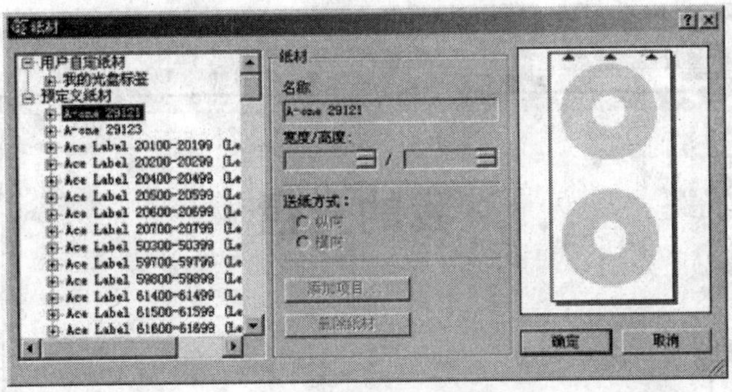

图 8-18　材质选择

单击“文件→纸材”，打开“纸材”对话框。点击左边预定义纸材中的项目，在右侧窗口中会对选定纸材进行预览，如图 8-19 所示。

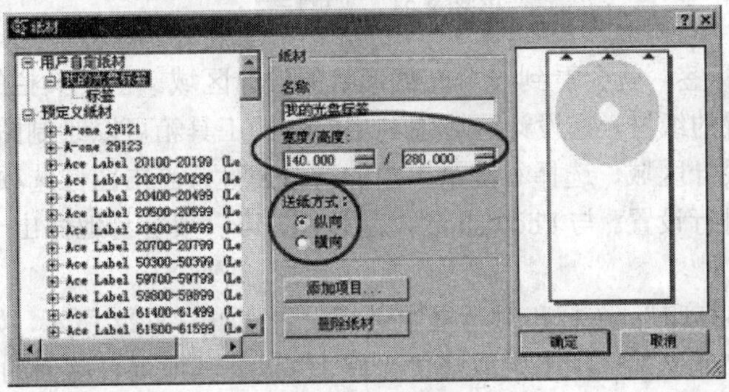

图 8-19　设置封面 1

从右边显示的打印封面纸的布局可以看出，从市场买到的光盘标签不干胶打印纸与 A－one 29121 基本一致。

注表：A－one 29121 是光盘标签纸的名字或型号。

现在选中用户自定纸材，按下“添加纸材”按钮，在用户自定纸材中会添加一项“纸材 1”(假如原来没添过的话)，如图 8-20 所示。选中它，在纸材框架中，可以改变纸材名称，设置标签纸宽度/高度的数值；单击“添加项目→标签 1”，在纸材 1 的左方出现了加号，点击加号，看到展开的项目中已经有“标签”选项；点击“标签”，输入光盘外径与内径的数值，在“位置(X/Y)”设定打印的左边距与上边距。至此，纸材的设置完成，如图 8-21 所示。

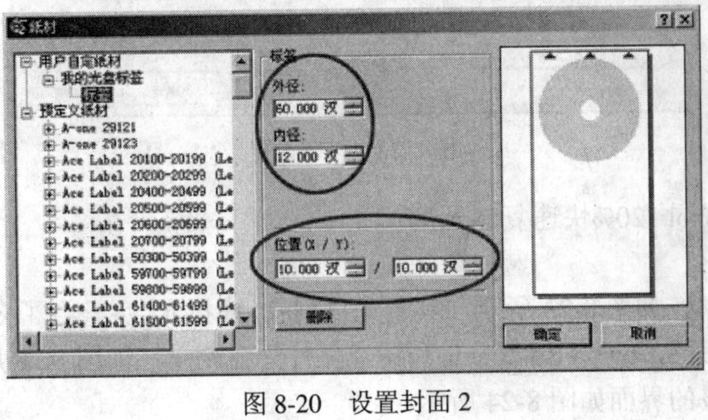

图 8-20　设置封面 2

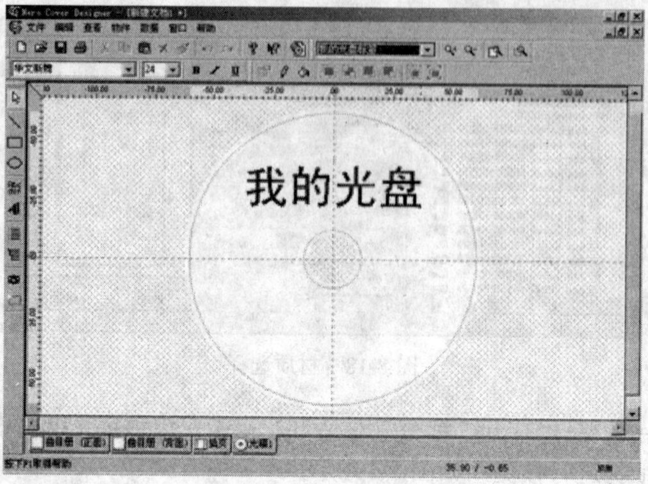

图 8-21　光碟标签

选中光碟 1 标签，就会看到一个光盘形状的设计区域。在工具栏的纸材选择列表框中，选择刚才设置的纸材。在设计区域中利用左侧的工具箱可以绘制图案或者输入文字；也可以右键单击设计区域，选择右键菜单中的背景属性，点击图像选项卡中的文件按钮，导入一个文件并进行设置。与 Photoshop 一起使用，可以很容易地做出一张个人影像光盘的标签来。

点击“文件→打印”，在打印对话框中进行设置，如图 8-22 所示，如果只想打印光盘标签，就应该在“元素”选项卡中取消“光碟 1”以外其他项目前面的对勾。确定之后，一张精美的光盘标签就从打印机中吐出来了。

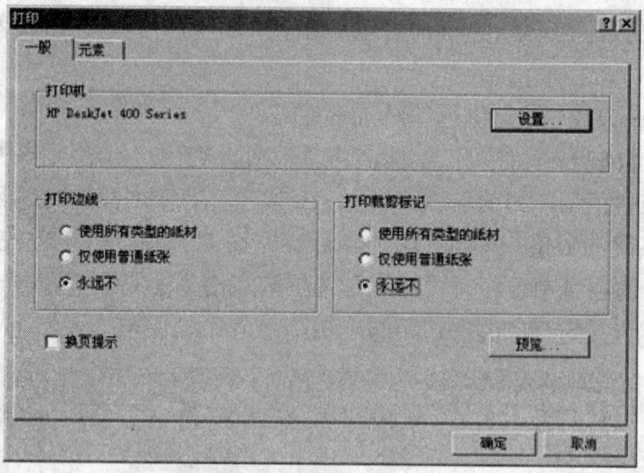

图 8-22　打印设置

3. 使用 Alcohol 120%快速复制光盘

(1) 软件介绍。

Alcohol 120%，如图 8-23 所示，具备光盘刻录+虚拟光盘+整合了多种镜像文件格式支持(mds，ccd，cue，bwt，iso 和 cdi)和镜像文件光盘刻录，如图 8.23 所示。

Alcohol 120%的界面如图 8-24 所示。

图 8-23　Alcohol 120%软件

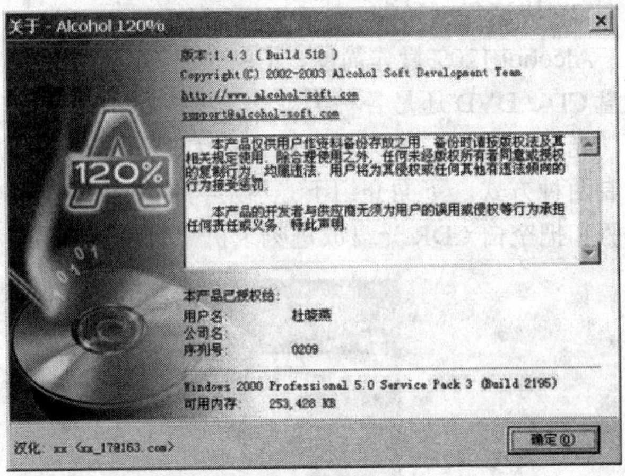

图 8-24　Alcohol 120%软件界面

Alcohol 120% 是一套结合光盘虚拟和刻录工具软件，相对来说 Alcohol 120%为用户在光盘镜像刻录和虚拟之间的应用上提供一个比较完整的解决方案，它不仅能完整的模拟原始光盘片，而且它还可用 RAM 模式执行 1:1 的读取和刻录并忠实的将光盘备份或以光盘镜像文件方式储存在硬盘上，支持直接读取及刻录各种光盘镜像文件 ，让用户不必将光盘镜像文件刻录出来便可以使用 Alcohol 120%光驱模拟功能运行光盘镜像文件(支持 Audio CD、Video CD、Photo CD、Mixed Mode CD、CD Extra、Data CD、CD+G、DVD (Data)、DVD-Video 多种类型的光盘)，可直接读取和运行光盘内的文件和程序，比实际光驱更加强大。Alcohol 120%的运行界面如图 8-25 所示。

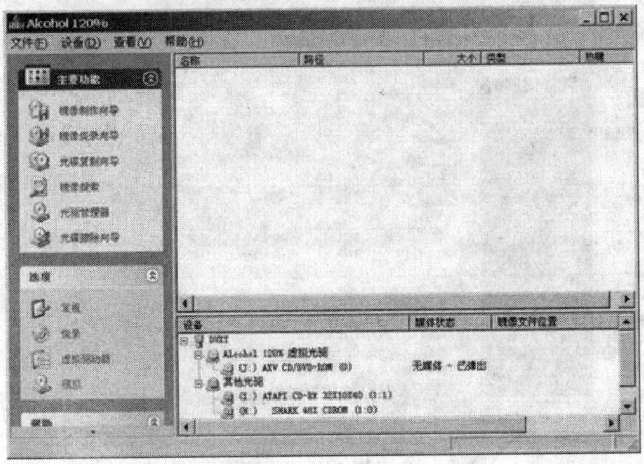

图 8-25　Alcohol 120%

另外，Alcohol 120%最大的特点就是可以支持多家刻录软件的多种镜像文件格式，如果同时有光驱和刻录机，还可以直接将不同类型格式的光盘镜像刻录至空白 CD-R / CD-RW / DVD-R / DVD-RW / DVD-RAM / DVD+RW 之中，而不必透过其它的刻录软件，方便客户对光盘及镜像文件的管理，简单又实用。

注意：本例教学使用的 Alcohol 120%软件版本是 v1.4.3(Build 518)，因为在不同版本中可能会出现介面和功能设置的不同，所以本书仅以此版本为准。

(2) 快速复制光盘。

Alcohol 120%操作简便，还包含有多项独特的光盘拷贝核技术，不管是复制普通数据光盘 CD、DVD 还是各种类型的加密光盘，Alcohol 120%它都能很好的复制出来。

光盘复制的方式又可以把它分为把源光盘制作成镜像文件再刻录到光盘和直接对拷复制两种方式，下面介绍下光盘对拷复制的简单操作：首先，把要复制的源光盘放入到光驱和把空白 CDR 光盘放进刻录机，启动 Alcohol 120%，程序主界面如图 8-26 所示。

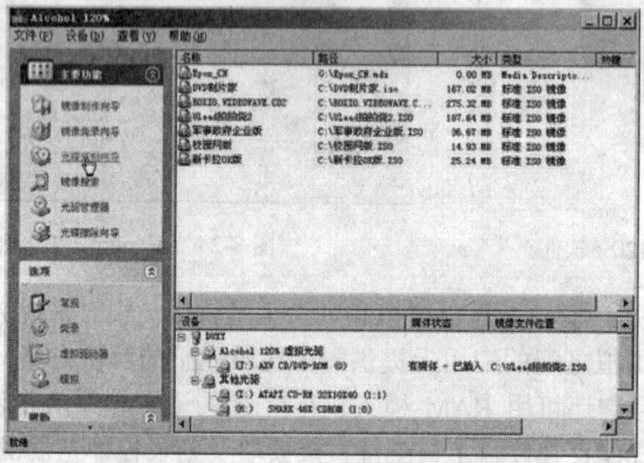

图 8-26　Alcohol 120%读出源光盘

再点击左边“主要功能”栏上的“光盘复制向导”菜单选项，运行 Alcohol 120%的光盘复制向导程序，打开“光碟复制向导”程序界面，如图 8-27 所示。

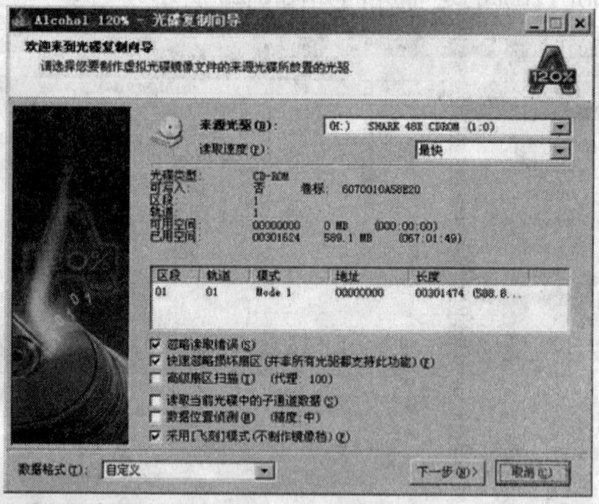

图 8-27　使用光碟复制向导 1

在“来源光驱”下拉框选单中选择我们放置复制源光盘的光驱;读取速度不要说都应该晓得设置为“最快”，像前面在制作镜像文件一样，我们设置光盘在读取的时候“忽略读取错误”和“快速忽略损坏扇区”，另外的“采用(飞刻)模式”(On-the-Fly)也就是常说的边读边写的快速刻录方式。

这种方式的好处可以节省大概一半的时间，但是要注意，可不是在任何情况下都适合选择这种复制方式的，因为尽管现在高频率的计算机处理器和大容量的刻录机缓存足够应付(飞刻)模式时产生的数据处理，但是众所周知的由于光驱在读取性能和数据传输速度上是远远不如硬盘，如果说我们复制的源光盘因为刮花或者其他原因使读取的时候不顺畅，使用这种边从源光盘读取和边实时写入光盘的刻录方式，即使是开启了刻录机的“无缝连接”之类的防缓存欠载功能，还是会有“飞盘”的情况出现。

所以是不是要激活“采用(飞刻)模式”功能，还是跟据客户自己复制的源光盘实际情况做出选择，最下面“数据格式”我还是要根据源光盘的数据格式或是光盘使用的防拷贝技术选择相应的格式，然后点击“下一步”，如图 8-28 所示。

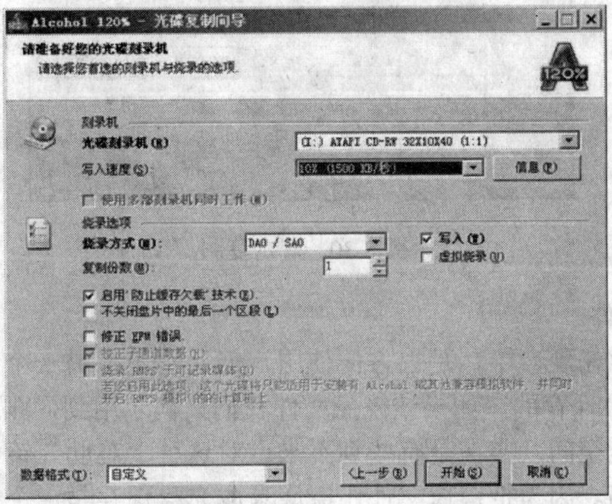

图 8-28　使用光碟复制向导 2

最后的步骤需要在刻录机设置界面里设置刻录机的一些刻录参数，“光碟刻录机”选择我们放置空白光盘的刻录机，“写入速度”如果我们刚才有激活“采用(飞刻)模式”或者是刻录使用的防复制技术的光盘，写入速度建议不要设置得太快，因为相对较低的写入速度对光盘复制成功率是很有帮助的，如果烧录的是那些“特殊”的光盘，“烧录方式”选择以“DAO/SAO”(Disk At Once)1:1 的复制方式，是最佳的写入方式，最后点击“开始”按键开始光盘复制，如图 8-29 所示。

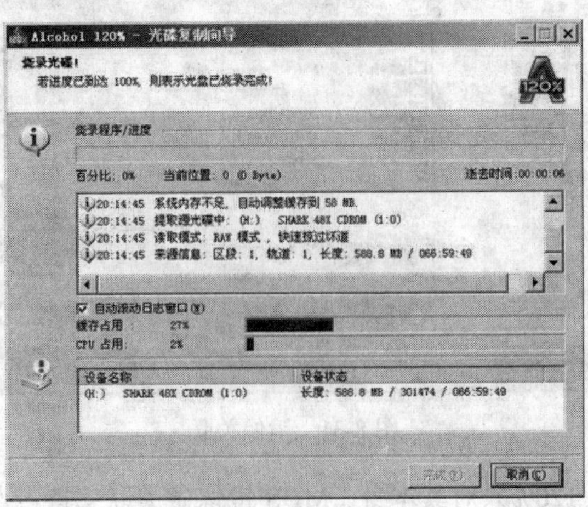

图 8-29　复制进程

最后光盘复制完成，程序自动弹出提示窗口界面，如图 8-30 所示。

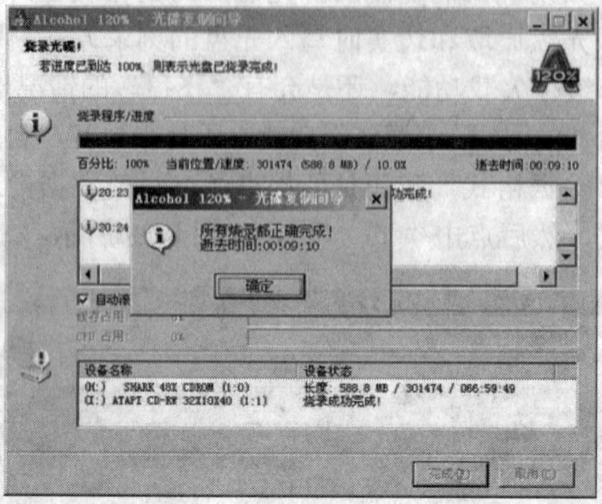

图 8-30　确定复制

(3) 刻录镜像文件。

把镜像文件保存在硬盘中，是很方便使用，但又引出了另一个问题：镜像文件是按照光盘的存储容量1:1保存的，如果该镜像文件我们只偶尔用到，删除又很可惜，不删除又占用了大量的硬盘空间，实在是有些划不来。对这种“鸡肋”镜像也许只有烧录机才能让客户摆脱伤脑筋。因为把镜像文件还原烧录成光盘保存是一个比较不错的选择。在以前也许真的需要这样做，但是现在客户可以试试用Alcohol 120%，因为它不但支持多种格式镜像文件模拟，而且对这些镜像文件烧录还原也是不在话下的。

① 镜像关联。在烧录之前，为了更加方便的使用，有必要先跟大家说说关于Alcohol 120%镜像文件关系的设置，在Alcohol 120%主介面上用鼠标点击左边“选择”菜单栏上的“模拟” > “扩展关联”，如图8-31所示。

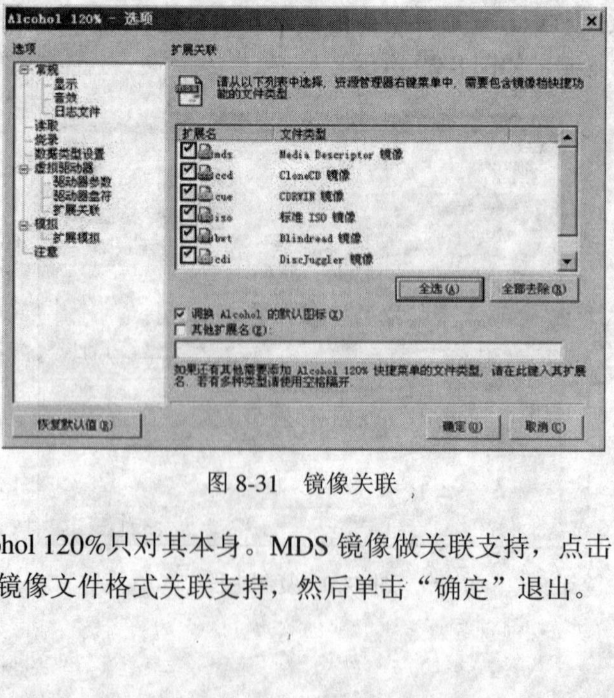

图 8-31　镜像关联

在默认下 Alcohol 120%只对其本身。MDS 镜像做关联支持，点击“全选”按键或者单独选择所需要的镜像文件格式关联支持，然后单击“确定”退出。

② 镜像检索。一旦镜像文件多了起来，难免会出现混乱一时找不到这一时找不到那的情况，不要紧，因为 Alcohol 120%为此也提供了搜索本地计算机内的所有镜像文件的检索功能，在主介面上点击“主要功能”栏上的“镜像搜索”选项，程序自动弹出“镜像搜索”功能页面，如图 8-32 所示。

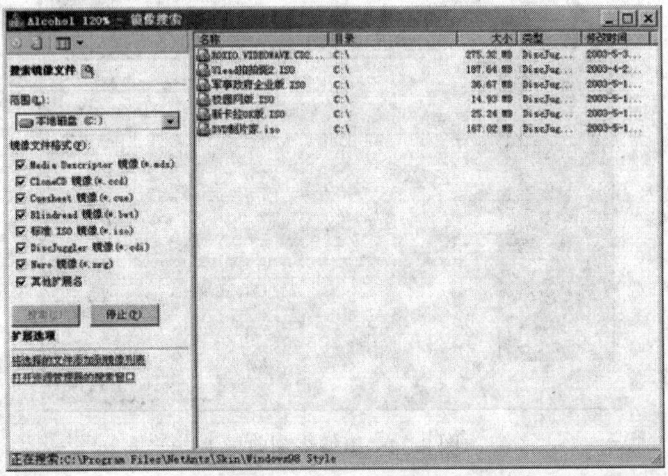

图 8-32　镜像检索

在界面上的“范围”下拉框中选择要搜索镜像文件的范围和搜索的镜像文件格式，再单击“搜索”，Alcohol 120%就可以很快地得到查寻结果，帮你在众多的文件中把镜像文件找出来，就像在 Windows 下查找文件一样，简单又方便，关闭“镜像搜索”功能页面，程序也会把搜索到镜像文件自动列表在 Alcohol 120%主介面的“镜像管理区”中。

③ 镜像烧录。在 Alcohol 120%其主介面的“镜像管理区”中，除了可以将选定的镜像文件插入到模拟光驱中使用外，还可以修改镜像文件名称，以便记忆，甚至还可以在这里直接烧录镜像文件，如图 8-33 所示，而这些功能都全部是通过鼠标右键来实现的，充分发挥了鼠标的右键功能，操作起来更加方便。

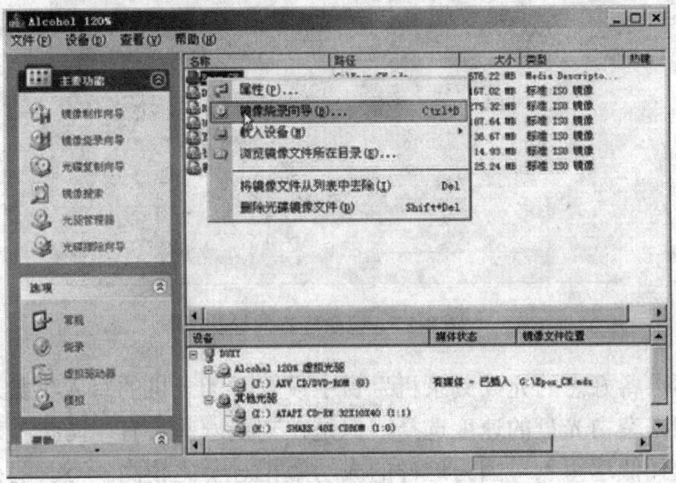

图 8-33　镜像烧录

在“镜像管理区”中用鼠标右键单击需要烧录的镜像文件，在其弹出的菜单列表中选择“镜像烧刻向导”，启动 Alcohol 120%的镜像烧录向导程序，如图 8-34 所示。

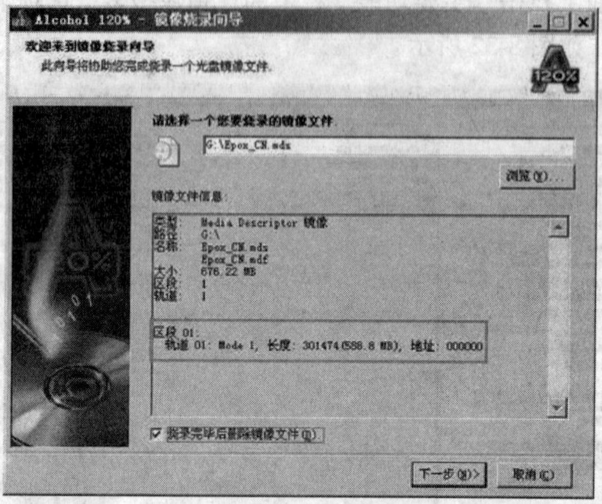

图 8-34 镜像烧刻向导 1

也许因为在“镜像文件信息”栏上面部分显示镜像文件的大小为“676。22MB”，在这客户可能会担心镜像文件太大标准的“650MB”空白光盘无法写入这么大的容量，其实不然，因为要判断要烧录的镜像文件大小，请看下面我们用桔色圈起来的地方“558。MB”，那才是真正镜像文件的实际容量。接着把“烧录完毕后删除镜像文件”选上，单击“下一步”，如图 8-35 所示。

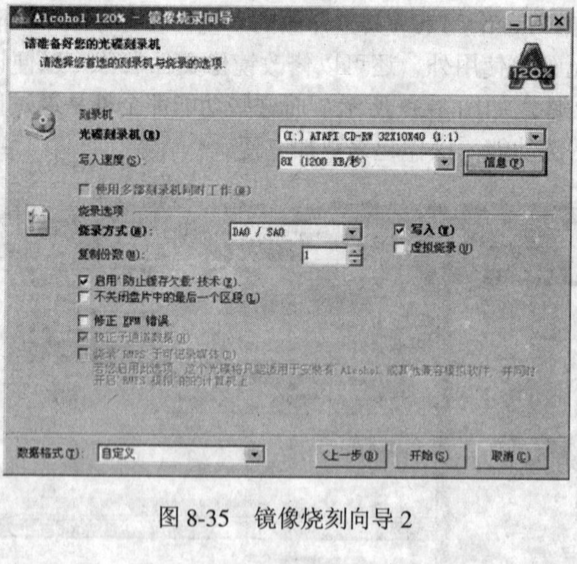

图 8-35 镜像烧刻向导 2

最后在“请准备好您的光碟刻录机”窗中设置对刻录机的写入参数进行设置，写入速度一般可以跟据空白光盘的速度选择，但是在刻录一些带有“防拷技术”的特殊光盘时，还是尽量选择低速写入，因为这样的成功率相对会比较高一点。另外如果心镜像烧录失败，可先把“虚拟烧录”勾选起来测试烧录的成功与否，等虚拟烧录测试通过确定可以成功烧录再来进行实际烧录写入光盘!至于最下面的“数据格式”除非我们自己清楚烧录的镜像文件是那一种资料格式才自行设置，例如要烧录的镜像文件格式 VCD 光盘镜像就选择“Video CD”。同样，如果是烧录有“防拷技术”的特殊光盘时又不知道镜像确实是使用了那一种“防拷技术”时，还是把镜像加载到 Alcohol 120%的模拟光驱上后用 ClonyXXL 测试是何种技术，然后再在“数据格式”中选择对应的镜像类型。防护技术设置，最后单击“开始”按键开始烧录就会出现如图 8-36 所示的开始烧录进程画面。

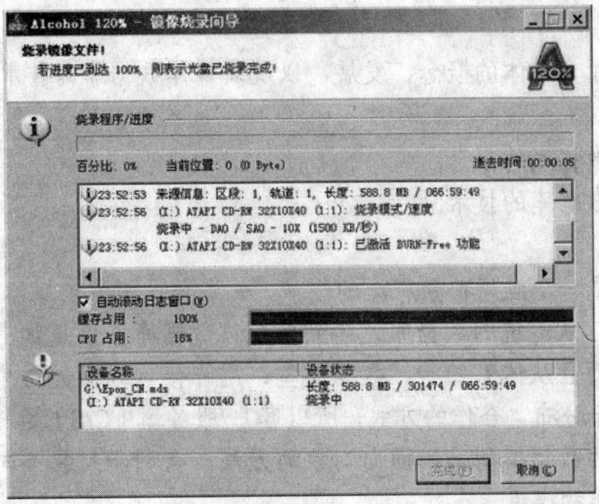

图 8-36　镜像烧刻向导 3

习　题

1. 请简述光盘技术的概念与分类。
2. 请使用 Nero 或 Alcohol 120%软件将您电脑中重要的资料备份到光盘。

第 9 章　多媒体数据库信息系统

学习内容

本章主要介绍了多媒体的概念、发展，以及多媒体数据库的技术和实现。

学习要求

了解：多媒体数据库的概念；

掌握：多媒体数据库的技术。

多媒体数据库是一个应用前景广泛的领域，关系数据库为多媒体的出来奠定了基础，同时也带来了限制。从传统的数据库发展到多媒体数据库不仅是加上了图像、声音、视频等多媒体信息，而且从体系结构、数据模型、用户接口方面进行考虑。多媒体数据库的体系结构更趋向于分布、合作的方式，所以客户/服务器（C/S）是一种和合适的结构形式。多媒体数据库的数据模型采用面向对象的方法，有利于封装不同媒体之间的差异，有利于数据库的操作和操纵。

随着计算机的广泛应用，人们要求计算机能处理各种形式的数据。这些数据信息量大，内容复杂，而且要求能够对数据进行共享和保密。于是产生了数据库系统。目前广泛使用的关系数据库系统(RDBMS)，其特点是数据独立，数据按一定格式统一存放在数据库中，用户通过数据库管理系统(DBMS)实现对数据库的操纵。多媒体技术的发展对数据管理技术提出了新的要求。由于多媒体数据的特殊性，传统的数据管理技术难以胜任，需要建立多媒体数据库和多媒体数据库管理系统(MDBMS)。

9.1　多媒体数据库发展

随着信息量和信息媒体种类的不断增加，对信息的管理和检索也变得越来越难。传统的数据库管理系统可以成功处理结构化数据、文字和数值等，但在处理大量的存在于各种媒体的非结构化数据（如图形、图像和音视频等），传统的数据库就显得不足了。因此需要多媒体数据库表示和处理多种媒体数据。

9.1.1　数据管理方法

从计算机技术角度看，数据管理方法已经经历了多个不同阶段。最早，数据是用文件直接存储的，并且曾持续了很长一段时间，这与当时的计算机应用水平有关。早期的计算机主要用于数字计算，虽然计算的工作量大，过程复杂，但其结果往往比较单一。这种情况下，文件系统是够用的。随着计算机技术的发展，计算机越来越多地处理信息，这些信息数据量大，内容复杂，于是便产生了数据库系统。传统数据库模型主要针对的是规范数据。随着技术的发展，产生了许多可以对多媒体数据进行管理和使用的技术，便开始了对多媒体数据库的研究。近年来，多媒体数据管理方法可分为三种：扩充关系型数据库；面向对象数据库；采用超媒体的机制。

传统的数据库管理系统是以关系模型为代表，有三种数据管理类型：关系、层次、网状模型。这种技术就是用一个统一的模式和统一的框架来描述、组织和处理所有对象。关系型数据库是由二维的表格的组成，二维表格的概念也容易被用户理解，因此关系型数据库管理系统在目前商业数据库中占据主导地位。

面向对象技术与传统的计算机思维模式不同，它把世界看成是由对象组成的大系统，通过引进封装、继承、对象和消息超类、子类等概念，科学的描述各种对象及其内在结构和联系，从而使许多复杂甚至无法解决的问题变得相对简单。面向对象技术与数据库技术的结合导致了面向对象数据库（OODB）的诞生。采用面向对象数据库的处理模式可以解决许多传统数据库所不能解决的问题。面向对象数据库将具有相同镜台结构、动态行为和约束条件的对象分为一类，定义相应的属性、方法和约束，并将这些性质封装在该类中。方法是把一些操作程序和对象通过消息互相联系，并进行相应的动作后，将结果以消息的方式传送给相应的对象。各类在继承关系下构成网络，整个面向对象的数据模式构成一个有向无环图。通过继承可以方便地扩充子类，子类可以继承超类的所有性质。面向对象数据库可以方便灵活地处理图形、图像、声音、文字和动画视频等多媒体信息，尤其是具有层次结构的复杂的对象。但是多媒体数据库并不等同于面向对象数据库，面向对象数据库方法工作量大、资料多、周期长，仍有不足的地方。

9.1.2 传统数据库的不足

传统的数据库有三种类型：关系型、层次型和网络型。关系数据库就是采用关系框架来描述数据之间的关系，通过把数据抽象成不同的属性和相互的关系，建立起数据的管理机制 。在关系模型中，事物之间的联系被称作关系。数据库系统发展为信息系统之后，传统的数据库显得低效及局限性。以图像为例，采用传统的关系模型来管理，则可以看到传统的数据库存在以下问题：

1. 要求实体与记录一一对应

2. 同一记录结构中，同类实体必须同质

不同质具体表现为以下两类：

(1) 纵向不同质。不同记录，即不同的实体，对同一字段必须具有相同的类型，否则关系模型不允许的。

(2) 横向不同质。同类实体必须具有相同的属性，否则关系模型不能表示。

3. 语义表达能力差

为满足规范化的要求，通常一个实体的全部信息要被分别放在许多不同的表中，而在任何一张表中都不可能得到关于该实体的所有信息。

4. 结构模式简单

简单的结点和连接模型不能有效地完成多媒体应用所要求的信息存储、管理及表示等任务。此外，基于文档系统的存储也不能满足这些要求。这些方法更不能为满足特殊应用的需要而提供扩展和修改基本数据模型的概念。

5. 存储效率低

以关系模型来存储复杂结构的图像实体时，必然造成数据大量冗余，降低了存储效率。图像数据库不仅需要存放描述当前状态的数据，还需要保留大量的历史数据，而传统的数据模型往往难以处理。

9.1.3 多媒体带来的问题

在传统的数据库中引入了多媒体的数据和操作，，虽然传统的字符值型数据可以对很多的信息进行管理，但由于这一类数据的抽象特性，应用范围有限。为了构造出符合应用要求的多媒体数据库，必须要解决从体系结构到用户接口一系列的问题，多媒体带来的问题主要有以下几个方面：

(1) 数据量巨大且媒体之间量的差异也极大，从而影响数据库的组织和存储方法。多媒体应用要求对分布在不同存储媒体上的大量数据进行数据库管理。一段数秒钟的视频可能需要几兆字节的存储空间，而字符数值等数据可能仅有几个字节。另一方面，不能指望把所有的多媒体信息都保存在一台机器上，必须通过网络加以分发，这对数据库的数据存取同样构成挑战。

(2) 不同媒体之间的特性差异很大。媒体种类的增多增加了数据处理的复杂程度。系统中不仅有声音、文字、图形、图像、视频等不同种类的媒体，而且同种媒体也会有不同的存储格式。例如图像有 16 色、256 色、16 位色和真彩色之分；有彩色和黑白图像之分；有 BMP、GIF 和 JPG 格式之分等等。不同的格式、不同的类型需要不同的数据处理方法。这要求多媒体数据库管理系统能不断地扩充新的媒体类型及其相应的处理方法，这无疑增加了数据库在处理和管理这些媒体数据的复杂性。

(3) 实时性要求。除了需要大量的存储容量，对能处理连续数据的多媒体数据库管理系统要求具有实时性能。

(4) 数据库的多解查询。传统的数据库查询只处理精确的概念和查询。但在多媒体数据库中非精确匹配和相似性查询将占相当大的比重。如颜色、形状等不易于精确描述，如果在查询时用到，是一种模糊的、非精确的匹配方式。媒体的符合、分散、时序性质及其形象化的特点，要通过媒体的语义进行查询，不能只通过字符进行查询。

(5) 用户接口的支持。多媒体改变了数据库的接口形式，而且也改变了数据库的操作形式，特别是数据库的查询机制和查询方法。由于多媒体数据的复合、分散和时序等特性，使得数据库的查询不可能只通过字符进行，而应通过基于媒体内容的语义查询。

(6) 多媒体信息的分布对多媒体数据库体系带来了巨大的影响。这里的分布是指以 WWW 全球网络为基础的分布。Internet 网的迅速发展，网络上的资源日益丰富，传统的数据库显得不足，多媒体数据库系统将从 WWW 网络信息空间中查询数据。

(7) 处理长事务的能力。传统的事务一般都是短小精悍，在多媒体数据库管理系统中也应尽可能采用短事务。事务是数据库管理系统完成一项完整工作的逻辑单位，数据库管理系统保证一个事务要么被完整地完成，要么被彻底地取消。传统的数据库中事务一般都是较短小，在多媒体数据管理系统中也应尽可能采用短事务。但有些场合，特别是多媒体应用场合，短事务不能满足需要，如从视频库中取出并播放一部数字化电影，数据库应保证播放过程不中断，这就不得不处理长事务。

(8) 服务质量的要求。许多应用对多媒体数据传输、表现和存储的质量要求不一样，系统所能提供的资源也要根据系统运行情况进行控制。

(9) 多媒体数据管理还有考虑版本控制的问题。在具体的应用中，常常会涉及到记录和处理某个处理对象的不同版本。版本包括两个概念：一是历史版本，同一处理对象在不同的时间有不同的内容；二是选择版本，同一处理对象有不同的表述。因此需要解决多版本的标识、存储、更新和查询等。多媒体数据库系统应提供很强的版本管理能力。

由此可见，多媒体对数据库的影响涉及到数据库的用户接口、数据模型、体系结构、数据操纵以及应用等多个方面。

9.1.4 多媒体数据库发展的前提

对于多媒体数据进行管理，建立多媒体数据模型，实现不同类型数据的管理和处理，使得多媒体数据库发展需要以下前提：

1. 软件工程

因为软件危机而发展起来的软件工程技术推动了多媒体数据库技术的发展。

2. 显示技术

计算机图形学领域的真实感图形显示与大屏幕图像显示技术取得了重大进展。

3. 人工智能技术

从传统的只要求对问题求解发展到知识化处理，使整个计算机系统的自动化和智能化水平不断提高。新一代数据模型的发展，使工程数据库与图像数据库技术日趋成熟，多媒体数据库界面的多样性和灵活性更是其它数据库无法比拟的。对数据管理本身而言，早期的工程数据库主要增加了对图形的管理，但多媒体数据库还可以实现对图像和声音，特别是动态状况下的数据管理，并能随着新的基本数据模型动态地进行扩展。

4. 数据压缩技术

多媒体信息注重保持高质量的模拟程度，还原速度等特点。多媒体数据要占很大的存储空间，所以必须进行数据压缩。数据压缩可以用硬件实现，也可以用软件实现。

9.2 基本概念

多媒体数据一般有格式数据和无格式数据两类。格式数据结构简单，处理方便。目前的关系数据库主要以格式数据为处理对象。无格式数据(如图像、音频、视频等)除了具有数据量大的特性外，还具有复合性、分散性和时序性等特点。复合性是指多媒体数据是由各种形式的数据组合而成。分散性是指多媒体数据可以分布在不同的机器，不同的设备上。时序性指的是多媒体信息实体之间的联系和时序有关，在表现时，要保证它们之间的同步关系。

多媒体数据的这些特点，对有效地组织和管理多媒体数据提出了新的要求。

目前广泛使用的关系数据库系统(RDBMS)，其特点是数据独立，数据按一定格式统一存放在数据库中，用户通过数据库管理系统(DBMS)实现对数据库的操纵。多媒体技术的发展对数据管理技术提出了新的要求。由于多媒体数据的特殊性，传统的数据管理技术难以胜任，需要建立多媒体数据库和多媒体数据库管理系统(MDBMS)。

9.2.1 MDBMS 功能

MMDBS 的功能与传统的 DBMS 的功能的基本相同，但多媒体数据类型与传统数据类型的差异及其各种应用为 MMDBS 的各种功能提出新的要求。根据多媒体数据管理的特点，多媒体数据库系统应包括以下基本功能：

(1) 多媒体数据库系统必须能表达和处理各种媒体的数据，主要是无格式数据如图形、图像、声音、视频等。由于这些媒体可能存储在外部设备或只读介质上，系统必须按照存储媒体的特征进行存储和管理。

(2) 多媒体数据库系统必须能反映和管理各种媒体数据的特征，或各种媒体数据之间的时间和空间的关联。

(3) 交易是由若干数据库操作构成的序列，具备原子性、一致性、隔离性和持久性。所谓原子性是指构成一个交易的全部操作，要么都被执行要么都不被执行。前一种情况我们称交易被交付，后一种情况，我们称之为交易被放弃。一致性意味着被交付的交易应当能够使数据库从一个合理的状态过渡到另一个合理的状态；由于 MMDBMS 需要支持多个用户同时对同一数据库的操作，因而 MMDBS 要确保交易的隔离性，即排除并发交易间的相互干扰。交易的持久性是指当一个交易被交付后，即是系统或存储介质发生了故障，MMDBS 也能够保证相应的数据库所发生的变化不仅能为用户所感知，而且可以被长久地保存下去。

由于组成多媒体数据的不同成份分布在不同的子数据库系统中，因此 MMDBS 中的事务往往包含了一个或多个需由子数据库系统处理的事务。另外，由于多媒体对象的数据量通常较大，其内部又有着复杂的结构，因而 MMDBS 所要处理的事务的执行过程往往要经历多个阶段，持续的时间较长，因此也称此类事务为长事务。

(4) 完整性控制。当数据库所包含的全部记录都满足一致性约束条件时，此时数据库的状态则称为合理的数据库状态。DBMS 的完整性控制机制的目的就在于检测及维持数据库状态的合理性。对 MMDBS 而言，多媒体对象的各种约束关系既是多媒体对象的重要组成部分，需要为多媒体对象合成层所保存及管理，也是施加于数据库管理层中各媒体数据库之上的完整性约束条件。因此，MMDBS 不仅要就用户所定义的各种一致性约束条件实现完整性控制，而且还需了解多媒体对象本身所具有的约束关系，以避免媒体数据库状态与约束关系的表示结果之间出现矛盾，这也是对约束关系表示的合理性的一种维护。

(5) 并发控制。为了清除并发的交易之间的相互干扰，实现交易的隔离性，MMDBMS 需要为并发交易所包含的操作安排某种序列化的执行次序。这样，虽然交易是并发执行的，但其效果同依次执行时相同，称之为交易的串行化。并发交易的串行化有利于数据库的完整性及交易一致性的维护。时间戳排序、乐观算法及悲观算法是三种基本的并发控制方法，适用于不同类型的应用。考虑到 MMDBS 的交易通常带有只读属性，因此时间戳排序和乐观算法这两种并发控制的方法较悲观算法更适合于 MMDBS 的并发控制机制。另外，就符合三层框架结构的 MMDBS 而言，其并发控制任务的完成需要不同数据库系统的并发控制机制之间的密切协作。当然，对某些类型的交易，如协作交易等，MMDBS 对隔离性并不关注，而且隔离性的实现，是和具体的应用需求相适应的。

(6) MDBMS 除必须满足物理数据独立性和逻辑数据独立性外，还应满足媒体数据独立性。

(7) 基于内容的查询方法。在多媒体数据库系统中，一个实体以文本(格式数据)或图像等(无格式数据)形式给出时，可用不同的查询和相应的搜寻方法找到这个实体。对于多媒体数据的查询应该是基于内容的，但内容应当事先被描述。用户可以通过查询对库存数据集合的某个子集进行选取。查询往往由某种高级的描述性语言所定义，此类语言称为查询语言。某些 DBMS 使用的查询语言有较为坚实的理论基础(如关系代数等)，而其他 DBMS 则使用一些非正规的查询表示方法。由于有关 MMDBS 的研究尚未成熟，因而 MMDBS 的查询多属于后者，往往通过某种高度可视化的、具有良好交互性的前端工具来完成。

MMDBS 的查询包含了从简单到复杂等多种形式，简单的查询申请一般是以多媒体对象的属性、关键词等提交的，而基于内容的查询则属于复杂的多媒体查询形式。

(8) 多媒体数据库系统应该具有开放性，提供应用程序接口 API 以及提供独立于外设和格式的接口。

(9) 多媒体数据库系统的数据操作功能，除了提供对无格式数据的查询搜索功能外，还应能对不同媒体提供不同的操作方法，如图形、图像的编辑处理，声音数据的剪辑等。

(10) 多媒体数据库系统的网络功能。由于多媒体应用一般以网络为中心，应解决分布在网络上的多媒体数据库中数据的定义、存储、操作等问题，并对数据的一致性、安全性进行管理。

(11) 多媒体数据库系统应提供处理长事务和版本控制的能力。在数据库系统中，交易使得数据对象的状态不断地发生着变化。有些应用不仅对数据对象的当前状态感兴趣，还希望了解其状态所经历的变化。为了满足此类应用需求，DBMS 需要通过版本控制机制来保存及管理数据对象状态的变化过程。而多媒体对象庞大的数据量要求 MMDBS 能够更为有效地实施版本控制。有限的存储空间有时会限制 MMDBS 为用户提供版本控制的功能。版本控制并非只针对单一的媒体对象，它需要管理一个多媒体对象不同组成成份的发展变化。

除了上述功能之外，MMDBS 还具备一些和多媒体数据特点及应用需求相适应的功能，如数据对象的合成与分解、对大量多媒体数据的综合处理及有效的存储管理、信息提取功能以及对空域、时域等媒体对象间的约束关系的综合处理等

9.2.2 MDBMS 体系结构

1. 联邦型结构

针对各种媒体单独建立数据库，每种媒体的数据库都有自己独立的数据库管理系统。虽然它们是相互独立的，但可以通过相互通信来进行协调和执行相应的操作。用户既可以对单一的数据库进行访问，也可以对多个媒体数据库进行访问以达到对多媒体数据进行存取的目的。在这种数据库体系结构中，对多媒体数据的管理是分开进行的。但由于这种多媒体数据库对多媒体的联合操作实际上是交给用户去完成的，给用户带来灵活性的同时，也为用户增加了负担。这种多媒体数据库系统的体系示意图如图9-1所示。

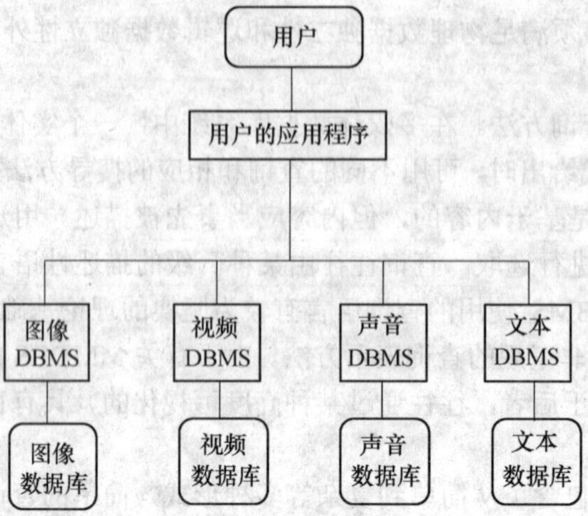

图 9-1　联邦型结构

2. 集中统一型结构

只存在一个单一的多媒体数据库和单一的多媒体数据库管理系统。各种媒体被统一地建模，对各种媒体的管理与操纵被集中到一个数据库管理系统之中，各种用户的需求被统一到一个多媒体用户接口上，多媒体的查询检索结果可以统一地表现。由于这种多媒体管理系统是统一设计和研制的，所以在理论上能够充分地做到对多媒体数据进行有效的管理和使用。但实际上这种多媒体数据库系统是很难实现的。这种多媒体数据库系统的体系示意图如图 9-2 所示。

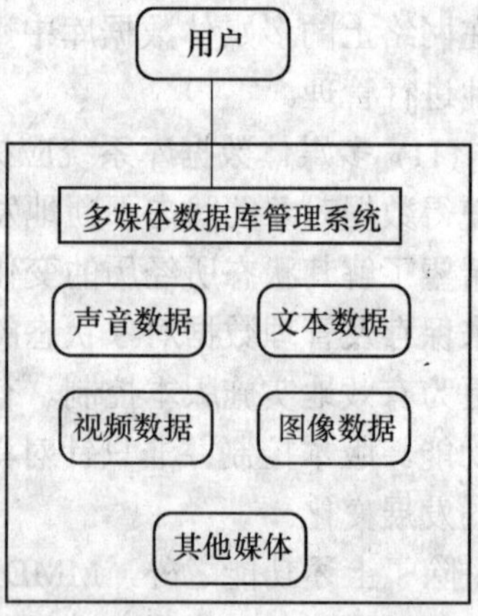

图 9-2　集中统一型结构

3. 客户/服务型结构

减少集中统一型多媒体数据库系统复杂性的一个很有效的办法是采用客户/服务器结构。各种多媒体数据仍然相对独立，系统将每一种媒体的管理与操纵各用一个服务器来实现，所有服务器的综合和操纵也用一个服务器完成，与用户的接口采用客户进程实现。客户与服务器之间通过特定的中间系统连接。使用这种类型的体系结构，设计者可以针对不同的需求采用不同的服务器、客户进程组合，所以很容易符合应用的需要，对每一种媒体也可以采用与这种媒体相适合的处理方法。这种体系结构也很容易扩展到网络环境下工作。这种多媒体数据库系统的体系示意图如图 9-3 所示。

4. 超媒体型结构

这种多媒体数据库体系结构强调对数据时空索引的组织，在它看来，世界上所有的计算机中的信息和其他系统中的信息都应该连接一体，而且信息也要能够随意扩展和访问。因此，也就没有必要建立一个统一的多媒体数据库系统，而是把数据库分散在网络上，把它看成一个信息空间，只要设计好访问工具就能够访问和使用这些信息。另外，在多媒体的数据模型上，要通过超链建立起各种数据的时空关系，

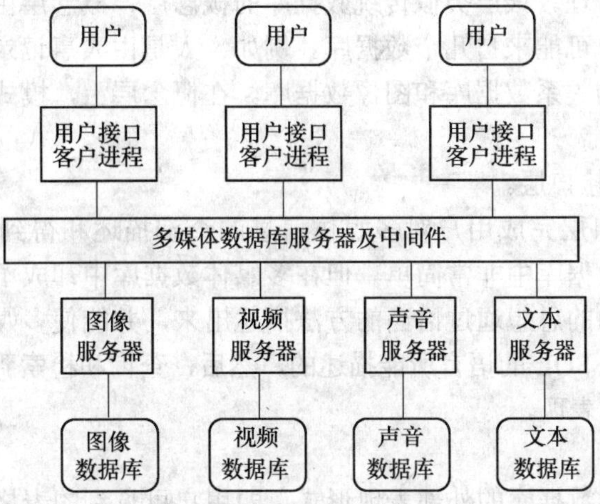

图 9-3　客户/服务型结构

使得访问的不仅仅是抽象的数据形式，而且还可以去访问形象化、真实的或虚拟的空间和时间。

9.2.3　MDBMS 层次划分

多媒体数据库的层次划分是从最低层增加对多媒体数据的控制与支持，在最高层支持多媒体的综合表现和用户的查询描述，在中间增加对多媒体数据的关联和超链的处理。多媒体数据库系统的的层次结构与传统的关系数据库(RDBMS)基本一致。综合各种多媒体数据库的层次结构，我们提出一种层次划分的概念结构图，如图 9-4 所示。

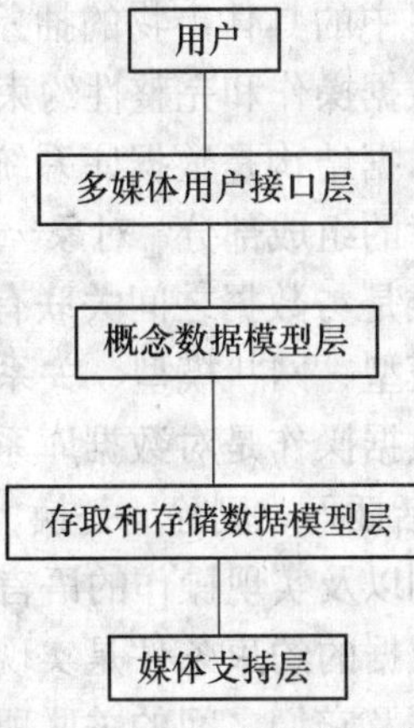

图 9-4　层次划分的概念结构图

(1) 媒体支持层。

类似传统数据库中的物理层，该层是多媒体数据库的物理存储描述，即形式描述多媒体数据在计算机的物理存储设备上是如何存放的。对多媒体数据库而言，实际的数据允许分散在不同的数据库中。例如在多媒体的人事档案管理中，某人的声音和照片可能保存在声音数据库和图像数据库中，他的其他的人事记录可能保存在关系数据库中。

(2) 存取与存储数据模型层。

存取与存储数据模型层完成多媒体数据的逻辑存储与存取。在该层中，各种媒体数据的逻辑位置安排、互助的内容关联、特征与数据的关系以及超链的建立等都需要通过合适的存取与存储数据模型进行描述。

(3) 概念数据模型层。

概念数据模型层表示的是现实世界的抽象结构，是对现实世界事物对象的描述。多媒体应用开发人员通过该层提供的数据库语言可以对存储在多媒体数据库中的各种多媒体数据进行统一的管理。该层类似传统数据库的概念层，概念层由一组概念对象构成。概念对象涉及的对象可能来自几个数据库。例如，人是由人事记录、照片等描述，它们可能分别来自一般的关系数据库和图像数据库。在概念层上，模式必须按照几个数据库的概念模式来定义。

(4) 多媒体用户接口层。

多媒体用户接口层完成用户对多媒体信息的查询描述和得到多媒体信息的查询结果。这一层在传统数据库中非常简单，但在多媒体数据库中却成了最重要的环节之一。用户首先要能够把他的思想通过恰当的方法描述出来，并能使多媒体系统所接受，这比较困难，不是用类似 SQL 的语言所能描述的。然后，查询和检索到的结果需要按用户的需求进行多媒体化的表现。

(5) 用户层。

用户层是多媒体数据库的外部表现形式，即用户可见到的表格、图形、画面和播放的声音等。用户层可由专门的多媒体布局规格说明语言来描述，并向用户提供使用接口。多媒体数据管理系统的表现模式在多媒体数据库系统的研究中是一个需要重视的问题。由于各种非格式数据的表现形式各不相同，同时它们之间存在一定的关联性，所以表现层在多媒体数据库系统较之在传统的数据库中显得格外重要。

9.3 多媒体数据库技术

数据模型是数据库管理系统中用于提供信息数据表示和操作手段的形式，它是对现实世界中的具体事物的抽象与表示，是由若干概念构成的集合。数据模型通常由数据结构、数据操作和完整性约束 3 个部分组成，也称数据模型三要素。

数据结构是数据库系统静态特性的描述，是所研究的对象类型的集合。这些对象是数据库的组成部分。对象一般分为两大类：一类是与数据类型、内容、性质有关的对 象；另一类是与数据之间关联有关的对象。根据数据结构的类型不同，数据库结构通常分为层次模型、网状模型、关系模型和面向对象模型。

数据操作是对数据库系统动态特性的描述。对数据库的操作主要有两类：检索和更新(包括插入、删除、替换、修改)。数据模型要定义这些操作的确切含义、操作符号、操作规则以及实现操作的语言。

数据的约束条件是实现数据库完整性规则的集合。所谓完整性是指给定的数据模型中数据及它们之间的关联所具有的制约和依存规则，用以限定符合数据模型的数据库状态以及状态的变化，以保证数据库数据的正确、有效、相容和一致。数据模型应该提供定义数据完整性约束条件的机制，以反映数据必须遵守的特定的语义约束条件。

9.3.1 数据模型

数据库的数据模型先后经历了网状模型、层次模型、关系模型和面向对象模型等阶段。其中关系模型因为有完整的理论基础，取代了网状模型和层次模型，目前关系数据库在实际应用中居于主导地位。

与传统数据相比，多媒体数据对数据模型提出了更高的要求。多媒体数据模型能够有效地抽象及表示多媒体数据库的静态及动态特征。静态特征包括多媒体对象的构成、媒体对象的属性及内容、媒体对象间的约束关系等，而动态特征则包括对媒体对象的各种形式的操作、用户交互、媒体对象间的消息传递等。在选择具体数据模型时，要考虑具体应用的要求，如为了支持多媒体数据的实时写操作，应强调数据模型的简洁性及灵活性等。由于交互性是多媒体系统的一个根本特点，因而对交互性的支持也是对多媒体数据模型的要求。此外，多媒体数据模型还要能够反映多媒体数据库的一致性约束条件等。

1. 层次模型

利用树型结构来表示实体以及实体之间的联系的模型为层次模型。层次模型中的节点为记录型，表示某种类型的实体，节点之间的连线则表示了它们之间的关系。在层次模型中，没有任何父节点的节点为根节点，只有父节点而无任何子节点的节点为叶结点。在建模过程中，层次模型主要受到两条限制，一是任何非根节点的节点有 一个且仅有一个父节点；二是父子节点之间只能存在 $1:n$ 关系。层次模型构造简单、易于实现，但受到上述两个条件的限制。它不能直接表示某类实体同其他 n 类实体间可能存在的隶属关系。层次模型也不能表示两类实体间的 $m:n$ 关系。这就是层次模型的局限性。

2. 网状模型

利用网状结构来表示实体以及实体与实体之间的联系的数据模型为网状模型。网状模型与层次模型类似，其节点为记录型，用于表示某类实体，父子节点的记录之间只存在 $1:n$ 关系。但网状模型允许其节点有多个父节点，从而可以直接表示某类实体与其他几类实体间可能存在的关系，因此比层次模型更为通用。层次 DBMS 和网状 DBMS 的一个共同的缺陷是不支持数据独立性，因而数据库的层次或网状结构也就反映了库存数据记录在物理存储介质上的组织方式，同时也决定了对数据记录的访问路径。这意味着，当用户在创建一个数据库时要考虑数据的物理存储细节，数据库结构有所调整迫使相关的应用也随之发生变化。这就限制了数据库系统及其应用的可扩展性、可重用性及可移植性。

3. ER 模型

为了提高数据模型的表现能力，克服层次数据库和网状数据库的缺陷，提出了关系数据模型的概念。关系模型利用二维表来表示实体以及实体之间的关系，每一张二维表又被称为一个关系。二维表中的每一列代表实体或实体间关系的某种属性。二维表中的一行叫做一个元组，是记录类型的实例，代表了某个具体的实体或具体实体间的特定关系。关系模型不仅可以方便地表示两个实体类型间的 $1:1$、$1:n$ 关系，而且可以直接描述它们之间的 $m:n$ 关系。基于关系模型的数据库为关系数据库。关系数据库管理系统是到目前为止最为常见的产品，较为著名的有 Oracle、SQL Server、Sybase 等。关系 DBMS 通常支持数据独立性，因而可维护性、可扩展性、可重用性都比较好。但是，关系数据库系统不能很好地满足机械 CAD(Computer Aided Design，计算机辅助设计)、多媒体等应用的需求。机械 CAD、多媒体等应用所涉及的信息实体通常具有复杂、多样的结构，表现出很强的异构性。如文字、图像、图形、语音、活动图像等不同媒体类型的对象有着不同的结构，对象的属性也不完全具备原子性，而且也不再局限于几种基本的数据类型。此外，不同的多媒体对象又可能由不同数目、不同类型的媒体对象按不同的方式所构成。

关系模型在数据抽象能力上的缺陷使它不能很好地表示这种复杂的、带有异构性特点的信息实体。数据对象除了具有状态特征以外，还有一定的行为特征，如三维物体的几何变换、视频对象的播放等。状态特征和行为特征有着紧密的联系，是数据对象在应用空间所具有的语义的两个表现方面。一个数据对象的状态特征不仅在一定程度上反应了它在应用空间所经历过的各种变化，同时又是对它今后可能发生的行为的一种限制；而数据对象的行为特征则决定了该对象的状态在应用过程中的具体表现形式及其发展变化的规律。因此，在数据对象的模型化过程中，除了要利用某种数据结构来表 示数据对象的状态特征以外，还要定义行为特征。

由于数据库保存的数据对象来源于具体的应用，因而数据对象状态特征与行为特征的分离意味着实现某一应用的各种操作无法为其他应用所共享。其他应用为了实现相同的功能的操作，需要重新编写代码。这不仅意味着工作上的重复，以及数据对象使用效率的降低，有时甚至是难以实现的。多媒体对象的复杂性及多样性，决定了应用程序只有在全面了解了某一类型的多媒体对象各方面的特点之后，才有可能准确地实现各种操作。因此，多媒体对象状态特征和行为特征如果被分割开来将妨碍多媒体数据在不同应用程序间的共享。换言之，关系数据库系统不适合于多媒体应用。

4. NF^2 数据模型

NF^2 数据模型是对关系模型的一种扩展，其目的在于弥补关系模型在抽象能力上的缺陷。嵌套或关系模型是较早出现的复杂对象模型，又被称为 NF^2 (Non First Normal Form) 模型，NF^2 是允许将关系的属性表示为关系，即允许表中嵌表。但是，由于 NF^2 模型没有很好地解决数据对象的标识问题，因而没有办法支持同一对象同时为多个其他的对象所包含，结果造成了数据冗余，并增大了数据维护的难度。尽管各种 ER 模型和 NF^2 模型只在一些实验性系统中得到了运用，它们却对下一代数据库系统(即面向对象数据库系统)产生了较大的影响。

5. 面向对象数据模型

面向对象数据模型体现了面向对象技术在客观事物的模型化过程中的运用。面向对象技术是一种系统设计和开发的方法，有助于简化复杂系统的构造过程，而这种技术也使得面向对象数据模型具备了较强的抽象能力，使其能够以最为自然、最为贴切的方式表现各类媒体对象。抽象数据类型、继承和对象标识是面向对象数据模型的三个最为基本的概念。面向对象数据模型可以将任何一个客观事物抽象为对象，对象具有状态及行为两方面特征，而由具有相同特征的对象所构成的集合则可用抽象数据类型表示。抽象数据类型可由面向对象编程语言中的类(class)来实现。一方面，类将数据及相关的各类操作紧密地结合在一起，使之成为一个单一的实体；另一方面，类还可以限制外界所能访问的数据或操作。前一特点被称为封装(encapsulation)，而后一特点则被称为信息隐藏(information hiding)。对象标识是一种使一个对象有别于其他对象的标记，也就是说，不同的对象拥有不同的对象标识。利用对象标识的一个对象可以包含多个对象，同时，也能为多个其他对象所包含。继承是一种在某一类定义的基础之上构造新的类定义的手段。继承使面向对象数据模型具有了归纳／限定的抽象能力，从生成类到基类是一个归纳的过程，从基类到生成类是一个限定的过程。多态是与继承紧密相关的另一个重要的概念，它可被用来表示对象在行为方式上的差异。具体地讲，不同的数据对象可以具有某种意义相同的行为，但却有着不同的行为方式，而多态与继承则赋与了面向对象数据模型表示这种现象的能力总之，由于抽象数据类型、对象标识、继承及多态等特征使得面向对象数据模型具有了其他数据模型所无法比拟的抽象能力，因而这一数据模型被认为是表示多媒体信息的最佳数据模型。

9.3.2 数据的压缩和存储管理

在计算机中，结构化数据都是编码后进行存放，非结构化数据如图形、图像和声音也必须转化成计算机可以识别和处理的编码。多媒体信息注重保持高质量的模拟程度，还原速度等特点。数字信号有很多优点，这就意味着要使用大量的数据来描述多媒体信息和大量的空间存放，所以，必须在存储时进行数据压缩，数据压缩处理一般有两个过程组成，一是编码过程，即将原始数据经过压缩编码进行压缩，以便存储和传输；二是解码过程，此过程对编码数据进行解码，还原为可以使用的数据。

多媒体信息，如声音、图像目前国际上的压缩标准有：

JPEG(Joint Photographic Experts Group)，是由国际标准化组织(ISO)和国际电报电话咨询委员会(CCITT)联合制定的。适合于连续色调、多级灰度、彩色或单色静止图像的国际标准。

MPEG(Moving Picture Experts Group)，是 ISO / IEC 委员会的第 11172 号标准草案，包括 MPEG 视频、MPEG 音频和 MPEG 系统三部分。

传统的关系数据库管理系统已经不能适应用来管理多媒体数据了，于是便产生了基于内容的多媒体信息检索。多媒体内容的处理分为三大部分，也可将其看成是内容处理的三个步骤：内容获取，通过对各种内容的分析和处理而获得媒体内容的过程。内容描述，描述获取的内容。内容操纵，基于内容的用户操作和应用。

动态声音和图像形成的文件即使进行了压缩，存储量也十分惊人。文件一般是分页面进行管理的。目前比较流行的存取方法的 b 树和 Hash 方法。

9.3.3 多媒体数据库的用户接口

多媒体数据库的用户接口是系统一个极为重要的方面。它包括两个方面的内容：如何将用户的请求转变为系统所能识别的形式并输入进系统成为系统的动作；如何将系统查询得到的结果按照要求进行表现。

传统的数据库接口形式都是字符数值型的接口。用户输入的是字符或数值，得到的是由字符数值组成的表格。另一种用户接口是基于自然语言的用户接口。自然语言可以作为不同系统的统一接口，而且自然语言的抽象性使系统接口便于任何人使用。还有一种是示例接口的结构，它往往和系统的特征提取、存储和相似匹配结合起来。对于需要提取特征的媒体，需要加入模式识别与管理等部分，需要与对应的视觉处理、声音处理等专门技术相结合。

对多媒体数据库的查询结果与传统数据库相比要复杂得多，一是媒体种类多，需要按不同的媒体给出恰当的表现，二是查询的结果并不一定是唯一的，由于是相似性查询，往往会有多个结果，需要对这些结果进行组织提供给用户。三是多媒体数据库可以为应用提供一种表现复杂结果的可能。这些都与数据库的种类、应用方式及需求有关。

9.3.4 分布式技术

分布式数据库系统是在集中式数据库系统的基础上发展起来的，是数据库技术与计算机网络技术的产物。分布式数据库系统是具有管理分布数据库功能的计算机系统。分布式数据库系统由分布于多个计算机结点上的若干个数据库系统组成，它提供有效的存取手段来操纵这些结点上的子数据库。分布式数据库在使用上可视为一个完整的数据库，而实际上它是分布在地理分散的各个结点上。当然，分布在各个结点上的子数据库在逻辑上是相关的。分布式数据库系统是由若干个站集合而成。这些站又称为节点，它们在网络中连接在一起，每个节点都是一个独立的数据库系统，它们都拥有各自的数据库、中央处理机、终端，以及各自的局部数据库管理系统。因此分布式数据库系统可以看作是一系列集中式数据库系统的联合。它们在逻辑上属于同一系统，但在物理结构上是分布式的。

分布式数据库特点：各地的计算机由数据网络相联系，数据不是存储在一个主机上，而是存储在计算机网络的多个主机上。适当增加数据冗余度，提高了系统的可靠性，某个主机发生故障，其他部分还可继续工作，系统的可靠性高、可用性好。具有灵活的体系结构，适应分布式的管理和控制机构，可扩展性好，易于集成现有的系统。

分布式系统是建立在网络之上的软件系统。正是因为软件的特性，所以分布式系统具有高度的内聚性和透明性。因此，网络和分布式系统之间的区别更多的在于高层软件而不是硬件。分布式文件系统具有执行远程文件存取的能力,并以透明方式对分布在网络上的文件进行管理和存取。传统的分布式系统在管理多媒体数据时已不能满足要求。需要相应的高速网络，此外还要解决数据集成、异构多媒体数据语言查询、调度和共享等问题。

9.4 多媒体数据库的实现

构造多媒体数据库的方法大致可以分为如下两类：

一类是在关系数据库的基础上构造多媒体数据库。虽然关系数据模型抽象能力较差，不适于用来表示复杂的多媒体对象，但它比较成熟、应用广泛，对于某些应用而言，在关系数据库的基础上构造多媒体数据库还是可行的。

第二类是在面向对象数据库的基础上构造多媒体数据库。

因为面向对象数据模型具有很强的抽象能力，可以很好地满足复杂的多媒体对象的各种表示需求，能够为多媒体数据库的构造提供理想的基础，而面向对象技术在多媒体数据存储及管理中的应用也成为重要研究课题。

9.4.1 关系数据库

实现数据库系统首先要设计数据模型。数据模型是实体间相互联系的模式，数据模型的描述能力决定了数据库系统所能提供的功能。关系模型以其严密的关系理论和简明的用户界面在数据库领域占统治地位。但关系模型结构简单，是单一的二维表，数据类型和长度有限制，面对多媒体领域所涉及的图形、图像、声音、文字和动画，传统的数据库不支持新的数据类型和数据结构，难以实现空间数据和时态数据。因此表达数据特性的能力受到限制。在多媒体数据库系统中使用关系模型，必须对现有的关系模型进行扩充，使它不但能支持格式化数据，也能处理非格式化数据。对关系数据库模型的扩充技术主要有：

(1) 扩展基本关系类型，支持复杂对象。传统关系模型是建立在关系这一数据结构基础之上的，关系结构不能对复杂对象进行完全的描述。多媒体数据库关系模型具有对复杂对象描述能力。使关系数据库管理系统和操作系统中的文件系统相结合，实现对非格式化数据的管理。其主要方法是，若表中的某个字段的属性是非格式化数据，则以存放非格式化数据的文件名代替，这样数据库管理系统不负责非格式化数据本身的存储分配，它管理的只是非格式化数据的引用，对非格式化数据的控制只能通过操作系统、文件系统和应用程序来实现。这种方法效率低，但方法简单、容易实现。

(2) 对关系模型提供的操作加以扩充。传统的关系数据模型的数据操作能力十分有限。把传统的关系模型上的操作作为系统的缺省功能加以实现，使用户能根据所定义的数据类型扩展其功能，这样就可以很好地支持抽象数据类型。

(3) 扩展面向对象的风范。这是在传统模型上加上用来支持面向对象的一些特性，使这些关系数据库产品具有一些简单的管理多媒体的能力，但是它并没有对各类复杂数据类型提供足够的支持。多媒体数据库对关系模型作一定的扩充后，就可以在可扩充的数据库管理系统中支持具有面向对象功能的许多新应用。

多媒体数据模型是对传统关系模型的扩展，这就意味着它具有传统关系数据模型所具有的数据操作功能，因此多媒体数据库的数据操作可分为传统的SQL语言所支持的功能和通过用户自定义某个类型所独具的数据操作功能。

SQL语言是建立在关系模型上的，用于关系数据库的语言接口。SQL语言是非过程式查询语言，具有广泛的用户基础、持久性和开放性。数据库查询语言可分为数据定义语言(DDL)和数据操作语言(DML)两部分。多媒体数据库中的数据定义语言又可分为：

(1) 系统内部类型。系统内部类型包括了传统数据库所具有的数据类型，如整型、浮点型、字符型、日期型、货币型和时间型，还包括大二进制对象BLOB (Binary Large Object)的数据类型的支持，从而使这些关系数据库产品具有一些简单的管理多媒体的能力。虽然BLOB的确允许用户涉及大型的数据对象，但是它并没有对各类复杂数据类型提供足够的支持。

(2) 用户自定义类型。用户自定义类型是用CREATTYPE创建的类型，使用户可以构造新类型。新类型的每个属性可以是系统内部类型，也可以是已定义的用户类型，还可以是继承某一类型后的类型。

(3) 组合类型。组合类型是由系统内部类型或用户已定义类型通过一定的方式构造后形成的类型。组合类型共有四种：数组型、枚举型、联合型和集合型。枚举型的成员是有序的，而集合型的成员是无序的。

9.4.2 面对对象的数据库

面向对象技术的基本概念包括面向对象数据库模型中的对象、属性、方法、消息和类等。在面向对象系统中，用对象来描述实体，对象间采用消息通信，对象按其性质划分为不同的类，对于类的操作与规则称为方法，继承是指可以在一个类的基础上建立子类。

1. 面向对象的基本概念

(1) 对象。由实体所包含的数据和定义在这些数据上的操作组成。现实世界所有概念实体都可以模型化为对象。

(2) 属性。组成对象的数据称为对象的属性。对象的属性可以是系统或用户自定义的数据类型，也可以是一个抽象数据类型。对象的状态由其属性描述。

(3) 方法。定义在对象属性上的一组操作称为对象的方法。方法体现了对象的行为能力，它与属性一样是对象的组成部分。

(4) 消息。在面向对象的系统中，对象间的通信和请求对象完成某种处理工作是通过消息传送实现的。消息传送相当于一个间接的过程调用。对象对接收的每个消息有一个相应的方法来解释消息的内容并执行消息所指示的处理操作。一个对象可以同时向多个对象发送消息，同样的消息可能被不同的对象解释为不同的含义。

(5) 类。类描述的是具有相似性质的一组对象，这组对象具有一般行为(操作)、一般关系及一般语义，类是对象的模板。属于同一类的对象具有相同的属性名和定义在这些属性上的方法。它们也响应同样的消息。有了对象类的概念就可以一次定义系统中同类所有对象的属性和方法。

(6) 类层次和继承。系统中的对象除了具有前面所述的聚合的联系外，还有各种概括的联系。如果用结点表示对象类，用连接两结点的边表示两个对象类的概括关系，则具有概括关系的对象类形成一个层次结构，称为类层次。其中高层结点是低层结点的概括，称为低层结点的超类(或称为父类)；低层结点是对其高层结点的特殊化，称为高层结点的子类。子类不仅可以继承其超类对象的部分或全部属性和方法，还可以拥有自己的属性和方法。由于超类仍可具有超类和相应的继承性，一个子类实际上可以继承它超类链上所有对象的、类的方法和属性。

2. 面向对象的数据库模型

面向对象数据库模型在支持多媒体应用方面具有自己独特的优点。

(1) 面向对象模型支持“聚合”与“概括”的概念，从而更好地处理多媒体数据等复杂对象的结构语义。

(2) 面向对象模型支持抽象数据类型和用户自定义的方法，便于数据库系统支持定义新的数据类型和操作。

(3) 面向对象系统的数据抽象、功能抽象与消息传递的特点使对象在系统中是独立的，具有良好的封闭性，封闭了多媒体数据之间的类型及其他方面的巨大差异，并且容易实现并行处理，也便于系统模式的扩充和修改。

(4) 面向对象系统的对象类、类层次和继承性的特点不仅减少了冗余和由此引起的一系列问题，还非常利于版本控制。

(5) 面向对象系统中实体是独立于值存在的，因而避免了关系数据库中讨论的各种异常。

(6) 面向对象系统的查询语言通常是沿着系统提供的内部固有联系进行的，避免了大量的查询优化工作。

总之，面向对象的数据模型允许现实世界的对象以更接近于用户思维的方式来描述，而且具有描述和处理聚集层次、概括层次的能力，能支持抽象数据类型和方法，可扩充、可共享性好，适宜于表示和处理多媒体信息，也适宜于多媒体数据库中各种媒体数据的存取和操作。

3. 面向对象数据库的实现方法

不同于扩展关系数据库系统，面向对象数据库直接从数据模型入手，重新考虑不同于传统数据库管理系统的系统整体结构、对象类层次的存储结构、存取方法和继承性的实现方法、用户定义的数据类型和方法的处理策略、必要的版本控制和友好的用户接口，建立一个全新的数据库管理系统。但面向对象数据库管理系统的真正的产品还很少见，人们还在探索、研究中。

(1) 面向对象数据库系统的结构

根据系统模型的功能，设计相应的系统结构是面向对象数据库管理系统实现的重要环节。现有的面向对象的数据库管理系统功能各异，因而提出了各种不同的系统结构。

(2) 面向对象数据库系统的存储结构和存取方法

面向对象的数据库管理系统中处理的是存储在磁盘上的多媒体数据组成的对象，因此设计有效的对象存储结构和多媒体数据的存取方法就成为系统实现的重要问题。从现有的面向对象系统原型讨论中可以看到，目前存储结构的实现方法可以分为两大类：一类是基于现有关系模型存储结构的方法；另一类是重新设计更符合多媒体对象特点的存储结构方法。

(1) 基于关系模型的方法。在基于关系模型的方法中，每个对象存放在一个关系中，任何对象一进入系统，数据库管理系统就自动分配给它一个全库唯一的系统标识符，这个系统标识符在对象的生命周期中是不可改变的。对象间的联系是通过在存放对象元组中增加另一对象的系统标识符体现的。系统对相关对象类建立索引，当用户要求按“聚合”或“概括”联系查询时，系统就可以使用索引满足查询要求。使用系统标识符的优点是：对象所有属性中不必再由用户定义标识码，降低了更新操作的限制，使所有属性可依统一方式进行处理。另外，由于系统标识符通常比用户数据小得多，所以使用系统标识符后，一般连接索引可以做得很小；甚至可以放在内存，大大加快了查询速度。

(2) 更适合多媒体数据特点的存储结构和存取方法。虽然基于关系模型的方法可以利用许多关系系统成功的经验，但现有的关系模型的存取方法并不完全适合多媒体数据的特点，因此人们提出了一些更适合多媒体数据特点的存储结构和存取方法。为了实现多媒体对象的快速存取，最简单的方法是将其按逻辑模型中定义的拓扑顺序存放。但使用这种方法，当对象较大时，可能需要物理上跨磁道存放，这时会大大降低查询速度，而且这种方法不能有效地支持子类的查询。面向对象模型比较复杂，缺乏坚实的理论基础。在实现技术方面，还需要在面向对象多媒体数据库系统中解决模拟非格式化数据的内容和表示、反映多媒体对象的时空关系、允许有类型不确定对象存在等问题。

9.4.3 超媒体数据库

分布式超媒体数据库系统 HDB(Hypermedia DataBase)是一种以超媒体信息管理技

术为基础的分布式系统。HDB 的超媒体节点和链分别描述实体和实体之间的联系，他不仅具有查询功能，还具有浏览过滤功能，采用宏文献结构来支持大型数据库分布到网络上。

1. HDB 的数据类型

HDB 管理的数据类型包括两种类型：系统定义和用户定义。系统定义的数据类型包括格式化类型和非格式化类型。格式化类型处理的是传统关系数据库中是表、属性、文字和字段等对象类型，非格式化类型处理的是图形、图像、动画、音频和视频等多媒体数据和操作、控制等类型。

2. HDB 的功能特点

HDB 系统可向用户提供具有多种特色的操作接口和新型的基于内容的查询和过滤性浏览等功能。

(1) 能够自动确定用户感兴趣的主题作查询和统计。

(2) 具有浏览过滤功能。这是个智能性功能，使系统能按用户浏览过的内容统计用户感兴趣的主题，从而引导用户作高效的浏览。

(3) 基于内容的查询使用户可随时在网络浏览中通过超媒体链获得语义解释，还可以由用户在浏览中指定某个对象作为进一步查询的范例，系统以此范例进行基于内容的查询。

(4) 浏览导航机制提供了基于文献导航、基于节点导航、当前节点导航、节点内注释多级导航和按钮导航等。

3. HDB 的分层结构

分布式超媒体数据库是由节点和链组成的超媒体信息网络。其基本结构由三个层次构成，层次关系为：

(1) 最上层。最上层是表现与查询层，提供对超媒体数据的查询、表现并完成与用户的友好交互。

(2) 中间层。中间层是超媒体关联层，用于对节点和链作定义和描述。节点中媒体对象的表现具有时间关系和空间关系组合的能力。

(3) 最底层。最底层为对象管理层。该层采用面向对象的方法管理媒体对象，对媒体对象和内容结构作定义和描述，管理媒体数据的共享和锁定。

4. 安全访问

用户访问宏文献的安全控制由三个级别组成：

(1) 用户登陆。用户进入 HDB 系统时必须使用每个用户唯一的用户名和口令登陆。

(2) 用户权限。对宏文献的访问权限分为超级用户和普通用户两种。超级用户具有最高权利，普通用户的权限又分为只读、允许观看、允许查询和允许有限范围内的修改等。

(3) 访问属性。文献、宏文献、节点、链和媒体本身具有只读、修改和隐含等访问属性。具有隐含属性的对象通常是不可见的，有“允许观看”权的用户才能看到。

9.4.4 多媒体信息的检索

多媒体信息检索是根据用户的要求，对图形、图像、文本、声音、动画等多媒体信息进行检索，得到用户所需的信息。多媒体信息检索系统有着广阔的应用前景，它将广泛用于电子会议、远程教学、远程医疗、电子图书馆、艺术收藏和地球资源管理、天气预报、时装设计、智能群体决策、计算机支持协同工作、金融市场和军事指挥系统等方面

多媒体数据库系统对信息的检索和查询有两大类：一类是基于表示检索和查询，另一类是基于内容的检索和查询。基于内容(Contentbased)的多媒体信息检索研究伴随着信息时代的到来而展开。现在，多媒体数据已经广泛用于 Internet 和企事业信息系统中，用户不仅要存取常规的字符数字数据，而且越来越多的商业活动、事务交易和信息表现将包含多媒体数据。

许多多媒体数据库系统只提供基于媒体表示、描述和关键字之类的检索和查询。基于表示检索和查询的数据类型和数据结构有关，不需要对内容作分析，但需要限定检索空间。而基于内容的信息检索是一种新的检索技术，是对多媒体对象的内容及上下文语义环境进行检索，如对图像中的颜色、纹理，或视频中的场景、片断进行分析和特征提取，并基于这些特征进行相似性匹配。基于内容的检索有如下特点：

(1) 从媒体内容中提取信息线索。基于内容的检索直接对图像、视频、音频内容进行分析，抽取特征和语义，利用这些内容特征建立索引，并进行检索。

(2) 基于内容的检索是一种近似匹配。它采用相似性匹配的方法逐步求精，以获得查询结果，这是一个迭代过程。这一点与常规数据库检索中的精确匹配方法不同。

(3) 大型数据库的快速检索。多媒体数据库不仅数据量巨大，而且种类和数量繁多，要求基于内容的信息检索技术也象常规的信息检索技术一样，能快速实现对大型库的检索。

完整的基于内容的信息检索系统一般由两个子系统构成，即数据库生成子系统和查询子系统。每个子系统由相应的功能模块和部件组成。

(1) 对象标识。为用户提供一种工具，以全自动或半自动方式对静态图像、视频镜头的代表帧等媒体中用户感兴趣的区域及视频序列中的动态对象进行标识，以便针对对象来进行特征提取、描述和查询

(2) 特征提取。对视频、图像等多媒体数据自动或半自动地提取用户感兴趣的、适合检索要求的特征。特征提取可以是全局性的，如针对整幅图像和视频镜头，也可以是针对某个对象。

(3) 数据库。由媒体库、特征库和知识库组成。媒体库包含多媒体数据，如图形、图像、视频、音频和文本等，特征库包含用户输入的客观特征和预处理自动提取的内容特征。知识库包含领域知识和通用知识，其中的知识表达可以更换，以适应不同领域的应用要求。

(4) 用户查询和浏览接口。主要以示例查询和模糊描述等可视查询形式向用户提供查询接口。查询允许针对对象、整体图像、视频镜头以及任意特征的组合形式来进行。由于多媒体数据的视觉和听觉特性，不仅查询时需要通过浏览确定查询要求，而且查询后返回的结果也需要浏览，尤其是视频浏览。

多媒体数据基于内容查询类型：

(1) 图像查询。主要依据图像的颜色、纹理、形状特征，以及图像中子图像的特

征进行检索。其中有：颜色查询，使用户查到与用户所选择的颜色相似的图像。纹理查询，使用户查到含有相似纹理的图像。形状查询，用户选择某一形状或勾勒一幅草图，利用形状特征或匹配主要边界进行检索。图像对象查询，对图像中所包含的静态子对象进行查询。查询条件可综合利用颜色、纹理、形状特征，逻辑特征和客观属性等。

(2) 视频浏览和检索。视频可用场景、镜头、帧来描述。帧是一幅静态的图像，是组成视频的最小单位。镜头是由一系列帧组成的一段视频，它描绘同一场景，表示的是一个摄像机的移动操作、一个事件或连续的动作。一个镜头由一个或多个关键帧表示。场景包含有多个镜头，针对同一批对象，拍摄的角度不同，表达的含义不同。基于关键帧的检索，是对代表视频镜头的关键帧进行检索。关键帧是一幅幅图像，可以采用与图像检索相似的方法。一旦检索到目标关键帧，用户就可以利用播放来观看它代表的视频片断。基于运动的检索，是基于镜头和视频对象的时间特征来检索，是视频查询的进一步要求。可以查询摄像机的移动操作和场景移动，以及用运动方向和运动幅度等特征来检索运动的主体对象。

(3) 声音查询。利用声学的和主观的特性进行查询。声音的一些感知特性，如音调、响度、音色等。与音频信号的测量属性非常接近，在音频数据库中记录这些特征，并利用这些特征进行示例和指定特征值查询。

(4) 图形查询。基于空间的约束关系进行查询。包括：点查询，查找某坐标处的目标。线查询，查找线状目标两侧的目标。区域查询，查找某区域内的图形目标。关联查询，利用两个或多个图形对象之间的空间和拓扑关系来查询。空间约束关系可以是方向、邻接、包含等。

(5) 文本查询。以往文本资料的检索是利用关键词，采用传统的数据库技术来实现管理和检索。然而，由于关键词标引工作量大，而且标引同用户的检索概念可能不一致,导致查准率和查全率低。因此，需采用直接对文本进行任意词和字的检索。根据实现方法的不同，其检索分为串搜索、串匹配和全文检索，以字和词以及它们的逻辑组合为条件进行查询。

除了基于内容的多媒体检索技术，还有基于语音的多媒体检索技术，包含有利用大词汇语音识别技术进行检索；基于子词单元进行检索；基于识别关键词进行检索；基于说话人的辨认进行分割。

随着多媒体技术的发展，人们对基于多媒体素材的数据库需求越来越迫切。例如基于网络的多媒体数据库和基于多媒体的数字化图书馆，以及基于内容的多媒体信息检索系统。这些都是多媒体数据库的最直接的应用。

习题

1. 请简述多媒体数据库和多媒体数据库管理系统的概念。
2. 请介绍一下多媒体数据库管理系统体系结构。
3. 请分述多媒体数据库的相关具体技术。

第 10 章　超文本和超媒体

学习内容

本章主要介绍了超文本和超媒体的基本概念、网页制作软件Dreamweaver，以及Dreamweaver网页制作的实例。

学习要求

了解：超文本和超媒体的基本概念；

掌握：应用 Dreamweaver 制作网页。

在多媒体（Multimedia）、因特网（Internet）广为人知，甚至连中小学生都热衷于参与的今天，谈论超媒体就不再是困难的事情。但是，多媒体只解决表现形式问题，最终使用这些丰富多彩的信息，还需要借助信息管理技术。至今为止，信息管理技术分为两大类：传统数据库管理技术和超文本 / 超媒体技术，后者就是我们本章学习的主要内容。

10.1　超文本和超媒体基础

当今在因特网上最热的要数万维网（World Wide Web）。任何机构、任何人只要按一定格式将自己的多媒体资料送上万维网，网上的任何人、任何时候都可以‘读’这些信息。万维网使多媒体信息的交流与共享不受时间和地域的限制。最妙的是，信息的作者可以根据自己的情况（思维方式、兴趣爱好、资料类型……）任意分层组织自己的信息；读者可以根据自己的需要选择万维网上的任何可读的资料，对每一份资料都可以有选择性地‘阅读’。事实上，我们对超文本 / 超媒体并不陌生，很多用户已经或多或少使用了这种技术，只是没有意识到，或者没有特别关注它。

10.1.1　超文本和超媒体的概念

1. 超文本和超媒体的由来

美国人泰得·纳尔逊（Ted Nelson）于 1965 年给建立文字信息网的这种技术杜撰了一个名字：超文本，并得到计算机界的公认。当多媒体技术有了长足的发展时，将超文本技术用于多媒体信息管理，就有了所谓的超媒体。也就是说，超媒体就是超文本加多媒体。由于从概念意义上讲，超文本和超媒体指的是同一种技术，是等价的，所以这两个词一般都不加区别地使用。

2. 超文本和超媒体的概念

超文本是一种文本，它和书本上的文本是一样的。但与传统的文本文件相比，它们之间的主要差别是，传统文本是以线性方式组织的，而超文本是以非线性方式组织的。这里的“非线性”是指文本中遇到的一些相关内容通过链接组织在一起，用户可以很方便地浏览这些相关内容。这种文本的组织方式与人们的思维方式和工作方式比较接近。超文本中带有链接关系的文本通常用下划线和不同的颜色表示。超链接(hyper link)是指超文本中的词、短语、符号、图像、声音剪辑或影视剪辑之间的链接，或者与其他的文件、超文本文件之间的链接，也称为“热链接(hot link)”，或者称为“超文本链接(hypertext link)”。词、短语、符号、图像、声音剪辑、影视剪辑和其他文件通常被称为对象或者称为文档元素(element)，因此超链接是对象之间或者文档元素之间的链接。建立互相链接的这些对象不受空间位置的限制，它们可以在同一个文件内也可以在不同的文件之间，也可以通过网络与世界上的任何一台连网计算机上的文件建立链接关系。

超文本是一种收集、存储、管理、浏览离散信息，建立和表示信息之间关系的技术。任何超文本系统都是由存放信息的节点和表示信息之间关系的链这两大基本要素组成。超文本充分地利用了计算机强大的存储能力，把它和人类筛选信息的能力巧妙地结合在一起，以信息和信息之间的关系全面、自然地表示或描述应用系统或人类的知识。在多媒体和网络技术迅速发展的今天，超文本越来越显示出它的强大功能和在在信息管理方面的巨大作用。

超媒体与超文本之间的不同之处是，超文本主要是以文字的形式表示信息，建立的链接关系主要是文句之间的链接关系。超媒体除了使用文本外，还使用图形、图像、声音、动画或影视片断等多种媒体来表示信息，建立的链接关系是文本、图形、图像、声音、动画和影视片断等媒体之间的链接关系。

3. 超文本和超媒体的主要特点

首先，超文本和超媒体不仅注重信息，更注重超越信息空间本身的信息之间的关系。信息按关系组织、存储、管理、浏览。请注意，这里用的是浏览，沿着信息之间的关系链浏览，而不是检索或查询。链是关系的表示手段。这一特点正好符合人的思维方式和工作习惯：根据事务之间的联系进行联想，想到哪儿就‘走’到哪儿。

第二，由于表现了信息之间的关系，所以，用超文本建立的系统是网状的、非线性的，无所谓头，也无所谓尾。这和我们阅读的其它传统文本不同。传统的文本，例如书，是按顺序编排的，一页跟着一页，一章接着一章，有头、有尾。传统数据库数据的存放也是顺序的，一个字段接着一个字段，一个记录接着一个记录。

第三，超文本和超媒体给予用户控制计算机的权力，用户可以任意地进行创作：任意选择信息类型，任意决定信息容量，任意编排组织，按自己的意志建立信息网；同时也可以任意地阅读、随意地浏览其他人创作的超文本系统，正如使用万维网浏览器在万维网信息世界漫游。这是任何传统的计算机技术都做不到的。有些专家认为超文本和超媒体实际上是一种接口技术。是否只是接口技术还有待于探讨，不过得到公认的是，它至少是新的人机接口技术。

10.1.2 超文本和超媒体系统

1. 超文本与超媒体的组成要素

节点

链

网络

节点：超媒体是由节点和链构成的信息网络。节点是表达信息的单位，是围绕一个特殊主题组织起来的数据集合。节点的内容可是文本、图形、图像、动画、音频、视频等，也可以是一般计算机程序。

节点分为两种类型：一种称为表现型，记录各种媒体信息，表现型节点按其内容的不同又可分为许多类别，如文本节点和图文节点等；另一种称为组织型，用于组织并记录节点间的联结关系，它实际起索引目录的作用，是连结超文本网络结构的纽带，即组织节点的节点。

节点的基本类型：① 文本节点；② 图形节点；③ 图像节点；④ 音频节点；⑤ 视频节点；⑥ 混合媒体节点；⑦ 按钮节点；⑧ 组织型节点；⑨ 推理型节点。

链：超媒体链又称为超链，是节点间的信息联系，它以某种形式将一个节点与其它节点连接起来。由于超媒体没有规定链的规范与形式，因此，超文本与超媒体系统的链也是各异的，信息间的联系丰富多彩引起链的种类复杂多样。但最终达到效果却是一致的，即建立起节点之间的联系。

链的一般结构可分为三个部分：链源、链宿及链的属性。链源是导致浏览过程中节点迁移的原因，可以是热标、媒体对象或节点等；链宿是链的目的所在，可以是节点，也可以是其他任何媒体的内容；链的属性决定链的基本类型。

网络：超文本由节点和链构成网络是一个有向图，这种有向图与人工智能中的语义网有类似之处。语义网是一种知识表示法，也是一种有向图。

节点和链构成网络具有如下特性功能：

(1) 超媒体的数据库是由声、文、图各类节点组成的网络。

(2) 屏幕中的窗口和数据库中的节点是一一对应的，即一个窗口只显示一个节点，每一个节点都有名字或标题显示在窗口中，屏幕上只能包含有限个同时打开的窗口。

(3) 支持标准窗口的操作，窗口能被重定位、调整大小，关闭或缩小成一个图符。

(4) 窗口中可含有许多链标示符，它们表示链接到数据库中其它节点的链。

(5) 作者可以很容易地创建节点和链接新的节点的链。

(6) 用户对数据库进行浏览和查询。

2. 超文本和超媒体的体系结构

数据库层：数据库层是模型中的最低层，它涉及所有传统的有关信息存储的问题，实际上这一层并不构成超文本系统的特殊性。但是它以庞大的数据库作为基础，而且在超文本系统中的信息量大，需要存储的信息量也就大。

超文本抽象机层：超文本抽象机层 Hypertext Abstact Machine 简称 HAM 是三层模型中的中间层，这一层决定了超文本系统节点和链的基本特点，记录了节点之间链的关系，并保存了有关节点和链的结构信息。在这一层中可以了解到每个相关联的属性。

用户接口层：用户接口层也称表示层或用户界面层，是三层模型中的最高层，也是超文本系统特殊性的重要表现，并直接影响着超文本系统的成功。它应该具有简明、直观、生动、灵活、方便等特点。用户接口层是超文本和超媒体系统人－机交互的界面。

用户接口层决定了信息的表现方式、交互操作方式以及导航方式等。

10.1.3 超文本和超媒体的应用

随着多媒体技术的发展，超文本与超媒体技术，具有广阔的应用前景。超文本与超媒体组织和管理信息方式符合人们的“联想”思维习惯。适合于非线性的数据组织形式，以它独特的表现方式，得到了广泛的应用。

1. 多媒体信息管理

超媒体被许多人称为“天然”的多媒体信息管理技术，这是因为对多媒体信息来说，超媒体的方式更易于反映出媒体之间的联系和关系。在多媒体信息应用领域，超媒体技术可以应用于百科全书、词典等工具书中，也可以应用于各种专业的参考书、科技期刊中。利用超媒体技术，可以很容易地把浩如烟海的、分散在各处的各种书籍、图片等进行有效的组织，使得用户使用起来更加方便。现在已经开发出了许多这方面的产品，并且得到了广泛的欢迎。

2. 个人学习、工作辅助与办公自动化

超媒体技术在辅助个人学习方面非常有效。如果将学习的资料编成固定的形式，虽然可以协助个人的学习，但不能够适应每个人的特点和想法，超媒体化的学习资料可以给用户一个过程的选择，随着学习的过程，用户可以随时地要求解释和选择更恰当的学习路径。特别是对复杂的学习内容，超媒体系统不仅可以提供丰富的多媒体化的资料，并以联机求助的方式得到帮助，而且还可以用探索、参与的方式进行学习，大大地提高学习的效率。

超媒体化的维修手册、超媒体化的技术文档、方针政策手册、年度的报告等可以提高工作效率。使用超媒体维修手册可以针对具体问题得到具体的答案，而不用逐页的查找有关数据和信息。

超文本与超媒体应用于办公自动化中，改变了人们传统的工作方式和思维习惯，提供人们更为形象、直观的工作环境，极大地提高了工作的效益和效率。

3. 商业展示、产品广告和指南

超媒体化的产品和广告、单位的形象介绍、展览会的展示、旅游和饭店的指南、机场和车站的查询机等都为用户提供了一种很好的展示方式。这些随处可见的、用户可以任意操作的超媒体工具，不仅有利于商业的效益提高，也大大方便了用户。

4. 娱乐（音乐、小说、电影）和休闲

超媒体的神化故事、侦探小说、报纸和刊物、家庭菜谱、电子游戏等，为家庭休闲和娱乐开辟了新的途径。

“交互式小说”和“交互式电影”，用超媒体组织素材，由读者和观众自己编辑，按自己的爱好和愿望去改变主人翁的命运和结局。

5. WWW 中的超文本和超媒体

Internet 已经有 20 多年的历史了，近几年出现了 Internet 热，这主要应归功于 Web。Internet 提供了世界范围内网络互连和通信功能，Web 则是一个环球信息资源库。我们知道超媒体系统建立的链接关系是文本、声音、图形、图像、动画和视频片段之间的链接关系。当我们使用 Web 浏览器浏览因特网时，在显示屏幕上看到的页面称为网页（Web

Page），它是 Web 站点上的文档。

WWW(World Wide Web)是信息发现技术和超媒体技术的综合，它以基于客户/服务器的工作方式，通过超文本文献，把全世界 Internet 上不同地点的相关信息有机地结合了起来，并提供了联想式导航浏览手段。在 WWW 上，丰富的超文本文献集合被放在各个 WWW 服务器上。WWW 的服务器将信息组织成为分布式的超文本，这些信息的节点为文本、图像、子目录或信息指针。

而 WWW 的客户程序成为浏览器，运行在客户机上，利用超文本传输协议向服务器发出请求，访问服务器上的超文本和超媒体信息，并在客户端上以多媒体的形式表现出来。支持 WWW 客户/服务器的协议主要有两个：

超文本传输协议(Hyper Text Transfer Protocol ,HTTP)。它为客户/服务器通信提供了联络方式及信息传送格式。

超文本标记语言(Hyper Text Markup Language ,HTML)。它是一种用户与程序都能理解的语言，它是为文献提供表现界面与超文本链接的标记语言。

超文本传输协议 HTTP 最初只是一个面向对象的应用级协议，并非专用于超文本/超媒体的传输，但其精巧快速，特别是通用、无状态性以及面向对象的特点，使之非常适合于分布式协作化的超文本/超媒体系统，因此取名为超文本传输协议。

超文本和超媒体的发展趋势如下：

(1) 由超文本向超媒体发展。

从超文本到超媒体是技术发展的进步，也是技术发展的必然性。超文本向超媒体的转变不仅是将文本媒体扩展到其它媒体，而且还要能使系统自动地判断媒体类型，并执行对应的操作。对图像的热区，视频的热点等都能引起类似于热字的反应，多媒体的表现及基本内容的检索等。超文本向超媒体的转变，大大地增强了功能和性能，也增加了系统实现的难度。

(2) 由超媒体向智能超媒体发展。

在超媒体技术的研究中,有人提出智能超媒体或专家超媒体（Expertext)。这种超媒体打破了常规超媒体文献内部和它们之间严格的链的限制，在超媒体的链和节点中嵌入知识或规则,允许链进行计算和推理,使得多媒体信息的表现具有智能化。

(3) 由超媒体向协作超媒体发展。

超媒体建立了信息之间的链接关系，那么也可用超媒体技术建立人与人之间的链接关系，这就是协作超媒体技术。超媒体节点与链的概念使之成为支持协同性工作的自然工具。协同工作使得多个用户可以同一组超媒体数据上共同进行操作。这样未来的电子邮政、公共提示板等都可能应用到超媒体系统中。

10.2 网页制作软件 Dreamweaver

Dreamweaver 8 是一款专业的 HTML 编辑器，用于对 Web 站点、Web 页和 Web 应用程序进行设计、编码和开发。无论您愿意享受手工编写 HTML 代码时的驾驭感还是偏爱在可视化编辑环境中工作，Dreamweaver 都会为您提供有用的工具，使您拥有更加完美的 Web 创作体验。

10.2.1 Dreamweaver 8 工作区

在 Windows 中，Dreamweaver 提供了一个将全部元素置于一个窗口中的集成布局。在集成的工作区中，全部窗口和面板都被集成到一个应用程序窗口中，如图 10-1 所示。

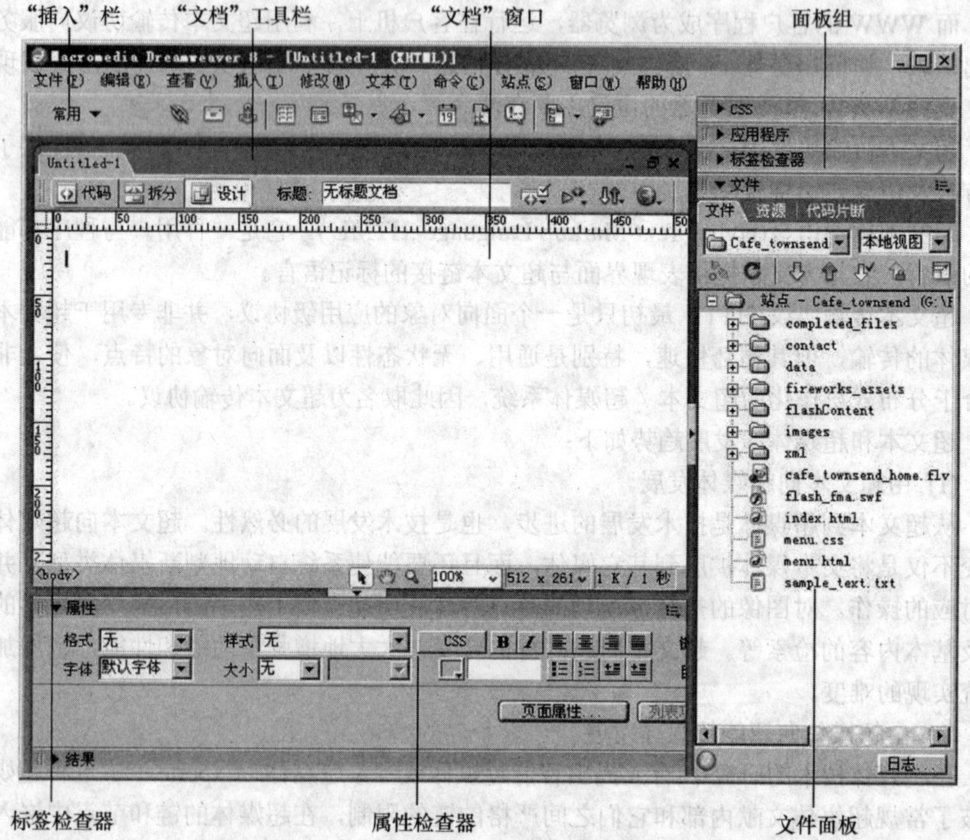

图 10-1 Dreamweaver 8 工作区

“插入”栏包含用于将各种类型的“对象”（如图像、表格和层）插入到文档中的按钮。每个对象都是一段 HTML 代码，允许用户在插入它时设置不同的属性。例如，用户可以在“插入”栏中单击“表格”按钮，插入一个表格。用户也可以使用“插入”菜单插入对象。

“插入”栏包含用于创建和插入对象（如表格、层和图像）的按钮。当前文档包含服务器代码时（例如 ASP 或 CFML 文档），还会显示其他类别。当用户启动 Dreamweaver 时，系统会打开用户上次使用的类别，如图 10-2 所示。

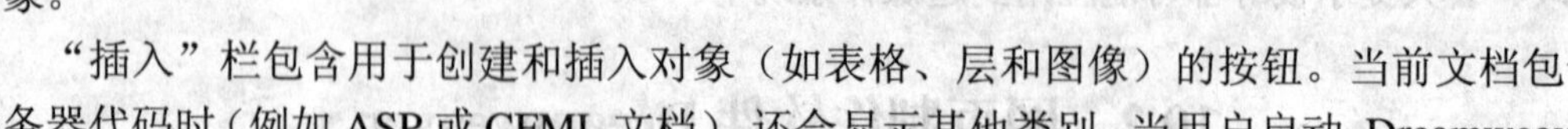

图 10-2 “插入”栏

某些类别具有带弹出菜单的按钮。从弹出菜单中选择一个选项时，该选项将成为该按钮的默认操作。例如，如果从“图像”按钮的弹出菜单中选择“图像占位符”，下次单击“图像”按钮时，Dreamweaver 会插入一个图像占位符。每当从弹出菜单中选择一个新选项时，该按钮的默认操作都会改变。

“插入”栏按以下的类别进行组织，如图 10-3 所示。

图 10-3 “插入”栏的类别

“常用”类别使用户可以创建和插入最常用的对象，例如图像和表格。

“布局”类别使用户可以插入表格、div 标签、层和框架。用户还可以从三个表格视图中进行选择：“标准”(默认)、“扩展表格”和“布局”。当选择“布局”模式后，用户可以使用 Dreamweaver 布局工具：“绘制布局单元格”和“绘制布局表格”。

“表单”类别包含用于创建表单和插入表单元素的按钮。

“文本”类别使用户可以插入各种文本格式设置标签和列表格式设置标签，例如 p、b 和 em 等。

“HTML”类别使用户可以插入用于水平线、头内容、表格、框架和脚本的 HTML 标签。

“服务器代码”类别仅适用于使用特定服务器语言的页面，这些服务器语言包括 ASP、ASP.NET、CFML Basic、CFML Flow、CFML Advanced、JSP 和 PHP。这些类别中的每一个都提供了服务器代码对象，用户可以将这些对象插入“代码”视图中。

“应用程序”类别使用户可以插入动态元素，例如记录集、重复区域以及记录插入和更新表单。

“Flash 元素”类别使用户可以插入 Macromedia Flash 元素。

“收藏”类别使用户可以将“插入”栏中最常用的按钮分组和组织到某一常用位置。

用户可以修改“插入”栏中的任何对象或创建用户自己的对象。

“文档”工具栏包含各种按钮，它们提供各种“文档”窗口视图(如“设计”视图和“代码”视图)的选项、各种查看选项和一些常用操作。“文档”工具栏这些按钮使用户可以在文档的不同视图间快速切换：“代码”视图、“设计”视图、同时显示“代码”和“设计”视图的“拆分”视图。工具栏中还包含一些与查看文档、在本地和远程站点间传输文档有关的常用命令和选项，如图 10-4 所示。

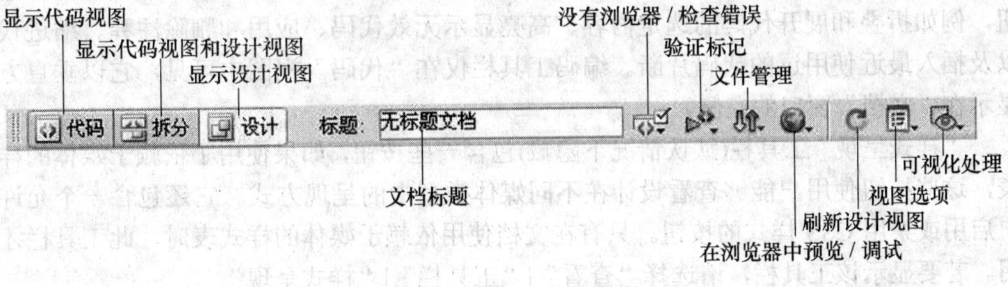

图 10-4 “文档”工具栏

以下选项出现在“文档”工具栏中：

显示代码视图仅在“文档”窗口中显示“代码”视图。

显示代码视图和设计视图在“文档”窗口的一部分中显示“代码”视图，而在另一部分中显示“设计”视图。当选择了这种组合视图时，“视图选项”菜单中的“在顶部查看设计视图”选项变为可用。请使用该选项指定在“文档”窗口的顶部显示哪种视图。

显示设计视图仅在“文档”窗口中显示“设计”视图。

服务器调试显示一个报告，帮助用户调试当前 ColdFusion 页。该报告包括用户的页面中的错误。

文档标题允许用户为文档输入一个标题，它将显示在浏览器的标题栏中。如果文档已经有了一个标题，则该标题将显示在该区域中。

没有浏览器/检查错误使用户可以检查跨浏览器兼容性。

验证标记允许用户验证当前文档或选定的标签。

文件管理显示“文件管理”弹出菜单。

在浏览器中预览/调试允许用户在浏览器中预览或调试文档。从弹出菜单中选择一个浏览器。

刷新设计视图当用户在“代码”视图中进行更改后刷新文档的“设计”视图。在执行一些操作(如保存文件或单击该按钮)之前，在“代码”视图中所做的更改不会自动显示在“设计”视图中。

视图选项允许为“代码”视图和“设计”视图设置选项，其中包括对哪个视图显示在上面进行选择。该菜单中的选项用于当前视图：“设计”视图、“代码”视图或两者。

“标准”工具栏(在默认工作区布局中不显示)包含来自“文件”和“编辑”菜单中的一般操作的按钮：“新建”、“打开”、“保存”、“保存全部”、“剪切”、“复制”、“粘贴”、“撤消”和“重做”。若要显示“标准”工具栏，请选择“查看”|“工具栏”|“标准”，如图 10-5 所示。

图 10-5 “标准”工具栏

“编码”工具栏(只在“代码”视图中显示)包含允许用户执行许多标准编码操作的按钮，例如折叠和展开代码的选定内容、高亮显示无效代码、应用和删除注释、缩进代码以及插入最近使用过的代码片断。编码工具栏仅在“代码”视图中可见，它以垂直方式显示在“文档”窗口的左侧。

“样式呈现”工具栏(默认情况下隐藏)包含一些按钮，如果使用了依赖于媒体的样式表，这些按钮使用户能够查看设计在不同媒体类型中的呈现方式。它还包含一个允许用户启用或禁用 CSS 样式的按钮。只有在文档使用依赖于媒体的样式表时，此工具栏才有用。若要显示该工具栏，请选择“查看”|“工具栏”|“样式呈现”。

默认情况下，Dreamweaver 会显示屏幕媒体类型的设计(该类型显示页面在计算机屏幕上的呈现方式)。用户可以在“样式呈现”工具栏中单击相应的按钮来查看下列媒体类型的呈现，如图 10-6 所示。

图 10-6 “样式呈现”工具栏

“样式呈现”工具栏中各按钮(从左至右)依次为：

呈现屏幕媒体类型显示页面在计算机屏幕上的显示方式。

呈现打印媒体类型显示页面在打印纸张上的显示方式。

呈现手持型媒体类型显示页面在手持设备(如手机或 BlackBerry 设备)上的显示方式。

呈现投影媒体类型显示页面在投影设备上的显示方式。

呈现 TTY 媒体类型显示页面在电传打字机上的显示方式。

呈现 TV 媒体类型显示页面在电视屏幕上的显示方式。

切换 CSS 样式的显示允许用户启用或禁用 CSS 样式。此按钮可独立于其他媒体按钮之外工作。

“文档”窗口显示用户当前创建和编辑的文档。可以选择下列任一视图：

“设计”视图是一个用于可视化页面布局、可视化编辑和快速应用程序开发的设计环境。在该视图中，Dreamweaver 显示文档的完全可编辑的可视化表示形式，类似于在浏览器中查看页面时看到的内容。用户可以配置“设计”视图以在处理文档时显示动态内容。

“代码”视图是一个用于编写和编辑 HTML、JavaScript、服务器语言代码(如 PHP 或 ColdFusion 标记语言(CFML))以及任何其他类型代码的手工编码环境。

“代码和设计”视图使用户可以在单个窗口中同时看到同一文档的“代码”视图和“设计”视图。

当“文档”窗口有一个标题栏时，标题栏显示页面标题，并在括号中显示文件的路径和文件名。如果用户做了更改但仍未保存，则 Dreamweaver 在文件名后显示一个星号。

当“文档”窗口在集成工作区布局(仅限 Windows)中处于最大化状态时，它没有标题栏；在这种情况下，页面标题以及文件的路径和文件名显示在主工作区窗口的标题栏中。

当“文档”窗口处于最大化状态时，出现在“文档”窗口区域顶部的选项卡显示所有打开的文档的文件名。若要切换到某个文档，请单击它的选项卡。

“属性”检查器用于查看和更改所选对象或文本的各种属性。每种对象都具有不同的属性。在“编码器”工作区布局中，“属性”检查器默认是不展开的。

“面板组”是组合在一个标题下面的相关面板的集合。若要展开一个面板组，请单击组名称左侧的展开箭头；若要取消停靠一个面板组，请拖动该组标题条左边缘的手柄。

“文件”面板使用户可以管理文件和文件夹，无论它们属于 Dreamweaver 站点的一部分还是位于远程服务器上。“文件”面板还使用户可以访问本地磁盘上的全部文件，非常类似于 Windows 资源管理器。

“状态”栏位于“文档”窗口底部，提供与用户正创建的文档有关的其它信息，如图 10-7 所示。

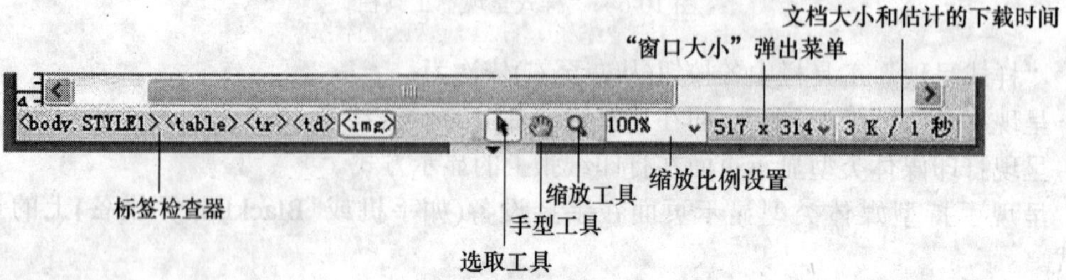

图 10-7 “状态”栏

标签选择器显示环绕当前选定内容的标签的层次结构。单击该层次结构中的任何标签以选择该标签及其全部内容。单击 <body> 可以选择文档的整个正文。若要设置标签选择器中某个标签的 class 或 id 属性，请右键单击该标签，然后从菜单中选择一个类或 ID。

手形工具允许用户单击文档并将其拖到“文档”窗口中。单击选取工具可禁用手形工具。

缩放工具和“设置缩放比率”弹出式菜单允许用户为文档设置缩放级别。

“窗口大小”弹出菜单(仅在“设计”视图中可见)允许用户将“文档”窗口的大小调整到预定义或自定义的尺寸。

“窗口大小”弹出菜单的右侧是页面(包括全部相关的文件，如图像和其它媒体文件)的文档大小和估计下载时间。

10.2.2 Dreamweaver 8 基本操作

1. 文件操作

在 Dreamweaver 中可以使用多种文件类型，主要文件类型是 HTML 文件。HTML(超文本标记语言) 文件包含基于标签的语言，负责在浏览器中显示 Web 页面。可以使用.html 或.htm 扩展名保存 HTML 文件。Dreamweaver 默认情况下使用 .html 扩展名保存文件。

下面是在 Dreamweaver 中工作时可能会用到的其它一些常见文件类型：

CSS 层叠样式表 (Cascading Style Sheet) 文件，具有 .css 扩展名。它们用于设置 HTML 内容的格式并控制各个页面元素的位置。

JPEG(Joint Photographic Experts Group)文件，根据创建该格式的组织命名，具有 .jpg 扩展名，通常是照片或色彩较鲜明的图像。JPEG 格式最适合用于数码照片或扫描的照片、使用纹理的图像、具有渐变色过渡的图像以及需要 256 种以上颜色的任何图像。

GIF 图形交换格式 (Graphics Interchange Format) 文件，具有 .gif 扩展名。GIF 格式是用于卡通、徽标、具有透明区域的图形、动画的常用 Web 图形格式。GIF 最多包含 256 种颜色。

XML 可扩展标记语言 (Extensible Markup Language) 文件，具有 .xml 扩展名。它们包含原始形式的数据，可使用 XSL 可扩展样式表语言(Extensible Stylesheet Language) 设置这些数据的格式。

XSL 可扩展样式表语言 (Extensible Stylesheet Language) 文件，具有.xsl 或 .xslt 扩展名。它们用于设置要在 Web 页中显示的 XML 数据的样式。

CFML ColdFusion 标记语言 (ColdFusion Markup Language) 文件，具有.cfm 扩展名。它们用于处理动态页面。

ASPX ASP.NET 文件，具有 .aspx 扩展名。它们用于处理动态页面。

PHP 超文本处理器 (PHP: Hypertext Preprocessor) 文件，具有 .php 扩展名。它们用于处理动态页面。

若要创建新的空白文档，执行以下操作：

(1) 选择“文件”|“新建”，即出现“新建文档”对话框。

(2) 从“类别”列表中选择“基本页”、“动态页”、“模板页”、“其它”或“框架集”；然后从右侧的列表中选择要创建的文档的类型，如图 10-8 所示。

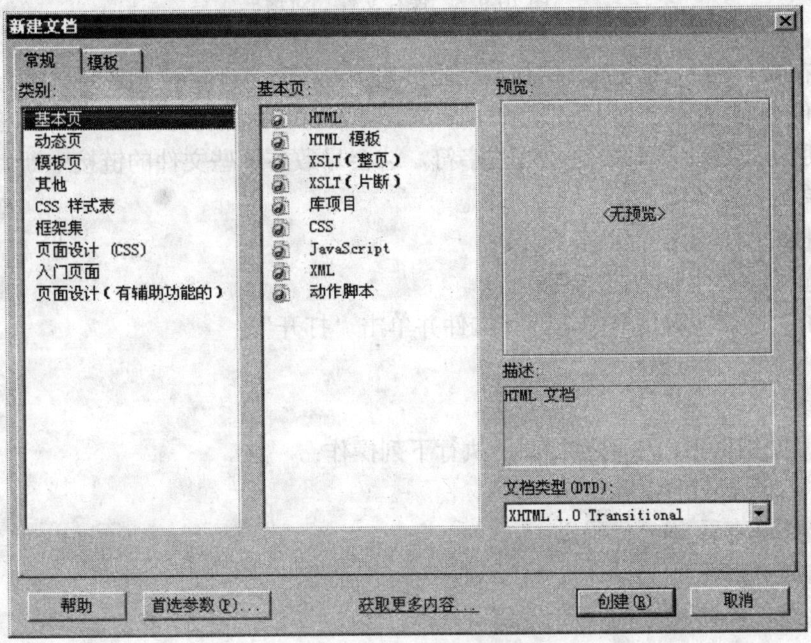

图 10-8 “新建文档”对话框

(3) 单击“创建”按钮，新文档在“文档”窗口中打开。

(4) 保存该文档。

若要保存新文档，执行以下操作：

(1) 选择“文件”|“保存”。

(2) 在出现的对话框中，定位到要用来保存文件的文件夹。

(3) 在“文件名称”文本框中，键入文件名，如图 10-9 所示。

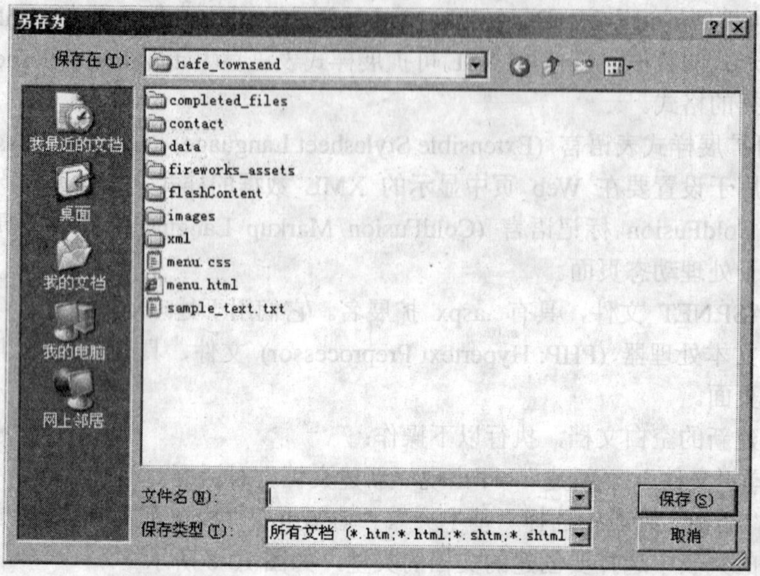

图 10-9 “保存文件”对话框

不要在文件名和文件夹名中使用空格和特殊字符，文件名也不要以数字开头。远程服务器文件命名中不能使用特殊字符(如 é、ç 或 ¥)或标点符号(如冒号、斜杠或句号)，因为很多服务器在上传时会更改这些字符，这会导致与这些文件的链接中断。

(4) 单击“保存”。

若要打开文件，执行以下操作：

(1) 选择“文件”|“打开”。

(2) 在“打开”对话框中，选择文件并单击“打开”。

2. “文档”窗口操作

视图切换

要在“文档”窗口中切换视图，执行下列操作：

使用“查看”菜单：

① 选择“查看”|“代码”。

② 选择“查看”|“设计”。

③ 选择“查看”|“代码和设计”。

使用“文档”工具栏：

① 单击“显示代码视图”按钮代码。

② 单击“显示代码视图和设计视图”按钮拆分。

③ 单击“显示设计视图”按钮设计。

调整“文档”窗口大小。

状态栏显示“文档”窗口的当前尺寸(以像素为单位)。若要设计在某个特定大小时看起来效果最好的页面，可以将“文档”窗口调整到任一预定义大小、编辑这些预定义大小或者创建新的大小。

若要将“文档”窗口的大小调整为预定义的大小，从“文档”窗口底部的“窗口大小”弹出菜单中选择一种大小，如图 10-10 所示。

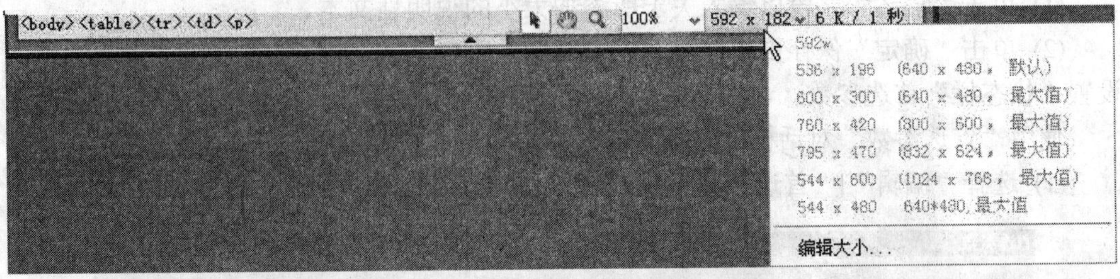

图 10-10 “窗口大小”弹出菜单

显示的窗口大小反映浏览器窗口的内部尺寸(不包括边框)，显示器大小列在括号中。例如，如果访问者可能按其默认配置在 640 x 480 显示器上使用 Microsoft Internet Explorer，则应使用“536 x 196(640 x 480，默认)”的大小。

若要更改“窗口大小”弹出菜单中所列的值，执行以下操作：

(1) 从“窗口大小”弹出菜单中选择“编辑大小”，如图 10-11 所示。

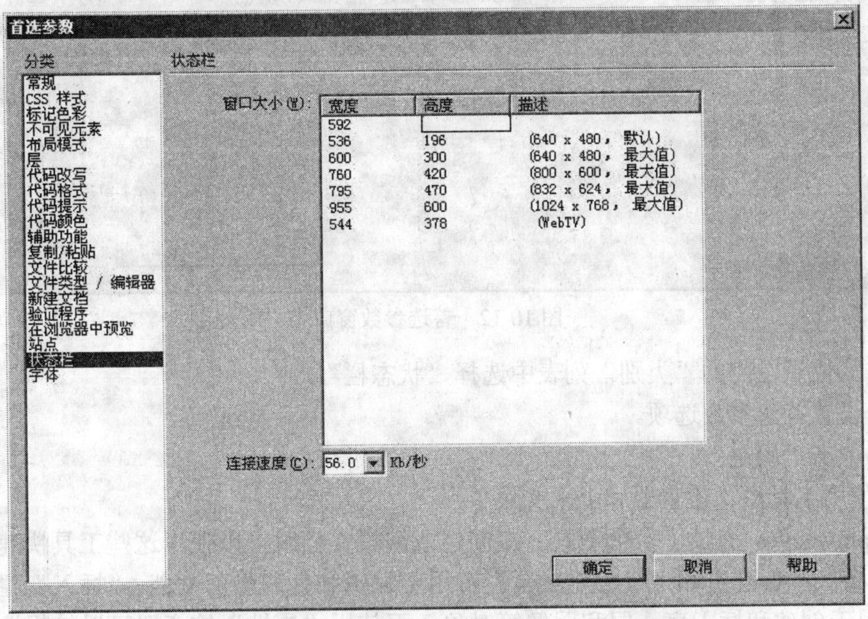

图 10-11 编辑窗口大小

(2) 在“窗口大小”列表中单击任一宽度或高度值，然后键入一个新值。若要使“文档”窗口仅调整为某个特定的宽度(高度保持不变)，请选择一个高度值然后删除它。

(3) 单击“描述”文本框以输入关于某个特定大小的说明性文本。

(4) 单击“确定”保存更改并返回到“文档”窗口。

若要向“窗口大小”弹出菜单中添加新的大小，执行以下操作：

(1) 从“窗口大小”弹出菜单中选择“编辑大小”。

(2) 单击“宽度”列中最后一个值下面的空白。

(3) 输入“宽度”和“高度”的值。

若要仅设置“宽度”或“高度”，只需将一个字段保留为空。

(1) 单击“描述”字段以输入关于所添加大小的说明性文本。

(2) 单击“确定”保存更改并返回到“文档”窗口。

设置“状态栏”首选参数

使用“首选参数”对话框设置状态栏的首选参数，执行以下操作：

(1) 选择“编辑”|“首选参数”，即显示“首选参数”对话框，如图 10-12 所示。

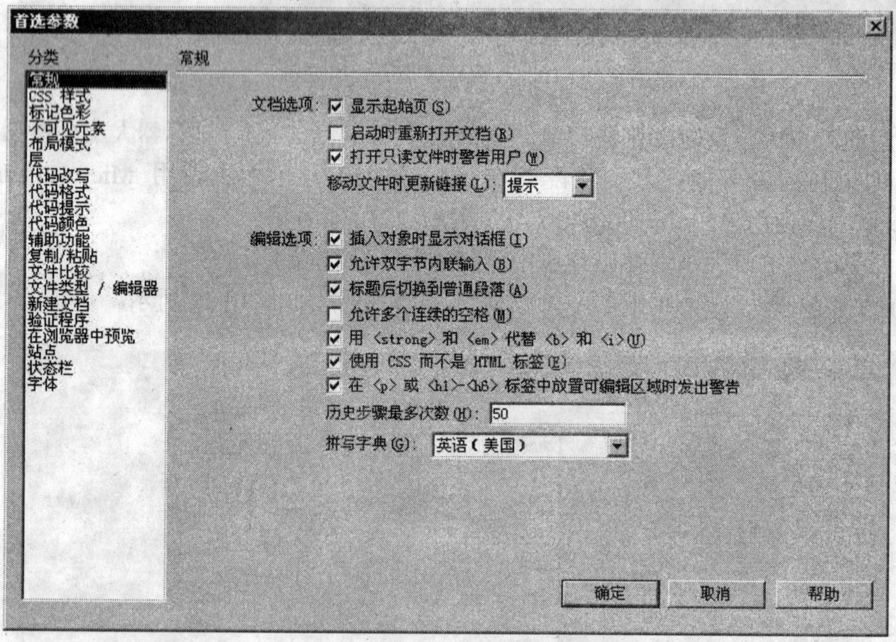

图 10-12 首选参数窗口

(2) 从位于左侧的“类别”列表中选择“状态栏”。

(3) 设置首选参数选项。

(4) 单击“确定”。

3. 使用工具栏、检查器和上下文菜单

Dreamweaver 提供了多个工具，在创建或编辑文档时可以使用这些工具快速作出更改。“文档”、“标准”和“代码”工具栏可用于编辑和处理当前文档。“插入”栏包含的按钮可用于创建和插入表、层和图像等对象，而使用“属性”检查器可以编辑这些对象的属性。上下文菜单为“插入”栏和“属性”检查器的提供了一种替代方法，可用于创建和编辑对象显示工具栏。

使用“文档”和“标准”工具栏可以执行与文档相关的操作和标准编辑操作；使用“编码”工具栏可以快速插入代码；而使用“样式呈现”工具栏可以显示页面在不同媒体类型中的显示方式。用户可以按需要选择显示或隐藏工具栏。若要显示或隐藏某个工具栏，执行以下操作：

选择“查看”|“工具栏”，然后选择该工具栏。

右键单击任何工具栏，然后从菜单中选择该工具栏。

使用“插入”栏

“插入”栏包含用于创建和插入对象(如表格和图像)的按钮。这些按钮被组织到类别中。当鼠标指针滚动到一个按钮上时，会出现一个工具提示，其中含有该按钮的名称。若要隐藏或显示“插入”栏，执行下面操作：

选择“窗口”|“插入”。

右键单击“插入”栏、“文档”、“标准”或编码工具栏，然后选择“插入”栏。

若要显示特定类别中的按钮，执行下面的操作：

单击“插入”栏最左侧的类别名称旁边的箭头，然后从弹出菜单中选择另一个类别，如图 10-13 所示。

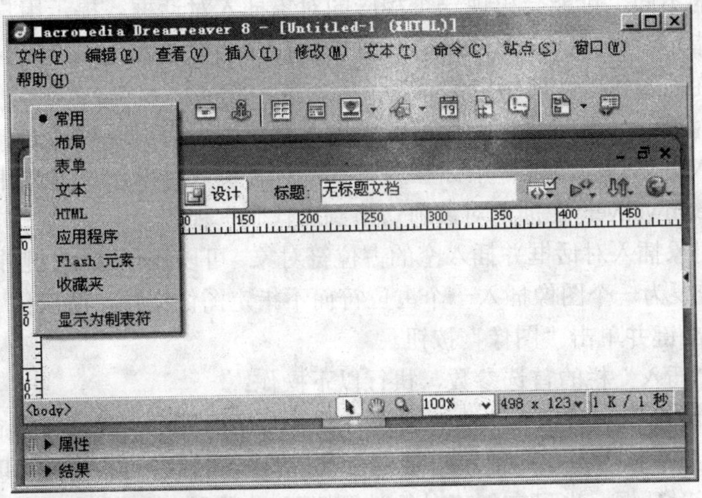

图 10-13　显示特定类别按钮

若要显示按钮的弹出菜单，执行以下操作：

单击按钮图标旁边的向下箭头，如图 10-14 所示。

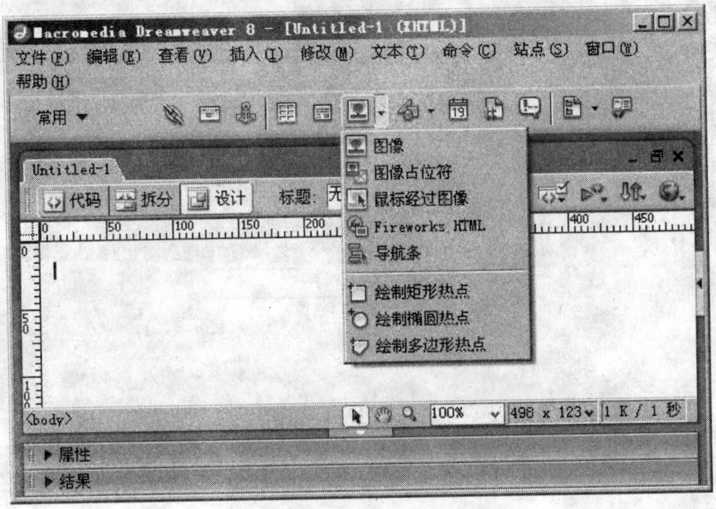

图 10-14　显示按钮弹出菜单

若要以选项卡形式显示“插入”栏类别，执行以下操作：

单击“插入”栏最左侧的类别名称旁的箭头，然后选择“显示为选项卡”。“插入”栏将以横跨“插入”栏顶部的选项卡的形式显示类别。

若要以菜单形式显示“插入”栏类别，请执行以下操作：

右键单击“插入”栏，然后选择“显示为菜单”。“插入”栏将以菜单形式而不是以选项卡的形式显示类别。

若要插入对象，从“插入”栏的左侧选择相应的类别，执行下列操作：

单击一个对象按钮或将该按钮的图标拖到“文档”窗口中。

单击按钮上的箭头，然后从菜单中选择一个选项。

根据对象的不同，可能会出现一个相应的对象插入对话框，提示用户浏览到一个文件或者为对象指定参数。Dreamweaver 还可以会在文档中插入代码，或打开标签编辑器或面板，以供在插入代码之前指定信息。

对于有些对象，如果在“设计”视图中插入对象则不会出现对话框，而如果在“代码”视图中插入对象则会出现一个标签编辑器。对于少数对象，在“设计”视图中插入对象会导致 Dreamweaver 在插入对象前切换到“代码”视图。

若要绕过对象插入对话框并插入空的占位符对象，可以按住 Ctrl 键并单击该对象的按钮。例如，若要为一个图像插入一个占位符而不指定图像文件，请按住 Ctrl 键并单击或者按住 Option 键并单击“图像”按钮。

若要修改“插入”栏的首选参数，执行以下操作：

(1) 选择“编辑”|“首选参数”。“首选参数”对话框显示了“常规”首选参数类别。

(2) 取消选择“插入对象时显示对话框”，以在插入图像、表、脚本和文件头元素等对象时禁止显示对话框，也可在创建对象时显按下 Ctrl 键，如图 10-15 所示。

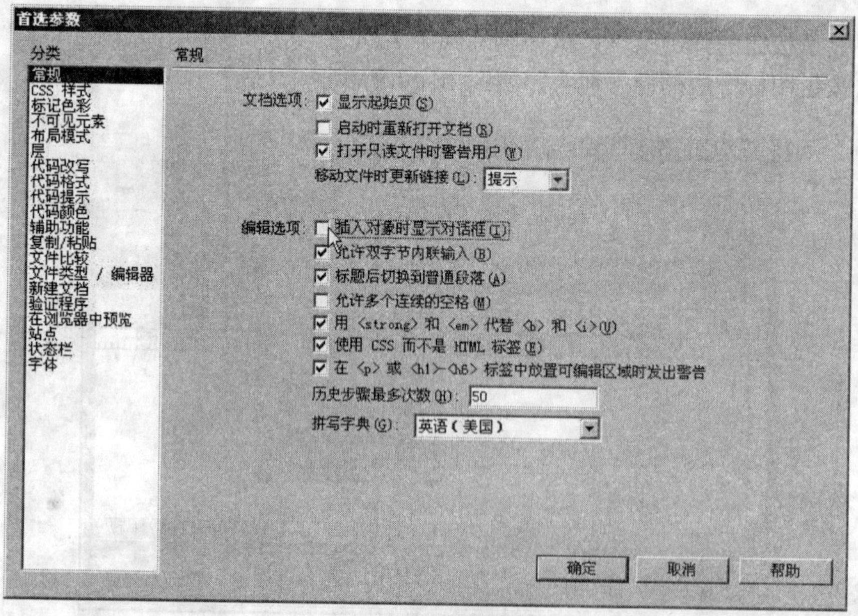

图 10-15　修改“插入”栏的首选参数

(3) 单击“确定”。

若要在“收藏”类别中添加、删除或管理项目，执行以下操作：

(1) 在“插入”栏中选择任意类别。

(2) 右键单击显示按钮的区域(不要右键单击类别名称)，然后选择“自定义对象”。出现“自定义收藏夹对象”对话框，如图 10-16 所示。

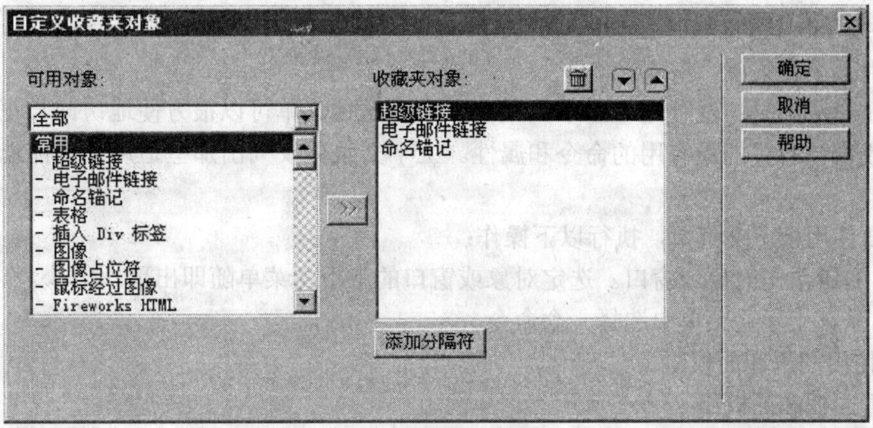

图 10-16 “自定义收藏夹对象”对话框

(3) 按需要进行更改。

(4) 单击“确定”。

若要在“收藏”类别中插入使用按钮的对象，可以从“插入”栏左侧选择“收藏”类别，然后单击添加的任意“收藏”对象的按钮

使用“属性”检查器

“属性”检查器使用户可以检查和编辑当前选定页面元素(如文本和插入的对象)的最常用属性。“属性”检查器中的内容根据选定的元素会有所不同，如图 10-17 所示。

图 10-17 “属性”检查器

若要显示或隐藏“属性”检查器，执行以下操作：

选择“窗口”|“属性”。

若要展开或折叠“属性”检查器，执行以下操作：

单击“属性”检查器右下角的扩展箭头。

若要查看页面元素的属性，执行以下操作：

在“文档”窗口中选择页面元素。

若要更改页面元素的属性，执行以下操作：

(1) 在“文档”窗口中选择页面元素。

(2) 在“属性”检查器中更改任意属性。

(3) 对属性所做的大多数更改会立刻应用在“文档”窗口中。

(4) 如果所作的更改没有被立即应用，执行以下操作之一：

① 在属性编辑文本字段外单击。

② 按 Enter 键。

③ 按 Tab 键可以切换到另一属性。

使用上下文菜单

Dreamweaver 广泛使用了上下文菜单，使用这种菜单可以很方便地访问与正在处理的对象或窗口有关的最有用的命令和属性。上下文菜单仅列出那些适用于当前选定内容的命令。

若要使用上下文菜单，执行以下操作：

(1) 右键单击对象或窗口。选定对象或窗口的上下文菜单随即出现。

(2) 从该上下文菜单中选择一个命令。

4. 使用面板和面板组

查看面板和面板组

若要展开或折叠一个面板组，执行下列操作之一：

单击面板组标题栏左侧的展开箭头 ▶ 。

单击面板组的标题。

若要关闭面板组使之在屏幕上不可见，执行以下操作：

从面板组标题栏中的“选项”菜单中选择“关闭面板组”，如图 10-18 所示。

图 10-18 关闭面板组

若要打开屏幕上不可见的面板组或面板，执行以下操作：

选择“窗口”菜单，然后从菜单中选择一个面板名称。

“窗口”菜单中项目旁的复选标记表示指定的项目当前是打开的。

若要在展开的面板组中选择一个面板，执行以下操作：

单击该面板的名称。

若要查看面板组的“选项”菜单，执行以下操作：

通过单击面板组名称或它的展开箭头展开该面板组。“选项”菜单仅在面板组展开时才可见。

停靠和取消停靠

可以按需要移动面板和面板组，并能够对它们进行排列，使之浮动或停靠在工作区中。大多数面板仅能停靠在集成工作区中“文档”窗口区域的左侧或右侧，而另外一些面板(如“属性”检查器和“插入”栏)则仅能停靠在集成窗口的顶部或底部。

若要取消停靠一个面板组，执行以下操作：

通过手柄(在面板组标题栏的左侧)拖动面板组，直到其轮廓表明它不再处于停靠状态为止。

若要将一个面板组停靠到其它面板组(浮动工作区)或停靠到集成窗口，执行以下操作：

通过手柄拖动面板组，直到其轮廓表明它处于停靠状态为止。

若要从面板组中取消停靠一个面板，执行以下操作：

从面板组标题栏中的“选项”菜单中选择“组合至”|“新建面板组”。该面板出现在一个由它自己组成的新的面板组中。

若要在面板组中停靠一个面板，请执行以下操作：

从面板组的“选项”菜单的“组合至”子菜单中选择一个面板组名称，如图 10-19 所示。

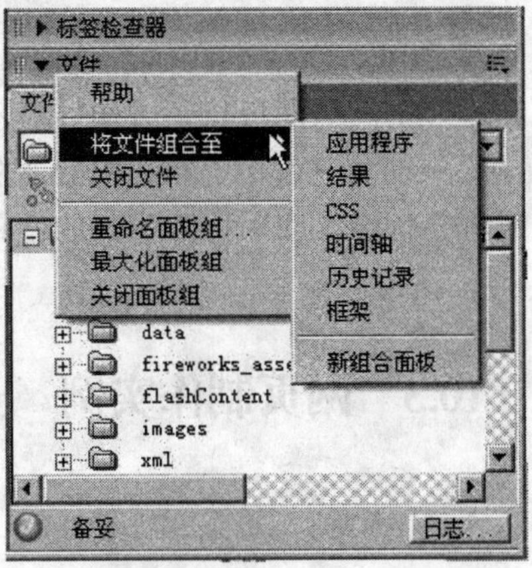

图 10-19　停靠面板操作

若要拖动一个浮动(取消停靠)面板组而不停靠它，执行以下操作：

通过面板组标题栏上方的条来拖动它。只要用户不是通过手柄拖动面板组，它就不会停靠。

调整和重命名面板组

若要更改面板组的大小，执行以下操作：

对于浮动面板，可像通过拖动方式调整操作系统中任何窗口的大小一样，通过拖动来调整面板组集合的大小。例如，用户可以拖动面板组集合的右下角的调整大小区域。

对于停靠的面板，可拖动面板与“文档”窗口之间的拆分条。

若要最大化一个面板组，执行下列操作之一：

从面板组标题栏中的“选项”菜单中选择“最大化面板组”。

在面板组标题栏的任何位置双击。面板组将垂直增长以填充全部可用垂直空间。

若要重命名面板组，执行以下操作：

(1) 从面板组标题栏中的“选项”菜单中选择“重命名面板组”，如图10-20所示。

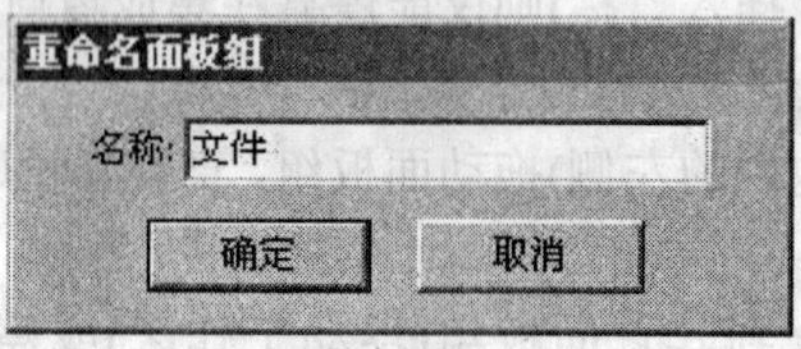

图10-20　重面名面板组

(2) 输入一个新的名称，然后单击“确定”。

设置“面板”首选参数

可以设置首选参数，指定哪些面板和检查器总是显示在“文档”窗口的前面，而哪些可以被“文档”窗口遮盖。

若要设置面板的首选参数，执行以下操作：

(1) 选择“编辑”|“首选参数”。

(2) 从左侧的“类别”列表中选择“面板”。

(3) 选择选项。

(4) 单击“确定”。

Dreamweaver 允许保存和恢复不同的面板组，以便针对不同的活动自定义工作区。当保存工作区布局时，Dreamweaver 会记住指定布局中的面板以及其他属性，例如面板的位置和大小、面板的展开或折叠状态、应用程序窗口的位置和大小，以及“文档”窗口的位置和大小。

10.3　网页制作实例

10.3.1　设置站点

网站的本地根目录应该是为网站特别建立的文件夹，一个好的组织方法是建立网站文件夹，然后把本地站点的根目录建在里面，一个本地根目录对应一个正在做的网站。创建一个新的站点步骤如下：

(1) 在本地硬盘上建立一个用来存放站点的文件夹，这个文件夹就是本地站点的根目录。(这个站点可以是空的)

(2) 启动 Dreamweaver，选择菜单下“站点”|“管理站点”|“新建”|“站点”命令，如图10-21所示。

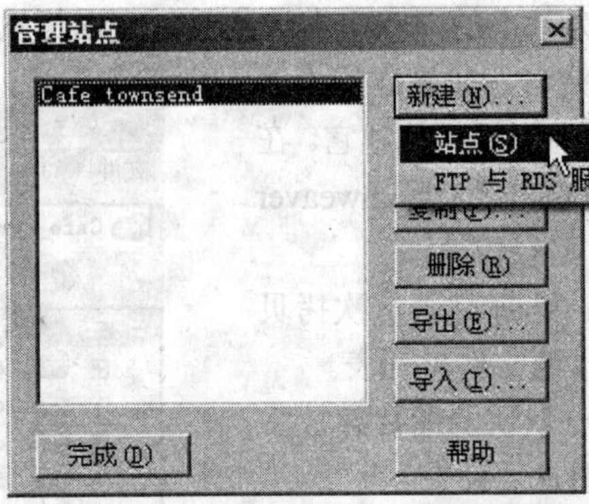

图 10-21　新建站点

(3) 在弹出的站点定义对话框中设置新建站点的参数。默认状态下，激活的是“高级”页框，并且页框中“分类”列表选中的是“本地信息”。在这个部分中要定义如图 10-22 所示：

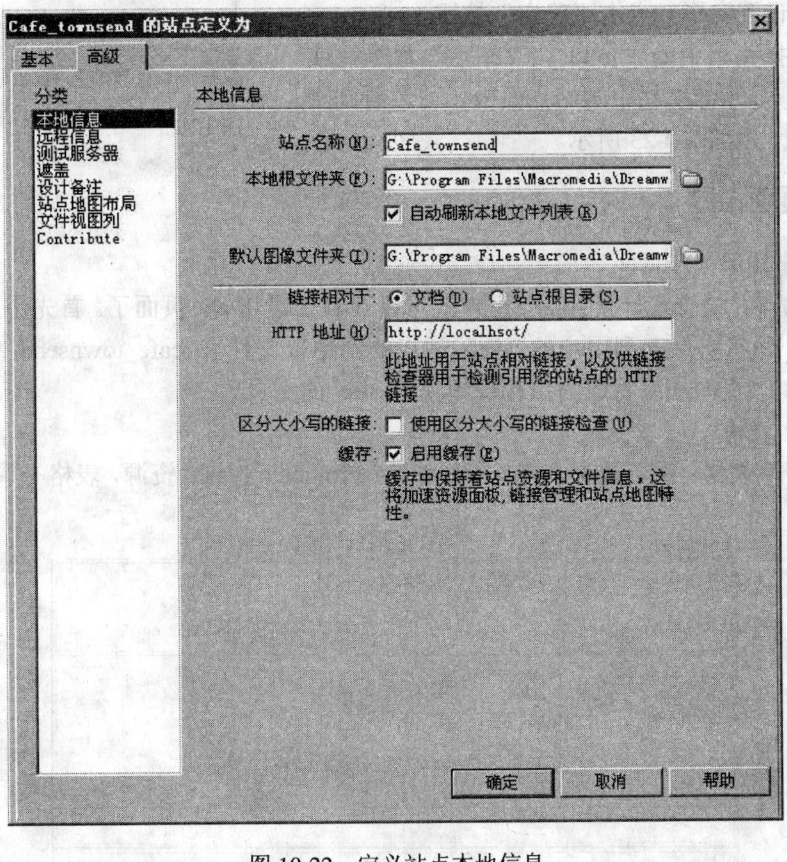

图 10-22　定义站点本地信息

站点名称：输入网站名称，网站名显示在站点面板中的站点下拉列表中。站点名称可以使用喜欢的任何名称，它不会在浏览器上显示，只是用来做参考，在此处输入 Cafesite。

在本地根文件夹：指定放置该网站的文件、模板、库的本地文件夹。当 Dreamweaver 决定相对链接时，是以此目录为基准的。点击右边的文件夹图标浏览，选择文件夹，或在文本区输入一个路径和文件夹名。如果你的本地根目录文件夹不存在，从文件浏览对话框创建它。在此处输入 C:\Program Files\Macromedia\ Dreamweaver 8\Tutorial_assets\ cafe_townsend 路径。

自动刷新本地文件夹列表：选择是否每次拷贝文件到本地站点时都自动更新本地文件夹列表。

默认图像文件夹：设定站点默认的图片存放文件夹的位置，定义到根目录下图片文件夹。

HTTP 地址：输入你使用的完整网站的 URL，以便 Dreamweaver 能检验使用绝对 URL 的网站链接。

缓存：选择是否创建一个缓存以提高链接和网站维护任务的速度。

(4) 在设置完毕，点击“确定”按钮。

(5) 选择菜单中的“窗口”|“站点”命令，或者单击 F8，显示导航栏中的站点面板，可以看到刚才新建站点，如图 10-23 所示。

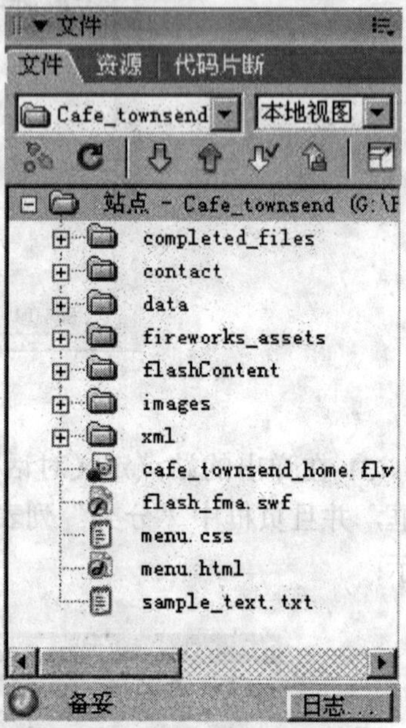

图 10-23　站点面板中新建的站点

10.3.2　页面布局

1. 创建并保存新页面

建立站点并检查设计草样后，用户就可以开始创建 Web 页面了。首先用户将创建一个新页面，并将它保存到用户的 Web 站点的本地根文件夹 cafe_townsend 中，命名为 index.html。该页面最终将成为虚构餐馆 Cafesite 的主页。

2. 添加表格

添加一个表格，用于放置文本、图形和 Macromedia Flash 资源，表格布局如图 10-24 所示。

图 10-24　表格布局

3. 修改页面属性

通过“页面属性”对话框可以设置一些页面属性，包括页面字体的大小和颜色、已访问链接的颜色以及页面边距等。

(1) 选择“修改”|“页面属性”。

(2) 在“页面属性”对话框的“外观”类别中，单击“背景颜色”颜色框，然后从颜色选择器中选择黑色 (#000000)，如图 10-25 所示。

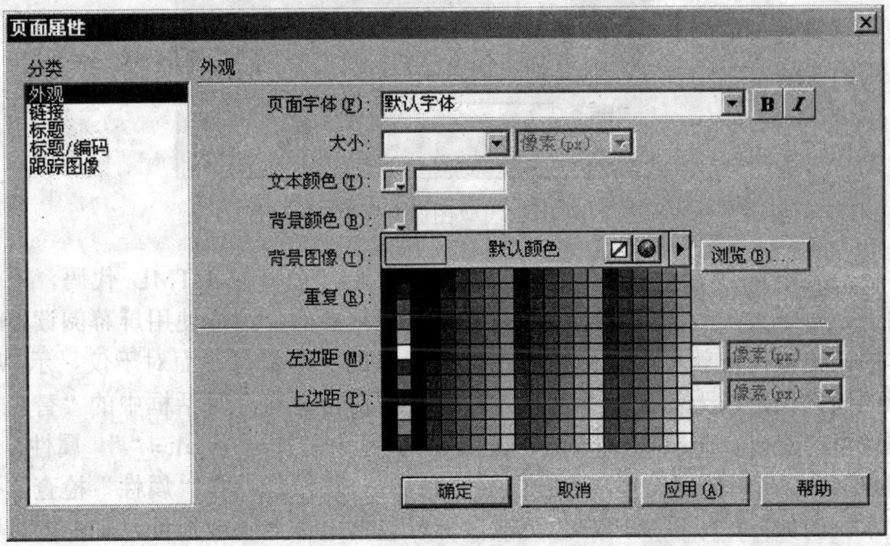

图 10-25 “背景颜色”颜色框

(3) 单击“确定”。页面的背景即变为黑色。

(4) 保存页面。

10.3.3 向页面添加内容

在 Macromedia Dreamweaver 8 中可以向 Web 页面添加多种内容，包括图像、Macromedia Flash 文件、Macromedia Flash 视频文件、文本等。向页面添加内容后，即可在浏览器中进行预览，这样可以查看页面在 Web 上会如何显示。

1. 插入图像

创建页面布局之后，就可以将资源添加到页面。下面介绍在 Dreamweaver 中使用多种方法向 Web 页面添加图像。

替换图像占位符

图像占位符是在准备好将最终图形添加到 Web 页面之前使用的图形。在对 Web 页面进行布局时图像占位符很有用，因为通过使用图像占位符，可以在真正创建图像之前确定图像在页面上的位置。

(1) 在文档窗口中，在第一个表格的第一行内单击一次。

(2) 选择“插入”|“图像对象”|“图像占位符”。

(3) 在“图像占位符”对话框中，执行下面的操作，如图 10-26 所示：

在“名称”文本框中，键入 pic_sign。

在“宽度”文本框中，输入 700。

在“高度”文本框中，输入 90。

单击颜色框并从颜色选择器中选择一种颜色。

保留“替换文本”文本框为空。

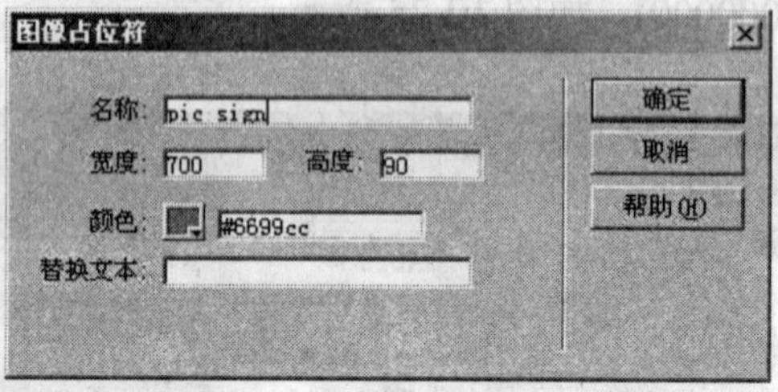

图 10-26 “图像占位符”对话框

替换文本是 Web 页面上的图像的文字描述。它属于 HTML 代码，不会显示在页面上。对于大多数图像，提供替换文本是很重要的，这样使用屏幕阅读器或只显示文本的浏览器用户就可以访问这些图像所提供的文本信息。而对于仅显示 Web 站点徽标的横幅图形，无需提供替换文本。将“图像占位符”对话框中的“替换文本”文本框保留为空时，Dreamweaver 会在 img 标签中添加一个 alt=“” 属性。以后，如果用户要向某个图像添加替换文本，就可以选择该图像并在“属性”检查器中输入替换文本。例如，如果以后用户想更改徽标以包括电话号码或地址，则能够以替换文本方式提供此信息。

(4) 单击“确定”。图像占位符出现在第一个表格内。图像占位符显示最终放置于此处的图像的标签和大小属性，如图 10-27 所示。

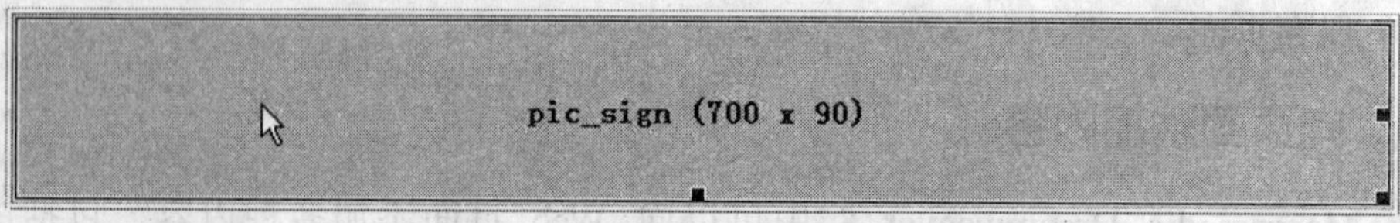

图 10-27 图像占位符效果

(5) 双击页面顶部的图像占位符 pic_sign，如图 10-28 所示。

(6) 在“选择图像源文件”对话框中，浏览至定义为站点根文件夹的 cafe_townsend 文件夹中的 images 文件夹。

(7) 选择 banner_graphic.jpg 文件，如图 10-29 所示，然后单击“确定”。

(8) 在表格外单击一次以取消选中该图像。

(9) 保存该页(“文件”|“保存”)。

使用“插入”菜单插入图像

(1) 在表格的第三行(低于刚插入的横幅图形两行，彩色表格单元格之上)内单击一次。

(2) 选择“插入”|“图像”。

(3) 在“选择图像源文件”对话框中，浏览至 cafe_townsend 文件夹中的 images 文件夹，选择 body_main_header.gif 文件，然后单击“确定”，如图 10-30 所示。

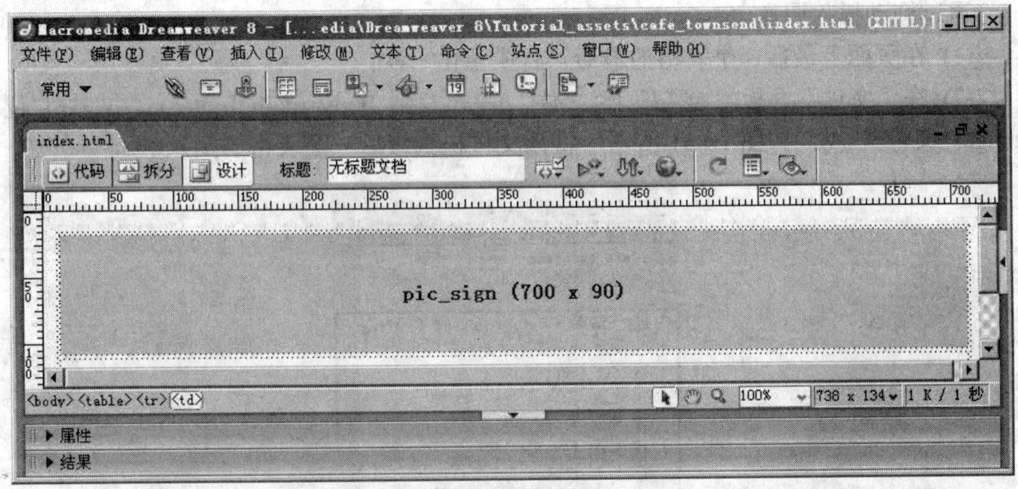

图 10-28 图像占位符

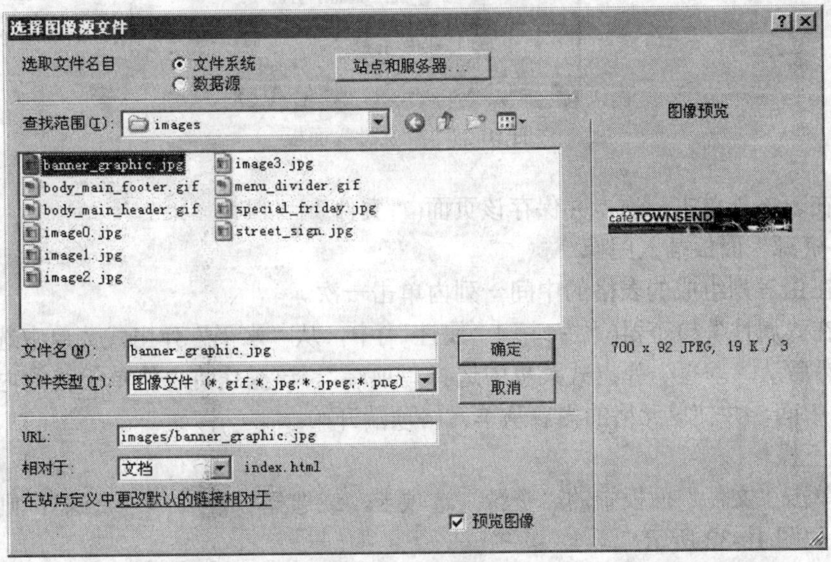

图 10-29 选择图片

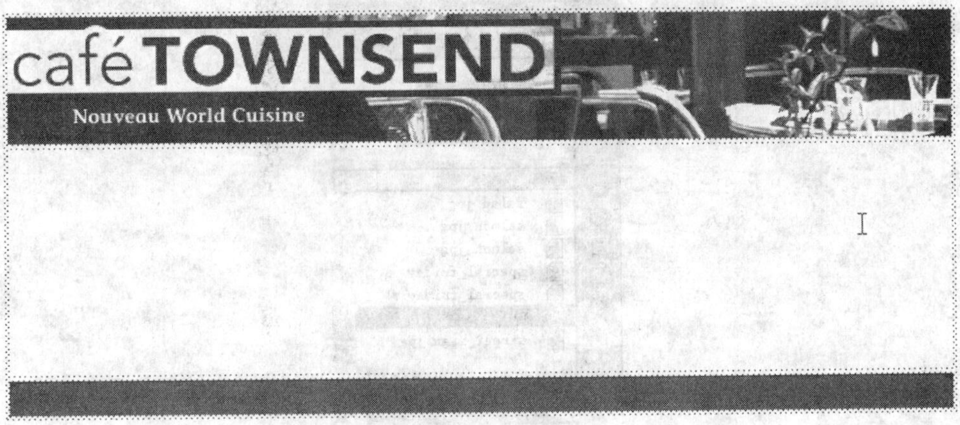

图 10-30 插入图片

通过拖动插入图像

(1) 在页面上最后一个表格的最后一行中单击一次。

(2) 在“文件”面板(“窗口”|“文件”)中，找到 body_main_footer.gif 文件(它位于 images 文件夹中)，如图 10-31 所示，将该文件拖到最后一个表格的插入点。

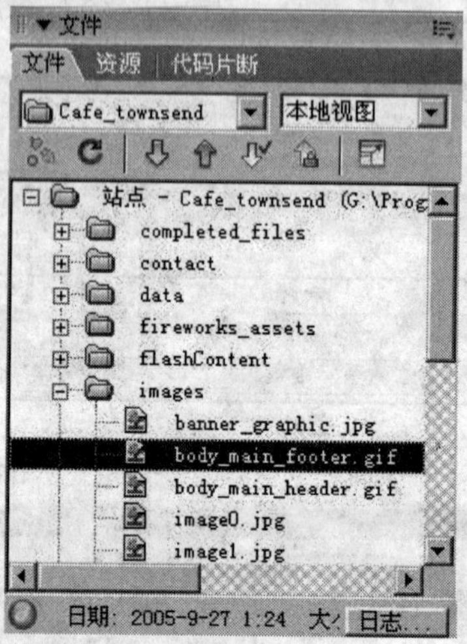

图 10-31 “文件”面板

(3) 在表格外单击一次，并保存该页面(“文件”|“保存”)。

从“资源”面板插入图像

(1) 在由三列组成的表格的中间一列内单击一次。

(2) 在“属性”检查器(“窗口”|“属性”)中，从“水平”弹出式菜单中选择“居中对齐”，然后从“垂直”弹出式菜单中选择“顶端”。该操作将表格单元格的内容对齐到单元格的中间，并使单元格的内容从单元格顶端开始。

再执行以下操作：

(1) 单击“文件”面板中的“资源”选项卡，或选择“窗口”|“资源”，则会显示站点资源，如图 10-32 所示。

图 10-32 “资源”面板

(2) 如果未选择“图像”视图，则单击“图像”以查看用户的图像资源。

(3) 在“资源”面板中，选择 street_sign.jpg 文件

(4) 执行下列操作之一：

将 street_sign.jpg 文件拖到中心位置的表格单元格中的插入点。

单击“资源”面板底部的“插入”。

(5) 在表格外单击一次以取消选中该图像，如图 10-33 所示。

图 10-33 插入图片浏览图

(6) 保存该页。

2. 插入并播放 Flash 文件

接下来，将插入一个 Flash 文件。要插入的 Flash 文件是一个灵活消息区域 (FMA) 文件。FMA 是向访问者显示告知性信息的一种常见的 Flash 应用程序类型。可以根据业务需要更改告知性信息。例如，如果 Cafesite 在举行一项特殊活动，则可以轻松地更改 FMA(不影响 Web 页面的其它内容)以显示该活动的信息，而不显示特色食品内容。

若要插入该 Flash FMA 文件，用户需要插入 HTML 代码，将文件嵌入 Dreamweaver 页面。执行此操作的最简单方法是将 SWF 文件(导出的 Flash 影片文件)插入页面。将 SWF 文件插入 Dreamweaver 时，Dreamweaver 会写入所有必需的 Flash HTML 代码。

(1) 在 Dreamweaver 的“文档”窗口中打开 index.html 页面的情况下，在第一个表格的第二行内单击一次。即紧接上一节中插入的横幅图形的表格行。

(2) 在“属性”检查器(“窗口”|“属性”)中，从“水平”弹出式菜单中选择“居中”，然后从“垂直”弹出式菜单中选择“居中”。 该操作将表格单元格的内容放置到单元格

的中间。

(3) 选择“插入”|“媒体”|“Flash”，弹出“选择文件”对话框，如图 10-34 所示。

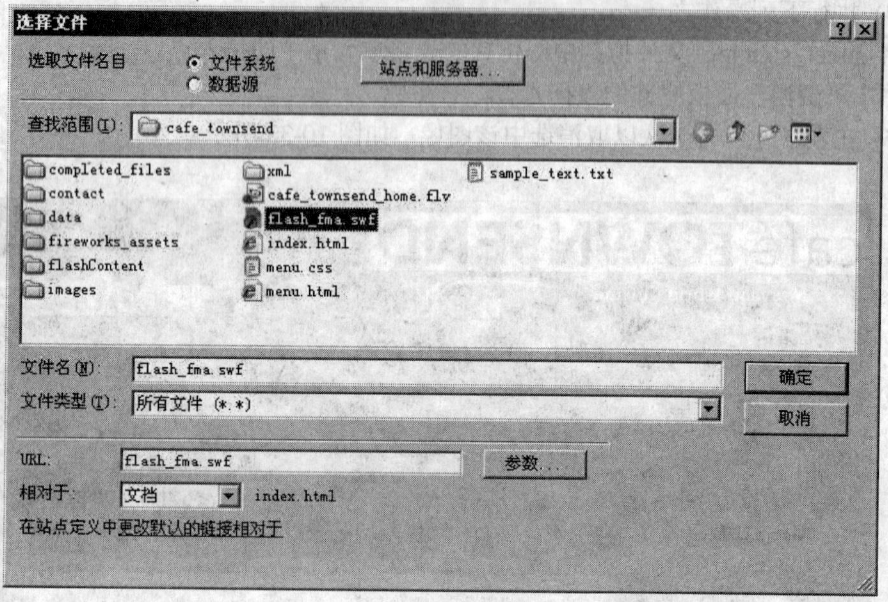

图 10-34　“选择文件”对话框

在“选择文件”对话框中，浏览至站点的 cafe_townsend 根文件夹中的 flash_fma.swf 文件，选择该文件，然后单击“确定”。如果出现“对象标签辅助功能属性”对话框，如图 10-35 所示，则单击“确定”。

Flash 内容占位符(而不是 FMA 本身的场景)将显示在文档窗口中。这是因为 HTML 代码“指向”SWF 文件 flash_fma.swf。当用户载入 index.html 页面时，浏览器会播放该 SWF 文件。

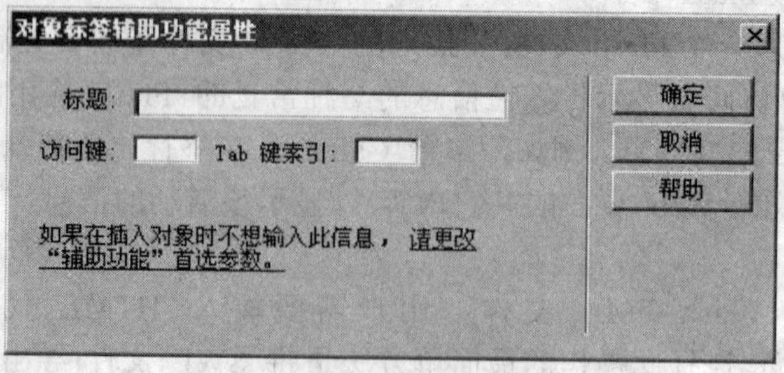

图 10-35　“对象标签辅助功能属性”对话框

(1) 在插入 SWF 文件之后，只要用户不单击页面上的其它位置，Flash 内容占位符就会保持为选中状态。如果它不处于选中状态，通过单击 Flash 内容占位符即可将其选中。

(2) 在如图 10-36 所示的“属性”检查器(“窗口”|“属性”)中单击“播放”。

图 10-36 “属性”检查器中单击“播放”

Dreamweaver 在“文档”窗口中播放 Flash 文件，显示站点访问者在浏览器中查看页面时将看到的内容。

(3) 在“属性”检查器中，单击“停止”可以结束 Flash 文件播放。

(4) 保存该页。

3. 插入 Flash 视频

接下来，使用提供的资源插入 Flash 视频文件。

(1) 在 Dreamweaver 的“文档”窗口中打开 index.html 页面的情况下，在由三列组成的表格的中间一列中放置的图形之上单击一次。

(2) 选择“插入”|“媒体”|“Flash 视频”。

(3) 在“插入 Flash 视频”对话框中，从“视频类型”弹出式菜单中选择“渐进式下载视频”。

(4) 在 URL 文本框中，指定 cafe_townsend_home.flv 文件的相对路径，方法是单击“浏览”，浏览至 cafe_townsend_home.flv 文件(位于站点的 cafe_townsend 根文件夹中)，并选择该 FLV 文件，弹出“插入 Flash 视频”对话框，如图 10-37 所示。

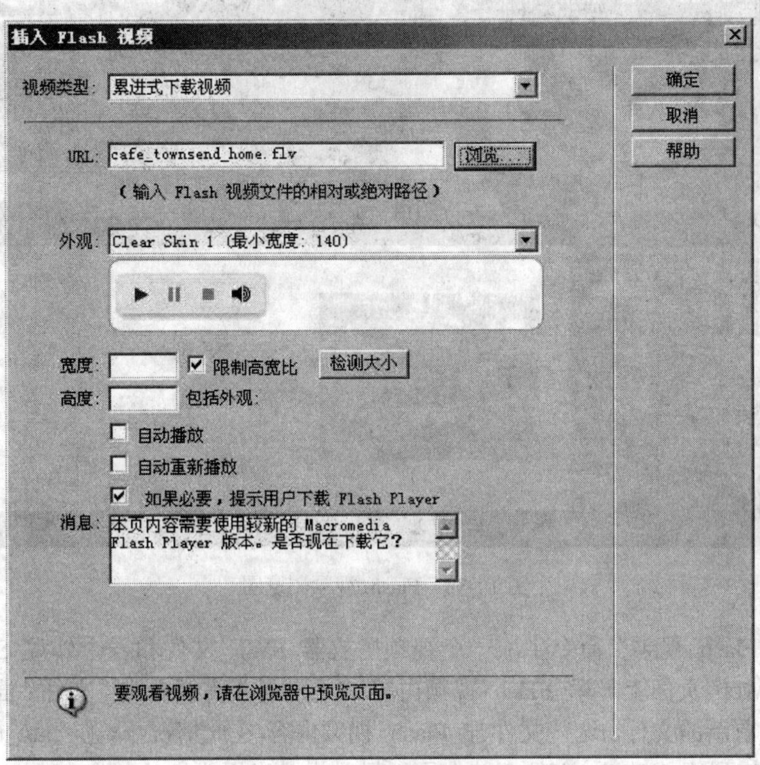

图 10-37 “插入 Flash 视频”对话框

(5) 从“外观”弹出式菜单中选择 Halo Skin 2。

所选外观的预览会出现在“外观”弹出式菜单下方。“外观”选项指定将包含 Flash 视频内容的 Flash 视频组件的外观。

(6) 在“宽度”和“高度”文本框中，执行以下操作：

在“宽度”文本框中，键入 180。

在“高度”文本框中，键入 135，然后按 Enter 键。

“宽度”和“高度”文本框中的值以像素为单位指定 FLV 文件的宽度和高度。可以任意调整这些值以更改 Web 页面上的 Flash 视频的大小。增加视频的尺寸时，视频的图片品质通常会下降。

(7) 其余选项保留默认的选择值：

限制高宽比保持 Flash 视频组件的宽度和高度之间的高宽比不变。默认情况下会选择此选项。

自动播放指定在 Web 页面打开时是否播放视频。默认情况下取消选择该选项。

自动重新播放指定播放控件在视频播放完之后是否返回起始位置。默认情况下取消选择该选项。

(8) 单击“确定”关闭对话框并将 Flash 视频内容添加到 Web 页面，浏览效果如图 10-38 所示。

图 10-38　Flash 视频浏览图

“插入 Flash 视频”命令生成一个视频播放器 SWF 文件和一个外观 SWF 文件，它们用于在 Web 页面上显示 Flash 视频内容。(用户可能需要单击“文件”面板中的“刷新”按钮来查看新的文件。)这些文件与 Flash 视频内容(在此情况下，为 cafe_townsend 根文件夹)所添加到的 HTML 文件存储在同一目录中。当用户上传包含 Flash 视频内容的

HTML 页面时，Dreamweaver 将这些文件作为相关文件上传。

4. 插入文本

现在用户将向页面添加一些文本。用户可以在 Dreamweaver 文档窗口中直接键入文本，也可以从其它源(如 Microsoft Word 或纯文本文件)复制并粘帖文本。然后，用户将使用层叠样式表 (CSS) 设置文本格式。

插入正文文本

(1) 在“文件”面板中，找到 sample_text.txt 文件(在 cafe_townsend 根文件夹中)并双击该文件的图标，在 Dreamweaver 中打开它，如图 10-39 所示。

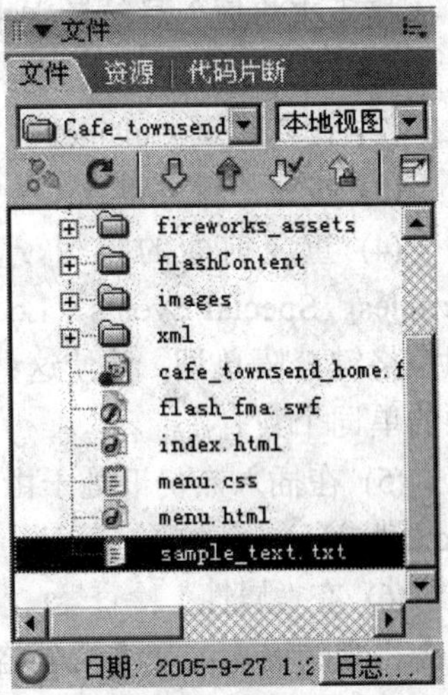

图 10-39　sample_text.txt 文档

(2) 在 sample_text.txt“文档”窗口中，按 Control+A 组合键选择所有文本，然后选择“编辑”|“复制”以复制该文本。

(3) 单击文档右上角中的 X 关闭 sample_text.txt 文件。

(4) 在 index.html“文档”窗口中，在由三列组成的表格的第三个表格单元格(包含图形和 Flash 视频的列的右侧的单元格)内单击一次。

(5) 选择“编辑”|“粘贴”。文本文件中的文本出现在所选表格单元格中。根据显示器的分辨率，该表格(由三列组成)将伸展以适合该文本。

(6) 确保插入点仍在刚才粘贴文本的表格单元格中。如果插入点不在，则在表格单元格内单击。

(7) 在“属性”检查器(“窗口”|“属性”)中，从“垂直”弹出式菜单中选择“顶端”。这会将用户刚刚粘贴的文本沿表格单元格的顶端对齐。如果用户无法看到“垂直”弹出式菜单，请单击“属性”检查器右下角的展开箭头，如图 10-40 所示。

(8) 保存该页，浏览效果如图 10-41 所示。

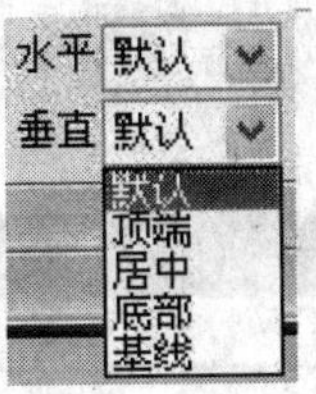

图 10-40　“属性”检查器

图 10-41　插入文字浏览图

插入导航条文本

接下来将插入导航条文本。

(1) 在由三列组成的表格的第一列中单击一次。

(2) 键入单词 Cuisine。

(3) 按空格键并键入 Chef Ipsum。

(4) 重复前面的步骤，直到输入以下单词，并且在每个单词之间留一个空格：Articles、Special Events、Location、Menu、Contact Us。键入时不要按 Enter 键。只使用空格键分隔单词，并使这些单词自然换行。表格单元格的固定宽度确定了一行中可容纳的单词个数。

(5) 在插入点仍旧处于由三列组成的表格的第一个单元格中时，在标签选择器中单击 <td> 标签。

(6) 在“属性”检查器(“窗口”|“属性”)中，从“垂直”弹出式菜单中选择“顶端”。这会将刚刚键入的文本沿表格单元格的顶端对齐。

(7) 保存页面，浏览效果如图 10-42 所示。

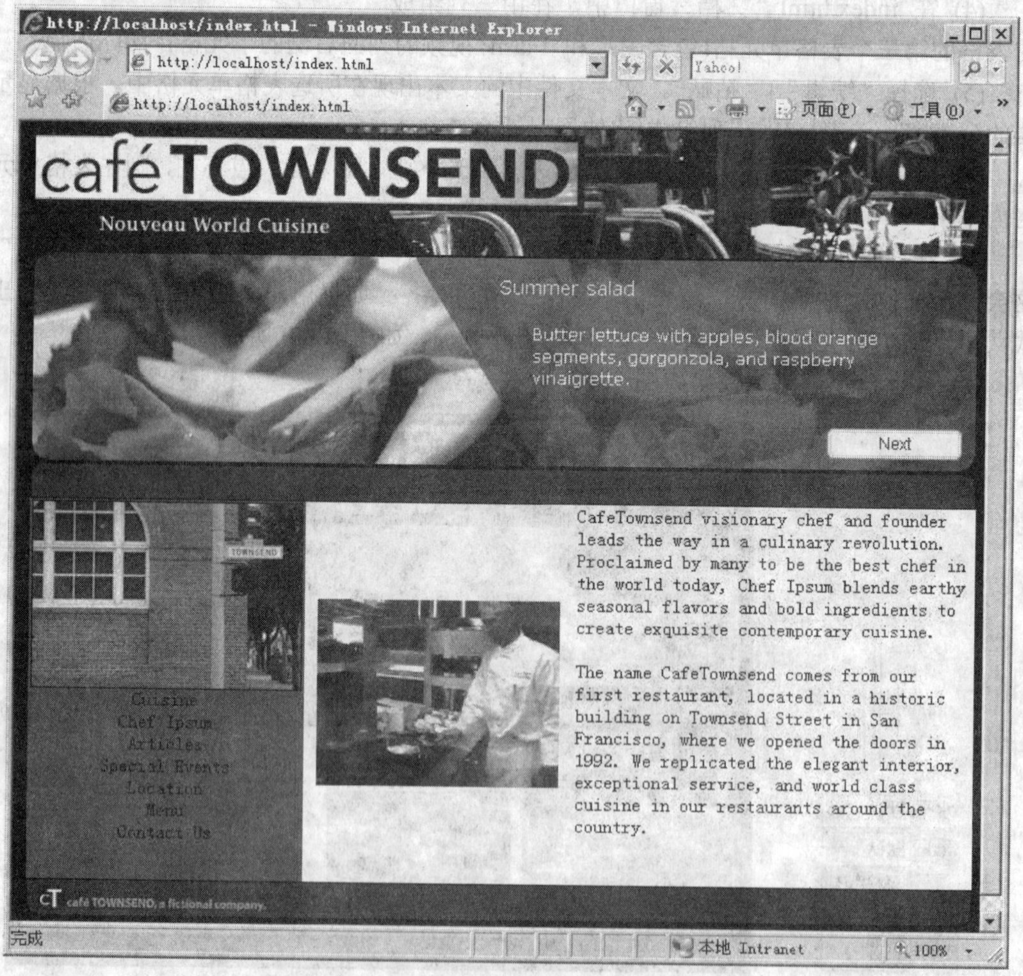

图 10-42　插入导航文字浏览图

5. 创建链接

链接是在 Web 页面中插入的指向其它文档的引用。可以将任何类型的资源转换为链接，但最常用的链接类型是文本链接。用户可以在站点创建过程的任何阶段创建链接。

cafe_townsend 站点根文件夹包含可以链接的已完成的 HTML 页面(Cafesite 的菜单页)。用户将把此页面用于导航中的所有链接，即使用户在建立实际站点时，这些链接中的每一个链接将对应于不同的页面。

(1) 当 index.html 页面在文档窗口中处于打开的情况下，选择用户在由三列组成的表格的第一个单元格中键入的单词 Cuisine。请小心只选择单词 Cuisine，不要选中它后面的空格。

(2) 在属性检查器中(“窗口”|“属性”)，单击“链接”文本框旁的文件夹图标，图 10-43 所示如。

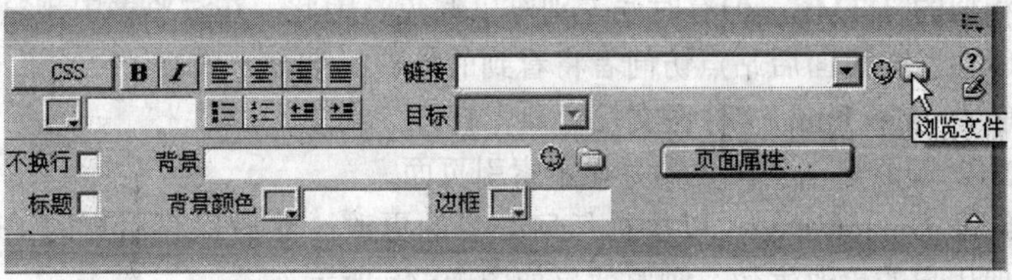

图 10-43　单击文件夹图标

(3) 在如图 10-44 所示的“选择文件”对话框中，浏览至 menu.html 文件(与 index.html 文件处于同一个文件夹中)，并单击“确定”。

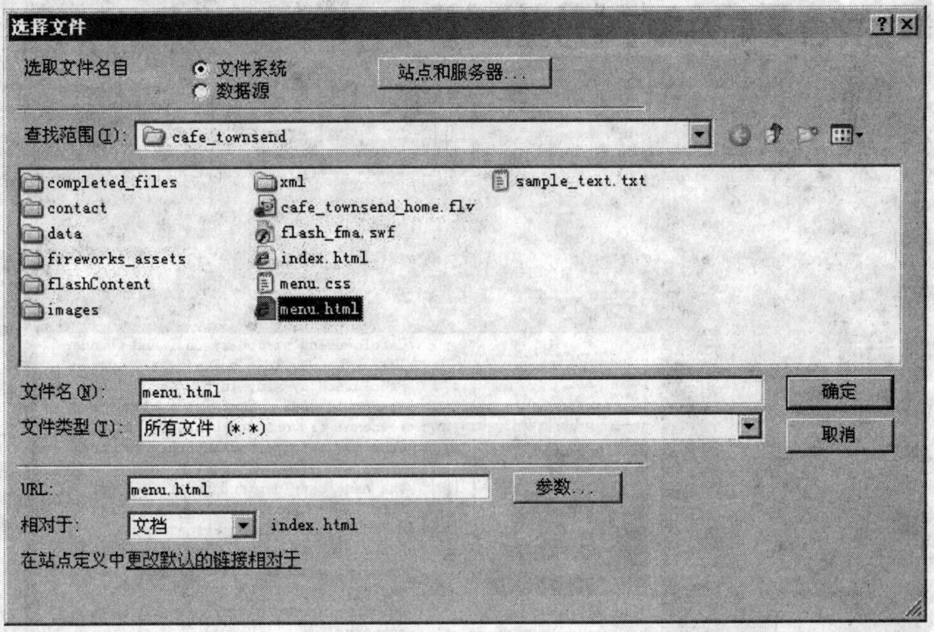

图 10-44　“选择文件”对话框

(4) 在页面上单击一次以取消选择单词 Cuisine。Cuisine 文本出现下划线并变成蓝色，表示它现在是一个链接。

(5) 重复上述步骤，为作为导航而键入的每个单词或一组单词建立链接。用户还需要创建 6 个链接：为 Chef Ipsum、Articles、Special Events、Location、Menu 和 Contact Us 分别创建一个链接。

将每个单词或一组单词链接到 menu.html 页面，并在创建链接时注意避免在单词或单词组前后出现空格。这仅仅是一组空白链接；在现实站点中，用户会将导航中的每个单词链接到各自不同的页面。

(6) 保存页面。

6. 在浏览器中预览页面

“设计”视图为用户提供了页面在 Web 上显示时的大致外观，但是要查看确切的最终结果，则必须在浏览器中预览页面。虽然浏览器通常会生成相同的结果，但是每个浏览器版本显示 HTML 页面的方式可能会不同。Dreamweaver 试图生成在各种浏览器中看起来尽可能相似的 HTML；但有时候差别难以避免。因此，在浏览器中预览用户的工作是使用户了解在发布页面后站点访问者将看到的外观的唯一方式。

(1) 请确保 index.html 文件在文档窗口中打开。

(2) 按 F12 键。启动主浏览器并显示索引页面。

(3) 切换回 Dreamweaver 以执行任何必要的更改。然后保存用户的工作并再次按 F12 键以确保用户的更改生效。浏览效果如图 10-45 所示。

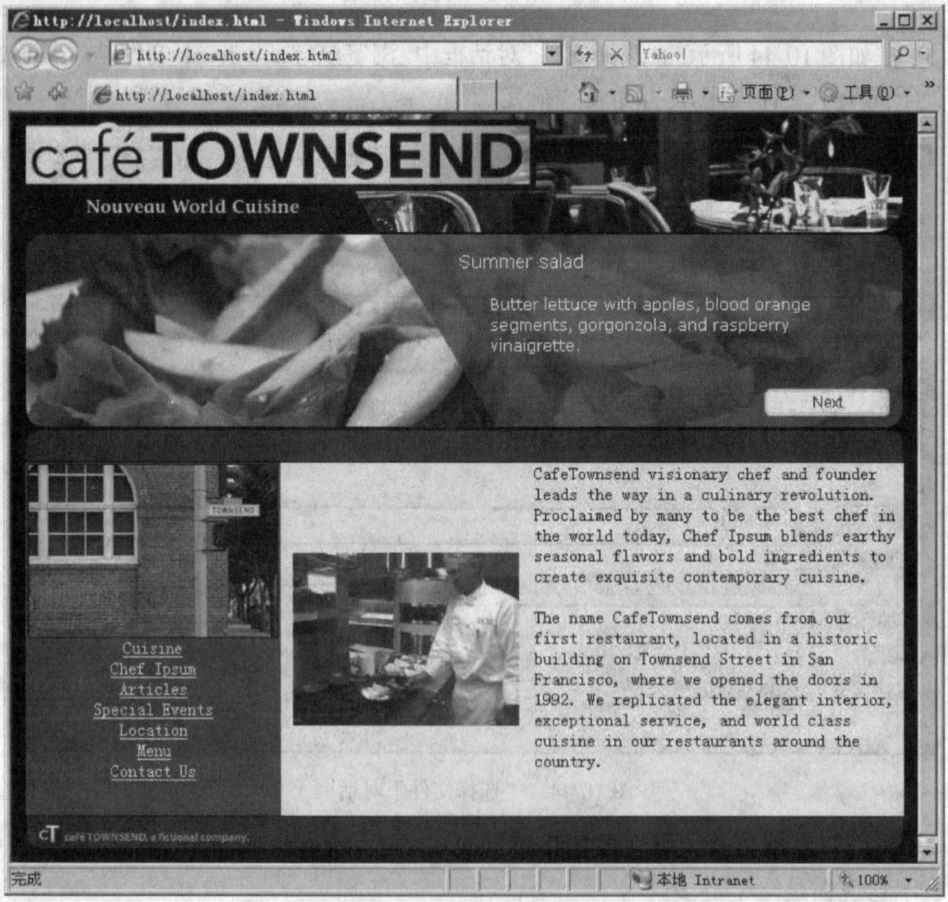

图 10-45　index.html 预览页面

习 题

1. 请解释超文本和超媒体的概念。
2. 请介绍一下超文本和超媒体系统的组成与结构。
3. 请利用 Dreamweaver 为自己设计个人网页。

第 11 章　多媒体项目开发

学习内容

本章主要介绍了多媒体项目开发流程、多媒体开发软件及多媒体实例。

学习要求

了解：多媒体项目开发流程。

掌握：使用 Authorware 制作多媒体作品。

在各种多媒体应用软件的开发工具中，Macromedia 公司推出的多媒体制作软件 Authorware 是不可多得的开发工具之一。它使得不具备编程能力的用户也能创作出一些高水平的多媒体作品。Authorware 采用面向对象的设计思想，是一种基于图标(Icon)和流程线(Iine)的多媒体开发工具。它把众多的多媒体素材交给其他软件处理，本身则主要承担多媒体素材的集成和组织工作。目前用 Authorware 创建的多媒体应用程序已广泛地应用于 CAI 教学和商业领域。

11.1　Authorware 入门

Authorware 界面友好如图 11-1，操作简单，程序流程简单明了，开发效率高，并且能够结合其他多种开发工具，共同实现多媒体的功能。最新的版本较以前的版本有了更大的改进，其功能更加趋于全面化。它允许用户使用文字、图形、动画、声音和数字电

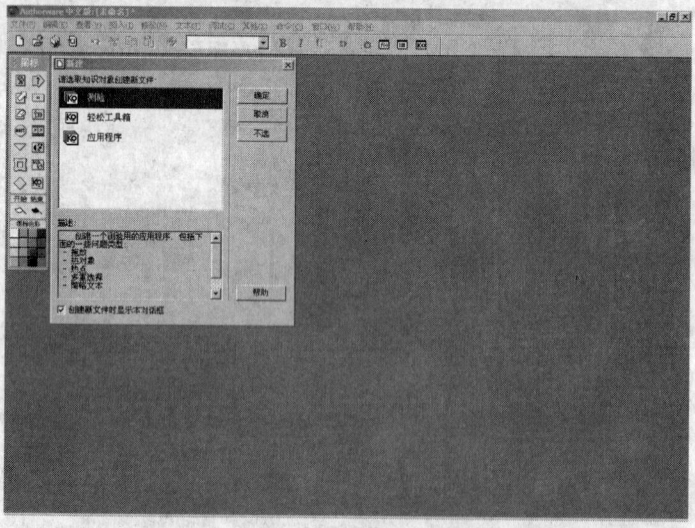

图 11-1　Authorware7.0 工作界面

影等信息来创建交互式应用程序，这些交互式应用程序可用来演示产品的特点和信息传递的动画过程，也可用来介绍软件、产品目录和教学软件等的使用方法。

Authorware 7.0 能指导设计者比以前更容易地在网络或固定媒体上发布高效的内容。Authorware 以特有的流程线来表示程序的流程，图标代表一个对象或者操作方式，通过各类图标引入文字、图片、声音、动画等各种媒体，还可以很容易地加上按钮进行交互控制。如果将一个个图标堆叠在流程线上就组成了程序，完成一些特定功能的图标可以建成一个组，形成程序的一个功能模块。

11.1.1 Authorware 7.0 菜单栏

Authorware 7.0 的菜单栏包括 11 类菜单，如图 11-2 所示，单击某一类菜单可以弹出一个下拉菜单，各类菜单的主要功能如下。

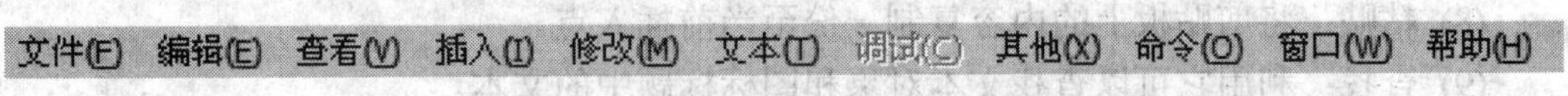

图 11-2 Authorware 7.0 菜单栏

文件(F)：提供了文件的建立、保存、打开、导入、打印等各种文件管理功能。

编辑(E)：提供了对程序及图标中显示的内容进行编辑操作的菜单命令。如剪切、复制、粘贴等。

查看(V)：提供了改变开发环境的一些开关式菜单命令。

插入(I)：提供了在程序中插入控件、GIF 动画以及 OLE 对象等的菜单命令。

修改(M)：提供了对文件、图标和对象的属性进行修改，以及对程序中的图标进行群组等菜单命令。

文本(T)：提供了对文本的各种属性进行设置。例如，字体、字号、设置滚动条、设置热文字等。

调试(C)：提供了用于运行程序和调试程序的一些命令。

其他(X)：用来显示库链接和进行音频转换，同时还有拼写检查的功能。

命令(O)：包含了一些以外部可执行文件方式(.：EXE 或-A7R)提供的命令，用户也可以将自己编写的可执行文件拷贝到 Commands 文件夹内，从而定义自己的命令。其中 Online Resources 子菜单组中提供了大量具有帮助性的在线资源。

窗口(W)：利用本类菜单，可以显示一些对话框窗口，如控制面板与跟踪窗口、变量窗口、函数窗口等。

帮助(H)：提供了一些关于 Authorware7.0 的帮助功能。

11.1.2 Authorware 7.0 工具栏

同一般的 Windows 应用程序一样，为便于用户操作，Authorware 7.0 提供了一个工具栏，如图 11-3 所示，该工具栏集成了 17 个工具按钮和一个文本样式列表框。

图 11-3 Authorware7.0 工具栏

(1) 新建文件：用于创建一个新 Authorware 7.0 程序文件。单击此按钮会出现一个未命名的设计窗口。

(2) 打开文件：打开一个已存在的 Authorware 7.0 程序文件。

(3) 全部保存：保存当前打开的所有 Authorware 7.0 文件。

(4) 导入文件：可以将图片、声音及影像文件直接加载到相应图标。单击此按钮，会弹出“导入哪个文件?”对话框，选择所需的文件进行导入。

(5) 撤销：用于取消最近一次操作，连续单击此按钮，可按顺序取消前面的操作。

(6) 剪切：将当前选中的内容剪切下来放在剪贴板上，所选内容可以是流程线上的图标，也可以是演示窗口中的内容。

(7) 复制：将当前选中的内容复制到剪贴板上，与剪切不同的是，使用本按钮后所选中的内容仍然存在。

(8) 粘贴：将剪贴板上的内容复制一份至当前插入点。

(9) 查找：利用它可以查找文本对象和图标标题中的文本。

(10) 文本样式列表框：用于选择一个已定义好的文字样式并应用到当前文本中。

(11) 粗体：将选中的正文对象以粗体显示。

(12) 斜体：将选中的正文对象以斜体显示。

(13) 下划线：将选中的正文对象加下划线显示。

(14) 运行程序：单击此按钮，屏幕上会弹出一个演示窗口，显示程序的运行结果。如果用户在程序中插入了调试程序标志，则程序从流程起始标志开始运行到流程终止标志结束。

(15) 控制面板：利用它可以运行程序、暂停程序的运行、调试程序等。

(16) 函数窗口：单击它可打开函数窗口，用它来查找、观察和加载外部函数。

(17) 变量窗口：单击它可打开变量窗口，用它来查找变量。

(18) 知识对象：单击此按钮，屏幕右侧会弹出知识对象窗口，该按钮是 Authorware 7.0 版本新增的。

11.1.3 Authorware 7.0 图标工具箱

Authorware 7.0 是一个基于图标的多媒体开发环境，图标是 Authorware 7.0 制作多媒体应用程序的基础，图标工具箱则是 Authorware 7.0 的核心部分。它位于 Authorware 7.0 编辑环境窗口的最左边，由 14 个程序设计图标、2 个程序调试图标和 1 个调色板组成。图标工具箱如图 11-4 所示，只要将鼠标指针移至某一个图标上，按下鼠标左键将其拖曳至程序设计窗口的流程线上，就可使它成为程序的一部分。图标工具箱上的每一个图标都有其特定的功能，用户可以根据自己的设想，通过各种图标的组合，实现千变万化的多媒体效果。下面简单介绍各图标的功能。

图 11-4 图标工具箱

(1) “显示”图标：该图标是 Authorware 7.0 中最重要的，也是最基本的图标，利用它可制作多媒体的图形、文本或者加载图像。

(2) “移动”图标：配合“显示”图标或“数字电影”图标以产生移动或动画效果，该图标提供了 5 种不同的动画方式，可以制作出各种各样的动画。

(3) “擦除”图标：用来擦除“显示”图标、“数字电影”图标或其他图标中的画面，并且提供了多种擦除方式。

(4) “等待”图标：可让执行中的程序暂停一段时间，或者等候用户按键或单击鼠标才开始继续执行程序。

(5) “导航”图标：可以实现程序内任一页的跳转。程序运行到此会自动跳转到由“导航”图标指定的页中。

(6) “框架”图标：包含了一组“导航”设计图标，提供了各页之间跳转的方式。其下附属的设计图标叫做页，可作为“导航”图标的目的地。

(7) “决策”图标：此图标用来制作分支与循环结构程序。附属于“决策”图标的其他设计图标称为“分支”图标。该图标与下面的“交互”图标的区别在于“分支”图标执行哪个分支是由程序决定的，而“交互”图标对某一分支的选择取决于用户的响应。

(8) “交互”图标：用于设置交互作用分支结构。附属于“交互”图标的其他设计图标称为“响应”图标，“交互”图标和“响应”图标共同构成交互作用分支结构。交互图标提供了 11 种交互方式，用户可用它们制作出友好的人机对话界面。

(9) “计算”图标：“计算”图标就是存放程序码的地方，例如给变量赋值、执行系统和用户定义的函数与变量。利用“计算”图标可以使多媒体程序的设计更完善和更多样化。

(10) “群组”图标：在程序设计窗口中的流程线上，能放置的图标很有限，这时可将一部分程序图标组合起来放置在“群组”图标中，实现程序设计的模块化。由于有了该图标，因此理论上可在主流程线上放置无数个图标。

(11) “数字电影”图标:利用该图标可播放各种格式的数字电影及动画，包括*. avi、*. mov、*. flc 等格式。

(12) “声音”图标：该图标用于播放音乐及各种声音文件。

(13) “DVD”图标：该图标用于整合播放 DVD 视频文件，这是 Authorware 7.0 新增的图标，它替代了以前版本中的视频图标。

(14) “知识对象”图标：这是 Authorware 7.0 新增的图标，用来在流程线上直接添加知识对象。

(15) 流程起始标志：用于设置程序运行的起点，在调试程序时，将该图标放置在流程线的某一位置，当按下“运行”按钮时，程序会自动从该位置开始执行。

(16) 流程终止标志：用于设置程序运行的终点，在调试程序时，将该图标放置在流程线的某一位置，当按下“运行”按钮时，程序执行到该位置时立即终止执行。

(17) 调色板：用于给流程线上的图标着色，以区分其重要性、层次性或特殊性，对程序执行并无影响。

11.1.4 Authorware 7.0 程序设计窗口

流程设计窗口是我们进行程序设计的主要操作窗口，如图 11-5 所示。

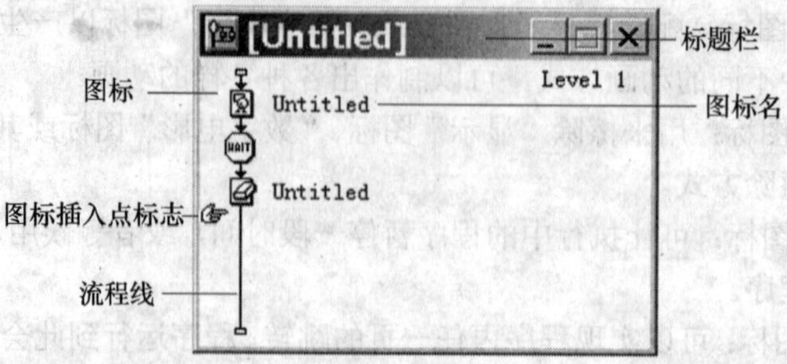

图 11-5　流程设计窗口

窗口左侧的一条贯穿上下的直线叫做流程线，是安放图标的地方，它形象地表示了程序的执行顺序和分支情况。这也就是我们称 Authorware 为可视化编程工具的原因。标题栏上有当前程序的文件名，在你未给当前程序起名保存之前，系统自动命名当前程序为“Untitled”。窗口左上角的 “Level 1”字样表明当前窗口是第一层，若流程线上有群组图标，双击打开后，其流程窗口会有“Level 2”表明该窗口是第二层，是第二层窗口由第一层派生出来的。

11.1.5　知识对象窗口

知识对象是 Authorware 内部自带的完成特定功能的模板式的程序块，“知识对象”窗口（如图 11-6 所示）为我们提供了所有的知识对象，可供程序调用。用鼠标把知识对象拖放到流程线上，相应的使用指南会自动打开。用户根据提示进行操作，即可完成复杂的编程，大大加快了课件开发进程，有效地降低成本。

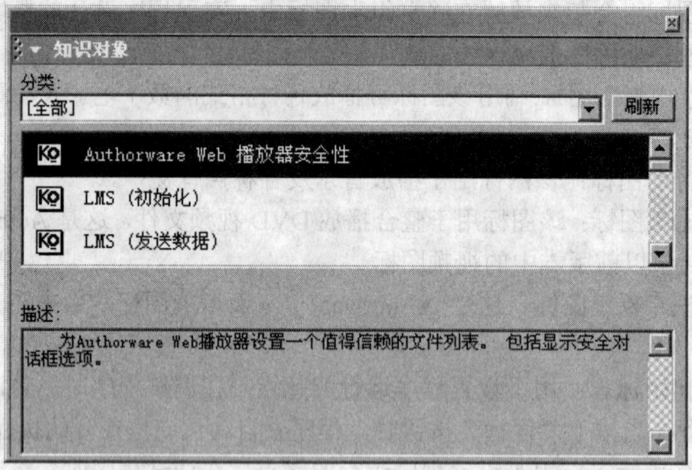

图 11-6　“知识对象”窗口

11.2　Authorware 的应用

Authorware 7.0 的操作简单直观，并且 Macromeida 公司对多媒体的开发技术做了较大的扩充和改进，例如，允许导入 Microsoft PowerPoint 文件、整合 DVD 视频播入程序，满足 XML 的输入和输出，以及支持 JavaScfipt 脚本语言等。

11.2.1 Authorware 的文件操作

在利用 Authorware 制作课件之前，我们先来熟悉一下文件的基本操作。

1. 文件的打开和关闭

由 Authorware 7.0 版本以上创建的程序源文件后缀名为“a7p”，这里我们打开一个示例文件。

(1) 单击“文件”→“打开”→“文件...”命令，出现如图 11-7 所示的对话框。

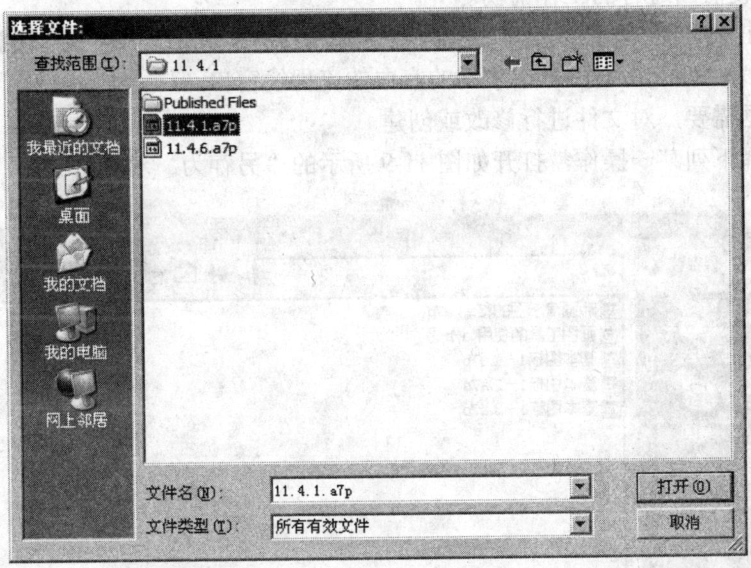

图 11-7 “选择文件”对话框

(2) 选择需要的 Authorware 源文件(“.a7p”文件)，单击“Open(打开)”按钮，打开后的程序设计窗口如图 11-8 所示。

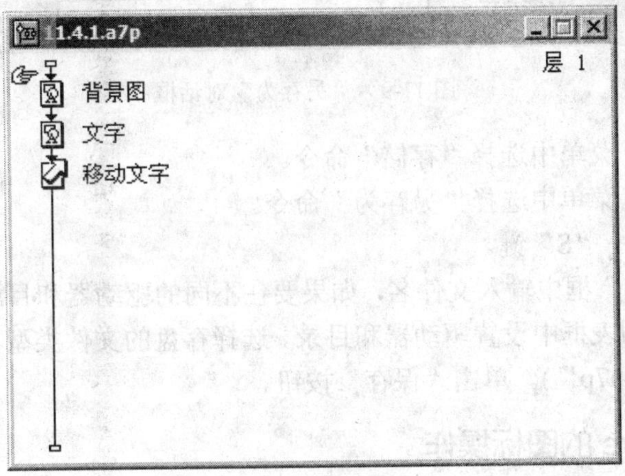

图 11-8 11.4.1.a7p 文件的设计窗和展示窗

(3) 当打开或新建了文件后，随时可以将其关闭，单击流程线窗口右上角的×按钮。

2. 试运行程序

如果想查看程序的结果，可以随时运行程序，单击常用工具栏上的“从头运行”按钮，在“展示窗口”中观看程序运行结果。单击“控制”菜单下的“停止”命令，或者单击“展示窗口”右上方的关闭按钮×，结束程序运行并回到流程线上。

3. 文件的创建和保存

当我们要创作一件作品(课件)时，就需要新建一个文件，在对流程线窗口进行了操作编辑后，甚至没有进行编辑之前，我们就应该及时将其保存到磁盘文件中，以防止突然断电等情况使前面进行的工作前功尽弃。

(1) 单击“文件”→“新建”→“文件”命令(或按“Ctrl”＋“N”快捷键)，即可出现一个标题为“Untitled(未命名的)”的空白的流程线窗口。

(2) 根据需要，对文件进行修改或创建。

(3) 选择下列某一操作，打开如图 11-9 所示的“另存为”对话框。

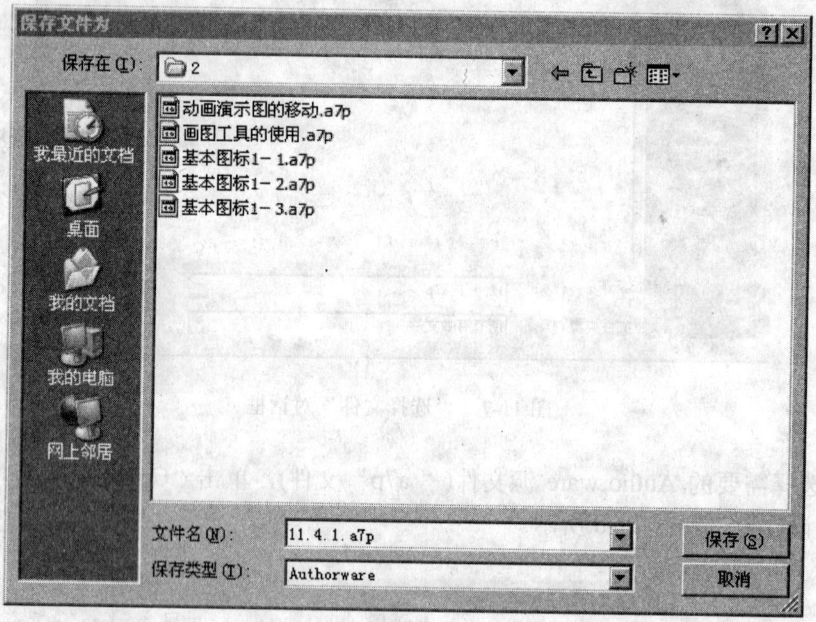

图 11-9 “另存为”对话框

(4) 从“文件”菜单中选择“存储”命令。

(5) 从“文件”菜单中选择“另存为”命令。

(6) 按“Ctrl”＋“S”键。

(7) 在“文件名”框中输入文件名，如果要在不同的驱动器和目录下保存文件，请先在“保存在”下拉列表框中设置驱动器和目录。选择存盘的文件类型，默认为 Authorware 程序文件(后缀为“.a7p”)。单击“保存”按钮。

11.2.2 Authorware 的图标操作

我们用 Authorware 制作课件就是将各种图标放置到流程线上，然后根据需要对图标进行设置，所以用户首先需要掌握对图标的操作。

1. 在流程中加入图标

在图标工具栏中单击所选择的图标。按下左键不放，将其拖到流程线的合适位置后松开，图标默认以“未命名”为名称停留在流程线上，如图 11-10 所示。

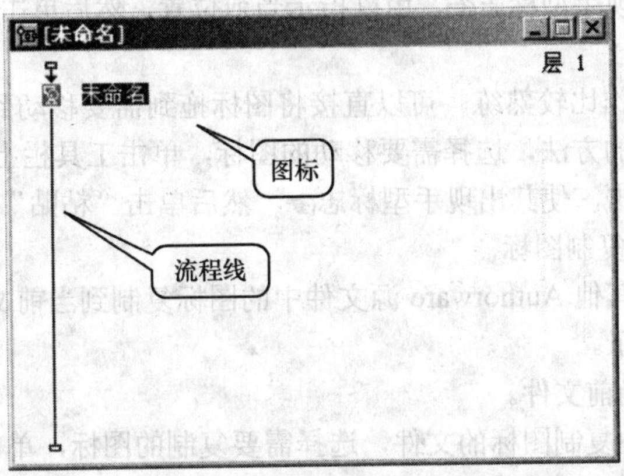

图 11-10　加入到流程线上的图标

2. 图标的选择

根据情况，选择下列操作：

如果要选择单个图标，直接在流程线上的图标上单击，图标被选中后变为蓝色。

如果要选择多个图标，按住左键拖拉出一个闪烁的矩形框线，将需要选择的图标包围，然后松开鼠标即可同时选中多个图标，如图 11-11 所示。

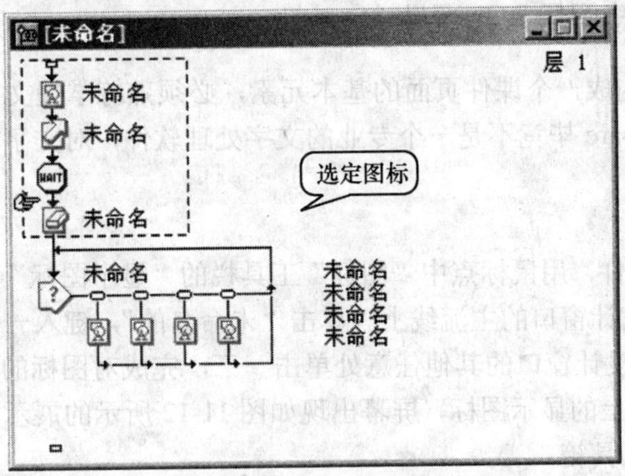

图 11-11　框选多个图标

3. 图标的命名和改名

在放入图标时要给图标起一个符合其内容的名字，以便于以后查找和调试程序，这是一种良好的习惯，改名和命名操作相同，在需要命名的图标上单击，使其变为蓝色，此时默认的图标名“未命名的”处于可编辑状态，直接键入图标名称即可，完成后，在任意处单击即可。

4. 图标的删除

选择需要删除的图标，按“删除”键，即可将图标从流程线上删除。

5. 图标的复制

选择需要复制的图标，单击工具栏上的“复制”按钮，在流程线上需要粘贴图标的位置处单击，会出现手型标志，用以指示当前位置，然后单击“粘贴”按钮即可。

6. 图标的移动

如果用户鼠标操作比较熟练，可以直接将图标拖到需要移动到的地方松开即可，否则可以采取下面介绍的方法，选择需要移动的图标，单击工具栏上的“剪切”按钮，在需要粘贴的地方单击，使其出现手型标志，然后单击“粘贴”按钮即可。

7. 从其他课件中复制图标

此种方法可以将其他 Authorware 源文件中的图标复制到当前文件中，这样就可以利用其他文件中的图标了。

(1) 保存并关闭当前文件。

(2) 打开需要从中复制图标的文件，选择需要复制的图标，单击工具栏上的“复制”按钮后将文件关闭。

(3) 再次打开目标文件，在需要粘贴的地方单击，使其出现手型标志，然后单击“paste(粘贴)”按钮。

8. 后悔和撤销操作

无论是对图标的操作还是在以后要提到的对图标编辑的操作中，如果对上一步不满意，我们可以随时取消本步的操作，单击工具栏上的“撤销”按钮，就可以回到上一步的状态。

11.2.3 将文字和符号导入到课件中

文字和符号是构成一个课件页面的基本元素，必须熟练掌握文字符号的输入和设置的方法，但 Authorware 毕竟不是一个专业的文字处理软件，对文字格式的处理能力比较弱，必须小心。

1. 导入文本

(1) 新建一个文件，用鼠标点中“图标”工具栏的“显示图标”按钮，按住鼠标左键不放，将它拖到设计窗口的主流线上。单击“未命名的”，键入一个图标名称如“培训班”，然后用鼠标在设计窗口的其他任意处单击一下，完成对图标的命名。

(2) 双击流程线上的显示图标，屏幕出现如图 11-12 所示的展示窗口，窗口旁边还随之出现了一个绘图工具箱。

(3) 单击绘图工具箱上的文本工具，然后在窗口中需要出现文字的地方单击，这时屏幕上出现一个标尺，标尺的长短表示文本自动换行的宽度，如图 11-13 所示。

(4) 在光标闪烁处输入文字“教学过程”，可以单击回车键使文本产生一个硬换行，也可以拖动标尺上的黑色三角左右移动调整文本自动换行的宽度，如图 11-14 所示。

如果要移动文本在窗口中的位置，只要单击工具箱内的箭头工具，然后在文本上单击，输入的文本变为有 6 个控制点的对象，将其拖到合适位置即可。要是需要删除文本对象，按“删除”键即可。

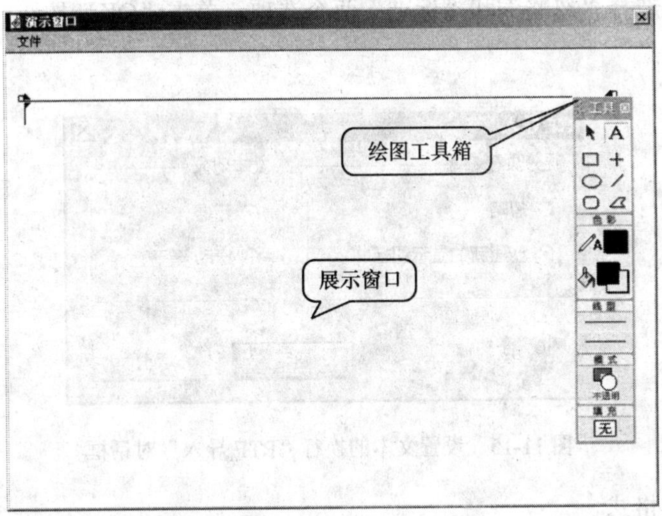

图 11-12　展示窗口和绘图工具箱

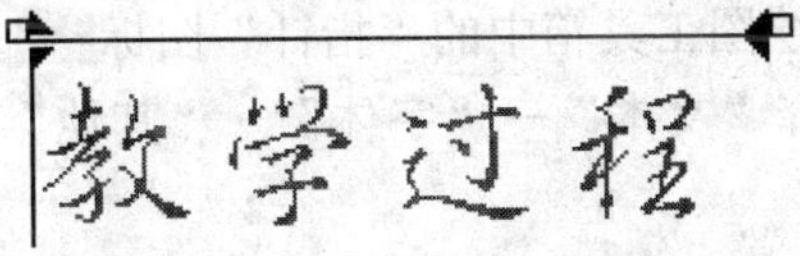

图 11-13　指示文本宽度的标尺

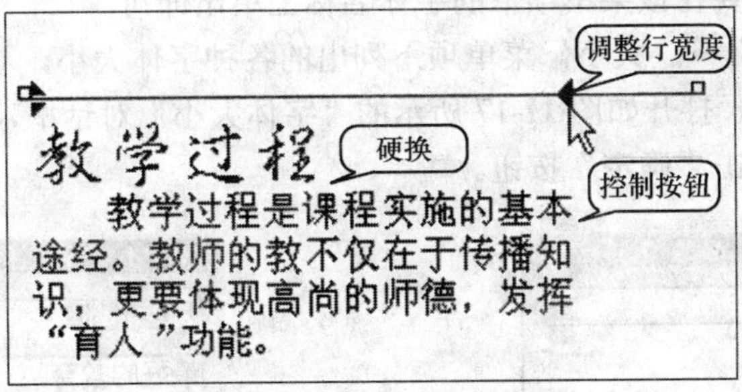

图 11-14　设置文本的换行

所有输入完成后，单击“展示窗口”右上方的“关闭”按钮 ✕，或者绘图工具箱的“关闭”按钮 ✕，回到流程线上。

2. 粘贴文本

很多情况下，用户已经用 Word 等软件编写教案、脚本，在制作 CAI 课件中需要使用到其中文字，这时用户可以使用粘贴文本的方法编辑文字。

(1) 在 Word 等软件中选定要复制的文本，按“Ctrl” ＋“C”键，将需要的文本复制到剪贴板上。

(2) 打开显示图标，单击绘图工具箱上的文本工具 A，然后在窗口中需要出现文字的地方单击。

(3) 单击常用工具栏上的“粘贴”按钮，出现如图 11-15 所示的“RTF 导入”对话框。在对话框中选择“忽略”和“标准”两个选项，单击“OK”按钮，文本被粘贴到光标闪烁处。

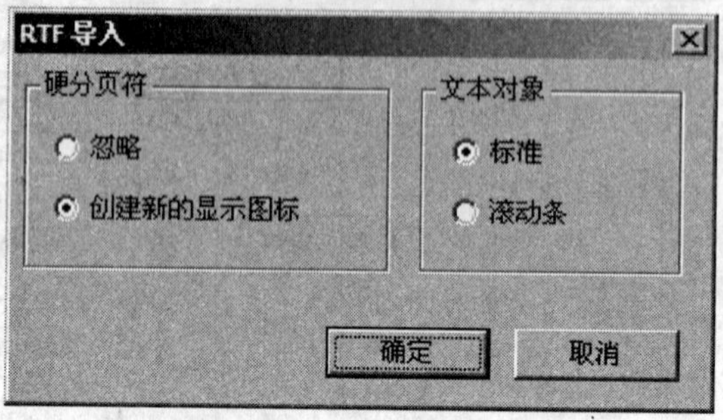

图 11-15　设置文本的换行“RTF 导入”对话框

2. 设置文本格式

在 Authorware 中，我们可以像在文字处理软件中一样改变文本的字体、字号、颜色等。

(1) 输入文本后，单击绘图工具箱中的“指针”图标，单击输入的文字，文字块周围出现 6 个控制点。选择“文本”→“字体”→“其他”菜单命令，打开如图 11-16 所示的“字体”对话框。

在“字体”列表中选择适当的字体，如隶书，随着使用字体的增多，在“字体”菜单下会出现最近使用的字体列表，那么下次再用到这种字体时，就不用再次打开“字体”对话框选择字体，只要在该菜单项下的字体名称上单击即可。

(3) 单击“文本”→“大小”菜单项下列出的各种字体大小，要是没有适合的大小，就单击“其他”命令，打开如图 11-17 所示的“字体大小”对话框，在“字体大小”框中键入需要的大小，单击“确定”按钮。

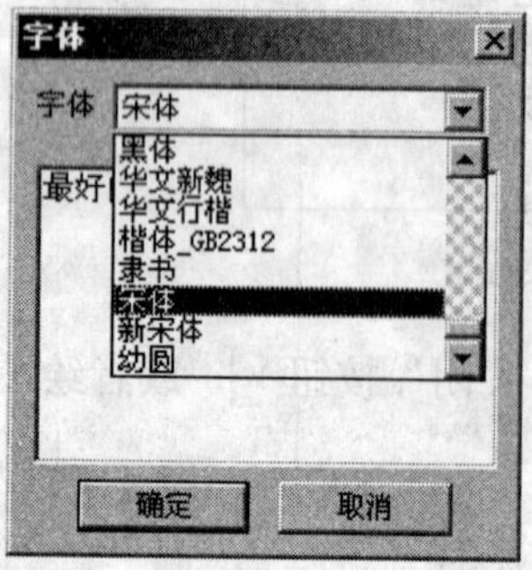

图 11-16　“字体”对话框

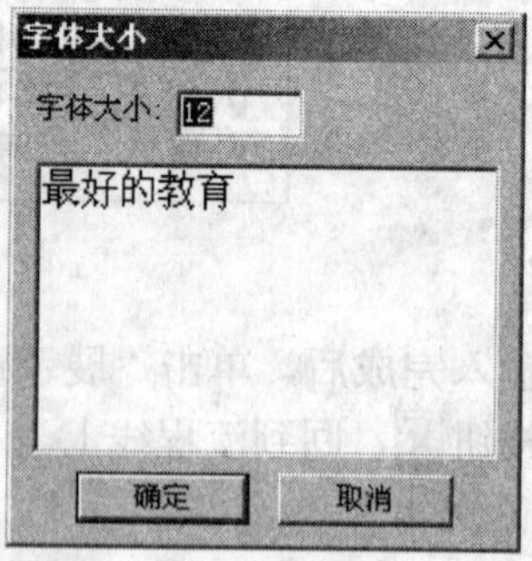

图 11-17　字体大小对话框

(4) 双击绘图工具箱中的“圆→椭圆”工具，打开色彩选择对话框，如图 11-18 所示。

在对话框 A 处色块上单击，然后再从色彩列表框上单击选择合适的字体颜色，如果要设置字体背景的颜色，就要在对话框的 C 处单击，然后再选择背景颜色，如图 11-19 所示。

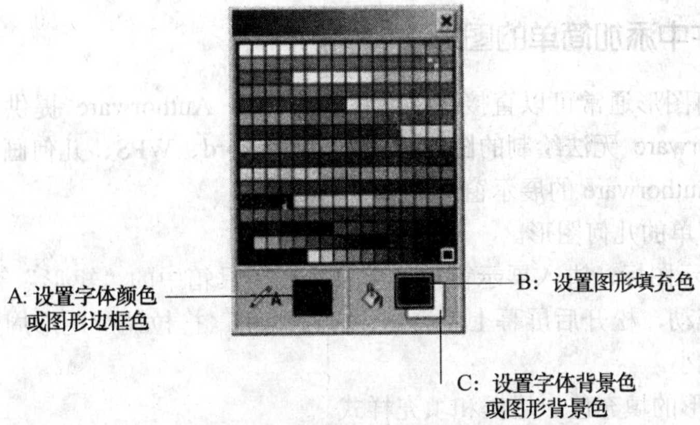

图 11-18 “色彩选择”对话框

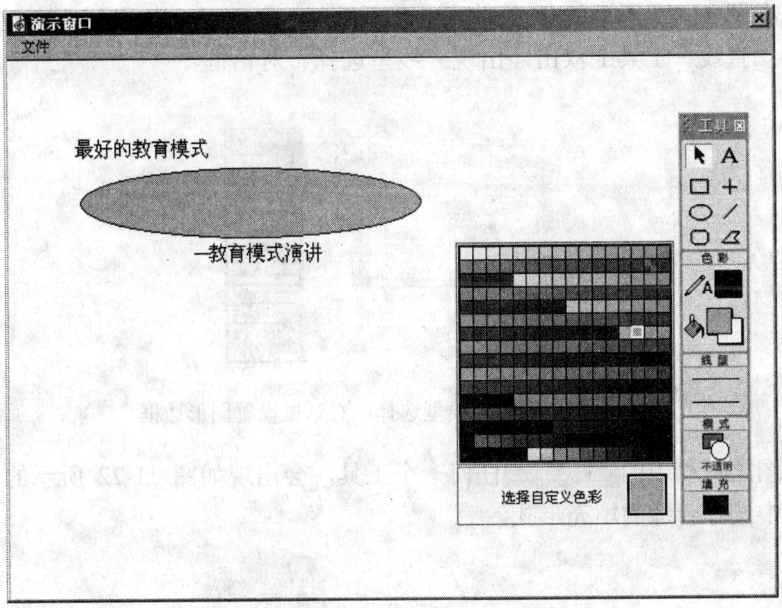

图 11-19 设置了背景色后的字体

字体也可以设置成多种样式，如粗斜体，可以单击常用工具栏上的B、I、U按钮进行更改。输入的文本长度不一，可能在窗口中显示不下，可选择“文本”→“滚动条”菜单命令，为文本设置滚动条，可以显示较多的文字，如图 11-20 所示。

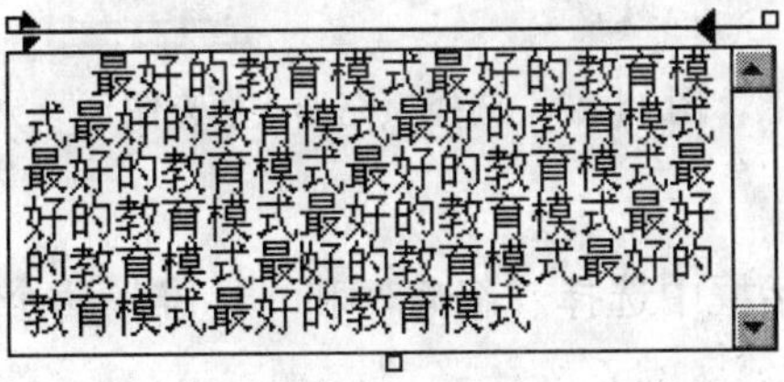

图 11-20 设置了滚动条后的文本块

11.2.4 在课件中添加简单的图形

简单的几何图形通常可以直接在显示图标中利用 Authorware 提供的图形工具箱绘制。对于 Authorware 无法绘制的图形，则可以到 Word、WPS、几何画板等程序中复制后，再粘贴到 Authorware 的展示窗口。

以下绘制简单的几何图形。

(1) 双击显示图标，进入展示窗口，单击绘图工具箱中的“矩形”工具，用鼠标在展示窗口中拖动，松开后屏幕上就会出现一个矩形。拖拉调节矩形周围的控制点，可以改变矩形的大小。

(2) 设置矩形的填充色、边框和填充样式。

如果对将绘制的图形填充颜色，双击绘图工具箱中的 “圆/椭圆”工具，调出“色彩选择”对话框。在如图 11-21 所示的 B 处单击，然后选择一种颜色，如果要设置矩形的边框色，在图 11-21 所示的 A 处单击，然后选择一种颜色，如果要改变边框的粗细，在工具箱的“直线”工具上双击，出现“线型选择”对话框。

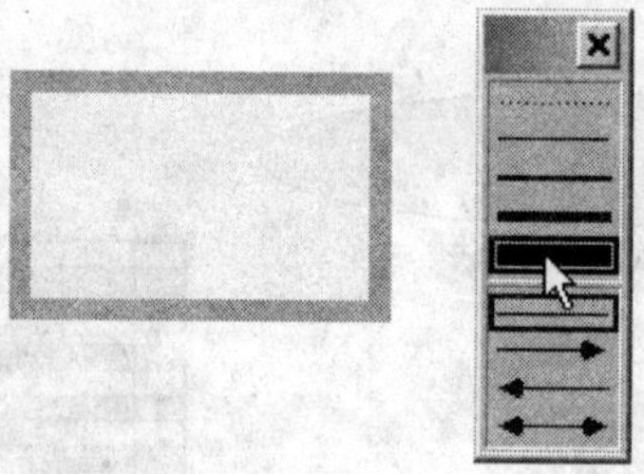

图 11-21　利用“线型选择”对话框设置图形边框

双击绘图工具箱中的任何一个工具，会出现如图 11-22 所示的“填充”对话框，在其中选择合适的填充形式。

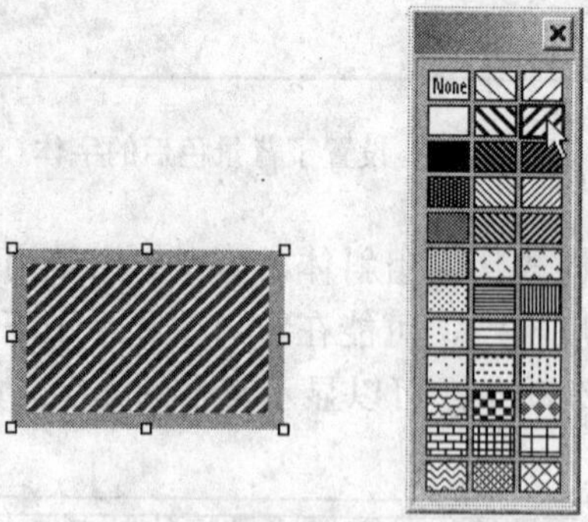

图 11-22　选择填充形式填充图形

(3) 组合多个图形。

当窗口中有多个在对话框中选择“忽略”和“标准”两个选项，单击“OK”按钮，文本被粘贴到光标闪烁处。

“组”命令，将选中的图形变成一个组。

11.2.5 在课件中使用图像

对于一件 CAI 课件来说，图像是强有力的表现媒体。在制作过程中，我们需要从外部(磁盘等设备)调用大量预先准备好的图片。为了加快演示作品时调用图片的速度，所有的图片事先都要转换为 JPG 或 PNG 格式。

1. 使用显示图标加入图像

拖一个显示图标到设计窗口的主流线上。双击显示图标，进入展示窗口。单击常用工具栏上的“导入”按钮，出现“导入哪一个文件”对话框，如图 11-23 所示。

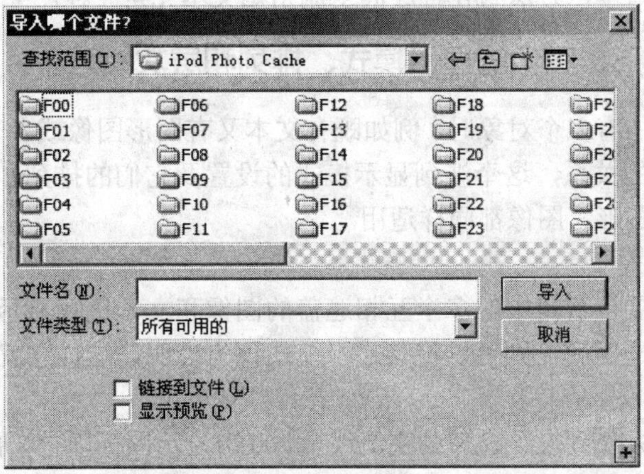

图 11-23 “导入哪个文件”对话框

在“查找范围”下拉列表框中查找含有图片的文件夹，并从下方的文件列表中选择要导入的图片，如果选中“缩略图”选项，可以在右侧的小窗口看到所选文件的缩略图，单击“导入”按钮(或直接双击所需文件名)，将图片加入展示窗口，如图 11-24 所示。

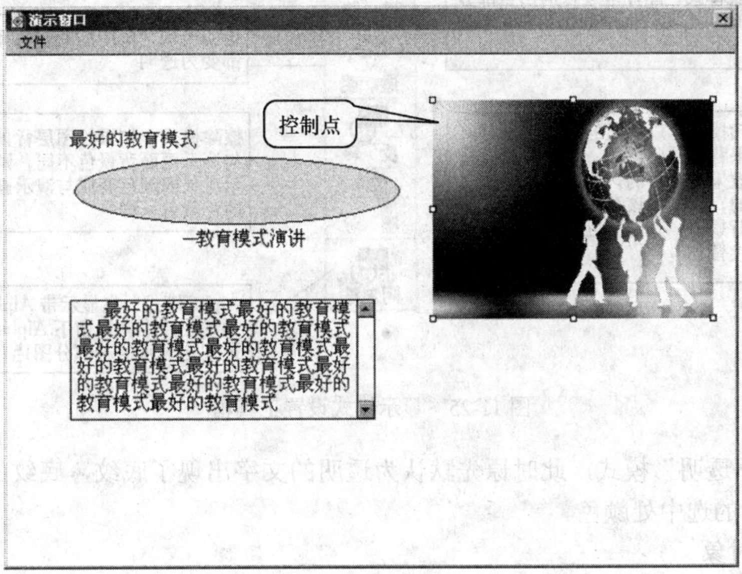

图 11-24 利用控制点调整图像大小

导入的图像四周有控制点，我们可以通过它调整图像的大小，也可以通过“选择/移动工具”来调整图像位置。

2. 直接导入图像

还有一种更快捷的导入图像的方法，在流程线需要导入图像的位置单击。单击常用工具栏的“导入”按钮，在出现的对话框中选择图片后，单击“导入”按钮，此时程序自动为该图像生成一个显示图标。

3. 从剪贴板粘贴图像

我们还可以将在其他图像处理程序中的图像(可以选择一部分或全部)复制后粘贴到显示图标的展示窗口中，方法与在程序间复制粘贴文本完全一样。

11.2.6 文本、图形、图像的显示模式、排列和层次关系

当在展示窗口中有多个对象时，例如既有文本又有图形图像或者有多个同类的对象，需要调整它们之间的关系，这牵涉到显示模式的设置及它们的排列和层次关系。这里所举的例子对文本、图形、图像都同样适用。

1. 选择显示模式

可以对出现在展示窗口中的多个互相遮盖的图像和文本进行显示模式设置，例如导入的图像如果含有透明底，则可以将其显示模式设为透明，这样它就不会遮盖其后面的内容。

拖一个显示图标到设计窗口的主流线上，双击显示图标，进入展示窗口。选中“文字”工具，键入一些文字例如“肺内的气体交换”。双击“选择/移动”工具，打开一个遮盖模式设置工具箱，如图 11-25 所示。

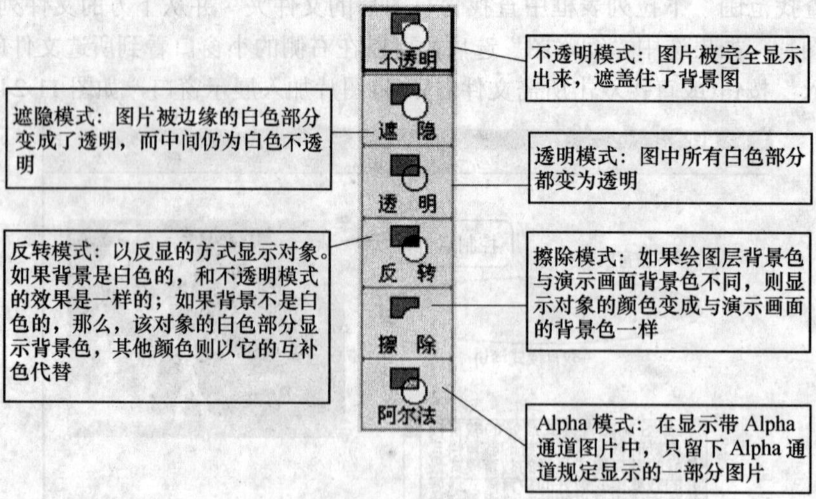

图 11-25　显示模式设置工具箱

单击“不透明”模式，此时原先默认为透明的文字出现了底纹，底纹的颜色就是如图 11-26 所示的选中处颜色。

2. 排列对象

用鼠标来手工排列对象不可能十分精确，Authorware 提供了一个排列对象的工具箱。

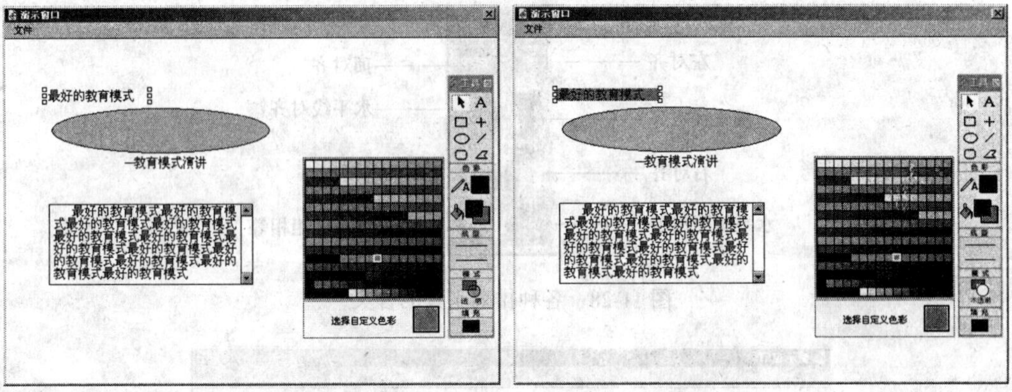

(a) (b)

图 11-26　两种不同的文本显示模式

(a) 文本的显示模式默认为透明；(b) 文本显示模式设为不透明

(1) 打开展示窗口，导入多个对象，用鼠标拖动对象，将它们作大致的排列。

(2) 打开“修改”菜单，单击“排列”命令，出现排列对象工具箱。

(3) 用“选择/移动”工具框选需要排列的多个对象(也可以按住“Shift”键不松，顺序在需要选择的多个对象上单击)，如图 11-27 所示。

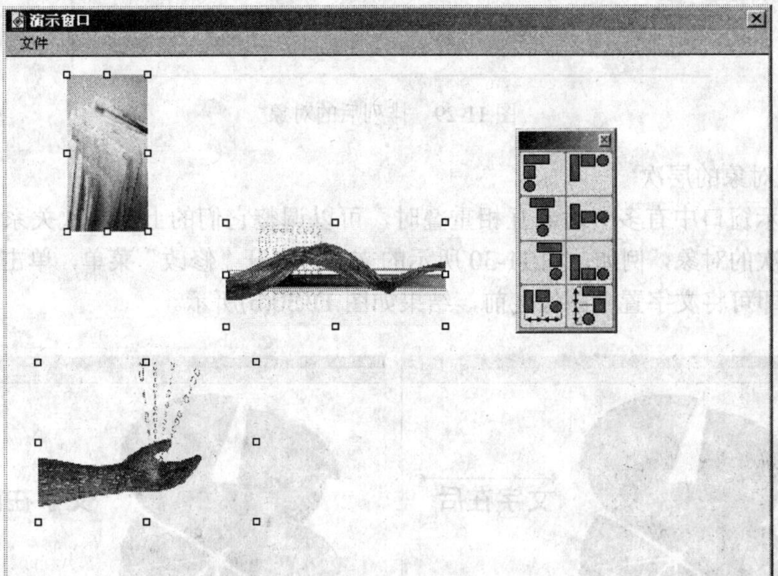

图 11-27　选择要设置排列方式的对象

确保排列的对象已被选中(四周有控制点)，单击排列工具箱的某种排列方式，即可将对象以指定的方式精确排列。排列工具箱的各种方式的含义如图 11-28 所示。

连续对对象作多种方式的排列对齐，使对象整齐地布局在展示窗口中，最后的一种结果如图 11-29 所示。

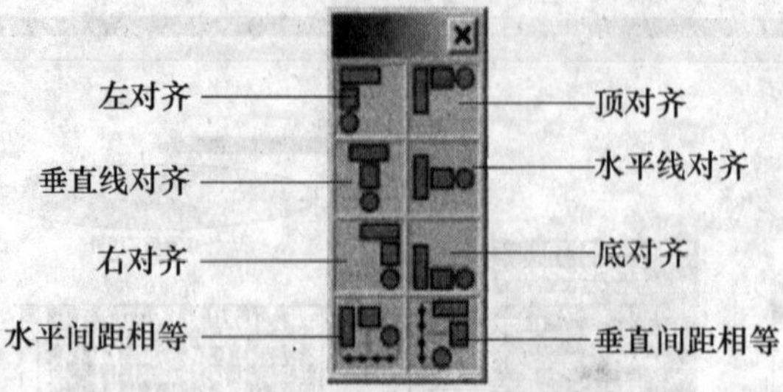

图 11-28　各种排列工具的含义

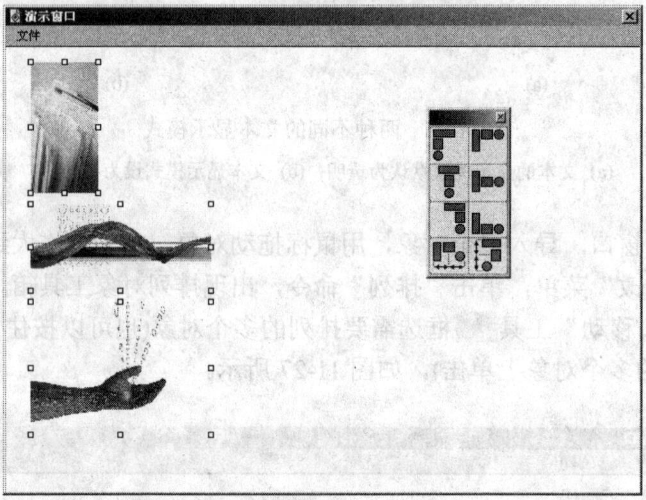

图 11-29　排列后的对象

3. 调整对象的层次

当在展示窗口中有多个对象互相重叠时，可以调整它们的上下层次关系。单击选择需要改变层次的对象，例如，图 11-30 所示的文字，打开“修改”菜单，单击“置于上一层”命令，即可将文字置于图像之前，结果如图 11-30(b)所示。

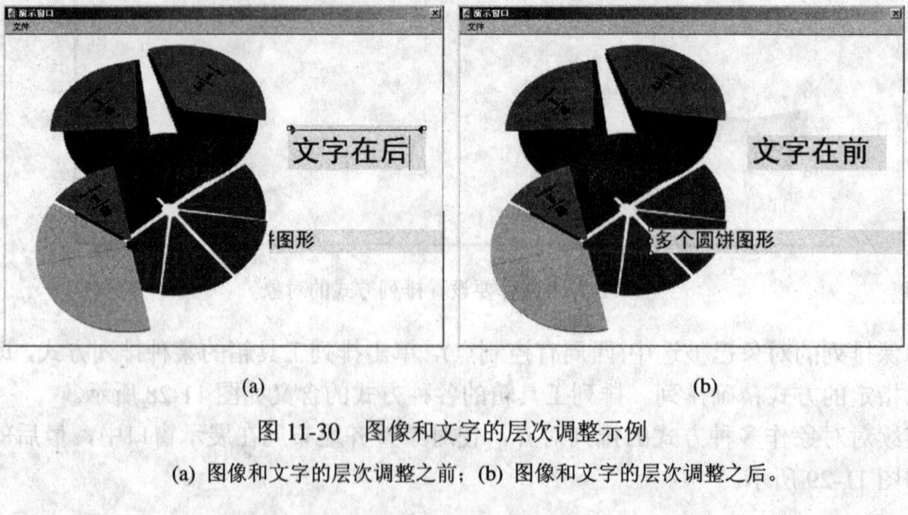

(a)　　(b)

图 11-30　图像和文字的层次调整示例

(a) 图像和文字的层次调整之前；(b) 图像和文字的层次调整之后。

4. 显示图标显示效果的设置

在 PowerPoint 中放映幻灯片时，幻灯片切换时可以有各种过渡效果(也有称转场效果)。在 Authorware 中，我们也可以对显示图标进行设置，使显示图标在出现时有各种类似的效果。

(1) 新建一个文件，在主流线上放置一个显示图标并导入一幅图片，命名为“祝福”。

(2) 选中显示图标，单击“修改”→“图标”→“性质”命令，或按“Ctrl”＋“I”键，出现“属性：显示图标”对话框，如图 11-31 所示。

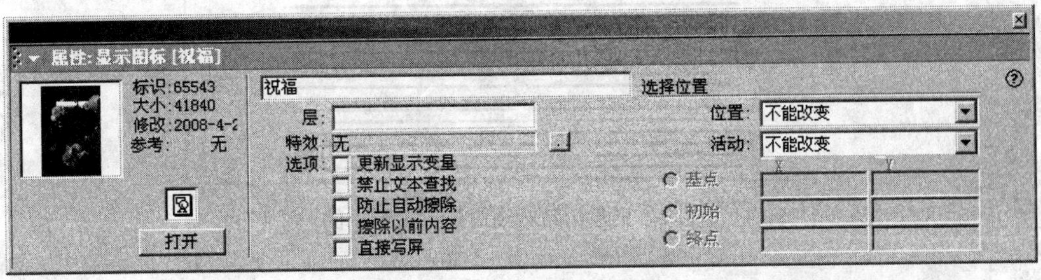

图 11-31 “属性：显示图标”对话框

(3) 单击“显示”标签页上的“特效”框旁的按钮，出现如图 11-32 所示的“特效方式”对话框。

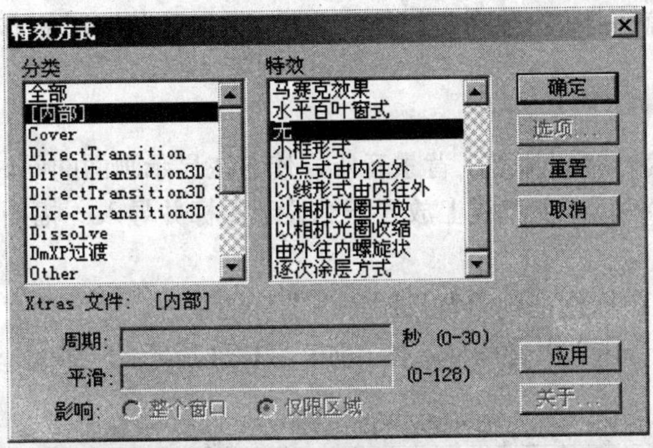

图 11-32 “特效方式”对话框

(4) 在左边的“分类”窗口中是 Authorware 内置的各种效果类别列表，从中选择一种过渡类型，然后在右边的“特效”窗口该类型的过渡效果列表中选择一种合适的效果，可以单击“应用”按钮预览该效果。

如果要对该效果进一步的设置，可以在“周期”框内输入完成该过渡的限定时间，该值越小，完成过渡越快；在“平滑”框内输入过渡的平滑程度，该值越大，效果越平滑，完成后单击“确定”按钮，关闭该对话框。 再单击“属性：显示图标”对话框中的“确定”按钮。

(5) 单击常用工具栏上的“从头运行”按钮，在“展示窗口”中观看程序运行结果，如图 11-33 所示。

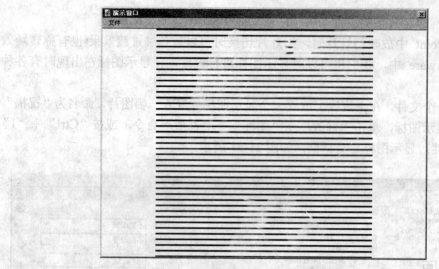

图 11-33　擦除效果设为百叶窗时运行过程中的一个瞬间

11.2.7　在课件中使用声音

适当地应用声音，例如背景音乐、声效、旁白等，可以增加作品的感染力。本节我们将介绍如何将声音添加到作品中。

可以用 Authorware 的声音图标导入的声音文件格式主要有 AIFF、PCM、SWA、VOX、WAV 等，最常用的就是 WAV 文件。另外，还可以通过函数调用的方式来播放 MIDI 音乐及 MP3 音乐。

1. 导入声音

下面我们就来为一幅图片配上背景音乐，使它在显示画面的同时响起背景音乐。

(1) 新建一个文件，在主流线上放置一个显示图标并导入一幅图片，命名为“背景图片”。

(2) 将一个声音图标拖到“背景图片”图标的下方，命名为“背景音乐”。

(3) 双击“背景音乐”声音图标，打开如图 11-34 所示的“属性：声音图标”对话框。

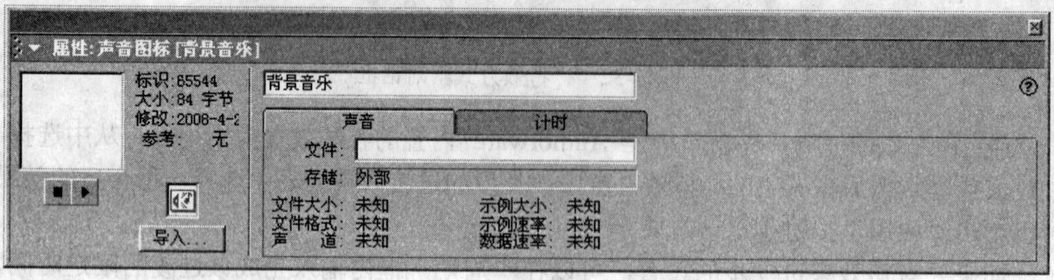

图 11-34　“属性：声音图标”对话框

(4) 单击“导入”按钮，打开“导入哪个文件”对话框，如图 11-35 所示。

(5) 选择要输入的声音文件，单击“导入”按钮，此时出现一个显示导入进度的对话框，如果 WAV 格式的音乐文件比较大，可能会持续一段时间，其过程如图 11-36 所示。

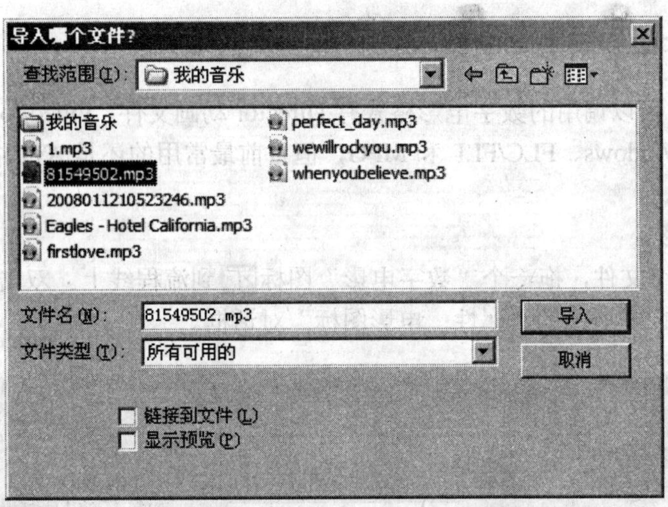

图 11-35　选择一个音乐文件

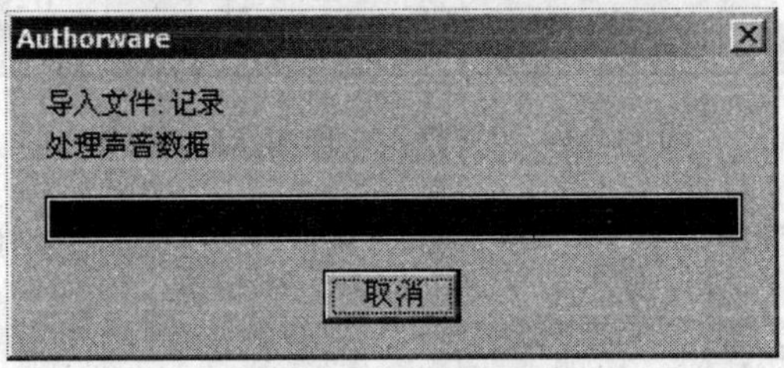

图 11-36　显示导入文件的进度

(6) 导入完成后，在“声音图标”对话框上会显示该声音文件的一些信息，如文件的路径、尺寸、格式、声道、声音质量等信息。

2. 控制声音播放

单击“声音图标”对话框的“计时”标签，此时对话框图 11-37 所示。

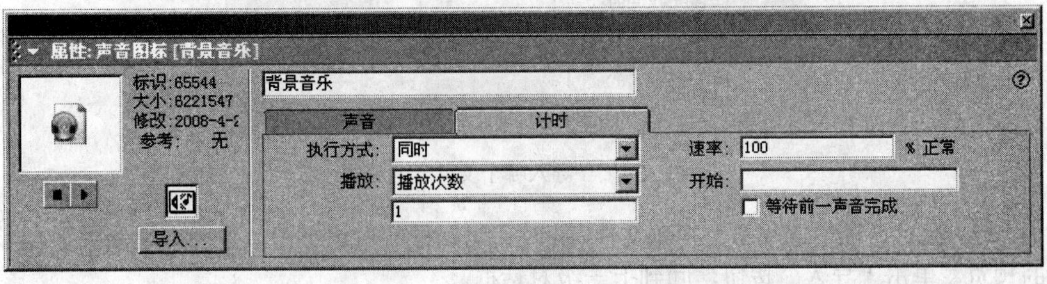

图 11-37　“属性: 声音图标—计时”对话框

(1) 打开“执行方式”下拉列表框，在列表中选“同时”。

(2) 打开“播放”下拉列表框，设为“播放次数”，在下方的空白框内键入需要播放的次数。

(3) 单击常用工具栏上的 “从头运行”按钮，在“展示窗口”中查看程序运行结果。

11.2.8 在课件中使用数字电影

Authorware 可以调用的数字电影格式有 Director 动画文件、Video for Windows(AVI)、QuickTime for Windows、FLC/FLI 和 MPG，但目前最常用的还是 AVI 格式和 MPG 格式的文件。

1. 导入电影

(1) 新建一个文件，拖一个“数字电影”图标到流程线上。双击“数字电影”图标，出现如图 11-38 所示的“属性：电影图标”对话框。

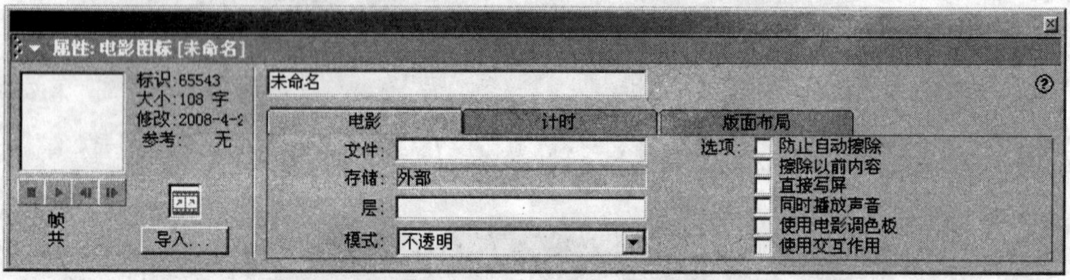

图 11-38 “属性：电影图标”对话框

(2) 单击“导入”按钮，打开“导入哪个文件”对话框，如图 11-39 所示。

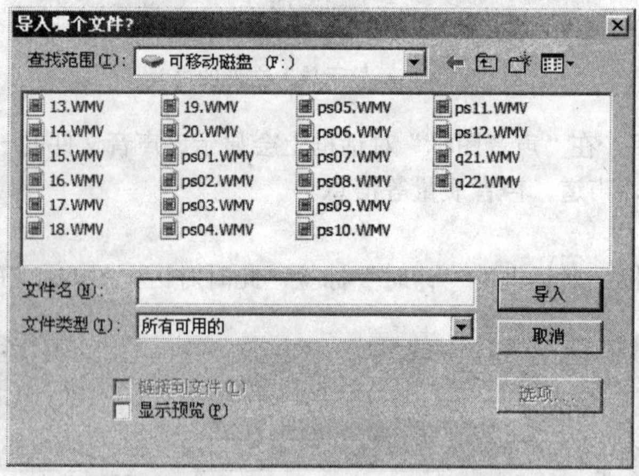

图 11-39 “导入哪个文件”对话框

(3) 在对话框中选择一个视频文件，此时在对话框的右边小窗口中会出现该数字电影的预览，单击“导入”按钮，回到上一级对话框。

(4) 此时可以在“展示窗口”中拖动数字电影改变它在画面上的位置，单击常用工具栏上的 “从头运行”按钮，在“展示窗口”中查看程序运行结果。

2. 改变数字电影放映窗口的大小

有时我们会发现，很难改变导入的数字电影放映窗口大小，采用下面这种方法可以很容易地解决这个问题，单击常用工具栏上的“从头运行”按钮，当在展示窗口出现动画时，按“Ctrl”＋“P”键暂停动画的播放，单击展示窗口中的动画，此时动画周围出现控制点，拖动控制点以改变动画画面的大小，再次按“Ctrl”＋“P”键继续运行程序，查看程序运行结果。

3. “数字电影”图标属性设置

在对话框中，我们还可以对数字电影进行进一步的设置。单击对话框的“计时”标签，进入如图 11-40 所示的界面，在对话框中设置数字电影的一些选项，很多选项都类似于声音图标的设置。

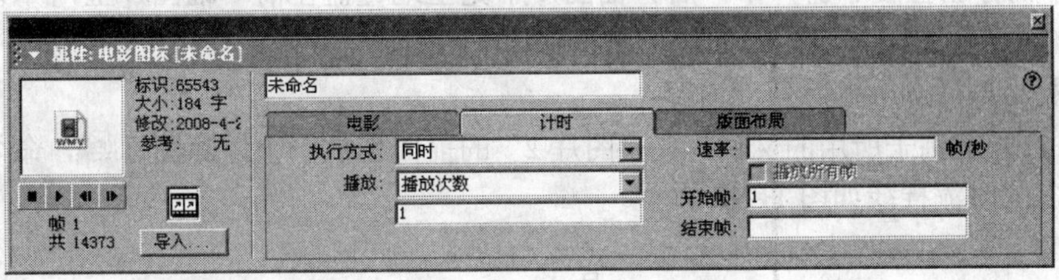

图 11-40 “属性：电影图标-计时”对话框

11.2.9 等待图标和程序暂停

等待图标几乎是程序设计中使用最多的图标，它的重要性无论怎样强调都不为过。对初学者而言，如果你设计的程序不能正确运行，那么问题大多出在等待图标上，少加一个等待图标或者等待图标设置不当，往往就会使程序运行时根本就不能出现预期的效果。

等待图标的作用

等待图标的作用在于使程序运行到此时暂停，程序显示的是上一个图标内的内容，然后当某个事件发生后(指单击鼠标、按动键盘、按下“继续”按钮等)，程序才接着运行。试着将两个装有图片的显示图标顺序放在流程线上，运行一下看看会发生什么情况，对！前一幅图片好像没有出现，怎么回事？原来后一幅图像立即覆盖了前一幅图像，实际上前一幅图像也出现了，只不过没有停留而已，因为你没有让它停留。理解了这点，你就可以避免很多类似的情况发生。

等待图标的设置如下：

(1) 新建一个文件，命名为“浏览图片”。拖动两个显示图标放在流程线上，命名为“图片 1”和“图片 2”，并分别导入两个同样大小的图片。

(2) 在两个显示图标中间，放一个等待图标，双击等待图标，出现“属性：等待图标”对话框，如图 11-41 所示。选中“单击鼠标”和“按任意键”两个选项，表示只要

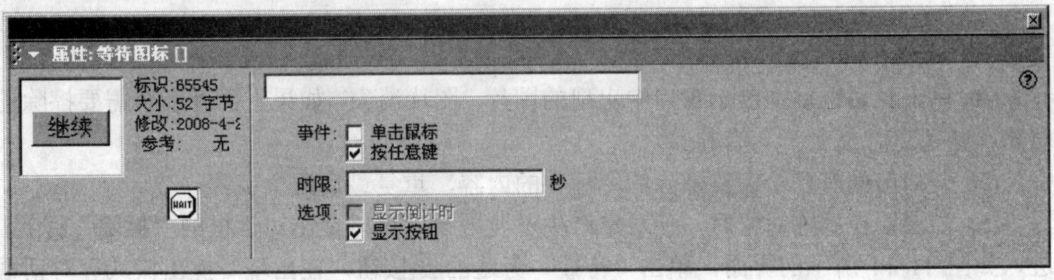

图 11-41 “属性：等待图标”对话框

单击鼠标或按任意键程序就继续运行，一般不选“显示按钮”，如果选择它，将在画面上出现一个“继续”按钮，单击这个按钮也可继续运行程序。

(3) 单击常用工具栏中的按钮，查看程序运行结果。

11.2.10 擦除不需要的图标

假如在上一个例子中，后一幅图片比前一幅图片小，那么运行程序后就会发现，前一幅图片仍停留在展示窗口中，后一幅图片不完全地覆盖在前一幅图片上，如果这不是你希望的结果，则可以利用下面的方法擦除前一内容。

1. 利用擦除图标擦除前一内容

(1) 打开上例子所用的文件，在“图片 2”的前面拖放一个擦除图标，命名为“擦除图 1”，此时流程线如图 11-42 所示。

图 11-42 示例的流程线

(2) 双击含有需要擦除的图片的图标，在本例中是“图片 1”，使图片出现在展示窗口中。

(3) 双击“擦除图 1”图标，出现如图 11-43 所示的“属性：擦出图标”对话框。

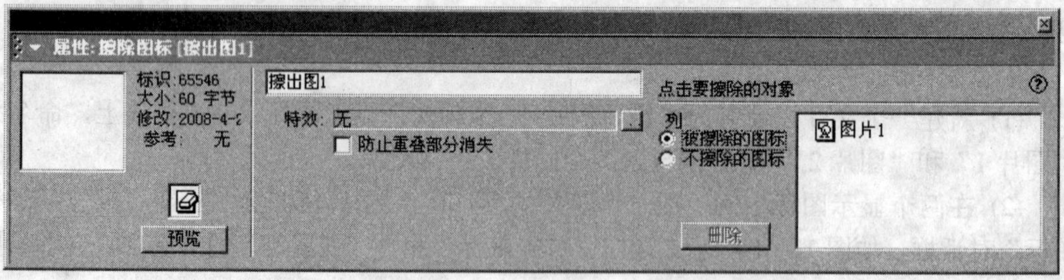

图 11-43 “属性：擦出图标”对话框

(4) 单击对话框后面展示窗口中出现的图片，图片消失，如果上面有多个需要擦除的对象，分别在对象上一一单击。

(5) 假如前面有多个需要擦除的图标中的内容，重复最后两个步骤。

(6) 如果要在擦除对象时，使对象产生过渡效果，可以单击对话框的“擦除”标签，进入如图 11-44 所示的界面，单击“特效”旁边的按钮，在出现“擦出模式”对话框中选择合适的过渡方式，它的性质和显示图标的过渡效果设置是一样的。

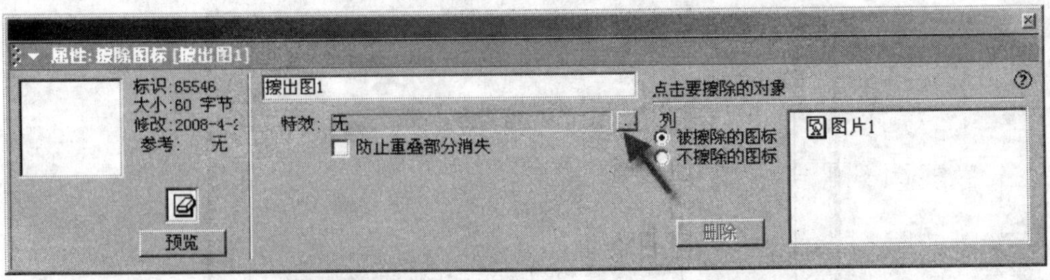

图 11-44 “属性：擦出图标”对话框

(7)保存文件，单击常用工具栏上的“从头开始”按钮，观看结果。

2. 利用后一图标自动擦除前一图标

我们还可以设置图标的属性，使其在不使用擦除图标的情况下，自动擦除前一图标的内容，仍以上面文件为例说明其操作步骤。

将上面例子中的擦除图标删除，单击“图片 2”图标使其被选中，按“Ctrl”＋“I”键，打开如图 11-45 所示的“属性：显示图标”对话框。选中“擦出以前内容”。运行程序，就会发现它和上面的例子有同样的效果。

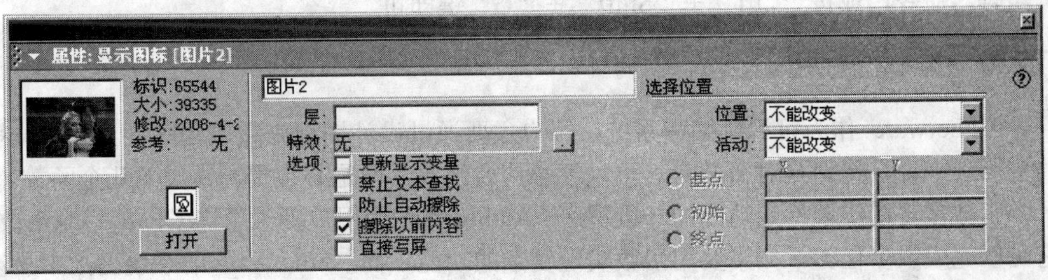

图 11-45 “属性：显示图标”对话框

11.2.11 使用群组图标组织图标

随着程序的延续，我们在主流线上放置的图标会越来越多，设计窗口可能已经无法容下许多的图标，这时就应该利用群组图标将多个图标组织进一个群组图标中，缩短了流程线，使程序显得简洁；另一方面，可以利用群组图标将实现某个功能的所有图标组成一个群组图标，起一个标志性的名称，达到将程序分成一个一个模块的作用。

1. 将图标包成群组

框选需要组合成群组的所有图标，单击“修改”→“组合”命令(或按“Ctrl”＋“G”键)，图标被组合成一个名为“未命名”的群组图标。

2. 群组图标和设计窗口的层次

双击上例中的“未命名”群组图标，此时打开了一个新的程序设计窗口，窗口的右上方有“层 2”字样，表明它是“层 1”的子窗口，如图 11-46 所示。

可以在第二级的“未命名”设计窗口中继续设计程序，就像在主流程线上设计一样，可以随时单击设计窗口右上方的关闭按钮关闭一个设计窗口。

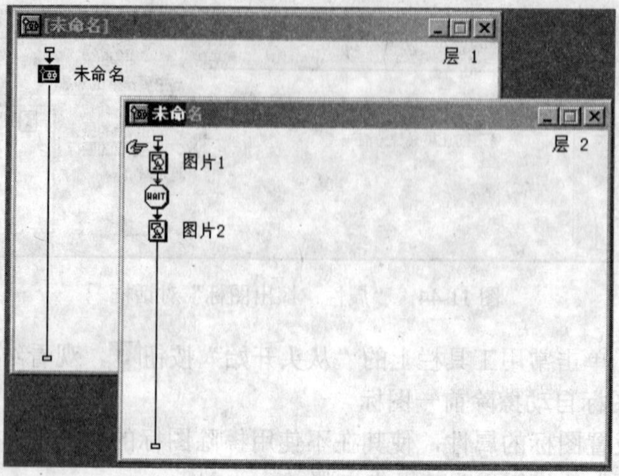

图 11-46　属于不同层的设计窗口

3. 解开群组

如果要将群组图标重新解开，比较简单。选择要解开的群组图标。单击“修改”→“组合”命令，或按“Ctrl”＋“Shift”＋“G”键即可。

11.2.12　运算图标和函数

Authorware 作为可视化编程系统，用户主要通过设计图标来完成程序设计。对一般的应用者来说，特别是对初学者，可以不必精通函数，但是必须掌握常用的几个函数。

函数是可以实现特定功能的一段程序。Authorware 为用户提供了许多内部系统函数，它可以完成很多任务。如果要用函数实现复杂的功能，而 Authorware 的系统函数中又没有，这时就需要调用外部函数，它是某些高级用户利用其他高级语言开发的函数，或者是操作系统的函数或外部文件中自带的函数。

讲到函数，就要说到变量。变量是在程序运行过程中值可以改变的数据。运用变量，我们可以了解和控制程序的运行，跟踪用户行为，存储一些必要的信息等。Authorware 的变量分为两类：系统变量和自定义变量。

系统变量是 Authorware 系统内部建立的，在程序运行过程中，Authorware 会自动更新这些变量的值。系统变量中有一部分的值只能读取而不能改变。自定义变量是程序设计人员在程序设计过程中，根据需要自己定义的变量，它的值既可以读取，也可以重新设置。

在编程语言中，运算符把操作数(即常量、变量、函数)连接起来形成表达式，程序由表达式构成的语句组成。在 Authorware 中，如果要自己编写程序，例如为变量赋值、执行系统函数等，就必须将这些程序放在运算图标内，也就是说运算图标就是程序的载体。

用系统函数实现将程序跳转到其他设计图标

流程线代表了程序执行的顺序，但是我们可以在某处放置一个计算图标，利用函数将程序导向程序中任何一个图标(不能有同名的图标)，从而使我们能更加灵活地控制程序的流向。

在需要转向的流程线位置上放一个计算图标，双击计算图标，打开计算图标的设计窗口，如图 11-47 所示。

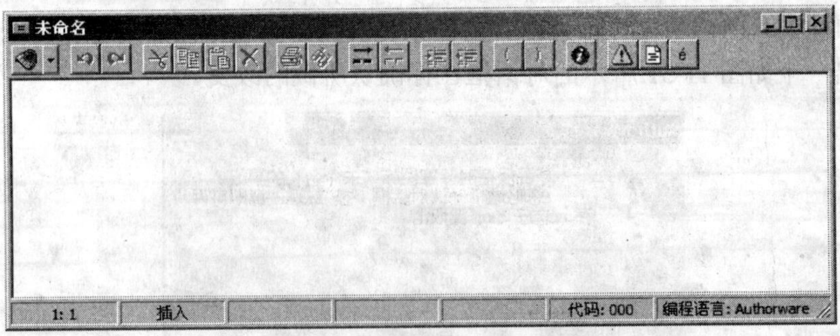

图 11-47　计算图标的设计窗口

如果你能记住函数的写法和格式，可以直接在窗口中键入，但对大多数人来说，还是需要借助于函数窗口来使用函数，请单击工具栏上的“函数”按钮，打开如图 11-48 所示的“函数”对话框。

Authorware 的系统函数分为许多类，打开“分类”下拉列表框，选择“跳转”类，下方窗口中列出了该类别的所有函数，选择“GoTo”函数，如图 11-49 所示。

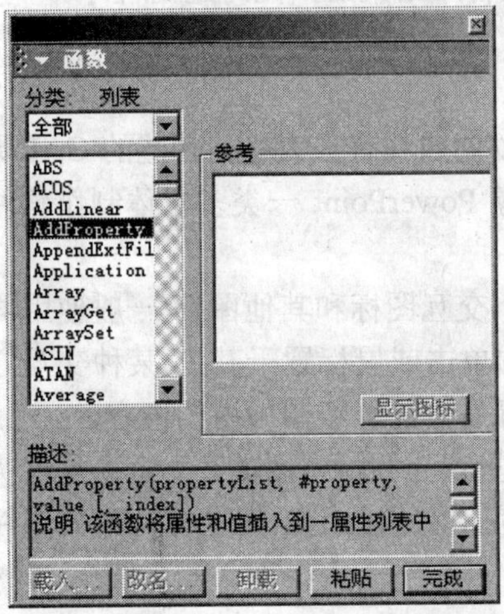

图 11-48　“函数”对话框

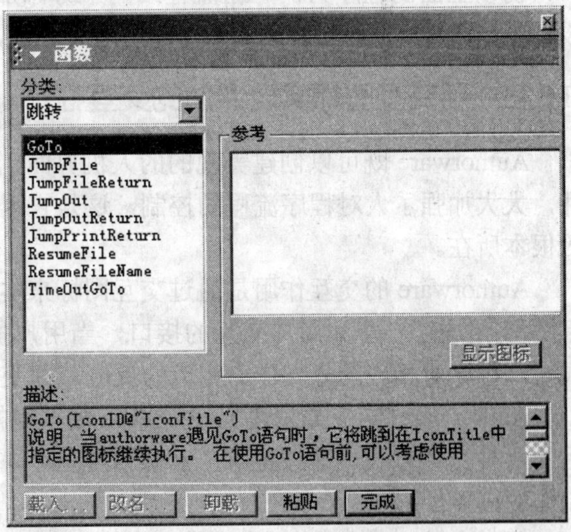

图 11-49　选择具体的函数

在“描述”栏内，会出现对该函数用法的详细解释，单击“粘贴”按钮，函数被粘贴到计算图标的设计窗口中，如图 11-50 所示。

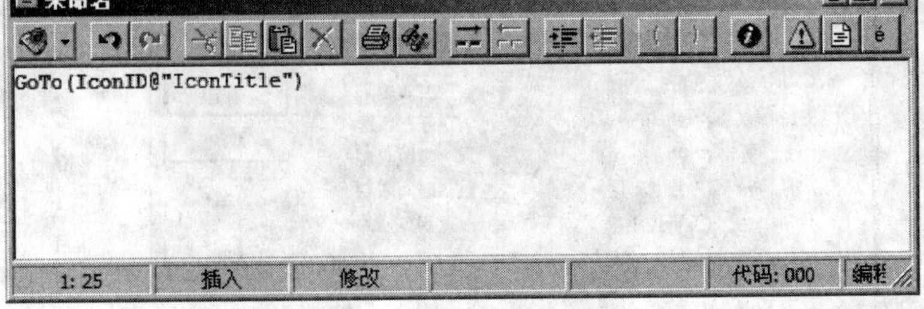

图 11-50　粘贴过来的函数

将窗口中的“图标名称”改为你希望程序转向的图标名称，关闭计算图标设计窗口，此时会弹出一个如图 11-51 所示的对话框让你确认所做的改变。

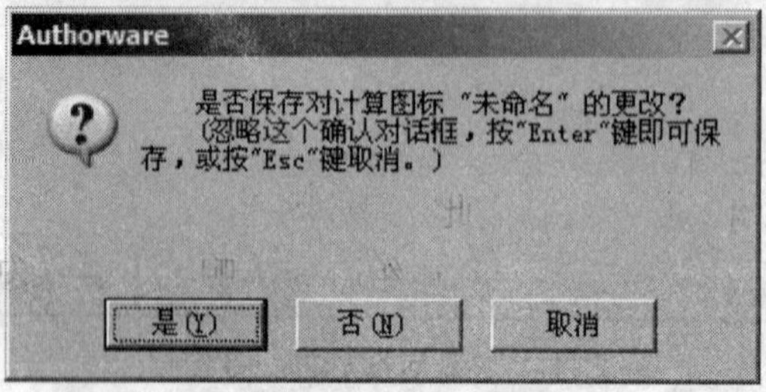

图 11-51　确认改变对话框

单击“是”按钮即可，以后每当程序运行到这个计算图标时，都会自动跳转到你指定的图标处。

在设计的程序中，当完成了预定的目标后，一定有一个退出程序的结构，使该程序的用户能从容地退出来，这必须要通过函数来实现。

仍以上面的程序为例，在流程线的下方添加一个计算图标，打开计算图标，在图标设计窗口内键入“quit()”，关闭窗口，运行程序，则在音乐结束后，同时退出程序。

11.2.13　用交互图标实现课件的交互性

Authorware 既可以创建美观的的人机界面，又可以创建具有强大交互功能的 CAI 课件，大大加强了人对程序流程的控制，这是它区别于像 PowerPoint 一类多媒体制作软件的根本所在。

Authorware 的交互作用是通过交互图标来实现的。交互图标和其他图标(一般使用群组图标)组成了一个和用户交互的接口，当用户执行(如单击或鼠标置于其上)某种交互方式时，程序对相应的分支作出相应的反应，即交互图标右方的群组图标内的内容。

Authorware 响应类型达 11 种之多，限于篇幅，这里仅介绍最常用的几种，也是最实用的两种交互方式，即按钮响应和热区响应。掌握并应用它们，足以满足绝大部分课件制作的需要。

1. 引入交互图标

(1) 创建一个新文件，在主流线上加入一个交互图标。

(2) 在交互图标的右侧加入一个显示图标(如果需要响应的内容很多，则可以放入群组图标)，这时就会出现一个“反应类型”(Response Type)对话框，如图 11-52 所示。

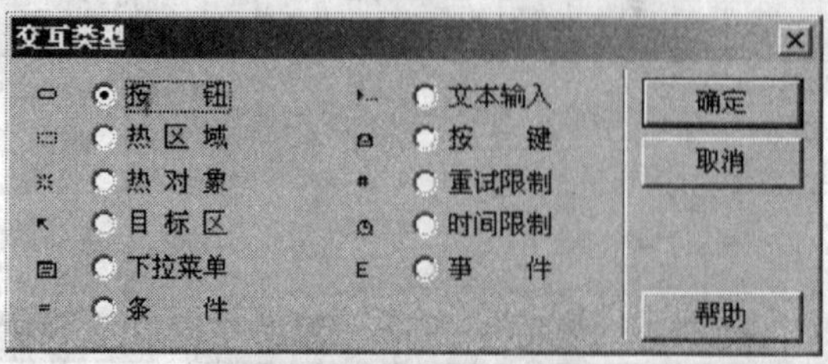

图 11-52　交互类型

(3) 选择一种适合的响应类型，单击对话框的“OK”按钮，关闭对话框，则该显示图标附着在交互图标之上。

2. 交互图标的属性设置说明

在前面使用交互图标的两个示例中，我们看到其属性设置较为复杂。在其他的几种交互方式中，其属性设置具有共性，为了大家能更好地理解各个选项的含义，我们特意在此以按钮响应为例来说明，其他响应与此相同。

(1) 在流程线上拖一个交互图标和几个群组图标，响应方式设为按钮响应。

(2) 双击群组图标上的按钮符号，打开如图 11-53 所示的“属性：交互图标”对话框。

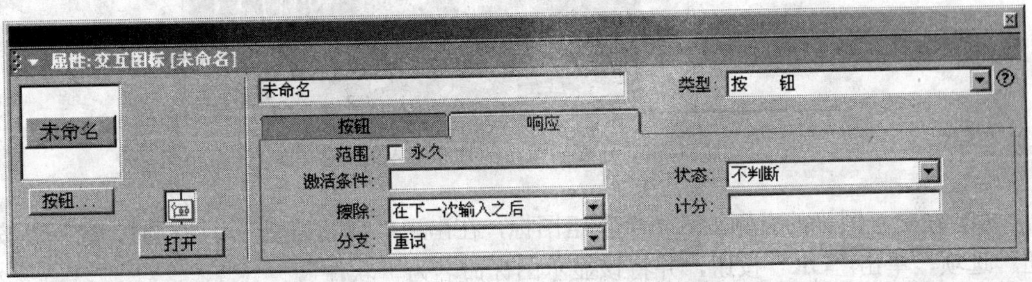

图 11-53 “属性：交互图标”对话框

(3) 设置交互响应的“分支”，有以下三个选项：

重试：选择再试一次分支完成响应路径后，Authorware 作品返回交互图标，等待用户输入下一个响应。当用户完成作品的一部分时，并要求选择另一部分或当用户对问题作出错误响应并得到另一个选择机会时，再试一次分支是最常用的一种分支类型。

继续：选择继续分支完成响应路径后，Authorware 作品判断在交互结构图中，该分支右边的其他分支是否与用户本次响应相匹配，如果有，则进入此分支，如果没有，等待用户下一个响应的输入。当用户提供特殊的的反馈时，或 Authorware 作品提供较复杂的交互时，常应用这种分支类型。

退出交互：选择退出交互分支完成响应路径后，Authorware 作品从交互图标中退出，执行流程线上下一个设计图标。这种分支类型常用于要求用户完成作品的一部分后回到主选单上，或要求用户对一个问题做出正确响应后转到另一个问题。

按钮响应

在程序界面上设计一些按钮来实现对程序的控制是最常见的交互方式。

3. 设计一个课件，使用按钮观看一组“世界风光”图片，每张图片附有一段背景音乐

(1) 新建一个文件，并命名为“数字时代.a7p”。

(2) 在主流线上放一个显示图标，命名为“背景图片”，导入一张背景图片，在上面键入标题文字，可以设置文字的背景色，如图 11-54 所示。

(3) 在主流线上放一个交互图标，命名为“技术方向”。

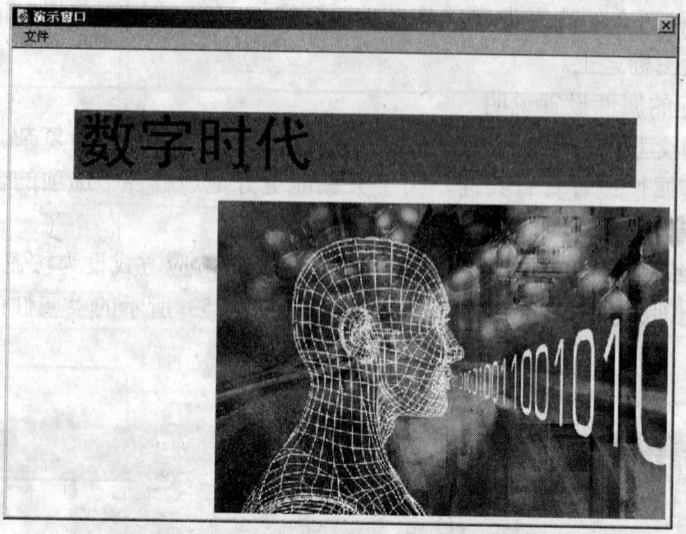

图 11-54　导入的背景图片和键入的文字

(4) 在交互图标的右侧加入一个群组图标，在出现“响应类型”对话框时，选择“按钮”选项，单击“OK”按钮，并将该显示图标命名为“软件”。

(5) 打开群组图标，拖一个显示图标到次级流程线上，双击显示图标，导入“软件”图片，可以在图片上加入说明文字。

(6) 将一个声音图标到拖显示图标的下方，导入一段符合气氛的背景音乐，将其属性设为“并行”。

(7) 在声音图标的下方，放置一个等待图标，在其属性设置对话框中，选择“按任意键”、“单击鼠标”选项，注意不要选“显示按钮”选项。

(8) 在声音图标下面再放一个擦除图标，将“软件”图片擦除，此时主流程线和群组图标的次级流程线如图 11-55 所示。

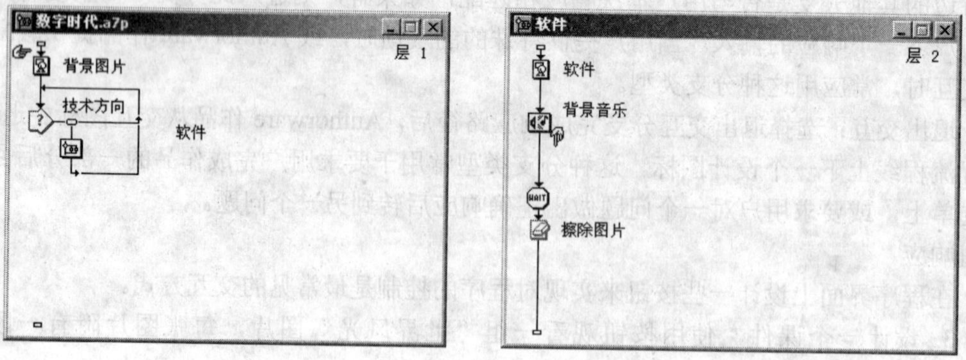

主流程线　　　　群组图标中的次级流程线

图 11-55　交互图标和第一个群组图标

(9) 关闭本群组图标，返回主流程线，双击群组图标上方的按钮响应标志-♀-，打开如图 11-56 所示的“属性：交互图标”对话框。

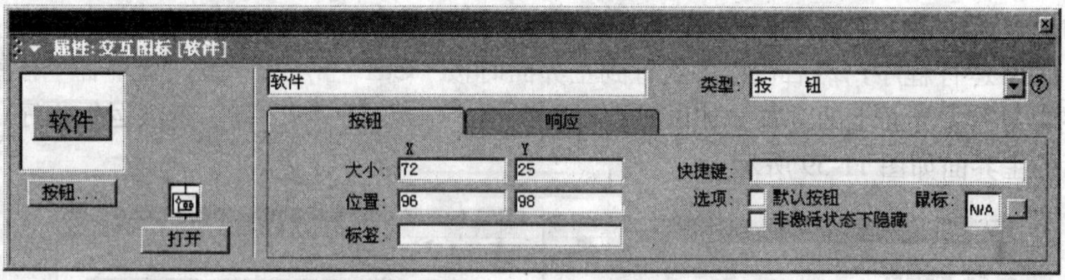

图 11-56　“属性：交互图标”对话框

(10) 单击“鼠标”后面的按钮，会出现一个“鼠标指针”对话框，用于设置光标置于按钮上时的形状，如图 11-57 所示。

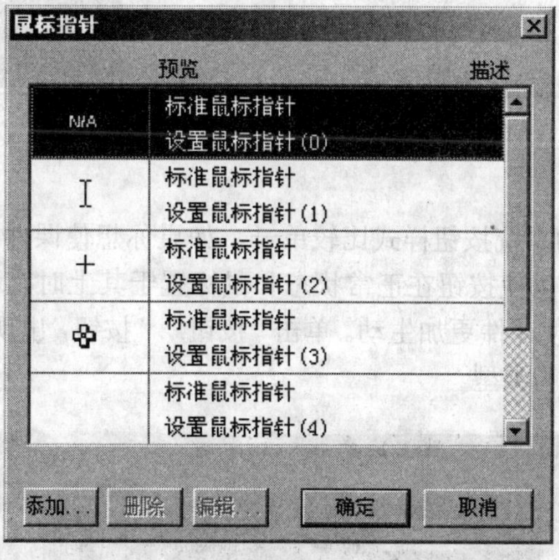

图 11-57　“鼠标指针”对话框

选择手形光标，单击“确定”关闭窗口，可见在“鼠标”后的小窗口中出现一个手形的光标样式。

(11) 单击对话框的“响应”标签切换到如图 11-58 所示页面。

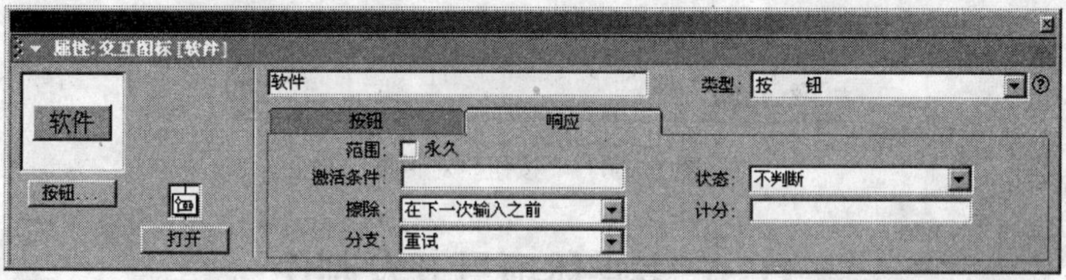

图 11-58　“属性：交互图标”对话框

如果需要使音乐在进入下一分支之前就结束，需要将“擦除”设为“在下一次输入之前”，否则音乐将会在按下一个按钮时才停止，其余选项让其保持默认值，单击按钮，返回主流程线。

重复步骤添加其他分支内容，在其后添加的群组图标都会默认是按钮响应，而且按钮的设置都和第一个设置好的按钮一样，省去了逐个设置的麻烦。

(12) 运行程序，然后在程序运行到主界面时按“Ctrl”＋“P”键，选中各个按钮，调整它们在主界面上的位置并加以排列，再次按“Ctrl”＋“P”键，继续运行程序，运行后的主界面如图 11-59 所示。

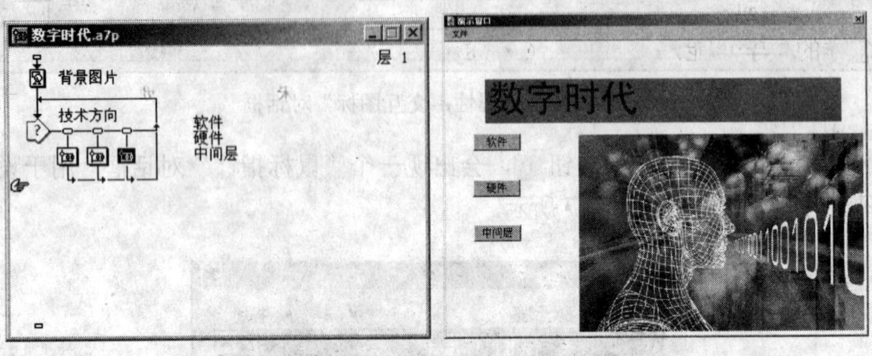

图 11-59　程序流程线和运行后的主界面

4. 自定义按钮

Authorware 提供的系统按钮样式比较单一，如果你想使课件的按钮具有特色，你可以设计自己的按钮，可以使按钮在正常状态和鼠标置于其上时有不同的形态，以及使按钮按下时有声音效果，使课件更加生动。单击“按钮…”按钮，出现如图 11-60 所示的“按钮”对话框，选择合适的类型。

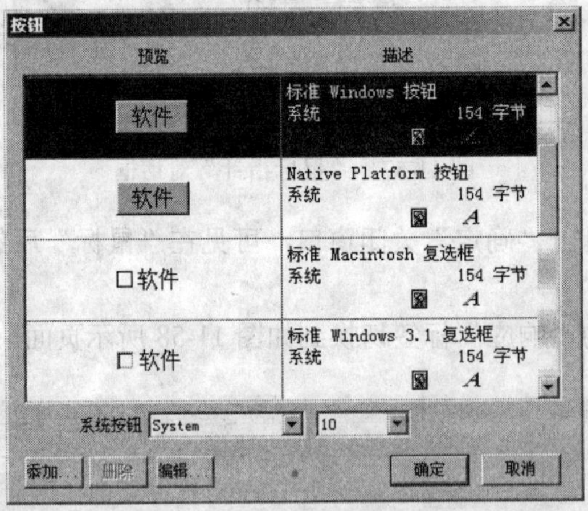

图 11-60　“按钮”对话框

11.3　多媒体项目开发制作

11.3.1　软件需求分析

在多媒体软件深入设计之前，读者必须首先明确要要实现哪些目标已经如何实现。然后要明确软件开发的目的、用户的期望等要求。然后审视设计的指导方针，客观地审查自己的设计及表现。开发者要站在客户的立场看问题，首先确定用户界面和明确用户。

从具体方面来说，多媒体软件开发的需求分析通常包含如下内容

课题名称：我们应该选择适合多媒体技术表现的学科内容，尤其是当前在教学活动中急需解决的内容作为研究课题，研究课题的内容在表述上能够体现教学课件的主题内容。

制作目的：这一部分内容要说明清楚所制作的教学课件是属于哪种类型的多媒体课件，具有怎样的教学功能，有哪方面的用途。

使用对象：这一部分内特要说明清楚所制作的教学课件适合于哪种类型的学习者使用。

主要内容：这一部分内容要说明清楚教学课件所覆盖的主要知识点和基本内容。

组成部分：这一部分要说明清楚教学课件的大体结构及其各个主要模块。

11.3.2 确定软件的逻辑结构

这一步主要是明确软件系统的总体结构，包括确定模块的功能、模块间的调用关系等。在询问了有关谁是客户，他们想要什么问题后，就可以确定软件的逻辑结构了。在了解用户需求的基础上策划、确定主题，根据任务性质拟定作品主题、估算任务量，安排工作进度，并对开发任务进行认真分析。若要进行团队工作，还要将任务分解成若干个独立的子任务，这时候需要弄清楚各任务的要求及彼此之间的联系。

多媒体教学课件是根据教学目标而设计的计算机源程序，作为一种教学媒体，它能根据学生的交互，控制计算机所呈现的教学信息，所以它不同于一般的计算机多媒体软件。在多媒体教学课件的开发过程中，课件的教学设计就是关键环节，主要有学生特征的分析、教学目标的确定、多媒体信息的选择、教学内容知识结构的建立、形成性练习的设计等。

11.3.3 详细描述软件落实结构设计

接下来就应该对软件的逻辑结构进行详细的描述。这一步主要是编写脚本，确定整个软件的程序流程图、定义变量和参数等。

11.3.4 收集、加工和整理素材

前面的工作完成后，即可根据脚本的内容收集相关素材，并对这些素材进行加工和整理，例如整理文本、扫描及处理照片、制作动画和片头等。

素材要根据教学内容来准备，不能选择那些不符合教学规律和教学内容的素材。在教学课件的开发中，可充分利用现有的素材；如果没有的素材，就需要自己去制作。

11.3.5 程序设计

这一步主要是实现开发者的创作思路和表现风格，构建程序的框架，并在 Authorware 中集成所有的素材，完成程序编码。通过程序设计具体实现多媒体内容的有机结合。所有多媒体内容需要良好的程序设计来完成连接、编排与组合，才能形成一个可在计算机中运行并由用户来交互控制的多媒体系统。

11.3.6 软件调试

当程序出现编码完成后，最重要的工作就是进行程序代码的测试工作。充分地进行测试才能发现错误，并分析和判断问题所在，进一步纠错和完善软件。

11.3.7 软件的发布

经过以上几个过程，软件最终形成后就可以对源程序进行打包生成应用程序文件，并制作安装文件、刻录光盘，最终进行产品发布。

11.3.8 课件的试用与评价

利用多媒体课件进行辅助教学，可以是课题辅助教学或个别教学方式。利用多媒体教学课件进行课堂辅助教学时，要设计好课堂教学过程，注意多媒体教学课件在课堂中的使用时机和使用方法。经过教学试用，如果发现在编制调试阶段未能发现的技术错误和不足，要通过修改程序，使其能正常工作。

根据学习评价理论，手机有关的数据进行统计分析，对教学效果进行评价。在多媒体教学课件的开发中，教学效果的评价分析应分成两部分进行：一部分是分析教学课件本身对教学效果的影响；另一部分是学习内容与学习水平的确定及媒体内容的选择与影响。

分析课件本身对教学效果的影响，可使教学课件的开发者清楚地看到课件结构、素材质量以及编制质量对教学效果的影响，从而能提早发现问题的所在，尽快改进教学课件的不足之处。

分析学习内容与学习水平的确定、媒体内容的选择设计以及教学过程结构的设计对教学效果的影响，将有助于对学习内容和学习水平进行更深入细致的分析，有助于选择最佳的媒体内容，有助于设计更好的教学过程结构。而这些内容的修改又会对课件结构的设计、素材的准备和程序的编写产生很大的影响。因此，详细分析影响较小效果的因素对多媒体教学课件的开发有着很重要的意义。

11.4 多媒体项目实例

11.4.1 移动的标题文字

Authorware 功能强大，程序流程简单明了，开发效率高，它允许用户使用文字、图形、动画、声音和数字电影等信息来来制作出精美的多媒体实例，本节从最简单的实例入手介绍一个完整的多媒体开发过程。

(1) 本节所需的工具，显示图标(Display)、移动图标(Motion)、文本输入与格式化、文字和图像的显示模式，如图 11-61 所示。

(2) 本实例简介：通过若干个工具，制作一个简单的 Authorware 实例。

(3) 制作步骤。

向设计窗口中依次拖入两个显示图标(Display)和一个移动图标(Motion)并命名。

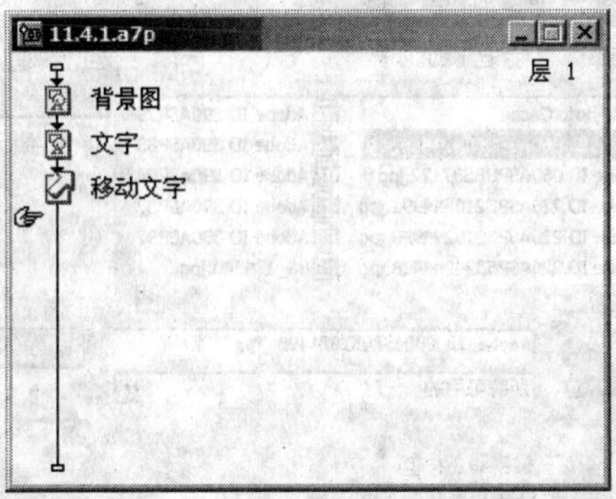

图 11-61　工具列表

双击“背景图”显示图标(Display)，打开程序演示窗口(Presentation Window)，这个窗口就是最终用户看到的窗口，如图 11-62 所示。同时出现“编辑工具盒” 其中的 8 个按钮的功能依次为：选择/移动、文本编辑、画水平垂直或 45 度直线、画任意直线、画椭圆/圆、画矩形、画圆角矩形、画多边形。

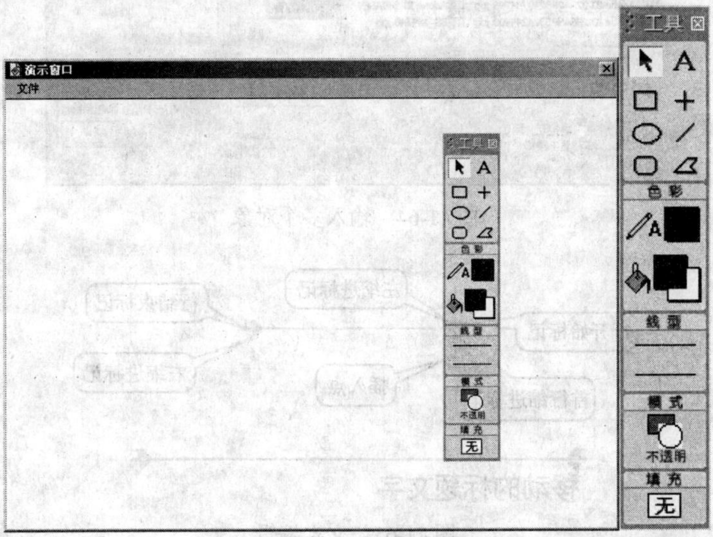

图 11-62　设计窗口

单击工具栏上的“输入(Import)”工具，或使用“File”>>“Import...”命令。出现输入图像对话框，如图 11-63 所示。选中下方的“Show Preview”可以在右边的窗口中预览选中的图片。选中“Link To File”，将链接到外部文件，如果外部文件修改了，那么在 Authorware 中看到的也是修改后的图，一般在图片需要多次改动时，选中此项。

点击上图右下角的“+”，可以一次输入多个对象，如图 11-64 所示。

双击“文字”显示图标(Display)，选择“文本编辑”按钮，鼠标指针为“I”形，在展示窗口中单击，进入文本编辑状态，如图 11-65 所示。

输入的文字如果有白色的背景，这时可以双击“选择”按钮，或用“Window”>>“Inspectors”>>“Modes”命令，打开模式窗口，选择透明(Transparent)模式，如图 11-66 所示。

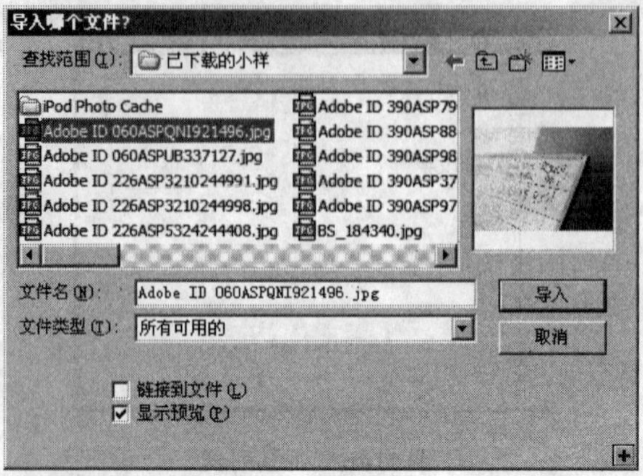

图 11-63　导入图片

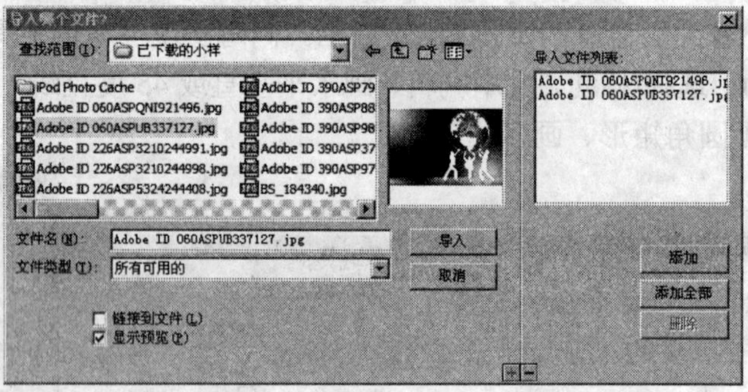

图 11-64　输入多个对象

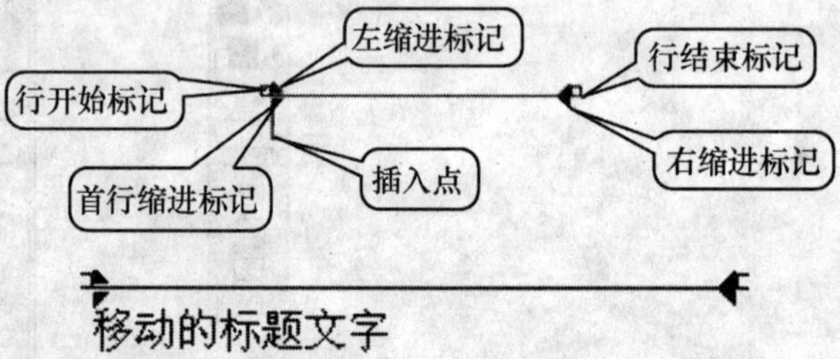

图 11-65　文本编辑

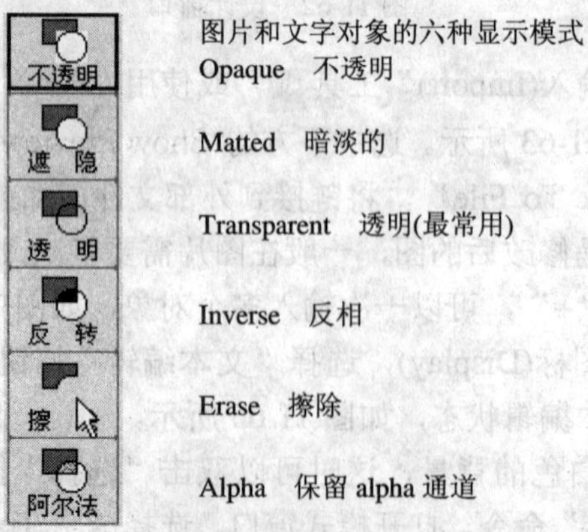

图 11-66　选择模式

格式化文本。可以使用“Text”菜单设置文字的格式。不过，最好使用文字样式表来格式化文本，样式表和 WORD 中的样式，HTML 中的 Style 是相似的，使用了某种样式的文字，在更改样式后，文字将自动更新，而不需要再去重新设置。

定义样式，选择“文本”>>“定义样式(D)...”命令。应用样式，先选中文字，然后用“文本”>>“应用样式(A)...”，或者直接在工具栏上的样式表中选取，如图 11-67 所示。

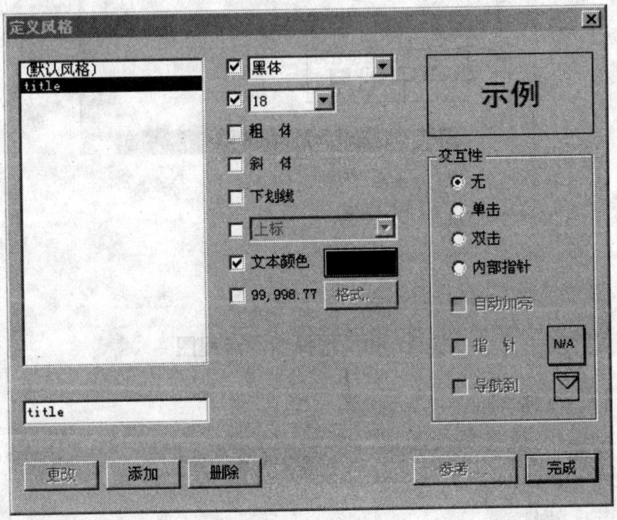

图 11-67　定义样式

双击“移动文字”移动图标(Motion)，弹出移动设置对话框，如图 11-68。用鼠标点一下刚才输入的文字，可以在下图的左上方预览窗口中看到要设置移动的对象。然后，将文字拖动到另外一个位置。一个移动的标题文字就做成了。按“Ctrl+R”运行试试。

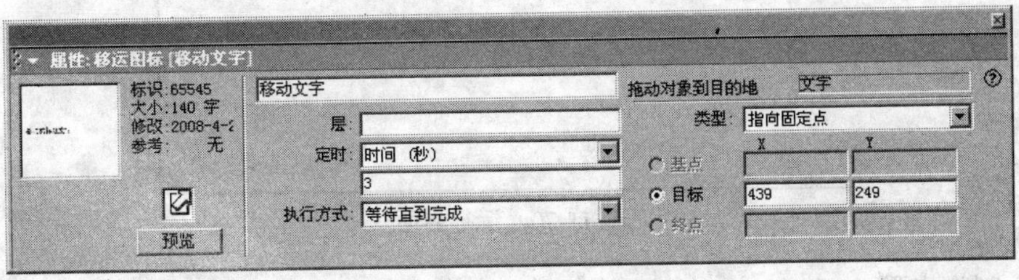

图 11-68　移动图标的属性

如果觉得移动的位置不太合适，可以再仔细调整一下。

11.4.2　选择题

与计算机进行交互，是课件的一项基本功能，交互功能是否强大，也是评价一个课件制作软件的一个重要指标。本节通过“选择题”类型课件实例来讲解 Authorware 强大的人机交互功能。

(1) 本节所需使用的工具：交互图标(Interation)、多种交互类型、自定义按钮、变量的使用。

(2) 本例简介：人机交互是对多媒体课件的基本要求，Authorware 的交互类型很多。选择题型课件在学校教育中应用很广泛，本例将通过单选题和多选题的制作来学习 Authorware 的几种重要的交互功能。

完成后流程图如图 11-69 所示。

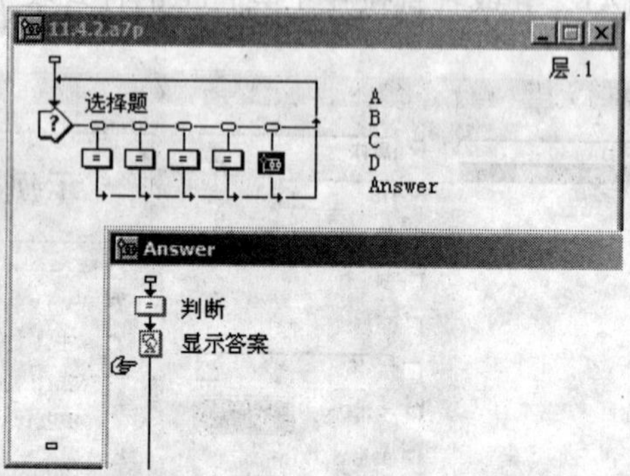

图 11-69　选择题的流程图

运行界面如图 11-70 所示。

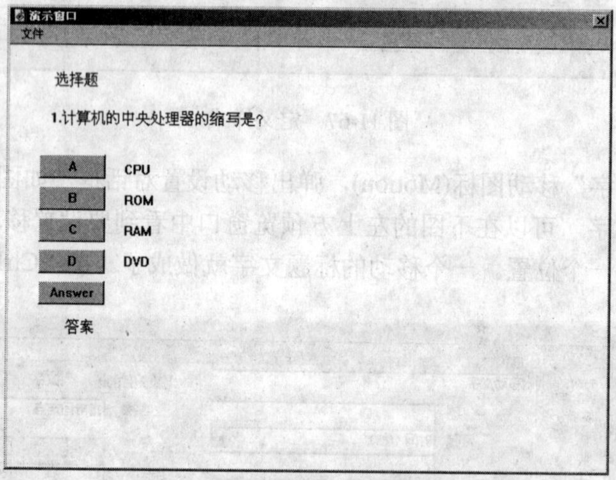

图 11-70　运行界面

(3) 制作步骤。

向设计窗口中拖入一个交互图标，命名为“选择题”。

双击“交互”图标，打开其设计窗口，在其中输入选择题内容，如图 11-71 所示。

向“交互”图标的右边拖一个计算图标，这时弹出“响应类型”对话框。其中有 11 种交互响应类型，默认类型为“按钮响应”，我们这里取默认值，然后将其命名为“A”，如图 11-72 所示。

双击“A”图标上面的小矩形按钮，打开响应属性设置对话框，如图 11-73 所示。

单击“按钮...”按钮，可对按钮类型进行详细的设置，比如设置按钮的风格、形状、文字字体等，还可以定义自己的图形按钮。本例我们选用“标准 Winodws 按钮系统”类型的按钮，如图 11-74 所示。

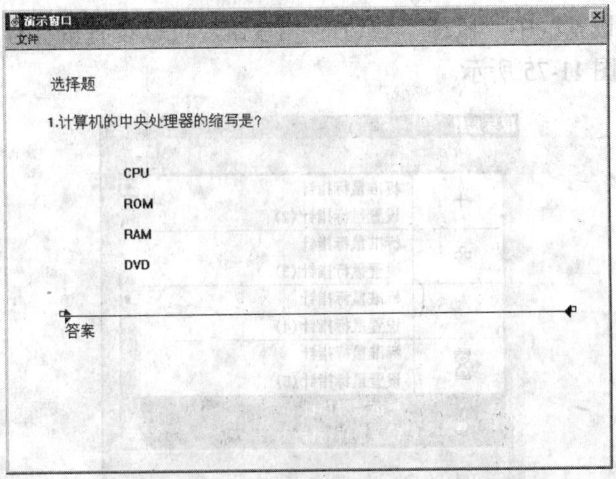

图 11-71　输入选择题内容

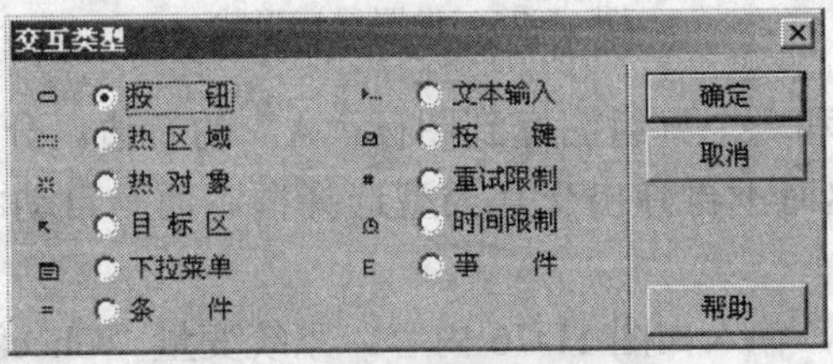

图 11-72　选定响应类型

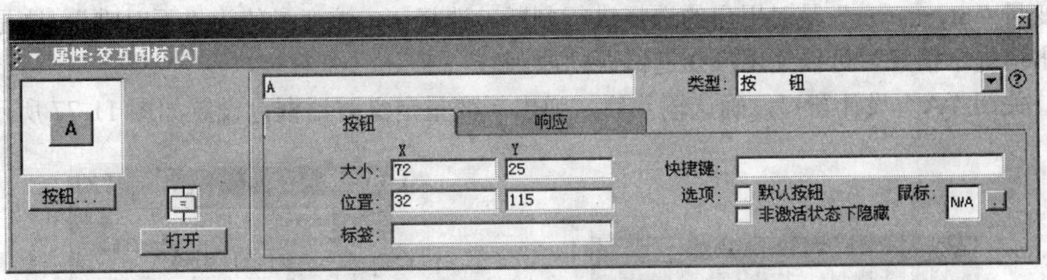

图 11-73　设置响应属性

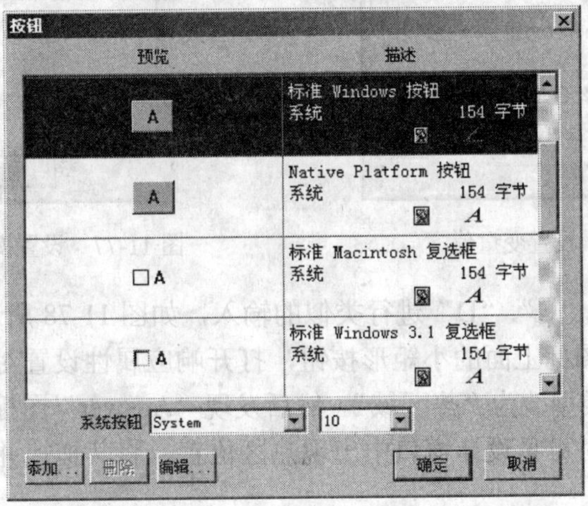

图 11-74　设计按钮类型

单击鼠标属性设置框中“鼠标”右边的[...]按钮，可以设置鼠标移过按钮时的形状。本例选择手形，如图 11-75 所示。

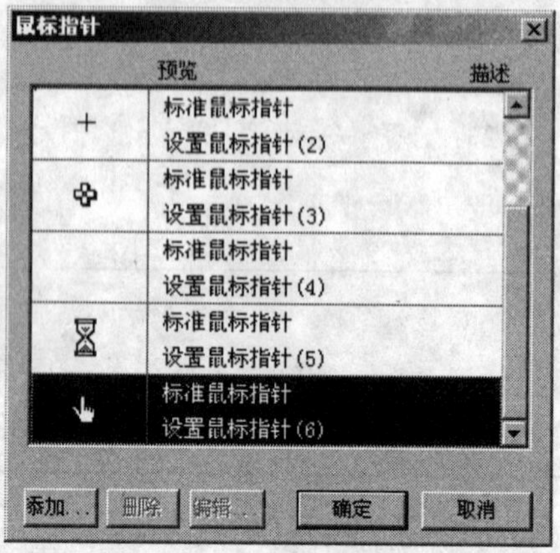

图 11-75　设置鼠标形状

再拖三个计算图标和一个群组图标到图标“A”的右边。分别命名为“B”、“C”、“D”和“Answer”。这时不再弹出交互类型选择框，而是自动将响应类型设为与前一个图标相同。

打开计算图标“A”，输入如图 11-76 内容。系统变量“Checked@"A":=1”意思是设按钮“A”为按下状态，“Checked@"B":=0”意思是设按钮“B”为未被按下状态。自定义变量“myanswer”是对用户的选择进行判断，选择 A，该变量值为“不对哦”，这是动态出错提示信息，可以使用户知道错误的原因。

关闭“A”设计窗口，确认输入后，弹出新变量定义对话框，设置如图 11-77 所示。

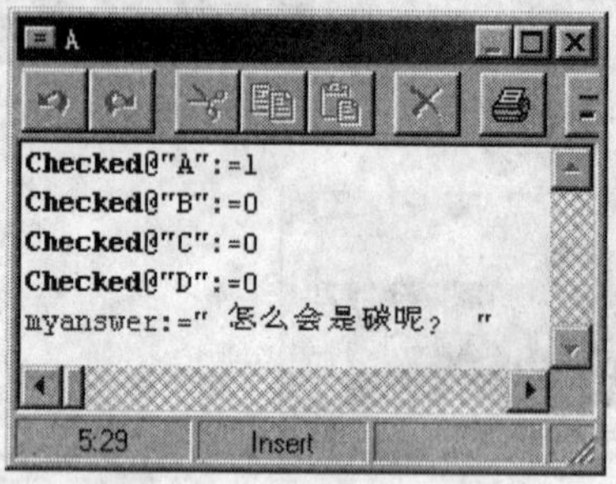

图 11-76　设置变量值

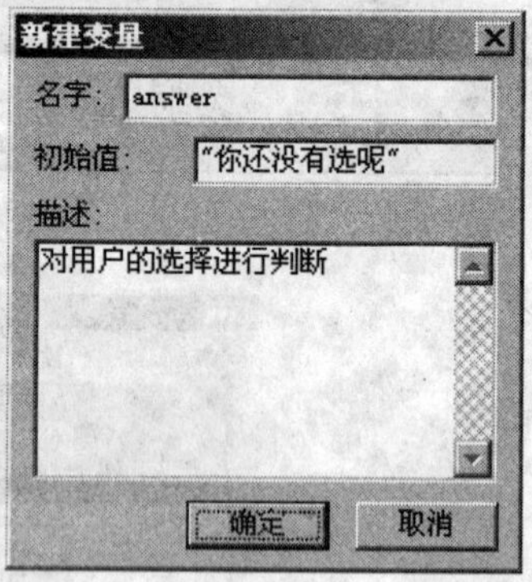

图 11-77　设置变量定义对话框 1

同样对图标“B”、“C”、“D”进行类似的输入，如图 11-78 所示。

双击“Answer”图标上面的小矩形按钮，打开响应属性设置对话框。在“类型”下拉列表中，将其响应类型改为“热区域”。然后发现“Answer”图标上面的小矩形按钮变成了虚线框矩形。这时可见设计窗口中出现热区位置，将其拖拽并调整大小和位置如图 11-79 所示。

当用户点击这个区域时，将执行“Answer”图标中的内容。

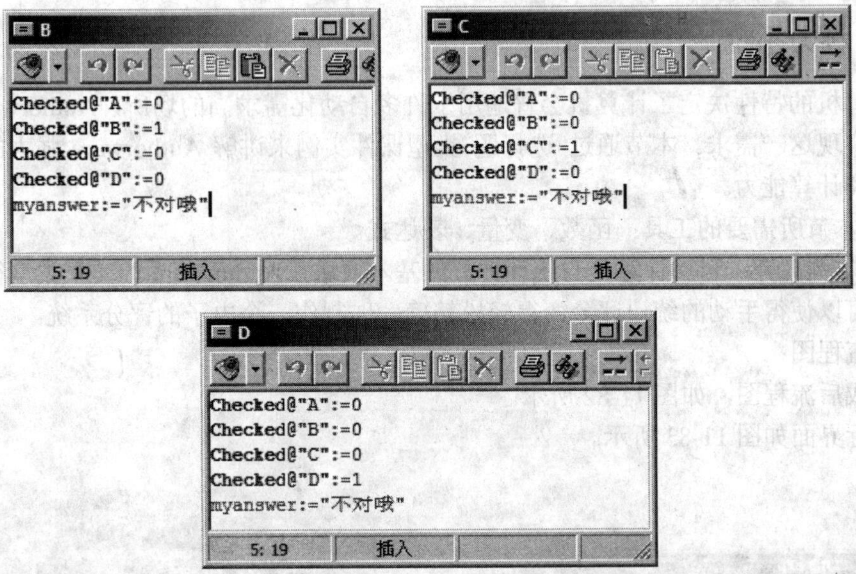

图 11-78　设置变量定义对话框 2

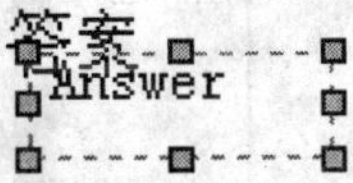

图 11-79　设置热区域

“Answer”图标中的内容中将用户选择的答案显示出来并做判断。向其中拖入一计算图标和一个显示图标，并命名，如图 11-80 所示。

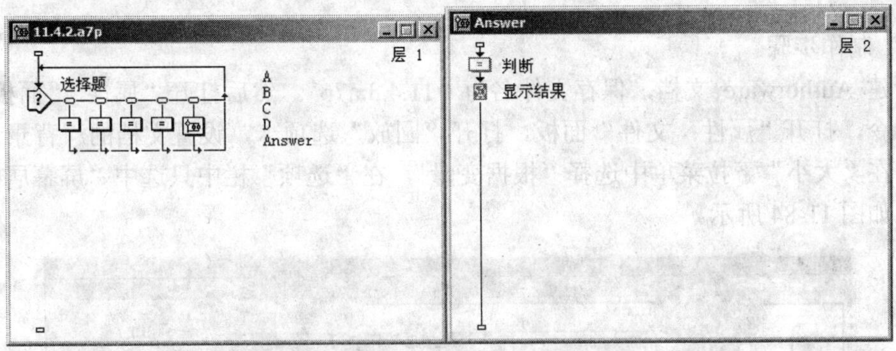

图 11-80　设置判断

“判断”图标中内容是判断用户是否做了选择，如果没选择，不显示正确答案。其中语句为：if (Checked@"A"=0 & Checked@"B"=0 & Checked@"C"=0 & Checked@"D"=0) then answer:=""。“显示结果”图标中输入文字如图 11-81 所示。变量用大括号括起来，实际显示的是变量的值。

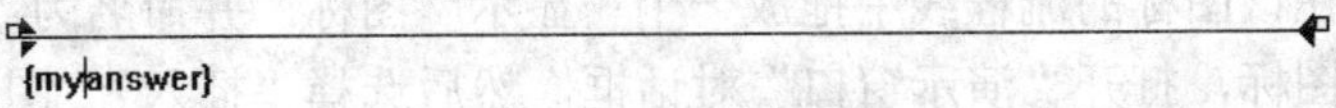

图 11-81　设置显示文本

11.4.3 评分系统

计算机的特性决定了计算机会普遍用于许多自动化需求高的场所，Authorware 可以有效的实现这一需求。本节通过"选择题"类型课件实例来讲解 Authorware 强大的人机交互功能和计算能力。

(1) 本节所需要的工具：函数、变量、表达式。

(2) 本例简介：自动计算是与统计评分的基本要求，Authorware 的交互类型很多，借助函数可以使得手动的统计评分变得轻松精确，现制作一个电子的评分系统。

完成后流程图：

完成后流程图，如图 11-82 所示。

运行界面如图 11-83 所示。

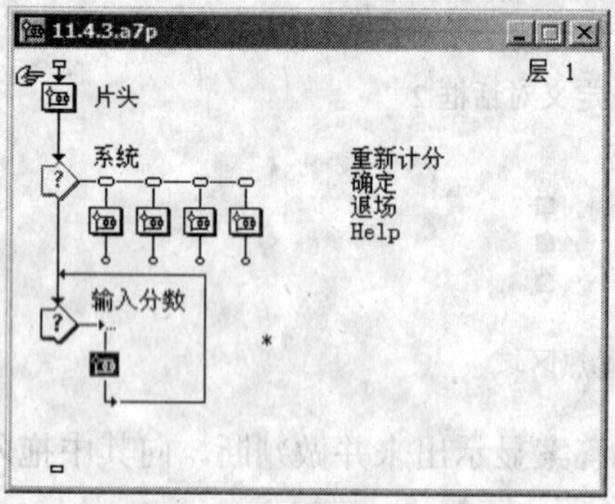

图 11-82 评分流程图

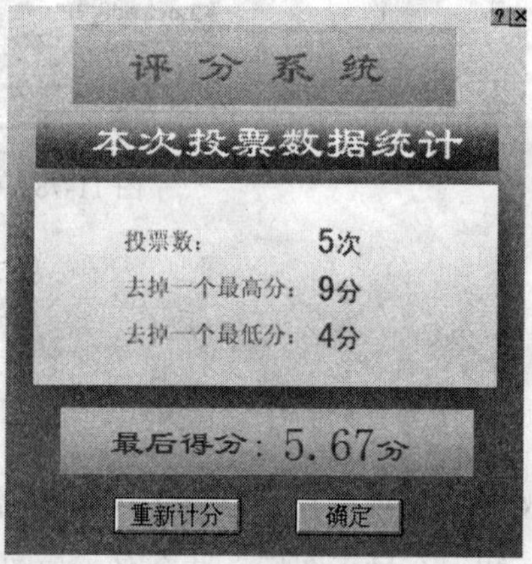

图 11-83 运行界面

(3) 制作步骤。

新建 Authorware 文档，保存文件名为"11.4.3.a7p"。然后打开"属性""面板""属性"命令，打开"属性：文件"面板，打开"回放"选项卡，设置文档的"背景色"为灰色，在"大小"下拉菜单中选择"根据变量"，在"选项"栏中只选中"屏幕居中"复选框，如图 11-84 所示。

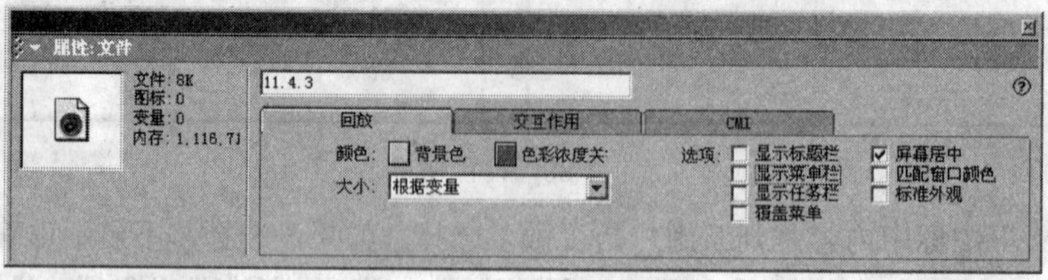

图 11-84 11.4.3.a7p 文件属性

拖放一个"群组图标"到主流程线上，命名该群组图标为"片头"，然后双击站看"片头"群组图标，在该图标的流程线中拖放一个"显示"图标，并命名为"背景面板"。双击"背景面板"图标，打开"演示窗口"对话框，然后选择"插入""图像"命令，打开"属性：图像"面板，单击该面板中的"导入"按钮，导入 toupiaokuang.bmp。

单击“背景面板”图标，从下拉菜单中选择“属性”命令，打开“属性：显示图标”面板，单击该面板中“特效”栏后面的按钮，打开“特效方式”面板，在分类栏中选择Dissolve选项，在“特效”栏中选择“Dissolve,Pixels”选项，然后在“周期”文本框中输入“0.5”，如图11-85所示。

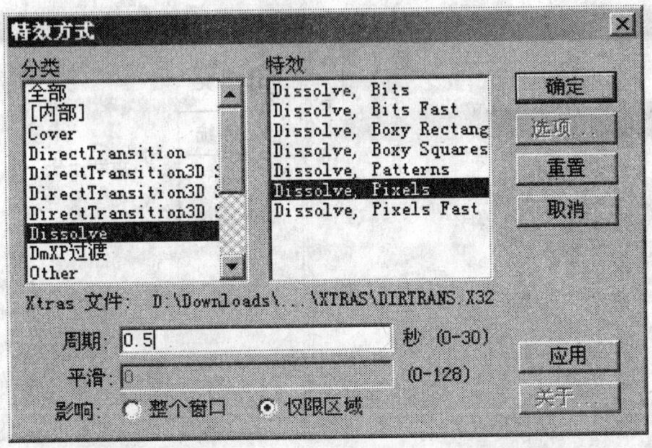

图11-85 特效方式

拖放一个“显示”图标到“背景面板”图标的下面，命名该图标“标题”，然后选择工具箱中的“文本”工具并设置文本的相关属性，在演示窗口的相应位置输入文字“评分系统”。然后为“标题”显示图标选择过度特效：在“特效方式”面板中的“分类”栏中选择“DmXP 过渡”，在“特效”栏中选择“左右两端向中间过渡”，两个显示图标的演示效果如图11-86所示。

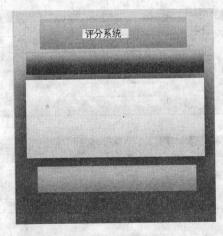

图11-86 效果图

拖放一个“计算”图标到“标题”图标的下面并命名为“赋初值”，然后双击“赋初值”图标，在计算图标编辑窗口输入一下代码：

```
Numlist:=[]
N:=0
```

对话框中单击“确定”按钮即可，群组图标“片头”的内部流程图如图11-87所示。

返回主流程设计窗口，拖放一个“交互”图标到流程线上，命名该交互图标为“系统”。拖放一个“群组”图标到“系统”图标的右侧，从弹出的“交互类型”对话框中选择“按钮”，单击“确定”按钮后，再双击“群组”图标，将图标命名为“重新计分”，如图 11-88 所示。

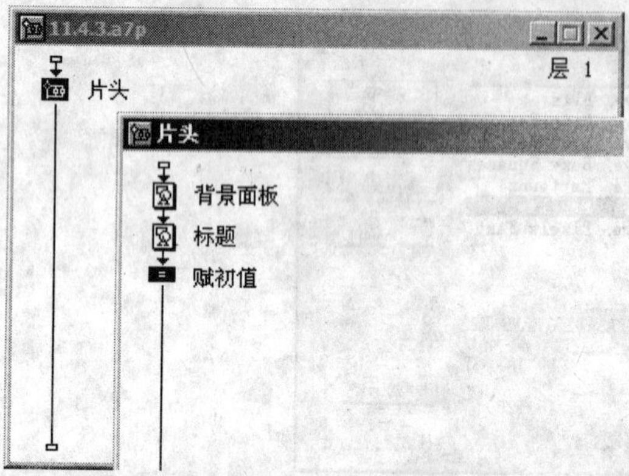

图 11-87　片头流程图

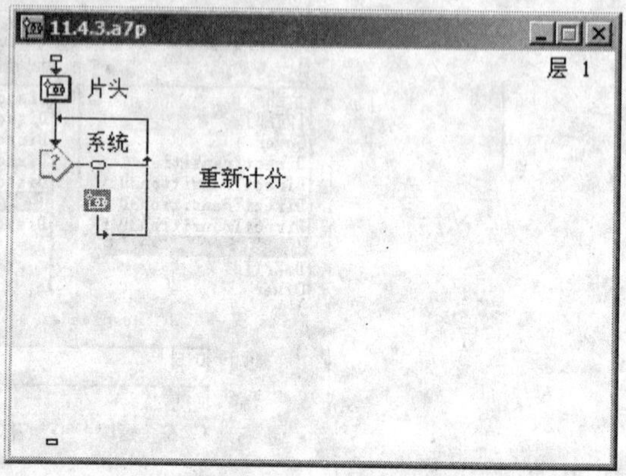

图 11-88　拖入群组

右键单击“重新计分”图标上面的按钮交互图标，从下拉菜单中选择“属性”命令，打开“属性：交互图标”面板，再打开“按钮”选项卡，在“快捷键”文本框中输入字幕 r，单击“鼠标”后面的按钮，打开“鼠标指针”对话框，从中选择“设置鼠标指针(6)”。打开“相应”选项卡，选择“范围”后面的“永久”复选框，然后在“分支”下拉菜单中选择“返回”，如图 11-89 所示。

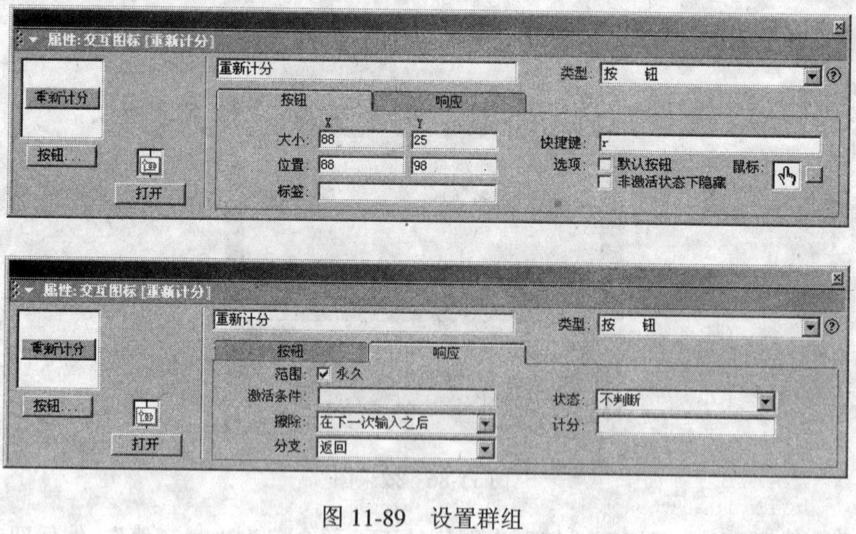

图 11-89　设置群组

单击“属性：交互图标”面板左侧的“按钮”按钮，打开“按钮”对话框，从该对话框中选择“标准 Winodws 3.1 按钮”，如图 11-90 所示。然后双击“系统”交互图标，打开“演示窗口”对话框。在对话框中可以看到一个“重新计分”按钮，拖动该按钮到演示窗口的左下方并调整按钮的大小。

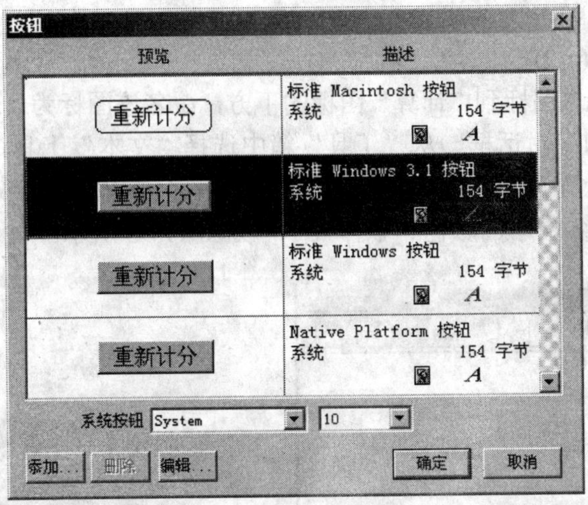

图 11-90 设置属性

双击“重新计分”群组图标，在群组图标的内部流程线上拖放一个“计算”图标，命名该计算图标为“跳转”。双击“跳转”图标，打开计算图标编辑窗口，在其中输入一下代码，GoTo(IconID@”赋初值”)，如图 11-91 所示。

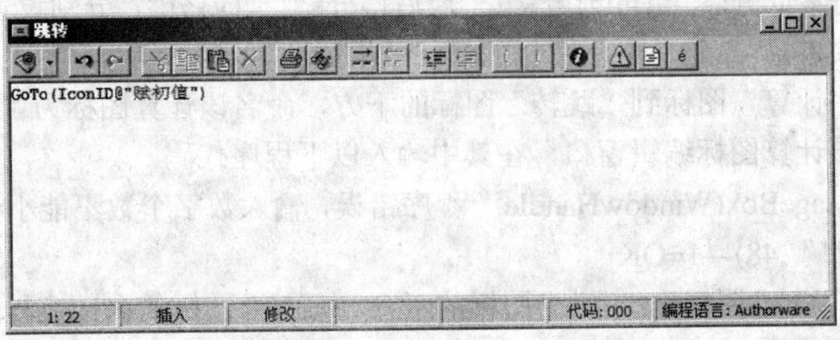

图 11-91 编辑跳转代码

回到主流程线设计窗口，拖放一个“群组”图标到“重新计分”图标的右侧，命名该图标为“确定”。双击“确定”图标，在其内部流程线上拖放一个“擦除”图标，命名该擦除图标为“擦除”，双击“擦除”图标，打开“属性：擦除图标”面板，在面板的“列”中选择“被擦除的图标”，然后选择演示窗口中需要被擦除的对象。

打开“确定”图标的内部流程，从“图标”工具栏中拖放一个“计算”图标到“擦除”图标的下方，命名该计算图标为“计算”。双击“计算”图标，打开计算图标编辑窗口，在其中输入以下程序代码，如图 11-92 所示。

```
If n<3 then GoTo(IconID@”错误”)
S:=0
Repeat with i:=1 to n
S:=s+ValueAtIndex(numlist,i)
End repeat
Max:=Max(numlist)
```

Min:=Min(numlist)

V:=(s-max-min)/(n-2)

拖放一个“显示”图标到“计算”图标的下方，命名该图标为“结论”。双击“结论”图标打开“演示窗口”对话框，从“工具”箱中选择“文本”工具，在演示窗口中输入“本次投票数据统计”，然后换行输入“投票数:”，在气候输入文字“{n}次”，表示在此处显示变量 n。设置各文本的颜色和字体大小，如图 11-93 所示。

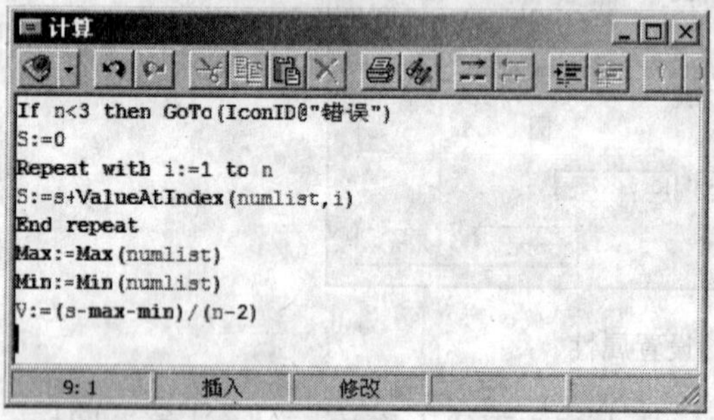

图 11-92 设置代码

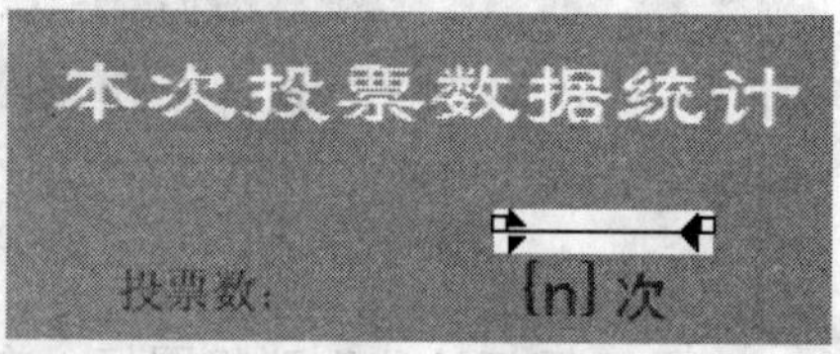

图 11-93 设置显示属性

参照前面的属性，继续在演示窗口中输入文字。依次输入“去掉一个最高分:”、“{max}分”；“去掉一个最低分:”、“{min}分；”；“最后得分：”、“{v}分”，分别设置各文本的相关属性，并排列文本，“结论”显示图标的最终效果如图 11-94 所示。

拖放一个“计算”图标到“跳转”图标的下方，命名该计算图标为“错误”，然后双击图标并计算该计算图标编辑窗口，在其中输入以下程序代码

SystemMessageBox(WindowHandle,”程序错误，输入数字个数不能小于 3，请重新输入！“,”出错了！”,48)—1=OK

然后复制“跳转”图标到“错误”图标的下方。“确定”图标的内部流程结构如图 11-95 所示。

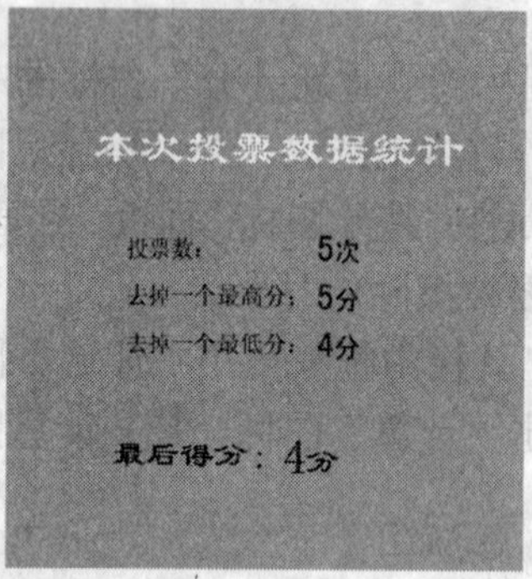

图 11-94 显示效果

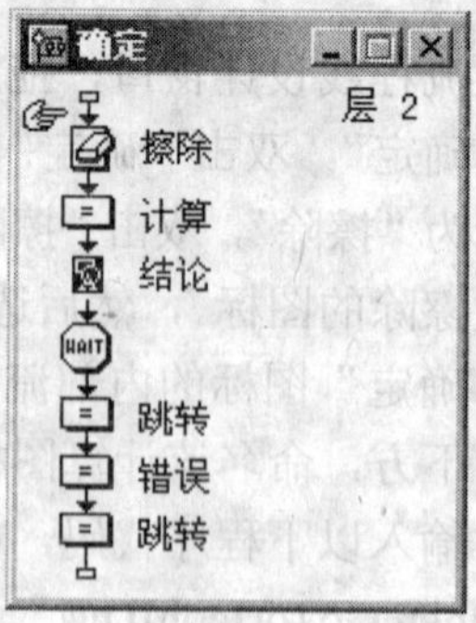

图 11-95 流程图

回到主流程线设计窗口，拖放一个“群组”图标到“确定”图标的右方并命名该图标为“退场”。双击打开“退场”图标，拖放一个“计算”图标到其内部的流程线上，命名该计算图标为“退出”。双击“退出”图标，打开计算图标编辑窗口，在其中输入以下程序代码。

Qd=SystemMessageBox(WindowHandle,"是否退出评分系统？","确定",36)—6=Yes, 7=No

If qd=6 then Quit()

“退场”图标流程结构及“退出”图标的编辑窗口如图 11-96 所示。

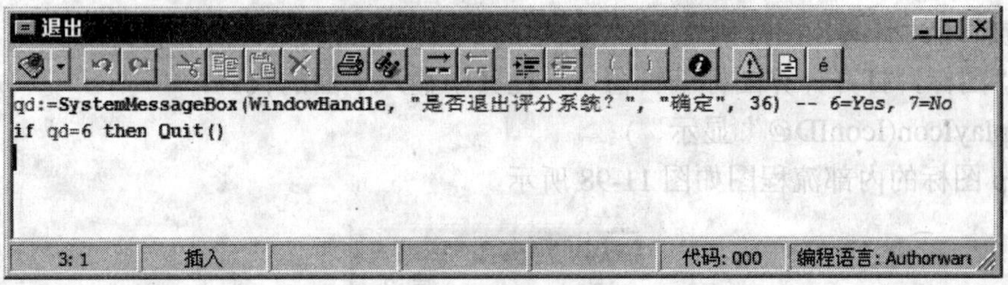

图 11-96　编辑退场代码

双击“系统”交互图标，打开“演示窗口”对话框，这时可以看到该窗口中有一个上面标有文字“退场”的按钮，双击该按钮，打开“按钮”对话框。单击“按钮”对话框左下方的“添加”按钮，打开“按钮编辑”对话框，在对话框的“图案”下拉菜单的后面单击“导入”按钮，导入“关闭按钮.bmp”。单击“按钮”图标后，我们可以发现“按钮”对话框多了一栏，如图 11-97 所示。

回到主流程线设计窗口，拖放一个“群组”图标到“退场”图标的下方，命名该图标为“Help”。双击该群组图标，打开群组图标的内部流程设计窗口。在 Help 图标的内部流程线上拖入一个“擦除”图标，命名该图标为“擦除显示”，在“属性：擦除图标”面板中选择“被擦除的图标”为“显示”图标。

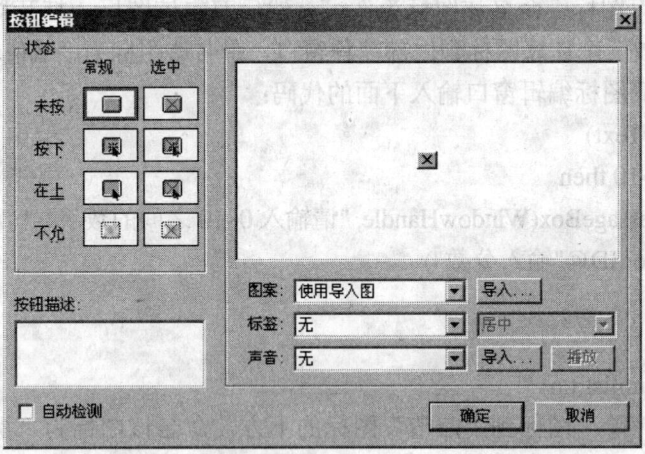

图 11-97　设置按钮

再拖放一个“显示”图标到 Help 图标内部流程线上，命名该图标为 Help。双击该图标打开“演示窗口”对话框，选择“插入”“图像”命令，导入 help.bmp，右键单击 help 图标，从下拉菜单中选择“属性”命令，在“属性”面板中单击“特效”后面的按钮，打开“特效方式”窗口，在“分类”栏中选择“DmXP 过渡”，然后在“特效”栏中选择

“向下滚动显示”。

再拖放一个“等待”图标到 Help 图标的内部流程线上。双击该图标，在打开的“属性：等待图标”中选择“单击鼠标”和“按任意键”复选框。拖放一个“擦除”图标到等待图标的下方，命名该擦除图标为“擦除”，然后在“属性：擦除图标”面板中选择“被擦除的图标”为 Help 图标。

拖放一个“计算”图标到“擦除“图标的下方，命名该图标为”恢复显示”，双击“恢复显示“图标，打开计算图标编辑窗口，在其中输入下面的代码：

```
DisplayIcon(IconID@”显示”)
```

Help 图标的内部流程图如图 11-98 所示。

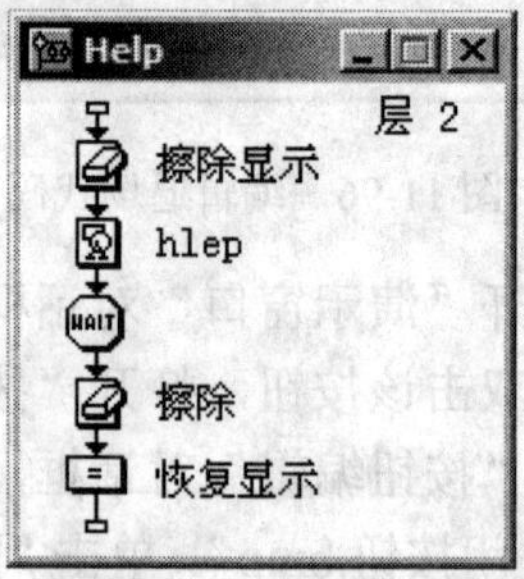

图 11-98　Help 流程图

回到主流程设计窗口。设计程序，在演示窗口中跳转各按钮的位置和大小。然后在主流程线上再拖放一个“交互”图标，命名该图标为“输入分数“，拖放一个“群组”图标到该交互图标的右侧，在弹出的“交互类型”对话框中选择“文本输入”。选择该交互按钮的“响应”选项卡中“分支”为“重试”。

选择“群组”图标。命名该图标为”*”，然后双击该图标，打开群组图标的内部流程编辑窗口。拖放一个计算图标到内部流程窗口，命名该图标为“赋值“，然后双击“赋值”图标，在计算图标编辑窗口输入下面的代码：

```
t:=Eval(EntryText)
if t="*"|t<0|t>10 then
    SystemMessageBox(WindowHandle, "请输入 0~10 之间的数字！", "错误", 16) -- 1=OK
     GoTo(IconID@"输入分数")
end if
n:=n+1
AddLinear(numlist,t,n)
```

拖放一个“擦除”图标到“赋值”图标的下方，命名该图标为“擦除”，在“属性：擦除图标”面板中选择“被擦除的图标”为“输入分数”交互图标。在拖放一个“显示”图标到“擦除”图标的下方，命名该图标为“显示”，选择工具箱中的“文本”工具，在演示窗口中输入文字“输入信息统计”、“得分列表”和”{List(numlist)}”，如图 11-99 所示。

再输入文字“输入次数”和”{n}”，并排列好各个文本。单击“输入分数”交互图标，在演示窗口中将输入文本框拖到对应的位置，并在其前面输入文字“请输入得分：”。

至此整个程序设计完成。

运行程序，在文本框中输入 6、9、4、5、6(每输入一个数后按一次回车键)，然后单击“确定”按钮，系统显示统计信息，如图 11-100 所示。

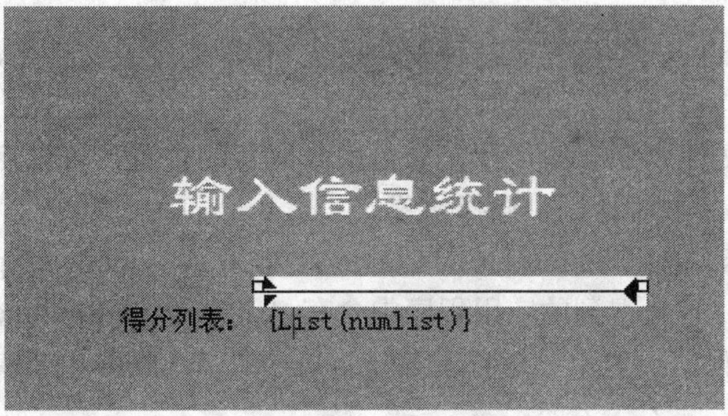

图 11-99 输入信息的界面

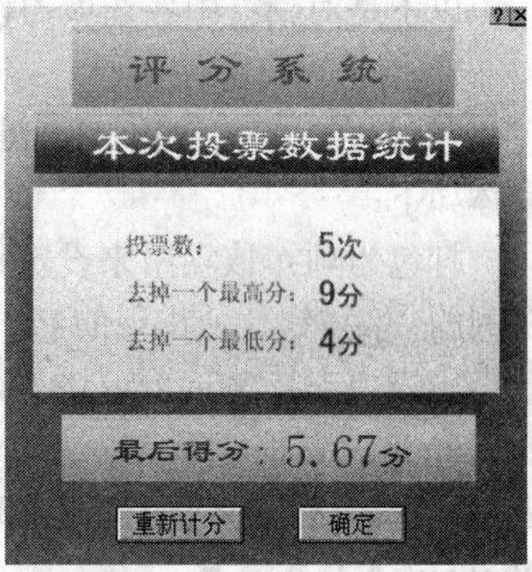

图 11-100 运行程序

11.5 项目作品发布

开发多媒体作品的最终目的，是让更多的最终用户使用它，这就需要将可编辑的源文件变成可以在某些系统下运行并且不可编辑的应用程序。从源文件得到应用程序的过程叫做程序的发布。Authorware 6.0 新增了强大的一键发布功能，可一次同时发布为 EXE(或 A6R)文件、AAM 文件(适用于网络播放)、HTM 文件。

11.5.1 发布设置

发布时先要保存需发布的文件，然后选择菜单文件>发布>发布设置，打开一键发布对话框，如图 11-101 所示。

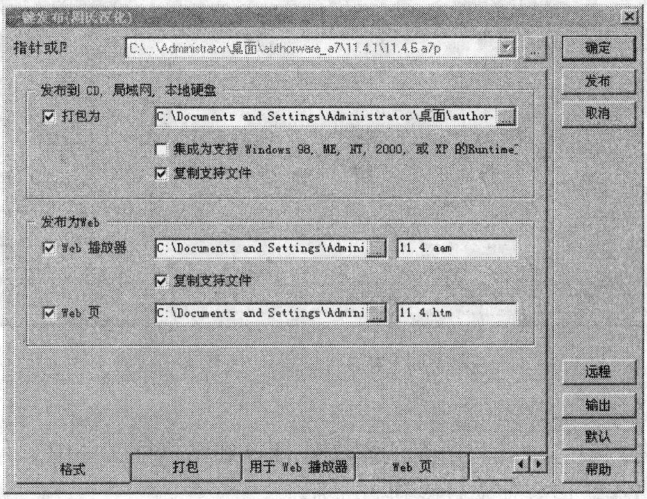

图 11-101 一键发布对话框

指针或库：是将要发布文件的完整路径名，默认选项为当前打开的文件，如果希望发布其他文件，可以单击右侧的 按钮，在出现的下拉菜单中进行选择，要是没有所需的文件，可点 Open，从出现的对话框中选择路径及文件。

以下是对话框中各选项的设置。

1. 指定输出文件类型

在默认的(格式选项卡)一键发布对话框中，可复选三种发布格式、存贮路径及文件名，具体如下：

打包为项：该项用来设定打包后文件要保存的位置，如要修改保存的位置，可以点右侧的 按钮，从出现的 Package File As 对话框中选择位置。

集成为支持 Windows 98，Windows ME，Windows NT，Windows 2000 或 Windows Xp 的 Runtime 工程复选项：选中此项后，打包得到的应用程序中含有 Authorware Runtime 应用程序，这样打包后将生成 EXE 文件，可以单独运行于 Windows 95、Windows 98 或 Windows NT 系统下。

复制支持复选项：选中此项后，会将程序中用到的所有支持文件自动打包。比如，建立一个 Xtras 文件夹，将所有用到的 Xtras 文件放入其中。

发布为 Web 项：可以设置网络发布的文件存储路径及文件名。

选 Web 播放器，则发布的应用程序可以使用 Authorware 的网络播放程序进行播放，其后缀为 aam。

选 Web 页，则将发布一个网页应用文件，其后缀为 htm。

打包选项设置

在打包选项卡中可以设置一些打包时的属性，如图 11-102 所示。

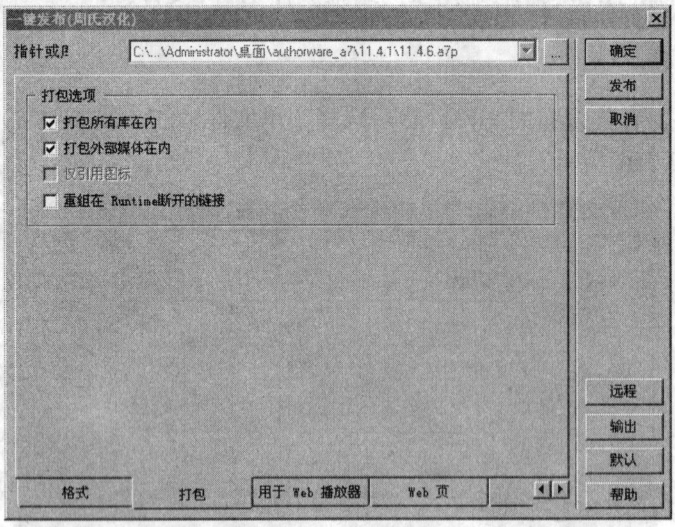

图 11-102　打包选项卡

各选项的含义如下：

打包所有库在内复选项：将所有的库文件打包到可执行文件中，有利于防止因为链接不当而产生的错误，但会使文件变得过于肥大。

打包外部媒体在内复选项：将把外部媒体文件打包到程序中。

仅引用图标选项：只打包与文件相关联的图标，忽略无关的图标，有利于文件减肥。

重组在 Runtime 断开的连接复选项：选中该项，Authorware 会在运行程序时自动重新链接已经断开链接的关联图标，使程序可以正常运行。

网络播放设置

用于 Web 播放器选项卡主要是对网络播放文件进行设置，如图 11-103 所示。

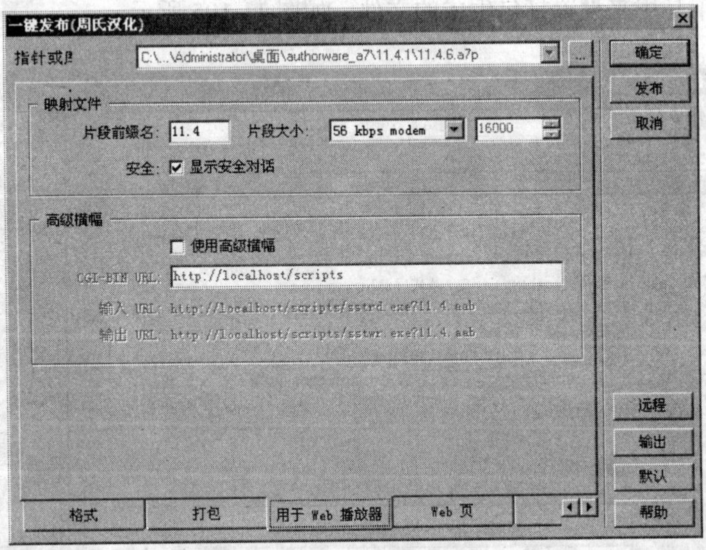

图 11-103 Web 播放器选项卡

映射文件：是对网络连接的一些设置，其中包括分块名、网络浏览的设置、信息提示框的设置。

高级横幅：在该项中可以设置高级流的信息。在选中使用高级横幅复选项时，下面的内容变为可用状态，可以对网址进行设置。

网页文件的设置

Web 页选项卡主要是对发布网页文件(htm)的设置，如图 11-104 所示。

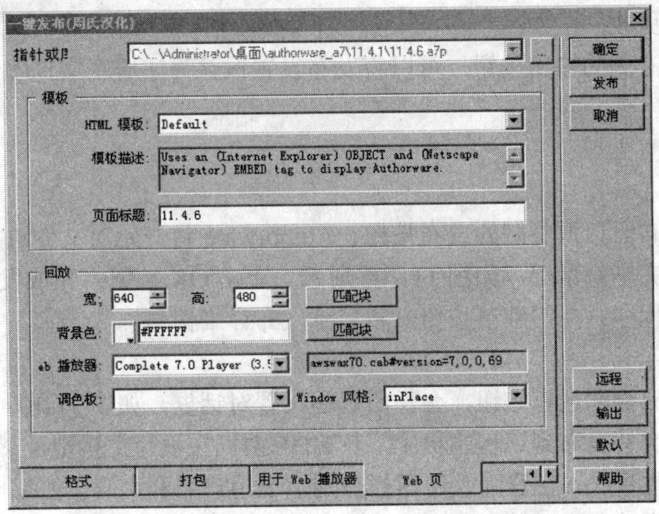

图 11-104 选择 Web Page 后的一键发布对话框

模板：在该项中是对网页模板的一些设置，其中包括从 HTML 模板下拉列表中选择 HTML 模板，以及相应的模板描述和页面标题。

回放：在该项中是对网页显示属性的设置，其中包括网页显示的大小、背景颜色、播放程序及窗口风格等。

文件信息

文件选项卡是用来设置打包生成的文件，如图 11-105 所示。

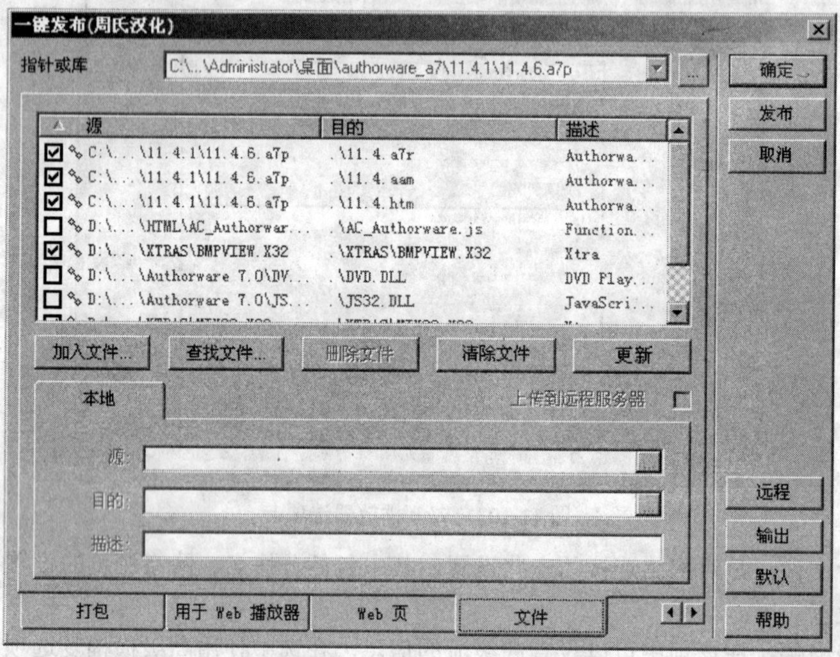

图 11-105　选择 Files 后的一键发布对话框

在上方的文件视窗中显示了全部的打包文件，单击任一文件，将在下方显示相应的信息，一般不需更改。

点击对话框右侧的输出按钮，可以将发布设置保存为注册表文件(*.reg)。

11.5.2 发布

1. 打包发布

点击一键发布对话框右侧的发布按钮，Authorware 将开始对文件进行打包，打包完毕后，出现发布完毕对话框，如图 11-106 所示。单击 OK 按钮；完成发布；单击预览按钮将预览发布的程序；单击细节按钮，将显示发布详细信息。

2. 远程发布

点击对话框右侧的远程按钮，会弹出远程设置对话框，如图 11-107 所示。

可以设置将文件发布到远程主机上，在 FTP 主机栏填写主机地址，在主机目录栏输入上传主机的文件目录，在登陆及密码栏分别填上用户名和密码，如果电脑已连线上网，点确定，就可以登陆主机，并上传网络文件。

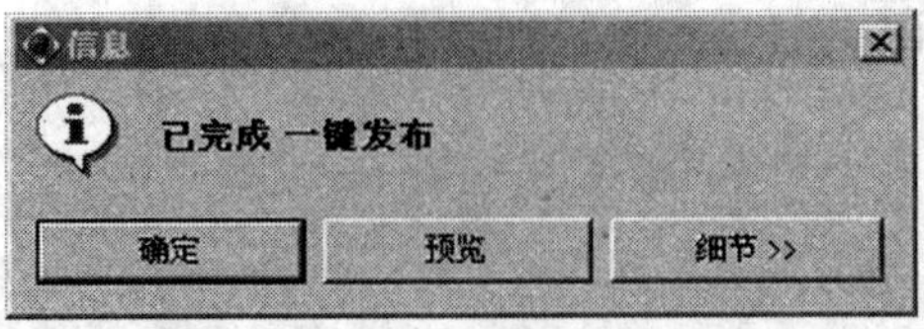

图 11-106　一键发布完成

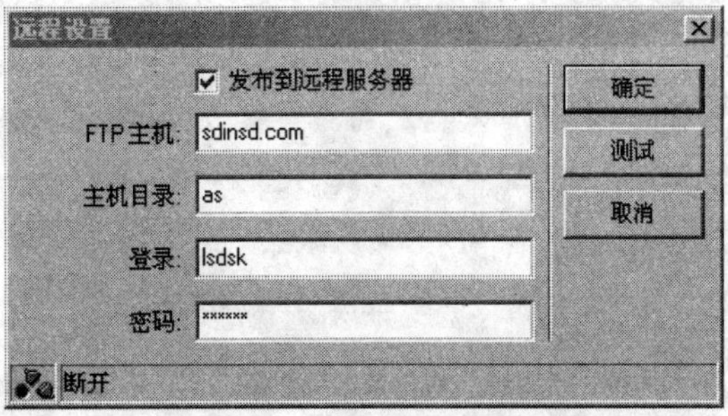

图 11-107　远程设置对话框

习　题

1. 通过从“资源管理器”窗口中拖放媒体文件到流程线上的方式，练习向流程线上添加一段文字或一幅图片。
2. 定义一文本样式，要求字体为“楷体”，字号为 16，文本风格为“斜体”，颜色为蓝色，并在文本中应用该样式。
3. 在“资源管理器”窗口中创建一个文本文件，试通过函数的方法将其导入到流程线上的显示图标中。
4. 在文本中输入插入系统变量，用于显示活动窗口中当前鼠标距左边界的距离(单位为像素)和上边界的距离。(提示：利用变量 CursorX 和变量 CursorY)。
5. 根据实际需求，制作一个多媒体作品。

参考文献

[1] 赵士滨，张旭旭.多媒体技术与创作.北京：人民邮电出版社，1999.

[2] 胡晓峰，李国辉.多媒体系统. 北京：人民邮电出版社，1999.

[3] 黄贤武.数字图像处理与压缩编码技术. 成都：电子科技大学出版社,2000.

[4] 吴乐南.数据压缩.北京：电子工业出版社,2000.

[5] 冠群创作室.多媒体CAI制作实用教程.北京：机械工业出版社,2001.

[6] Yao Wang [美]， Jorn Ostermann [美]著, Ya-Qin Zhang ，侯正信 ，杨喜，王文全等译.视频处理与通信.北京：电子工业出版社,2003.

[7] 袁海东.Authorware7.0实用教程.北京：电子工业出版社，2003.

[8] 张晓乡.多媒体计算机技术.北京：中国水利水电出版社，2004.

[9] 赵子江. 多媒体技术应用教程（第四版）.北京：机械工业出版社，2004.

[10] 张增强.Authorware7.0入门与提高实用教程.北京：中国铁道出版社，2004.

[11] 吴清.精通Authorware7.0.北京：清华大学出版社，2005.

[12] 飞龙工作室.Photoshop cs2 平面广告设计经典108例.北京：中国青年出版社，2006.

[13] 汪端.中文版Photoshop CS2入门必练.北京：清华大学出版社，2006.

[14] 朱红康.多媒体Authorware7.0课件制作教程.北京：人民邮电出版社，2006.

[15] 新视角文化行.photoshop CS2平面设计实践从入门到精通.北京：人民邮电出版社，2007.

[16] 雷波.Photoshop CS3 标准培训教程（中文版）.北京：中国电力出版社，2007.

[17] 神龙工作室.新手学Photoshop图像处理.北京：人民邮电出版社，2007.

[18] 华天科技.中文Photoshop CS2图像处理入门篇.北京：人民邮电出版社，2007.

[19] 郭新房.Authorware7.0多媒体制作基础教程与案例实践.北京：清华大学出版社，2007.

[20] 毕广吉.Authorware7.0完全学习手册.北京：清华大学出版社，2007.

[21] 谢立峰. flash8中文版动画设计与制作典型应用与实战演练.北京：人民邮电出版社，2007.

[22] 杨格.flash8全程自学手册.北京：电子工业出版社，2007.

[23] 点智文化.PHOTOSHOP完美创意设计Ⅱ.北京：中国青年出版社，2008.